Gerald Messadié, ein gläubiger Katholik, wurde 1931 geboren. Mit zwanzig veröffentlichte er seinen ersten Roman. In der Folgezeit widmete er sich dem Wissenschaftsjournalismus; seine entsprechenden Publikationen beschäftigen sich mit gesellschaftskritischen Themen. Gerald Messadié ist heute stellvertretender Chefredakteur eines Wissenschaftsmagazins. In Deutschland wurde er berühmt durch den Bestseller *Ein Mensch namens Jesus,* deutsche Gesamtauflage 490 000 Exemplare.

Von Gerald Messadié sind außerdem erschienen:

Ein Mensch namens Jesus (Band 3176)
Der Gesang der Mondfische (Band 60164)

Vollständige Taschenbuchausgabe Dezember 1994
Droemersche Verlagsanstalt Th. Knaur Nachf., München

Titel der Originalausgabe »L'Incendiare. Vie de Saül, apôtre«
Originalverlag Robert Laffont, S. A., Paris
Umschlaggestaltung Agentur ZERO, München
Druck und Bindung Ebner Ulm
Printed in Germany
ISBN 3-426-63057-5

2 4 5 3

Gerald Messadié

Ein Mann namens Saulus

Roman

Aus dem Französischen von
Agnes Choma und Welf Kienast

Knaur

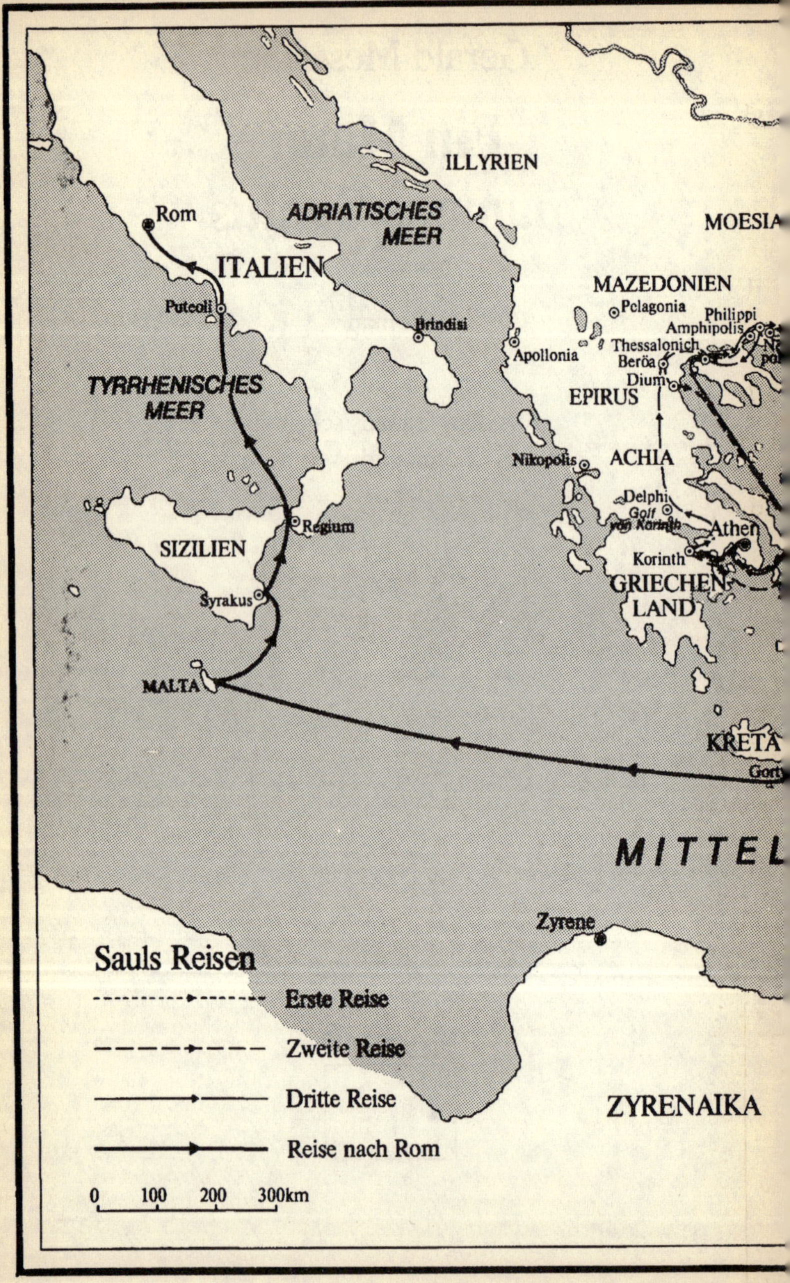
ILLYRIEN
MOESIA
Rom
ADRIATISCHES MEER
ITALIEN
MAZEDONIEN
Pelagonia
Philippi
Amphipolis
Puteoli
Brindisi
Thessalonich
Apollonia
Beröa
Dium
TYRRHENISCHES MEER
EPIRUS
Nikopolis
ACHIA
Delphi
Golf von Korinth
Regium
Athen
SIZILIEN
Korinth
GRIECHENLAND
Syrakus
MALTA
KRETA
MITTEL
Zyrene
Sauls Reisen
Erste Reise
Zweite Reise
Dritte Reise
Reise nach Rom
ZYRENAIKA
0 100 200 300km

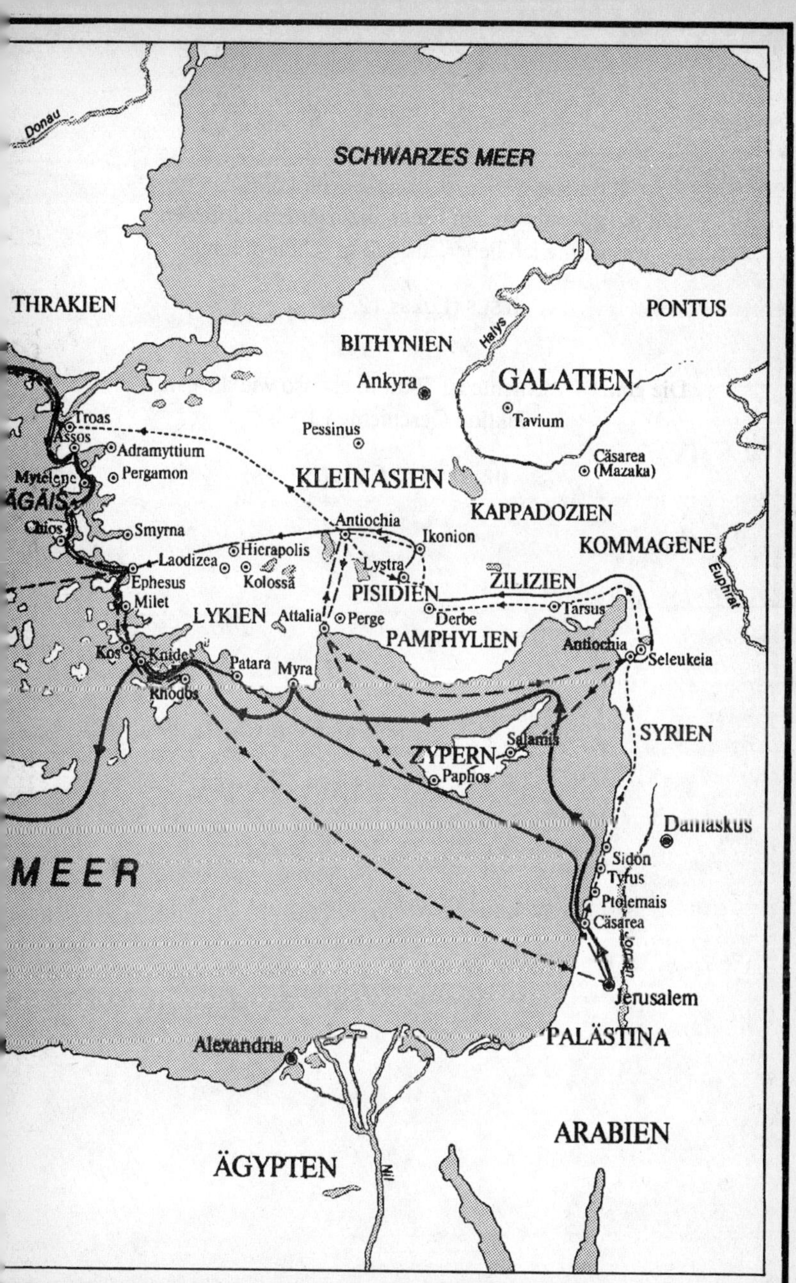

Donau
SCHWARZES MEER
THRAKIEN
PONTUS
BITHYNIEN
Halys
GALATIEN
Ankyra
Tavium
Troas
Assos
Pessinus
Adramyttium
Pergamon
Mytelene
ÄGÄIS
Cäsarea
(Mazaka)
KLEINASIEN
KAPPADOZIEN
Chios
Smyrna
Antiochia
Ikonion
KOMMAGENE
Hierapolis
Laodizea
Lystra
Ephesus
Kolossä
ZILIZIEN
Euphrat
PISIDIEN
Milet
LYKIEN
Attalia
Perge
Derbe
Tarsus
PAMPHYLIEN
Kos
Knidos
Antiochia
Seleukeia
Patara
Myra
Rhodos
SYRIEN
Salamis
ZYPERN
Paphos
Damaskus
MEER
Sidon
Tyrus
Ptolemais
Cäsarea
Jordan
Jerusalem
Alexandria
PALÄSTINA
ARABIEN
ÄGYPTEN
Nil

Ich bin gekommen, ein Feuer anzuzünden auf Erden;
was wollte ich lieber, als daß es schon brennte!

JESUS (Lukas 12, 49)

Die ganze Geschichte ist Fiktion, ebenso wie die ganze
Fiktion Geschichte ist.

BENEDETTO CROCE

Erster Teil:

Ein Prinz ohne Krone

I.
Der Ersehnte

Eine Frau schrie lange. Es klang wie der Schrei, den das Leben vor den Pforten des Todes ausstößt. Eulen kreisten am Sternenhimmel, und ihr Rufen war wie ein Echo. Doch die Nacht schwieg unerbittlich über Cäsarea.

Die Menschen – stets darauf bedacht, die Zeit zu gliedern, obwohl sie doch, gleich einem gewaltigen Strom, die lächerlichen Dämme der Zahlen sprengt –, sie würden später sagen, dies habe sich im Jahre elf vor der christlichen Zeitrechnung zugetragen.[1]

Aus dem hell erleuchteten Fenster, aus dem der Schrei gekommen war, drangen jetzt gedämpfte Frauenstimmen, sie irrten durch den Park und verloren sich im Brausen des nahen Meeres. Schatten eilten durch den Schwefeldunst der flackernden Fackeln auf die Freitreppe zu.

Einc Frau trat winkend ans Fenster.

»Ein Junge! Es ist ein Junge!«

Im Atrium des Palastes suchte man nach dem Vater, Antipater[2], aber es hieß, er sei in seiner Aufregung schon hinaufgelaufen, um bei seiner Frau Mariamne zu sein, nein, bei seinem Sohn, sah er doch in diesem schleimigen, blutigen Bündel Mensch bereits seinen Erben.

Sklaven brachten Krüge mit griechischem Wein und verkeilten sie auf Dreifüßen, Diener stellten Trinkhörner auf den Tisch und füllten sie.

»Ich werde ihn Saul nennen«, sagte Antipater, der wieder heruntergekommen war, nachdem man die Nabelschnur durchtrennt und abgebunden hatte.

Die Versammelten applaudierten: Dieser Sohn war tatsächlich mit Ungeduld erwartet worden. Jeder wußte, Antipater war bei seinen

Gaben an die Synagoge nicht geizig gewesen, und auch der Astarte, deren Turm dort unten über das Meer ragte, hatte er großzügig gespendet. Freunde hatten gar für ihn Opfer im Mithräum dargebracht.
So kam die Fackel des Glaubens in die Welt: Saul, Sohn des Antipater und Enkel von Herodes dem Großen und der ersten seiner zehn Gemahlinnen; seine Mutter aber war Mariamne, die Tochter des Antigonus, des letzten Hasmonäers und damit des letzten Nachkommen der ruhmreichen Makkabäer.
Er hatte eine Schwester, und er würde noch zwei Brüder bekommen. Die Geschichte aber sollte allein seinen Namen überliefern.

II.

Die beiden Toten des Jahres vier vor Christus

Das Gemurmel der Ammen, ewige Chronik vergangenen, gegenwärtigen und zukünftigen Unheils, verlor sich im Brausen der Wogen.

»Und sein Vater war so gut…«
»Und sein Bruder erst! Er wurde von meiner Mutter gestillt!«
»Strahlend schön wie Sterne waren sie!«
»Ja, die Bosheit mancher Weiber!«

Die Kinder kauerten auf der höchsten der Terrassen und spielten Knöchelwerfen. Die breiten Stufen fielen gegen das Meer hin ab und waren mit Steinvasen geschmückt; darin kämpften Rosenstauden vergeblich gegen den bitteren Geruch des Tangs an, der, von dem Sturm am Vortag an Land geschwemmt, in dunklen Haufen am Strand lag und jetzt in Sonne und Wind trocknete.
»Und zwei drauf!« triumphierte Saul.
»Du hast gemogelt!« rief Agrippa, der mit erstem Namen Herodes hieß. »Du hast gemogelt, ich hab's gesehen!«

»Ich hab nicht gemogelt! Ein Prinz mogelt nicht!«
»Du hast gemogelt, sag ich. Ein Prinz lügt nicht!«
Sie sprangen auf: zornige Blicke und drohende Gebärden, hier ein linker Arm angewinkelt, dort die rechte Faust geballt, das Kinn vorgereckt. Der eine Knabe war sechs Jahre alt, der andere ein wenig über fünf; Stolz und Eitelkeit brachen plötzlich durch. Agrippa trat einen Schritt vor, Saul hob seine weiße Faust.
»Genug!« riefen die Ammen im Chor und erhoben sich, beide krummbeinig und plattfüßig, um die Streithähne zu trennen. Die ließen ihre Wut an den Röcken der Ammen aus. Sauls ältere Schwester Doris hatte außer Hörweite mit zwei gleichaltrigen Mädchen von zwölf oder dreizehn Jahren getuschelt; jetzt runzelte sie die Stirn und kam dem Bruder mit schleppenden Schritten zu Hilfe.
»So geht man mit seinem Cousin nicht um!« schalt Sauls Amme, packte ihn am Arm und schüttelte ihn. »Erst recht nicht mit einem jungen Prinzen!«
»Ich bin auch ein Prinz!« gab Saul zurück.
»Ja, aber er ist ein Waisenkind!« zischte die Amme leise, doch Agrippa hatte sie dennoch gehört.
»Auch Saul ist bald ein Waisenkind!« kreischte er.
Doris blieb wie versteinert stehen, als sie die Prophezeiung des Kindes hörte.
»Wer hat das gesagt?« stieß sie mit rauher Stimme hervor.
»Meine Mutter«, rief Agrippa. Die beiden Ammen erbleichten. »Meine Mutter, Berenike.[3] Sie ist doch die Frau deines Vaters, sie, die Tochter Salomes.[4] Sie weiß es!« schrie das Kind wild. »Und ist Antipater[5] etwa nicht im Gefängnis?«
Diesmal erstarrten allen Anwesenden. Sauls Augen weiteten sich vor Entsetzen. Die Ammen verhüllten ihre Gesichter und zogen die Kinder fort, jedes zu seinen Gemächern im Palast von Cäsarea. Doris blieb, wo sie war, ihre beiden Gespielinnen hielten sich in respektvoller Entfernung. Ihre schlimmsten Vorahnungen sollten sich also bewahrheiten; es gab kein Entrinnen. Die letzten Spuren der Jugend schwanden aus ihrem Antlitz.

Später – aber nicht sehr viel später, denn das Unglück kommt meist ebenso rasch wie unerwartet – erfuhr man, daß ein Brief des Cäsaren eingetroffen war.
Zu jener Zeit zerfloß die Größe des Herodes in den eitrigen Ausscheidungen seiner geschwollenen Füße und seiner Gedärme, und der Potentat hatte seine Höllenfahrt bereits auf Erden begonnen, gepeinigt von entsetzlichen Schmerzen und geblendet von Qualen, wie sie nur die letzten Leviatane kannten, deren Sippe der Schöpfer verdammt hatte. Als der Brief des Augustus im Palast zu Jericho eintraf, las ihn Achiab, die treue Seele des Herodes und Vertrauter seiner Todesqualen, seinem Herrn vor, weil Herodes' Augen nur noch zwischen Licht und Schatten zu unterscheiden vermochten. Augustus hatte wegen eines Komplotts gegen Herodes und seine Schwester Salome die jüdische Sklavin seiner Frau Akmäa töten lassen; ihr Komplize aber war – welch Entsetzen! – niemand anderes gewesen als Antipater. »Was Deinen Sohn betrifft, so magst Du ihn nach Deinem Gutdünken verbannen oder hinrichten lassen«, hieß es im Brief.
Während Achiab den Brief vorlas, belauschte ihn Simeon, der Spion Salomes; Antipater selbst saß in dem unterirdischen Verlies, in dem sein Vater ihn gefangenhielt, beim Würfelspiel und ahnte nichts von dem unheilbringenden Rauschen der schwarzen Schwingen, der Schwingen des Todes. Simeon lief zu den Gemächern der Salome, um ihr die kaiserliche Botschaft zu hinterbringen.
Herodes versuchte, sich auf seinem Lager herumzuwälzen. Die klebrigen Leintücher, bereits vollgesogen mit den Säften seines verwesenden Fleisches, fielen herab. Achiab beeilte sich, sie zu wechseln; Herodes öffnete seinen schwärigen Mund.
»Einen Apfel«, murmelte er.
Tief gebeugt brachte ihm Achiab eigenhändig Teller, Apfel und Messer, da Herodes die Gewohnheit hatte, seine Äpfel selbst zu schälen und sie dann säuberlich zu zerteilen. Der König stellte den Teller mit dem Apfel auf das Laken und griff nach dem Messer. Kurz ließ er seine halb geschlossenen Echsenaugen durch den Saal

wandern, dann preßte er die Lippen zusammen und richtete das Messer gegen seinen zugleich abgezehrten und aufgedunsenen Leib.
Ein markerschütternder Schrei hallte durch den Palast. Es war der Schrei Achiabs, der sich auf Herodes geworfen, sein Handgelenk gepackt und das Messer weit fortgeschleudert hatte. Herodes fiel auf seine Kissen zurück, niedergestreckt von der – wenn auch verfehlten – Tat.
Kammerherren, Höflinge, Diener und Sklaven drängten sich an den Türen und wagten nicht einzutreten, während Achiab weinte – ehrliche Tränen übrigens, denn seine Macht hing allein am keuchenden Atem seines Vetters.
Unten im Verlies sah sich Antipater bereits als Nachfolger seines Vaters. Er warf die Würfel hin und befahl dem Kerkermeister, ihn freizulassen.
»Jetzt bin ich der König«, sagte er. »Laß mich auf der Stelle frei, und du wirst es nicht bereuen!«
Seine Stimme war gebieterisch. Und stand es nicht tatsächlich außer Zweifel, daß Herodes der Große gestorben war und Antipater seine Nachfolge antreten würde?
»Ich werde mich selbst davon überzeugen«, sagte der Kerkermeister und verließ die Kammer, wobei er die Türe sorgsam verschloß.
In der Vorhalle herrschte großer Aufruhr. Augen, vor Schreck aufgerissen oder zu schmalen Schlitzen verengt; Gesichter, grün vor Angst oder bleich und verwirrt; tuschelnde Grüppchen; ein hastiges Kommen und Gehen... Der Kerkermeister stieg zum Zwischengeschoß des Palastes von Cäsarea empor. Durch die Westfenster erblickte er flüchtig das Meer, im Osten, hinter jener Tür, erwartete er den Anblick des Todes. Er ließ sich melden. Achiab trat heraus. Sein Gesicht war eingefallen.
»Man muß dem König sagen...«, begann der Kerkermeister, und zögerte ein wenig, für den Fall, daß er unterbrochen würde. Aber man ließ ihn weiterreden. »...daß sein Sohn Antipater mir befohlen hat, ich soll ihn freilassen, denn er sei jetzt der König.«

Achiab knirschte mit den Zähnen.
»Er hat mir viel Geld versprochen, wenn ich ihn befreie. Er hat mir sogar gesagt, ich könne Kammerherr werden«, fuhr der Kerkermeister prahlerisch fort.
»Und, hast du ihn freigelassen?« fragte Achiab trocken.
»Wäre ich dann hier?« fragte der Kerkermeister zurück.
»Er ist noch lange nicht König«, fauchte Achiab. »Warte hier!«
Herodes hatte durch die offene Tür alles gehört. Noch an der Schwelle des Todes tobte er vor Wut. Er schlug sich mit den Fäusten gegen die Stirn.
»Isaak, Phruras, Ludas!« brüllte er nach seinen Leibwächtern.
Achiab erbleichte. Wie immer warteten die Wachen im Vorzimmer; sie stießen Achiab und den Kerkermeister beiseite und stürmten hinein.
»Geht auf der Stelle hin und tötet mir diesen Hund Antipater dort unten in seinem Loch! Sofort! Und verscharrt ihn in Hyrkania!«[6]
Lanzen rasselten auf den Beinschienen, den Kürassen und Schilden, als sie hinauseilten. Einige Augenblicke später sah Antipater, der schon glaubte, man komme, um ihn zu befreien, nur noch das Blitzen des Dolches, der ihm die Kehle durchschnitt. Eine Gruft in jener Festung, die der Vater seines Schwiegervaters in der Nähe von Jericho errichtet hatte, sollte sein letztes Königreich werden.
Als man seine ausgeblutete Leiche in aller Heimlichkeit nach Jericho schaffte, war auch seine zweite Frau Berenike dort eingetroffen. Sie gab ein Festmahl für ihre Freundinnen. Einige kurze Umarmungen hatten nicht vermocht, in ihr den Haß auf Antipater zu löschen, den ihre Mutter Salome in ihr entfacht hatte. Nicht einmal Kinder hatte sie von ihm. An Doris, Saul oder Rufus[7], die Kinder aus erster Ehe, verschwendete sie keinen Gedanken. Was gelten schon die Kinder eines Verschwörers?
Am nächsten Tag erfuhren die Kinder durch ihre Ammen, was geschehen war. Alte Frauen besitzen ein großes Feingefühl für bedeutende Augenblicke des Lebens, für Gerüchte und Gerede, die schneller sind als jeder Kurier. Bleich und unglücklich hielten die Kinder ihre Köpfe über das Nachtmahl gebeugt. Bald würden sie auf die Mildtätigkeit von Vettern angewiesen sein.

Am Tag darauf kam Agrippa nicht zu Saul, um mit ihm zu spielen. Fünf Tage später begannen die Ammen erneut zu tuscheln, diesmal aber mit einer Heftigkeit, die an ihrem Verstand zweifeln ließ. Waren sie von Raute oder Hanf berauscht?
»Was geht hier vor?« fragte Doris gebieterisch, als ihr über diesem halblauten und zahnlosen Geplapper schließlich die Geduld riß.
»Nichts! Nichts!« kreischten die Bündel aus Knochen, Lumpen und Mißgunst.
Saul verbrachte den Tag damit, aufs Meer zu schauen, dann fiel er in eine todesähnliche Starre.
Aber schließlich kam aus Jericho ein Pharisäer nach Cäsarea, um sich hinter verschlossenen Türen mit dem Haushofmeister des Palastes zu beraten. An seinem schweren Schritt erkannte Saul, daß er Unheil brachte. Er erbleichte. Man würde ihn töten, auch ihn! Nein, er würde fliehen und sich auf einer der Galeeren verbergen, die jeden Tag mit Kurs auf Asien den Hafen verließen!
Das Herz klopfte ihm zum Zerspringen, während er geduckt durch den Park lief. Die Büsche, Statuen und Balustraden dieser Gärten jagten ihm auf einmal panische Angst ein. Er kauerte sich unter das Fenster des Haushofmeisters.
»...kaum war er tot, übernahm Salome die Führung des Reiches. Sie begab sich zum Hippodrom, wo sich die Amtsträger des Reiches versammelt hatten. Sie zitterten vor Angst. Ein Unbekannter hatte ihnen eingeredet, daß Herodes sie in seiner Todesstunde zur Verkündung seines Letzten Willens bestellt habe. Sie raunten sich zu, Herodes wolle sie alle mit in den Tod nehmen, und bedeckten ihr Gesicht mit Staub. Viele versuchten zu fliehen, aber in Erwartung eines Blutbades waren Wachen vor den Toren aufgezogen. Ach, was für ein Schauspiel, mein teurer Elias! Dann traf Salome im Hippodrom ein. Sie bestieg die Tribüne des Herodes. ›Geht nach Hause!‹ rief sie. ›Eine Rennbahn ist kein Gefängnis!‹ Sie haben geheult wie die Weiber! Ach, was für ein Schauspiel, teurer Elias! *Gerannt* sind sie zu den Ausgängen! Dann rief Salome die Garnisonstruppen im Amphitheater zusammen. Ihnen eröffnete sie endlich, daß Herodes tot sei...«

Herodes war tot! Den Tränen nahe, sank Saul zu Boden.
»...und daß er für jeden Mann der Garnison einen äußerst großzügigen Extrasold verfügt habe. Der Garnisonskommandeur las daraufhin eine Danksagung an die Mannen des toten Königs vor. Ach, was für ein Schauspiel, teurer Elias! Salome verkündete, daß Herodes in seinem vierten Testament seinen Sohn Archelaus zum Thronfolger bestimmt habe. Der Kommandeur schwor dem neuen König die Treue, und die ganze Garnison erhob den Arm zum Schwur! Schließlich verlas Ptolemäus das Testament. Die Bestattungsfeierlichkeiten fanden am darauffolgenden Tage statt. Außerdem solltest du noch wissen, daß Archelaus eine Staatstrauer von sieben Tagen angeordnet hat.«
»Und die Kinder?« fragte Elias.
»Die Kinder?«
»Von Antipater.«
»Soviel ich weiß, hat Herodes für diese Brut nichts vorgesehen. Ich werde Archelaus fragen.«
»Diese Brut!« Sauls schwarze Augen verdüsterten sich. Seine Kindheit war vorüber.
Er hatte nicht erlebt, wie mit jenem prunkvollen Begräbnis eine ganze Welt unterging: der Leichnam des Herodes, schon halb verwest, grünlich auf einem vergoldeten und mit Juwelen besetzten Katafalk, unter einem purpurnen Baldachin, die leise bebende Goldkrone auf dem Kopf, das Szepter in der Rechten. Dem Sarg folgten seine Söhne und seine ganze Familie – das heißt, fast die ganze –, dann die königliche Garde in Galauniform, das thrakische Regiment, das germanische Regiment, das Regiment der Galatäer, das Eliteregiment, dazu fünfhundert Domestiken des königlichen Haushalts, die Spezereien auf Silbertellern trugen... Diese prächtige Prozession erklomm mühsam die Straße zum Schattental des Todes, weit nach Süden, bis in die Wüste von Judäa zur Burg von Herodion, der letzten Ruhestätte jenes Menschen, der versucht hatte, das Reich Davids wieder aufzubauen – er, der doch Araber war. Nein, Saul hatte nicht gesehen, wie Rüstungen und Goldbeschläge im Dämmerlicht ihr letztes Feuer versprühten, bevor man

Herodes in den Gärten zu Grabe trug, die er selbst angelegt hatte; Saul hatte nicht gesehen, wie sich in einer einzigen Nacht vierunddreißig Jahre Macht und Pomp in Nichts auflösten.
Aber er spürte in seinem Innersten, daß mit Herodes eine Welt – seine Welt – gestorben war. Später suchte er ein wenig Zärtlichkeit bei seiner Schwester. Sie war starr vor Schmerz um den toten Vater, wie betäubt vom Untergang eines ganzen Reiches. Selbst die Ammen waren verstummt, nur noch Randfiguren ohne Text.
Drei Tage nach diesen Ereignissen traf eine Frau mit ihrem Gefolge ein, allesamt Fremde mit grünen Augen. Hatte Saul sie nicht schon einmal gesehen? Bestimmt als kleines Kind...
»Das ist deine Tante, die Prinzessin Glaphyra, erinnerst du dich?« fragte eine Amme beflissen.
Glaphyra, ja, die Witwe von Alexander, Antipaters Bruder. Sie sei bei der Nachricht vom Tod des Herodes aus ihrem asiatischen Exil zurückgekehrt, erklärte sie, während ihr Blick auf den Kindern ruhte. Gerade noch rechtzeitig sei sie eingetroffen, um Herodes das letzte Geleit zu geben. Und jetzt suchte sie vor der Einschiffung nach Kappadozien etwas Ruhe. Außerdem war sie zurückgekehrt, um ihre Kinder Alexander und Tigranus wiederzusehen, die entsprechend den Anordnungen des Herodes in Kürze nach Rom aufbrechen würden.
Glaphyras Haar war wie mit Gold überpudert, und sie besaß das blasse Gesicht und den langsamen Schritt der Asiatinnen, vor allem aber diesen traurigen Blick, der jetzt schwer auf den Kindern lastete. Es war Rufus, der Jüngste, der für die anderen den Botschafter machte. Er stürzte zu Glaphyra und umschlang mit innig geschlossenen Augen ihre Röcke. Unter dem Gefolge auf der Terrasse erhob sich erstauntes Gemurmel. Die Prinzessin beugte sich zu Rufus hinab und legte ihm weinend eine Hand auf den Kopf.
Verstört beobachtete Saul von weitem diese Szene. Riesengroß wurden in dem braunen Gesicht seine dunklen, runden Augen, umgeben von dichten schwarzen Wimpern. Sein kleiner roter Mund verzog sich. Sein Kinn zitterte. Er war jetzt auf die Gnade Fremder angewiesen. Tränen liefen ihm über die Wangen, so erniedrigt fühlte er sich.

»Saul!« rief ihn Glaphyra mit einer Stimme, die gerührt und freudig zugleich klang. »Doris!«
Saul war der letzte, der sich in den Kreis um die Kappadozierin einfügte. Er näherte sich mit steifen Schritten, und als Glaphyras Hand sich auf seinen Kopf legte, auf sein nach Art der Römer kurz geschorenes Haar, da wandte er den Blick ab, hin zum Meer.
Die Hinrichtung Antipaters und der Tod des Herodes hatten ihn schwer erschüttert, und das Leben war ihm wie ein Trümmerfeld erschienen. Nun begann es von neuem. Das Geschwätz der Ammen wurde fröhlich, und in die Gesichter der Diener kam wieder Farbe.
Es folgte der Besuch des Thronfolgers: Archelaus selbst, strahlend in seinem Trauergewand.
Die Cäsaräer, die seit dem Morgengrauen von seinem Kommen wußten, versammelten sich entlang der Julianischen Prachtstraße und auf den Umfriedungsmauern des Theaters und des Hippodroms, um die Eskorte des neuen Königs vorbeiziehen zu sehen. Man hatte befürchtet, die Vorhänge einer Sänfte würden ihn den Blicken entziehen, doch er defilierte hoch zu Roß vorüber, das Schwarz der Trauer über dem Purpurrot der Macht. Zehntausend Blicke musterten sein Gesicht und versuchten darin ein Geheimnis zu entdecken, denn wer der Macht unterworfen ist, huldigt dem Glauben, daß sie ein Geheimnis besitzen müsse. Aber das Antlitz des Herodes Archelaus war nur eine Maske, von der Sonne des Südens gemeißelt.
Vielleicht hatte er ja doch ein Geheimnis – eine Frau. Der hochmütige Ernst, den er von seinem Pferd herab zur Schau trug, rührte nicht von der Trauer um den Toten her, vielmehr bedauerte er, sich nicht auf Glaphyras Lager seiner Krone erfreuen zu können. Er war nämlich verheiratet und mußte vor diesen Juden auf der Hut sein, die jede neue Blüte des Herzens zum Ehebruch erklärten. So kurz nach seiner Thronbesteigung konnte er Mariamne also nicht verstoßen.
Trotzdem begab er sich unter einem Vorwand zu Glaphyra in den Palast: Dem Wunsch seines Vaters entsprechend, wolle er für das Schicksal der Kinder von Alexander und Aristobul sorgen, zu de-

nen ja auch die Kinder Glaphyras, der Witwe Alexanders, gehörten. Sie würden nach Rom reisen, das war beschlossen.
Als er plötzlich an die Kinder des geächteten Antipater erinnert wurde, runzelte er die Stirn. Herodes hatte offensichtlich nicht an sie gedacht. Doch als Blutsverwandten gebührte ihnen Unterstützung.
Das Gespräch dauerte lange. Die widersprüchlichen Gefühle der Liebenden mischten sich mit dem Kummer einer Frau, die sich von ihrer Ehe, von ihrem geliebten Gatten und zuletzt auch von ihren Kindern entfremdet.
»Gewährt mir also, daß ich Antipaters Kinder mit mir ins Exil nehme«, bat Glaphyra.
Dieses Ansinnen überraschte Archelaus, aber ohne es sich anmerken zu lassen, war er entzückt. So konnte er gleich zwei Fliegen mit einer Klappe schlagen: Die verhaßte Brut schickte er ins Exil und erfüllte gleichzeitig der geliebten Frau einen Wunsch. Er spielte den Unentschlossenen, den Zögernden und tat am Ende so, als triebe ihn seine Großzügigkeit, den Unterhalt für die Kinder aus seinem Privatvermögen zu bestreiten.
Dann rief er Doris, Rufus und Saul zusammen, um ihnen seine Entscheidung mitzuteilen; schließlich stünden sowohl die Kinder als auch ihre Tante ganz allein auf der Welt, erklärte er. Und als eine Woche später Glaphyra aus Cäsarea abreiste, gingen sie mit ihr.
Die Ammen erzählten, in Kappadozien verschlängen die Löwen mehr Menschen als der Krieg.

III.

Civis Romanus

Die *Clementia* war ein Schiff mit vier Rudern und zwei Decks. Sie wurde von zwei Dreiruderern eskortiert, der *Julia* und der *Eurena Sebasta.* Archelaus hatte die Schiffe eigens gemietet, damit sie Glaphyra und ihr Gefolge, zusammen mit den vier Kindern des Antipater, von der Küstenstadt Cäsarea nach Pompeiopolis in Zilizien brächten.

»Der Wind wird günstig sein«, hatte Archelaus versichert.

Tatsächlich hatten sie lebhaften Wind, oft allerdings Gegenwind. Entlang der zyprischen Küste wurden alle Passagiere von der Gischt der gewaltigen Brecher durchnäßt, doch nachdem sich das Meer ein wenig beruhigt hatte, konnten die Kinder und die Jüngsten unter der Dienerschaft das Schillern der Flederfische bewundern, wenn sie blitzschnell über die Wellen hüpften. Auch galt es die üppigen Schaumspuren der Delphine zu bestaunen, die wie eine fröhliche Eskorte mit den Schiffen dahinzogen.

Saul klangen noch immer die Worte des Archelaus im Ohr: »Der König, mein Vater hat vorgesehen, daß du Mariam, die Tochter des Aristobul, heiraten sollst.« Demnach hatte Herodes an ihn gedacht. Saul blieb ein Prinz. Sein schmächtiger Körper straffte sich über der Reling; er war also doch kein Bettler.

Nach fünf Tagen waren sie in Pompeiopolis, und nach einem weiteren halben Tag entlang der Küste erreichten sie Tarsus. Dieselbe Zeit war nötig, das Gepäck auszuladen, ebenso die Ballen mit den Geschenken des Archelaus: syrische Stoffe, Elfenbeinschnitzereien, Kisten voller Gewürz. Indessen stellte der Hafenkommandant eine Begleitmannschaft für die Ankömmlinge zusammen.

Ihnen zu Ehren schimmerte Tarsus im matten Gold der kalten Frühlingssonne. Über den Wällen erhoben sich die Bögen der Säulengänge, die Spitzgiebel und die hochgewölbten Kuppeln, darüber thronte ein ganzes Volk von Statuen. Glaphyras Eskorte hatte das Hafentor kaum hinter sich gelassen, da umringte sie ein Schwarm

von königlichen Beamten, Höflingen und Freunden. So zogen sie eine breite Pflasterstraße hinauf.
»Hier ist es noch viel schöner als in Jerusalem, in Cäsarea oder in Jericho!« rief Doris. Zum erstenmal, seitdem ihre Zukunft und die ihrer Brüder von schweren Schicksalsschlägen bedroht gewesen war, fand sie ihre Munterkeit wieder.
Saul dagegen beobachtete und schwieg. Gewiß, ihn beeindruckten die Überschwenglichkeit dieses Empfangs in Tarsus und die Aussicht auf den Luxus, in dem Glaphyra zu leben schien, aber er war auch voller Mißtrauen gegenüber diesen Leuten, die ihm doch Fremde waren.
Übrigens zeigten die Höflinge Glaphyras durchaus Interesse am Schicksal dieser Kinder in Trauergewändern. Fragende Blicke, geflüsterte Antworten. Saul spürte freilich den geringschätzigen Unterton solcher Reden. Sie waren Prinzen zweiter Klasse, das lag auf der Hand, während die leiblichen Kinder Glaphyras einer strengen Erziehung in Rom entgegensahen.
In weniger als einer Stunde hatten sich alle in Glaphyras tarsischer Residenz eingefunden. Tarsus war eine freie Stadt und somit unabhängig von der Macht des Königs Archelaus IV. Die Prinzessin war lediglich eine geachtete Bürgerin, wenngleich sich niemand Illusionen über ihren wahren Einfluß machte, denn auch die kleinste Verstimmung ihres Vaters, des Königs, hätte den Statthalter sicherlich zum Einlenken bewogen. Außerhalb der Stadtmauern konnte Archelaus Wege und Straßen abriegeln; seine Schiffe waren mühelos dazu in der Lage, fremden Seglern das Einlaufen in den Hafen zu verwehren, ebenso wie sie auch die tarsischen Schiffe daran hindern konnten, auf offene See zu gelangen. Eigentlich war Tarsus nichts anderes als ein fremdes Schmuckstück im riesigen Ornat des großkappadozischen Löwen, Zilizien inbegriffen.
Dies erriet man im übrigen nicht nur an der Unterwürfigkeit, die Glaphyra entgegengebracht wurde; es zeigte sich auch bei der Berufung von Erziehern für die Knaben, zwei Männern, die in den Augen Sauls eine ungekannte Feinheit und Vielfalt des Ausdrucks besaßen. Nichts erinnerte an die etwas provinzielle Steifheit der Er-

zieher aus Judäa, die mehr Studienaufseher gewesen waren als geistige Ziehväter. Petrosinus war knapp über dreißig, trug einen gepflegten roten Bart und seine durchdringenden Augen blitzten schalkhaft. Stephanos, kaum älter, hielt sich mehr zurück; die Augen blieben meist halb geschlossen, doch sein schmaler Mund verstand sich offenbar vortrefflich auf das Formulieren von Epigrammen.

»Prinzessin«, begann Stephanos, »welchen Landes Bürger werden die Prinzen nun sein?«

»Hat denn das Wissen ein Vaterland?« fragte Glaphyra zurück.

»Das Wissen nicht, wohl aber die Prinzen.«

Glaphyra blickte nachdenklich drein.

»Dann macht tarsische Bürger aus ihnen«, sagte sie.

Saul hörte bestürzt zu. Rufus schien die Tragweite der Unterhaltung nicht zu begreifen.

»Römische Bürger also«, vergewisserte sich Stephanos. Er trat von einem Bein auf das andere und blickte Glaphyra forschend, womöglich auch ein wenig spöttisch, an.

Diese schien besorgt.

»Es sind immerhin die Enkel von Herodes dem Großen«, warf Petrosinus ein, »dem König von Judäa, eurem Schwiegervater.« Aber als das Offensichtliche keinen Kommentar hervorrief, fuhr Petrosinus fort: »Ist es Euer Wille, Prinzessin, sie wie jene Leute zu erziehen, die das Volk des Herodes als Heiden betrachtet und die ihre Macht nur der Waffengewalt verdanken? Oder sollte man ihnen besser einen jüdischen Erzieher bestellen, wie es in Tarsus einige gibt, damit sie eines Tages, mit etwas Glück, selbst die Provinzen zu regieren wissen, die ihnen wieder zufallen könnten?«

Es war das erste Mal, daß Saul mit eigenen Ohren hörte, wie die Außenwelt über Römer und Juden dachte. Das war bis jetzt noch nie geschehen, und um so größer war seine Bestürzung. Dort unten, in Palästina, hatte ihn seine Herkunft als Prinz vor diesen Fragen bewahrt. Die Ammen hätten es kaum gewagt, die Herkunft der Herodier zu hinterfragen; die Dienerschaft aber hätte nicht einmal im Traum daran gedacht, dieses Problem auch nur zu erwähnen.

Ohne einen Menschen, der ihm Zuneigung zeigte, und bis vor einigen Tagen in seiner ganz persönlichen Sicherheit bedroht, verlieh Saul nun fast rüde seinem Verlangen nach Trost Ausdruck, welcher ihm nur greifbar schien, wenn er sich auf die Seite der Mächtigen schlug. Die Gewogenheit einer asiatischen Prinzessin erschien ihm dabei nebensächlich und auf alle Fälle zu ungewiß, zumal er nicht von ihrem Blute war. Eines wußte er sehr wohl und würde es auch am nächsten Morgen noch bestätigt finden: Er war nur ein Gast, ohne jegliches Recht.
»Und du, Saul, was meinst du?« fragte ihn Glaphyra.
Diese üppig geschminkte Frau, welche bis zuletzt den Lockungen der Macht verschrieben bleiben sollte, ehe das Greisentum sie in das heimatlose Volk der alten Weiber zurückwerfen würde, bereitete Saul Widerwillen, doch er kämpfte dagegen an. Trotzig erwiderte er die Blicke von Petrosinus und Stephanos, die seiner Brüder und des beharrlich schweigenden Gefolges.
»Bin ich ein Jude?« fragte er voller Hochmut.
»Deine Mutter entstammte einer der berühmtesten Familien Israels«, antwortete Glaphyra. »Dein Vater war der Sohn des Königs der Juden und wäre ihm auf diesen Thron gefolgt, hätte ihn nicht jenes Mißgeschick ereilt«, antwortete Glaphyra.
»Aber Herodes war gleichermaßen Idumäer und Nabatäer, nicht wahr?« gab Saul mit sich überschlagender Stimme zurück. »Die Macht, die auf meinen Vater gekommen wäre – stammte sie von Herodes oder von meiner Mutter?«
Stephanos lächelte.
»Sieh an«, sagte er, »ein Junge mit römischem Rechtsempfinden.«
Saul maß ihn mit Blicken. »Und bin ich nicht außerdem«, fügte er hinzu, »durch meinen Vater römischer Bürger wie dieser durch den seinen?«
Glaphyra und Petrosinus wollten gerade wieder ihr Gespräch aufnehmen, doch Saul hob, mit gespanntem Gesicht, den Arm.
»Warum«, fragte er in demselben fordernden Ton, dessen er sich schon zuvor bedient hatte, »bin ich denn schließlich hier, Prinzessin, verehrte Tante? Ist es nicht deshalb, weil dir deine Söhne fort-

genommen wurden, um nach Rom geschickt zu werden? Wird man sie am Hofe des Cäsaren nicht wie Römer erziehen? Wäre das nicht auch mir bestimmt gewesen, ohne das Mißgeschick meines Vaters? Und ebenso meinem Bruder? Ich verlange deshalb, als römischer Bürger erzogen zu werden, und dieselbe Erziehung fordere ich für meinen Bruder.«

Alle hatten dieser Rede aufmerksam zugehört. Saul erkannte in den Gesichtern der Erzieher das Interesse, das er in ihnen wachgerufen hatte. Aus dem Antlitz seines Bruders sprach Bewunderung für sein entschiedenes Auftreten, doch die Miene Glaphyras schien völlig gewandelt. Er erriet den Grund dafür. Sie hatte auf die Verzweiflung des Waisenkindes in ihm gezählt und nun entdeckte sie das Selbstbewußtsein eines Herodiers. Ein Adler, der aus dem Nest fällt, wird noch lange nicht zur Taube.

Jener dort konnte jedenfalls niemals eine Taube werden, und sei es nur der Farbe wegen – dieser Haut, vom Braun der Karbonfackeln, und dieses Mundes, der sich zuweilen unziemlich zu röten schien; dazu der innere Kummer, der seine Züge durchdrang. Schmächtig von Statur, schien er doch zu unvorhersehbaren Erschütterungen bestimmt. Und vor allem war da jene heilige Krankheit.

Der erste Anfall Sauls, den Glaphyra erlebte[8], hatte sich auf dem Schiff ereignet. War die Sonne schuld gewesen? Oder eher die unruhige See? Eines Nachmittags, als die Prinzessin im Kreise ihrer Neffen den Horizont betrachtete, wurde Sauls Kopf nach hinten gerissen, und der Junge stürzte. Doris stieß einen Schrei aus, und Glaphyra beobachtete zunächst erschrocken, dann erstaunt diesen Jungen, dessen steife Glieder von Krämpfen geschüttelt wurden, während sein Mund sich mit schäumendem Speichel bedeckte und seine Kinnmuskeln wie gemeißelt hervortraten. Doris beugte sich über den Bruder und steckte mit verzweifelter Gewalt eine eiserne Klinge zwischen seine Zähne. Die Seeleute hatten die Szene mit einer Kälte beobachtet, die Glaphyra empörte.

»Das ist ein geheiligtes Kind«, sagte einer von ihnen.

Und Glaphyra kamen wieder die Legenden über jene Menschen in den Sinn, die mit dieser schillernden und geheimnisvollen Krank-

heit geschlagen waren. Sie seien die Boten göttlichen Willens, sagte man. Als die Krämpfe aufhörten und Saul zu sich kam, sollte ihn Glaphyra für immer mit anderen Augen sehen. Stets waren ihre Gefühle für Saul nun mit Furcht gepaart.
Dennoch hatte sie gehofft, ihre Zuneigung könnte mit gleichem vergolten werden. Ob er nun mit der heiligen Krankheit behaftet war oder nicht, und selbst wenn er als Träger himmlischer Entscheidungen zu gelten hatte: Saul blieb dennoch ein Kind.
Doch jetzt, in Anwesenheit der Erzieher, stand sie auf einmal vor einem eigenständigen Menschen, der sich seines Schicksals ganz bewußt war.
Die Prinzessin kniff unmerklich die Augen zusammen. Ein Anflug von Bitterkeit legte sich wie ein Schatten um ihre Mundwinkel. Zweifellos waren ihre eigenen Kinder nicht anders. Und keines der Kinder ihres Stammes. Sie schüttelte den Kopf.
»Stephanos wird euch also in Latein und Griechisch unterrichten, und Petrosinus in Philosophie und Mathematik.«
Die Nacht senkte sich über Tarsus. Die Diener steckten Fackeln in die Bronzehalterungen. Antipaters Kinder nahmen das Nachtmahl mit ihren Erziehern ein; Glaphyra zog sich mit ihrem Gefolge zurück.
In den Patriziervillen wie auch in den Tavernen des einfachen Volkes wurde asiatischer und europäischer Wein ausgeschenkt. Der Bergamotduft Italiens vermengte sich mit den Wohlgerüchen indischer Salben. Über das Pflaster der Straßen und Höfe eilten die weichen Sandalen der Araber und die steifen Pantoffeln der Paphlagonier. Bei Vicinius Themanus, einem reichen jüdischen Kaufmann, sprach heute abend Athenodorus von Kana, der berühmte Philosoph, Erzieher des jungen Octavian und inzwischen Freund des Augustus[9], ein Vertrauter auch des Seneca und des Cicero. Er sprach über den Atomismus Epikurs, der behauptet, der Gedanke sei ohne Macht über die Materie. Über all dem aber, hoch über Tarsus, speisten die Götter. Es sollte ihr letztes Mahl sein, denn in Palästina wurde zu dieser Stunde ein Kind geboren: Sein Name würde auf Erden Blut vergießen und im Himmel das Lächeln der Götter ersterben lassen.

Der junge Saul hatte gerade seinen Hähnchenschlegel mit Kreuzkümmel verspeist. Sein Mund war fettverschmiert, und seine Augen leuchteten unternehmungslustig. Er ahnte nicht, daß er viel später einmal der Apostel dieses Kindes sein würde und doch zugleich sein Judas.

IV.
Tarsische Verirrungen

Welchen Mann könnte man wohl glauben machen, eine schöne junge Frau, eine Prinzessin noch dazu, sei allein durch dunkle Erbschaftsintrigen zu ewigem Witwentum verdammt, durch vereitelte Giftanschläge und Haß, gefährlich wie ein Korb voller Schlangen? Ein einziger Besuch von ihrem Bruder Antigonus Archelaus genügte, um Glaphyra davon zu überzeugen, wie unsinnig ihr Kummer war, und wie gekünstelt ihre Versuche, sich über die Abwesenheit ihrer Kinder hinwegzutrösten. Gebieterisch wie ein Königssohn, aber vorlaut wie alle jüngeren Geschwister, zog Antigonus Archelaus nicht nur den fruchtlosen Gram seiner Schwester ins Lächerliche, sondern auch die jugendlichen Randfiguren, von denen sie sich Zerstreuung erhofft hatte. Der gesunde Menschenverstand, so sagte er, lege es nahe, Doris in ihr Vaterland zurückzuschicken, wo sie mühelos einen treusorgenden Gatten vornehmer Herkunft finden würde. Was die Knaben anging, so verspürte Antigonus Archelaus eine gewisse Zärtlichkeit für Rufus, den Jüngsten. Saul dagegen fand in seinen Augen keine Gnade. Seine Vorliebe für Machtspiele und Intrigen sei schon in den runden schwarzen Augen dieses kleinen Herodiers zu lesen, die niemals zu zwinkern schienen. Eine Laune der Parzen, so argumentierte Antigonus, könne Glaphyras Schicksal nicht ändern. Und ihr Schicksal sei es, Königin zu werden. Während er in seiner Toga aus feinem Linnen, mit Seidenfäden durchwirkt und standesgemäß mit Purpur gesäumt, vor ihr auf- und abschritt, die rubin- und granatbesetzte Fibel seines Man-

tels zurechtrückte, die beweglichen Füße in den geschmeidigen Stiefeln aus hellem Leder, Haupt- und Barthaar glänzend und gelockt, wirkte Antigonus Archelaus wie ein Götterbote, der zur Erde hinabsteigt, um eine verwunschene Schönheit zu befreien. In seiner Person vereinten sich Perseus, der Befreier Andromedas, und Bakchos, der Ariadne ein neues Leben schenkte.
Mehr noch, so fügte er hinzu, ein König verzehre sich nach Glaphyra. Man hätte sie ihm beschrieben, und Archelaus von Kappadozien, vom Verlangen dieses Königs unterrichtet, habe ihm eine Kamee mit dem Bildnis seiner Tochter übersandt.
»Ein König?« fragte Glaphyra.
»Iuba II., ein gebildeter König, ehemaliger Lehrer der Philosophie und Sittenlehre, ja, Iuba II., der König Nubiens und Mauretaniens. Sein Besuch in Tarsus steht unmittelbar bevor.«[10]
Glaphyras Wangen röteten sich, ihr Blick schweifte ins Leere. Sie fächelte sich ein wenig Luft zu.
»Aber… die Knaben?« fragte sie nach einer Weile. »Es wäre unmenschlich, sie in ein Land zu bringen, in dem der Name ihres Vaters geächtet ist.«
»Also gut, dann sollen sie bleiben!«
Drei Monate später hatten Nubien und Mauretanien eine neue Königin. Doris war nach Judäa zurückgekehrt.
Saul und Rufus blieben allein.
Auf einmal ging nichts mehr wie geplant. Zuerst widersetzte sich Saul der Philosophie, die Petrosinus ihn lehrte. Was, die Welt sollte als ein Kunstwerk verstanden werden? Und in jedem Ding könne die Idee desselben gefunden werden? – *»Ideia!«* rief der Grieche, belustigt von solcher Widerborstigkeit – die Idee, die dafür das Modell darstelle? Was war das nur für ein Firlefanz!
»Glaubt Ihr, der Tod meines Vaters war ein Kunstwerk?« fauchte Saul.
»Er war eine Tragödie, und alle Tragödien sind Kunstwerke!« parierte Petrosinus.
»Dann zur Hölle mit der Kunst!« schrie Saul. »Lehrt mich die Macht!«

»Die Macht über Menschen wird Euch von Menschen verliehen. Lernt also die Gesetze, unter die sie ihren Staat gestellt haben!« empfahl Petrosinus.
»Es war eine Laune des Cäsaren und des Herodes, meinen Vater zu töten. Das war nicht der Staat! Die Macht hängt am Wohlwollen derer, die sie ausüben, oder am Schwert! Ich werde sie mit dem Schwert erlangen, da ich des Cäsars Wohlwollen nicht besitze!« rief Saul.
Petrosinus betrachtete ihn mit sorgenvoller Miene.
»Dann lernt gefälligst!« sagte er schließlich. »Laßt mich Euch die Rhetorik lehren. Sie ist das andere Schwert.«
»Das andere Schwert?« fragte Saul verdutzt.
»Auch Schwerter und Truppen werden vom Staat eingesetzt. Bevor dieser es tut, braucht es manchmal Zeit. Worte jedoch finden leicht Eingang in den Geist der Menschen. Sie sind ein unsichtbares Schwert. Studiert die vorbildlichen Taten der Menschen, lernt lesen, dann werdet Ihr reden lernen!«
Aber er lernte schwer.
Wenn der Abend kam, lief er fort und rannte zum Hafen, während sein Bruder schlief. Er lauschte den Abenteuern der Seeleute, die von Stürmen erzählten, von gefährlichen Landungen, fremden Ländern mit nackten Menschen. Erst spät kehrte er zurück, und dann war seine Toga besudelt vom Wein und den Spuren vieler Hände, die ihn in unziemlicher Absicht berührt hatten.
Auch sein Bruder lernte nicht viel. Beide sprachen das Griechisch der Straße und das Latein der Domestiken, versetzt mit pontischen, mit kappadozischen und selbst mit skythischen Brocken. Dazu gebrauchten sie Schimpfworte, deren Sinn sie nicht begriffen, die ihnen aber Stockhiebe von Stephanos und Petrosinus einbrachten. Die Erzieher waren entsetzt über das Aufbegehren dieser haltlosen Herumtreiber.
Die beiden Brüder verhärteten und verdreckten. Die Erzieher beschwerten sich bei Antigonus Archelaus; der zuckte nur die Achseln. Also gab man ihnen den Stock, wieder und wieder. Herodier! Wahrlich würdige Söhne dieses abgefeimten Intriganten Antipater!

Doch wenigstens lernte Saul reden. Es war bestimmt nicht die Art von Gewandtheit, die Petrosinus anstrebte, vielmehr eine volkstümliche Redeweise, die seinen Lehrer zunächst nur verwunderte, bis eines Tages Matrosen den Jungen nach Hause brachten, von Zypernwein betrunken. Es war sein erster Rausch. Petrosinus begriff. Stephanos ebenso. Man erstattete Meldung an höchster Stelle. Aber umsonst.

Dann ging das Geld aus. Zweifellos war die Schatulle geleert, aus der bisher die Erziehung dieser Gassenprinzen bezahlt worden war. Die Erzieher stellten den Unterricht ein. Die Prinzen, nun ohne Beschäftigung, lebten mit den Dienstboten auf allzu vertrautem Fuße. Saul kehrte manchmal nachts nicht mehr heim. Sein Abendessen, drei Sardinen und Sesambrot in einer Hafenkneipe, spendierten ihm ein Kaufmann oder Kapitän, den Sauls Prinzengeschichten faszinierten. Den Rest der Nacht verbrachte er auf einer Bank, und seine Träume waren voller Ruhm und Bitterkeit.

Von Schenke zu Schenke wurde Saul immer bekannter unter den Seeleuten. Die fiebrige Wildheit seiner Blicke faszinierte viele, doch seine Großspurigkeit stieß ebensoviele ab. Wenigstens war er nicht hübsch, und so blieben ihm jene sogenannten häßlichen Begegnungen erspart. Ein Holzhändler nahm ihn an einigen Abenden unter seine Fittiche und verschaffte ihm Zugang zu besseren Kreisen. Dort machte Saul die Bekanntschaft eines Rhetors, den Schulden aus Alexandria vertrieben hatten. Gratus Mosollamus war Sohn eines Mazedoniers und einer Jüdin, ein ehemaliger Latein- und Griechischlehrer und wortgewaltiger Erzähler von Heldengeschichten. Obwohl selbst fettleibig und trunksüchtig, faszinierte er Saul dennoch durch seine schier unerschöpflichen Betrachtungen über Artemis. Er stellte der Legende, nach der die Göttin Orion getötet haben soll, weil dieser gewaltige Jäger versucht hätte, sie zu schänden, jene andere Legende gegenüber, nach der im Gegenteil Artemis ihre Leidenschaft für Orion bekundete und so die Eifersucht ihres Zwillingsbruders Apollon herausforderte.

Vielleicht trafen beide Legenden zu. Vielleicht hatte Artemis Orion verführt, indem sie seinen Vergewaltigungsversuch herausforderte, der dann im Mord endete. Oder Artemis hatte im Grunde ihre Jungfräulichkeit gehaßt und gehofft, eine Vergewaltigung könne sie davon befreien. Und vielleicht hatten ihre Anhänger diesen geheimen Widerspruch verstanden, denn schließlich war ihr schönster Tempel ihr als Göttin der Fruchtbarkeit geweiht worden: das Artemision von Ephesus, eines der Weltwunder.

Diese Spekulationen berauschten Saul. Sie schenkten ihm einen ersten Zugang zu Menschheitsträumen, wie er ihn zuvor nicht besessen hatte. Aber das konnte seinen Ehrgeiz nicht befriedigen; diese tarsischen Naschereien waren für ihn nur eine Handvoll trockener Nüsse. So trennte er sich von Gratus und hängte sich an einen Zenturio, der noch unter Cäsar gekämpft hatte. Sie redeten sich über Strategie die Köpfe heiß. Da aber dessen geistige Mittel ebenso beschränkt waren wie seine finanziellen, wandte sich Saul auch von ihm ab, hungrig und enttäuscht. Dann traf er einen Zeltmacher, der ihm vorschlug, sein Handwerk zu erlernen und für ihn zu arbeiten. Also brach Saul, hoch zu Kamel, nach Lykien auf, dann nach Magnesia. Er lernte Hanf und Haar zusammenzuweben, er lernte Ösen mit dem Splißhorn zu bohren und sie zu säumen, damit sie dem Zerren der Seile standhielten, wenn der Westwind so heftig einherbrauste, daß er den Gipfeln des Taurus die Spitze absäbelte.[11]

Man glaubte ihn tot; also war Saul nicht in Tarsus, als Glaphyra nach zwei Jahren zurückkehrte. Sie trauerte – so viel war ihr das Andenken eines fast immer kränkelnden Königs und eines Ehebettes wert, das vor allem der Langeweile und den Moskitos gehört hatte. Rufus hauste mehr schlecht als recht in einem Zimmer der Villa, von den Dienstboten durchgefüttert, und zog bereits, auf den Spuren seines älteren Bruders, durch die Hafenschenken. Glaphyra stieß spitze Schreie aus und tat so, als zwinge sie ihre einmal übernommene Mutterpflicht, die Jungen in ihr Heimatland zurückzuschicken.

»Der Ruf der Herodier«, kommentierte Antigonus Archelaus ironisch, als sich Glaphyra erneut nach Cäsarea einschiffte.

Zweifellos hatte irgendeine Bedienstete sie verraten und die Zuneigung enthüllt, die sie für einen weiteren Sohn Herodes' des Großen hegte, auch er ein Archelaus. Solange ihre Schönheit fortbestand, glücklicherweise nicht allzu verbraucht von Iubas Liebesglut... Aber sie kehrte noch einmal nach Tarsus zurück, nachdem sie sich vergewissert hatte, daß die Flamme des Ethnarchen von Judäa, Samaria und Galiläa noch immer brannte; Rufus hatte sie dem Schutz ihres zukünftigen Ehemannes anvertraut. Bei ihrer Rückkehr nach Tarsus fand sie Saul im Palast vor. Sie hatte Mühe, ihn wiederzuerkennen. Sein Antlitz war gebräunt, seine Züge verhärtet, der Flaum auf seinen Wangen wurde dichter, und seine Stimme brach bereits. Der Prinz war nicht länger ein verschrecktes Kind: Seine dunklen Augen zeugten davon, daß sein Hochmut nun durch Entschlossenheit verstärkt wurde.

Menschen ähneln sich manchmal mehr, als sie glauben. Der verwilderte Prinz betrachtete die Prinzessin und sagte sich, daß er sie unter anderen Umständen vielleicht geheiratet hätte, denn dergleichen war bei den Herodiern nicht selten. Glaphyra spürte das und fragte sich, ob sie fähig gewesen wäre, Gefühle für diesen nicht eben schönen, von Ungeduld zerfressenen Jüngling zu empfinden. Ein jeder machte sich somit seine Gedanken, und so kam es auch, daß dem Zusammentreffen jeglicher Austausch von Höflichkeiten fehlte.

»Ich habe in Kappadozien nichts mehr zu schaffen«, sagte Saul mit schleppender Stimme und gespielter Lässigkeit, die fast an Laszivität grenzte. »Ich will nach Palästina zurück. In Tarsus lernt man nur die Sitten der Römer, nicht ihre Art zu kämpfen. Man ist hier immer nur zu Gast, niemals zu Hause.«

Das kam Glaphyra nicht ungelegen. In der Tat schienen ihr die wahren Reize der Macht in Palästina zu liegen, ohne daß sie bisher wußte, weshalb.

Als Hinterbliebene eines Herodiers und Witwe eines Afrikaners würde sie nicht eher ruhen, ehe sie als dritten Ehemann einen weiteren Herodier gefunden hätte. Schließlich war Varro der Afrikaner, wie Iuba II. in ironischer Verdrehung des scipionischen Ehrennamens genannt wurde, mit all seiner Gelehrtheit doch recht provinziell gewesen.

»Auch ich kehre zurück«, kündigte sie Saul an.
Er kam mit ihr nach Cäsarea. Daß man sich im Jahre 2 nach Christi Geburt befand, wußte niemand.

V.
Jerusalem

Saul hatte geglaubt, er habe aus Tarsus nur das schmächtige Bündel mitgenommen, daß er jetzt auf das Deck der für Glaphyra gemieteten Galeere warf. Er irrte. Er nahm von dort die Kenntnis der griechischen Sprache mit und den Geist des Hellenismus dazu. Mehr noch, er hatte das Gefühl der großen Weite kennengelernt. Mit seinen vierzehn Jahren besaß er nun eine, wenn auch noch so oberflächliche, Vorstellung von Gegenden und Völkern, die in Jerusalem selbst die Gebildeten weder kümmerten noch interessierten. Lusitanien, vom Baetis bis Liburnien, die Achaia, und, nicht ganz so weit, Bithynien. In Tarsus war das kaum etwas Besonderes, wohl aber in Jerusalem. Er wußte, wo Salamantica lag, daß Massilia in der Senatsprovinz Narbonensis zu finden war, und daß die Menschen in Sirmium goldene Haare und türkisfarbene Augen hatten.
Saul war im Grunde froh, seinen Fuß wieder auf den Boden Cäsareas zu setzen und wieder seinen wahren Rang zu erlangen. Aber er brauchte nur wenige Tage, um zu verstehen, daß mit dem Tode Herodes' des Großen die relative Unabhängigkeit von Rom, derer sich das alte Königreich Davids erfreut hatte, mit eben diesem Reich dahingegangen war. Archelaus, den alle für den ebenbürtigen Nachfolger des Herodes gehalten hatten, war lediglich ein halber König, Ethnarch von Judäa, Samarien und Idumäa, nachdem Augustus sich entschieden hatte, seine Macht unter Beweis zu stellen und die anderen Provinzen an zwei seiner Halbbrüder zu übergeben: Peräa und Galiläa an Herodes Antipas, Batanäa aber, Trachonitis, Auranitis und einen Teil des Gebietes von Zenodoros an Philippus.
Saul hätte in Cäsarea bleiben können. Die Paläste und Villen des

Herodes standen allen Mitgliedern seiner Familie offen, aber das hätte bedeutet, sich für immer mit dem himmlischen Vorhof zu begnügen – erst recht als müßiggängerischer Sohn eines Prinzen, dessen Name geächtet war.
»Willst du denn ganz ohne Ausbildung bleiben?« fragte ihn eine alte jüdische Amme besorgt. Zweifellos verstand sie darunter nur die religiöse Ausbildung.
Und zweifellos kannte Saul weder Ijob noch Jeremias; dabei hätten sie ihm großen moralischen Rückhalt bieten können.
»Sprich mir nach: Möge der Zorn des Allmächtigen mich und meine Brüder verschonen – los, wiederhole es, bete!«
»Was ist denn das?« fragte Saul den Verwalter, einen Pharisäer, der die Szene beobachtete.
»Er kennt nicht einmal das Buch seiner Vorfahren!« jammerte der Pharisäer. »Saul, das ist ein Vers aus dem Buch der Makkabäer, der Vorfahren deiner Mutter! Du solltest in die Synagoge gehen; ich werde dich dem Rabbi Issachar empfehlen. Du bist volljährig! Was für ein Jude soll denn aus dir werden?«
»Bevor ich Jude werde, muß ich mir mein Brot verdienen und das meiner Brüder!« gab Saul grimmig zurück. »Was ist aus dem Erbe meines Vaters geworden, wo ich doch volljährig bin?«
»Nichts ist übriggeblieben. Herodes hat alles konfisziert«, antwortete der Pharisäer; er hieß Tubal. »Wenn du selbst für deinen Lebensunterhalt sorgen willst, dann mußt du ein Handwerk erlernen. Du könntest auch studieren, um Rabbiner zu werden.«
Auf diesen Vorschlag antwortete Saul mit dem finsteren Blick der Herodier.
»Dieselbe gottlose Brut!« murmelte Tubal und löste damit eine Reaktion aus, die der Amme laute Schreie entlockte.
»Dich werd ich lehren, von Brut zu reden!« rief Saul und stürzte sich mit geballten Fäusten auf Tubal. »Läppische Lemure! Verdammtes Schwein!«
Dienstboten waren herbeigeeilt, aber Tubal hatte schon die Flucht ergriffen. Saul strafte sie mit Blicken. So kam es, daß Saul auf sein Quartier im Palast verzichtete. Einmal mehr suchte er Zuflucht in

einer der Schenken Cäsareas; nach der ersten Zurückweisung ließ er sich auf kein Risiko mehr ein.
»Ich bin Saul, der Sohn Antipaters«, sagte er zum Wirt. »Kannst du mir ein Bett für die Nacht besorgen und eine Mahlzeit, wenn ich bei dir anschreiben kann?«
»Du warst in Kappadozien, heißt es«, gab der Wirt zurück, nachdem er Saul eine Weile gemustert hatte. »Willkommen«, setzte er dann hinzu und wies auf einen Platz am nächsten Tisch. Die Schenke war fast leer, denn es war noch früh. Der Wirt, dessen Akzent den Zyprioten verriet, füllte eigenhändig eine Kanne aus einem der längs der Mauer aufgebockten Fässer, wählte dann zwei Gläser aus einem Regal und kehrte zu Saul zurück, um sie vor ihn auf den Tisch zu stellen. Dann befahl er einem Diener, Brot und Salz herbeizuschaffen, dazu Lattich, Oliven, Käse, Perlzwiebeln und eingelegte Anchovis.
»Was ist dir lieber – gegrillte Tauben oder gebratene Goldbrassen?« fragte der Wirt, nachdem er sich gesetzt hatte, und goß ihnen ein. Er hatte zwei blaue syrische Gläser gewählt, in denen der Wein jenen Purpurton annimmt, den Homer an gewissen Tagen dem Meer zuspricht.
»Der Wein ist gut«, meinte Saul, nachdem er ihn gekostet hatte.
»Das ist Zypernwein, den ich besonderen Gästen vorbehalte«, sagte der Wirt mit einem Augenzwinkern.
»Sind denn die Tauben fett?« fragte Saul.
»Für dich werde ich sie füllen lassen«, antwortete der Wirt. »Mit weißem Brot, Sesam und Korinthen.«
»Das Blut des Herodes ist demnach zumindest eine Mahlzeit wert«, dachte Saul.
»Du hast also den Palast verlassen«, stellte der Zypriote fest. »Hast du dich mit Archelaus zerstritten? Ihm gehört doch jetzt der Palast, nicht wahr?«
»Nichts dergleichen. Seit meiner Abreise nach Kappadozien habe ich Archelaus nicht gesehen. Aber seine Dienerschaft ist unerträglich.«
»Unerträglich?« wiederholte der Zypriot, während Saul den einge-

legten Speisen zusprach, denn der Hunger war ihm ein vertrauter Begleiter geworden. Der weiße Käse war fett und reichlich mit Olivenöl getränkt, die Oliven dick und würzig, die Sardellen pikant und das Brot weich.

»Bestimmt hast du keine Ahnung, was es bedeutet, ein Prinz zu sein, der in Ungnade gefallen ist«, sagte Saul, »und der darum bitten muß, daß man ihm die Zeche stundet.«

Der Wirt brach in Lachen aus. »Nur Prinzen bitten um Kredit. Arme Leute würden das nicht wagen!«

Er leerte sein Glas und füllte Saul nach.

»Ich heiße Aristäus«, verkündete er schließlich wieder ernst geworden. »Für dich bin ich ein Fremder, und vielleicht weißt du bereits, daß der Rat von Fremden manchmal mehr wert ist als der von Freunden. Und ich sage dir folgendes: Das Wohlwollen der Fürsten kann man wieder erlangen. Suche Archelaus auf. Jetzt ist er König und frischgebackene Machthaber neigen zur Nachsicht. Die Querelen deines Vaters sind ausgestanden. Und Glaphyra wird bald seine Frau.«

Saul blickte auf. Fast bedauerte er, ihr in Asien nicht mehr Wärme gezeigt zu haben. Aber man würde sehen! Dann beanspruchten die Tauben seine volle Aufmerksamkeit.

»Archelaus ist in Jerusalem, nicht wahr?« erkundigte er sich, während er eine Taube auf der Messerspitze balancierte. »Ich werde also wohl zu Fuß laufen müssen.«

Aristäus schien über solche Unbequemlichkeit nachzudenken. Bis nach Joppe war die Küstenstraße sicher nicht gefährlich, und auch zwischen Joppe, Lydda und Emmaus würde sich das wohl kaum ändern. Aber andererseits war nicht zu leugnen, daß es sich für einen Prinzen nicht schickte, zu Fuß zu gehen, sei er auch noch so heruntergekommen.

»Hör zu«, begann Aristäus von neuem, »heute abend nach den Spielen – heute ist Hermas von Amastris zu sehen, du weißt, der berühmte Wagenlenker aus Bithynien – wird Paulus Rutilius, ein Kaufmann aus Moesia, hier speisen, bevor er morgen bei Sonnenaufgang nach Jerusalem aufbricht. Ich kann ihn überreden, dich

mitzunehmen. Geh in die Bäder, ich werde für saubere Kleider sorgen, und sei zur zwölften Stunde wieder hier.«
Saul seufzte erleichtert.
»Wenn du einmal mächtig bist, Prinz, dann erinnere dich an Aristäus«, bat der Wirt und erhob sich. »Dein Zimmer ist das zweite rechts im Obergeschoß.« Er warf hundert Sesterzen auf den Tisch und verschwand in der Küche.
Später, auf dem Rückweg von den Thermen, kam Saul am Hippodrom vorbei, aus dem gerade eine Woge von Vivat-Rufen aufbrauste; er schlenderte am Strand entlang und musterte die silbrigen, manchmal rötlich schimmernden Muschelschalen, ganz als ob dort das Geheimnis seines Schicksals verborgen läge.
Ehrgeiz hinterläßt einen fauligen Nachgeschmack, wenn man ihn ewig wiederkäut.
Rutilius kam mit einer Gruppe von sechs durstigen Zechern. Aristäus beugte sich beflissen zu ihm hinab und erzählte ihm von Saul. Rutilius nickte Saul zu und lud ihn ein, sich der Runde anzuschließen. Er wolle in Jerusalem Steinharz aus Judäa kaufen, berichtete er, Elfenbein aus Afrika, Edelsteine aus Serendib und Golkonda. Er versuchte, Saul für seine Geschäfte zu interessieren, und dieser zeigte sich beeindruckt von den Gewinnmöglichkeiten, die ein solcher Handel eröffnete, doch vor allem begriff er, daß Rutilius darauf aus war, sich einen Prinzen dienstbar zu machen. Außerdem wußte Saul von der Angewohnheit alter Leute, die Jungen mit aufgewärmten Erfahrungen vollzustopfen. Wesentlich war, nach Jerusalem zu kommen. Rutilius wurde bald großmäulig, aber der Wein war gut.
In Jerusalem stahl sich Saul von dem Schwätzer fort.
Der Himmel schimmerte silbern, die Stadt golden. Kaum hatte man das Schafstor durchschritten, begann das Gedränge. Saul fragte, wo sich der Palast des Archelaus befinde. »Der Palast des Herodes«, verbesserte ihn sein Gegenüber sofort. »Rechts, vor den Wällen.«
»Ich will den König sehen«, sagte Saul zu einer Wache, die ihn an eine weitere Wache verwies. Die schickte ihn zu einem Kammerdiener.

»Wer bist du?«
»Sag ihm, ich sei sein Neffe Saul.«
»Du bist der Sohn Antipaters?«
»Ja.«
Ein Geruch nach Ambra und Reichtum, nach Panthern, von Mohren am Gängelband geführt, nach Menschen am Gängelband von Begierde, Angst und Haß. Und römische Soldaten behaftet mit dieser unbegreiflichen Selbstsicherheit... Er zögerte; und wenn Archelaus sich weigerte, ihn zu empfangen? Aber endlich kam ein Sekretär, redete ihn mit »Prinz« an und geleitete ihn über Gänge und Treppen zu dem Gemach im ersten Stock, in dem sich der König aufhielt. Saul war für einen Moment abgelenkt; zuerst sah er durch die Fenster nur die Stadt, die sich in der Sonne räkelte. Über Jerusalem herrschen!
»Saul!«
Er wandte den Kopf. Umgeben von einigen Höflingen, lagerte sein Onkel auf einem Diwan. Saul war klug genug, sich ihm zu Füßen zu werfen; der König legte ihm die Hand auf den Kopf und reichte sie ihm dann zum Kuß.
»Ich habe dich erwartet. Ich wußte, daß du zurückgekehrt bist. Was hielt dich noch in Cäsarea?«
»Erinnerungen, Hoheit, mein Onkel«, antwortete Saul und war sich seiner Heuchelei wohl bewußt.
Zwanzig Augenpaare waren auf die Szene gerichtet.
Archelaus seufzte, aber auch das war gespielt. Saul musterte sein Gesicht und erkannte die Unruhe darin. Ein halber König, wahrhaftig, schoß es Saul durch den Kopf, und vermutlich nicht einmal für lange. Er kniete noch immer vor Archelaus. Der befand, der Kniefall habe lang genug gedauert, und bedeutete Saul aufzustehen.
»Du bist also aus Kappadozien zurückgekehrt«, sagte Archelaus und warf einem seiner Höflinge einen vielsagenden Blick zu. »Du hast gut daran getan. Das Land der Herodier ist Judäa.«
Ein Bedienter brachte Saul ein Glas Tamarindensaft.
»Selbst Glaphyra, meine Gemahlin, die doch Kappadozierin ist,

konnte dem Ruf Judäas nicht widerstehen«, fuhr der König fort. Saul empfand seinen Tonfall als schulmeisterlich und falsch zugleich.
Also haben sie geheiratet, dachte Saul, um so besser für mich.
»Was wirst du nun tun?« fragte Archelaus mit leicht erhobenen Brauen. »Vom Erbe deines Vaters ist, wie du weißt, nichts übrig. Und du hast die Verantwortung für deinen Bruder. Für Doris hat Glaphyra einen Mann gefunden. Eine Sorge weniger für dich. Aber du selbst?«
Das war die Frage, die Saul selbst hatte stellen wollen. Sie allein beschäftigte ihn. Seine Zehen verkrampften sich.
»Was meinst du, Gaius, sollen wir meinen Neffen Saul den Ädilen von Judäa zuteilen?« Und, indem er sich an den Betroffenen wandte: »Auf diese Weise lernst du die Angelegenheiten des Königreiches und das Handelsgesetz kennen. Würde dir das gefallen?«[12]
Saul hatte keine Wahl. Er zwang sich, zustimmend zu nicken. Auch Archelaus neigte den Kopf. Saul fiel auf, das sein Onkel langsam Fett ansetzte, auch ein Doppelkinn war schon deutlich zu erkennen. Nun galt es, sich dankbar zu zeigen; Saul warf sich vor dem König erneut zu Boden, um ihm die Hand zu küssen. Archelaus lächelte herablassend und nickte. Dann wies er auf den besagten Gaius, den er eben zum Schein um Rat gefragt hatte.
»Gaius Timidius hier wird dich gleich morgen bei den Ädilen einführen und beraten.«
Ein Wink beendete die Unterredung. Archelaus wandte sich ab, nachdem er Timidius ein Zeichen gegeben hatte. Der nickte nun seinerseits und entfernte sich. Saul warf sich ein letztes Mal seinem Onkel zu Füßen, küßte die dargebotene Hand und eilte davon. Im Vestibulum wurde er von Timidius aufgehalten, der ihm mit vielsagender Miene im Namen des Königs eine Börse übergab und ihm nahelegte, er möge ihn am nächsten Morgen aufsuchen.
»Der König meint«, fügte er hinzu, »daß die Grundlagen einer jüdischen Erziehung von Nutzen seien. Immerhin bist du ein jüdischer Prinz.«

Saul vernahm die unbehagliche Stimme der Vernunft. Er blieb stumm. Dann eilte er mit festem Schritt die Treppen hinunter und dachte an jenen furchtbaren Tag in Cäsarea, an dem er geglaubt hatte, man sei gekommen, ihn zu ermorden. Das Schicksal war wechselhaft. Es war eine blendende Idee gewesen, nach Judäa zurückzukehren.

Aber die Menge der Bettler, die sich vor den Toren des Schiloachbades drängte, widerte ihn an. Wenn er König sein würde – und er würde König sein –, dann ginge als erstes ein Dekret heraus, das es diesen Hungerleidern, diesen Verkrüppelten und Verstümmelten verbieten würde, ihr Elend innerhalb der Stadtmauern zur Schau zu stellen. Er würde sie zwingen, sich außerhalb des Sterquilinischen Tores auszuheilen.

VI.
Ein Tag bei den Ädilen

Das Amt der Ädilen befand sich in der Oberstadt im Westen. Dort war ein halbes Dutzend Leute beschäftigt, drei Pharisäer und ebensoviele von jenen Leuten, die Saul erst jetzt kennenlernte und die man Hellenisten nannte. Auch sie waren Juden, aber sie trugen römische oder griechische Namen. Ihre Bärte stutzten und lockten sie nach heidnischem Brauch, ihre Haare aber ließen sie im Nacken kurz schneiden. Einer von ihnen, der jüngste und einnehmendste, Marcus Pedanius, ging sogar dreimal die Woche in die Palestra; sehr zum Mißfallen des ältesten Pharisäers, Eleasar ben Simon.

Gleich an seinem ersten Arbeitstag wohnte Saul einer heftigen Unterredung Eleasars mit Markus über das Thema »Palestra« bei. Der Hellenist schloß seinen Mantel, um sich zum Xystus[13] zu begeben.

»Du gehst wieder los, um dich nackt zur Schau zu stellen, du, ein Jude«, schalt Eleasar.

»Ich habe es dir schon einmal gesagt, der Herr hat nicht verboten, seinen Körper zu pflegen«, gab Markus zurück. »Ich kann nicht finden, daß es eine Tugend ist, gichtig und lahm in die reiferen Jahre zu hinken.«

Die Angelegenheit beschäftigte Saul noch länger. Selbst klein und eher schmächtig[14], hatte er immer gewünscht, den Athleten zu gleichen, die er in Tarsus, Cäsarea oder in den Straßen Jerusalems gesehen hatte. Sie gingen mit nackten und muskulösen Schultern, mit geschmeidigen Schritten und selbstsicherem Blick einher. Er beneidete sie, ja, neigte dazu, sie zu hassen, ohne es sich recht eingestehen zu wollen; denn er fühlte dumpf, daß ihn der Haß bereits an die Seite derer gestellt hatte, die ewig zu kurz kamen. Außerdem bewunderte er schon zu sehr die Macht und den Glanz der Römer, als daß er dieses wesentliche Element davon hätte trennen können – die physische Kraft und Schönheit –, denn tatsächlich hatte Rom, wer könnte es bezweifeln, im Morgenland als Symbol der Befriedigung den Kult der Muskeln eingeführt.

Der Zwischenfall, den Markus und seine häufigen Besuche im Xystus ausgelöst hatten, verwirrte Saul. Er verwirrte ihn um so mehr, als körperliche Schönheit, und sei es die eines männlichen Körpers, unabweisbar sexuelle Regungen in ihm wachrief. Nun war dies für ihn ein völlig unbekanntes Gebiet, ein Abgrund, aus dem berauschende und sicherlich giftige Dämpfe aufstiegen, bei deren bloßer Erwähnung ihm schwindelte. Zur Herbsternte würde er vierzehn Jahre alt. Nachts kam es manchmal vor, daß er im Halbschlaf den Mund öffnete und die Arme um sich schlang. Der bloße Anblick der Prostituierten auf dem Basar der Unterstadt ließ seine Kehle trocken werden, und um so mehr das vielsagende Lächeln der Legionäre, die mit ihnen verhandelten, ehe sie zusammen hinter einer niedrigen Tür am Ende einer Gasse verschwanden.

Manchmal galt es, Eleasar, Jehoram oder Phineas in die Unterstadt zu begleiten, um ein Mietshaus zu schätzen, das Eigentum der Krone war, oder ein Baugrundstück, das zum Tempel gehörte, dessen Schnitt aber nicht mehr dem Kataster Herodes' des Großen entsprach. Tatsächlich machte sich Saul langsam mit dem großen Aufgabenfeld des Stadtädilen bekannt; er lernte, den Zehnten für die Rinnsteinsäuberung durch den Straßendienst zu berechnen,

und die Geldbußen, die bei Leuten zu erheben waren, die Exkremente oder Tierkadaver auf die Straße geworfen hatten; er lernte, daß jedes Jahr die Wasserschächte, Keller und Feuerstellen gezählt wurden, und daß man einen Extrazins für die Steinbruchbesitzer erhob, die sich für Privatbauten in den königlichen Brüchen eindeckten. Er lernte, wie mit Armen zu verfahren war, deren Häuser einzustürzen drohten, und mit Reichen, die überhöhte Mieten forderten. Diese Angelegenheiten verlangten ebensoviel Feingefühl wie juristische Kenntnisse. Einige waren ganz und gar auf das jüdische Recht begründet, andere – falls die Beteiligten Ausländer waren – auf das römische Recht, das Herodes der Große eingesetzt hatte; wieder andere waren noch kniffliger, »auf des Messers Schneide«, wie die Pharisäer sagten, da sie Juden und Ausländer gleichzeitig betrafen. Die Vertrautheit, die Eleasar, Jehoram und Phineas mit der Rechtsauslegung bewiesen, war wohl unter Pharisäern weit verbreitet, aber sie hatten es darin zur Meisterschaft gebracht. Das weckte in Saul zum erstenmal Bewunderung für etwas, das weder Macht noch Ruhm betraf.
Bis jetzt hatte er nur das wirre Chaos gekannt, das prinzliche Launen hervorbringen, die Intrigen, die an jedem Hof gesponnen werden, und die waghalsigen Lügen und Listen, zu denen Leute wie er Zuflucht nehmen mußten. Er entdeckte den Vorteil der Ordnung widersinnigerweise ausgerechnet beim Zusammenprall zweier gegensätzlicher Welten: Rom und Israel. Rom sicherte die logische Effektivität und Israel die Beständigkeit der Tradition. Und ihm selbst festigten nun die Lex Romana und die Tora den Boden unter den Füßen. Mit fünfzehn begann Saul, sich zu entfalten.
Man verwechselt oft die Tugenden eines einzelnen mit der Tugend ganz allgemein. Die Entfaltung Sauls war die Entfaltung seiner Tugenden. Verwaist, war er mit knapper Not dem Schicksal eines unnützen Essers entgangen. Sein moralisches Schicksal aber kümmerte niemanden; es entstand und wuchs wie jene Pflanzen, die aus einer Windsaat aufkeimen und sich mehr schlecht als recht zwischen drei Kieseln auf sturmumtostem Grund einrichten müssen; Ehrgeiz im Windschatten der Ordnung wurde ihm zum Prinzip. Er

brachte sich selbst jene erschreckende Mischung aus Härte und Kasuistik bei, die aus dem wiedergewonnenen Respekt für die immanente Macht der Gesetze gespeist wurde. Er hatte ein Königreich zurückzuerobern, auch wenn er nicht wußte, wie dessen Grenzen verlaufen könnten. Nachts träumte er manchmal, er befände sich in Rom, es gelänge ihm, den Kaiser für sich einzunehmen und das Reich wiederherzustellen, das Antipater vom Schicksal verweigert worden war. Aber ihm war stets klar bewußt, daß all dies nur nächtliche Phantastereien waren; jeden Morgen mußte er der Realität ins Auge blicken, den Launen der Pharisäer und Hellenisten folgen: Mal mußte er zum Tempel laufen, um den Rat eines Gelehrten über einen Gesetzesparagraphen einzuholen, mal Ober- und Unterstadt vermessen, um die exakte Ellenzahl eines winzigen Fetzchens Land zu bestimmen.
Er machte seine Sache übrigens hervorragend und erntete beifälliges Nicken von einem Eleasar, einem Jehoram oder einem Phineas. Dann entdeckte er das Geld. Es geschah anläßlich eines Erbschaftsstreits: Ein Grundstück mußte unter drei Brüdern ausgeteilt werden, von denen zwei abwesend waren und nur der Älteste in Jerusalem weilte. Der versicherte, das Grundstück messe fünfundvierzig mal siebenundzwanzig Ellen, und forderte gemäß seinem Erstgeborenenrecht drei Fünftel davon; für den Fall, daß seinen Brüdern das verbleibende Land nicht gefalle, sei er gern bereit, sie auszuzahlen, versicherte er. Das Gelände war unwegsam und lag am Ufer des Tyropeion, an die Oberstadt angrenzend; außerdem war es bebaut mit Hütten, die sich an die Nachbarhäuser lehnten und die der älteste Bruder abreißen wollte. Die Sache wäre einfach einzuschätzen gewesen, aber die Stimme des Antragstellers klang in Sauls Ohren verlogen. Er ging also auf eigene Faust daran, das Grundstück zu vermessen, und trieb es mit der Genauigkeit so weit, daß er selber in die Hütten eindrang, um die Mauerführung zu überprüfen. Das Gelände war demnach trapezförmig. Während es in der Länge auf der Straßenseite fünfundvierzig Ellen maß, waren es auf der entgegengesetzten Seite nur neununddreißig Ellen. Darüber hinaus war es tatsächlich nur fünfundzwanzig anstatt siebenundzwanzig Ellen breit.

Er meldete Jehoram, was er festgestellt hatte. Der betrachtete Saul mit zusammengekniffenen Augen, halb bewundernd, halb ungläubig.

»Bist du dir deiner Sache sicher?«

Saul bejahte heftig; er hatte seine Messungen zweimal wiederholt. Jehoram trug den Fall Phineas und Eleasar vor, die sich an Ort und Stelle begaben und Sauls Messungen bestätigten. Aber der Erbe hatte auf seine Angaben das Ehrenwort gegeben; war er meineidig? Man lud ihn vor. Seine Verwirrung überführte ihn. Ihm wurde ein Bußgeld auferlegt, wegen versuchten Betruges an seinen Brüdern, weil er ihnen nur eine unregelmäßige Parzelle weit unter dem Schätzwert überlassen hätte. Gemäß den Gepflogenheiten erhielt Saul die Hälfte des nicht unbeträchtlichen Bußgeldes; welches zwölfhundert Dinare betrug. Saul hatte noch nie mehr als hundert Dinare auf einem Haufen gesehen, und besessen hatte er höchstens die Hälfte. Sechshundert Dinare machten aus ihm, in seinen Augen zumindest, einen reichen Mann. Eleasar musterte ihn mit einem freudlosen Blick.

»Geld, aber kein Glaube, was?«

Diese Beobachtung traf Saul wie ein Hieb. Ein Mann ohne Glauben, das war aus dem Munde eines Pharisäers die schlimmste Beleidigung. Und er hatte nichts zu erwidern. Phineas, der die fremden Münzen einsammelte, um sie zum Wechsler zu tragen, blickte auf, und seine knochige Hand stockte in der Luft. Auch die Hellenisten nahmen das angespannte Schweigen wahr. Langsam stieg Saul das Blut zu Kopfe.

»Ein jüdischer Prinz, der weder den Pentateuch noch das Deuteronomium kennt, um nur diese Bücher zu nennen«, sagte Eleasar langsam, mit bleischwerer Ironie in der Stimme. »Man muß gestehen, das gibt einen recht seltsamen Bürger Jerusalems ab.«

»Ich könnte zu Gamaliel gehen«, schlug Saul vor, denn er hatte schon viel Gutes von Gamaliel gehört. Sogar ein Rabbiner aus Alexandria war eines Tages gekommen, seinen Rat einzuholen.

»Habe ich jetzt genug dummes Zeug gehört!« schrie Phineas. »Gamaliel! Der Gelehrte der Gelehrten! Der Rabbiner der Rabbiner!

Welche Arroganz! Er, der nur die unterweist, die bereits unterwiesen wurden, er soll seine Weisheit an einen Knaben verschleudern, der nicht einmal den ersten Vers der Genesis kennt! Also wirklich, Saul, man muß die Alten achten!«

»Wohin soll ich dann gehen, sagt es mir!« antwortete Saul blaß und zitternd.

Die Pharisäer verständigten sich mit Blicken.

»In die Synagoge der Freigelassenen«, sagte Eleasar schließlich.

»Der Freigelassenen!« wiederholte Saul empört. Was waren denn die Freigelassenen anderes als ehemalige Sklaven?

»Man nennt sie auch die Synagoge der Tarser oder der Alexandrier«, gab Eleasar zurück, »und hast du nicht deine Kindheit in Tarsus verbracht?«

Saul kannte die fragliche Synagoge; sie befand sich auf dem Ophel, im ältesten Teil der Stadt, und war mit einem Bad und einer Herberge für die Fremden ausgestattet.

»Ich werde selbst zu Theodestes, dem Rabbiner, gehen und für dich bürgen«, versprach Eleasar. »Wir geben dir jeden Tag drei Stunden für deinen Unterricht frei.«

Der Tag neigte sich seinem Ende zu.

»Willst du mit sechshundert Dinaren in der Tasche herumspazieren?« fragte Phineas. »Es scheint mir klüger, sie hier im Geldschrank zu lassen.«

Saul stimmte zu, nahm eine kleine Summe mit sich und übergab das Geld dann dem Pharisäer, der ihm einen Beleg ausstellte. Das Abendessen nahm Saul wie gewöhnlich bei Eleasars Bruder ein, bei dem er ein Zimmer gemietet hatte, doch fand er noch lange keinen Schlaf. Er schlenderte umher, wohin ihn seine Schritte trugen, und grübelte über die Ereignisse seines Lebens nach, so wie ein Armer wieder und wieder seinen kärglichen Besitz zählt. Auf einmal fand er sich in der Unterstadt am Rande des Marktes wieder. Viele Stände waren bereits geschlossen und die Auslagen hochgeklappt. Die Wechsler jedoch, die letzten, die zu Bett gingen, waren noch am Werk; hier und da bot auch eine Schlachterei noch Stärkungen für Schlaflose und verirrte Fremde an. Mit Fleisch gefülltes Sesambrot, gebratene Auberginen und Kürbisse, Geflügelstücke oder gegrillte Tauben, honigglasierte Apfelschnitze. Im Winkel einer Gasse gewahrte Saul eine Frau, die sich in eine Türöffnung drückte. Sie warf ihm einen Blick zu, von Antimon und durchwachten Nächten geschwärzt. Saul erkannte, welchem Gewerbe sie nachging. Sie deutete ein Lächeln an, bot sich ihm schmachtend dar. Ein plötzlicher Schwindel lähmte ihn. Er hatte noch nie bei einer Frau gelegen. Aber Geld besaß er. Ihr Blick hängte sich an ihn. Er ging mit hochroten Ohren auf sie zu, doch bei ihr angelangt, versagte ihm die Stimme. Er hätte nicht sagen können, ob sie hübsch war oder nicht; sie war eine Frau und üppig, wie ihm schien.

»Wieviel?« fragte er schließlich auf griechisch.

»Fünfzehn Dinare«, antwortete sie.

Er hatte fünfundzwanzig.

»Zehn«, sagte er, fast ohne nachzudenken.

»Weil du jung bist«, willigte sie ein.

Die Angelegenheit war schnell erledigt. Sie hatte ihn kaum bestiegen, als er zum Höhepunkt seiner Erregung kam. Sie begann zu lachen. Für die fünf Dinare, um die er sie heruntergehandelt hatte, sagte sie, sei sie noch einmal zu haben. Er lehnte ab; schließlich war sie es, die ihn noch einmal nahm.

Saul verspürte nichts als Stolz. Auf dem ganzen Weg nach Hause unterdrückte er ein Lächeln. Er verweilte kurz am Schiloachbad, um sich zu reinigen. Aber kaum lag er in seinem Bett, fühlte er die stechenden Vorboten eines Anfalls. Sein Kopf wurde nach hinten gerissen, seine Kiefer schlugen aufeinander, der Speichel schäumte in seinen Mundwinkeln, er verlor das Bewußtsein. Als er erwachte, wie immer ohne jedes Gefühl für die Zeit, die inzwischen verstrichen war, war er völlig erschöpft. Er brachte gerade noch genügend Kraft auf, sich zu erheben und aus dem Waschgeschirr zu trinken, das auf dem Fensterbrett stand, wischte sich den Mund ab und fiel in bleischweren Schlaf.

VII.
Ein Jude zweiter Klasse

Mit achtzehn Jahren trat Saul die Nachfolge Eleasars an, der eines Hochsommertages recht unerwartet seine Seele in Gottes Hände gelegt hatte. Saul benahm sich bei den Feierlichkeiten zu Ehren des Verstorbenen so taktvoll, daß die Söhne des Pharisäers sagten, an seiner Frömmigkeit und der Tiefe seiner Gefühle erkenne man sogleich den echten Prinzen. Die wahren Gründe für Sauls Gefühle lagen ein wenig anders; der junge Mann hatte von Eleasar, wie im übrigen auch von Jehoram und Phineas, wertvolle Gaben mit auf den Weg bekommen: zunächst die Kenntnis Jerusalems und der jüdischen Nation, dann die Kunst, Geld zu verdienen und zu vermehren, und schließlich ein großes Mißtrauen gegen die Schliche der Macht.

Und dies letztere Vermächtnis hatte sich bereits unter günstigen Vorzeichen bezahlt gemacht, als im Vorjahr die Herrschaft des Archelaus in den üblichen Zuckungen verendete. In seinem zehnten Regierungsjahr war das Joch des Nachfolgers von Herodes dem Großen Juden wie Samaritern unerträglich geworden. Man hätte sicherlich einwenden können, daß sie sich wohl mit keinem Potentaten abgefunden hätten, und schon gar nicht mit einem Herodier. Aber man mußte zugestehen, daß Archelaus ebenso tyrannisch geworden war wie sein Vater und völlig überhöhte Steuern erhob. Damit aber verstieß er gegen die ausdrückliche Mahnung des Cäsar Augustus zur Mäßigung. Also wurde eine Delegation zum Kaiser geschickt, deren Rapport diesen verärgerte. Er entsandte einen Bevollmächtigten, ebenfalls Archelaus mit Namen, um den Ethnarchen nach Rom zu holen. In dieser Angelegenheit spielte Augustus also den Beschützer der Juden, was Archelaus in Palästina nur noch unbeliebter machte. Würde er je zurückkehren? fragten sich seine Untertanen, als er sich in Cäsarea einschiffte. Er kehrte nicht zurück. Glaphyra starb nach einem schlechten Traum, und Archelaus wurde nach Vienna in Gallien verbannt.[15]

In Jerusalem zog Senator Quirinius ein, ein Mann, der alle Etappen der Magistratslaufbahn hinter sich gebracht hatte, ehe er den Titel eines Konsuls erlangte. Die Monarchie war abgeschafft. Quirinius richtete sich im Palast des Herodes oberhalb der Stadtmauern ein. Das Volk lamentierte; seine Klagen durchliefen die Ober- und die Unterstadt, sie begegneten sich an den Salat- und Melonenständen des Marktes, auf dem Tempelvorhof und im Gedränge vor den fünf Toren.

»Wir haben einen römischen König!«
»Wir haben keinen König mehr!«
»Wir werden wieder versklavt!«

Die Ältesten versammelten sich, doch nicht ohne gewisse Vorahnungen, da ihr Versammlungsraum sich in jenem Teil des Palastes befand, den allein Quirinius belegt hatte, und Zenturionen sich in dem Hof aufhielten, der sie von den Gemächern des Römers trennte.
»Es wurde mir von offizieller Seite bedeutet, daß Archelaus in Ungnade gefallen ist und verbannt wurde«, verkündete der Hohepriester Joasar. »Die Monarchie ist erledigt. Es gibt also keinen Ethnarchen mehr, und Judäa wurde an Syrien angeschlossen.«
Ein Raunen ging durch das Prätorium. Einmal mehr geisterte der Ausdruck »Sklaverei« durch die Reden.
»Diese Befürchtung scheint mir unbegründet«, widersprach Joasar ungeduldig. »Ist Archelaus denn nicht auf unser Gesuch hin entmachtet worden? Hat Cäsar seine Entscheidung nicht aus Sorge um uns getroffen? War es nicht der Kaiser, der Archelaus das Gebot der Mäßigung auferlegte, über das der Herodier sich hinwegsetzte? Wollt ihr aus mir einen Anwalt des Kaisers machen, oder wollt ihr besser gleich ein neues Gesuch an ihn richten, er möge Archelaus begnadigen und ihn uns wiedergeben, die Stirn mit dem Laub des Ölbaums bekränzt?«
Der gesunde Menschenverstand Joasars wog viel im Ältestenrat.
»Trotzdem«, überlegte Osias ben Jaffar, einer der klügsten Köpfe

im Rat, »es ist noch immer ein Römer, der uns regiert, und wenn auch er sich als ungerecht erweist, dann wird der Kaiser gewiß weniger geneigt sein, unsere Beschwerden gegen einen Konsul zu hören, als zuvor unsere Proteste gegen Archelaus. Ich wage zu behaupten, daß es in der Tat vorzuziehen wäre, Augustus gäbe uns einen reuigen Archelaus zurück. Gegen ihn könnten wir uns viel leichter behaupten.«

Joasar lächelte; Osias, von den Ideen der Hellenismus gestreift, besaß eine Neigung zu solchen Paradoxien.

»Ohne Zweifel ist das eine subtile Art, die Dinge zu sehen«, gab der Hohepriester zu, »aber in diesem Fall haben wir auch die Rückkehr eines rachedurstigen Archelaus zu fürchten. Was geschehen ist, ist geschehen. Ihr werdet euch mit Quirinius abfinden müssen. Setzt euch alle dafür ein, ich bitte euch, in Jerusalem und in allen anderen Städten, in die ihr kommt, die Befürchtungen in der Bevölkerung zu zerstreuen.«

Die Befürchtungen Sauls jedoch waren anderer Natur. Da er seinen Posten von Archelaus erhalten hatte, sah er sich in Gefahr, von den Römern wieder entlassen zu werden. Bei dieser Gelegenheit erkannte Saul, welch goldenen Boden die Ratschläge Eleasars hatten; er hatte sich vom Palast und vom Hofe ferngehalten und war fast völlig im Hintergrund geblieben. Es gab in Jerusalem und Jericho einige Dutzend Prinzen, Prinzessinnen und Angehörige der Herodier, denen niemand mehr besondere Aufmerksamkeit schenkte. Timius von Zypern, der Gatte der Herodierin Alexandra, Tochter von Phasael und Salampsio, betätigte sich im Weinhandel, ohne daß jemand seine Ruhe gestört hätte. Ein anderes Beispiel war Julius Alexander, der Sohn des Alabaren Alexander, also ein Enkel des Herodes und vermutlich verheiratet mit der Herodierin Berenike, der Tochter Agrippas. Dieser Julius Alexander handelte mit Getreide, ohne daß sich jemand um seine Abstammung aus solch einem teuflischen Hause geschert hätte. Auch Saul verlangte nicht mehr.

Saul fand sich also mit Quirinius ab. Das fiel ihm um so leichter, als der Römer bei seiner Beschäftigung mit der Stadtverwaltung auch von der Existenz der Ädilen erfuhr und sonderbarerweise den Entschluß faßte, sie zu vergrößern. Er nannte seine Neuschöpfung Ädilen- und Katasteramt von Judäa und ließ etwa zehn Männer einstellen, die dem altgedienten Personal unterstanden. Besser noch, dieses Amt wurde von der Konsulatsverwaltung finanziert. Als Saul den Delegierten des Quirinius wie zufällig wissen ließ, daß er römischer Bürger sei, fand er sich auf einmal mit besonderen Befugnissen ausgestattet: Er hatte das neue Katasteramt zu beaufsichtigen. Saul wagte nicht, offen anzufragen, womit sich dieses Amt eigentlich befasse, aber eine flüchtige Rechnung ergab, daß er dabei bestens abschneiden dürfte. Schon im Besitz von rund fünfzehntausend Dinaren, würde er nun in den Genuß von fünfzehn Talenten die Woche kommen.

Hier kam sein Ehrgeiz und sein Ordnungssinn zur vollen Entfaltung. Sein Besitz wuchs mit seiner Autorität. Am Ende hatte er eine viel glanzvollere Partie gemacht, indem er seinen Herrschaftsanspruch verlor, als ihm das Buhlen um das Vermögen der Herodier je hätte ermöglichen können, zumal diese viel zu zahlreich und unberechenbar waren, als daß er die Hoffnung hätte hegen können, auch einmal zum Zug zu kommen. Sein Schicksal war nun an die Vereinigung von jüdischen und römischen Interessen gebunden. War er auch noch so wenig Jude, zudem aus freiem Willen, so war er doch auf jeden Fall römischer Bürger. Daher glaubte er sich am rechten Platz, um aus dem neuen Schicksal Israels – sei es auch unter heidnischem Joch – Vorteile zu ziehen.

Er mietete also ein Haus in der Oberstadt und nahm sich zwei Bedienstete. Einer der letzten Ratschläge Eleasars in den Monaten vor seinem Tode war der gewesen zu heiraten.

»Aber keine Kusine«, sagte Eleasar. »Vielleicht ist es an der Zeit, das Blut der Herodier aufzufrischen.«

Indiskretion hatte Sauls Angewohnheit an den Tag gebracht, sich in jener Marktgasse der Unterstadt einzufinden. Eleasar wie auch Jehoram, Phineas und die Hellenisten hatten gewichtig den Makel der käuflichen Liebe ins Feld geführt. Saul träumte indessen längst von einer hochrangigen Verbindung, die seine Stellung festigen

könnte, hatte dafür jedoch noch immer keine passende Partie gefunden.
Doch das Glück war ihm nicht lange hold. Konsul Quirinius hatte alle Besitzungen des Archelaus konfiszieren und liquidieren lassen, Häuser, Ländereien, Weinberge, Palmengärten und Minen, einschließlich der Pretiosen, die der Ethnarch von Herodes dem Großen geerbt hatte. Dann ernannte er Coponius zum Prokurator von Judäa und entschied, alles jüdische Eigentum in Judäa amtlich erfassen zu lassen. Weder Herodes der Große noch Archelaus, beide wahrlich nicht von Skrupeln geplagt, hatten das gewagt. Seit wann ging der Wohlstand der Juden Rom etwas an?
Sie kamen aus Cäsarea, aus Jericho, sogar aus Magdala, das doch schon in Galiläa lag, aber eben eine reiche Leinenweberstadt war, deren Bewohner oftmals Haus und Grund in Judäa besaßen – Delegationen aufgebrachter Eigentümer. Was sollte man dazu sagen? Steuern waren *eine* Sache, aber Eigentumserhebung! Bärte und Mäntel flatterten. Eigentumserhebung! Sie schwadronierten im Tempel, auf dem Markt, in den Schenken und natürlich zu Hause bei jedem der 71 Mitglieder des Hohen Rates.
»Man will uns bestehlen!«
Joasar hielt also von neuem Rat, und diesmal war die Versammlung auch für die Öffentlichkeit zugänglich – oder zumindest doch für die einflußreichsten Juden. Zu denen gehörte inzwischen auch Saul, den Vorbehalten zum Trotz, die sein Judentum belasteten. Die Versammlung war ein wenig stürmisch.
»Was soll diese Bestandsaufnahme?« rief der Anführer der Delegation aus Magdala, Josef ben Isaak, ein schöner, noch junger Mann, dessen glänzendschwarzer Bart mit seiner weißen Tunika kontrastierte. Josef war einer von jenen, denen der Hohepriester eine respektvolle Anhörung nicht versagen konnte: Jedes Jahr stellte die Stadt Magdala ganze Wagenladungen mit Weihegeschenken für den Unterhalt des Tempels – ein Viertel der dazu nötigen Gelder!
»Wozu kann diese schändliche Bestandsaufnahme dienen, wenn nicht dazu, uns nach Strich und Faden auszunehmen? Haben wir uns des tollen Hundes entledigt, um uns in den Rachen des Löwen zu stürzen?«

Joasar hörte dieser Anklagerede ebenso aufmerksam zu wie den anderen; seine Antwort erfolgte erst am nächsten Tag.
»Von nun an sind wir eine römische Provinz«, verkündete er, »das läßt sich nicht leugnen. Ebensowenig, daß die Römer geborene Verwalter sind. Und schließlich läßt sich nicht leugnen, daß ein sorgfältiger Verwalter versuchen muß, den Wert der Güter einzuschätzen, die er verwaltet. Man verlangt von uns bis jetzt noch kein Geld, sondern nur die Offenlegung unserer Besitzverhältnisse. Ich bestreite nicht, daß zu befürchten ist, die Römer könnten uns in Zukunft entsprechend der von uns angegebenen Besitzverhältnisse besteuern. Vielleicht wird das nur eine gerechtere Verteilung mit sich bringen. Es steht im Deuteronomium geschrieben, daß wir den Armen nicht unterdrücken sollen, und heißt es nicht den Armen unterdrücken, wenn wir ihn einen größeren Teil zahlen lassen als den Reichen? Sollte uns Unrecht widerfahren, werden wir uns schon etwas einfallen lassen. Trinken wir nicht den Wein des Zorns vor dem Tag der Rache!«
Sie hörten ihn an und dachten nach. Der gesunde Menschenverstand schien einmal mehr die Oberhand zu behalten. Coponius wurde davon unterrichtet und erstattete Quirinius Bericht, der gerade in Cäsarea weilte. Die Römer, so sagte man, seien befriedigt und die Juden beruhigt.
Letztlich ist das der Preis der Ordnung und des Wohlstandes, dachte Saul. Nichts haßte er mehr als diese galligen Verstimmungen, die Jerusalem manchmal heimsuchten und seine Tage vergifteten. Dann war das Brot schlecht durchgebacken, das Gemüse wurde knapp und die Leute auf den Straßen unwirsch.
Acht Tage vergingen. Dann machte ein gewisser Judas aus Gamala in Gaulanitis von sich reden. Er begab sich nach Jerusalem und schwang seine Reden auf dem Hof der Ungläubigen. Viele hörten ihm zu. Er wurde von Geldwechslern und Opfertierverkäufern beklatscht, die nur ein sehr geringes Interesse daran hatten, ihre Einkünfte offenzulegen. Auch Saul ging hin, um ihm zuzuhören.
»Ich sage euch, man wird uns wieder in die Sklaverei führen!«
Auch die Leviten hörten ihm zu. Ein Pharisäer mit Namen Zadok pflichtete den Verwünschungen des Redners lautstark bei.

Welche Macht hat doch das Wort, dachte Saul. Sieh an, wie ein einziger, wild Entschlossener droht, eine Entscheidung der Römer umzustoßen. Ein paar lästige Fliegen verscheuchend, beobachtete Saul das Gesicht des Judas; sein zorniges Mienenspiel verlieh ihm eine gewisse Faszination. Ein Schauspieler, was! sagte sich Saul und verließ betroffen den Tempelvorhof, während Judas niemand Geringeres als die ganze jüdische Nation aufrief, sich aus der Sklaverei zu befreien. Die Worte des Redners trugen weit; noch aus zwanzig Ellen Entfernung hörte Saul, wie er den Juden Wohlstand versprach, wenn sie den Mut hätten, sich zu erheben und dem Blutbad entgegenzugehen, das unvermeidlich folgen müsse.
Bald darauf wurde die Sache ernst. Judas scharte Jünger um sich, die Banden bildeten und sich an die Parteigänger Joasars heranmachten, zunächst noch in der Nähe seines Hauses. Es gab Händel, Prügeleien, dann Krawalle innerhalb und außerhalb der Stadt. In Betanien, Betlehem und Jericho waren die ersten Toten zu beklagen. Römische Soldaten wurden in den Städten und auf den Landstraßen ermordet. Von Judäa aus erreichte der Aufruhr Galiläa, wo die Anhänger dieses Judas, der ja Galiläer war, natürlich noch zahlreicher waren als anderswo. Jedenfalls waren die Galiläer dafür bekannt, ein Temperament wie Zunder zu haben; sie fingen beim ersten Funken Feuer und nahmen an jeder Unternehmung gegen die Judäer teil.
Kaum in seine neuen Ämter eingesetzt, sah Saul diese bereits durch die Agitationen der Judas-Anhänger bedroht. Sein Zorn darüber war kaum zu stillen.
»Daß ein einziger Mann für all dieses Chaos verantwortlich sein soll…«, empörte er sich.
»Hüte deine Zunge«, riet ihm Markus, der Hellenist. »Wir sind bereits in Gefahr.« Tatsächlich hielten sechs römische Soldaten vor der Tür Wache, um das Ädilen- und Katasteramt vor dem Zorn der Judasleute zu schützen. Aber der Antoniaturm und seine Garnison waren nicht weit, und so befanden sich die Pharisäer, die Hellenisten und Saul zumindest in der Stadt außer Gefahr, vorausgesetzt, sie gingen nachts nicht aus.

Die Niederlage Joasars wurde offenkundig. Quirinius eilte aus Syrien herbei, verstärkte die Garnisonstruppen und ließ den Hohenpriester durch Coponius seines Amtes entheben, sein Nachfolger hieß Hannas. Eine solche Veränderung konnte nicht ohne Folgen bleiben. Die Tempelpolizei ergriff jeden, der öffentliche Reden zugunsten von Judas oder Zadok hielt, die Römer verhafteten die unverbesserlichsten Anhänger dieser Agitatoren und kreuzigten sie nach kurzem Standgericht auf Golgota.[16] Saul rächte sich für die Angst und die Schmach, die er während der Umtriebe hatte erdulden müssen. Eines Abends schlug er wieder einmal den Weg zum Markt der Unterstadt ein, um seine Lenden von dem Druck zu befreien, den der Ärger angestaut hatte. Plötzlich sah er sich einem der Rebellen gegenüber, der der Verfolgung entgangen war. Der Mann, ein gewisser Abel, schimpfte ihn öffentlich einen Hundesohn, einen Herodier, einen Judenverräter und einen bezahlten Handlanger der Gottlosen. Saul trafen diese Beleidigungen wie Ohrfeigen. Er hatte größte Mühe, die Fassung zu bewahren.
»Morgen ist Sabbat!« gelang es ihm schließlich hervorzustoßen, »bete nur fleißig, Abel, denn das ist dein letzter Sabbat!«
Aber kaum war er bei der Prostituierten über die Schwelle getreten, erlitt er einen der schwersten Anfälle, die er je erlebt hatte. An ein Liebesspiel war nicht zu denken. Am nächsten Morgen begab er sich auf die Quästur, wies sich aus und denunzierte seinen Denunzianten. Es dauerte drei Tage, bis Abel gefaßt war, und ein weiterer reichte aus, ihn zu richten. Er wurde zum Tode verurteilt. Saul ging zur Kreuzigung nach Golgota. Er sah, wie er ans Kreuz geschlagen wurde, wie die Nägel seine Hände und Füße durchdrangen, er hörte ihn schreien, sah, wie er Blut und Geifer spuckte. Und er setzte beim Centurio durch, daß man den Hingerichteten drei Tage am Leben erhielt, ehe man ihm die Schienbeine brach – rasches Vorspiel des Todes.
War es der Bericht über diese Angelegenheit, den besorgte oder auch übelwollende Menschen dem Eleasar hinterbrachten und der dann dessen Tod verursachte? Das jedenfalls behaupteten Phineas und Jehoram. Die Hellenisten ihrerseits hüteten sich, eine Meinung

darüber zu haben. Als der Hohe Rat über das Todesurteil gegen Abel informiert wurde, das auf die Denunziation Sauls hin ausgesprochen worden war, und einer der Schriftgelehrten Eleasar die Nachricht hinterbrachte, rief dieser Saul zu sich und stellte ihm eine einzige Frage:
»Warst das wirklich du, der Abel bei den Römern denunziert hat?«
Beim bloßen Namen Abels erstarrte Sauls Gesicht. Das Spiel der Muskeln, das sonst seine Züge belebte, verschwand. Eleasar blickte in das Gesicht der Medusa.
»Gewiß!« erwiderte Saul, zitternd vor kalter Wut.
Dieses Wort traf Eleasar wie ein Peitschenhieb. Er lief rot an und senkte den Kopf. Hatte er, wie Saul zu verstehen meinte, »Herodier« gemurmelt? Andere Anwesende sagten später, sie könnten sich nicht daran erinnern. Am selben Abend starb Eleasar. Saul übte von da an über das ganze Ädilen- und Katasteramt eine Macht aus, der man mit einer Mischung aus Furcht und Respekt begegnete. Der Respekt aber gründete auf der stillschweigenden Autorität, die Saul sowohl bei den Römern als auch beim Hohen Rat, dem Sanhedrin, besaß. Denn diese Autorität war ein Faktum. Er besaß Zugang zu Hannas wie zu Coponius und dann auch zu dessen Nachfolger, Ambivius, und zu dessen Nachfolger Rufus. Die Mißgunst, mit der man dem Nachkommen Antipaters lange Zeit begegnet war, und die familiären Feindseligkeiten, die Sauls Ansehen noch belasteten, verschwanden nach und nach. Saul aß einmal im Monat bei Hannas, und einmal, aber mehr im geheimen, beim Prokurator, denn man betrachtete Saul als Juden, und ein Jude konnte nicht einfach die Schwelle eines Heiden überschreiten. Als dann schließlich die greise Salome, die Schwester Herodes' des Großen, sich dem Tode beugte, vermachte sie Julia, der Frau des Augustus, die berühmten Palmenhaine des Archelaus. Die Kaiserin ließ einige Körbe mit Datteln an Ambivius senden, der seinerseits Saul zehn Pfund davon schenkte. Derartige kaiserliche Präsente konnten nicht unbeachtet bleiben und blieben es auch nicht. Es wurde ruchbar, daß Prinz Saul Datteln von Kaiser und Konsul naschte. Er

mußte als Untergebener einen besonderen Rang genießen, und eines Tages, wer konnte es wissen, würde sein Einfluß vielleicht noch wachsen. Das war ein Mann, den man sich warmhalten mußte, also tat man genau dies, wenngleich nicht ohne Vorbehalte.
»Er nennt sich Jude, wenn es gilt, den Hohenpriester um eine Gunst zu bitten, und römischer Bürger, wenn der Statthalter gefragt ist«, stellte Markus der Hellenist einmal fest. »Als er Antipas in Galiläa besuchte, hat er sich, wie wir erfuhren, als herodischer Prinz ausgegeben, und als die Zeloten ihn auf der Straße anhielten, um ihn auszuplündern, da hat er versichert, er sei ein Jude wie jeder andere und keineswegs reicher. Er hat etwas von einem Chamäleon«, fügte Markus mit einem halben Lächeln hinzu.
»Woher weißt du das alles?« fragte Gratus, der andere Hellenist.
»Von Pedanius, seinem Sekretär.«
»Jedenfalls ist er reich.«
»Und ehrgeizig«, fügte Markus hinzu, während er jeweils fünfzig Sesterzen in Ledersäckchen füllte und sie in einer Truhe verstaute. Es handelte sich um die Wochenabrechnung. Der Tag ging zu Ende, und morgen war Sabbat. »Pedanius zufolge soll er enttäuscht gewesen sein, als er den Juristen Larcius nach den Chancen befragte, als römischer Bürger aus dem Morgenland Konsul zu werden, und der ihm geantwortet hat, daß er zunächst Ritter werden und dann die römische Magistratslaufbahn beschreiten müsse.«
Saul war diesen Nachmittag fort. Seine beiden Untergebenen schlossen die Truhe ab, nachdem sie die Summe im Register eingetragen hatten, schlossen die Vorhänge, verriegelten die Tür und begaben sich zum Xystus.
Selbst diejenigen, die gegen Saul nicht derart eingenommen waren, erörterten unter sich gern die Frage seines Junggesellenstandes. Einige Zeit war verstrichen; man befand sich im zwanzigsten Regierungsjahr des Augustus. Saul war bereits neunzehn und tatsächlich noch immer nicht verheiratet. Einige glaubten, die heilige Krankheit mache ihm die Fortpflanzung unmöglich, andere sahen in ihr den Grund dafür, daß er schon mehrfach von Vätern begehrter Partien zurückgewiesen worden war. Die eine wie die andere Hypo-

these fand ihre Entsprechung in den verlogen-mitleidigen Kommentaren über Sauls unvorteilhafte Erscheinung. Er war ungewöhnlich klein, spitzknochig, und seine großen, runden, oft starr blickenden Augen verliehen ihm einen weniger menschlichen als vielmehr hundeähnlichen Gesichtsausdruck.
Saul selbst war sich über all das wohl im klaren, aber er wußte auch, daß ihm sein Aufstieg und seine Macht eine andere Attraktivität verleihen würden. Reiche Kaufleute hatten ihm ihre Töchter angeboten; gegenüber den Römern unter ihnen hatte er, um diese Ehre ohne Kränkung ausschlagen zu können, sein Judentum ins Feld geführt, gegenüber den Juden aber seine römische Staatsbürgerschaft, und den Arabern gegenüber, je nach Sachlage, das eine oder andere. In Wahrheit hatte er zuerst auf eine fürstliche Hochzeit, gar mit einer Herodierin, gehofft, aber leider war keine verfügbar gewesen. Alexandra und Cypros, die Töchter seines Onkels Phasael, waren beide verheiratet, ebenso wie die Tochter seiner Stieftante Salome. Die andere Salome, die Tochter seines Onkels Herodes Philippus, war mit dem Tetrarchen Philippus verheiratet worden. Mariam schließlich, die Tochter seines Onkels Aristobul, wollte ihn nicht nehmen.
Saul hatte gut zwei Jahre mit Nachforschungen und Annäherungsversuchen an all jene verbracht, die zu seiner weitverzweigten Familie gehörten, hatte seine Hoffnungen auch auf plötzlich verwitwete Kusinen und volljährige Nichten ausgedehnt. Vergeblich; also hieß es verzichten, um so mehr, als die erhaltenen Antworten gelegentlich von einer gewissen Herablassung zeugten. Obgleich er ein Prinz war, hatte das kaiserliche Wohlwollen kaum seinen Ruf gestärkt. Es waren die Lakaien Roms, von denen er sein bißchen Macht erhielt; kurz, er war ein Kandidat zweiter Wahl. Doch Saul meisterte seine Unzufriedenheit, indem er seinen Ehrgeiz einem anderen Machtbereich zuwandte, dem der Geistlichkeit. Gewiß war ihm der Eintritt in Familien der Hohenpriester, der seinen Rang endlich spürbar aufgewertet hätte, zumindest für den Anfang versagt, da deren Töchter nur wiederum Priester heiraten durften. Aber vielleicht konnte er auf eine Verbindung mit der Tochter einer

hochgestellten Persönlichkeit hoffen und sich durch eine Ausnahmeregelung Zugang zu der Familie des Gamaliel verschaffen.
Gamaliel war der berühmteste Rechtsgelehrte nicht nur in Jerusalem, sondern in der ganzen jüdischen Welt.[17] Saul hatte mehr als einmal gehört, wie der Hohepriester Hannas Lobeshymnen auf ihn sang, ganz zu schweigen von der Ehrerbietung, die Eleasar ihm gegenüber bezeugt hatte und die Jehoram und Phineas ihm weiterhin entgegenbrachten. Zu dem kleinen Zirkel der Erwählten zu gehören, die sich rühmen durften, Gamaliel zu kennen, die von einer seiner Auslegungen berichten oder die Feinheiten seiner Gedankenführung in allen Einzelheiten wiedergeben konnten, das war unendlich viel vorteilhafter, als in Tarsus einem der Abende beigewohnt zu haben, auf denen Athenodoros von Kana, Hypolit von Pergamon oder Phoebus aus Troas, jene großen Weber kunstreicher Wortgirlanden, glänzten. Aber um zu Gamaliels Kreis Zugang zu finden, brauchte man zwei Eigenschaften, von denen Saul schmerzlich bewußt war, daß sie ihm fehlten. Die erste war eine tadellose jüdische Herkunft, die andere eine Bildung, natürlich eine jüdische Bildung, von allerhöchstem Niveau. Aber Saul besaß weder das eine noch das andere.
Nach den Unterweisungen durch Theodestes, den Rabbiner der Synagoge der Freigelassenen, und jenen Waschungen, die einen Juden aus ihm machten, hatte Saul sich in dem naiven Glauben gewiegt, ein Jude zu sein. Er beeilte sich, im Tempel das Tor der Heiden hinter sich zu lassen – mit erhobenem Haupt. Er opferte einen weißen Widder; und er hielt dermaßen zungenfertige Reden, daß Jehoram ihn schließlich daran erinnerte, daß es Juden und Juden gäbe. Saul aber sei nur ein Neophyt.
»Die jüdische Welt bleibt mir also verschlossen«, sagte Saul langsam.
Jehoram kannte und fürchtete diesen glasigen Blick und diese Art, die Worte in den Raum zu stellen. »Sie wächst mit ihren Kindern«, antwortete er.
Saul senkte drohend den Kopf.
»Bin ich denn kein Jude, da doch Mariam meine Mutter war, die

Tochter des Antigonus, des letzten der Hasmonäer?« fragte er. »Stammen wir nicht aus einer königlichen jüdischen Familie?« Und sein Blick durchbohrte Jehoram, dann Phineas, der hinzugekommen war, um an der Unterhaltung teilzunehmen.
Jehoram hob den Kopf und sprach mit ruhiger Stimme: »Aber war nicht Antigonus der Sohn von Johannes Hyrkanus, ebenso wie Alexander Jannäus...«
»Sie waren Hohepriester!« unterbrach Saul hochmütig.
»Aber das verhinderte nicht, daß Johannes Hyrkanus aufgefordert wurde, vom Priesteramt zurückzutreten, da man ihn für einen unehelichen Sohn hielt. Seine Mutter war eine Kriegsgefangene«, fuhr Jehoram fort. »Für uns haben die Hasmonäer« – und diese Worte brannten Saul in der Seele – »denselben Stand wie die Proselyten.«
»Dann bin ich also nichts als ein Proselyt[18], der Nachkomme von Proselyten«, sagte Saul. »Warum hat man mir dann die rituellen Waschungen auferlegt?« Tiefes Schweigen, dann begann Saul von neuem: »Sagt ihr nicht, die Proselyten seien der Aussatz Israels?«
»Ein Proselyt zu sein ist ein verzeihlicher Fehler[19]«, beschwichtigte Phineas. »Theodestes hat die Waschungen für notwendig erachtet, da du als Enkel von Herodes Heide warst.«
»Ein verzeihlicher Fehler«, murmelte Saul.
Saul seufzte. Er war in die Enge getrieben und erniedrigt. Ein Prinz ohne Königreich, konnte er doch auf kein anderes Reich hoffen. Rom ignorierte ihn, die Juden, jene Juden, die seine Untertanen hätten sein sollen, behandelten ihn wie einen Fremden. Er würde also nicht zu Häupten ihres Tisches sitzen. Er war ein Mensch zweiter Klasse.

VIII.
Triumph

Die Welt beschränkt sich für jeden Menschen auf ein paar Morgen Land, ein Gebiet also, das er zu Fuß vom Morgengrauen bis zur Abenddämmerung abschreiten kann. Die meisten geben sich damit zufrieden, und nur sehr wenige können sich ihr Gebiet aussuchen. Aber alle träumen davon, es zu beherrschen. Saul war darin keine Ausnahme. Jerusalem und Judäa jedoch unterstanden einer Macht, fast so gewaltig wie das Schicksal, und die anderen Provinzen waren an Prinzen aus Sauls Familie verteilt worden, ganz nach der Laune eines Gottes auf Erden mit Namen Cäsar, bald Julius, bald Augustus und bald Tiberius. Saul mußte sich also getäuscht und betrogen fühlen.

Es ist der Vorteil der großen Herren, daß sie im Unglück ihr dürres Land ohne Bedauern verlassen können, um alles auf eine Karte zu setzen und zu versuchen, fruchtbare Täler zu erobern. Aber Saul litt bestimmt nicht unter allzu großem Unglück: Sein Wohlstand weckte Neid; sein Einfluß kam letztlich dem eines römischen Beamten gleich; und seine königliche Abstammung, so vorbelastet sie auch war, verschaffte ihm dennoch großes Prestige, ein Luxus, der nicht in Zahlen auszudrücken war. Obgleich ihm Jehoram, Phineas und gelegentlich auch der Rabbiner Theodestes sein Neophytentum ins Gedächtnis riefen, fuhr er unbeirrt fort, sich mit dem göttlichen Gesetz vertraut zu machen, dem Fundament der jüdischen Welt.

Tatsächlich bewunderte er diese Welt. Eines Abends, bei einem Essen des Prokurators Annius Rufus[20], des Nachfolgers von Ambivius, sprach Saul offen über dieses Thema. Er tat es mit jenem sprühenden Witz, der ihn zu einem faszinierenden Redner machte, wenn der Wein gut war und nicht nach jüdischer Sitte verschnitten.

»Dem Scharfblick Cäsars gebührt alle Ehre. Er hat den einzigartigen Mut dieses Volkes erkannt und besaß die Weisheit und die

Großmut, es nicht bis zum Äußersten zu erniedrigen. Besiegt, enteignet, entwaffnet, besitzt es nichts als die Erinnerung an längst verblaßten Ruhm. Und dennoch ist es seit Jahrhunderten ungebeugt. Obgleich es das Schwert abgeben mußte, fordert es unseren Respekt, indem es mit uns verkehrt als seien unsere Völker ebenbürtig! Und welchen Ruhm auch die Verbindung mit den Römern verheißen mag, es versagt ihn sich um der Reinheit seines Blutes willen! Gepriesen sei daher die Weitsicht Cäsars!«
Diese Rede verblüffte durch ihre Gewandtheit und durch die doppelte Huldigung Cäsars und der Juden, die von einem Gespür für die klassische Technik der Synthese zeugte, das der besten Rhetorik Ehre gemacht hätte. Wer ihn nicht kannte, brachte Saul wirkliche Achtung entgegen – er ließ sich übrigens bei gewissen Gelegenheiten nach römischer Sitte Paulus nennen. Nur ein einziger Makel haftete noch an seiner Person. Man wußte nicht, ob er Jude oder orientalischer Römer war, aber weil er immer wieder scherzhaft auf seine römische Bürgerschaft anspielte, tendierten die Meinungen schließlich zu letzterem. Die vornehmen Römer erinnerten diskret daran, daß er die Bürgerschaft seiner königlichen Abstammung verdanke, und er, der ein feines Ohr besaß, fügte dann hinzu: »Eigentlich komme ich aus Tarsus«, was die Vermutung vom orientalischen Römer bestätigte.
Aber gleichzeitig bewunderte Saul die Juden und gehörte zu den Privilegierten, denen es erlaubt war, den Vorträgen des berühmten Gamaliel beizuwohnen. Er verhielt sich dort ausgesucht bescheiden, saß stets in zweiter Reihe, um nicht den Eindruck zu erwekken, er wolle auffallen; vielmehr wollte er als aufmerksamer Zuhörer erscheinen, der sich mit der Interpretation der Tora vertraut zu machen sucht. Dort, bei Gamaliel, fand sich der intellektuelle Mörtel, der das ganze Mauerwerk des jüdischen Glaubens zusammenhielt und es dem Geist erlaubte, die Gesetze Gottes zu verstehen und im Begreifen das Herz mit Glauben zu erfüllen. So lauschte Saul gespannt der Interpretation des *kal vahomer*, jenes grundsätzlichen Denkens in analoger Form, dessen perfekte Präzision den Pharisäern erlaubte, in allen Lebenslagen eine völlig exakte Auslegung des Gesetzes vorzunehmen.[21]

Gewiß, in Jerusalem vergaß man nicht so leicht, und wer dabei gewesen war, wie Saul an den Aufrührern gegen die herrschende Ordnung Vergeltung geübt hatte – einem gewissen Abel zum Beispiel –, der war kaum geneigt, darüber hinwegzusehen, bloß weil Saul bei Gamaliel verkehrte. Man wagte es sogar, dem Meister selbst davon zu berichten, auch wenn das den Anschein eines unausgesprochenen Vorwurfs haben mochte.
»Was soll man ihm zur Last legen?« antwortete Gamaliel. »Daß er das römische Recht befolgt hat? Daß er es durchgesetzt hat? Aber das Gegenteil wäre ein Vergehen, da er doch offiziell darüber zu wachen hat, daß dieses Gesetz befolgt wird. Oder wirft man ihm vor, daß er sich auf die Seite von Joasar und dann von Hannas gestellt hat? Aber die wollten ein Blutbad verhindern. Oder daß er seine persönliche Rache unter dem Vorwand gestillt habe, daß er die Anweisungen der Gesetzgeber ausführte? Dann muß man ihm also einen öffentlichen Prozeß machen. Und wer soll das tun? Ihr? Dafür hätte er euch schädigen müssen; tat er das? Der Sanhedrin? Dann hätte er das Gesetz übertreten müssen; hat er das? Ich habe mich mit der Angelegenheit nicht näher befaßt, aber hier scheint mir doch viel Voreingenommenheit im Spiel zu sein.«
»Aber warum diese Nachsicht, Meister?« beharrten die Feinde Sauls.
»Was werft ihr ihm vor? Daß er Abel persönlich gehaßt hat? Nirgends steht geschrieben, daß es verboten sei, einen Volksfeind in der Tiefe seiner Seele zu hassen.«
»War denn Abel ein Volksfeind?«
»Die Römer haben ihn als solchen verurteilt. Ich habe nicht die Befugnis, ihr Gesetz auszulegen.«
»War Abel denn nach unserem Gesetz ein Volksfeind?«
»Soll ich nun gegen Saul einen Prozeß anstrengen oder gegen Abel? Es genügt, festzustellen, daß sich Abel dem Hohenpriester widersetzte, der gezwungen war, einer stärkeren Macht zu gehorchen. Abel scheint mir wie ein Freischärler gehandelt zu haben. Wollt ihr mich etwa so weit bringen, daß ich sage, wir seien im Krieg? Das hat weder etwas mit Saul zu tun, noch fällt es in meine Kompetenz.«

Von der Logik dieser Gedankenführung ebenso bestürzt wie außer Gefecht gesetzt, verbreiteten die Feinde Sauls nun vage Gerüchte. Gamaliel neige Saul gegenüber zur Nachsicht, weil der um die Hand einer seiner Töchter angehalten habe. Eine bösartige Verleumdung, denn wenngleich es als offenes Geheimnis galt, daß Saul nach einer passenden Partie Ausschau hielt und gewiß die Hand einer Tochter Gamaliels nicht ausgeschlagen hätte, so war es doch unerhört, Saul für so dumm zu halten, sich einzubilden, daß er, der Proselyt, je in die Familie eines Pharisäers von Geblüt einheiraten könnte. Für Gamaliel hingegen war es ebenso beleidigend, daß ihm ehrgeizige Berechnung unterstellt wurde. Gamaliel konnte sich nichts davon erhoffen, Saul als Schwiegersohn zu gewinnen. Aber in Jerusalem wimmelte es von Aufrührern und Dummköpfen, die nichts lieber taten, als sich auf den erstbesten schlüpfrigen Tratsch zu stürzen. Das Gerede ging also so lange um, bis Saul schließlich heiratete. Dabei war ihm eine Laune der Römer dienlich.

Saulus wurde fünfundzwanzig, als Augustus, im Jahre vierzehn, starb und Tiberius ihm auf den Kaiserthron folgte. In Palästina, wie im ganzen Mittelmeerraum, hielt man den Atem an. Wie würde sich nun das Reich verändern? In Judäa, in Samarien, in Galiläa, in der Dekapolis, in Batanäa, in Gaulanitis, in Auranitis, in den prächtigen Stadtsynagogen und den bescheidenen Synagogen der Provinz, in den Häusern der großen Kaufleute, Händler und Makler, in den Gasthäusern, in den Palästen der Ethnarchen, Tetrarchen und Hierarchen von verschiedenem Rang dachte man an vereitelte Intrigen, Intrigen, die platzen wie überreife Granatäpfel; man dachte an erneuten Wechsel unter den gekrönten Häuptern, an Gnade und Ungnade, an neue Gebietsteilungen, an neue saftige Pfründe und schmähliche, unerwartete Verbannung. Für manche schmeckte der Wein berauschend, für andere nach Schierling. Schlaflosigkeit, Schweißausbrüche und wuchernder Ausschlag griffen überall um sich. Die Wahrsager machten ihr Glück. Ebenso, wer mit Opium handelte, mit Raute und Hanf oder mit Kath und Amanit-Saft. Einige glaubten zu früh, triumphieren zu dürfen, andere sahen gefaßt der Möglichkeit ins Auge, sich die Pulsadern öffnen zu müssen.

Unnützes Fiebern. Nichts änderte sich.

Der Prokurator Valerius Gratus blieb auf seinem Posten. Ein Jahr nach der Thronbesteigung des Tiberius ertappte man sich bei dem Wunsch, dieser Präfekt möge nach Rom zurückkehren; er waltete ein wenig zu sehr nach Gutdünken. So erlaubte er sich, den Hohenpriester Hannas abzusetzen, den doch Quirinius berufen hatte. Ein Zenturio überbrachte den Befehl, Hannas habe auf der Stelle zurückzutreten. Ein weiterer ernannte an seiner Statt einen – übrigens sehr frommen – Priester mit Namen Ismael ben Phiabi. Aus Respekt für Hannas wollte Ismael erklären, er sei für diese Stellung nicht befugt; man zerstreute seine Zweifel. Darauf hielt er sich ein Jahr lang und wurde schließlich seinerseits entlassen, um durch Eleasar, Hannas' leiblichen Sohn, ersetzt zu werden, der wurde auf diesem entschieden gefährlichen Posten jedoch auch nicht alt: Bald schon folgte ihm Simon, der Sohn eines Priesters namens Camith, jedoch Sadduzäer wie alle Oberhäupter des Sanhedrin.[22] So wechselten die Römer die Hohenpriester, wie man die Gläser wechselt, um einen neuen Wein zu kosten. Valerius Gratus, der Prokurator, fand nämlich, sie seien alle nicht entschieden genug in ihrer Verurteilung der religiösen und vorgeblich religiösen Umtriebe, die, wie man wissen muß, in Galiläa wüteten, bereits andere Provinzen angesteckt hatten und die Straßen bis in die Gegend um Jerusalem unsicher machten. Die römischen Soldaten waren nur noch in Sicherheit, wenn sie in Truppen patrouillierten.[23] Indessen lagen die Hohenpriester in ständigem Streit mit den Pharisäern und verdächtigten sie nicht zu Unrecht, die Aufrührer zu unterstützen[24], während sie ihrerseits den Römern beschieden, daß der Aufstand weder ihr Werk sei noch in ihrer Zuständigkeit liege; er sei politischer Natur, und da Rom sich der Politik angenommen habe, müsse es sich nun allein damit herumschlagen. Der Prokurator solle sich mit Herodes, dem Tetrarchen von Galiläa und Samarien beraten, oder mit Philippus, dem Ethnarchen von Batanäa, Trachonitis und Auranitis.

Diese Art der Hohenpriester, die schmutzige Wäsche in den Korb der Römer zurückzuwerfen, mußte einen Gratus natürlich verär-

gern. Jeder wußte, daß die Hohenpriester weit mehr Macht innehatten, als sie vorgaben. Was den Abstand betraf, den sie zur Politik und zum Tagesgeschehen wahrten, so war er nur äußerer Schein. Sie unterhielten selber aufwieglerische Schlägerbanden, die sich mit anderen Banden prügelten, welche ihrerseits von geheimen Geldgebern in Jerusalem finanziert wurden. Auch Saul unterhielt übrigens eine Bande, bestehend aus etwa einem Dutzend stiernackiger Muskelprotze; ihre Aufgabe war es, ihn vor unangenehmen Zusammenstößen mit neidischen Zeitgenossen zu schützen, außerdem sollten sie diejenigen einschüchtern, die durch Worte allein nicht schnell zur Vernunft zu bringen waren. Aber diese Truppe war bescheiden, verglichen mit den Banden von dreißig, vierzig Herumtreibern, die sich die Hohenpriester hielten und die gegebenenfalls mindestens ebenso viele im Handumdrehen zusammentrommeln konnten. Sie waren allesamt große Schreihälse, sehr beschlagen in Schimpfworten und Zoten und schnell zu Fausthieben oder Steinwürfen bereit.[25] Bei diesen Aktionen blieben immer drei oder vier auf der Strecke, die man dann zum Gliedereinrenker brachte, falls es noch genug zum Einrenken gab. Es lag nahe, daß die Banden der Pharisäer sich meist mit denen der sadduzäischen Hohenpriester prügelten; und wenn es dann zwischen den hohen Herren doch noch etwas zu klären gab, dann berieten sie sich ganz artig in der Verschwiegenheit ihrer Häuser. Der unselige Ismael ben Phiabi – mit diesen Sitten nicht vertraut, denn er war ein frommer Mann, ruhig und schüchtern –, überschlug sich fast vor Entrüstung, als der Anführer seiner von Hannas geerbten Bande ihm das erste Mal anbot, eine Gruppe Pharisäer zusammenzuschlagen, die eine undurchsichtige Schieberei mit Opferhäuten aufgebracht hatten.
Man konnte also Gratus nicht glauben machen, die Hohenpriester seien Säulen der Tugend, entrückt im Gebet, die vom Zelotenaufstand keine Ahnung hätten, und das war der Grund, warum seine Wahl auf Simon ben Camith[26], den Sadduzäer, gefallen war, der zu begreifen schien, wo sein Vorteil lag; übrigens war es kein anderer als Saul gewesen, der während eines Gespräches auf Simon hinge-

wiesen hatte. Als dieser Simon endlich den Thron erstieg und den Mantel mit den Goldbrokat- und Seidenquasten anlegte, fand er eine reichlich verkleinerte Bande zu seiner Unterstützung vor, denn seine Rivalen hatten ihm die Besten abspenstig gemacht; um sie zu ersetzen, beschloß er, sich an Saul zu wenden, der weder Pharisäer noch Sadduzäer war und ihm als Inthronisationsgeschenk eine goldgefaßte Onyxschale zugesandt hatte, nebst einem zweideutigen Glückwunschschreiben, in dem er auch sich selbst beglückwünschte, den Prokurator so trefflich beraten zu haben. Die letzte Behauptung war gewiß übertrieben, aber Simon hatte keine Möglichkeit, sie zu überprüfen, und außerdem brauchte er Saul.

Saul nutzte die Gunst der Stunde. Als Gegenleistung forderte er die Hand der Tochter des Hohenpriesters und erhielt sie. Das Mädchen hieß Sara.[27] Sie wurde ihm verschleiert vorgeführt. Als Simon den Schleier an einer Ecke hob, sah Saul ein sanftes, rundes Gesicht mit zwei schrägen Augen. Er nickte und hob sein Trinkhorn auf Simons Gesundheit; der reichte seiner Tochter ein anderes Gefäß. Dann stießen Vater, Tochter und zukünftiger Schwiegersohn auf die Verlobung an. Die Schreiber waren bereits gerufen; sie traten ein, man brachte ihnen zu trinken, verteilte Honigkuchen. Die Schreiber stellten ihre Tintenfässer auf einen Tisch, zogen die Schreibfedern aus ihren schmalen Hüllen und entrollten ein unbeschriebenes Pergament.

»... gibt der Verlobte Saul, Sohn des Antipater und der Mariam, die Summe von zwanzigtausend Dinaren...«

Es folgte die Liste von Saras Mitgift.

Das festliche Gelage dauerte die ganze Nacht. Der Sanhedrin, die Schreiber, der Führer der Leviten und die Offiziere der Tempelwache brachen früh auf. Die Kaufleute, ob Juden oder Ausländer, und die Makler aller Sparten blieben, bis der Wein zur Neige ging. Saul war bei Morgengrauen noch auf den Beinen und ging mit den beiden Hellenisten, seinen Assessoren, ins öffentliche Bad; anschließend verlegte er offiziell seinen Wohnsitz in Simons Haus. Tatsächlich wohnte der Verlobte bis zur Heirat bei seinem Schwiegervater und teilte dort das Lager seiner zukünftigen Braut bis zum Tage der

eigentlichen Hochzeit; von da an würde sie in seinem Hause wohnen.
Als Schwiegersohn des Hohenpriesters hatte Saul zweifellos kein Königreich errungen, auch keine Provinz, aber endlich hatte er seine Position in Jerusalem gefestigt. Jedenfalls erhoffte er sich noch sehr viel mehr, ohne genau zu wissen, was. Die Träume der Menschen gleichen Tieren, die dereinst die Schädelhöhle bewohnen werden. Das wäre wohl ein Weiser, der wüßte, was sie plötzlich aufscheucht.
Wenngleich die Kette seiner Erfolge seit der Übersiedlung nach Jerusalem nicht abgerissen war, so gab sich Saul doch noch lange nicht zufrieden. Er war eher beunruhigt. Als Pedanius, sein Sekretär und seine rechte Hand, einmal auf Sauls Macht anspielte, unterbrach der ihn brüsk:
»Welche Macht? Die Macht des Schwertes liegt bei den Römern, die andere in den Händen der Sadduzäer. Ich bin nur ein Spielstein.«

IX.
Drohende Schatten

Doris verheiratete ihre Tochter und lud Saul nach Cäsarea ein. Beladen mit Geschenken – einem Brustschmuck aus Gold und Elfenbein, dazu Parfums und Goldmünzen –, machte er sich auf den Weg; eine Eskorte von zehn Bewaffneten begleitete ihn. Er war seit Jahren nicht mehr in Cäsarea gewesen, denn er zog Jericho vor, wo er ein Haus besaß. Als er die Befestigungsanlagen der Stadt erreichte, hielt er an, um zu Fuß an jenem Strand entlangzugehen, von dem er einst hatte fliehen wollen, um seinen Verfolgern zu entkommen. Gierig sog er den salzigen Geruch dieses Meeres ein, an dessen anderem Ufer Rom lag, der Nabel der Welt. Ein Kind hatte am Rande des Wassers eine Sandburg gebaut, und die steigende Flut unterspülte das Bauwerk, doch das Kind war verzweifelt bemüht, die Katastrophe aufzuhalten.

»Ganz wie Palästina«, dachte Saul, »ein zergliedertes Reich, ein zerstückeltes Tier, das selbst die Macht Roms nicht zusammenhalten kann. Die Pharisäer wenden sich gegen die Sadduzäer, gegen die verhaßten Samariter, und die Zeloten stehen ihnen bei.«
Er erinnerte sich flüchtig an die Visionen von Harmonie, die ihm Stephanos und Petrosinus in Tarsus vorgeführt hatten. Das lag weit zurück.
Doris und ihr Gatte Marius bereiteten ihm einen fürstlichen Empfang. Ihre Villa lag in einer Parkanlage, die sich bis zum Meer hinunter erstreckte: die Abgüsse griechischer Statuen wachten über Myrten, Rosenstöcke und Liguster, und Laternen erhellten die Nacht. Sauls Gemächer gingen aufs Meer hinaus. Sie waren mit eigenen Bädern versehen und wurden, besonders luxuriös, durch einen Ofen im Kellergeschoß beheizt, denn die Abende waren oft kühl in Cäsarea. Zwei Sklaven standen zu seiner Verfügung.
Auf Doris' Lippen stand ein Ausdruck schwesterlicher Zärtlichkeit, aber aus ihren Augen, bereits vom Alter gezeichnet, sprach einmal mehr eine Verbundenheit, die das gemeinsame Unglück besiegelt hatte. Nur einige hundert Ellen entfernt, im Palast des Herodes, hatten sie vom schmachvollen Tod ihres Vaters erfahren, hatten sie um ihr Leben gebangt, waren sie Gegenstand des Mitleids gewesen. Allein Ausdauer und Standhaftigkeit hatten sie bis hierher gebracht.
War es, um ihre Genugtuung zu zeigen? Doris hatte ihre Vettern Herodes und Agrippa[28] eingeladen, die Söhne des Aristobul, die sich auf der Durchreise in Palästina befanden, um die anfallenden Zinsen des väterlichen Erbes einzustreichen. Es war derselbe Herodes, Sohn des Aristobul, für den Herodes der Große in seiner Allmacht entschieden hatte, daß er einmal Doris ehelichen solle. Ganz so, wie er entschieden hatte, daß Saul Mariam[29], die Tochter des Aristobul, heiraten solle. Aber der Wind hatte sich gedreht. Herodes war Berenike, der Tochter Salomes versprochen worden, und Mariam hatte sich geweigert, den Sohn des Verschwörers, also Saul, zu heiraten. Nun war ihre Jugend vorüber, sie hatte keinen Mann mehr gefunden und welkte zwischen Jerusalem und Jericho als alte Jungfer vor sich hin.

Doch der Wind war noch einmal umgeschlagen. Vielleicht bedauerte es Mariam, die gewiß von der Anwesenheit ihrer Brüder Herodes und Agrippa als Ehrengäste dieser Hochzeit unterrichtet war, längst die Hand des kleinen, schwarzen Krauskopfes ausgeschlagen zu haben. Wie dem auch sei, Saul bedauerte nichts. Augenscheinlich hatte das Ansehen der Herodier nur dem alten Tyrannen gegolten. Dieselben Spottverse, die ehedem kein gutes Haar an Herodes gelassen hatten, richteten sich nun gegen seine Nachkommen, ja, gegen alles, was von seinem Reich noch blieb.
Er brauchte sich diese beiden dort nur anzusehen, diese Prinzlein, von Rom verhätschelt wie dressierte Hunde und zudem arrogant wie die Windspiele der Patrizierinnen, um zu wissen, daß sie es nicht weiter bringen würden als ihre Hofnarren. Vielleicht ist es mein Glück, daß ich von der Erbfolge ausgeschlossen wurde, überlegte Saul, vielleicht wäre ich sonst auch ein dressierter Hund geworden. Vielleicht bin ich der wahre Erbe des Herodes!
In der Menge, die langsam zwischen den zum Meer hin abfallenden Terrassen und dem Patio hin- und herschlenderte, hatte er sie nur von weitem gesehen, aber an ihrem Auftreten erriet er, wer sie waren. Schließlich kam Agrippa auf ihn zu. Es war derselbe Agrippa, mit dem Saul damals Knöchel werfen gespielt und der ihm das nahe Ende seines Vaters angekündigt hatte. Bittere Erinnerungen! Aber die Zeit heilt alte Wunden: Sie begrüßten sich mit einer Umarmung und wiederholten sie noch einmal mit Nachdruck.
»Ich freue mich!« rief Agrippa. »Dein Name ist bis nach Rom gedrungen! Du hast das Vertrauen unserer Statthalter!«
»Unserer Statthalter!« Diese Herablassung! Jeder wußte, daß man ihn in Rom auf seine königlichen Würden vorbereitete! Saul nahm die Beleidigung mit einem undurchdringlichen Lächeln hin.
»Ich bin sehr geschmeichelt, daß du dich an mich erinnerst, Agrippa. Du, ein zukünftiger König! Aber weißt du schon, welches Königreich man dir zuteilen wird?«
Auch eine Art, daran zu erinnern, daß er noch immer von der Gunst Roms abhing, ein Lakai, was sonst, und daß es verfrüht sei, herumzuprahlen. Doch Agrippa lächelte gelassen.

»Aber ist das nicht mein Vetter Herodes, dein Bruder?« knüpfte Saul an. »Willkommen in Cäsarea!«
Erneute Umarmungen. Rasch musterte Saul aus dem Augenwinkel den Monarchen-, Tetrarchen- oder Ethnarchenanwärter, den er noch nie gesehen hatte; er besaß die typische Familienphysiognomie, bei der sich Verschlagenheit hinter salbungsvollem Gebaren verbarg. Herodes und Agrippa fragten sich gewiß, ob dieser neureiche Cousin für sie einen Vorteil oder eine Gefahr darstelle, doch offenbar galt weder das eine noch das andere. Er arbeitete unter dem direkten Zugriff Roms und konnte auf keinen Fall Anspruch auf irgendeinen Thron erheben. Sie dagegen waren unvergleichlich viel besser gestellt und dieser Saul am Ende doch nur ein Vetter aus der Provinz; sie entspannten sich. Saul verstand und grinste vor sich hin. Sie würden im Exil verschimmeln, wassersüchtig und von Gicht geplagt, von Bitterkeit und Schmerzen gelähmt, oder vielleicht nach einigen Arsenkoliken unter der Erde verfaulen, während er noch lange quicklebendig wäre! Denn er, Saul, war von anderem Schlag und würde das schon zeigen, wenn seine Stunde gekommen war. Und nicht in Palästina, sondern in Rom selbst, ja, in Rom! Er bemerkte, daß die beiden zuviel tranken; tatsächlich begannen sie zu torkeln – und es waren Römer unter den Gästen!
Doris verheiratete nämlich ihre Tochter nach römischem Brauch. Alles in allem, so vertraute sie ihm an, mache sie sich nichts aus der jüdischen Umstandskrämerei. Schließlich seien sie von königlichem Geblüt und Bürger Roms. Das Kaiserreich habe sie freudig aufgenommen, während die Juden sie als Fremde betrachteten. Saul war sicher, daß man ihm deswegen in Jerusalem Schwierigkeiten machen würde, aber er protestierte nicht. Außerdem war Marius ein Italer, und die Juden konnten nicht alle Welt zu Neophyten machen.
Die Nacht hatte ihre Anker ausgeworfen und brachte in ihren Galeeren Krüge schwarzen Weins, Dolche, Spottverse und Jungfrauenbrüste. Der Duft der Rosen wich dem Duft des Jasmin, und der wiederum machte alsbald dem Geruch des Seetangs Platz. Lichter schwankten auf dem Meer, auf dem Turm der Astarte züngelte eine

Flamme empor, und auch in den Lenden Sauls begann ein Feuer zu lodern. Er stieg bis zu den sanften Wogen hinab und betrachtete sinnierend die tintenschwarze Unendlichkeit. Er wandte sich um. Die Terrassen hatten sich geleert, das Fest ging zu Ende. Herodes und Agrippa schliefen gewiß ihren Rausch aus, und Doris' Tochter lernte die Gewalt der Begierde kennen. Ein Schatten glitt über den Strand; Saul folgte ihm neugierig. Es war eine Frau, nein, eine junge Sklavin, und er erkannte sie wieder: Er hatte sie in Doris' Gemächern gesehen. Ein Mischling, halb Araberin, halb Nabatäerin; sie blieb vor ihm stehen. Ihre schattenhafte Begegnung ohne Blicke und Worte dauerte gerade lange genug, um viele Worte überflüssig zu machen.

»Willst du?« murmelte er.

Sie nickte unmerklich. Vielleicht war es auch nur Einbildung gewesen, aber sie folgte ihm.

Pedanius war verschwunden. Die Villa trieb in Weindunst und kaltem Weihrauch.

Aufs neue drang Saul in die Nacht ein, die Nacht der Frauen, die dem Tode gleichkommt. Er war nicht länger Saul; er haßte Saul. Die Frauen haben zu viel Macht über die Männer, empfand er.

Nach Jerusalem zurückgekehrt, fühlte er sich nicht etwa befriedigt, sondern erregt. Klarheit kann mitunter vergiften. Er verwässerte sie mit Hilfe höherer Dosen von Opium, das seine Anfälle verhinderte, aber das Opium steigerte auch das sexuelle Verlangen. Eins wie das andere nahm immer mehr Raum bei seinen nächtlichen Vergnügungen ein. Pedanius glaubte, sein Meister würde allmählich sanfter; nichts dergleichen. Saul glich jenen reißenden Tieren, die zu dösen scheinen, doch ganz plötzlich hochschnellen und sich auf die Beute stürzen.

In jenen Tagen wurde er achtundzwanzig. Er war Vater zweier Söhne, Simon und Marius, und einer Tochter, die er zu Ehren seiner Mutter Mariam genannt hatte. In Rom war seit fünf Jahren Tiberius an der Macht, und Saul war nicht der einzige, dem seine Herrschaftsmethoden zu denken gaben. Das hatte an jenem Tag begonnen, als Reisende aus Rom gleich bei der Landung in Cäsarea

eine große Neuigkeit losließen, wie man wütende Hunde von der Leine läßt. In kaum einer Woche hatte sie die fünf Provinzen erreicht, ja selbst Phönizien, Ituräa und Syrien; sie säte Empörung vom Tempel in Jerusalem bis hin zu den Synagogen von Kafarnaum und Beerscheba; in den Wechselstuben, auf den beiden Märkten Jerusalems und natürlich in den römischen Provinzgarnisonen wurde beim Würfeln und Biertrinken von nichts anderem gesprochen.
»Tiberius hat die Juden aus Rom vertrieben!«[30]
»Ein mißverstandenes Gerücht«, hatte Saul gebrummt, als ihm Pedanius davon berichtete, während er eines Morgens mit den Betreibern des unteren Aquädukts verhandelte. Aber im nächsten Augenblick brachte einer der Hellenisten dieselbe Neuigkeit, die der Sekretär des Hohenpriesters Josef Kaiphas vom Sekretär des Prokurators selbst erhalten hatte.
Die Juden aus Rom vertrieben! Auf kaiserlichen Befehl!
Bald zeigte sich das ganze Ausmaß der Katastrophe: Tiberius hatte durch die Konsuln viertausend Juden zum Militärdienst ausheben lassen und sie nach Sardinien verschickt.
Saul ließ alles stehen und liegen und berief noch für denselben Abend all diejenigen zu sich, die entweder über neueste Kenntnisse verfügten oder eine nützliche Einschätzung daraus erstellen konnten. Unter ihnen war einer der Reisenden, die die Neuigkeit gebracht hatten, ein römischer Kaufmann namens Paulus Restoratus, ferner Leute aus dem Hause des Prokurators und andere aus dem des Hohenpriesters, allen voran Eleasar, der im Vorjahr selbst Hoherpriester gewesen war.
»Nach allem, was man mir berichtet hat«, erzählte Restoratus, »fiel die Entscheidung des Kaisers nach folgendem Skandal. Es gab da einen Gelehrten an der römischen Synagoge – ich kenne seinen Namen nicht –, der mit Hilfe von drei anderen reichen römischen Juden Fulvia, die Frau eines Senators, bekehrt hatte. Sie hatten sie überredet, Gold und Purpur für den Tempel nach Jerusalem zu schicken. Aber anstatt die ihnen anvertrauten Geschenke abzusenden, haben sie sie zu ihrem eigenen Gebrauch abgezweigt. Fulvia scheint davon unterrichtet gewesen zu sein, hat aber geschwiegen,

denn sie war zugleich die Geliebte eines dieser Juden. Ihr Gatte Saturnius berichtete Tiberius davon. Man erzählt auch, Fulvia sei zur Prostitution gezwungen worden, aber…«
»Bei uns gibt es keine religiöse Prostitution«, unterbrach Eleasar.
»Also wegen vier Betrügern«, warf Saul ein, »soll Tiberius die Juden aus Rom vertrieben haben! Das scheint etwas unverhältnismäßig.«
Restoratus versetzte: »Ich bin kein Vertrauter des Hofes, aber es scheint, als sei Tiberius bereits über das Proselytentum bei den Juden erzürnt gewesen.«
»Die Affäre mit den vier Betrügern war also nur ein Vorwand«, sagte Eleasar. »Es handelte sich um eine judenfeindliche Maßnahme.«
»Gut möglich«, meinte Restoratus, »denn Tiberius hat auch Proselyten deportieren lassen.«
»Sogar Proselyten!« schrie ein Gelehrter, der bei Gamaliel studierte.
»Aber ich bin überzeugt, daß es sich nicht um eine speziell antijüdische Maßnahme handelt«, versuchte Gratus Antoninus, ein Regierungsbeamter, zu vermitteln. »Sicher weißt du, Paulus, daß auch die Anhänger des Isis-Kultes deportiert wurden?«
»Das stimmt«, antwortete Restoratus. »Das war wegen eines anderen Skandals, bei dem wiederum eine Dame von Rang hinterhältig überredet wurde, sich im Tempel des Anubis einem Ritter hinzugeben, nachdem sie sich dort über Nacht hatte einschließen lassen. Diese Dame erlag der Täuschung, daß es der Gott Anubis war, der über sie kam. Tiberius ließ die Priester der Isis kreuzigen und mit ihnen eine Intrigantin namens Ida, die diesen Betrug eingefädelt hatte.«
»Wie hat Tiberius von der Sache erfahren?« fragte Saul.
»Auch hier war es der Ehemann, der ihm davon berichtet hat. Dieser Mann kannte seine Frau und war von ihrer Keuschheit überzeugt. Sie war naiv genug, ihm die Geschichte zu erzählen, und da dieser Mann nicht an die Menschwerdung des Gottes Anubis glaubte, schloß er daraus, daß seine Frau das Opfer einer widerwär-

tigen Betrügerei geworden war, und beschwerte sich bei Tiberius. Der ließ den Isis-Tempel zerstören und die Steine in den Tiber werfen«, schloß Restoratus.
»Es war ein schöner Tempel«, bedauerte Antoninus.
»Wir sind nicht hier, um die Zerstörung eines Isis-Tempels zu beweinen«, warf Eleasar ein. »Weiß man, was aus den verschleppten Juden geworden ist?«
»Scheinbar waren es Freigelassene, zumindest der Großteil«, erklärte Antoninus. »Sie wurden einberufen, um die Räuberbanden zu bekämpfen, die in Sardinien ihr Unwesen treiben. Aber da sie Waffen tragen, das heißt, unter dem römischen Adler dienen sollten, meuterten die meisten. Also drohte man ihnen mit erneuter Versklavung.«
»Versklavung!« rief Eleasar.
»Die Gesetze des Imperiums sind, wie sie sind«, schnappte Antoninus, »und ich glaube nicht, daß es passend ist, sie hier zu diskutieren. Saul Antipater hat mich heute abend eingeladen, um euch Informationen zu liefern, und ich...«
»Fühl dich nicht gekränkt, ich bitte dich, Gratus«, unterbrach Saul. »Es ist doch klar, daß es schmerzlich für einen Juden ist – und wieviel mehr für einen Hohenpriester –, wenn er erfährt, daß einige tausend seiner Glaubensbrüder zuerst verschleppt und dann mit Sklaverei bedroht wurden, und alles nur wegen vier Betrügern.«
»Das sehe ich ein«, lenkte Antoninus ein.
»Scheint nicht die Strafe größer als das Vergehen?« fragte der Gelehrte und Schüler Gamaliels. »Ich meine, ist es nicht überraschend, daß man so viele Unschuldige für das Verbrechen von vier Personen büßen läßt?«
»Restoratus hat es bereits gesagt, Ihr habt nicht achtgegeben«, berichtigte Antoninus. »Tiberius und die Römer sind das jüdische Proselytentum leid, genau wie das der anderen Fremdreligionen. Die Götter des Kaiserreiches sind geduldig, aber sie dulden nicht, daß man sie verdrängt.«
Es waren ruhige, aber bestimmte Worte gewesen. Eleasar bedachte sie einige Augenblicke, dann erhob er sich und verabschiedete sich

von Saul. Er bat ihn, sein Fehlen beim vorbereiteten Mahl zu entschuldigen; der Schüler Gamaliels folgte seinem Beispiel. Saul zwang sich, einen freundlichen Ausdruck zu bewahren. Aber ihm war der Appetit verdorben, und er ließ den Speisen wenig Ehre widerfahren, obgleich sein Küchenmeister sie vorzüglich zubereitet hatte: Geflügelleber an Safranreis, Seezungen mit Mandeln, Kürbissalat mit Schnittlauch, Geflügelschlegel in Weißmostmarinade mit einer Sauce aus Korinthen... Es wurden drei Weine serviert, aus Samos, Chios und Zilizien, doch er kostete sie kaum.

»Sind die Nachrichten aus Rom dir so sehr auf den Magen geschlagen?« erkundigte sich Antoninus. »Mir scheint doch, daß du kaum ernstlich bedroht bist.«

»Sei mir bitte nicht gram, Gratus, aber die Neuigkeiten und die Einzelheiten, die du beigesteuert hast, stimmen mich nachdenklich. Ich glaubte verstanden zu haben, daß die Römer die Juden seit Julius Cäsar recht wohlwollend betrachteten. Nun stelle ich einen tiefgreifenden Sinneswandel in der Hauptstadt fest. Ich frage mich, wohin das führen soll.«

»Was Palästina angeht«, sagte Antoninus, »erwarte ich kaum Veränderung. Judäa wird kaiserliche Provinz bleiben, und die Juden hier haben kaum Grund, den Zorn des Tiberius zu fürchten, solange sie nicht seine militärische und religiöse Sicherheit gefährden.«

Er leerte sein Glas; sogleich wurde es von einem Diener neu gefüllt.

»Wir müssen schließlich unsere Götter schützen, Saul«, sagte Restoratus.

»Ich dachte, es seien die Götter, die ihre gläubigen Anhänger beschützen«, entgegnete Saul.

»In diesem Fall müßte man den Schluß ziehen, daß der Gott der Juden sie nicht beschützt hat«, meinte Antoninus.

Als seine Gäste gegangen waren, stieg Saul auf das Dach seines Hauses. Von dort hatte man eine weite Aussicht über die Wälle hinweg nach Westen. Er betrachtete die Hügel von Judäa, die sich in der wolkenverhangenen Nacht verloren, dann kehrte sein Blick zurück zu der geknechteten Stadt.

Denn die Knechtschaft war ihr von nun ab sicher. Israel wurde nicht länger als Verbündeter betrachtet, nicht einmal mehr als Vasall, sondern beinahe als Sklave. Noch ein Fehler, und die Katastrophe war da!
Die Säulen, die den Himmel über Jerusalem stützten, würden zusammenbrechen und die Verwünschungen der Propheten sich erfüllen.
Dies also war im fünften Jahr der Regierungszeit des Tiberius geschehen, Sauls Wachsamkeit gegen Unruhestifter aller Art hatte sich seither verdoppelt. Aber es waren längst nicht mehr nur die Zeloten, die ein gefährliches Fieber schürten. Man sprach zum Beispiel ungewöhnlich viel von einem Anachoreten namens Jokanaan, der in Galiläa einen neuen Ritus einführte. Nicht ganz so neu, im Grunde, aber er verlieh ihm eine besondere Bedeutung. Er tauchte seine Schüler im Jordan unter, um zu verkünden – was genau? Der Bericht von Pedanius war in diesem Punkt nicht sehr aufschlußreich – wie auch immer, es sah so aus, als verkünde Jokanaan die Wiederentdeckung der Reinheit. Schriftgelehrte hatten sich vor Ort begeben, um diesen Jokanaan zu befragen. Sie hatten bei ihrer Rückkehr berichtet, er sei ein früherer Essener aus Qumran, der halb nackt lebe und die unmittelbare Ankunft eines Messias verkünde.
Tatsächlich war auch von einem Messias viel die Rede, der die Probleme Israels regeln, die Römer vertreiben und den Thron Davids wieder aufrichten würde. Selbst Pedanius, von dem man wahrlich nicht behaupten konnte, daß er von religiösen Ängsten oder der Sorge um das Schicksal Israels verzehrt würde, hatte einmal auf das Kommen eines Messias angespielt. Saul hatte die Stirn gerunzelt.
»Meine Frau glaubt nun einmal daran, Herr. Sie bat mich sogar, mir diesen Jokanaan anzuhören.«
Ein anderes Mal, als Saul mit den Betreibern des unteren Aquädukts die Notwendigkeit erörterte, die städtische Wasserversorgung zu verbessern, da hatten sie geklagt, daß man keine Arbeit ohne die vorherige Zustimmung des Prokurators Valerius Gratus veranlassen könne. Und sie hatten mit dem Seufzer geschlossen: wenigstens, bis der Messias kommt.

Aber was war eigentlich ein Messias?
Saul hatte Gamaliel um ein Gespräch gebeten, und der alte Pharisäer hatte sich die Frage und die genaueren Umstände angehört, die Saul veranlaßten, sich für diesen Ausdruck zu interessieren.
»Der Ausdruck ist symbolisch. Josef Kaiphas wurde gesalbt, wie alle anderen Hohenpriester, aber er ist kein Messias. Ein Messias erhält die zweifache Salbung zum König und zum Priester. Das bedeutet, er ist Inhaber des weltlichen Siegels des Aaron und des geistlichen Siegels des Moses. Er ist also zugleich König und Hoherpriester.«[31]
Dann blickte er halb ernst, halb ironisch zu Saul auf. »Man stellt mir diese Frage häufig – die letzten Tage.«
»Und was denkst du?«
»Ich denke, daß die Ankunft eines Messias unweigerlich einen Krieg gegen die Römer entfesseln würde.«
»Warum?«
»Die Verbindung seiner beiden Titel bedeutet auch, daß er von keiner weltlichen Macht abgesetzt werden kann. Man kann ihm nicht das eine Szepter entreißen, ohne ihm auch das andere zu rauben.«
»Aber was rechtfertigt seine Macht?« fragte Saul verwirrt.
»Als König ist er ein Abkomme aus dem Hause Davids.«
»Aber wir alle wissen, daß seit Serubbabel die Erbfolge verworren ist.«
»Das ist sie tatsächlich.«
»Aber dann...«
»Man kann niemals ein göttliches Zeichen ausschließen.«
Saul seufzte und meinte abfällig: »Ein göttliches Zeichen!« Dann fuhr er fort: »Aber was für ein göttliches Zeichen? Daß der Himmel aufreißt und der Finger des Allmächtigen erscheint, um auf den Messias zu deuten?«
Die Lippen Gamaliels kräuselten sich unmerklich.
»Unerforschlich sind die Pläne des Schöpfers dem Geist seiner Geschöpfe.«
Saul küßte dem Meister die Hand und ging hinaus.
»Sprich mir nicht mehr vom Messias«, sagte er zu Pedanius, der ihn

im Vorzimmer erwartete. »Ein Messias wäre eine Katastrophe!« Und er gab Ausführungen Gamaliels wieder.
Aber Pedanius schien das anders zu sehen.
»Viele sagen ja...«, murmelte er, als sie in das Ädilenamt zurückgekehrt waren.
»Viele sagen ja was?« fragte Saul und hob die Brauen, die ihm wie ein dicker Kohlestrich quer über der Stirn lagen. »Viele sagen ja, Jokanaan selbst sei der Messias«, antwortete Pedanius und blickte mit seinem hasenähnlichen Gesicht zu Boden, als schäme er sich für das, was er berichtete.
Saul zuckte die Achseln.
»Aber er ist nicht der einzige. Es gibt einen anderen in Samaria, noch einen Essener. Er nennt sich Dositheus.[32] Er ist ein heiliger Mann, der die Kranken heilt und Wunder wirkt.«
»Dann stehen wir also zur Zeit mit zwei Messiassen da«, spottete Saul.
Dennoch war auch er nachdenklich. Zwei angebliche Messiasse, und beide Essener. Die Essener gehörten bestimmt nicht zu seinem näheren Umgang; sie waren in römischen Verwaltungskreisen oder in den pharisäisch oder sadduzäisch bestimmten Kreisen der Kaufleute und Vornehmen von Jerusalem selten anzutreffen, aber dennoch waren sie ihm nicht unbekannt. Gamaliel zufolge hatte sich ihre Philosophie vor etwa anderthalb Jahrhunderten von der der Pharisäer abgespalten; auf die Beweggründe dieser Spaltung war er allerdings nicht näher eingegangen. Gamaliel war bezüglich der Essener überhaupt nicht sehr redselig gewesen; Saul hatte sogar den Eindruck gewonnen, daß der Gelehrte sich in gewisser Weise scheue, näher auf ihre Geschichte einzugehen; damals hatte er nicht darauf geachtet, aber wenn er jetzt wieder daran dachte, fiel ihm ein, daß Gamaliel die Augen niedergeschlagen hatte, wie er es immer tat, wenn er sich weigerte, über eine Sache weiterzusprechen.
Neugierig geworden, bat Saul noch einmal darum, bei dem Gelehrten vorgelassen zu werden. Woher kam die Feindschaft der Essener gegen die Pharisäer und den Tempel, das heißt gegen Jerusalem? Und was war überhaupt der Grund für ihre Abspaltung gewesen?

»Die Essener waren schon immer sehr fromm«, hub Gamaliel an und richtete einen durchdringenden Blick auf Saul. »Sie hegten ursprünglich keinen Groll gegen die Pharisäer oder den Tempel, noch gegen Jerusalem. Aber vor nunmehr achtzig Jahren wurde ihr hochangesehenes Oberhaupt, ihr ›Meister der Gerechtigkeit‹, von einem Hohenpriester umgebracht. Daher ihre Feindschaft.«
»Welcher Hohepriester?«
»Hyrkanus II.«, antwortete Gamaliel. Sein Blick durchbohrte Saul, dem die Stimme versagte.
Hyrkanus II.! Sein eigener Vorfahr! Der Sohn des Hohenpriesters war das Oberhaupt der Hasmonäerdynastie, deren letzter Sproß Sauls Mutter Mariam gewesen war! Welch blutige Bilder tanzten auf einmal vor seinen Augen! Gesichter, aus denen das Entsetzen schrie! Schwarze Münder, die Verwünschungen spien! Hyrkanus II.! Auch dem war es später an den Kragen gegangen – der Seleukide Antigonus riß ihm die Ohren mit den Zähnen ab! Wieder hörte er das Gemurmel der Ammen, das aus einer bislang unverstandenen Vergangenheit aufstieg, durchwirkt mit Prophezeiungen und Racheschwüren. Sauls Vorfahr hatte also das Blut des Gerechten vergossen! Und noch immer war der starre Blick Gamaliels auf ihn gerichtet.
»Du hast gefragt«, sagte der Gelehrte.
Saul brach, von Zuckungen und Krämpfen geschüttelt, zusammen, Schaum stand ihm auf den Lippen. Gamaliel sah ihn unter gesenkten, violetten Lidern hervor an. Pedanius eilte herbei. Man schaffte den Epileptiker nach Hause. Mehrere Tage blieb er in Grübeleien versunken und gab nur einsilbige Antworten, wenn man es wagte, eine Frage an ihn zu richten. Seine Träume waren von weißgekleideten Gerechten bevölkert, die ihn schweigend ansahen oder voller Verachtung den Blick abwandten. Bei Nacht irrte er durch sein eigenes Haus als wäre es das eines Fremden, stand, die Lampe in der Hand, vor den Betten seiner Kinder. Entsetzen flackerte in den Augen der Amme auf.
Eines Nachts, kurz vor Morgengrauen, hörte ihn die Amme bei seinem Sohn Simon; als müsse er sich schon verteidigen, schlief der

Kleine mit der geballten Faust vor der bloßen Brust. Saul flüsterte: »Seid auch ihr aus einem verfluchten Geschlecht?«
Seine Frau Sara war beunruhigt. Mit Schrecken hatte sie diesen verhärteten Gnom einmal in einer Straßenmalerei wiederzuerkennen geglaubt, die die Schmiede des Vulkan darstellte, von krummbeinigen Halbdämonen bevölkert. Nun entdeckte sie, daß dieser Saul nicht so unverletzbar und hart war, wie er sich den Anschein gab. Sie versuchte, ihn an ihrer Brust zu wärmen, wie man es mit verängstigten Kindern tut. Aber solche Frauenlist, obschon ganz und gar unschuldig, vermochte nicht, das Mal zu verwischen, das eine unsichtbare Hand auf die inneren Mauern Sauls geschrieben hatte.
So wie Vipern vor einem Beben ihr Nest verlassen, wanden sich gleich Schlangen böse Vorahnungen durch Sauls geheimste Gedanken. Worauf sie sich bezogen, war unklar, das machte sie noch schlimmer. Sicher hatten die Geschichten über den Messias ihren Anteil daran, aber mehr noch die Gewalt, mit der sich das Bild der Essener plötzlich vor Sauls Augen abzeichnete und ihn verwirrte. Denn es war offenkundig: Hatte er auch hoffen dürfen, den Harpyen zu entgehen, die das Schicksal der Herodier begleiteten – bis hin zu seinem eigenen Vater, der wie ein Verbrecher in seinem Verlies ermordet worden war –, so durfte er doch kaum hoffen, den Schandfleck zu tilgen, der die Stirn der Hasmonäer zeichnete: heldenhafte Könige zunächst, dann aber Verfolger der Gerechten. Und diese unheilbringenden Schatten suchten ihn gerade in dem Augenblick heim, als er begann, seine Macht auszukosten, sich seiner Abstammung zu freuen und sogar von künftigem Ruhm zu träumen! Und das hier in Palästina, dessen Erde eine haßerfüllte Ungeduld verströmte, die drohte, alles niederzureißen, was er seit seiner Rückkehr aus Asien aufgebaut hatte! Denn auch das war offenkundig, Gamaliel hatte es erkannt: Ein Messias, das bedeutete über kurz oder lang den Konflikt mit den Römern, den Untergang Palästinas. Den Untergang Sauls.
In Rom waren die Juden in Ungnade gefallen, die Essener säten Zwietracht, ein wahnsinniges Volk erwartete den Messias. Die Angelegenheit war ernst.

Doch nach einer langen Zeit der Verwirrung fing sich Saul wieder. Er hatte den Zorn des Herodes überlebt, schlaflose Hungernächte und das Gift zahlloser Intrigen. Er würde auch diese drohenden Schatten überleben.

X.

Aber welches Licht? Welches Licht?

Dieser Dositheus und dieser Jokanaan machten Saul zu schaffen. Es schien angebracht, sie aufzusuchen. Waren es Phantasten, wie sie in letzter Zeit überhandnahmen, waren es Scharlatane, die das Vorbild der Propheten aufblähte, wie der Wind die Vogelscheuchen? Oder waren sie Bandenführer, die Rebellengruppen hinter sich hatten und eine echte Gefahr für die Ordnung darstellten?
Nach einer kurzen, von Alpträumen zerrissenen Nacht übermannte Saul die Ungeduld. Eine Stunde später hatte Pedanius den Auftrag, eine Eskorte zusammenzustellen: Pferde und Bewaffnete, und schon bei Tagesanbruch galoppierte der Trupp inmitten einer Staubwolke auf der Quarantal-Straße in Richtung Syrien; dort lebte dieser Dositheus in einem Dorf bei Damaskus. Die erste Nacht verbrachten sie in einer Herberge in Efraim, die zweite in Archelaus, das sie erschöpft bei Einbruch der Nacht erreichten. Vier Bewaffnete aus der Eskorte hatten es für richtig gehalten, eine Bande von Herumtreibern zu verfolgen, wie sie sich oft auf dieser »Straße der Diebe« fanden, doch dadurch hatten sie eine mehrstündige Verspätung verursacht. Saul schlief schlecht. Er erwachte fröstelnd in seinem eigenen Angstschweiß und trat hinaus, um den goldbestickten Himmel zu befragen. Doch er fand dort nur den Ausdruck seines eigenen Entschlusses: Zuerst muß man sich ein Bild machen. Die Schwalben zogen bereits im Morgenrot ihre Kreise, als Saul sich noch immer fragte: »Man muß sich ein Bild machen, ja, aber wovon eigentlich?«
Zwei Tage später erreichten sie mit der Abenddämmerung Skytho-

polis, das ehemalige Bet-Schean, so benannt nach seinen früheren Besatzern, den Skythen. Die Stadt schien sich im Sonnenuntergang zu verzehren. Wie Tarsus und die anderen Städte des Kaiserreiches trug sie die Siegel der Ordnung, die der Mensch der Welt aufdrückte, an erster Stelle die Siegel der drei architektonischen Ordnungssysteme, welche so harmonisch in Einklang standen: Ionische Strenge fügte sich in korinthische Beredsamkeit und dorisches Lächeln. Selbst das Schillern des Himmels schien allein ihrem Glanz zu dienen. Ja, vielleicht war der türkisblaue Himmel des Orients seit Menschengedenken nur dazu bestimmt gewesen, den architektonischen Rechenkünsten des Imperiums als Hintergrund zu dienen.

»Und ich bin römischer Bürger!« dachte Saul. Er war wieder gefestigt, beinahe glücklich, so weit fort von zu Hause die Symbole jener Macht wiederzufinden, in die er sich kleidete und von der noch die Streifen echten Purpurs an seinem Mantel zeugten.

Er hatte einen reichen Klienten in der Stadt, bei dem er sich von Jerusalem aus durch einen Eilboten angekündigt hatte; es war ein Kaufmann namens Demetrius, ein Mischling aus Polemoniakis oder Bithynien, das war nicht bekannt. Er handelte mit allem Möglichen – Sklaven, Perlen, Korallen, Sprech- und Singvögel, Elfenbein, Affen, seltene Alkoholika, Duftessenzen, Gemmen, Elefanten – und schien ein kleines Vermögen gemacht zu haben, wovon der Wohlstand seiner Villa zeugte. Der Empfang entsprach ganz und gar den Diensten, die Saul seinem Gastgeber erwiesen hatte und die dieser sich noch von ihm versprach. Sobald ihm die Boten das Eintreffen des Gastes gemeldet hatten, eilte Demetrius in den Hof seines Hauses und half Saul beflissen beim Absteigen. Mit jovialer Ehrerbietung geleitete er ihn zu seinen Gemächern, während die Bediensteten die Eskorte zu ihren Unterkünften brachten und die Stallknechte die Pferde zu den Ställen führten. Ein Schwimmbassin, parfümiertes Wasser und Masseure standen zur Entspannung des Reisenden bereit, und unter dem Fenster des Bades brachten Musikanten ein Ständchen.

Der Schurke spielt mir meinen künftigen Wohlstand vor, dachte

Saul amüsiert und genoß einmal mehr die Größe seiner Macht. Man konnte nie wissen. Vielleicht würde er als Herodier sich eines Tages einen Thron verschaffen. Es gab mehr als einen, der darauf rechnete.

Das Mahl war des Empfanges würdig: Seezungenfilet in Safransauce, Tauben mit Getreidefüllung, gegrilltes Lamm auf Lorbeer, eine Fülle von Salaten, kandierte Äpfel in Sahne, Aprikosenscheibchen mit Mandeln, drei Weine...

»Und was verschafft nun mir, Demetrius, und Skythopolis die Ehre von Sauls Besuch?« fragte der Gastgeber schließlich.

»Der Wunsch, sich zu informieren«, antwortete Saul. »Vielleicht bist du auf dem laufenden über einen gewissen Dositheus, der, so sagte man mir, in Kokba bei Damaskus lebt.«

»Der Stern«, entgegnete Demetrius kopfschüttelnd.

»Der Stern?«

»So nennt er sich selbst, und also wird er so genannt. Er gibt sich als Erwählter aus...«

»Sogar als Messias«, sagte Saul.

»Das stimmt«, gab Demetrius zu, während er sinnend an seinem Wein nippte. Als der Becher aus blauem, mit Goldfäden durchzogenem Glas geleert war, betrachtete er ihn nachdenklich und fragte: »Wie kommt es, daß eine so mächtige Persönlichkeit wie Saul mehrere Tage opfert, um sich über einen Messias zu informieren? Bei all den Geschäften in Jerusalem und Judäa und, wer weiß, einer Bestimmung, die seines Ahnherren würdig ist, findet er da überhaupt noch Zeit, sich um dergleichen zu kümmern?«

»Es handelt sich sehr wohl um eine öffentliche Angelegenheit«, erwiderte Saul, »denn der Aufruhr, die diese Legenden über Dositheus hervorrufen, könnte die Ordnung gefährden.«

Die Antwort stimmte den anderen wieder nachdenklich. Saul bemerkte das. »Was sagst du dazu?« fragte er.

Demetrius lächelte.

»Man kann den Wein nicht an der Gärung hindern«, sagte er schließlich.

»Wie soll ich das verstehen?«

»Es gärt bei den Juden, wie bei allen Völkern in der Knechtschaft. Es gibt kein Beispiel für ein Volk, das diesen Namen verdient hätte und auf unabsehbare Zeit das Joch eines anderen ertragen hätte.«

»Was hat das mit Dositheus zu tun?« fragte Saul.

»Der Wein des alten jüdischen Glaubens gärt in der Hoffnung auf einen Befreier, den sie Messias nennen. Dositheus ist nur eine Luftblase darin. Eine große Luftblase allerdings. Die Religionen waren immer der Spiegel für den Stolz eines Volkes.«

»Aber Rom ist hundertmal mächtiger als die Juden. Das wissen sie ganz genau. Sie haben keine Chance, sich zu befreien.«

»Ich sagte es dir bereits: Man kann den Wein nicht an der Gärung hindern.«

Nun war es an Saul, nachdenklich zu werden.

»Man kann auf alle Fälle ein Chaos verhindern«, schloß er.

Sein Gastgeber stimmte ihm zu.

Am nächsten Morgen erreichten Saul und seine Eskorte den Jordan und folgten dem Lauf des Flusses bis Tarichäa. Dann machten sie Rast in Hippos am See Gennesaret. Immer am See entlang, kamen sie am folgenden Tag bis Betsaida Julias und trafen schließlich am Meromsee auf die Straße nach Damaskus. Statthalter von Syrien war Vitellius, von dem Saul gehört hatte, er sei finster, jähzornig und rachsüchtig, weshalb er kein übermäßiges Bedürfnis verspürte, ihn aufzusuchen; darüber konnte er sich um so leichter hinwegsetzen, als Damaskus von Nabatäern verwaltet wurde, obgleich Vitellius in der Stadt residierte. Saul und seine Leute bezogen in einer Karawanserei Quartier; der Pächter sprach glücklicherweise Griechisch, und Saul bemerkte, daß diese Sprache überall in der Stadt zu vernehmen war. Das war das Erbe der Seleukiden, ebenso viele der Gebäude, die Saul und Pedanius allerdings nur vage erkennen konnten, denn im Gegensatz zu anderen orientalischen Städten des Kaiserreiches war Damaskus sehr schlecht beleuchtet.

Aber schließlich machten sie eine Statue des Zeus und eine andere von Athene aus, schließlich eine Apollon-Statue; im rötlichen Licht, das von den benachbarten Marktbuden herüberschien, wirk-

ten sie wie unruhige Wächter. Erst am nächsten Morgen konnten die Besucher den Großen Tempel besichtigen, der mit Jupiter-, Minerva-, und Merkur-Statuen aus wesentlich jüngerer Zeit geschmückt war. Rom war also gegenwärtig, auch wenn man wenig Latein, sondern Syrisch sprach.
Saul engagierte einen Führer, der sie nach Kokba bringen sollte. Es war ein junger Nabatäer; ohne eine Antwort zu erwarten, stellte er fest: »Ihr besucht den Magier.«
Kokba lag nur einen halben Tagesritt entfernt südwestlich von Damaskus. Der Führer brachte sie zu einem Gehöft, das aussah wie andere auch. Die Bewohner hatten die Ankunft des Trupps durch den Mandelhain beobachtet; gut zwei Dutzend junge Leute, darunter einige Frauen, empfingen sie am Tor der Mauer, die das Gehöft umgab. Neugierige, aber nicht mißtrauische Blicke musterten sie. Was für eine fremde und befremdliche Gemeinschaft, dachte Saul, der auf seinem Pferd hockte wie ein Sperling auf einem Büffel und zum erstenmal in seinem Leben instinktiv spürte, daß hier sein Ansehen, seine Macht und sein ganzer Reichtum nicht eine Bronzemünze wert waren. Ungeschickt half ihm Pedanius aus dem Sattel; sein Blick verfing sich dabei unerklärlicherweise an den malvenfarbenen Blüten des Thymians, der im Gras zwischen den Büschen des Sodomapfels wuchs. Endlich hob er die Augen.
»Ich bin gekommen, um Dositheus zu sehen«, sagte er, ohne sich an jemanden Bestimmten aus der Gruppe zu wenden. Ein Mann um die Dreißig mit einem kupferfarbenen Bart über einem weißen, wollenen Gewand nahm die Nachricht entgegen und gab Anweisungen an einen Jüngeren weiter, der ins Haus ging, wo sich Dositheus offensichtlich aufhielt.
»Mein Name ist Eupolemos«, sagte der Mann. »Wer ist der Besucher des Sterns?«
»Saul, der Sohn des Antipater, aus Jerusalem«, antwortete Saul, während Eupolemos einen Blick auf den Purpur warf, der den Mantel des Palästinensers säumte.
Ich muß einen völlig falschen Weg eingeschlagen haben, sagte sich Saul, plötzlich verärgert. Gewiß geht der jüdische Aufstand nicht

von diesem verlassenen Gehöft aus, das nur von einer Handvoll Müßiggänger bewohnt wird. Und er warf Pedanius einen erbosten Blick zu. Aber sofort kam ihm wieder das Gespräch mit Demetrius in den Sinn. Und doch! Die Unruhen schienen wirklich von hier auszugehen, und diese Einsicht verstimmte Saul noch mehr. Man hatte es hier mit einem ganz neuen Vorgang zu tun. Einige in der Wüste verlorene Schwätzer genügten also, die Pfeiler des Reiches ins Wanken zu bringen! Jemand winkte sie ins Haus. Ein Blick in die Runde zeigte Saul noch andere Bauten im Hintergrund, einen Palmenhain und Arbeiter auf den Feldern. Eine Kolonie also.

Es war mehr noch dieser Blick als die ehrerbietige Haltung der anderen, der Saul Aufschluß gab: Kein anderer als Dositheus konnte er sein, dieser Mann, der sie in einem großen Raum im hinteren Teil des Hauses erwartete; er stand an einem offenen Fenster, das sich auf die silbermatt schimmernde Landschaft öffnete. Es war ein Blick, der von weither, aus anderen Sphären, zu kommen schien, der Saul einschätzte, der seine Absichten ergründete und ihm mit einem Male bewußt werden ließ, wie unbedeutend, ja sogar fehl am Platze er in dieser asketischen Welt sei. Aber das Gebaren des Mannes war verbindlich.

»Willkommen, Fremder«, sagte Dositheus und öffnete einladend die Rechte. »Hast du Durst?«

Saul nickte. Ein junger Mann brachte einen kleinen Krug und Tonbecher. Dositheus wies dem Besucher und seinem Begleiter Pedanius schlichte Stühle an und setzte sich. Sein Blick ruhte auf Saul, dem ein voller Becher gereicht wurde. Saul nippte an dem Getränk: süßes, kühles Bier – Dattelbier.

»Du bist mächtig, Saul, und von vornehmer Abstammung. Was kann also Dositheus tun, um dir gefällig zu sein?«

»Mir Auskunft geben«, antwortete Saul. »In Palästina gibt es Leute, die sich auf dich berufen. Sie sagen, du seist der Messias, ist das wahr?«

»Die, die ich unterweise, sind hier um mich versammelt«, antwortete Dositheus langsam. »Aber wie könnte ich irgend jemandem das Recht verwehren, weiterzuerzählen, was ich gesagt habe?«

Und er ließ diese Worte nachklingen und sich im Geist seines Zuhörers niederlassen. »Wie aber könnte ich danach trachten, der Messias zu sein, also König und Hoherpriester der Juden in einer Person, wo ich doch in Syrien lebe? Nichts hat mich hierher verbannt, ich bin hier aus freien Stücken.«

Der Mann verleugnete keinen seiner Anhänger, was ihn schier unwiderstehlich wirken ließ. Und die Sicherheit, die von seiner Stimme und seinen Gesten ausging, bestätigte, daß er sich wirklich für einen Auserwählten hielt.

»Warum nennt man dich den Stern?« fragte Saul mißgestimmt.

»Wie nennt man einen Menschen, der Licht bringt?« gab Dositheus zurück.

Saul entdeckte plötzlich Spuren eines asiatischen Akzents in dem Griechisch seines Gegenübers.

»Kommt dein Licht nicht aus Asien?« fragte er fast unhöflich. Er nahm ein fast unmerkliches Zurückzucken im Ausdruck seines Gesprächspartners wahr. Einer der Schüler trat von einem Fuß auf den anderen.

»Saul, mein Bruder«, sagte Dositheus, »mein Haus steht dir offen, und meine Freunde sind die deinen. Da du ein weiser Mann bist, wiegen deine Worte doppelt schwer; du verfolgst ein Ziel, wenn du zu mir kommst. Gestattest du, danach zu fragen? So könnte ich dir vielleicht von größerem Nutzen sein.«

Der Mann ist ebenso gewandt wie schlau, dachte Saul.

»Sehr wohl«, antwortete er. »Ich bin einer der Verantwortlichen für die Ordnung in Jerusalem, und das heißt, in Judäa. »Die, die sich auf dich berufen, entfachen ein gefährliches Fieber. Wenn du der Messias bist, dann bist du der König Israels. Du müßtest dann dieses Land vom Joch Roms befreien. Und das bedeutet Blutvergießen.«

Die Blicke, die auf den beiden Männern ruhten, brannten wie die Mittagssonne. Saul fühlte sie in seinem Nacken. Wieder nahm sich Dositheus für seine Antwort Zeit.

»Es wurde bereits Blut vergossen«, sagte er schließlich, »und es steht weder in meiner noch in deiner Macht, zu verhindern, daß es

wieder geschieht. Ob mein Licht aus Asien oder Arabien kommt, kann nichts daran ändern. Stammt nicht auch dein Griechisch aus Asien? Worte kennen kein Vaterland, wenn sie wahrhaftig sind, und sie haben keinen Wert, wenn sie nicht das Echo des göttlichen Wortes sind. Das Licht hat nur eine Quelle: den Schöpfer. Daran, wie dich das vergossene Blut deiner Brüder bekümmert, erkenne ich deine gute Absicht. Aber sind nicht auch wir Brüder, du und ich? Und was wäre denn unsere Brüderschaft ohne die Ehre? Ich frage dich, Saul, wärest du nicht bereit, dein Blut und also auch das der anderen zu vergießen, um deine Ehre zu verteidigen? Und ich frage dich weiter, was denn von unserer Ehre bleibt, wenn sie nicht vom göttlichen Licht erhellt wird? Wenn es geschähe, daß dieses Licht von ungerechten Menschen verhüllt würde, würdest du nicht dein Blut vergießen, um es wieder in seiner ganzen Helligkeit scheinen zu lassen?«
Eine bemerkenswerte Rhetorik, dachte Saul. Ein Blick auf Pedanius zeigte ihm, daß auch der Sekretär davon gefesselt war.
»Habe ich dein Wissen ein wenig erhellt?« fragte Dositheus.
Saul nickte.
»Aber ich bin nur ein Stern«, fügte Dositheus mit einem winzigen Lächeln hinzu.
»Ist denn das göttliche Licht verhüllt?« fragte Saul.
»Siehst du nicht den Schatten der Adler auf der Erde?« fragte Dositheus zurück. »Bedeckt er nicht ganz Judäa? Erstreckt er sich nicht bis Samaria, bis Galiläa, bis Peräa, bis Trachonitis? Ist die Dekapolis nicht verdunkelt?«
Saul nahm einen Schluck Bier. Ihm schwindelte. Hatte dieser Mann nun recht oder unrecht?
»Siehst du nicht die Zeichen?« fuhr Dositheus fort. »Judäa, das auserwählte Land des Herrn, ist eine römische Kolonie, die Juden wurden aus Rom vertrieben, und die heidnischen Prokuratoren setzen die Hohenpriester ein und wieder ab. Die Sklaverei ist geschminkt wie eine Hure, und wer sich mit Hurenwirtschaft abfindet, wird auch sie gutheißen! Siehst du denn nicht den verdüsterten Himmel, die Entehrung und den Verrat?«

Saul fuhr hoch, beherrschte sich aber. Doch er schwitzte am Rükken; es war geboten, die Unterhaltung abzukürzen.
»Diejenigen«, sagte er ruhig, »die sich auf dich berufen, fordern letztendlich den Aufstand.«
»Verdient nicht der Aufstand im Namen Gottes einen anderen Namen?« fragte Dositheus.
»Das müssen die Römer erst einmal begreifen«, sagte Saul und erhob sich.
Auch Dositheus erhob sich; er geleitete Saul sogar zur Tür. Dort sagte er so, daß nur Saul es hören konnte: »Bist du nicht ein Prinz, Saul? War dir nicht ein Reich bestimmt? Aber was ist das, verglichen mit dem Reich Gottes?«
Saul schauderte; der Mann vermochte weit zu blicken.
Bevor er sein Pferd bestieg, nahm Saul eine Opiumkugel ein und trank einen kräftigen Schluck Wasser aus seinem Schlauch. Auf dem ganzen Ritt nach Damaskus sagte er kein Wort. Ja, er mußte zugeben, daß es noch eine andere Welt als die seine gab, eine Welt, in der die Macht der Römer und des Geldes hinfällig war. Unwillkürlich hob er den Blick. War denn das göttliche Licht wirklich verdunkelt? Aber welches Licht? Welches Licht? Warum sah ausgerechnet er es nicht?

XI.
Kaiphas, Pilatus, der Sturm

Tiberius regierte seit dreizehn Jahren. Seit einem Jahr war Pontius Pilatus Prokurator von Judäa.
Saul rieb sich die Hände mit Alkohol ein und trat ans Fenster. Unter ihm lag Jerusalem. Er betrachtete die Dächer, wo zum Trocknen aufgehängte Wäsche im Wind zuckte wie gefangene Schmetterlinge. Saul aber sah nur seinen eigenen Unmut am Himmel gespiegelt, der sich langsam bezog. Bald würde es regnen. Pedanius und sein Gehilfe, ein aufgeweckter Junge mit Namen Nikanor, hielten sich im Hintergrund zu Sauls Verfügung.

Nicht der drohende Regen verstimmte Saul, sondern die verkappten Vorwürfe von Pilatus und Kaiphas, die er am Vormittag hatte anhören müssen.
»Die aufrührerischen Reden vermehren sich wie Fliegen im Sommer«, hatte der Hohepriester geseufzt. »Man hört sie am Flammentor, am Tor der Tempelgaben, im Hof der Heiden und im Hof der Frauen! Saul! Auf dem Markt der Unterstadt, das ginge noch an – diese Leute sind immer unzufrieden –, aber auf dem Markt der Oberstadt! Meine Kundschafter berichten mir, daß man von Jerusalem ganz offen als der Stadt der Huren und vom Tempel, der Unnennbare möge mir verzeihen, als einem Ort der Sünde spricht...«
Kaiphas versagte die Stimme.
»Ich weiß«, lenkte Saul ein. »Aber man muß zugeben, daß es wirklich Dirnen im Hof der Frauen gibt und geschminkte Knaben auf dem Hof der Heiden. Meine Zuträger haben welche gesehen. Die einen wie die anderen entgehen der Kontrolle der Leviten, weil sie mit einem Mantel über dem Kopf durch die Tore schlüpfen. Darüber hinaus sind einige der Knaben Söhne... hochgestellter Würdenträger.«
»Aber diese Reden!« erregte sich Kaiphas von neuem und stützte die Stirn in die Hände. »Diese Reden!« Er seufzte, und wie ein Echo seufzte auch sein Vertrauter Gedalja. Mit seinen athletischen Schultern und seinem gestutzten schwarzen Vollbart machte Gedalja nicht gerade den Eindruck eines Mannes, der Stimmungsschwankungen unterworfen war. Offensichtlich hatte ihm Kaiphas eingeschärft: »Dieser Saul verschläft seine Pflichten. Man muß ihn aufrütteln.«[33]
Also hatten sie ihm diese wahrlich etwas überzogene Szene gemacht. »Diese Leute«, fuhr Kaiphas fort, »ich weiß nicht, wer sie sind, Zeloten, sagt man mir...«
»Zeloten, genau...«, bestätigte Gedalja.
»Zeloten, ja, aber auch Jünger vorgeblicher Propheten. Dositheus, Jokanaan, und jetzt auch noch ein gewisser Jesus.«
»Ich weiß«, antwortete Saul. »Dositheus habe ich vor zwei Jahren selbst aufgesucht, wie ihr wißt. Er meint, daß die römische Besat-

zung die Korruption begünstigt. Er glaubt auch, er sei von Gott dazu berufen, damit aufzuräumen, und er läßt sich ›der Stern‹ nennen. Ich bin nicht sicher, ob er reiner Jude ist, aber auf jeden Fall folgt er den Lehren der Essener von Qumran. Ich habe Pedanius ausgeschickt, sich unter eine Delegation von Gelehrten zu mischen und Jokanaan zu besuchen. Auch der ist ein ehemaliger Essener. Er verkündet allen, die es hören wollen, die bevorstehende Ankunft eines Messias, der Israel aus der Schande führen wird. Und um in Erwartung dieses Messias Seele und Körper zu reinigen, befiehlt er seinen Jüngern eine rituelle Waschung, das Eintauchen in den Wassern des Jordan, an dessen Ufern er predigt. Der zuletzt Genannte, Jesus, ist der Vetter des Jokanaan und wie dieser ein verirrter Essener. Man hat mich noch nicht genau über das Wesen seiner Lehren unterrichten können. Auch er läßt sich zu Verwünschungen der Priester hinreißen, und besonders der Pharisäer. Er beklagt die Verworfenheit, in die das Gesetz des Moses abgesunken ist.« Saul ging einige Schritte auf und ab. »Man versichert, daß er Kranke heilt, ja sogar Wunder vollbringt. Einige behaupten, er sei ein Prophet, und Jokanaan soll erklärt haben, er sei der Messias.«
Saul baute sich mit leicht gespreizten Beinen vor Kaiphas auf. »Was verlangst du von mir, Kaiphas? Soll ich sie töten lassen?« Der Hohepriester zuckte unmerklich zusammen. »Sie zu töten wäre wohl das wirksamste Mittel, mit den Unruhen aufzuräumen.« Kaiphas öffnete die Augen ein wenig weiter; vielleicht hatte ihn Sauls Rede erschreckt. »Ihr habt mich gewissermaßen mit der Ordnung betraut, der moralischen Ordnung, versteht sich, denn die Römer wachen über die andere, und die Tempelpolizei über die Achtung vor dem göttlichen Gesetz. Man müßte also Dositheus, Jokanaan und Jesus töten. Aber das ist vorerst nicht so einfach. Dositheus hält sich in Syrien auf, und es ist sehr wahrscheinlich, daß eine Strafexpedition aus Judäa in seine Provinz den Statthalter von Syrien erzürnen würde. Jokanaan und Jesus befinden sich in Galiläa; sie unterstehen also der Hoheit von Herodes Antipas, der sich bei den Römern beschweren könnte, daß Tempelbeamte seinen Hoheitsbereich verletzt hätten. Außerdem müßte man mit ihnen eine gewisse Zahl von Jüngern töten...«

»Saul!« unterbrach der Hohepriester.
»Geduld«, gab Saul mit solcher Autorität zurück, daß Kaiphas gehorchte. Für einige Augenblicke herrschte eine tödliche Stille in dem riesigen Zimmer, in das das Oberhaupt des Sanhedrin und der vierundzwanzig Priesterämter, der Repräsentant des jüdischen Volkes gegenüber den Römern, Saul einbestellt hatte. Niemand war sich darüber im unklaren, daß Saul – wie bei allen vorangegangenen Prokuratoren – auch bei Pilatus verkehrte. Ein Wort von Saul konnte den Römer dazu bewegen, den Hohenpriester abzusetzen. »Du hast mich herbefohlen, um mir die religiösen Umtriebe vorzuhalten, die in Jerusalem und Judäa im Gange sind, wie übrigens im ganzen Staatsverband. Hast du also eine Lösung, die ich nicht bedacht haben könnte?«
»Trotzdem – ein Mord...«, protestierte Kaiphas.
»Nicht ›ein‹ Mord, Kaiphas. Ich rechne mit fast fünfhundert!« Saul trat ans Fenster und erriet durch die grünlichen Scheiben die Umrisse des Palastflügels, in dem Pilatus residierte; er lag auf der anderen Hofseite der Hasmonäerresidenz. Schließlich wandte sich Saul erneut zu Kaiphas und Gedalja um und sagte schneidend: »Aber das werden die Römer nicht zulassen.« Er kehrte zu dem Hohenpriester zurück und fügte hinzu: »Und vermutlich wäre es töricht.«
Kaiphas blickte ihn erstaunt an.
»Die Schriften des Dositheus finden bis nach Alexandria Verbreitung. Über fünftausend Menschen haben Jokanaan gehört, und zehntausend hören Jesus zu. Gesetzt den Fall, wir ließen unsere Wünsche Wirklichkeit werden, und es gäbe unter jenen Leuten nicht mehr als fünfhundert Anstifter, nehmen wir weiter an, daß wir das Übel mit der Wurzel ausreißen, wenn wir ihnen und vorher Dositheus, Jokanaan und Jesus die Kehle durchschneiden – was würden wir mit einem solchen Blutbad gewinnen? Einen Aufstand, bei dem du, Kaiphas, und du, Gedalja, und all die anderen, der Tempelaufseher, der Schatzmeister, die Leviten und ich selbst um unseren Hals fürchten müßten. Ja, sogar er dort«, schloß Saul und wies mit ausgestrecktem Arm auf den Palast des Pilatus.

Kaiphas war in seinen Sessel gesunken, Gedalja erbleicht.
»Sind wir also machtlos?« flüsterte Kaiphas. »Und wie weit wird dieser Aufruhr noch gehen?«
»Da liegt der Punkt«, sagte Saul. »Früher oder später wird einer der Aufrührer einen Fehler machen. Er wird das Gesetz verletzen – unseres oder das der Römer. Dann ist es leicht, ihn zu verhaften und zu verurteilen. Das wird ein warnendes Beispiel sein. Und das muß man auch Menäus, eurem Polizeichef, sagen.«
»Damit befinden wir uns also in einem verdeckten Krieg«, murmelte Kaiphas. »Das ist unerträglich. Und was wird Pilatus sagen? Er beklagt sich schon jetzt heftig genug, daß diese Unruhen religiöse Ursachen hätten und wir nichts dagegen unternähmen.«
»Um Pilatus kümmere ich mich«, sagte Saul heftig. »Was würdet ihr ohne Saul machen?« tönte er und empfahl sich.
Seine schlechte Laune war echt gewesen, doch er hatte auch Komödie gespielt. Für ihn war es ein Vergnügen, Pilatus gegenüberzutreten, fast vergleichbar mit dem eines Bärenführers, der sein Tier um einen Stock tanzen läßt. Der Prokurator hatte sein Gleichgewicht seit dem berühmten Fehlgriff mit den Kaiserbildern nicht zurückgewonnen.[34] Bildnisse des Tiberius in Jerusalem einzuführen und sie über den Straßenschildern anzubringen, also wirklich! Dieser alte Haudegen hielt die Juden wohl für Okier oder Ubier! Gefolgt von Pedanius, betrat Saul die Residenz des Statthalters; er ließ sich beim Prokurator melden und wurde einen Moment später empfangen.
Die Silhouette des Pilatus zeichnete sich im Gegenlicht vor dem Fenster ab. Er war kräftig gebaut und trug den Kopf ein wenig eingezogen zwischen den Schultern; bloße, grau behaarte Arme schauten aus den kurzen Ärmeln der Tunika hervor, über der er einen Brustharnisch trug. Die wenigen Haare waren kurz geschnitten und sicher schon lange silbergrau. Dabei war der Mann nicht besonders alt – knapp vierzig –, aber Falten, die Stirn und Wangen durchfurchten und seine Mundwinkel nach unten zogen, sprachen von einem Leben voller Prüfungen; nicht nur militärischen, von denen man sich mit einigen Nächten Schlaf und zwei, drei Tagen in

den Thermen erholt, nein, politischen Prüfungen: Da verwandelt ein Wort Loyalität in Verrat, und wer glaubte, die rechte Wahl zu treffen, muß feststellen, daß ihm nur Schande oder Gift bleiben. Vor Saul stand ein angesehener und vertrauenswürdiger Mann, den Tiberius schätzte.

Aber Pilatus war ein Statthalter ohne Feingefühl, ungeschickt. Die Affäre mit den Kaiserbildern hatte es gezeigt. Zudem hatte er in seinem Gepäck auch den Judenhaß des Tiberius aus Rom mitgebracht. Er hielt die Juden für hochnäsige Nörgler und konnte nicht verstehen, nein, er verstand ganz und gar nicht, daß in dem gewaltigen Völkermosaik, das der römische Adler von den Bretonen und Lusitaniern bis zu den Reten und Ägyptern überschattete, einzig die Juden es für angebracht hielten, aus der Reihe zu tanzen; zum Beispiel, indem sie die Kaiserbilder ablehnten.

Gleich zu Anfang war Saul Pilatus vom vorigen Prokurator als wichtiger Mann empfohlen worden, als römischer Bürger, Freund des Kaiserreiches, herodischer Prinz, als Experte in jüdischen Angelegenheiten, und allem übrigen. Saul hatte in den ersten Wochen nach Pilatus' Ankunft, zu Anfang des Winters vor sieben Monaten, versucht, ihn zu diplomatischer Klugheit zu bewegen. Der andere glaubte zweifellos, Saul versuche sich wichtig zu machen, und hatte ihn mit Kopfnicken und einigen höflichen Worten abgespeist. Diese Vasallenvölker hatten alle eine dünne Haut, das war bekannt, und Pilatus, der Repräsentant des Kaisers und des Reiches, war in Judäa, um das römische Recht durchzusetzen und weiter nichts. Bei der Geschichte mit den Kaiserbildern war Saul auf die Prokuratur geeilt, um Alarm zu schlagen. Pilatus hatte ihn nicht ernst genommen. »Höre, Saul, es berührt mich wenig, daß die Religion der Einwohner der kaiserlichen Provinz Judäa menschliche Bildnisse verbietet. Unter diesem Vorwand die Kaiserbilder abzulehnen ist eine Beleidigung des Tiberius, die ich nicht dulden kann.«

Starrkopf, dachte Saul damals.

Aber dann sah sich Pilatus von fünfhundert Juden umgeben, die um die Prokuratur herum auf der Erde lagen und ihre Nacken und Rükken den Schwertern entgegenhielten, das Gesicht im Staub, und

das fünf Tage lang, ohne Unterbrechung, und er hatte sich eingestehen müssen, daß die Juden tatsächlich keine Untertanen wie alle anderen waren. Und als er sie im großen Stadion von Truppen in Dreierreihen einkreisen ließ, als er ihnen mit der Vulgarität des alten Haudegen drohte, sie alle massakrieren zu lassen, wenn sie weiterhin die Bildnisse des Tiberius ablehnen würden, als er den Soldaten befohlen hatte blankzuziehen und sah wie die Juden sich mit bloßer Brust den Schwertern entgegenwarfen, da hatte er klein beigegeben. Pilatus hatte die Kaiserbilder augenblicklich entfernen lassen. Und Saul zögerte nicht, ihm zu sagen: »Hätte man auf mich gehört, wäre dem Statthalter Cäsars eine Erniedrigung erspart geblieben.«
Diese Bemerkung hatte Pilatus nicht geschätzt. Sein Blick ließ das erkennen. Um sich zu rächen, hatte er an diesem Tag Saul zu sich befohlen.
Der Prokurator hatte sich gerade rasieren lassen. Der Barbier trug sein Becken, sein Rasiermesser und seine Tücher fort, und Pilatus rieb sich das Kinn mit einem Alaunstein. Er warf Saul einen Blick zu, der der – wenn auch kühlen – Freundlichkeit seiner Begrüßungsworte widersprach. Außer dem Sekretär des Römers war noch ein junger Mann anwesend, dessen Blick falsch wurde, sobald er aufhörte unverschämt zu wirken, ferner drei oder vier andere Römer, zwei davon Zenturionen, und der Geheimdienstchef des Prokurats.
»Vor zwei Tagen sind zwei Soldaten auf der Landstraße nach Jericho ermordet worden«, sagte Pilatus.
Saul hörte sich die Neuigkeit, die er im übrigen schon kannte, mit halb geschlossenen Augen an. Er wirkte so unbewegt, als informiere man ihn über den Marktpreis von Rindern.
»Ich bin nicht für die Polizei der Landstraßen verantwortlich, Pilatus.«
»Ich verstehe. Aber diese Männer wurden zweifellos von denen ermordet, die ihr Zeloten nennt, religiöse Eiferer, die die Städte unsicher machen, und besonders Jerusalem; sie stacheln Hitzköpfe dazu an, nachts auf den Landstraßen Verbrechen zu begehen. Ich

glaubte verstanden zu haben, daß die moralische Ordnung dieser Stadt in deiner Verantwortung liegt, Saul. Von dieser Ordnung hängt auch die Sicherheit der römischen Soldaten auf den Landstraßen ab.«

Alle Römer schauten auf Saul. Man hatte ihn also vor Pilatus zitiert, um ihm einen Verweis zu erteilen.

»Es gibt in dieser Angelegenheit Nebensächliches und Wesentliches, Pilatus. Das Nebensächliche ist die Identität der Mörder. Es ist erwiesen, daß die Zeloten Verbrechen begehen. Aber es ist ebenfalls erwiesen, daß sie damit nicht die einzigen sind. Auch Juden werden des Nachts auf den Landstraßen von Wegelagerern ermordet. Und den Juden könnte es in den Sinn kommen, sich über die Unsicherheit zu beschweren, die nachts auf den Straßen einer kaiserlichen römischen Provinz herrscht.«

Die Zenturionen machten lange Gesichter; Pilatus auch. Solche Reden erinnerten sie daran, daß es gefährlich war, sich mit Saul anzulegen.

»Und dann ist da das Wesentliche«, fuhr Saul in ruhigem, fast gelangweilten Ton fort, als erinnere er begriffsstutzige junge Leute an ganz offensichtliche Tatsachen. »Ich schätze die Zahl derer, die aus religiösen Gründen unzufrieden sind, auf etwa fünftausend. Man könnte sie sicher töten lassen. Das ist deine Sache, Pilatus; ich könnte dir einige Leute dafür benennen. Ich jedenfalls verfüge nicht über genug Männer, ein solches Massaker zu einem befriedigenden Ende zu bringen«, schloß er mit falscher Gelassenheit.

»Fünftausend!« wiederholte einer der Zenturionen ungläubig.

»Das ist eine bescheidene Zahl«, sagte Saul. »Wenn Pilatus mir die Ehre erweisen will, meinen Rat zu hören, so müßte man ein Blutbad anrichten, um dem Aufruhr ein Ende zu machen. Nur Pilatus kann ermessen, wie der Kaiser zu einem solchen Massaker steht. Was mich angeht, kann ich nur voraussagen, daß bei einem solchen Abenteuer weit mehr als zwei römische Soldaten getötet würden. Wohl kaum weniger, scheint mir, als die Zahl der jüdischen Opfer.«

»Aber es ist doch keine Frage...«, sagte ein Zenturio überstürzt.

»Ich habe niemals von einem solchen Gemetzel gesprochen«, unterbrach der Prokurator. Er schien angestrengt nachzudenken und stieß dann hervor: »Und was schlägst du vor, Saul?«
»Es schwelt ein Feuer, soviel ist sicher«, sagte Saul mit leiser Stimme. »Machtdemonstrationen würden als Herausforderung gedeutet und würden meiner Meinung nach den Unmut nur schüren. Die Abneigung gegen die Römer ist im niederen Volk weit verbreitet. Nicht die ganze Bevölkerung besteht aus Zeloten, aber römische Grausamkeit würde ihnen nur Leute in die Arme treiben, die sonst gemäßigt blieben. Ich empfehle, das schwelende Feuer zu beobachten und nur vereinzelt einzugreifen, indem man hier und da einige Anführer festnimmt und sie ganz gesetzmäßig und kühl aburteilt.«
Die Römer dachten über das Gehörte nach.
»Die Gefahr dabei ist, daß wir mit dieser Methode viel Zeit verlieren«, meinte Pilatus schließlich.
»Immer noch besser als ein Blutbad«, erwiderte Saul und betrachtete seinen Gesprächspartner durchdringend. Dann verschränkte er die Arme: »Deine Macht, Pilatus, hängt davon ab, wie du es verstehst, die Ordnung aufrechtzuerhalten.«
»Ich kenne meine Pflicht!« rief Pilatus, aber er sah nicht den Funken der Ironie im Auge seines Gegenübers aufblitzen. Sicherlich verhinderte die Erinnerung an den Rat Sauls in der Kaiserbildaffäre eine schärfere Antwort, doch er hätte diesen Herodier für seine Respektlosigkeit nur allzu gern in die Schranken verwiesen. »Aber diese Zeloten«, fuhr Pilatus fort, als er sich wieder in der Gewalt hatte, »wer sind sie? Was wollen sie? Wie steht es mit ihren Anführern?«
»Es sind hauptsächlich Galiläer«, antwortete Saul. »Sie haben nicht mehr Anführer als der Wind. Tötet einen von ihnen, und es werden sich zwei neue erheben. Sie zehren von der angeborenen Unrast der Juden und im besonderen von den Mahnungen, Weissagungen und anderen Gerüchten, die die Essener in die Welt setzten.«
»Bestimmt mit der Unterstützung des Hohenpriesters Kaiphas!« rief Pilatus.

»Das glaube ich nicht«, antwortete Saul ruhig. »Sie schätzen Kaiphas nicht besonders, und auch kein anderes Mitglied der Jerusalemer Geistlichkeit, was auf Gegenseitigkeit beruht.«
»Und wer sind diese Essener?« fragte Pilatus und vergaß dabei, daß Saul es ihm bereits bei einem ihrer ersten Treffen erklärt hatte.
»Im großen und ganzen verzweifelte Juden, die das Ende der Welt erwarten«, erwiderte Saul, ein wenig überdrüssig. Von allen Konsuln, die er hatte vorübergehen sehen, war dieser Pilatus gewiß der beschränkteste. Aber schließlich hatte man ihn sich nicht aussuchen können.
Das Gespräch verlief dann im Sande. Ein Schauspieler, von einem römischen Freund des Pilatus empfohlen, war während der Audienz vorgelassen worden. Er war mit seiner Truppe gekommen und wollte, so sagte er, in Cäsarea den *Bramarbas*[35] spielen. Nun bat er um die Ehre der Anwesenheit des Pilatus. Ein Mann vom Mond hätte Saul kaum mehr überrascht. Er hatte noch nie einen Schauspieler getroffen. Welche Großmäuligkeit! Welch falsche Munterkeit!
Zu Hause überfielen ihn die Kopfschmerzen. Er rieb sich also mit Alkohol ab und setzte sich dem Luftzug des Fensters aus, um sich etwas abzukühlen.
Er fühlte sich einsam. Römischer Bürger, aber kein Römer. Einer der Verantwortlichen für die Sicherheit in Jerusalem, aber auch kein Jude, auf jeden Fall nicht mit dem Herzen. Er hatte notgedrungen nur ein Vaterland und eine Religion: sich selbst. Und der immer wieder enttäuschte Ehrgeiz! Ha – graue Eminenz von Jerusalem! Wer hatte denn gesagt, es sei besser, der erste in einem Dorf zu sein als der zweite in Rom?
Genau, dieser verlogene Schmierenkomödiant Julius Cäsar! Wenn man ihm in Rom nur freie Hand ließe, ihm, Saul, er würde dort nicht lange der zweite bleiben! Die Wolken, die aus dem Tal von Ajalon, aus Emmaus und Meneftoach zusammengeströmt waren, zerbarsten nun endlich unter drei grellen Blitzen. Der Regen begann zu prasseln. Saul schloß das Fenster, Pedanius verriegelte es eilig. Erneut griff Saul nach dem Alkoholfläschchen und sprengte

sich ein paar Spritzer auf Stirn und Brust. Er rieb sich ab, verlangte nach einer der tonhaltigen Opiumkugeln, dann nach mit Wasser verdünnter Mandelmilch.

Wind und Regen rüttelten am Fenster und forderten Einlaß. Saul streckte sich auf seinem Ruhebett aus. Er schluckte die Kugel und wartete auf die Betäubung.

Er träumte, es seien menschliche Wesen, die am Fenster Einlaß verlangten: jene Gerechten, von denen er auch schon nach dem Besuch bei Dositheus geträumt hatte. Viele andere noch, deren Gesichter er zu erkennen suchte, aber vergebens. Vielleicht war er erblindet... Dann sah er Rom in strahlendem Weiß. Und wieder die Gerechten, die sich durch die zunehmende Dunkelheit bewegten, wie durch Rauch...

Als er erwachte, war es fast Mitternacht. Er war in Schweiß gebadet. Seine Frau und Pedanius standen über ihn gebeugt. Essiggetränkte Tücher kühlten ihm Stirn und Hände.

»Du hast phantasiert«, sagte Sara.

»Was habe ich gesagt?«

»Laßt sie nicht herein.«

XII.

Unterhaltung eines Griechen mit einem Römer in Cäsarea

Ein Unwetter war über Cäsarea hinweggezogen. Es hatte die Steine und Statuen abgespült, den Jasmin und das Geißblatt, die sich um die Balustraden der Villen rankten, und selbst den Sand und den Tang des Strandes hatte es gereinigt. Eine kühle Brise brachte das Meer zum Schäumen wie jungen Wein, und der Sonnenuntergang tünchte den Himmel mit grellem Rot wie die Wangen einer Kurtisane. Aulus Claudius Sekundus, der Verwalter der Residenz des Pilatus, und Theophoros Charismatos, ein griechischer Kaufmann auf der Durchreise, wagten sich aus der Villa, mit vorsichtigen

Schritten, um nicht in Pfützen zu treten. Der Grieche hatte dem Römer aus dem fernen Osten ein wertvolles Geschenk mitgebracht: ein Kistchen aus Elfenbein und Silber, das gefüllt war mit Beuteln voll getrockneter Levkojen, Zimt, Ingwer und Pfeffer, dann verschiedene Wurzeln, die in Form von alkoholischen Aufgüssen, Absuden, Infusionen und anderen Destillaten als Heilmittel gegen Senilität, Melancholie, Trägheit des Geschlechts, Gicht und dergleichen mehr dienten. Claudius wies es weit von sich, den Gast schon am Haus seines Herren auf den Weg zu schicken, und lud ihn in die Schenke des Aristäus ein. Dort ließ er den besten Wein zapfen, den aus Kos mit Rosenbouquet, und beauftragte Aristäus, ihnen ein opulentes Mahl aufzutischen. Es gab in Kräutern eingelegte Makrelen, gebackene Kürbisschnitten in Sauerrahm, in Mandeln gewälzte Doraden, Geflügel, mit Auberginencreme verfeinert, dazu eine Auswahl an Salaten, Gurken in gekühltem Essig, frischen Lattich und Sellerieknollen in Öl. Aristäus, der in dem Gast des Claudius einen Heiden erkannt hatte, fragte unauffällig, ob italische Würste ihnen munden würden.

»Ah, Würste! Endlich!« rief Theophoros.

»Sprecht nicht davon«, bat der Wirt, »oder wollt Ihr, daß ich Ärger bekomme? Schwein, Ihr wißt ja...«

Ja, sie wußten. Die ganze Wurst wurde aufgetragen, mit einem weißen Fladenbrot, heiß und knusprig.

»Wie kann man sich nur ein so hervorragendes Gericht versagen!« meinte Theophoros.

»Und Hasen! Sie essen keinen Hasen! Auch keinen Aal!« setzte Claudius hinzu.

»Die Religion!« brummte Theophoros und zog vorsichtig die Haut von seiner Wurstscheibe.

»Bist du nicht religiös?« fragte der Römer.

»Kennst du einen Reisenden, der es nicht ist?« erwiderte der Grieche. »Ach, es ist ein wahres Wunder, daß ich mich bei so manchem Sturm mit meinen Opferversprechungen nicht ruiniert habe! Welchen Gott habe ich nicht schon angefleht! Übrigens glaube ich, daß die Götter, zu denen ich vor meinen Reisen in der *naos*[36] der

Agathe Tyche bete, durchaus Schweinefleisch, Aal und Hase essen!«
Claudius lachte laut auf.
»Die Götter fordern also Opfer«, sagte er, wieder ernst geworden, während er ein Makrelenfilet auf eine Brotscheibe legte. »Nun sage mir, was ich ihnen geben soll, wenn sie Schwein, Hase und Aal verschmähen.«
»Mein Freund Claudius macht sich über mich lustig«, entgegnete der Grieche mit erhobenen Brauen. »Oder hält er die Götter für so töricht, daß sie die gewöhnlichen Leiden der Sterblichen nicht kennen und ihnen auch noch alberne Fastenregeln auferlegen? Ich sage bewußt albern, denn was kann es schon schaden, Schwein, Aal oder Hase zu essen? Geht es dir oder mir schlechter, weil wir davon genossen haben? Nein, dieser Gott da ist keine gute Gesellschaft, und Cäsar hat recht daran getan, dem Proselytentum der Juden in Rom ein Ende zu setzen!«
Claudius lächelte, goß sich Wein ein und spülte damit den Mund, denn er wollte eine neue Speise kosten: gebackenen Kürbis. Es war ihm nicht unangenehm, Theophoros in Fahrt zu bringen, der schnell Feuer fing und dessen gesunder Menschenverstand nicht ohne Feinheit war.
»Nun, die Götter sind manchmal launisch und ungerecht«, sagte er. »Die *Odyssee* zeigt das deutlich.«
»Was?« rief Theophoros und tat so, als platze er vor Entrüstung. »Unsere Götter gleichen uns, sie haben ihre Vorlieben und ihre Abneigungen, und darum sind sie unsere Freunde. Außerdem«, fügte er augenzwinkernd hinzu, »habt ihr sie euch bei uns ausgeliehen. Nicht wahr, unser Zeus, euer Jupiter, unser Herakles, euer Herkules, unser Dionysos, euer Bacchus. Ihr habt nicht einmal neue Namen für Apollon und Merkur erfinden können, denn so, wie sie in unseren Himmeln entstanden sind, waren sie bis hin zu den Namen vollkommen! Kurz, unsere Götter haben niemals aufgehört, die Einbildungskraft der Künstler, Dichter und Philosophen zu reizen, und wir brennen darauf, daß sie uns die Ehre geben, mit uns zu speisen, daß sie unsere Frauen oder Töchter zu würdigen wissen.

Ja, das nenne ich eine gute Gesellschaft! Aber der Gott der Juden...« Theophoros rollte bekümmert die Augen.
»Nun, und, der Gott der Juden?« drängte Claudius.
»Aber mein Lieber, spiel doch nicht den Dummen! Ich habe lange genug mit Juden rund um unser Meer zu tun gehabt! Haben sie nicht oft genug versucht, mich zu bekehren? Ah, lieber gleich über den Styx! Ihr Gott hat ihnen so viele Verbote in den Weg gelegt, daß sie sich nicht zu bewegen wagen aus Angst, ihn zu beleidigen, und daß sie ein Heer von Gelehrten bezahlen, um ihnen die und die Empfehlung zu dem und dem Gebot zu erläutern! Denk dir, Claudius, die Frömmsten unter ihnen, man nennt sie Essener...«
»Darüber bin ich informiert«, sagte der Römer.
»Stell dir vor, am Sabbat versagen sich diese Unglücklichen, die ohnehin fast am Toten Meer wohnen – einer höllischen Gegend, wo selbst die Steine vor Verzweiflung weinen –, am Sabbat also versagen sie sich sogar das Urinieren vor lauter Angst, ihren Gott zu beleidigen, den sie Jahwe nennen!«
»Ich weiß«, bestätigte Claudius.
Sie machten sich an die Doradenfilets, die Aristäus bereits für sie ausgelöst hatte, so daß die Füllung zu sehen war.
»Lieber zwanzig Tode sterben, als solch einen Gott!« rief Theophoros.
»Sei leise«, mäßigte Claudius, »man könnte dich hören. Diese Leute sind eigen.«
»Wie ihr Gott«, erwiderte der Grieche finster. »Unser Zeus lacht und sucht das Abenteuer, Dionynos lacht, trinkt, macht Geschenke, Apollon leuchtet in seiner Schönheit, Herakles zeigt uns wahren Mut. Aber Jahwe hört nie auf zu zürnen. Ach, man hat mir lange genug die Propheten vorzitiert!«
»Trotzdem ist es mit Herakles übel ausgegangen. Auf einen Scheiterhaufen zu steigen ist nicht komisch.«
»Eine Ehetragödie, die durch die Hinterlist dieser giftigen Furie von Deianeira ausgelöst wurde! Die Lehre daraus ist, daß noch der stärkste Mann, und sei er auch ein Halbgott, doch immer der Gnade einer Frau ausgeliefert bleibt.« Theopohoros knabberte einige Sa-

latblätter und fuhr fort: »Es stimmt schon – unsere Götter sind wie wir. Wir sind voller Lebensfreude und Vertrauen, und unsere Götter ebenfalls. Die Juden sind ängstlich, und ihr Gott ist finster.«
»Demnach hätten wir uns die Götter erschaffen?« wunderte sich Claudius und hielt mit dem Becher vor den Lippen inne, als verspräche er sich von der Antwort, nun endlich zu erfahren, in welcher Welt er die Glückseligkeit erwarten dürfe.
»Welcher ehrliche Mann hätte je daran gezweifelt?« versetzte der Grieche mit einem ironischen Blick. »Die Götter sind unsere Kinder, deshalb sind sie uns ähnlich.«
Er biß herzhaft in eine Essiggurke und versicherte, dies sei sein Nachtisch. Währenddessen freute sich der Römer einmal mehr an der Respektlosigkeit der Griechen. Sie hatten sich offensichtlich nicht geändert, seit ihr Held Odysseus die Götter überlistete.

XIII.
»Labe die Verlierer«

Die Leviten waren verbittert davongezogen[37], und ein Windhauch vom Jordan hatte das Echo ihrer überheblichen Worte verweht. Gerade hatte Jokanaan seine heitere Gelassenheit wiedergefunden und seinen Durst mit einem Becher Wasser gestillt, der mit ein wenig Honig gesüßt war, als sein ältester Schüler Zacharias kam und sich ihm gegenüber setzte, wie es seine Art war, wenn ihn ein Zweifel quälte. Das Feuer, das in der Nähe prasselte, rötete ihre Gesichter und verlieh ihren Augen einen metallischen Schimmer. Den knackenden Akazienzweigen waren Beifußblätter beigemengt, die in der kühlen Abendluft ihren Duft verströmten und Insekten fernhielten. In der Ferne heulte ein Schakal.
Zacharias wußte um die besondere Zuneigung, die ihm entgegengebracht wurde; wie er vermutete, hatte er sie dem Umstand zu verdanken, daß er denselben Namen trug wie der Vater seines Meisters, doch nutzte er das selten aus. So sprach er Jokanaan niemals

direkt mit einer Frage an, gemäß dem essenischen Brauch, der vorschrieb, das gedankenversunkene Schweigen eines Meisters zu achten; statt dessen wartete er ab, bis Jokanaan seinerseits das Schweigen brach. Meistens hatte Jokanaan sowieso den Gegenstand der Frage erraten und kam ihr zuvor. Aber dieses Mal blieb er lange stumm. Jesus war gegangen, um sich im kalten Wasser des Flusses die Füße zu waschen. Endlich hob Jokanaan den Blick; Zacharias glaubte, einen Vorwurf darin zu lesen. Er wollte sich gerade erheben, als ihn sein Meister zurückhielt.

»Man soll nicht mit einer unbeantworteten Frage zur Ruhe gehen«, sagte Jokanaan.

»Woher weißt du, daß nicht du es bist?« fragte Zacharias also.

Jokanaan seufzte. »So wie man weiß, daß der Morgenstern nicht der Mond ist und der Mond nicht die Sonne.«

»Und Dositheus?«

»Er würde mir zustimmen. Nennt er sich nicht selbst ›der Stern‹?«

Zacharias senkte den Kopf und schwieg lang.

»Woher weißt du, daß er, Jesus, der Messias ist, und niemand anders?«

»Betrachte ihn mit deinem Herzen, und auch du wirst es sehen.«

Jesus kam zurück; Zacharias sah es an Jokanaans Blick. Er erhob sich, um sich zu den anderen Jüngern zu gesellen. Wieder heulte der Schakal.

Zurück in Jerusalem, erstatteten die Leviten Kaiphas Bericht. Er hörte sie an, ohne zu unterbrechen.

»Was sollen wir tun?« fragte der Anführer der Delegation nach einer Weile.

»Nichts.«

Sie zeigten sich höchst verwundert.

»Sollten wir die Reise umsonst gemacht haben?« fragte ihr Anführer.

Die Menschen glauben stets an die unverrückbare Schicksalhaftigkeit ihres Handelns. Sicherlich glauben das auch die Fliegen, wenn sie ihre zufälligen Zickzackkurven um die Lampen beschreiben. Kaiphas warf ihnen denselben Blick zu, den er für diese Hautflügler übrig gehabt hätte.

»Es ist das wichtigste für den Falken zu wissen, wie der Hase läuft«, brachte er schließlich hervor, und fast sah es aus, als lächelte er.
»Was gedachtet ihr zu tun?«
»Na ja... ihn verhaften, diesen Jokanaan!«
»Unter wessen Führung? Unter wessen Hoheit? Samaria steht unter Agrippas Befehl. Und die Samariter werden direkt nach Rom berichten, wenn sie das Gefühl haben, daß man ihre Rechte verletzt hat. Versetzt euch an meine Stelle; was würdet ihr Jokanaan vorwerfen?«
»Aufrührerische Reden«, meinte schließlich der Levitenführer.
Joëser, einer der besten Schüler Gamaliels, der an der Expedition teilgenommen hatte, senkte den Kopf.
»Das Kommen des Messias zu verkündigen heißt nicht aufrührerisch reden«, sagte Kaiphas. »Wir machen uns lächerlich, wenn wir einen solchen Prozeß anstrengen.«
»Und wenn er einen Messias benennt?«
»Dann sehen wir weiter«, antwortete Kaiphas, der sich an die Unterredung mit Saul erinnerte. Eigentlich war dieser Herodier ein guter Ratgeber – zweifellos eine Frage von Vererbung. Schade, daß sein Vater Antipater nicht genauso klug gewesen war! »Die Katze wartet, bis ihr die Maus vor die Füße läuft«, fügte Kaiphas noch hinzu. »Ziehet hin in Frieden.«
»Und die subversiven Reden, die wir uns anhören müssen?« fragte ein anderer Levit.
»Gleichgültigkeit ist der beste Schild.«
Sie sahen ihn verständnislos an.
»Lächelt!« befahl Kaiphas und wandte sich an Joëser: »›Labe die Verlierer mit süßem Trank und gib den Verbitterten Wein!‹ Erinnerst du dich? Erinnerst du dich, Joëser?«
Joëser nickte. »Sprichwörter«, murmelte er.
Verwirrt verließen sie den Audienzsaal.

XIV.

Große Ereignisse und eine geheime Unterredung

Zwischen drei und vier Uhr nachmittags wurde der Himmel zu Blei.[38] Am Vormittag hatte der Wind das Unwetter angekündigt, eine dieser gewalttätigen Launen des Winters, der tobt, weil er der Jugend des Frühlings zu weichen hat. Es war ein lauer, klebriger, schmieriger Wind, der Pedanius eilig herbeigerufen hatte, das Silberkistchen mit den Opiumkugeln in der einen Hand, in der anderen die Karaffe mit Rosenwasser. Saul war bei der dritten Kugel angelangt, als der erste Blitz wie ein Messer die gallegrünen und sandgelben Wolken zerschnitt. Das Fenster schlug krachend zu, und Saul fuhr hoch. Ein Anfall schien ihm unvermeidlich.

Eine Viertelstunde lang goß es wie aus Kübeln, aber der Himmel blieb zerwühlt. Sicherlich würden diese Wolken während des Abends noch Ungeheuer zeugen. Lampen wurden angezündet, und da die Sonnenuhren nutzlos geworden waren, mußte auf Wasseruhren ausweichen, wer welche besaß.

Saul diskutierte die Kosten für die Entsandung des Aquädukts mit einem jüdischen Unternehmer; auch der hatte seine Gedanken anscheinend woanders. Saul gingen seit Jahren alle Angelegenheiten auf die Nerven, die das Aquädukt betrafen, denn sie erinnerten ihn an die vielen Worte, die er darauf verwendet hatte, Pilatus davon abzubringen, daß er den Aufwand für das fragliche Bauwerk mit dem Korban, dem Tempelschatz, bestritt. Alles vergeblich; Pilatus hatte damit argumentiert, daß das Wasser des Aquädukts den Bewohnern Jerusalems zugute komme und es daher an ihnen sei, es zu bezahlen; da der Tempelschatz beträchtlich war, schien es dem Prokurator selbstverständlich, sich an ihn zu halten, um das Wasser zu bezahlen, mit dem die Juden ihren Durst stillten, ihr Gemüse putzten und sich selbst und ihre Kinder wuschen. Doch mit dieser Maßnahme hatte man beinahe einen Aufstand heraufbeschworen, und nach der Sache mit den Kaiserbildern hatte sich in Sauls Kopf endgültig die Überzeugung verankert, Pilatus sei ein Dummkopf.

Und ein verstockter Dummkopf noch dazu: Am Morgen dieses Freitags hatte der Prokurator versucht, eben jenen besagten Jesus vor der Kreuzigung zu retten, der doch einer der gefährlichsten Betreiber des Aufstandes der Essener, Zeloten oder wem auch immer war. Dieser Jesus, den die Sbirren Sauls seit mehr als drei Jahren überwachten, war die Woche zuvor in Jerusalem empfangen worden, als sei er bereits König. Saul hatte kaum davon gehört, als er schon zu Kaiphas eilte; dieser war außer sich, wie eine Frau, die ihr Fruchtwasser vor der Zeit verliert; und erwies sich als unfähig, der Phalanx von Leviten, Pharisäern, Gelehrten und Wachleuten die Stirn zu bieten, die sein Haus förmlich belagerten.
»Am Nachmittag ist er König!« riefen sie.
Das Kinn noch weiter vorgereckt denn je, versuchte Gedalja, ein wenig Ruhe zu schaffen.
»Ich werde Pilatus warnen«, sagte Saul.
»Pilatus«, erklärte Gedalja inmitten des Tumults, »findet die Angelegenheit unterhaltsam. Er hat Kaiphas sagen lassen, daß ein Judenkönig, den sich das Volk so einmütig erwählt hätte, ihn endlich von den Umtrieben befreien würde, die die Hohenpriester und der Sanhedrin anheizten!«
Es war also an den Juden, die Angelegenheit auf diplomatische Weise zu regeln. »Mit Faust und Verstand«, wie einer von Pedanius' Lieblingsausdrücken hieß.
»Hört alle her«, hatte Kaiphas schließlich seinen Leuten zugerufen. Er war mit den Nerven am Ende. »Hört zu! Jerusalem stürzt nicht ein, nur weil drei Handvoll Leichtgläubiger zusammengelaufen sind, um diesen Jesus an den Stadttoren zu empfangen und ihn als den künftigen König zu segnen! Gebraucht doch euren Verstand! Was kann er denn schon anrichten? Soll er etwa herkommen und mich mit seinen Helfershelfern von meinem Platz verdrängen? In dem Moment würde er sich einer Lästerung schuldig machen, und wir lassen ihn verhaften.«
Sie hatten sich schließlich den Argumenten des Hohenpriesters gefügt. Ja, ruhig Blut, wir haben uns wegen einer Kleinigkeit aufgeregt. Aber am selben Nachmittag hatte sich Jesus zum Tempel bege-

ben und mit unerhörter Dreistigkeit, dort unter der Nase der Leviten, die Tische der Wechsler umgestoßen und die Händler vor die Tür geworfen! Eine Provokation, klar und deutlich! Am Abend neuerlicher Aufmarsch bei Kaiphas.
»Hör zu, Kaiphas«, hatte Sauls Schwiegervater, Simon ben Camith, gesagt, »unser aller Heil hängt von dir ab. Man muß diesen Jesus festnehmen, und sei es unter einem falschen Vorwand. Er hat schon genug Durcheinander angerichtet! Er wird nicht mehr aufhören, wenn wir ihm nicht mit Gewalt Einhalt gebieten!«
Kaiphas hatte einen Blick in die Runde geworfen, der Saul überraschte; es war der Blick eines Fuchses. Und Saul, der den Hohenpriester bisher eher für geistig unbedarft gehalten hatte, änderte seine Meinung. Und Kaiphas hatte noch einen Trumpf in der Hinterhand, den er erst beim Prozeß gegen diesen Jesus enthüllte: die Zeugenaussage eines der Jünger dieses vorgeblichen Messias', eines notorischen Betrügers namens Judas, genannt Iskariot.
Der Prozeß hatte am Vorabend stattgefunden. Man hatte das Tribunal des Sanhedrin in aller Eile zusammengerufen, nachdem Jesus in der Nacht am Ölberg festgenommen worden war. Angespannte Gesichter, zerfurcht von Übermüdung. Auch Saul war dort. Ihn beherrschte ein Gefühl, das er sich nicht eingestand, das aber schließlich nicht länger abzustreiten war: Die jüdische und die römische Ordnung waren reichlich brüchig geworden, wenn sie von diesem hageren, starrköpfigen Menschen gefährdet werden konnten, welcher wie folgt vor dem Tribunal auftrat.
»Bist du Jesus, der Sohn des Rabbiners Josef, gebürtig aus Bethlehem?«
Er antwortete hochmütig, als wende er sich an unverschämte Dienstboten.
»Bist du der Messias?« fragte Kaiphas.
»Wenn ich es euch sage, werdet ihr mich nicht verstehen, und wenn ich euch Fragen stelle, werdet ihr sie nicht beantworten.«
»Bist du nun der Sohn Gottes?« fragte Hannas, der Schwiegervater des Kaiphas.
»Das sagt ihr!« gab er zurück.

Saul beobachtete die Szene fasziniert, denn er sah Jesus zum erstenmal und mußte zugeben, daß dieser Mann da eine Erhabenheit hatte, die kein Prokurator und kein Hoherpriester auch nur von weitem besessen hätte. Selbst Dositheus, von dem doch behauptet wurde, daß er vielleicht der Messias sei, besaß sie nicht, wenigstens nicht, als Saul in ihn Kokba aufsuchte. Jesus aber glich dem Bild, das man sich von Propheten machte.

Trotz der ungewöhnlichen Stunde der Sitzung waren eine Menge Leute im Gerichtssaal: Männer aus den Gelehrtenhäusern, auch Parteigänger von Jesus, die man an ihren finsteren und empörten Mienen erkannte, dann der Privatsekretär des Pilatus, begleitet von einem Dolmetscher, der ihm die hebräischen Fragen übersetzte. Denn Pilatus blieb bei seiner gnädigen Haltung Jesus gegenüber. Er hatte sogar in der Nacht einige Dutzend Bewaffnete unter der Führung eines Tribunen ausgeschickt, um das Verhalten der Tempelpolizei bei der Verhaftung von Jesus zu überwachen. Zweifellos eine Laune, zu der ihn seine Frau Procula genötigt hatte, die, wie jeder wußte, gleich anderen angesehenen Römern, von der jüdischen Religion beeinflußt war und nun Jesus für den wahren Messias hielt.

Es war die Gegenwart des Sekretärs, die zu Sauls Unbehagen beitrug; zudem war er übernächtigt und seit einigen Tagen mehr als beunruhigt wegen der steigenden Beliebtheit Jesus' beim aufgebrachten Volk, was in dem königlichen Empfang gegipfelt hatte, den man ihm in Jerusalem bereitete. Außerdem enttäuschte es Saul, daß er seinen Einfluß auf den Prokurator offenbar verloren hatte.

Er hätte in dieser Angelegenheit nämlich gerne eine Rolle gespielt, doch man hatte ihn daran gehindert. Der Hohepriester hatte die Zeugenaussage dieses Iskariot eingefädelt, ohne Saul ein Sterbenswörtchen zu sagen. Saul fragte sich, ob er nicht auf dem besten Wege war, bei den Bemühungen um die öffentliche Ordnung seinen Einfluß einzubüßen.

Was Sauls Unmut schließlich auf den Gipfel trieb, war die Tatsache, daß ein Mitglied des Sanhedrin, Josef von Arimathäa, ihn lange anstarrte; jedermann wußte, daß er Jesus wohlgesonnen war, wie

übrigens andere auch, angefangen bei Nikodemus, der mit finsterer Miene neben ihm saß. Nun hatte also Josef von Arimathäa Saul unter den Anwesenden ausgemacht und ihn geraume Zeit unverwandt angeblickt. Sein Blick war streng, fast drohend, als wollte er sagen, daß er an dem Tag, an dem ihm Saul in die Hände fiele, keine Gnade kennen würde. Josef war schlecht informiert, denn Saul hatte an der Verhaftung von Jesus überhaupt keinen Anteil gehabt, doch jedenfalls war er ein Feind, der gefährlich werden konnte, denn er war reich und hatte sehr viel mehr Unterstützung als Saul, der unterm Strich nur ein Herodier war, der dem Zorn Herodes' des Großen entkommen war, wie eine Fliege den Fäden des Fliegenfängers entkommt, der sich bereichert hatte, der ein Neophyt war, ein Leihjude, noch dazu mit Kohorten zäher Feinde belastet, allen voran die Verwandten und Gefolgsleute der Zeloten, die er verfolgt oder dem Henker übergeben hatte.
Außerdem, so fragte sich Saul, welcher Teufel mochte nur Josef und die anderen reiten, daß sie in diesem Jesus den Messias zu sehen vermochten? Sahen sie denn nicht, daß er an den Grundfesten eben der Gesellschaft rüttelte, aus der sie ihren Vorteil zogen? Kurz, die Sitzung nahm ihren Lauf, und hinter den Fenstern des Gerichtssaals verblaßte die Nacht. Jesus wurde zum Tode verurteilt. Der Sanhedrin hatte gesprochen, Gedelja ben Jeasar verkündete das Urteil. Kaiphas verließ als erster den Saal. Sein Gewand unter dem Mantel mit den Seidenquasten war zerrissen, denn er hatte sich zu einem spektakulären Auftritt gegen die angeblichen Lästerungen von Jesus hinreißen lassen. Diese Art von Schauspiel beeindruckte immer. Die übrigen Mitglieder des Rates erhoben sich, der Gerichtssaal wurde leer. Stimmengewirr erfüllte den Hof des Hasmonäerpalastes, in dem fast schneidende Kälte herrschte. Gedalja führte eine Abteilung der Tempelpolizei zur Residenz des Pilatus. Tatsächlich war das Urteil des Sanhedrin nur vorläufig, denn diese Institution besaß keine Richtgewalt. Die Todesstrafe mußte von Pilatus bestätigt werden, und es stand sehr zu fürchten, daß Pilatus sich weigern würde. Für Saul brachte es nichts, die Angelegenheit Schritt für Schritt mitzuverfolgen; er hatte seine Infor-

manten, sie würden ihn auf dem laufenden halten. Mutlos und erschöpft beschloß er, sich in die Bäder zu begeben, und Pedanius bahnte ihm gerade den Weg zum Ausgang, als ihm ein Mann über den Weg lief und Saul, ehrlich überrascht, ansprach: Es war Manassah, die treue Seele des Herodes Antipas, des Tetrarchen von Galiläa und Peräa.

»Saul! Welch ein glückliches Zusammentreffen!«

Herodes konnte nicht weit sein. Saul erkundigte sich nach ihm. Tatsächlich war er in Jerusalem, und dieser Umstand war für Saul keineswegs eine angenehme Überraschung. Ganz wie Sauls übrige Verwandtschaft, hatte Herodes Antipas nicht die Angewohnheit, zum Passahfest nach Jerusalem zu kommen. Seit er seine Frau verstoßen hatte, die Tochter des Arabers Aretas, um seinem Halbbruder Philippus die Ehefrau auszuspannen, und, mehr noch, seit er Jokanaan hatte enthaupten lassen, erfreute er sich weder auf der Straße noch bei den Frommen großer Beliebtheit. Überall begleitete ihn Spott. Was trieb der Tetrarch also in Jerusalem? fragte sich Saul.

»Was für eine Geschichte, findest du nicht?« rief Manassah. »Dieser Jesus, den sie zum König ausrufen wollten!«

Saul nickte vielsagend.

»Was denkst du darüber?« drängte Manassah; augenscheinlich gelang es ihm nicht, seine Angewohnheit zu unterdrücken, anderen die Würmer aus der Nase zu ziehen.

»Ein paar Unzufriedene, die glaubten, sie könnten wieder den Thron Davids errichten, ganz so, als gäbe es die Römer nicht«, brummte Saul wie jemand, der Besseres zu tun hat. Er beauftragte Manassah, seinem Herrn Grüße und die besten Wünsche zu überbringen, ja sogar Sauls Anliegen, seinen Vetter wiederzusehen. Das war reine Höflichkeit, denn Saul verachtete den Tetrarchen. Er hielt ihn für einen unbedeutenden und korrupten Duodezkönig, auch wenn er viele schöne Städte, wie zum Beispiel Tiberias, gebaut hatte. Es hieß, Autokratoris sei das Prunkstück Galiläas, aber schließlich wußte jeder, daß Herodes unter dem Pantoffel seiner Frau Herodias stand, schlimmer: Es hieß, sie habe auch im Bett die

Macht über ihn. Man munkelte sogar noch Schlimmeres. Saul gelang es, sich der Zudringlichkeit Manassahs zu entziehen, und begab sich zu den Bädern. Dort war es bereits brechend voll, da das Passahfest einen unglaublichen Besucherandrang auslöste – übrigens nicht nur von Juden. All diese Leute, die verdreckt ankamen und oft nicht einmal ein Nachtlager hatten, strömten zuallererst in die Bäder und tauschten dort mit ihren Nachbarn Adressen von Quartieren aus, die manchmal sogar in Bethlehem oder Betfage lagen.

Als Saul genug hatte, ging er nach Hause und fand dort eine verzweifelte Sara vor. »Pilatus hat schließlich doch zugelassen, daß man ihn kreuzigt«, sagte sie in einem Ton, in dem Tadel mitschwang.

Sie hatte nicht gesagt: »Pilatus hat es zugelassen, daß man Jesus kreuzigt«, nein, sondern: »...daß man IHN kreuzigt.« Auch sie dachte also nur an diese eine Sache, und sie war erschüttert darüber, sie, die Tochter eines Hohenpriesters! Saul war jedoch zu müde, um sich zu ärgern, er sagte nur: »Da hieß es er oder ich, er oder wir.«

Sauls Informanten gingen wartend im Hof auf und ab. Er empfing sie. Wie erwartet, hatte Pilatus versucht, das Urteil des Sanhedrin aufzuheben. Dann hatte er vorgeschlagen, Jesus zu geißeln, ohne ihn zu töten. Kaiphas arrangierte daraufhin einen Volksauflauf an der Freitreppe des Palastes, des Lithostrotos, vor den Mauern – zwei- bis dreihundert Leute, die forderten, das Urteil unverzüglich zu vollstrecken –, und Pilatus hatte schließlich vor der unausgesprochenen Drohung einer Beschwerde in Rom kapituliert. Er hatte bereits zwei Fehltritte begangen: den mit den Kaiserbildern und den mit dem Korban. Ein dritter konnte ihm den Kopf kosten. Aber er wusch sich öffentlich die Hände. Eben jetzt, in der neunten Stunde, war Jesus zusammen mit zwei Dieben ans Kreuz geschlagen worden.

Was Saul überraschte, war, daß Kaiphas die ganze Sache angezettelt hatte, ohne Sauls Hilfe zu benötigen. Nachdem er die Informanten weggeschickt hatte, sagte er zu Pedanius: »Es ist gelaufen.«

»Was ist gelaufen?«

»Alles«, antwortete Saul. »Es ist eine Nummer zu groß geworden.«
Er legte sich hin, und als er wieder erwachte, begann sich der Himmel zu verfinstern. Die Verhandlungen über die Kosten der Entsandung endeten damit, daß man sich darauf einigte, nach dem Passahfest erneut zusammenzutreffen. Es war Donnerstag, und morgen begann das Fest; die Geschäfte würden erst am Montag wieder aufgenommen. Danach werde ich mich einige Tage in Cäsarea ausruhen, sagte sich Saul. Nach dem Essen überbrachte ein Bote des Herodes eine Einladung, das gebratene Lamm mit ihm zu teilen. Saul tat, als sei er hocherfreut darüber.
Wenig später brach das Unwetter los. Es richtete die Wäsche übel zu, die Unvorsichtige zum Trocknen ausgelegt hatten, es ließ Türen und Fenster zuschlagen, der Unrat strömte die Gosse hinab, in der wilde Sturzbäche tobten, und im Tempel mußten die barfüßigen Leviten im eiskalten Schlamm waten.
Endlich klärte sich der Himmel auf, aber die Sonne war wie angeekelt untergegangen. Zweiter Besuch der Informanten. Nachdem Jesus das erste Mal vor Pilatus erschienen war, habe ihn Herodes empfangen, und dann...
»Herodes?« fragte Saul ungläubig.
Ja, ja, er sei sogar länger dort geblieben. Um die neunte Stunde habe man Jesus für tot erklärt, und gleich darauf seien Josef von Arimathäa und Nikodemus zu Pilatus gegangen, der sie auch empfing; danach hätten sie ein Leintuch, Binden und Salben gekauft und seien mit einigen Dienern nach Golgata gezogen, hätten sich des Körpers des Verurteilten bemächtigt und ihn in ein neues Grab gelegt, von dem der Gärtner versicherte, daß es Josef von Arimathäa gehöre. Schließlich seien die beiden Männer nach Hause gegangen.
Saul hörte unwirsch zu. Die Angelegenheit war Gott sei Dank beendet, Jesus war beerdigt, und es würde keinen Aufruhr im Volk geben. Aber diese Ereignisse hatten gezeigt, daß die Aufrührer selbst im Sanhedrin ihre Verbündeten hatten. Er fragte, ob der Hohepriester über all das unterrichtet sei. Ja, antworteten sie, seine Spitzel folgten auch Josef von Arimathäa. Gut, auch Kaiphas fragte sich

also nach dem Ausmaß der Unterwanderung, die schließlich in dieser Messias-Geschichte gegipfelt hatte.
Saul wollte sie gerade entlassen, als Pedanius noch einmal auf einen Punkt ihres Berichtes zurückkam.
»Ihr sagtet, Josef von Arimathäa habe ein Leintuch und *Binden*[39] gekauft?«
»Ja, ich sagte Binden«, versicherte einer der beiden Informanten. »Tuchstreifen.« Und er wiederholte auf griechisch, Josef habe ein *soudariôn* und *othonia* gekauft.
Das war seltsam, ohne Frage, aber Saul hatte keinen Sinn für Einzelheiten.
Am nächsten Tag lenkte ihn das Fest bei Antipas ein wenig von seinen trüben Gedanken ab. »Bei Antipas«, das bedeutete: Herodes aus Chaldäa, der Sohn des Aristobul und der Berenike, dann Aristobul, und ausnahmsweise, da er nun zum König Ziliziens ernannt worden war, auch Alexander. Außerdem war Sauls Schwester Doris anwesend, ihr Bruder Rufus, und Saul hatte seine Söhne Simon und Marius mitgebracht. Man hätte sie für eine glückliche, erfolgreiche und große Familie halten können, aber niemand wagte beispielsweise von Herodes Agrippa zu sprechen, dem sein Verrat an Antipas ein klägliches Dasein in den Kerkern des Tiberius eingetragen hatte. Zum erstenmal in seinem Leben beglückwünschte sich Saul, dem Schicksal der Herodier entgangen zu sein. Diese Herodier, soweit sie auf ihrem Titel beharrten, waren doch nur Schoßhündchen, die das feuchte Schnäuzchen spitzten, um einige Brokken vom kaiserlichen Tisch aufzuschnappen. Er betrachtete sie mit Abstand, sowohl Anwesende als auch Abwesende. Er hatte sich aus ihren Reihen verabschiedet; eine unerklärliche Gleichgültigkeit hatte sich seiner bemächtigt.
Am Sonntag um die siebte Stunde ließen sich die Informanten wieder melden. Saul nahm gerade zusammen mit Simon und Pedanius eine Mahlzeit aus Bratfisch und Salat ein. Simon zog sich zurück.
»Tja«, begann der erste Informant verlegen, »der Körper von Jesus ist aus dem Grab verschwunden.«
Saul hob wortlos die Brauen wie jemand, den man mit Kindereien belästigt.

Der erste Informant fuhr fort: »Eine Frau, die in den letzten Jahren zu seiner Jüngerschaft gehörte, eine Maria, aus Magdala gebürtig, ging zu seinem Grab, um dort ihre Andacht zu verrichten und fand den Fels beiseite geschoben. Sie alarmierte zwei Jünger, Galiläer, einen gewissen Simon, der sich Kephas nennen läßt, und Jokanaan, einen sehr jungen Mann; die liefen herbei und drangen in das Grab ein. Aber es war leer.«

Saul stieß einen Seufzer aus, trank einen Schluck Bier und stellte fest: »Man hat den Leichnam gestohlen. Und weiter?«

»Und weiter«, fuhr der Informant mehr und mehr verlegen fort, »laufen nun in der Oberstadt und in der Unterstadt Gerüchte um, die besagen« – er schluckte – »Jesus sei auferstanden.«

Pedanius schlug die Hände über dem Kopf zusammen. Saul verspeiste das letzte Stückchen Fisch auf seinem Teller samt dem Salat.

»Kaiphas hatte doch zwei Wachen bei dem Grab aufgestellt, um solche unliebsamen Überraschungen zu vermeiden. Was sagen die?«

»Kaiphas hat sie gleich zu sich bestellt. Nach allem, was wir wissen, mußte man sie aus tiefem Schlaf aufwecken, und das in der vierten Stunde. Sie behaupteten, mitten in der Nacht ein großes Leuchten gesehen zu haben, und dann seien sie ohnmächtig geworden.«

»Alles, was recht ist!« murmelte Pedanius.

»Wir glauben, man hat sie betäubt...«

»Natürlich!« rief Pedanius.

»...denn die Torwächter haben nach Einbruch der Dunkelheit eine kleine Gruppe mit zwei Mauleseln gesehen, und es seien auch zwei Huren dabeigewesen.«

»Dann haben die Huren diesen Dummköpfen von Wachen Wein mit einem Betäubungsmittel angeboten und sicher auch Geld. Und die haben die Fackeln der Räuber für das himmlische Feuer gehalten und sich den Leichnam des Gekreuzigten stehlen lassen«, stellte Pedanius fest.

»Das sagt man auch bei Kaiphas«, gab der zweite Informant zu.

»Und was meint Josef von Arimathäa?« fragte Saul.

»Er hat die Stadt verlassen. Wann, weiß man nicht«, berichtete der erste Informant.
»Und Nikodemus?«
»Ebenfalls.«
Saul dachte einen Moment nach.
»Diese Maria, weiß man, wo sie wohnt?«
»Ja, in einem Haus, das sie für teures Geld gemietet hat[40], nicht weit von hier, wo sie die Prinzessin Salome oft besuchen kommt.«
»Die Prinzessin Salome?« fragte Saul.
»Die Tochter von Herodes Antipas.«
»Reizende Familie«, murmelte Pedanius.
»Es gibt auch noch andere Frauen, die dieses Haus besuchen. Da ist Martha, Marias Schwester, dann die Frau von Khuza, dem Hausverwalter des Herodes, Susanna, eine Frau aus der Vereinigung der frommen Hierosolimitaner von Jerusalem, und natürlich Lazarus, der Bruder von Maria und Martha.«
Saul schien nachdenklich.
»Wie kommt es, daß sich all diese Frauen im Hause dieser Maria einfinden?« fragte er.
»Zunächst einmal ist sie reich«, antwortete der erste Informant. »Sie hat ein beträchtliches Vermögen von ihrem Vater geerbt, der einer der zwei oder drei größten Leinweber Magdalas war. Man sagt, sie habe in den letzten Jahren viel zum Unterhalt von Jesus und den Seinen beigetragen. Man sagt auch, sie sei die heimliche Ehefrau von Jesus.«
»Stimmt das oder nicht?« fragte Saul.
Der Informant schien verlegen.
»Sie ist nicht immer ganz bei sich«, antwortete er schließlich. »Jesus hat ihr die Dämonen ausgetrieben.«
»Dämonen?« wiederholte Saul.
»Sie war besessen«, erklärte der Informant.
Saul versank wieder in Nachdenken.
»Kurz, sie benimmt sich wie eine Witwe und ist ein bißchen verrückt, ist es das?« fragte er schließlich.
Der Informant nickte und fügte hinzu: »Das liegt offenbar in der Familie.«

»Martha auch?« fragte Saul.
»Nein, Lazarus. Er leidet unter Anfällen, die ihn in einen todesähnlichen Zustand versetzen. Einmal hat man ihn schon begraben, weil man ihn tot glaubte. Jesus, der die Krankheit kannte, hat ihn aus dem Grab geholt; der junge Mann schrie in seiner Grabkammer, als er ankam. Maria und alle Anwesenden, also auch die Jünger von Jesus, behaupteten, er sei es gewesen, der Lazarus auferweckt hat.[41] Selbst Maria glaubt das noch heute, sagt man.«
Pedanius schien bei dem Gespräch langsam die Geduld zu verlieren. Er schenkte sich einen Becher Met ein und schlürfte ihn nachdenklich. »Ihr habt gesagt, Jesus kannte Lazarus bereits. Wie hat er ihn kennengelernt?«
»Lazarus war Novize bei den Essenern in Qumran. Er hat sein Noviziat wegen seiner Krankheit nicht beendet. Die Essener verlangen, wie du weißt, vollkommene körperliche und moralische Gesundheit. Jesus scheint Lazarus in Qumran kennengelernt zu haben. Aber wir wissen auch, daß Lazarus einige Zeit bei einem gewissen Dositheus in Kokba verbracht hat.«
Pedanius blickte auf.
»Judas sagte, Lazarus sei der Geliebte von Jesus gewesen, aber Judas war nicht glaubwürdig. Er erfand vieles dazu«, berichtete der Informant.
»Warum redest du von Judas in der Vergangenheit?« fragte Saul.
»Er hat sich vor kurzem aufgehängt, vermutlich, als er die Geschichte mit dem leeren Grab erfahren hat.«
Saul verlangte auch ein Glas Met und ließ den beiden Informanten einschenken.
»Und die Jünger von Jesus?« fragte er.
»Sie tauchen von Zeit zu Zeit auf, meistens nachts. Einige gehen manchmal zu Maria.[42] Scheinbar wohnen die einen in Bethlehem, die anderen in Betanien oder Jericho.«
Saul sprang auf und ging im Zimmer hin und her.
»Ich wünsche«, sagte er leise, »daß ein Mann vor dem Haus Marias postiert wird, der überwacht, wer kommt und wer geht. Ich wünsche, daß ein weiterer Maria überallhin folgt. Außerdem wünsche

ich, daß alle Fremden verfolgt werden, die die Schwelle von Marias Haus überschreiten. Haltet mich auch über Lazarus auf dem laufenden.« Er blieb stehen. »Ihr könnt euch zurückziehen.«
Als sich die Tür hinter den Informanten geschlossen hatte und Saul mit Pedanius allein war, fragte ihn der nach einem langen Schweigen: »Ist das nicht sehr viel Aufwand?«
Saul sah ihn an, als verstünde er die Frage nicht.
»Verzeih mir die Direktheit meiner Frage, Herr, aber Pilatus hört nicht länger auf deinen Rat, und Kaiphas verlangt nicht mehr nach deinen Diensten. Ich frage dich also noch einmal: Wozu der ganze Aufwand?«
Saul rang sich ein Lächeln ab. Das war selten. »Pilatus«, sagte er, »ist nur ein verwirrter Kommißschädel, der sich in Intrigen und orientalischer Verschlagenheit versucht. Daher eckt er so oft an. Und Kaiphas ist nur ein Hoherpriester. Er steckt sicher voller Überraschungen, aber wie alle, die aus der Lüge ein Geschäft machen, ist er im Grunde dumm. Er nimmt es mir übel, daß ich ihn von der Sinnlosigkeit einer großangelegten Verfolgung der Jünger Jesu überzeugt habe. Der eine wie der andere, Pedanius, sind nur Komparsen. Ja, letztendlich sind sie Komparsen. Sie sehen nicht den roten Faden in der Geschichte, in die sie verwickelt sind.«
»Den roten Faden der Geschichte?« fragte Pedanius.
Saul ließ sich noch einmal zu einem Lächeln hinreißen. Er öffnete das Fenster. Ein kühler Wind blies ins Zimmer. Falter umtanzten die Lampen, die Wandteppiche schlugen gegen die Mauern.
»Israel liegt im Sterben«, sagte er. »Und die Götter Roms langweilen sich. Die menschliche Natur stemmt sich gegen diesen Verfall.«
Jerusalem schimmerte in der kühlen Aprilnacht.
»All diesen Aufwand treibe ich einzig und allein um meinetwillen. Beantwortet das deine Frage?«

XV.
Eine Begegnung in Kafarnaum

Drei Monate vergingen. Der Sommer brodelte, die Bienen summten eifrig um den Thymian, und zwischen den Steinen am Fuße Jerusalems blühten rot die Winden. Man versenkte Wein- und Bierkrüge mit einem Seil um den Hals in den Zisternen, um sie zu kühlen. Der Preis für Salat und Melonen stieg, die Fleischpreise fielen. Sauls Informanten ließen in ihren Bemühungen nach.
Der Leichnam von Jesus war also gestohlen worden, sei's drum, aber warum? fragte sich Saul. Und sicher hatte man ihn in Samaria bald wieder beerdigt. Oder in Galiläa, denn dort hatte Jesus ja hauptsächlich gewirkt.[43] Seine Jünger jedenfalls hatten Jerusalem verlassen, es gab Hinweise darauf, daß sie sich in Galiläa aufhielten; übrigens waren sie ja alle Galiläer, abgesehen von einem gewissen Judas, den man Thomas, den Zwilling, nannte.
Dann, eines Abends, sprachen die Informanten wieder vor. Ein unbekanntes Ereignis hatte das Haus der Maria von Magdala in Aufruhr versetzt. Nach dem Besuch eines Unbekannten war Maria am Morgen übereilt aufgebrochen und im Zustand höchster Erregung nach Hause zurückgekehrt. Die alte Prinzessin Mariam, die vierte Frau Herodes' des Großen und Mutter des Herodes Philippus, war ungeachtet ihres hohen Alters zu ihr geeilt. Saul fragte, ob männliche Besucher dagewesen seien. Ja, antwortete der Informant, Nikodemus.
»Niemand sonst?«
»Wenn du an Jesus denkst, nein. Kein anderer Mann außer Nikodemus.«
»Das muß ich mir ansehen[44]«, sagte Saul zu Pedanius, nachdem er die Neuigkeit in ihrer ganzen Tragweite überdacht hatte. Entschlossenen Schrittes machte er sich auf den Weg und stellte dabei alle möglichen Thesen auf, um die Aufregung im Hause Marias zu erklären. Beispielsweise war ein Betrüger aufgetaucht und gab sich für Jesus aus. Oder Jesus war gar noch am Leben. Oder er hatte

überlebt, war aber nun gestorben... Er machte sich Vorwürfe, jenem Gespräch zwischen Pilatus und den beiden Mitgliedern des Sanhedrin, Josef von Arimathäa und Nikodemus, nicht mehr Aufmerksamkeit geschenkt zu haben; als diese Männer schon zur zehnten Stunde beim Prokurator um den Körper von Jesus nachgesucht hatten, zeigte sich Pilatus überrascht, daß der Gekreuzigte bereits tot sie. Drei Stunden am Kreuz, und ohne daß jemand die Sache zu Ende gebracht hätte, ohne daß jemand die Schienbeine oder den Schädel gebrochen hätte, das war in der Tat sehr kurz. Denn dieser Gekreuzigte war ganz im Gegensatz zu den anderen von selbst gestorben, während man die beiden Diebe zu seiner Seite mit Hammerschlägen getötet hatte... Ein dumpfer Zorn erfüllte Saul bei diesen Überlegungen, und in dieser Stimmung erreichte er das Haus der Maria von Magdala. Vorne eine schwere Tür mit Eisenbeschlägen; er kannte das Haus, es hatte einem reichen Kaufmann gehört, ebenfalls einem Mitglied des Sanhedrin. Saul betätigte selbst den Türklopfer. Ein Hausdiener öffnete, Saul erhaschte einen Blick auf Teppiche und Wandbehänge; er verlangte nach dem Hausherren. Der Diener schien verblüfft. Ein junger Mann tauchte auf, und Saul wußte sofort, daß es Lazarus war, denn er besaß jene Schönheit, die man den Essenern zuspricht.
Der Mann trat aus der Tür. »Dieses Haus«, sagte er, »gehört genauso meinen Schwestern wie mir. Aber ich nehme an, du möchtest mit einem Mann sprechen. Willst du eintreten?«
Die Tür fiel hinter dem Besucher ins Schloß. Ob es nun das Auftreten Sauls oder die Ahnungen von Lazarus waren, jedenfalls schien jegliche Höflichkeit überflüssig.
»Ich bin Saul Antipater. Wo ist Jesus?«
Lazarus unterdrückte seine Überraschung.
»Hinter dir«, sagte er langsam.
Saul wandte sich um. Niemand war dort. Sein Zorn wuchs.
»Hüte dich, mich zu verspotten, Lazarus! Hinter mir könnte auch die Tempelwache stehen!«
Lazarus zeigte ein boshaftes, verführerisches Lächeln. »Wenn der mächtige Saul Antipater und die Tempelpolizei nicht wissen, wo Jesus ist, wie soll das dann der arme Lazarus wissen?«

Saul schluckte seine Wut hinunter; er war umsonst gekommen.
»Du kannst einen Auferstandenen namens Lazarus finden, Saul, aber den Messias, Saul? Hast du wirklich geglaubt, ihn zu finden?«
»Ich werde dich verhaften lassen«, grollte Saul, »dann wirst du wohl oder übel reden müssen!«
»Du bist kein König, Saul, du bist nur einer seiner Untergebenen«, sagte Lazarus hochmütig und kehrte ihm den Rücken.
Saul vertrat seine Sache zehn Tage lang bei der Tempelpolizei und vor dem Sekretär des Pilatus. Lazarus verhaften? Gedalja zuckte die Achseln: und unter welchem Vorwand? Was den Sekretär des Pilatus betraf, gab sich dieser fast feindselig; die persönlichen Streitereien der Bürger von Judäa interessierten die römische Regierung nicht. In Wahrheit wollte niemand etwas davon wissen, daß Jesus überlebt hatte. Saul hatte einen Fehler gemacht und war an die Grenzen seiner Macht gestoßen.
Sauls Verbitterung über diese Angelegenheit wurde paradoxerweise von dem Gefühl ausgeglichen, in bezug auf Pilatus recht behalten zu haben. Das Verhalten des Römers zeigte ein weiteres Mal, daß der Mann keinerlei politisches Gespür besaß, denn wenn er es erreicht hätte, Jesus vor dem Urteil des Sanhedrin zu bewahren, wäre es um seine Macht geschehen gewesen. Kaiphas hatte ihm den Hals gerettet. Blieb also noch in Erfahrung zu bringen, warum der Hohepriester ihn, Saul, von der Verschwörung mit Judas ausgeschlossen hatte.
Die Erklärung sollte er wenige Tage später im Tempel aus dem Munde Gedaljas erhalten: Bei seinem Gespräch mit Kaiphas hatte er einen unentschiedenen, wenn nicht gar ängstlichen Eindruck vermittelt. Kaiphas und er selbst, Gedalja, hatten es immerhin sonderbar gefunden, daß Saul sich aufgemacht hatte, um Dositheus zu treffen. Und endlich Sauls ausdrückliche Abneigung, Blut zu vergießen...
»Also habt ihr geschlossen, ich wäre zum Feind übergelaufen!« rief Saul überrascht und gekränkt.
Gedalja protestierte. Aber nein, die Lage sei viel verwickelter, man

habe ja sogar Mitglieder des Sanhedrin erlebt, wie sie für Jesus Partei ergriffen und sich seiner Verurteilung widersetzt hätten. Diese Fragen seien äußerst heikel, und manch gewissenhafter Mensch, wie eben auch Saul, hätte von den Hoffnungen auf einen Messias durchaus verwirrt sein können, aber Festigkeit sei in einer so angespannten Situation oberstes Gebot...

»Eure Bedenken waren nicht gerechtfertigt«, erwiderte Saul und betrachtete dabei eine Gruppe Fremder, die sich über den Rand der Heidenschranke lehnten. Aber genau in diesem Augenblick wurde ihm klar, daß Gedalja und Kaiphas nicht völlig unrecht hatten. Sie waren klug, die beiden, es stimmte, daß ihn der Besuch bei Dositheus verstört hatte, wie ihn damals die Eröffnungen über die Esseneverfolgung seines Vorfahren Hyrkanus II. verstört hatten; und es stimmte auch, daß er sich Gedanken gemacht hatte über die Hoffnungen auf einen Messias, die dann in der Kreuzigung des Galiläers ihren Höhepunkt fanden; er hatte mit Gamaliel darüber gesprochen und auch mit einem Schüler Gamaliels. Aber letztlich hatte er doch nur kalte Neugierde gezeigt; wer hätte das als heimliches Sympathisieren mit den Umstürzlern deuten können? Offenbar jemand, der ihm übel wollte? Oder waren ihm Worte und Gebärden unterlaufen, die seine Verwirrung verrieten? Aber wer hatte sie weitergegeben? Saul kniff die Augen zusammen, während ihn Gedalja musterte.

Als die Hitze unerträglich wurde, fuhr Saul nach Cäsarea. Seine Schwester Doris bereitete ihm wie gewöhnlich einen Empfang, der ihn wieder aufrichtete. Sie war ihm eine Art Mutter geworden, denn sie stand ohne Vorbehalte zu ihm, und sei es auch wider besseres Wissen. Doris war stolz auf ihn und zeigte das auch, denn er hatte das Glück seiner Familie wiederhergestellt. Eifersüchtig wachte sie darüber, daß ihr Mann Marius und ihre Kinder dieselbe Achtung zeigten.

»Saul irrt niemals, die Götter führen ihn«, sagte sie eines Abends, als Marius anläßlich der Amtsführung des Pilatus eine andere Meinung vertrat als Saul.

Die Götter! dachte der bei sich. Denn sie war Heidin geblieben, wie alle Herodier. Und er hätte es schwer gehabt, ihr einen Vorwurf daraus zu machen, denn sein Glaube blieb ein Lippenbekenntnis. Sein Blick schweifte aufs Meer hinaus, das mit der Nacht verschmolz. Auf der anderen Seite, da lag Rom, und ihn ergriff das Verlangen, dort zu sein, im Herzen der Weltmacht, wo niemand einen Messias erwartete. So, die Götter beschützten ihn also – ihn, der nicht an sie glaubte.

Manchmal machten durchreisende Freunde im Hause von Marius halt. Eines Abends war einer darunter, der aus Sidon kam und die Reise in Kafarnaum unterbrochen hatte, um Zedernholz zu verkaufen. Er nannte sich Agrippa Gersomius, war trotz seiner Jugend kahlköpfig und hatte sanfte Augen: eben jene Art von Mann, von der sich die Frauen denken, daß sie einen friedlichen Ehemann abgeben. Neben anderen Anekdoten, wie etwa der sonderbaren Geschichte von einem Funkeln während eines Sturmes an der Mastspitze seines Schiffes, berichtete er auch, daß man in Kafarnaum einen Auferstandenen gesehen habe, einen gewissen Jesus, der vor einigen Wochen in Jerusalem gekreuzigt worden sei.

Saul, vorher schon fast betäubt vom Wein, richtete sich auf seinem Lager auf. Wer ihn denn gesehen habe, fragte er plötzlich scharf. Jünger, die ihn schon zu Lebzeiten gekannt hätten, hieß es, und man ginge mit Sicherheit davon aus, daß er ein heiliger Mann sei, jedenfalls ein Prophet, vielleicht sogar ein Messias, antwortete Gersomius, der kein Jude war, sondern idumäischer Herkunft und der sicher nur eine sehr ungefähre Vorstellung von der Bedeutung des Wortes Messias hatte.

»Die haben ihn gesehen?« fragte Saul.

»Ich für meinen Teil habe niemanden gesehen; der Oberzöllner von Kafarnaum hat mir die Geschichte erzählt, die übrigens dort in aller Munde ist. Er versicherte, sie von einem ehemaligen Zöllner zu haben, der vor drei Jahren seine Stelle verließ, um Jesus zu folgen.«

»Aber ich habe selbst vom Garnisonskommandanten von Cäsarea gehört, daß dieser Jesus am Vorabend des Passahfestes am Kreuz gestorben ist«, warf Marius ein, »und daß seine Jünger seinen Körper aus dem Grab geraubt haben.«

»Sicher, um ihn anderswo zu beerdigen«, vermutete einer der Gäste. »Es fragt sich bloß, warum.«
Marius, der die finstere Miene seines Schwagers bemerkt hatte, versuchte das Thema zu wechseln. Aber Gersomius kam darauf zurück. »Wurde dieser Jesus nicht bei seiner Ankunft in Jerusalem, eine Woche vor dem Passahfest, von der Menge zum König ausgerufen?« Saul bestätigte das. Weiter berichtete Gersomius, dieser Jesus habe Wunder vollbracht; zum Beispiel habe er einen jungen Mann aus Magdala, einen gewissen Lazarus, vom Grabe auferweckt, und es sei daher nicht verwunderlich, wenn er auch sich selbst vom Grabe auferweckt hätte.
So verbreiten sich Legenden, dachte Saul. Er erwiderte unwirsch, besagter Lazarus sei das Opfer schwerer Ohnmachtsanfälle, die ihn zwei oder drei Tage lang wie tot erscheinen ließen, bevor er wieder zu sich käme; bei der fraglichen Geschichte aber sei er bereits in seinem Grabe erwacht, als ihm Jesus glücklicherweise, von der Familie alarmiert, zu Hilfe gekommen sei. Was aber das Verschwinden des Leichnams von diesem Jesus betreffe, so sei dies eine Hochstapelei seiner Anhänger, einzig dazu bestimmt, an eine Auferstehung glauben zu machen.
Doch zwei Tage später brach Saul, von Pedanius und einer kleinen bewaffneten Eskorte begleitet, nach Galiläa auf.[45] Die kleine Gruppe ritt am Meer entlang und schlug dann in Akko die Straße nach Tiberias ein. Dort trafen sie mit der Dämmerung ein, von der Reise zermürbt, todmüde von Sonne und Staub. Nachdem sie in einer Herberge Quartier genommen hatten, gingen sie in die Bäder, aßen dann Fisch aus dem See mit Salat, tranken Bier dazu und legten sich gleich schlafen. Saul erwachte mitten in der Nacht. Sein Fenster ging auf den See; er lehnte sich hinaus, um ein wenig kühle Luft zu schnappen. Die Lichter der Fischerboote blinkten vereinzelte in der Ferne.
»In dieser Ungewißheit zu leben ist unerträglich«, murmelte er. Wie eine Leidenschaft ohne Sinn und Ziel, so bin ich, grübelte er. Schließlich versank er wieder in Schlaf.
Am nächsten Morgen zog er in Tiberias Erkundigungen ein, doch er

erfuhr nichts von Bedeutung. Die Stadt war neu gebaut; man hatte sie auf einem Friedhof errichtet. Die Juden hatten Herodes vorgeworfen, daß es eine Entweihung sei, auf geheiligtem Grund eine Stadt zu bauen, doch er hatte ihnen erwidert, die ganze Welt sei ein Friedhof. So kam es, daß kein einziger Jude in Tiberias wohnte. Die Bevölkerung setzte sich aus Griechen, Phöniziern und Idumäern zusammen, ein Schmelztiegel von Völkern, wie ihn der Mittelmeerraum häufig hervorbringt; dazu kamen Mischlinge aus Ziliziern und Bithyniern, Partern und Pontern, Zyprioten und Nabatäern, die alles und jedes verkauften und auch zu allem und jedem bereit waren. Sie jedenfalls hatten nichts von einem Messias namens Jesus gehört.

Ich renne einem Gespenst hinterher, sagte sich Saul auf dem Weg nach Kafarnaum. Verwirrung mischte sich mit Müdigkeit.

»Was suchst du eigentlich?« fragte Pedanius, der seit ihrem Aufbruch aus Cäsarea kein Sterbenswörtchen gesagt hatte.

»Ich erkunde Feindesland.«

In Kafarnaum war Saul plötzlich auf der Hut. Er beurlaubte die Eskorte, um nicht aufzufallen, und befahl seinen Leuten, sich immer bei der römischen Garnison bereit zu halten; dann kleidete er sich wie ein gemeiner Mann. Man sprach in dem Ort fast kein Griechisch, nur Aramäisch, noch dazu mit einem harten Akzent, den Saul sich bemühte nachzuahmen. Dann ging er zum Zollamt und fragte einen alten Buchhalter nach einem ehemaligen Zöllner, der im Gefolge eines gewissen Jesus fortgegangen sei...

Der Alte durchbohrte ihn mit Blicken.

»Was willst du von ihm?« fragte er tonlos.

»Freunde aus Jerusalem haben mich gebeten, ihn zu besuchen, um ihm Geld zu bringen«, log Saul.

»Laß das Geld hier, ich gebe es ihm.«

»Es geht nicht nur um Geld«, beharrte Saul.

Der Mann schwieg geraume Zeit. Er nahm ein paar Rautenblätter aus einer Schachtel, stopfte sie sich in den Mund, kaute darauf herum und krächzte dann:

»Du findest ihn bei den anderen. Kephas, Johannes, Thomas...«

»Und wo sind sie?«
»Immer am Ufer entlang, hinter der Synagoge, da findest du eine Herberge, wo sie nach dem Fischen hingehen, um ihre Fische zu braten.«
Saul widerstand der Versuchung, ihm eine Münze zuzustecken; das wäre verdächtig gewesen; denn die Leute hier waren geizig.
Der Sonnenuntergang tauchte den First der schwarzen Synagoge in ein kupferrotes Licht und verschwendete den Rest seines Reichtums an den See. Saul und Pedanius hatten Mühe, die besagte Herberge zu finden; eigentlich war es nur ein Straßenausschank; kaum mehr als ein Loch hinter einer windschiefen Fassade, in dem ein Händler einige Krüge und Fässer auf drei Brettern ausgelegt hatte. Wein, Bier und Met wurden glasweise ausgeschenkt. Römische Soldaten stillten hier ihren Durst, und Fischer brachten ihre Körbe. Eine Pforte neben dem Ausschank führte in einen Hof mit Tischen und Bänken. Frauen feilschten um den Fisch, eine kleine Menschenmenge stand um sie herum. Rauch quoll aus der Türe und verflüchtigte sich. Saul schickte Pedanius voraus; sie mußten so tun, als kennten sie sich nicht. Die Nacht sank herab, Lampen wurden angezündet. Saul betrachtete das Kommen und Gehen, ließ sich einen Krug mit Wein füllen und setzte sich zum nächstbesten Gast, einige Tische von Pedanius entfernt, der sich gerade über einen kleinen Teller mit Käse und Oliven hermachte. Auch Saul hatte Hunger und bestellte Käse und Oliven, dazu Fisch, der auf einer Steinplatte über einem Holzfeuer gebraten wurde.
Wie erkannte er sie? Vielleicht, weil sie in Gruppen kamen, fünf zunächst, die sich neben ihn setzten, dann zwei, die sich den anderen zugesellten, und dann noch einmal vier, die sich an den Nachbartischen setzten. Ihm war, als würde er den Jüngsten wiedererkennen, einen Achtzehn- oder Neunzehnjährigen, den er, so schien es ihm, in der Menge gesehen hatte, die nach dem Ende des Prozesses aus dem Gerichtssaal geströmt war; er war ihm wegen der Verzweiflung aufgefallen, die ihm im Gesicht stand. Nun saß er ihm gegenüber. Der Mann neben Saul war kaum größer als er und sah aus wie ein betrübter Fuchs.

»Lazarus hat uns einen Boten geschickt«, sagte ein älterer Mann mit Glatze und starkem galiläischem Akzent. »Ein Spitzel namens Saul ist zu ihm gekommen und hat gefragt, wo unser Herr zu finden sei.«
Saul riß sich zusammen.
»Es scheint, daß gewisse Leute in Jerusalem beunruhigt sind«, redete der andere weiter.
»An ihrer Stelle wäre ich auch beunruhigt«, sagte Sauls Nachbar in sarkastischem Ton. Seinem Akzent nach schien er kein Galiläer zu sein.
Saul zwang sich weiterzuessen; ihm war der Appetit vergangen. Sein Nachbar warf ihm einen prüfenden Blick zu.
»Darf ich dich um ein wenig Brot bitten, Bruder, bis man unseres bringt?« fragte er.
Saul nickte und reichte ihm das noch ungebrochene der beiden Brote, die er bestellt hatte; dabei lächelte er unverbindlich. Er goß sich Wein ein.
»Lazarus meint auch, daß man uns in Jerusalem erwartet«, sagte der Kahlkopf. »Die Jünger brauchen Führer.«
»Führer«, wiederholte Sauls Nachbar in demselben skeptischen Tonfall. »Ich wiederhole: Unsere Aufgabe ist nur, die Worte des Herrn zu verbreiten.«
»Thomas«, sprach der Kahlkopf, »du mußt zugeben, daß die Worte ausgelegt werden müssen.«
»Sind wir denn neue Schriftgelehrte?« fragte Thomas. »Was werden wir ihm sagen, wenn er zurückkehrt und feststellt, daß wir seine Worte falsch ausgelegt haben? Ist nicht mein Bruder Kephas selbst vom Herrn gescholten worden, weil er seine Worte nicht verstanden hatte?«
Kephas, das war also der Kahlköpfige. Er wischte sich den Mund mit dem Handrücken ab und bekräftigte, daß man nach Jerusalem gehen müsse. »Was werden wir für einen Eindruck machen, wenn wir uns hier in Galiläa vergraben, weil wir hier in Sicherheit sind?«
»Kephas hat recht«, pflichtete ihm der junge Mann Saul gegenüber bei.

»Ich stimme Johannes zu«, sagte ein anderer, kaum älter als Johannes. »Wir müssen nach Jerusalem gehen, sonst werden wir als Feiglinge dastehen.«
»Ein großer Teil der Siebzig ist schon in Judäa«, widersprach Thomas.
»Die Siebzig kannten den Herrn nicht so gut wie wir«, wandte nun Johannes ein.
»Wir werden ein gutes Stück weiter sein, wenn man uns alle umgebracht hat«, meinte Thomas sarkastisch. »Dann bleiben weder Zeugen noch Führer noch sonst irgend etwas. Nach Jerusalem gehen, das hieße, sich in den Rachen des Löwen zu stürzen.«
»Was schlägst du vor?« fragte ein Jünger, der bis jetzt kein Wort gesagt hatte.
»Palästina ist nicht die Welt«, antwortete Thomas und warf Saul erneut einen neugierigen Blick zu. »Ich schlage vor, daß wir das Wort des Herren anderswo verbreiten.«
Saul dachte, daß er nach beendeter Mahlzeit kaum bleiben konnte, ohne den Verdacht seiner Tischgenossen zu erregen.
»Wenn wir wenigstens wüßten, wo er ist!« klagte ein anderer. »Wir könnten ihn bitten, uns zu führen!«
»Mir scheint, Barnabas beklagt sich, daß die Führer keinen Führer haben«, sagte Thomas.
»Jetzt reicht es, Thomas!« rief Kephas. »Wir brauchen einen Mittelpunkt, von dem aus wir ausströmen können. Das wird zunächst Jerusalem sein!«
»Sicher«, murmelte Thomas. »Warum hast du diesen Mut nicht auch beim Prozeß gezeigt? Auf zur Folterbank!«
Saul erhob sich, um seine Mahlzeit zu bezahlen.
»Warte, Bruder, ich hab dir dein Brot nicht zurückgegeben!« rief Thomas.
Saul winkte ab, sammelte sein Wechselgeld ein und ging. Pedanius hatte gesehen, wie er aufstand, und folgte seinem Beispiel. Sie trafen sich am Strand. Saul hieß seinen Sekretär, die Eskorte zu benachrichtigen: Morgen vor Sonnenaufgang würden sie aufbrechen.

XVI.

Der Kampf ist verloren

Jesus war also am Leben, und seine Jünger wußten nicht, wo er sich aufhielt. Daraus folgte, daß Jesus unerwartet auftauchen und einen gewaltigen Aufstand auslösen konnte. Außerdem würden dieselben Jünger bald nach Jerusalem ziehen, um die Reihen dieser Siebzig zu stärken, von denen Saul noch nie etwas gehört hatte. Zudem gab es keine Anzeichen dafür, daß die Jünger sich zerstreiten könnten.

Entscheidend: Die Bewegung war noch lebendig; Jesus konnte jeden Moment aus dem Untergrund auftauchen und sich zum König krönen lassen. Die Kreuzigung hatte kein Problem gelöst; sie hatte die Gefahr sogar noch erhöht. Jesus galt als auferstanden. Wenn schon ein Ungläubiger wie Gersomius diese Vermutung nicht abwegig fand, wie mußte es dann um die Gläubigen stehen!

Während die schwitzende Eskorte Rast machte, um sich im Jordan zu erfrischen, versuchte Saul sich vorzustellen, was geschähe, wenn Jesus in einigen Tagen tatsächlich wieder in Jerusalem erschiene, wenn ihn das Volk zum König ernennen und er Kaiphas von seinem Thron verjagen würde. War es denn ausgemachte Sache, daß dem ein Blutbad folgen mußte? Das ganze jüdische Volk würde ihn anerkennen, und der neue König könnte unerwarteterweise die Zustimmung Roms erhalten; würde er nämlich einwilligen, ein Bündnis mit dem Imperium zu unterzeichnen, dann konnte das Reich davon nur profitieren. Die schwelenden Unruhen, die Kaiser und Konsul Sorgen bereiteten, wären damit beendet. Jesus hätte die Macht von Herodes dem Großen und würde sich obendrein großer Beliebtheit erfreuen. Pilatus hatte das sehr gut erkannt, denn wenn auch ein Starrkopf, war er doch in politischen Fragen beschlagener, als Saul hatte zugeben wollen; daher sein sonderbares Verhalten seit dem Prozeß.

Eine Einzelheit beschäftigte Saul sehr: Wie hatte Jesus die Kreuzigung überlebt? Wer hatte ihn für tot erklärt? Wie kam es, daß man ihm nicht die Schienbeine gebrochen hatte; Pedanius hatte dies ungewöhnliche Detail hervorgehoben. All das ließ sich nur mit einer Verschwörung erklären. Und wer daran beteiligt war, konnte man deutlich ausmachen: zunächst Josef von Arimathäa und Nikodemus; dann diese Maria von Magdala und ihr Bruder Lazarus; vielleicht auch Sauls Nichte Salome, die in Marias Haus verkehrte; die Frau von Khuza, dem Verwalter des Tetrarchen. Und ohne Zweifel Pilatus selbst! All diese Leute waren reich, sehr reich. Und jeder wußte, daß der Sold des Statthalters von Judäa nicht allzu großzügig war, verglichen mit den Reichtümern mancher Juden. Pilatus hatte sich wohl um so leichter kaufen lassen, als seine Frau Procula – das war hinreichend bekannt – Jesus für einen heiligen Mann hielt.[46]

Selbst Herodes Antipas hätte an der Verschwörung beteiligt sein können. Auch er hatte die Möglichkeit erkannt, daß Jesus König würde. In diesem Fall konnte er bei dem neuen Pontifex auf Milde rechnen – »Erinnere dich, Herr, ich gab dir einen Mantel, meine Tochter und ich spendeten Geld, um dein Leben zu retten!«

Saul schlug sich mit der rechten Faust in die linke Hand. Natürlich, er hatte nichts begriffen! Es war eine Verschwörung! Und das war der Grund dafür, daß er bei Pilatus und Kaiphas zugleich in Ungnade gefallen war! Pilatus hielt ihn nun für einen Mann des Kaiphas und der Hohenpriester, denn schließlich war er ja auch der Schwiegersohn eines Hohenpriesters, und Kaiphas hatte die Verschwörung erkannt und nahm es Saul übel, daß er keinen Wind davon bekommen hatte.

Saul knirschte vor Wut mit den Zähnen. So wie die Dinge lagen, lief er sogar Gefahr, Jesus bei seiner Rückkehr nach Jerusalem schon im Amt zu finden! Dann wäre es um ihn geschehen! Macht, Privilegien, Ansehen, Geld – alles dahin! Er stieß einen Wutschrei aus. Pedanius eilte herbei.

»Herr, ist dir nicht wohl?«

Sein Herr zitterte vor Wut. Pedanius entkorkte eilig seinen Wasserschlauch und öffnete das Kästchen mit den Opiumkugeln... Saul beobachtete diese Handgriffe voller Ärger. Aber Pedanius hatte recht, ein Anfall mußte verhindert werden. Wutausbrüche waren fatal für ihn. Mußte er denn zu allem Überfluß auch noch diese Bürde tragen! Er spülte die Kugel mit Wasser hinunter. Pedanius riet zu einem Bad im Jordan; das Wasser sei nicht zu kalt... Saul entkleidete sich und fand tatsächlich ein wenig Erleichterung im Wasser.

Aber die Linderung war nur von kurzer Dauer. Kaum in Jerusalem eingetroffen, eilte Saul mit gemischten Gefühlen zu Kaiphas. Wußte oder ahnte der Hohepriester etwas von der Verschwörung? fragte er ohne Umschweife. Ein ironischer Blick machte eine Antwort überflüssig. Pilatus hatte sich bereits vor der Verurteilung bestechen lassen. Die anderen, Josef von Arimathäa, Nikodemus, Khuza und eine Handvoll sendungsbewußter Frauen hatten leichtes Spiel gehabt.

»Aber Jesus ist nicht tot!« rief Saul. »Er kann jeden Moment wieder auftauchen!«

»Das Todesurteil ist noch immer in Kraft«, antwortete der Hohepriester. »Und dieses Mal werde ich selbst hingehen und sicherstellen, daß es richtig vollstreckt wird.«

»Aber er hat bereits sehr zahlreiche Anhänger in Jerusalem!« beharrte Saul.

»Genau darüber sprachen wir vor einiger Zeit«, sagte Kaiphas, ohne sich aus der Ruhe bringen zu lassen. »Du hast mir damals entgegengehalten, daß man nicht alle töten kann. Das ist richtig. Aber ich glaube, man kann sie trotzdem etwas mehr einschüchtern. – Auch ich habe mich informiert«, fuhr er fort. »Solange sie im Untergrund bleiben, sind sie eigentlich nicht besonders gefährlich. Es sind fromme Leute; man sieht sie vielleicht sogar öfter im Tempel als die anderen. Aber dennoch ist es alles andere als beruhigend, daß sie überall herumlaufen und verkünden, das Gesetz würde mißachtet, und Jesus sei der Messias, der wahre König Israels.«

Das war auch Sauls Ansicht; er fragte sich, warum Kaiphas all das wiederholte. Der Hohepriester strich sich über den Bart. Gedalja trat ein und begrüßte Saul, als er ihn bemerkte. »Bestimmt haben sie Anstifter«, sagte Kaiphas. »Die gilt es zu überwachen und einzuschüchtern.«

Saul stimmte zu.
»Man muß die Überwachung von diesem Geschmeiß verdoppeln«, sagte er wenig später zu Pedanius, der ihn draußen erwartete. Man mußte Pedanius nicht erklären, wer mit diesem Geschmeiß gemeint war.
Die Monate verstrichen, die Berichte häuften sich. Von Zeit zu Zeit konzentrierten die Sbirren von Saul oder Kaiphas ihre Aufmerksamkeit auf den einen oder anderen »Nazarener« wie sie nun zunehmend genannt wurden.[47] Das übliche Vorgehen bestand darin, daß man sie nachts zusammenschlug; aber handelte es sich auch wirklich um Nazarener? Es war äußerlich schwer zu erkennen, vor welcher Macht jemand sein Gelübde abgelegt hatte. Jedenfalls schnitten sich die Anhänger Jesu weder Bart- noch Haupthaar, ganz wie echte Nazarener.
Man kannte mittlerweile einige von ihnen – die wortgewandtesten – mit Namen. Da war Kephas, der Kahlkopf, den Saul in der Schenke in Kafarnaum gesehen hatte; sein Bruder Andreas; der junge Kerl, der sich Johannes nannte; dessen Bruder Jakobus, der Jesus während dessen Wirken ebenfalls gefolgt war; ein weiterer Jakobus, Sohn des Alphäus, der einen ähnlichen Einfluß wie Kephas zu haben schien; dann noch Stephanus, Philippus, Prochoros, Nikanor, Timon, Parmenas und ein Proselyt aus Antiochia, der sich Nikolaus nannte…
All diese Männer wurden mit der Zeit allzu umtriebig, und ihre Reden führten ihnen immer zahlreichere Anhänger zu; unter ihnen sogar einer der Schläger aus Kaiphas' Bande und zwei aus Sauls Bande. Das war der Lohn, wenn man sich zur Verteidigung des Gesetzes auf Leute ohne Gottesfurcht verließ! Saul wollte sich kaum mehr beruhigen. Man hatte ihm berichtet, wie sich Chodam, einer der Überläufer und sein wirkungsvollster Schläger, von den Nazarenern hatte ansprechen lassen, wie ihm die Tränen gekommen seien, als man ihm vorhielt, sich von den Mächten der Finsternis bezahlen zu lassen. Den Mächten der Finsternis! Dieses Pathos! Daraufhin war Chodam auf die Knie gesunken, hatte um Vergebung für seine Missetaten gefleht, und Kephas war es schließlich gewe-

sen, der ihn aufgehoben und der Vergebung des Allmächtigen versichert hatte; dann war er der Menge als ein Jude nach dem Herzen Jesu des Messias vorgeführt worden und hatte die Taufe empfangen.

Ja, Chodam und sein Bußbruder mußten gefunden werden, um sie doppelt so brutal zu verdreschen wie die Nazarener selbst. Saul gab Pedanius den Befehl dazu. Aber Pedanius blieb wie angewurzelt vor Saul stehen und blickte ihn herausfordernd an.

»Bist du taub geworden?« schrie Saul. »Tu, was ich dir sage!«

»Nein«, entgegnete Pedanius.

Saul fragte sich, ob sein treuer Sekretär den Verstand verloren hatte.

»Nein«, wiederholte Pedanius erstmals erhobenen Hauptes. »Auch ich habe mich bekehren lassen.«

Saul begann vor Wut zu zittern, seine Augen wurden glasig, seine Zähne knirschten, und gleich darauf brach er, von Krämpfen geschüttelt, zusammen. Pedanis stellte das Kästchen mit den Opiumkugeln gelassen auf eine Konsole und verschwand, nachdem er einem Diener bedeutet hatte, sein Herr befinde sich nicht wohl. Der Anfall war kurz; der Diener, der Pedanius oft zugeschaut hatte, steckte ein Holzbrettchen zwischen Sauls Kiefer, rieb ihm Stirn und Arme mit Alkohol ab und breitet ein mit Essigwasser getränktes Tuch über sein Gesicht. Als Saul wieder bei Bewußtsein war, ließ er sich nach Hause bringen, so verwirrt fühlte er sich, und unfähig, seine Gedanken zu ordnen.

Am nächsten Tag rief er den Diener zu sich. Es war ein Nabatäer namens Akmon, ein kräftiger Bursche mit breitem Gesicht und geraden, langen Waden.

»Möchtest du mein Sekretär werden?« fragte Saul ihn.

Der Gesichtsausdruck Akmons war Antwort genug.

»Wie dir bekannt sein dürfte, habe ich nabatäisches Blut in den Adern«, sagte Saul zu ihm. »Du weißt also, was es bedeutet, wenn ich dir versichere, daß ich dir den Kopf abschlagen lasse, falls du mich verrätst.«

Der andere nickte. Sein Gehalt würde das Hundertfache seines jetzigen und das Doppelte von Pedanius' Gehalt betragen.

Als Saul letzteren suchen ließ, stellte sich heraus, daß er nach Syrien gegangen war. In der Zwischenzeit mußte man ein Exempel statuieren: einen Anführer aufgreifen, ihn aburteilen und hinrichten. Das sollte Kephas sein. Akmon widersprach.
»Offensichtlich ist er einer ihrer Anführer, er ist alt. Wir riskieren einen Aufstand. Allein in Jerusalem gibt es gut fünftausend Nazarener, wenn nicht mehr. An deiner Stelle würde ich eine unbedeutendere Persönlichkeit auswählen, die aber genug Ansehen besitzt. Jakobus Alphäus zum Beispiel, oder auch Stephanus.«
Saul dachte nach und beriet sich dann mit Gedalja. Der gab es an Kaiphas weiter, der seinerseits die Mitglieder des Sanhedrin befragte. Einige von ihnen äußerten Vorbehalte, so auch Gamaliel. Kaiphas sah sich gezwungen, eine Versammlung einzuberufen, um zu beraten.
Gedalja erklärte dem Rat die Sachlage. Die Anhänger des gekreuzigten Jesus, den das hohe Gericht vor zwei Jahren wegen Gotteslästerung zum Tode verurteilt habe, hätten in Jerusalem, aber auch in ganz Judäa, in Samaria und Galiläa einen unerträglichen Zustand geschaffen; sie behaupteten, Jesus allein sei Hoherpriester und König Israels, und die anwesenden Verteidiger des mosaischen Gesetzes seien nichts als korrupte und pflichtvergessene Pfaffen. Diese gottlosen Reden stellten eine Bedrohung für die öffentliche Ordnung dar und könnten sogar zu einem Volksaufstand ermutigen, der die römische Macht aufs Spiel setzen würde. Folglich müsse man die Anstifter verhaften und verurteilen.
Die Ältesten erhielten das Wort.
»Es scheint mir«, sagte Levi ben Pinhas, der erste Redner, »daß sich die Rede unseres hochgeschätzten Bruders Gedalja im Grunde nicht wesentlich von jener unterscheidet, die er während des Prozesses gegen besagten Jesus vortrug. Überall droht Aufruhr, die Ordnung ist in Gefahr, die Römer werden ungeduldig. Was die Römer angeht, so möchte ich, ohne zu bezweifeln, daß Gedaljas Warnung wohlbegründet sein mag, doch daran erinnern, daß sich ihre Ungeduld bei der Angelegenheit mit Jesus nicht in der Weise ausgedrückt hat, wie wir es uns vorgestellt hatten. Pilatus ergriff seine

Partei aus politischen Gründen, die wir hier noch nie erörtert haben. Ich möchte also lieber nicht das Verhalten desselben Pilatus vorhersagen, wenn wir einen der Jünger von Jesus verhaften und ihn umbringen. Und was die Ordnung betrifft, die da in Gefahr sein soll, so möchte ich behaupten, daß sie durch die Propheten zigmal mehr in Gefahr gebracht wurde, und das mit Worten, die sehr viel härter waren als die, die man uns jetzt berichtet hat. Jeder ist der alleinige Richter über seine Gesetzestreue, aber wenn wir schon etwas verurteilen sollen, dann ist es doch das Versagen der Juden vor den Vorschriften des Gesetzes und nicht die Tatsache, daß sie sich zu Richtern über unsere Ehrenhaftigkeit aufspielen. Unsere einzige Möglichkeit ist, die Beschuldigten einzuladen, um sich näher zu erklären.« Levi ben Pinhas warf einen Blick in die Runde und schloß: »Was nun den Aufruhr betrifft, so möchte ich euch an das Sprichwort erinnern: ›Das Licht der Verbrecher flackert.‹ Das Licht Jesu jedoch flackert schon seit zwei Jahren nicht mehr.«
Er setzte sich. Er hatte ihr Gewissen aufgerüttelt. Kaiphas bedeckte das Gesicht mit der Hand. Das Gesetz, das heißt die Moral, hatte das jüdische Volk zusammengeschweißt; jetzt drohte die Moral, es zu zerschlagen. Viele Gesichter wandten sich Gamaliel zu. Der alte Gelehrte hob die Hand. Kaiphas nickte. Gamaliel stand auf und schwieg eine Zeitlang mit gesenktem Kopf.
»Mein Bruder Levi hat ein Sprichwort zitiert. Mir kam ein anderes in den Sinn: ›Sein Weg scheint dem Wahnsinnigen gerade.‹ Hüten wir uns vor falscher Eindeutigkeit.« Der Gelehrte sprach mit sanfter, aber fester Stimme. »Erinnern wir uns an Judas aus Gamala.[48] Er wiegelte einst das Volk auf, doch er ging zugrunde, seine Anhänger sind in alle Winde zerstreut. Nichts und niemand würde heute noch in seinem Namen einen einzigen Menschen gewinnen können. Wenn die Männer, die ihr des Aufruhrs anklagt, nur in ihrem Namen sprechen, werden ihre Worte vom Winde verweht. Wenn sie aber wirklich im Namen Gottes sprechen, dann könnt ihr sie wohl töten, vernichten werdet ihr sie nicht. Ihr werdet im Gegenteil ihr Wort erstarken lassen.« Er machte eine Pause. »Wir sind nicht die Führer unseres Volkes«, sagte er dann, an Kaiphas gewandt, »wir

sind die Hüter seines Gesetzes, das heißt, seiner Moral. Wir haben in der Furcht des Herrn zu leben, nicht in der des römischen Schwertes.«[49] Er setzte sich wieder.
Nun hob Hannas die Hand. Er erhielt die Redeerlaubnis, erhob sich und sprach: »Eine verschlammte Quelle, vergiftetes Wasser, und der Gerechte weicht vor dem Verbrechen zurück! Auch das ist ein Sprichwort, Brüder. Wenn ein schlechter Schäfer seine Herde weitab von den saftigen Weiden führt, ist es dann gerecht, daß die Herde vergeht und er überlebt? Ist es gerecht, daß Unschuldige ohne unseren Weitblick sich von windigen Rednern verführen lassen? Ist es recht, unsere Herde im Stich zu lassen? Ist es recht, daß man innerhalb dieser Mauern sagt, das Gesetz, das wir verteidigen, habe seine Gültigkeit verloren, da der wahre Hohepriester ein Mann sei, den wir zum Tode verurteilt haben? Die Hohenpriester kommen und gehen, das Gesetz bleibt. Was sagen die Anhänger dieses Jesus denn weiter? Wollen sie vielleicht das Gesetz ändern? Wenn sie behaupten, das Gesetz würde nicht beachtet, so ist ihr wahres Ziel, das Gesetz zu ändern. Ist es recht, frage ich feierlich, daß wir einer Bande von Besessenen erlauben, in unserem Volke Zwietracht zu säen, nur weil wir nicht wüßten, ob sie nun von der Schechina erleuchtet sind oder nicht? Ist es wirklich die Rolle tatenloser Gaffer, die wir dem Erbe Davids schuldig sind? Wären wir dann nicht einzig und allein ein trauriges Abbild des Pöbels, der in den römischen Zirkus strömt, um zu sehen, wer der stärkste Gladiator ist, der geschickteste Retiarius und der schnellste Wagenlenker? Ist es nicht sträfliche Anmaßung in den Augen des Allmächtigen, sich vorzustellen, er würde uns zu Hilfe eilen bei all unseren Irrungen? Gleichen wir jenen Verworfenen, von denen das Sprichwort redet und die dem Richtspruch nicht ins Auge sehen wollen? Heißt es nicht in diesen Sprichworten: ›Gönne deinen Augen keinen Schlaf‹?«
Hannas' Stimme war angeschwollen wie Donnergrollen; die einundsiebzig Räte lauschten ihm gebannt. Doch es galt, zum Ende zu kommen. Hannas tat das mit leiserer Stimme und ohne Umschweife:

»Ich sage, man muß diese Männer verhaften und verurteilen.«
Er setzte sich. Gamaliel schien nachdenklich, vielleicht ironisch. Man stimmte ab. Die Mehrheit entschied sich für die Verhaftung der Anstifter. Als der Schriftführer seine Arbeit beendet hatte und die Ältesten in den Hof des Hasmonäerpalastes hinaustraten, erwartete sie dort eine kleine Menschenmenge. Auch Saul war darunter; er hörte, wie Gamaliel Hannas zu seiner Rede gratulierte. Er hob den Blick, gegenüber fiel rötlicher Lichtschein aus den Gemächern des Pilatus, denn die Nacht war hereingebrochen. Man zog die Mäntel fester um die Schultern. Seit einigen Tagen hatte der Monat Tebet des 3793. Weltjahres begonnen. In drei Tagen würde der Prokurator seinen Winteraufenthalt in Jericho antreten; die scheinbare Ruhepause der römischen Macht würde bis zum Hanukka dauern. Hannas, Gedalja und Saul nickten sich vielsagend zu.
Vier Tage später wurde Stephanus auf dem Markt der Unterstadt während einer Predigt verhaftet.
Man hielt ihn einen Tag im Kerker des Tempels fest und richtete ihn am Tag darauf, einem Dienstag.
Er war gewiß ein Schwätzer; des Aufruhrs beschuldigt, sprach er unausgesetzt über Moses. Selbst diejenigen, die sich seiner Verhaftung widersetzt hatten, fragten sich, worauf er damit hinauswolle. Da man ihm aber schweigend zuhörte, wurde er dreister. Er warf seinen Anklägern Verrat und Mord vor. »Ihr, denen die Tora anvertraut wurde, ihr habt sie nicht befolgt!« rief er. Levi ben Pinhas, Gamaliel, Josef von Arimathäa und noch andere mehr verzogen das Gesicht. »Ihr steht doch nur für Korruption und die Kollaboration mit den Ungläubigen!« schloß Stephanus. »Ich bestreite euer Recht zu richten! Das einzige Recht ist das Recht Jesu, unseres Messias, des wahren Hohenpriesters und des Königs von Israel!«
Erste Stellungnahme. Den Ältesten stand es zu, ihn zu befragen.
»Was gibt dir das Recht zu sagen, wir hätten die Tora nicht beachtet?« fragte Levi ben Pinhas.
»Die Erde unserer Vorfahren ist mit Denkmälern der Gottlosigkeit bedeckt, und ihre Geschichte ist voller Schändlichkeit«, rief Stephanus.

»Wir sind nicht die Herren unseres Landes«, antwortete Levi.
»Erhebt das Schwert Davids!«
»Was uns betrifft, so haben wir das Gesetz bewahrt wie am ersten Tage«, sagte Gamaliel sanft.
»Ganz Jerusalem ist ein einziger Aufschrei: Verrat!« schrie Stephanus. »Ihr habt Jesus ermordet – gibt es einen schlagenderen Beweis für euren Verrat? Um nicht das Schwert erheben zu müssen, das das Gesetz schützte, seid ihr nun selbst dem Schwert anheimgefallen!«
Josef von Arimathäa, Nikodemus, Bethyra, Levi ben Pinhas, Gamaliel und viele andere waren entrüstet. Um den Mann war es geschehen.[50]
Sein Verteidiger hielt das Plädoyer. Nur der gelehrte Mann, sagte er, verstehe die Verwünschungen der Propheten richtig. Sein Klient sei kein Gelehrter.
»Die Ehre des Gesetzes verbietet uns, verbrecherische Beleidigungen zu dulden«, erklärte Kaiphas. »Der Beschuldigte beleidigt nicht unsere Person, sondern das Gesetz, gegen das jedenfalls wir nicht verstoßen haben.«
Stephanus wurde zur Steinigung verurteilt.
Man schleppte ihn aus dem Gericht. Die Tempelpolizei und die Sbirren von Saul und Kaiphas bildeten eine Mauer um ihn. Nur die Schaulustigen in den Fenstern konnten sehen, wie man ihn zum Efraimstor hinausbrachte. In Golgata band man ihm die Hände und entkleidete ihn. Seine Kleider wurden Saul zu Füßen geworfen. Die Polizei hatte einen Sack voller Steine mitgebracht; der erste Leutnant warf einen davon, faustgroß, der Stephanus mitten auf die Brust traf und ihn nach hinten riß. Ein anderer traf ihn am Rükken und ließ ihn nach vorn taumeln. Stephanus fiel zu Boden und schrie: »Herr Jesus, nimm meinen Geist auf!« Saul packte Schwindel und Übelkeit. Man mußte dieser Marter ein Ende machen. Also packte er einen Stein und zielte auf Stephanus' Kopf. Der Verurteilte warf sich in einem letzten Aufbäumen herum, und seine glasigen Augen stierten auf Saul. Blut schwärzte den Staub. In wenigen Minuten war der nackte Körper fast völlig unter Steinen begraben.

Akmon, der seinen Herrn beobachtet hatte, reichte ihm zwei Opiumkugeln und stützte ihn am Ellenbogen. Dann brachte er ihn nach Hause. Die ganze Nacht wachte er bei ihm, denn der Anfall war schlimmer als befürchtet. Zuerst würgte sich Saul die Seele aus dem Leib, später überfiel ihn Atemnot. Er röchelte bis zum Morgengrauen. Dann erst schlief er ein.
Der Kampf war verloren.

XVII.
Ein Traum

Er hatte eine Burg gebaut. Auf den Dächern der Türme blühten Gärten, und Blumen erfüllten die Luft mit ihrem balsamischen Duft. Von dort oben umfing der Blick den endlos weiten Horizont.
Ein fürchterliches Gewitter brach los. Mehrere Tage belagerte es die Burg wie ein grimmiger Feind. Saul stand auf den Zinnen des höchsten Turmes und schrie seine Verzweiflung hinaus. Denn die Burg sank in Trümmer, ganze Stücke brachen aus den Mauern heraus.
Er bot den Sturmgöttern an, einen Menschen zu opfern. Der Sturm verdoppelte sein Wüten. Die Erde bebte, und die Burg zerbarst. Triefend vom Regen, stand Saul inmitten von Trümmern und Geröll, die die Gewalt des Sturmes zurückgelassen hatte, und versuchte, den Horizont zu erkennen. Dort ragten andere Burgen empor, funkelnd und so gewaltig, als ob sie das ganze Land bedeckten.
Er hatte sich also getäuscht, seine Burg war nicht an einem sicheren Ort errichtet worden. Dort drüben gab es andere, voller Macht und Ruhm.
Sein Mund war ausgedörrt. Jemand hob seinen Kopf. Er trank, wie die Wüste den Regen trinkt, dann schlief er wieder.
Die Mittagssonne traf ihn wie ein Unheil.

XVIII.
Eine durchwachte Nacht

Es war die Mühe nicht wert.
Saul saß an seinem Schreibtisch, betrachtete den weißen Himmel des Sabbats und nahm zerstreut den aktuellen Bericht seines Geheimdienstchefs entgegen. Die Nazarener stifteten wieder Unruhe. Am Abend zuvor hatte Kephas in der Unterstadt mit zwanzig Leuten eine Versammlung abgehalten. Sogar ein Eunuch Kandakes, der äthiopischen Königin, war dort gesehen worden. Was war zu tun?
Saul wandte den Kopf. Er würde sich, kündigte er an, einige Stunden zum Nachdenken zurückziehen. Markus, der Hellenist, der inzwischen Schatzmeister geworden war, trat vor, um den Spitzel auszuzahlen.
Nein, es war nicht die Mühe wert. Ein Mensch, der sich für seinen Glauben steinigen ließ – das zeugte von einer geheimnisvollen Macht, die über Jerusalem, über Judäa, die fünf Provinzen, ja selbst über Rom hereingebrochen war. Tatsächlich hatte ein Reisender berichtet, daß es in Rom Nazarener gebe.
Nazarener in Rom! Saul sann darüber nach. Demnach war aus dem Judentum eine Religion geboren, ein neuer Sproß aus einem Propheten, so wie das Judentum selbst aus Abraham hervorgegangen war. Falls die Römer sich bekehren ließen…
Eine Delegation von Kaiphas verlangte Saul zu sprechen. Der Hohepriester beabsichtigte, einige Nazarener gehörig zusammenzuschlagen, darunter Kephas, der sich jetzt Petrus nannte, Johannes und seinen Bruder Jakobus – kurz, diejenigen, die ihnen in die Hände fielen. Dafür brauchte Kaiphas die Hilfe von Sauls Bande. Saul nickte. Ja, sicher, natürlich, man mußte sich nur mit Akmon und Markus absprechen. Auch diese zeigten nach kurzem Blickwechsel dieselbe erstaunliche Gleichgültigkeit gegenüber dem Unternehmen wie ihr Herr. Zugegeben, es wurde wirklich langsam langweilig, Nazarener zu verprügeln. Markus fragte sich bei dieser Gelegenheit sogar, ob sich der ganze Aufwand überhaupt lohne.

Saul nahm seine Gedanken wieder auf. Wenn sich also die Römer zu der neuen Religion bekehren ließen, dann würde der Anführer der Nazarener in Rom allmächtig. Wenn der Kaiser sich bekehren ließe...

Nach dem Nachtmahl kam der Geheimdienstchef noch einmal zu ihm; er schien völlig fassungslos. Die beiden Banden, also auch die von Kaiphas, hatten selbst Prügel bezogen! Kaum hatten sie sich den jungen Johannes vorgenommen, als der auch schon um Hilfe schrie, andere waren hinzugeeilt, und eine über dreihundertköpfige Menge war zusammengelaufen. Sie hatten den Schlägern wirklich übel zugesetzt. Die murrten jetzt und nutzten die Gelegenheit, um doppelten Sold zu verlangen.

Saul hob wieder den Kopf. Wie um den Bericht zu bestätigen, war Akmon in der Zwischenzeit zurückgekommen. Er war gerade bei einem Bader gewesen, der ihm am Arm, der Schulter und im Gesicht Verbände angelegt hatte. Ein blaues Auge hielt er nur mühsam offen und atmete schwer durch die zugeschwollene Nase. Es mußte eine wüste Schlägerei gewesen sein.

Saul zog sich in sein Zimmer zurück, hockte sich vor ein wärmendes Kohlebecken und begann zu grübeln.

Nein, es war wahrlich nicht die Mühe wert, sich noch weiter zu wehren. Plötzlich schien es ihm unmöglich, dieser Bewegung zu widerstehen. Ihr gegenüber war das, was Judas aus Gamala damals entfacht hatte, kaum mehr als ein Strohfeuer; die Anhängerschaft jenes Judas hatte zunächst einmal die Geldgier getrieben, und erst viel später kam die Wut auf die römische Besatzung dazu. Eigennutz und Stolz waren gewiß eine sichere Triebkraft für eine Revolte, aber gegenüber religiösen Gefühlen mußten sie kampflos das Feld räumen. So hatten die Juden allein durch die Macht ihres Glaubens einen Mann wie Pilatus niederzwingen können – und das gleich zweimal.

»Ich diene einer verlorenen Sache«, murmelte Saul und rieb sich die Hände über dem Kohlebecken.

Auf einmal war er sehr niedergeschlagen. Man mußte von vorn anfangen. Früher oder später würde man auf jeden Fall von vorn anfangen müssen. Sollte er auf der Seite der Juden bleiben? Die Bewegung der Nazarener wuchs von Tag zu Tag, und schließlich würde die Konfrontation zuerst mit den Leuten des Tempels und später mit den Römern unausweichlich werden. In diesem Augenblick zerfiele die Macht, die er seit der Rückkehr aus Zilizien geduldig aufgebaut hatte, zu Staub. Schließlich war er Jude, und die Römer unterschieden nicht zwischen Juden und Nazarenern. Für sie wäre alles ein- und dasselbe, weil diese Leute keine feinen Unterschiede machten. Jude sein würde also für ihn heißen Schande, vielleicht sogar Exil. Wenn er nicht längst bei einem Massaker getötet worden war.

Und falls er das Lager der Juden verließe... Allein der Gedanke machte ihn schwindeln. Er stand auf und schenkte sich ein Glas Met ein, dann inhalierte er tief mit Kampferalkohol, der seine Gedanken anregte. Falls er also das Lager der Juden verließe, so verlöre er auf der Stelle alle Macht. Sein Vermögen würde er immerhin retten, zumindest wenn sie ihn nicht steinigten; letzteres aber war durchaus wahrscheinlich. In jedem Fall würde es einen riesigen Skandal geben. In Jerusalem zu bleiben wäre völlig unmöglich. Die Rache des Tempels würde ihn auch in den fünf Provinzen verfolgen, und weder Jericho noch Cäsarea wären mehr sichere Aufenthaltsorte. Kafarnaum vielleicht, aber wozu sollte er sich in Galiläa vergraben, wenn die Nazarener die Tollkühnheit aufbrachten, ihren Widerstand in Jerusalem selbst aufzubauen, innerhalb der Mauern des Tempels? Wenn er sich den Nazarenern anschloß, dann doch nur, um auch dort Anführer zu werden. Ihr Anführer! Die neue Religion mußte also über die Grenzen Palästinas hinaus getragen werden. Bis Rom. Rom!

Saul atmete tief durch. Die Entscheidung konnte nicht hinausgezögert werden, sie war jetzt fällig. In wenigen Tagen mußte er Jerusalem verlassen und sich den Nazarenern angeschlossen haben. Sara und die Kinder würden bei Doris in Cäsarea bleiben. Falls man sie, Doris und Rufus, verfolgen sollte wie in der Vergangenheit ihn selbst, könnten sie sich von dort aus nach einem sichereren Ort einschiffen.

Aber die Angelegenheit war schwierig. Einerseits würden die Nazarener wohl nicht ohne Groll zusehen können, wie einer der Henker des Stephanus – und ihr wirksamster Verfolger – sich ihren Reihen anschlösse. Er lief also Gefahr, zurückgewiesen zu werden. Andererseits konnte ein so aufsehenerregender Erfolg wie das Überlaufen eines solchen Feindes nur ihrer Sache dienen, und es war äußerst unwahrscheinlich, daß der Nazarener ihm nicht allergrößte Hochachtung entgegenbringen würden.
Um also diese Kehrtwendung am wirkungsvollsten zu gestalten, schien es angebracht, in Jerusalem zu ihnen zu stoßen. Die Gefahren dabei waren ungeheuer. Kaiphas' Spione würden diesen sicher davon unterrichten, daß Saul mit den Nazarenern Kontakt aufgenommen hatte, und der Hohepriester könnte in seinem Zorn zu gefährlichen Maßnahmen greifen, etwa den Überläufer zu verhaften. Sauls römische Staatsbürgerschaft würde sicher verhindern, daß man ihn umbrachte. Also würde man ihn Pilatus vorführen. Möglicherweise konnte er das Vorrecht seiner Bürgerschaft wahrnehmen, vom Kaiser selbst gerichtet zu werden, aber das barg eine große Gefahr. Tiberius war ohne weiteres in der Lage, die Gerichtshoheit an Pilatus abzutreten, und der, außer sich vor Wut über die Kehrtwendung eines treuen Verbündeten, würde bestimmt nicht mehr Gnade walten lassen als gegenüber dem erstbesten Nazarener.
Schneeflocken tanzten über Jerusalem, aber Saul war schweißgebadet. Heiß rann es ihm über die Wangen, den Nacken und den Rükken. Er gab ein wenig Alkohol auf ein Tuch und bemerkte, daß das Tuch bestickt war; bald würde es keine bestickten Tücher und keinen Alkohol mehr geben; energisch rieb er sich ab.
»Der Geist ist stärker als das Fleisch«, murmelte er vor sich hin. Morgen würde er Sara und die Kinder nach Cäsarea zu Doris schikken.
Kein Mensch kann einem anderen Menschen erklären, was ihn zum Handeln antreibt, dachte er, während er auf einigen Korinthen kaute. Gott ist der einzige Vertraute des Menschen. Er hatte sonst so gut wie nie an Gott gedacht, höchstens sehr flüchtig während der

Zeit, als Theodestes, der Rabbiner der Synagoge der Freigelassenen, ihn im Judentum unterwiesen hatte; damals hatte er sich gefragt, ob Theodestes selbst an diesen Gott glaubte, in dessen Augen alles Menschliche unvollkommen war. Denn er selbst, Saul, war allzu unvollkommen gewesen, was sein Schicksal und seinen Körper betraf, um sich vorstellen zu können, daß die anderen fähig waren, die unentwegte Demütigung zu begreifen. Die Schönen, konnten sie denn an denselben Gott glauben wie die Juden?
Die Nacht hatte Schnee über Jerusalem gebracht und Schlaflosigkeit über das Haus von Saul.[51]

XIX.
»Ein rastloser Mann«

Am folgenden Morgen ersuchte er um eine Audienz bei Kaiphas und wurde auch vorgelassen. Der Hohepriester war wie gelähmt, sei es vom Alter, vom Rheumatismus oder von der Kälte. Er trank heißen Wein mit Zimt, von dem er seinem Besucher einen Becher anbot.
»Ich werde alt«, sagte er mit einem matten Lächeln. »Der Winter in meinem Inneren und der Winter draußen bescheren mir keine leichten Tage. Ich müßte an einen Nachfolger denken.«
Jeder wußte, daß es einer von Hannas' Söhnen sein würde, und höchstwahrscheinlich Jonatan, der Älteste.[52]
Der Hohepriester erkundigte sich nach Sauls Familie. Auch für Sara sei der Winter bitter, erklärte Saul. Er würde sie nach Cäsarea schicken, wo das Klima milder war. Kaiphas nickte und fragte nach dem Grund von Sauls Besuch. Der Aufstand der Nazarener komme von auswärts, erklärte Saul; sein Ursprung liege in jenem Dorf, wohin Saul schon vor einiger Zeit gereist sei und wo ein Essener namens Dositheus Hirngespinste predige, die deutlich hellenistische Züge trügen.
»Ich erinnere mich«, sagte Kaiphas.

»Das ist der Kopf der Schlange«, fügte Saul hinzu.
Der Hohepriester strich sich durch den Bart. Ein Diener brachte ihm eine Wasserkanne, eine Schüssel und ein Tuch, goß Wasser über Kaiphas knochige Hände und hielt ihm das Tuch hin. Auch dem Besucher wurde diese Aufmerksamkeit zuteil.
»Die Schlange ist zu weit weg«, bemerkte Kaiphas.
»Omar, der Ethnarch von Syrien, ist Vernunft zugänglich. Sein Herr Aretas hegt einen wilden Haß gegen Herodes Antipas.«
Der Hohepriester hob fragend den Blick. Seine Augen wirkten glasig.
»Wir könnten den bescheidenen Einfluß geltend machen, den wir über den Tetrarchen haben. Ich könnte betonen, daß Pilatus auf meinen Rat hört.«
Kaiphas' Blick fiel auf den Wandbehang ihm gegenüber.
»Diese Leute lieben Geschenke«, sagte er schließlich.
»Ich kümmere mich darum«, sagte Saul. »Ich brauche nur deine Zustimmung.«
»Wird sie genügen?«
»Es ist unumgänglich«, antwortete Saul mit fast unmerklichem Nachdruck.
»Du hast sie.«
Saul küßte die erlauchte und zerfurchte Hand und sagte sich dabei, daß dies bestimmt das letzte Mal war. Er kehrte nach Hause zurück und dachte, daß es bestimmt auch das letzte Mal war, daß er die Schwelle seines Hauses überschritt. Er suchte nach Sara. Er war wohl kaum ein leidenschaftlicher Ehemann gewesen, aber jetzt stockte ihm, vielleicht zum erstenmal der Atem bei dem Gedanken, daß er sie wohl für lange Zeit nicht mehr sehen würde.[53]
Sie blickte sorgenvoll zu ihm auf. Er deutete mit dem Kinn auf die Amme; sie schickte sie fort. Ihr Blick war noch ernster geworden; vielleicht dachte sie, er würde ihr Vorhaltungen machen. Sie legte ergeben die Hände zusammen.
»Ich werde auf unbestimmte Zeit fortgehen«, sagte er. Sie rührte sich nicht. »Was ich dir sage, wirst du niemandem verraten, zu deinem eigenen Wohl und dem deiner Kinder.« Er hätte ebensogut zu

einer Tauben sprechen können, aber er wußte, daß sie nicht taub war. »Ich gehe zuerst nach Syrien, danach weiß ich noch nicht...«
Zum erstenmal fielen ihm die Falten auf, die die Verbitterung um den Mund dieser Frau gezogen hatten. Früher waren ihre Lippen so frisch wie Aprikosen gewesen. »Für die erste Zeit gehst du mit den Kindern zu Doris nach Cäsarea. Dort wartest du ab, bis man in Jerusalem nicht mehr von mir spricht. Boten werden dich davon unterrichten. Danach wirst du mit Doris' Hilfe weitersehen.«
Sie senkte sachte den Kopf.
»Das Haus und die Einrichtung, Teppiche, Möbel, Geschirr und der Großteil unseres Barvermögens, darunter auch deine Mitgift, die, wie du weißt, sehr viel Zinsen eingetragen hat, bleiben in deinem Besitz, bis ich vielleicht zurückkehre. Du wirst das alles klug verwalten, bis du erfährst, daß ich tot bin.«
Sie schaute ihm geradewegs in die Augen.
»Du gehst also zu den Nazarenern«, sagte sie mit tonloser Stimme.
Er war erstaunt; wie hatte sie das erraten?
»Du bist ein rastloser Mann«, sagte sie mit der Bestimmtheit einer Frau, die alte, aber vergessene Wahrheiten ausspricht. »Alle Herodier sind rastlos. Ihr lebt niemals in Frieden, weder mit euch selbst noch mit der Welt. Du gleichst deinem Großvater, den man den Großen nennt. Jeder deiner Schritte scheint Boden zu berühren, der dir seit ewigen Zeiten bestimmt war. Ihr scheint eurer Sache unendlich sicher, aber beim kleinsten Rascheln in der Nacht schreckt ihr auf und schickt jedem einen gedungenen Mörder, von dem ihr glaubt, er könne euch euren Platz am Licht streitig machen.«
Jetzt schien sie zu lächeln, aber es war nur der Zug von Resignation und Sarkasmus in ihrem Gesicht, der ihn täuschte. Niedergeschmettert hörte er ihr zu, als sie weitersprach:
»Ich sehe sehr deutlich, wie sehr du ihnen ähnelst. Herodes dem Großen, der noch im Todeskampf deinen Vater hinrichten ließ; deinem Halbbruder Antipas, der sich so viele Jahre nicht mit seiner eigenen Ehefrau begnügen konnte, weil er Herodias begehrte, die Frau seines Halbbruders; deiner Großtante Salome, die bis zur

letzten Stunde nur für Verschwörung, Verrat und Gift gelebt hat. Mir ist klar, daß du nicht jüdischer bist als sie, Saul. Ich bin eine Jüdin, die Tochter eines Hohenpriesters, und ich kenne mein Volk. Wenn wir mit dem Herrn im reinen sind, scheint selbst der Strohsack ein Rosenlager.«
Er brachte kein Wort heraus. Er kannte Haß oder Schmeichelei, aber das?
»Doch ihr anderen«, fuhr sie fort, »ihr seid wie der Sand im Wind. Ein Idumäer oder ein Nabatäer ist heute hier, morgen dort, von Erfolg getrieben. Ist nicht der Gott der Nazarener derselbe wie der der anderen Juden? Sie klagen über Korruption und Zerfall des Gesetzes. Darüber willst du dich beklagen, du, der sie verfolgt hat, weil sie die Ordnung gefährdeten? Sag mir, warum gehst du zu den Nazarenern? Weil sie arm sind und gleichgültig gegen Reichtum? Hast du auf einmal genug von deinem Geld? Oder von deiner Macht?«
Mit welcher Härte mußte sie ihn während all dieser Jahre beobachtet haben! Unbehagen überkam ihn. Mit vorgeneigtem Oberkörper fuhr sie fort:
»Vor einigen Tagen hast du Stephanus, einen der Jünger dieses Jesus, steinigen lassen. Jetzt glaubst du, daß Jesus der Messias ist? Kam die Erleuchtung so plötzlich? Könnte es nicht eher sein, Saul, daß du dir vorgenommen hast, der Führer der Nazarener zu werden? Könnte es nicht sein, daß du dir vom Himmel jene Krone holen willst, die dein Großvater dir verweigert hat? Könnte es nicht sein, daß du Rom erobern willst?«
»Weib«, warnte er, »hüte dich!«
»Du kannst mich nicht einschüchtern, Saul. Du reist vor Morgengrauen ab. Ich werde schweigen. Aber ich gehe nicht zu Doris. Ich habe genug von den Herodiern. Ich bleibe in diesem Haus. Ich bin Witwe, Saul, und ich werde auch nicht Rufus heiraten. Ich werde schweigen wie ein Grab, mein Herz ist schon darin.«
Sie rauschte hinaus.
Saul war voller Groll. Ich kenne kein schlimmeres Gift als das Wort einer Frau, dachte er, als er gegen Morgen mit Akmons Hilfe sein

Pferd bestieg. Die Satteltaschen bargen ein Vermögen. Akmon und zwei weitere bis an die Zähne bewaffnete Männer begleiteten ihn. Er brauchte zwei Tage, um sein inneres Gleichgewicht wiederzufinden. In Skythopolis, am Ende der Straße der Diebe, die fast im rechten Winkel auf die Königsstraße von Cäsarea nach Damaskus stößt[54], beschloß Saul, eine lange Rast einzulegen. Er gab Erschöpfung vor, aber in Wirklichkeit wollte er den kosmopolitischen Zauber der Dekapolis[55] auskosten. Hier würde er endlich der quälenden Enge Jerusalems entgehen, das vom schwelenden Streit zwischen dem Tempel, den Römern und den Nazarenern erstickt wurde. Hier sprach man endlich das schwerfällige, langsame Griechisch wie in Tarsus, das er sich schon in den ersten Stunden in den Thermen wieder auf der Zunge zergehen ließ. Die Bewohner von Skythopolis – und im übrigen die von ganz Dekapolis – waren glückliche Menschen, die keinen anderen Ehrgeiz hatten, als die Freuden des Lebens so lange wie möglich auszukosten.

»Ich nehme an, du kommst aus Judäa«, erkundigte sich sein Nachbar im Trepidarium, ein fülliger Mann, der den Eindruck machte, als hätten alle seine Haare den Schädel verlassen, um seinen Körper zu schmücken. Und auf Sauls bestätigendes Nicken hin meinte er: »Man erkennt euch andere Judäer an eurem ernsten Gesicht. Aber das Leben ist für euch natürlich nur ein Vorzimmer.«

Saul brach in Lachen aus. Diese freche Vertraulichkeit wäre in Jerusalem tatsächlich als Beleidigung aufgefaßt worden.

»Gibt es denn keine ernsten Leute in Skythopolis?« fragte er.

»Fremde, die gerade angekommen sind«, erwiderte der andere. »Nach ein paar Monaten wird ihr Gesichtsausdruck allerdings freundlicher und ihr Gang weniger eilig. Man muß schon zugeben, daß Skythopolis frei ist, wie die anderen Städte der Dekapolis auch. Weder die Römer noch die Juden noch die Nabatäer legen hier die Umgangsformen fest.«

»Du bist also weder Jude noch Römer oder Nabatäer, wenn ich dich recht verstehe?« fragte Saul.

»Ich bin Thraker aus einer Familie, die schon seit drei Jahrhunderten hier ansässig ist«, sagte der Mann aus Skythopolis. »Ich heiße Evaristos.«

»Ich heiße Saul.«
»Du sprichst sehr gut Griechisch, Saul. Sicher, die Juden sprechen fließend Griechisch, aber du hast die deutliche Aussprache derer, die nicht nur wissen, wie man die Worte ausspricht, sondern auch, wie man sie schreibt. Und du hast einen gepflegten Akzent.« Das Lob hatte den Unterton einer Frage.
»Ich habe es in Tarsus gelernt«, antwortete Saul, dessen Muskeln sich zum erstenmal seit mehreren Tagen entspannten.
»Hast du denn länger in Tarsus gelebt?« fragte Evaristos. »Wie kann man diese prächtige Stadt nur gegen Jerusalem vertauschen!«
»Tarsus ist vielleicht meine Stadt«, sagte Saul verträumt. »Aber mein Schicksal wartete einst auf mich in Jerusalem.«
»Aber Tarsus ist eine so schöne Stadt!« seufzte Evaristos. »Alle Städte, denen das Griechische das Leben eingehaucht hat...«, fuhr er fort, ohne den Satz zu beenden.
Diese Überlegung machte Saul betroffen. Selbst unter römischem Joch beherrschte Griechenland die Welt mit seinem Denken.
»Sogar euer Tempel in Jerusalem«, fuhr Evaristos fort, »ist nach unseren Gesetzen entworfen und erinnert merkwürdig deutlich an den Zeustempel in Pergamon, ohne die Tympanonfriese natürlich. Ihr Juden habt keine Künstler.«
»Es ist eine Sünde, wie der Schöpfer Abbilder zu schaffen«, erklärte Saul.
Evaristos lächelte spöttisch.
»Weil ihr glaubt, ihr könntet es genausogut?« fragte er.
Der Ton der Unterhaltung ärgerte Saul, aber die neuen Gedanken darin regten ihn an. Fern von Jerusalem war die Luft frischer.
»Es stimmt schon, eure Architektur ist sehr erhaben«, gab er zu.
»Das liegt daran, daß sie nach menschlichem Maß mißt, selbst dann, wenn sie die Götter feiert«, sagte Evaristos und tauchte einen Schwamm in einen Eimer, um sich abzuwaschen. »Unsere Götter stehen zu uns und geben uns nie das Gefühl, wir seien unvollkommen.« Er trank einen Becher Wasser, um seinen Schweiß wieder in Fluß zu bringen, und sagte mit listigem Gesicht: »Trauerst du denn

den Frauen in Tarsus nicht nach? Ach, ich hätte mich von dieser Stadt nicht losreißen können!«
Saul runzelte die Brauen.
»Du liebst die Frauen nicht?« fragte Evaristos mit durchdringendem Blick.
»Sie verleiten zur Sinnenlust«, antwortete Saul streng.
»Und bist du etwa ohne die Lust zur Welt gekommen, Freund Saul?« fragte Evaristos.
»Jeder Mann braucht seine Ehefrau, und nur sie darf seine Kinder gebären«, gab Saul, nun mehr und mehr verstimmt, zurück.
»Und bestimmt soll man auch blind herumlaufen«, brummte der Grieche. »Aber man muß ja nicht jedesmal ein Kind machen. Oder – wenn man Angst hat, das Erbe zu sehr zu zerstückeln, kann man ja Knaben lieben.« Wieder sah er ihn listig an.
»Das ist widerwärtig!« rief Saul aus. »Die verwerflichste aller Lüste!« Er bedauerte, daß er sich hatte hinreißen lassen. »Die Sinnenlust ist schlecht, weil sie einen Mann von seinen Aufgaben abhält und ihn zur Beute minderer Wesen macht.«
»Was sind mindere Wesen?« fragte Evaristos. »Die Frauen? Meine Frau ist genauso klug wie ich, deshalb habe ich sie ja geheiratet! Doch wenn ihr Juden die Frauen als mindere Wesen anseht, warum überlaßt ihr ihnen dann die Erziehung eurer Kinder?«
»Sollte man sie denn der Dienerschaft überlassen?« gab Saul zurück.
»Ich habe bestimmt nicht das Recht, solche Fragen zu stellen, denn ich kenne eine ganze Reihe Juden durch Vermittlung der Juden aus Skythopolis und den anderen Städten der Dekapolis. Aber weil sie sozusagen ›hellenisiert‹ sind, sind ihre Grundsätze nicht so strikt wie in Jerusalem. Ich hatte gehofft, daß einer von dort mir auf Fragen, die ich nun schon länger mit mir herumtrage, eine Antwort geben könnte.«
»Ich bedauere, daß ich sie dir nicht liefern konnte«, sagte Saul beinahe unhöflich und erhob sich, um ins Schwimmbecken zu springen.
Beim Schwimmen wunderte er sich, daß er geantwortet hatte wie

ein Pharisäer. Nach all den Jahren der Heuchelei war diese ihm schließlich in Fleisch und Blut übergegangen. Aber es war schon richtig, daß er Frauen als mindere Wesen ansah – und das hatte nichts mit dem Judentum zu tun. Er zwang sich, nicht an Sara zu denken, denn das verdarb ihm die Laune.
Es war auch richtig, daß die heidnischen Götter zu den Menschen standen. Diese Idee stimmte ihn nachdenklich.

XX.
»Sie haben keinen Herrn«

»Ich habe euch verfolgt«, sagte er, »und ich habe euer Blut vergossen. Aber jetzt sind mir die Augen aufgegangen, und ich bin zu euch gekommen, um mich euch anzuschließen.«
Flache Brotlaibe ruhten auf einem Leintuch, Mandeln schimmerten samtig in einer Tonschüssel. Als Saul diese Worte sagte, dachte er, daß nicht ein einziges der Wahrheit widersprach. Die Versammelten, etwa zwanzig Männer, schätzte er, musterten ihn eindringlich. Sie hatten sich in dem Haus zusammengefunden, das er früher schon einmal besucht hatte; Dositheus saß immer noch an derselben Stelle und faßte ihn mit seinem metallischen Blick ins Auge. Aber diesmal waren andere Leute hier. Zuerst Petrus, den er in Cäsarea gesehen hatte, dann Johannes, sein Bruder Jakobus und Philippus… Später würde er sich eine Liste ihrer Namen machen.
»Warum hast du uns verfolgt?« fragte Johannes.
»Das Sonnenlicht trifft zuerst die Berggipfel, bevor es die Täler erhellt«, antwortete Saul. »Ihr habt verkündet, daß das Gesetz Gottes außer Kraft treten würde; für mich war es immer noch gültig, hatte ich es denn je anders gekannt? Ihr habt das im Namen eines Menschen verkündet, den ihr selbst gekannt habt und von dem ihr sagt, er sei der Sohn Gottes und der Messias. Der menschliche Verstand glaubt nicht leicht an das Außerordentliche; wäre das der Fall – ihr wärt auf Anhieb eine große Gemeinde geworden. Aber ich – wie konnte ich glauben?«

»Du sprichst gut Griechisch«, sagte Philippus.
»Ich habe meine Jugend in Tarsus verbracht«, antwortete Saul.
Der Satz war mit Absicht zweideutig. Wußten sie, daß er ein Herodier war? Je später sie es erführen, desto besser. Er würde es dann schon erklären. Während er wartete, versuchte er mit jeder Faser seines Körpers, ihre Gefühle ihm gegenüber zu erfassen. Sie schienen widersprüchlich: Den früheren Fischern aus Galiläa war eine ungewöhnliche Beute ins Netz gegangen, ein großer, ein sehr großer Fisch – aber war er genießbar?[57]
»Was hat Jesus denn für dich bedeutet?« fragte Petrus, als sei er mit dem vorangegangenen Geständnis Sauls nicht zufrieden.
Der Prüfling fühlte, wie sich die Haare auf seiner Brust sträubten und ihre Spitzen sich ihm wie Pferdehaar in die Haut bohrten. Sein Rücken war schweißnaß. Er hätte sich mehr Gedanken darüber machen sollen, welche Fragen sie ihm stellen würden. Er stürzte sich in gefährliche Improvisation.
»Du willst wohl fragen: Was *bedeutet* Jesus für mich?« verbesserte er. »Das Werkzeug des göttlichen Willens, das die Menschen aus der Verblendung führen wird.«
Alle saßen, außer Johannes und Philippus. Er konnte nicht alle ihre Gesichter erkennen, zumal die Dämmerung über die Berge hereingebrochen war. Das Zimmer, in dem Sauls Prüfung stattfand, wurde nurmehr schwach von den drei malvenfarbenen Rechtecken der Fenster erhellt.
»Die Propheten und die Könige waren auch Werkzeuge des göttlichen Willens«, ergriff Petrus wieder das Wort. »Glaubst du, Jesus sei wie sie?«
»Das glaube ich nicht, denn er ist ja auferstanden«, antwortete Saul.
»Aber auch Elias und Ezechiel sind nicht tot«, beharrte Petrus. »Glaubst du, daß Jesus ein Prophet ist?«
»Nein, Elias und Ezechiel sind nicht hingerichtet worden, und in ihrem Namen haben sich keine Menschen töten lassen«, antwortete Saul.
Was er gesagt hatte, dachte er flüchtig, stimmte, und indem er diese

Worte aussprach, waren sie auch wahr für ihn, und er gehörte zu ihnen, zu diesen Menschen, die ihn unerbittlich befragten. Verstanden sie das denn nicht?

Sie berieten sich flüsternd. Johannes holte eine Lampe und stellte sie auf den Tisch. Sie übergoß das Brot auf dem Tuch mit Gold. Der würzige Geruch der Berge erfüllte den Raum.

»Ich kann nicht auf alle eure Fragen eine Antwort haben«, sagte Saul. »Euch hat Jesus mit seinem Wort beschenkt. Mich nicht. Ich bin nicht gekommen, um euch zu widersprechen, sondern um von euch zu lernen.«

Er hatte einen Trumpf ausgespielt. Gerade hatte er etwas von seiner Sicherheit wiedergewonnen, als sich ein Mann aus dem Halbdunkel erhob. Das Licht der Lampe fiel auf sein Gesicht, und Saul schluckte.

»Du warst voller Hochmut, Saul, als du in mein Haus kamst, um mich zu fragen, wo Jesus sei, und als du mir mit der Verhaftung drohtest, wenn ich ihn nicht verriete«, sagte Lazarus[58] mit tönender Stimme. »Zorn und Haß schmückten deinen Hochmut, wie der Purpurstreifen deinen Mantel schmückte. Sage uns, wie das Licht über dich gekommen ist! War es nachts oder am Tag? War es in der Nacht deiner Sinne – jeder in Jerusalem weiß, daß du an der Fallsucht leidest – oder im klaren Licht deines Verstandes?«

Lazarus und Johannes tauschten einen, wie es Saul schien, vielsagenden Blick. Sei es drum, besser, die Feinde zeigten sich offen.

»Habe ich es nicht deutlich gesagt, Lazarus?« erwiderte Saul mit ruhiger Stimme. »Ich habe Schlimmeres begangen, als dir mit Verhaftung zu drohen, denn ich habe einige von euch in den Tod geschickt. Aber dein Fragen ist angebracht. Ich glaube, das Korn reift langsam. Wann hat der Wind es gesät? Ich weiß es nicht. Vielleicht war es Dositheus hier, als ich ihn vor einigen Jahren an diesem Ort aufsuchte. War ich rachsüchtig? Er soll mein Zeuge sein. Ich glaube, daß ich ihm eher meine Angst geschildert habe, jüdisches Blut könnte vergossen werden.« Die Blicke wandten sich Dositheus zu, der nickte. »Aber nach meiner Rückkehr habe ich – wenn auch aus der Sicht des Gegners – gewiß viel über die Stärke dieses Glaubens nachgedacht, der immer mehr Frauen und Männer dazu trieb, sich dem Zorn unserer Geistlichkeit und dem Schwert der Römer entgegenzustellen«, fuhr Saul fort. »Du erwähntest meine Fallsucht, Lazarus. Sie ist ein Stachel in meinem Fleisch. Aber vielleicht ist es der Wille des Herrn, daß ich darunter leide. Denn tatsächlich war es während eines Anfalls vor wenigen Tagen auf meiner Reise hierher, daß die endgültige Gewißheit mich traf. Ich sah ein schreckliches Licht und war geblendet, kurz vor der Ankunft in der Herberge. Ich hörte eine Stimme, und ich wußte nicht, wem sie gehörte. Sie sprach: ›Saul! Saul! Was verfolgst du mich?‹ Ein Mann auf der Straße hatte mich fallen sehen und stützte mich unter den Armen. Ich habe ihn gefragt: ›Hörst du sie? Hörst du die Stimme?‹ Aber er hörte nichts. Ich fragte ihn noch einmal: ›Hast du das Licht gesehen? Ist es noch da?‹ Er hat mir geantwortet, daß er nur die Mittagssonne sehe. Drei Tage lang lag ich in der Herberge, ohne etwas zu sehen und ohne Nahrung zu mir zu nehmen. Der Mann pflegte mich. Am dritten Tag kam er in mein Zimmer, und ich konnte die Augen wieder öffnen. Ich sah! Der Zweifel, der noch in mir gewohnt hatte, war verschwunden. Das Licht, das mich geblendet hatte, hatte auch die Schatten vertrieben. Jener Mann hat mich hierherbegleitet. Er heißt Hananias. Er kann meine Worte bezeugen.«[59]

Sie reckten die Köpfe nach Hananias, der im Schatten stand; sie hießen ihn vortreten und die Geschichte aus seiner Sicht erzählen.

»Ich war auf der Straße«, sagte Hananias, »als ich sah, wie dieser Mann fiel. Ich lief hin, um ihm aufzuhelfen, und mir wurde klar, daß dieser Mann blind war und den Verstand zu verlieren schien. Er hat mich gefragt, ob ich die Stimme höre. Ich hörte nichts. Ob ich das Licht sehe. Ich sah nur die Mittagssonne. Ich brachte ihn zur Herberge des Nephtalim, wo ich darum bat, man möge sich um ihn kümmern und ihm etwas zu essen bringen. Aber er hat drei Tage lang nichts als Wasser getrunken. Er flehte mich an, ihn nicht zu verlassen. Gestern habe ich nach ihm gesehen. Als ich zur Tür hereinkam, hob er den Arm, weil er mich an der Stimme erkannt hatte. Der Wirt sagte mir, daß die Mahlzeit mit mir wirklich die erste seit drei Tagen sei.

Er wußte nichts über mich, aber er fragte mich nach dem Weg zum Haus des Sterns. Ich bot ihm an, ihn dorthin zu begleiten. Ich fragte ihn nach dem Grund seines Besuches. Er hat zu mir gesagt: ›Ich gehöre jetzt zu ihnen.‹ Gerade vorhin habe ich ihn hierhergebracht.«
Die Blicke wandten sich wieder zu Saul. Ein Diener brachte zwei weitere Lampen. In den Augen von Johannes und Lazarus spiegelte sich Angst. War das möglich? Daß einer ihrer grausamsten Peiniger plötzlich von der Gnade berührt worden war?
Die Schreie der Vögel waren verstummt. Eine Grille zirpte im Zimmer. Das Murmeln eines Wasserfalls wurde deutlicher. Lazarus hatte sich wieder hingesetzt.
»Du bist von hoher Abstammung«, sagte Petrus. Sie wußten es also, von Lazarus, von Dositheus oder von sonst jemandem. Auch sie mußten Späher haben. »Deine Bekehrung wird in Jerusalem einen Skandal auslösen. Bist du darauf gefaßt?«
»Ich habe natürlich darüber nachgedacht«, erwiderte Saul. »Aber muß ich denn unbedingt gleich nach Jerusalem zurück? Was könnte ich dort ausrichten? Dort bin ich in Todesgefahr, ohne jemandem zu nützen. Weit weg von Jerusalem könnte ich euch besser dienen. Mein Vermögen auch.«
Sie fragten nicht nach der Höhe dieses Vermögens. Zweihunderttausend römische Silberdinare, bei dem römischen Bankier Lucilius Lentius hinterlegt, dazu Gutshöfe und ihr Ertrag, dazu das Haus in Jericho, ein Palmengarten in Peräa sowie Anteile an Elfenbein, Ebenholz und Edelsteinen, mit denen ein nabatäischer Karawanenführer Handel trieb. Natürlich rechnete er die Mitgift seiner Frau nicht mit ein, die er ertragreich angelegt, ihr aber zurückgegeben hatte; auch nicht das Haus in Jerusalem, ein Geschenk an sie. Vier Ledersäcke in der Herberge enthielten fünfzehntausend Dinare, die er zum Teil bei einem Geschäftsfreund des Lentius in Damaskus hinterlegen würde.
Dositheus hatte kein Wort gesagt. Sein Blick schweifte ab, verlor sich in der Ferne, kehrte zurück. Manchmal ruhte er auf Saul, ohne daß der darin zu lesen vermochte. Dachte er über die Häßlichkeit des Neuankömmlings nach, der da vor ihm saß? Kahler Schädel,

das Gesicht von tiefen Falten zerfurcht, Brauen, die über der Nase zusammengewachsen waren, behaarter Oberkörper, krumme Beine, geschwollene Gelenke; all das hätte bei den Essenern seine Aufnahme verhindert, hätte er bei ihnen um Aufnahme gebeten.
»Hörst du während deiner Anfälle öfter Stimmen?« fragte er.
Die Frage ist eine Falle, dachte Saul und schüttelte verneinend den Kopf. »Nein«, sagte er und vergaß hinzuzufügen, daß er selten einen heftigeren Anfall erlitten hatte als den, der das Mitleid von Hananias erregt hatte.
»Kennst du Simon?« fragte Dositheus weiter.
»Simon den Magier?« fragte Saul, und als Dositheus nickte: »Natürlich. Sagt er nicht – oder läßt das Gerücht verbreiten –, daß er selbst der Messias sei?[60] Ich habe ihn nie getroffen. Es heißt, er sei ein schöner, ehrfurchtgebietender Mann, der hitzig und überzeugend redet, und daß er Wunder vollbringt. Ich weiß nur eins: Er war einer der Gründe für meine Feindseligkeit euch gegenüber. Konnte es denn zwei Messiasse geben? Oder sogar drei?«
»Was?« rief Petrus.
»Ja«, erwiderte Saul. »Hieß es nicht, daß Dositheus ein Messias sei? Nennt man ihn nicht den Stern?«
»Er ist der Stern!« rief Lazarus, der aufgesprungen war.
Einige in der Versammlung schienen anderer Meinung zu sein, es aber nicht sagen zu wollen. Es bestand also Uneinigkeit über dieses Thema.
»Unser Bruder Dositheus ist der Stern, der das Kommen des Messias angekündigt hat«, sagte Petrus schließlich.
»Und wie soll sich ein einfacher Jude in diesen Feinheiten noch auskennen?« rief Saul. »Wenn Dositheus zu euch gehört, wieso dann nicht auch Simon?«
»Simon lebt im Irrtum«, urteilte Dositheus.
»Simon ist ein Verräter!« schrie Lazarus.
»Simon war einer meiner Schüler«, begann Dositheus. »Er wurde im Weg der Erkenntnis unterwiesen. Aber er konnte die Grenzen seines Verstandes nicht überwinden. Er glaubte und glaubt noch immer, daß Wunder Beweis genug für göttliche Kraft sind. Aber

das ist nicht der Fall, Simon ist unvollkommen. Er ist der Diener des Demiurgen und nicht der Diener Gottes.«[61]
Wieder schien Petrus unangenehm berührt.
»Was ist der Demiurg anderes als Gott?« fragte Saul.
»Der Demiurg ist gleichzeitig Gott und sein Gegenteil«, erklärte Dositheus. »Er wird verschwinden, wenn der Menschensohn triumphiert, denn er ist der Herold Gottes bei den Menschen und der Fürbitter der Menschen bei Gott.«
»Er ist der Sohn Gottes«, fügte Johannes nachdrücklich hinzu. »Jesus, er ist der Sohn Gottes.«
»Niemand weiß das alles«, behauptete Saul beinahe grob. »Ich bezweifle sogar, daß eure Anhänger das wissen.«
»Deshalb muß man sie es lehren«, sagte Andreas. »Wir haben den Auftrag, das Wort Jesu in der ganzen Welt und bis an die äußersten Grenzen dieser Welt zu verbreiten.«
»Wenn du dich uns anschließt, mußt du zuerst verstehen, was dieses Wort ist, und dann dich mit uns mühen, es die zu lehren, die es nicht kennen«, sagte Petrus.
»Wer ist denn euer Anführer?« fragte Saul.
Die Stille, die darauf folgte, war ungewöhnlich lang.
»Wir haben keinen Anführer«, antwortete Johannes schließlich.
Petrus' Hand fuhr hoch: eine fragende Bewegung.
»Wir haben keinen Anführer, denn er hat zu uns allen gesagt: ›Wahrlich, ich sage euch: Was ihr auf Erden binden werdet, soll auch im Himmel gebunden sein.‹[62] Wir haben es alle gehört«, rief Johannes, als habe er Petrus' Geste nicht bemerkt. »Und er hat es noch einmal gesagt«, fuhr Johannes fort. »Er hat gesagt: ›Wenn zwei unter euch eins werden auf Erden, worum sie bitten wollen, so soll es ihnen widerfahren von meinem Vater im Himmel. Denn wo zwei oder drei versammelt sind in meinem Namen, da bin ich mitten unter ihnen.‹[63] Wir haben es alle gehört. Er hat keinen von uns besonders hervorgehoben.« Unruhe verbreitete sich unter den Anwesenden, und Johannes sprach weiter: »Und als er auferstanden war, hat er zu uns gesagt: ›Friede sei mit euch! Wie mich der Vater gesandt hat, so sende ich euch.‹ Und er hat zu uns gesagt: ›Nehmt

hin den Heiligen Geist! Welchen ihr die Sünden erlaßt, dem sind sie erlassen; und welchen ihr sie behaltet, dem sind sie behalten.‹[64] Wir haben es alle gehört. Er hat niemanden hervorgehoben.«
Petrus schien bedrückt. Auch andere, die Saul nicht kannte.
»Nein, wir haben keinen Anführer«, sagte Johannes, wobei er endlich aufblickte. »Wir kennen keinen anderen Herrn als Ihn, Saul.«[65]
Später, als sie ihr Mahl beendet hatten, als die tiefe Nacht ihren Teppich aus Träumen und Schrecken über Kokba, Damaskus, Jerusalem und die Welt bis an den Saum der Morgenröte warf, als alle sich in ihre wollenen Decken gehüllt hatten, verließ Saul das Haus, um bis zum nahen Wasserfall zu gehen.
»Der Kampf der Juden ist verloren«, murmelte er, »aber dieser hier ist bestimmt noch lange nicht gewonnen. Sie haben keinen Anführer! Sie haben keinen Anführer, denn so hat es ihr Herr gewollt.«

[illegible] übrigen [illegible] wenden, [illegible]
erhalten, und [illegible]
[illegible]
[illegible] seiner [illegible] nicht [illegible]
[illegible]
[illegible]
[illegible]

[illegible], als [illegible] gelang, [illegible]
[illegible] Trommeln [illegible] Schwert [illegible]
[illegible]
[illegible]
[illegible] Wasserfall [illegible]

Der Kampf der [illegible] ist [illegible]
ist bestimmt noch lange nicht gewonnen! Sie haben keinen [illegible]
[illegible] Anteil, denn [illegible] Herrgott [illegible]

Zweiter Teil:

Das Lachen der Hunde

I.
Ein Sabbat in Antiochia

Die Amseln in den nahen Wäldern waren die ersten, die den neuen Tag begrüßten. Der Rabbiner Elias Theophoros erhob sich, um den Sabbathimmel über Antiochia zu betrachten[66]; das azurne Blau war klarer als die Wasserfälle, die den Silpius hinunterstürzten. Golden glühte das Bronzedach des Apollo-Phythios-Tempels. Der süße Duft der Glyzinien, die sich um die Fenster des Theophoros rankten, drang in sein Zimmer. Aber dieses reizvolle Bild konnte den Rabbiner nicht aufheitern. Er hatte wenig geschlafen. Die ganze Nacht über hatten die Anhänger des Saturn im nahen Wäldchen ihren Gott gefeiert und dabei großen Lärm gemacht. Der Daphne-Hain genügte ihnen nicht mehr. Ganze Banden kamen von dort herüber und brachten Wein, Essen, Fackeln und Musik mit; die Nacht hallte von ihrem verderbten Tun wider. Letzten Sabbat hatte Theophoros – schon weil seine Frau wegen der unsäglichen Obszönitäten empört war, die lauthals zu dem Gefiepse einer Flöte wiederholt wurden –, letzten Sabbat also hatte er zur sechsten Stunde, die Wasseruhr war sein Zeuge, aufgebracht seine Sandalen übergestreift, sich einen Mantel umgelegt und war losgegangen, um dieses verkommene Volk zurechtzuweisen.
Nichts würde ihn dorthin zurückbringen. Er hatte mitten im Wäldchen – aber auf Teppichen, bitte sehr – eine spärlich bekleidete Gruppe vorgefunden, von Bier und Wein benebelt, die ihn mit ungeheuerlichen Spottversen empfangen hatte. Ein Frauenzimmer tanzte nackt, und währenddessen hatte ein alter Lüstling Theophoros erklärt, er sei denen gegenüber nachsichtiger, die die Freuden des Lebens zu genießen wüßten, weil Apollo ihn selbst mit delikaten Gebrechen geschlagen hätte, was er in seinem Alter allerdings kaum verdient hätte. Zu allem Überfluß hatte sich noch ein un-

verschämter junger Mann erhoben, um ihn nachzuäffen, und andere Saufbrüder in der Nähe fragten nach, ob Verstärkung erwünscht sei, um lästige Störer nach Rom auf die Keroma, den Ringplatz, zu schicken.

»Es ist nichts, nur ein Rabbiner!« hatte einer der ersten Gruppe zurückgeschrien.

»Der Platz der Juden ist bei Pluto! Tiberius hat das auch gesagt!« rief eine Stimme in der Nacht.

Und so kam es, daß Theophoros erniedrigt und machtlos den Rückzug antreten mußte.

Am nächsten Tag hatte er beim örtlichen Polizeichef vorgesprochen. Der schlug die Hände über dem Kopf zusammen. Er hatte selbst eine schlaflose Nacht hinter sich! Eine Patrizierin hatte ihn mitten in der Nacht geweckt, weil ein bezahlter Liebhaber sie um ein goldenes Halsband mit Elfenbein und Rubinen erleichtert hatte. Er hatte seine Männer durch alle Tavernen schicken müssen, und als der Übeltäter gefaßt wurde, tanzte er nackt auf einem Tisch und trug den Halsschmuck wie eine Amtskette; die Klägerin selbst hatte ihm das Geschmeide geschenkt, berauscht vom Wein, der mit dem stimulierenden Extrakt des Knollenblätterpilzes versetzt gewesen war. Kurz darauf ein weiterer Fall: Ein Sklave hatte sich darüber beklagt, daß sein Herr ihn öffentlich zu unwürdigen Handlungen gezwungen habe, und als die Polizei nach dem Rechten sah, hatte sie den Herrn volltrunken und schnarchend vorgefunden, inmitten der kläglichen Überreste einer Orgie. Selbst die Raubkatzen hätten betrunken gewirkt!

»Und da glaubt ihr noch«, sagte der Polizist, »ich hätte die Zeit, mich um irgendwelche Gesänge von Saufbrüdern zu kümmern!«

Das Schlimmste war, daß Theophoros' Sohn und seine Tochter, deren Zimmer ein Stockwerk tiefer lagen, dieselben Ungeheuerlichkeiten gehört haben mußten. Ab heute abend würde er sie zu ihrer Tante ins Gerberviertel schicken, wo man noch in der Furcht des Herrn lebte; dann konnten die obszönen Saufbrüder soviel grölen, wie sie wollten.

Aber schließlich war das sittenlose Völkchen doch still geworden,

Opfer ihrer eigenen Exzesse. Theophoros drehte sich zu seiner Frau um; sie war endlich eingeschlafen. Er zog die Vorhänge zu, beschloß, seine Gebete auf später zu verschieben, und legte sich wieder hin.

Spät aufzustehen, wenn man schlecht geschlafen hat, verdirbt leicht die Laune. Theophoros spritzte sich einige Tropfen Wasser ins Gesicht, kämmte nachlässig Haare und Bart; das Klappern des Kupferkruges gegen die Waschschüssel weckte vor der Tür den schlafenden Sklaven, und eilig wurde ein Becher mit Mandelmilch und ein Teller mit flachen Honigkuchen auf einen Tisch an der Wand gestellt. Theophoros trank das erfrischende Getränk, knabberte einen Kuchen. Nachdem er seinen ersten Hunger und Durst gestillt hatte, beschloß er, daß er für das Abendessen Gesellschaft brauche. Eine vage Unruhe hatte ihn schon seit geraumer Zeit erfaßt und verdarb ihm die Laune. Die Gründe dafür waren zahlreich und daher ungewiß. Pharesos – ein Bäcker, der sich gewiß nicht durch geistige Regsamkeit auszeichnete – hatte ihn zum Beispiel letzte Woche, als er wie gewöhnlich die bestellten Brote brachte, gefragt, weshalb die Leute des Tempels von Jerusalem die Jünger des Propheten Jesus verfolgten.

»Vermutlich halten sie das Gesetz nicht ein«, hatte Theophoros geantwortet, der davon im Grunde herzlich wenig wußte.

»Aber die wir hier in Antiochia kennen, achten das Gesetz«, hatte Pharesos widersprochen.

»Darum werden sie auch in Ruhe gelassen.« Theophoros hatte das Gespräch unwirsch abgebrochen.

Aber es war deutlich zu sehen gewesen, daß der Bäcker mit seiner Antwort nicht zufrieden war.

Ein anderer Grund zur Beunruhigung: Reisende aus Judäa hatten berichtet, daß Saul, der Sohn des Antipater und noch dazu ein herodischer Prinz, ein angesehener Bürger von Jerusalem, seine jüdischen Mitbrüder verlassen hatte, um sich den Jüngern dieses Jesus anzuschließen, den man vor bald fünf Jahren gekreuzigt hatte. Was braute sich da in Jerusalem zusammen? Das war wichtig, denn die Ereignisse in Jerusalem beeinflußten früher oder später auch die

anderen Städte, und außerdem war es unangenehm, als Oberhaupt der wichtigsten Synagoge einer Stadt von der Größe Antiochias nicht auf dem laufenden zu sein.
Aus allen diesen Gründen also brauchte Theophoros an diesem Abend Gesellschaft, genauer gesagt die Gesellschaft von Faustus Fortunatus, einem gebildeten, nüchternen Mann und frommen Juden, der sich außerdem mit dieser Bewegung der Jesusjünger auskannte, da er selbst als Anhänger jenes geheimnisvollen Propheten galt. Fortunatus wohnte weniger als hundert Schritt entfernt, er würde daher die Sabbatruhe nicht verletzen, wenn er die Einladung annahm. Der Rabbiner schickte ihm einen Sklaven, einen Heiden, denn es war immer sehr praktisch, für Handhabungen am Sabbat einen Heiden zur Verfügung zu haben, zum Beispiel für die Zubereitung der Mahlzeiten und den Abwasch. Der Sklave kehrte wenige Minuten später zurück: Der Gast hatte die Einladung angenommen. Theophoros zog sich zurück, um im Buch Samuel zu lesen.
Außer den schon erwähnten Eigenschaften zeichnete sich Fortunatus durch eine gewisse Unabhängigkeit aus, auch in finanzieller Hinsicht, und gehörte daher nicht zu jenen Leuten, bei denen man sich fragen mußte, ob ihre neuesten Ansichten nicht durch finanzielles Kalkül bestimmt sind. Davon abgesehen, daß er anstelle des jüdischen Gewandes oder der römischen Toga ein griechisches Himation trug, was man seiner hellenistischen Grundhaltung zusprach, war nichts weiter auffällig an ihm. Während sie an diesem Abend zusammen beteten, beobachtete ihn Theophoros aufmerksamer als gewöhnlich: Fortunatus sprach die Worte klar und andächtig, keine Spur von dem undeutlichen Gemurmel, das man bei manchen zu hören bekam. Fortunatus' Frömmigkeit war nicht vorgetäuscht.
Nach einigen verbindlichen Höflichkeiten und kurzem Austausch über die Angelegenheiten der Stadt kam Theophoros zur Sache.
»Mein geschätzter Bruder«, sagte er, »ich habe mich noch nie mit dir über deine Zugehörigkeit zu der Bewegung der Jesusjünger unterhalten, die man, glaube ich, Nazarener nennt.[67] Aber seit einigen

Tagen habe ich Grund, mich dafür zu interessieren, vor allem wegen der Unruhe, die die Nazarener in Jerusalem stiften, wie man hört. Erlaube mir, mich bei dir danach zu erkundigen, denn ich glaube, auch du zählst dich zu den Nazarenern.«

»Das stimmt«, antwortete Fortunatus, nachdem er den Wein probiert hatte, den sein Gastgeber ihm hatte einschenken lassen, während er der Gesundheit wegen sonst nur Wasser mit einem Schuß Wein trank.

»Die Nazarener sind jedenfalls Juden, und fromme Juden, wie ich dich kenne. Worin besteht also ihre Lehre, und warum machen einige in Jerusalem solche Schwierigkeiten?«

Fortunatus strich sich über den Bart, runzelte die Stirn und sagte nach einer Pause: »Vielleicht reden wir nicht über dieselbe Sache.«

»Wie das?« wunderte sich Theophoros, und der Taubenschenkel, den er gerade zum Mund führte, stockte mitten in der Bewegung.

»Ich möchte nicht haarspalterisch oder besonders brillant wirken«, erklärte Fortunatus, »aber ich bin nicht ganz sicher, ob die, die man die friedlichen Nazarener nennen könnte, und die anderen wirklich dieselben Grundsatze haben.«

Theophoros wirkte überrascht. Fortunatus fuhrt fort:

»Nehmen wir meinen Fall. Als jüdischer Neophyt in der zweiten Generation denke ich, daß meine Glaubensbrüder in Antiochia dazu neigen, das Gesetz zu vernachlässigen. In Ephesus habe ich es ähnlich erlebt. Die heiligen Handlungen werden oberflächlich ausgeführt. Die Opfer werden ohne wahre Frömmigkeit dargebracht, als könnte der Allmächtige den Gläubigen nicht bis ins Herz blikken. Denn die Herzen sind verhärtet, die Nacken ungebeugt. Die Gelehrten verlieren sich in der wörtlichen Auslegung der Schriften, die an die Stelle des Geistes treten, der das Gesetz beseelt. Auf diese Weise kommt es schließlich so weit, daß sie ganz legal ungerechte Entscheidungen fällen, wie letztlich hier in unserer Stadt, als jener Witwe die Erbschaft abgesprochen wurde, die ihr doch zustand. Dabei sind wir in Antiochia mehr als in Jerusalem darauf bedacht, uns vor dem Eigennutz des Unrechts zu hüten, weil wir nur eine

kleine Minderheit sind. Wir sind stolz auf unser Gemeinschaftsgefühl. In Jerusalem sind die Juden unter sich, zumindest soweit das unter der römischen Herrschaft möglich ist. Die Leute des Sanhedrin sind weniger wachsam. Sie sind Sadduzäer, die Patrizier des jüdischen Volkes. Sie sind sich ihrer Rechte und ihrer gesetzlichen Anerkennung sicher. Das Schicksal der anderen ist ihnen gleichgültiger als hier. Kannst du mir folgen?«
Theophoros nickte, langsam kauend.
»Da taucht also ein Galiläer mit dem Namen Jesus auf. Ich sage Galiläer, denn obwohl er in Bethlehem geboren ist und aus einer judäischen Familie stammt, hat er in Galiläa gelebt. Er sagt, daß die Worte des Gesetzes nicht mit dessen Geist verwechselt werden sollen; daß der Herr das Blut der Lämmer und Tauben, die Trankopfer und den Weihrauch entbehren könne. Was er fordere, sei vor allem das Herz der Menschen. Er sagt auch, daß der Sabbat für die Menschen da ist und nicht die Menschen für den Sabbat. Daß reuige Sünder Anspruch auf die Gnade Gottes haben. Das sind einfache und wahre Worte. Deshalb, Theophoros, habe ich mich den Nazarenern angeschlossen, und ich halte Jesus für einen großen Propheten.«
Der Rabbiner nahm einen kräftigen Schluck und seufzte tief.
»Ich sehe wirklich nur Wahres in dem, was du berichtest. Aber ist es nicht trotzdem ein wenig übertrieben, zu behaupten, der Sabbat sei für die Menschen da und nicht umgekehrt? Ist der Sabbat nicht eine Erfüllung des Gesetzes, und das ist das Wort der Allerhöchsten?«
»Der Allmächtige braucht kein Gesetz, denn Er selbst ist das Gesetz. Er hat Moses die Gesetzestafeln für sein Volk übergeben«, erwiderte Fortunatus. »Sie wurden für dieses Volk geschrieben und nicht umgekehrt.«
»Das bliebe zu erörtern«, entgegnete Theophoros und nahm sich von den gebratenen Auberginen. »Aber sei es drum! Warum erregen die Nazarener solchen Anstoß und treiben ihre Beleidigungen so weit, daß man sie zur Steinigung verurteilt?«
»Aha«, rief Fortunatus, »hier liegt die eigentliche Frage!« Er wie-

derholte diese letzten Worte, als sei er selbst überrascht. Dann sagte er: »Für die aufständischen Nazarener kann ich nicht sprechen. Aber ich glaube, sie denken, der Bund zwischen dem Herrn und seinem Volk sei gebrochen.«

»Was sagst du da?« rief der Rabbiner, aufs äußerste erregt. »Der Allerhöchste möge uns diese Lästerung vergeben.«

»Wir sitzen hier nicht zu Gericht, Theophoros. Wir versuchen zu verstehen, und du stellst mir Fragen, um zu erfahren, was du nicht weißt. Für die rebellischen Nazarener geht die Verirrung zu weit. Die Heuchelei hat ihre Grenzen überschritten, der Tempel von Jerusalem ist ein Greuel und der Klerus nichts als eine Versammlung von Hampelmännern, die den Bund gebrochen haben, als sie Jesus an das schändliche Kreuz genagelt haben. Sie haben einen Propheten wie einen Dieb sterben lassen, und ihre Gottlosigkeit ist unsäglich. Man muß sich von ihnen lossagen und eine neue Sekte gründen, die das Erbe von Jesus vertritt und das Gesetz wieder verteidigt.«

»Was für ein Unsinn!« protestierte Theophoros. »Wer gibt ihnen das Recht dazu?«

»Jesus, der Messias.«

»Wer hat gesagt, daß er der Messias ist?« rief Theophoros mit verzerrtem Gesicht.

»Er selbst nicht, das ist wahr. Aber da sind seine Wunder...«

»Wunder!« spottete der Rabbiner und schlug die Hände zusammen. »Wunder! Aber die gibt es doch überall! Von Epeiros bis Ägypten höre ich nur von Wundertätern! Selbst in den Tempeln der Heiden gibt es welche! Überall in den Heiligtümern des Asklepios werden Leprakranke geheilt, Blinde sehen, Besessene beruhigen sich, unfruchtbare Frauen werden fruchtbar, Bettlägerige fangen an zu laufen! Es fehlt nur noch, daß den Kahlen ihre Haare wieder wachsen! Die Hälfte aller Knaben in dieser Stadt heißen Telesphor und die Hälfte der Mädchen Hygieia oder Panakea! Sollen wir behaupten, Asklepios sei der Messias?[68] Oder Verwünschungen gegen die Diener des Zeus ausstoßen?«

»Das ist richtig«, lenkte Fortunatus ein und hob beschwichtigend

die Hand. »Aber von Jesus sagt man, daß er nach seinem Tod am Kreuz auferstanden ist.«
»Wer sagt das?« fragte Theophoros und füllte sich ein Schälchen mit getrockneten Aprikosen und Rosinen, die in Rosensirup eingelegt waren.
»Seine Jünger haben ihn gesehen«, berichtete Fortunatus sanft.
»Seine Jünger!« protestierte Theophoros. »Natürlich! Schließlich erhalten sie durch ihn ihre Daseinsberechtigung, also werden sie doch alle möglichen Beweise zusammenklauben, um seine übernatürlichen Fähigkeiten nachzuweisen.« Er stellte das Schälchen auf den Tisch und schaute Fortunatus ins Gesicht. »Du glaubst wirklich an diese Legende? Aber dann frage ich dich: Wenn er wirklich auferstanden wäre, dann würde das heißen, daß er unsterblich, unverwundbar wäre, oder nicht? Endlich eins mit seinem göttlichen Wesen, oder? Also warum ist er dann nicht zum Hohenpriester gegangen? Das, Fortunatus, wäre doch schon einmal der Anfang eines Beweises gewesen, ein schlagender noch dazu. Wenn Kaiphas wirklich das Gesetz nachlässig befolgt hätte, dann hätte er doch auf der Stelle bereut, oder? Noch besser, wenn dieser Jesus, da er doch schon einmal auferstanden war, von seiner wunderbaren Macht geschützt mitten im Sanhedrin erschienen wäre, als unanfechtbarer Beweis dafür, daß er den Tod überwunden habe, dann wären doch die gesamten Siebzig in reuige Verzückung gefallen, oder? Aber wem hat er, wie du sagst, die Beweise seiner wundersamen Existenz geliefert? Denen, die ohnehin schon bereit waren, daran zu glauben, die schon daran glaubten! Also wirklich, Fortunatus, du machst dich über mich lustig, oder diese Leute nehmen dich auf den Arm! Ihr anderen, ihr Nazarener, ihr sprecht diesem Mann übernatürliche Kräfte zu und behauptet, das sei der Beweis dafür, daß er der Auserwählte sei. Aber findest du es nicht reichlich merkwürdig von einem Abgesandten Gottes, daß er seine Allmacht nur dazu benutzt, um diejenigen zu überzeugen, die schon an ihn glauben, und nicht die anderen?«
Fortunatus schwieg bedrückt.
»Warum ist denn Jesus nicht nach Rom gegangen, warum ist er

denn nicht Tiberius erschienen und hat zu ihm gesagt: ›Siehe, man hat mich in Judäa gekreuzigt, aber ich bin auferstanden, Tiberius, bereue!‹ Warum ist er nicht Pilatus erschienen? Warum hat er überhaupt den erniedrigenden Tod am Kreuz auf sich genommen?« Theophoros runzelte die Stirn und schloß, zu seinem Gast geneigt, mit folgenden Worten: »Aus tiefster Seele sage ich dir, Fortunatus, für mich ist diese ganze Geschichte von einem Messias, den man nackt wie einen Dieb gekreuzigt hat, nur eine einzige Gotteslästerung. Der Allerhöchste möge ihnen vergeben! Ich für mein Teil, Fortunatus, ich zittere vor Abscheu und Empörung, und ich flehe dich an: Denk noch einmal darüber nach!«
Fortunatus holte tief Luft, und auf einmal schimmerten Tränen in seinen Augen.
»Warum weinst du denn jetzt?« fragte Theophoros sanft.
»Weil du eine Hoffnung in mir getötet hast«, sagte der andere und fuhr sich über die Augen. »Deine Worte sind wahr. Aber ich wollte glauben, daß der Herr uns einen Boten geschickt hat. Da sind wir nun, verdammt zu unserer erbärmlichen Menschlichkeit, unserer Nichtswürdigkeit, das heißt zur Hoffnungslosigkeit.«
»Das Gesetz ist unverändert, selbst wenn seine Wächter straucheln oder fallen«, sprach Theophoros und ließ seinem Gast nachschenken. »Fasse dich. Das Auge des Allmächtigen ist unbeirrbar. Er sieht dich und weiß um die Aufrichtigkeit deines Herzens. Du brauchst keinen Messias, und diesen erst recht nicht.« Er füllte selbst das Schälchen mit dem Nachtisch für Fortunatus und reichte es ihm. »Die Ehre Gottes verbietet es mir, deiner Verirrung tatenlos zuzusehen.«
Fortunatus seufzte wieder.
»Wirst du unter meine Fenster treten, mich beschimpfen und mich für einen schlechten Juden halten? Bin ich ein schlechter Jude, bin ich ein unwürdiger Rabbiner?«
Fortunatus schüttelte den Kopf.
»Die menschliche Natur kann nicht vollkommen sein, Fortunatus. Aber Täuschungen und Geschichten machen sie nicht besser.«
Fortunatus nickte.

»Ich will dich nicht unter denen wissen, die ich dereinst blutenden Herzens wegen ihrer Gotteslästerungen zur Steinigung werde verurteilen müssen.«
»Das wird nicht geschehen«, antwortete Fortunatus, »aber deine Worte sind bitter.«
»Wer seinen Stock schont, liebt seinen Sohn nicht.«
Am nächsten Sabbat gehörte Fortunatus zu der Truppe, die Theophoros versammelt hatte, um die Störenfriede in dem Wäldchen der Asi gehörig zu verprügeln.

II.
Unruhige Zeiten in Kokba

Die Vormittage mit den Erziehern damals in Tarsus waren ein reines Honigschlecken im Vergleich zu denen in Kokba mit den Nazarenern. Diese Leute taten nichts anderes, als unermüdlich dieselben Dinge zu wiederholen und sie dabei manchmal bis ins Absurde auszuschmücken. Ein Neophyt namens Zacharias brachte den sonst ruhigen Saul schier zur Verzweiflung; er war ein junger Mann, der an sich ein klares und anziehendes Gesicht hatte, aber jedem ins Wort fiel mit seinen ständigen Wiederholungen, daß Jesus den Tod überwunden habe und daß alle Toten sich aus ihren Gräbern erheben würden, wenn Jesus an ihnen vorüberginge.
»Das stimmt nicht«, unterbrach ihn Philippus schließlich. »Er hat nur die Tochter von Jairus und den Lazarus auferweckt.«
»Du hast überhaupt kein Recht, so etwas zu sagen«, hatte Zacharias trotzig entgegnet.
Sie hatten beschlossen, ihn gehörig zurechtzustutzen, um ihn zum Schweigen zu bringen, doch seine Augen schrien noch hinaus, was sein Mund nicht sagen durfte.
Dositheus[69] war bei der Unterweisung von Saul und einigen anderen Neophyten dabei; er sagte nur selten etwas.
Als Saul ihn fragte, wo Jesus die Jahre vor seinem öffentlichen Auf-

treten verbracht habe, wurde ihm entgegengehalten, daß es da nichts Wissenswertes gäbe. Doch Saul bestand auf seiner Frage; er selbst wisse nämlich, daß Jesus in Qumran bei den Essenern gelebt habe. Seine Lehrer blickten ihn ärgerlich an.
»Das ist richtig«, sagte Dositheus schließlich, den Saul fragend ansah. »Er war mit mir und Jokanaan dort, und Lazarus war als Novize ebenfalls bei uns.«
»Warum habt ihr euch von ihnen getrennt?« fragte Saul.
»Wir haben uns von ihnen getrennt, ohne uns zu trennen«, gab Dositheus zur Antwort. »Jesus ist bis zum Vorabend seiner Kreuzigung ein Essener geblieben. Er hat das Passahfest am Mittwoch gefeiert, wie bei den Essenern, während es für die anderen Juden auf einen Freitag fiel. Ich bin ein Essener geblieben, Jokanaan auch, und Lazarus ebenso.«[70]
Philippus verzog das Gesicht. Er war nicht in Qumran gewesen; dieses Kapitel im Leben Jesu blieb ihm verschlossen. Dasselbe galt auch für die anderen Jünger, von denen keiner ein Essener gewesen war; alle waren sie aus Galiläa gewesen, außer dem Iskarier Judas.
»Warum habt ihr euch von ihnen getrennt?« wiederholte Saul.
»Man kann nicht endlos das Ende erwarten«, antwortete Dositheus.
»Die Essener befolgen das Gesetz mit einer überängstlichen Gewissenhaftigkeit, aber ihr sagt, daß Jesus die Sabbatruhe nicht einhielt, daß er sich nicht die Hände wusch, bevor er Speisen anrührte, daß er gesagt hat, daß der Sabbat für die Menschen da ist und nicht die Menschen für den Sabbat...«
»Er ist der Messias!« brüllte Zacharias.
Man warf ihn hinaus, nicht ohne ihn für sein unhöfliches Verhalten zu tadeln und ihm die Gefahren seiner Unbeherrschtheit vor Augen zu führen. Dositheus bewahrte während des Zwischenfalls eherne Ruhe.
Wieder wartete Saul auf eine Antwort. Aber Dositheus war nicht sonderlich mitteilsam.
»Die Gewissenhaftigkeit der Essener ist nebensächlich, eigentlich ohne besondere Bedeutung«, antwortete er schließlich. »Sie war

natürlich übertrieben, etwa daß man am Sabbat seinem natürlichen Bedürfnis nicht nachgeben dürfe.«
Saul hob die Brauen, er verstand nicht.
»An den anderen Tagen«, erklärte Dositheus, »mußte man, und bestimmt muß man es immer noch, mit einer kleinen Schaufel ein Loch in der Erde ausheben, um darin die Exkremente zu vergraben. Die Sabbatruhe verbietet die Benutzung der Schaufel, man mußte sich also zurückhalten, und daher war der Tag der Ruhe in Qumran gleichbedeutend mit einer Ansammlung von Leuten mit Blähungen. Nirgends schreibt das Gesetz vor, daß Verstopfung und eine volle Blase der Weg zum Herrn seien.«[71]
Philippus und etwa ein Dutzend anderer Nazarener hörten Dositheus mit einer Mischung aus Neugierde und Empörung zu.
»Ich vermute«, fuhr Dositheus in seiner gemessenen und langsamen Art fort, »daß Jesus sich wie ich, Lazarus und Jokanaan gegen diese kleinlichen Vorschriften aufgelehnt hat. Und gegen die Hoffnungslosigkeit.«
»Die Hoffnungslosigkeit?« wiederholte Saul.
»Die Essener erwarten den Untergang der Welt«, erklärte Dositheus.[72]
»Aber wenn ihr drei und Jesus so viele Punkte der essenischen Lehre abgelehnt habt, wie konntet ihr dann trotzdem Essener bleiben?«
Dositheus verstummte für eine lange Weile und dachte angestrengt nach.
»Diese Dinge sind den Eingeweihten vorbehalten«, sagte er schließlich und erhob sich.
Während der folgenden Tage sollte Saul noch oft über seine Frage nachdenken, aber es gelang ihm nicht, eine Antwort darauf zu finden.
Am Tage nach der Unterhaltung mit Dositheus begab sich Saul zu Philippus, der für gewöhnlich sein Lehrer war. Er wirkte besorgt und unzufrieden.
»Du stellst viele Fragen«, sagte Philippus anklagend. »Wozu soll das gut sein?«

»Für meinen inneren Frieden«, antwortete Saul.
»Genügt es dir nicht zu wissen, daß Jesus der Messias ist? Reichen dir seine Worte nicht?«
»Für euch, die ihr ihn gekannt habt, ist alles einfach«, entgegnete Saul. »Aber für die anderen nicht. Ihr habt selbst zugegeben, daß seine Gleichnisse schwierig sind. Ihr habt mir selbst erzählt, daß er Petrus wie einen Dummkopf behandelt hat, weil er ihn einmal nicht verstanden hat. Du selbst hast mir gesagt, daß auch du nicht immer verstehst, was Jesus sagte. Was ist daran unrecht, daß auch ich verstehen will?«
»Du sollst gar nicht alles verstehen!« brauste Philippus auf. »Du sollst nur die frohe Botschaft verkünden!«
»Und wenn mir die Leute dieselben Fragen stellen, wie ich sie euch stelle, was soll ich dann antworten?« fragte Saul, der fühlte, wie der Zorn auch in ihm aufstieg. »Daß ich es nicht weiß? Daß ich nur das wiederhole, was ich gehört habe, wie es Papageien und Schulkinder tun? Empfindest du das als die wirkungsvollste Methode, die frohe Botschaft zu verkünden?«
Er hatte die Stimme erhoben und wirkte, ungeachtet seiner geringen Größe, Philippus überlegen.
»Du bist nicht der Alleineigentümer deines Wissens, Philippus«, schrie Saul. »Es gehört allen!«
»Wir wollen nur von dir, daß du glaubst!« schrie Philippus zurück.
Herbeigerufen durch die heftige Auseinandersetzung, waren die anderen zusammengelaufen.
»Falsch, Philippus!« gab Saul zurück. »Gott hat mir den Verstand gegeben, damit ich ihn gebrauche. Woher weiß ich, daß auch du nicht bloß Gehörtes wiederholst, ohne es wirklich verstanden zu haben? Oder sind die Worte von Jesus so unzusammenhängend, daß man sie nicht erklären kann? Und dann fängst du eben einfach an zu glauben? In diesem Fall muß ich dir sagen, daß ich sehr gut ohne deinen Unterricht auskommen kann.«
»Frechheit!« knurrte Philippus.
Er wollte gerade aus dem Zimmer gehen, als einer der anwesenden

Nazarener sagte: »Er hat recht, Philippus. Dein Wissen gehört nicht dir allein. Was du weißt, mußt du mit uns teilen.«
Es war Alexander, der hier an Ordnung und Bescheidenheit appellierte. Er war ein Jude aus Skythopolis, ruhig und offen, der von sich sagte, er gehöre zu den zweiundsiebzig Aposteln Jesu; das mochte auch stimmen, denn keiner widersprach ihm.
Philippus besann sich. »Gut«, sagte er zu Saul, »was willst du wissen? Wir haben dir über alle Worte und Taten von Jesus berichtet, und wir haben dir gesagt, was wir darüber denken. Aber es scheint, du wolltest uns Fragen stellen, die uns noch nicht in den Sinn gekommen sind. Wir hören.« Seine Stimme klang gezwungen, und er hielt die Augen gesenkt.
»In den drei Wochen, die ihr mich jetzt darüber unterrichtet, was Jesus gesagt und getan hat, habe ich von den bewundernswerten Worten eines frommen Menschen und vom Geist der Schriften erfahren. Ich hörte Jeremias, dann Jesaja und dann wieder das Echo der Sprüche Salomos. Ich kann also nicht daran zweifeln, daß er den Propheten ebenbürtig war. Aber ihr sagt, er sei der Messias und der Abgesandte Gottes. Und ich weiß immer noch nicht, warum ihr das glaubt.«
»Seine Wunder sprechen für ihn«, antwortete Philippus.
»Auch die Propheten haben Wunder vollbracht«, widersprach Saul.
»Jokanaan hat gesagt, daß er der Messias ist«, gab Philippus zurück.
»Aber woher hat denn Jokanaan diese besondere Autorität? Ist sie denn größer als die von Dositheus? Er war ein Essener; nicht alle von euch sind Essener, und außerdem haben Jesus und auch Jokanaan die Essener verlassen. Und außerdem hatte Jokanaan selbst Zweifel, ihr habt es erzählt. Als er im Gefängnis saß, hat er einen seiner Schüler mit der Botschaft zu Jesus geschickt: ›Bist du wirklich der, den wir erwarten, oder wird ein anderer kommen?‹[73] Also ist Jokanaans Autorität nicht nur nicht bewiesen, sondern er hat sogar selbst an ihr gezweifelt.«
Philippus unterdrückte einen ungeduldigen Seufzer.

»Jesus ist auferstanden«, sagte er. »Ist das nicht Beweis genug für seine göttliche Natur?«
»Seid ihr sicher, daß er auch wirklich tot war?« fragte Saul. »Seid ihr sicher? Er hing weniger als vier Stunden am Kreuz, man hat ihm nicht die Schädeldecke zertrümmert, seine Schienbeine nicht gebrochen. Er hätte überleben können.«
»Bist du sicher, daß du nicht lästerst, Saul?« fragte Philippus drohend.
»Lästern würde ich nur, wenn ich den Allerhöchsten beleidigen wollte, und das ist nicht der Fall, Philippus. Ich stelle dir Fragen, die man später mir stellen wird, wenn ich das Wort von Jesus verkünde.«
»Er ist am Kreuz gestorben, und er ist auferstanden, mehr kann ich dir nicht sagen«, antwortete Philippus und blickte in die Runde, als wollte er die anderen Nazarener zu Zeugen für seine Geduld anrufen.
»Ohne Zweifel, Philippus. Aber als ihr ihn wiedergesehen habt, da war er ein Mensch, nicht wahr? Und bis zum Wiedersehen mit ihm dachtet ihr, er sei tot! Beim Mahl in Emmaus habt ihr dem Unbekannten erklärt, ihr hättet Jesus für den Befreier Israels gehalten, das hast du selbst erzählt, Philippus. Bis dahin habt ihr also nicht geglaubt, er sei der Messias. Weder Jokanaans Worte noch die Wunder, die Jesus vollbracht hat, hatten euch davon überzeugt, daß er der Messias sei.«[74]
Philippus hörte mit angespannter Miene zu.
»Erst nach der Auferstehung habt ihr euch also an die Verkündigungen von Jokanaan und die Wunder erinnert. Allein die Auferstehung hat euch davon überzeugt, daß Jesus der Messias ist, stimmt das nicht?«
Philippus nickte und machte eine Bewegung, als wollte er weggehen.
»Allein die Auferstehung ist also der Schlußstein im Gewölbe eures Glaubens, einen anderen gibt es nicht, und daher ist es doch nur angebracht, wenn ich euch darüber Fragen stelle. Wenn ich das nicht täte, wäre ich ein Heuchler.«

Philippus hob den Kopf. Sein Gesicht war starr wie Stein, sein Blick verlor sich in der Ferne.
»Aber ich habe noch andere Fragen«, fuhr Saul fort und richtete sich dabei auf. »Weder du noch die anderen bei eurem Unterricht hattet bisher darauf eine Antwort. Als ihr den Menschen Jesus wiedergesehen habt, den Menschen, der an eurem Mahl in Emmaus teilgenommen hat, als ihr also endlich den Schluß gezogen habt, daß er der Messias sei, als er euch danach nach Bethanien begleitet hat, warum seid ihr ihm dann nicht gefolgt?«[75]
Philippus antwortete nicht. Sein Gesicht verfinsterte sich noch mehr.
»Da ist also euer Messias auferstanden, er geht ein Stück Weg mit euch, er, euer Herr, der aus dem Reich der Toten zurückgekehrt ist, und ihr folgt ihm nicht?«
Das Schweigen währte einen langen Augenblick. Dann sagte Philippus: »Seine Aufgabe war erfüllt. Wir hatten das Gefühl, daß alles gesagt worden war.«
»Euer Wissensdurst war aber schnell zu stillen!« rief Saul.
»Bist du denn hier unser Ankläger oder unser Bruder, der Schüler, den wir im Glauben an Jesus getauft haben?« fragte Philippus. »Zuerst wolltest du uns ans Leben, und jetzt kommst du mit deinen hellenistischen Fragen an.«
»Eine starke Seele fürchtet die Wahrheit nicht. Du hast meine Frage nicht beantwortet, und ich habe doch noch mehr, mehr als nur eine. Kann ich dich noch etwas fragen?«
Philippus ließ die Hände sinken.
»Wo habt ihr Jesus zum letztenmal gesehen?« fragte Saul. »Darauf werde ich ja auch selbst einmal antworten müssen. War das in Emmaus in Judäa oder am Ufer des See Gennesaret in Galiläa? Manchmal sagt ihr das eine, manchmal das andere. Ihr habt mir sogar erzählt, daß ihr ihn in den Hügeln von Galiläa gesehen habt.«
»Wir haben ihn zweimal wiedergesehen«, antwortete Philippus. »Einmal eben in Emmaus und später am Ufer des Sees Gennesaret.«[76]
»Zweimal habt ihr euren Herrn also wiedergesehen, und ihr seid

ihm nicht gefolgt. Du meintest, daß ihr das Gefühl hattet, alles sei gesagt. Siehst du ein, daß ihr euch geirrt habt – hätte er es denn sonst für nötig gehalten, zweimal wiederzukommen? Muß ich daraus schließen, daß ihr nicht eifrig genug wart? Aber das ist genau dein Vorwurf, Philippus, ich werde also nichts daraus schließen. Jeder hier von euch soll selbst zu den Schlüssen kommen, die ihm das Herz eingibt«, sprach Saul, nun an die Versammlung gewandt. »Aber du, Philippus, wo hast du deinen Herrn zum letztenmal gesehen? Du bist schließlich der einzige der Zwölf, der heute hier bei uns ist.«

»Ich weigere mich, darauf zu antworten!« rief Philippus zornig. Es brodelte schon lange in ihm. »Unser Wissen ist nicht für die, die nicht an Jesus als den Messias glauben!« Er holte tief Luft. »Wir haben dir zu viel gesagt, und es ist zwecklos!«

»Wie wollt ihr denn euer Wissen für euch behalten und gleichzeitig das Wort Jesu verbreiten?« fragte Saul herausfordernd.

»Das hieße Perlen vor die Säue werfen!« schrie Philippus wieder. »Das ist ein Wissen für die Eingeweihten!«

»Eine Beleidigung ist keine Antwort, Philippus«, wies ihn Saul zurecht.

Dositheus war gerade auf der Schwelle erschienen.

»Frag doch Dositheus, ob er sein Wissen mitteilt!« rief Philippus.

»Du ordnest dich also Dositheus' Meinung unter«, sagte der Nazarener Alexander. »Das hieße, daß die frohe Botschaft geheim ist. Der Unterricht von Saul findet also nicht statt, weder für ihn noch für sonst jemanden.«

Philippus überdachte diesen Einwand offensichtlich einen Augenblick, dann hob er den Kopf.

»Hört mir zu, ihr alle«, sagte er mit unterdrückter Heftigkeit. »Ich habe Simon, den Schüler des Dositheus getauft.[77] Ich habe ihn geduldig unterrichtet. Und er, was hat er gemacht?« rief er. »Was hat er gemacht? Er hat meine Lehren verstümmelt, um dann in Samaria sich selbst als göttliche Wiedergeburt anzupreisen, der Herr möge mir die Wiederholung einer solchen Lästerung verzeihen!«

»Deshalb also willst du mir nicht erklären, was du weißt, Philippus.

Du denkst, ich bin ein anderer Simon«, entgegnete Saul. »Vielleicht wolltest du mir deshalb auch nicht erklären, warum Jesus sich geweigert hat, die Tochter der Kanaaniterin zu heilen, von der du mir neulich abend erzählt hast. Hörst du das aus meinen Worten heraus? Daß ich ein Heide bin? Daß das Wort Jesus nicht für mich bestimmt ist, so wie es auch nicht recht ist, das Brot für die Kinder den jungen Hunden zuzuwerfen, wie es Jesus anläßlich des kranken Kindes gesagt hat? Dann sag es laut, damit alle es hören können, Philippus. Sag es laut!«
Als wieder Ruhe eingetreten war, antwortete Philippus mit ruhiger Stimme: »Genau das, Saul. Ich glaube, daß du ein Heide bist. Die Lehre von Jesus ist nicht für die Heiden bestimmt. Sie ist nur den Juden vorbehalten. Und außerdem bist du zu hochmütig, Saul. Ich gehe zurück nach Jerusalem. Ein anderer soll dich unterrichten.«
»Ich will sein Lehrer sein«, bat Alexander.
Alle schwiegen. Philippus hob seinen Mantel auf. Als er sich wieder aufgerichtet hatte, sagte er: »Ich warne dich, Alexander, dieser Mann ist gefährlich.«[78]
Das war das Ende von Philippus' Unterricht.
Behielt Alexander die Warnung im Gedächtnis? Auf alle Fälle ließ auch sein Eifer nach wenigen Wochen nach. Saul stellte zu schwierige Fragen. Wie sollte man zum Beispiel die Worte Jesu: »Das Feuer! Ich bin gekommen, ein Feuer anzuzünden auf Erden; was wollte ich lieber, als daß es schon brennte!« in Einklang bringen mit den Tränen, die er über Lazarus' Tod vergossen hatte? Und warum hatte Jesus selbst nie eingestanden, daß er der Messias war? Alexander wußte darauf keine Antwort, und die anderen auch nicht.
»Er ist ein richtiger Hellenist«, murmelte eines Abends ein Nazarener, der Alexander nahestand. »Er will alles wissen und alles verstehen.«
Sie machten den Pädagogen in Tarsus den Rang jedenfalls nicht streitig. Saul verstand, daß er hier nicht mehr gern gesehen war.
»Im Grunde bist du ein Nabatäer«, sagte Alexander eines Morgens zu ihm. »Geh hin und bringe die frohe Botschaft den Nabatäern. Taufe sie im Namen von Jesus. Sag ihnen, was du weißt.«

Sie hatten genug von ihm. Er hatte sie mehr als einmal aus der Fassung gebracht; er hatte verstanden. Man entließ ihn. Verwirrt und verbittert ging er nach Damaskus. Und dort, an einem Abend voller Langeweile und Gleichgültigkeit, geschah das Außerordentliche.[79]

III.
Erleuchtung in Damaskus

Er kam mit bitteren Gefühlen nach Damaskus. Alle Schiffe hatte er hinter sich niedergebrannt und war nirgends angekommen. In Jerusalem war er immer ein Fremder geblieben; auch die Nazarener hatten ihn nicht wirklich als einen der ihren aufgenommen. Erschöpfung übermannte ihn, und weil er zuviel Wein getrunken hatte – oder weil der Wein sehr stark gewesen war –, schlief er übermäßig lange in dem Gasthof, in dem er sich eingemietet hatte.
Er erwachte, weil jemand ihn ziemlich heftig an der Schulter rüttelte. Ein Mann mit sonnengegerbtem, ärgerlichem Gesicht beugte sich über ihn, ein anderer stand bei der Tür. Man hielt ihn für tot, denn er hatte vierzehn Stunden durchgeschlafen.
Doch dieser exzessive Schlaf hatte ihn nicht erfrischt, und das Erwachen war dumpf. Um sein Blut wieder in Gang zu bringen, ging Saul in die Thermen. Sein Arzt in Jerusalem hatte ihm erklärt, daß schlechtes Erwachen durch gallige Körpersäfte verursacht werde, von denen man sich durch starkes Schwitzen reinigen müsse. Daher nahm Saul einen randvollen Krug mit kühlem, nach Weihrauch duftendem Wasser mit ins Tepidarium, um dort die Säfte auszuschwitzen, denen er seine Verstimmung zuschrieb.
So saß er also schweißtriefend da und dachte gerade über seine weiteren Pläne nach, als er durch die Dampfschwaden ein Gesicht wahrnahm, das ihn eindringlich musterte. Ja, der Unbekannte sah ihn direkt an, und Saul schien es sogar, als liege ein leichtes Lächeln auf diesem Gesicht. Nach einem kurzen Augenblick erkannte er sein Gegenüber doch: Es war Demetrius. Ein peinliches Zusam-

mentreffen, aber er würde es nur noch schlimmer machen, wenn er so tat, als erkenne er seinen großzügigen Gastgeber aus Skythopolis nicht. Grüßend hob er die Hand. Der andere hob die seine, schlang sich das Handtuch um die Lenden und ging auf Saul zu, um ihn zu begrüßen. Die Rangfolge war unverändert. Auch im Exil blieb Saul ein Prinz.
Tatsächlich – die Andeutung eines Lächelns spielte um Demetrius' Mundwinkel. Saul bot ihm den Platz neben sich an. Sie tauschten belustigte Blicke und schwiegen für eine Weile.
»Du bist bei guter Gesundheit, hoffe ich«, sagte Saul schließlich.
»Für mein Alter ist sie zufriedenstellend. Darf ich mir erlauben, nach der deinigen zu fragen?«
»Du darfst. Sie ist unverändert.«
»Hätte sich denn etwas verändern sollen?«
Saul lächelte vielsagend. »Ich nehme an, daß manche in Jerusalem das glauben.«
»Mir ist zu Ohren gekommen, daß Kaiphas sagt, du habest nach einem Sonnenstich einen solch starken Anfall erlitten, daß du dich nicht wieder davon erholt hättest[80]«, berichtete Demetrius.
»Wenn die Menschen sich etwas nicht erklären können, dann erfinden sie Geschichten«, entgegnete Saul.
»Du hast also Jerusalem verlassen«, stellte Demetrius fest.
»Mehr als nur Jerusalem: die Juden«, antwortete Saul.
»Ich habe es dir ja gesagt: Man kann den Wein nicht am Gären hindern.«
»Das galt aber für die Juden.«
»Und du bist kein Jude«, gab der andere zu, »aber trotzdem: Diese Nazarener, denen du dich in Damaskus angeschlossen hast, sind Juden.«
»Das glauben sie jedenfalls selber«, gab Saul etwas spitz zurück.
Demetrius war sprachlos.
»Aber sie glauben es doch deshalb, weil sie es für die Wahrheit halten«, warf er schließlich ein.
»Na, und weil die Wahrheit das ist, was sie glauben, muß man sie eben dazu bringen, etwas anderes zu glauben«, gab Saul in so her-

ausforderndem Ton zurück, daß sich sein Gegenüber fragte, ob er vielleicht scherze.
Demetrius war neugierig geworden, wollte mehr erfahren. Er war vorübergehend geschäftlich in Damaskus und bei einem nabatäischen Geschäftsfreund zu Gast. Am Abend sollte in dessen Hause ein Festbankett stattfinden, und Demetrius erlaubte sich, Saul dazu einzuladen. Dieser nahm in der Hoffnung auf Zerstreuung dankend an.
Abdilenus fürchtete weder Ausgaben noch Neider; sein Haus glich mehr einem Palast denn einer noch so großzügigen Wohnung. Wohin das Auge blickte, sah man nichts als Luxus und schöne Dinge, griechischen Marmor, Trinkgefäße aus Onyx, Jade oder Achat, Teppiche und Wandbehänge, seltene und geheimnisvolle Bäume in Töpfen, Möbel, die mit Elfenbein, Silber oder Ebenholz eingelegt waren, vielleicht sogar mit Gold. Die Menge der gutgelaunten Gäste schlenderte dazwischen umher; sie sollten, und sei es auch nur für wenige Stunden, den Eindruck haben, diese ganze Pracht und die Sklaven und Diener aller Hautfarben gehörten ihnen: blonde Galatäer und violette Nubier, Skythen mit schrägen Augen, safranfarbene Asiaten und schwarzäugige Mauren. An bronzenen Stangen waren Papageien angekettet, die mit ihren runden Augen argwöhnisch zu den Geparden hinüberlinsten, denen die Natur einen antimonschwarzen Lidstrich gezogen hatte. Sklaven schenkten berauschende Getränke aus, bekannte und unbekannte, die aus allen Teilen der Welt herbeigeschafft worden waren.
»Die Schiffe aus Abdilenus' Flotte kann man nicht zählen«, sagte Demetrius zu Saul, der sprachlos war über soviel Prunk. »Und es heißt, die Sonne ginge über seinen Karawanen nie unter.«
Abdilenus verwaltete ein Netz von Handelswegen zu Lande und zu Wasser, das ihm Seidenstoffe aus dem serischen Reich brachte, Gewürze von der goldenen Chersonesos und aus Taprobane, Elfenbein aus Barygaza, Silber aus Baktrien, Quecksilber aus Sogdiana, andere Gewürze und Elfenbein vom Mondgebirge. All diese Schätze verteilte er unter den Mächtigen dieser Welt, den Königen, Prinzen, Satrapen, Ethnarchen, Tetrarchen, Eparchen und Topar-

chen. Sklaven – ob gebildete, solche mit herkulischen Kräften oder besonders wohlgebaute –, Singvögel, Aphrodisiaka, Purpur, besonders reich verzierte oder kuriose Gegenstände: Alles wurde von ihm eifrig diesem Kunden oder jenem Liebhaber angepriesen und landete schließlich in Salamantica, Cremona oder Nicomedeia. Auf diese Weise wurden die Kinder eines skythischen Potentaten einer Sklavin aus Eritrea mit bronzefarbener Haut geboren, und ein römischer Senator ergötzte sich an den Grimassen eines Manteläffchens aus Taprobane, während er mit Nelken gewürzten Wein aus einem Rhinozeroshorn schlürfte, das zu einem Trinkhorn umgearbeitet worden war. – »Das Horn eines Einhorns«, versicherte er seinen Freunden, um sie in Erstaunen zu setzen.[81]

Abdilenus herrschte über die Welt, weil die Menschen nach Luxus gierten. Auf Sauls Komplimente über seinen Reichtum antwortete der Nabatäer, ein kleiner, fülliger Mann mit feuchten Augen und purpurnen Lippen, lächelnd: »Schon mein Großvater sagte mir auf einer Rückreise aus Eritrea, von wo wir Perlen, Perlmutt und Korallen mitbrachten, daß die Religionen untergehen, daß Königreiche sich bilden und zerstört werden, aber daß der Luxus zeitlos ist. Ich habe nur diesen Gedanken auf meine Geschäfte angewandt.«

Er zeigte seinen Gästen die verschiedensten Seltsamkeiten, zum Beispiel eine mit Wasser gefüllte Schale, in der ein Bronzedrache schwamm, dessen Maul immer nach Norden wies, wie man die Schale auch drehte.[82] Oder Metallringe, die auf so kunstvolle Weise zu einer Kugel zusammengefügt waren, daß sie sich offenbar in alle Richtungen drehen konnten. In der Mitte befand sich ein Behälter mit Öl und einem Docht. Abdilenus zündete den Docht an und stieß die Kugel aus Ringen an. Sie rollte umher, ohne daß Öl ausfloß oder die Flamme erlosch.[83]

»Wunder der Magie!« rief Demetrius aus.

»Es gibt keine Magie, nur Unkenntnis«, sagte Abdilenus.

Ein Papagei schrie: »Abdilenus ist mein Herr!«

Man klatschte, dann begab man sich zu Tisch. Unter den Geladenen waren Kunden, aber auch römische Soldaten, etwa die Kommandanten der dritten und der zwölften Legion, der Gallischen und der sogenannten Siegreichen. Außerdem war da eine Persönlichkeit, von der alle großes Aufheben machten, Lucius Annaeus Seneca[84], Philosoph und außerdem Verfasser von Theaterstücken. Weiter waren Prinzen anwesend, aus Numidien, aus Kappadozien, aus Kommagene, außerdem Schiffskapitäne und Karawanenführer. Der Anlaß für das Festessen war die Heirat von Abdilenus' drittem Sohn.

Das ist einer, der keine Qualen kennt, dachte Saul und beobachtete den Jüngling, den der Vater der Gesellschaft vorstellte: schön, lächelnd, herausgeputzt, seine dichte Mähne aus pechschwarzen Locken sorgfältig gebürstet. Ihm war alles gleich beim ersten Anlauf mitgegeben worden, Schönheit, Reichtum und Glück. Welche Götter er auch anbeten mochte, sie würden ihm auf jeden Fall seinen Frieden sichern. Und Saul bewunderte das Lächeln des jungen Mannes, der durch die Komplimente etwas verwirrt war.

Auch Seneca meldete Glückwünsche an; man sorgte für Ruhe, um ihn anzuhören.

Ein feines Lächeln hellte das zerfurchte Gesicht des berühmten Römers auf. Seine an Reden und öffentlichen Vorträgen geschulte Stimme wurde weicher.

»Deine Schönheit, Abdias, spricht für deine Tugend,
Deine Tugend für deinen Reichtum.
Das Glück begleitet das Hochzeits-Hymeneion,
Das wir heute abend feiern,
Da es kein Glück ohne Tugend gibt,
Deren Schmuck der Reichtum ist.
Aber während Glück und Tugend
Deine Stirn mit ihrer Krone zieren,
Denk an deine neue Macht:
Denn ein tugendreicher Mann ist das Werkzeug der Götter.«

Der Beifall war groß; Weine und Honigmet wurden ausgeschenkt. Saul war nachdenklich. Die letzten Worte Senecas hallten ohne Unterlaß in seinem Kopf wider. Als das Stimmengewirr der Unter-

haltungen laut genug war, so daß er Seneca ansprechen konnte, ohne allzusehr aufzufallen, fragte Saul den Philosophen, der ganz in der Nähe stand:
»Und was ist mit der Macht des Tyrannen ohne Tugend?«
Seneca blickte Saul an und antwortete, wobei sich die Falten in seiner Stirn noch vertieften:
»Das bedeutet weniger als ein kleiner Kiesel auf dem Weg des Wanderers. Dieser Wanderer ist die Tugend. Der Tyrann bleibt nur ein Menschenleben lang, der Kiesel aber ist für immer da.«
Saul nickte. War er vielleicht in Jerusalem der Kiesel auf dem Weg der Nazarener gewesen? Und was für ein Wanderer war er selbst?
Das Gespräch an Sauls Tisch drehte sich um Heilmittel. Der Karawanenführer Sosas, ein lustiger, kräftiger Mann mit hagerem Gesicht, erzählte von Arzneien, die er aus Rages und Ktesiphon mitgebracht hatte, wo sie der berühmteste Arzt jenseits von Pontus aus den verschiedensten Gegenden Asiens sammelte: eine Salbe, die die schlimmsten Abszesse zum Abheilen brachte, eine Wurzel, die auch dem Schwächsten wieder Energie verlieh, ein Pulver, das süßesten Schlaf verschaffte, ein anderes gegen Delirien, Fieber und Schmerzen in den Knochen...
Saul hörte zerstreut zu.
»...aber was nützt eine Arznei ohne die Kunst des Arztes?« fuhr Sosas fort. »Ich habe einige Ärzte erlebt, aber der erstaunlichste war der, der mich in Edessa behandelt hat, wo ich auf dem Rückweg Seide liefern sollte. Der Teufel weiß, woher ich dieses scheußliche Fieber hatte, meine Arme und Beine waren gelähmt, ich konnte kaum atmen und war in Schweiß gebadet. Als wir schließlich ankamen, glaubte mein Stellvertreter, ich läge im Sterben. Man brachte mich in einer Karawanserei unter und suchte nach einem Arzt. Die beiden, die man schließlich auftreiben konnte, erklärten mich für verloren. Eine alte Frau murmelte, sie kenne noch einen anderen, aber sie könne nicht versprechen, daß er herkommen würde. Mein Adlatus bat sie unermüdlich, sie möge ihm doch den Namen dieses Arztes preisgeben. Er winkte mit einem kleinen Vermögen, mit Parfums, und was weiß ich noch alles! Endlich, als ich schon daran

zweifelte, den nächsten Tag noch zu erleben, erschien ein Mann an meinem Lager.«

Demetrius, Saul und die anderen hatten schon Hunderte von Geschichten über Heilmittel und berühmte Ärzte gehört, und nur die Höflichkeit hatte sie bisher davon abgehalten, den Karawanenführer zu unterbrechen. Aber immerhin, er sprach mit ansteckender Überzeugungskraft.

»Es war ein besonderer Mensch. Sobald ich ihn sah, zwang mich etwas, die Augen offenzuhalten, obwohl meine Lider schwer wie Blei waren. Er legte mir die Hand auf die Stirn. Es fühlte sich an, als fiele Schnee auf mein Gesicht. Der unerträgliche Schmerz, der mein Genick hart wie Holz gemacht hatte, ließ nach. Dann nahm er meine Hände und hielt sie lange fest. Ich schlief ein. Wieder glaubte man mich tot. Erst sehr viel später, und nur um sein Gewissen zu beruhigen, rüttelte mich mein Stellvertreter wach, denn der Arzt hatte ihm geraten, mich bis zum Morgengrauen schlafen zu lassen. Man gab mir eine schrecklich bittere und daher in Honigmet gelöste Medizin. Am Mittag war ich zwar sehr schwach, aber ich konnte frei atmen und sprechen. Am nächsten Tag taumelte ich noch, aber das Fieber war weg. Von meinem Adlatus gestützt, ging ich diesen Arzt aufsuchen, der, wie mir meine treue Seele erzählte, jegliche Bezahlung abgelehnt hatte. Ich fand ihn in einem Kreis von Menschen, die seine Worte aufsogen. Auf Knien bat ich ihn, mein Gold anzunehmen. Er lehnte wieder ab.

›Ich mache aus Heilungen kein Geschäft‹, sagte er zu mir. ›Gehe in Frieden, du hast mich bezahlt.‹

Als ich wegging, kam mir eine Frau nachgelaufen. Sie tat mir kund, daß mich der Messias geheilt habe. ›Ich weiß nicht, was das heißt, Messias‹, sagte ich. ›Jesus‹, rief sie erstaunt, ›du kennst Jesus nicht, den Sohn Gottes?‹ – Und so bin ich also vom Sohn Gottes geheilt worden«, beendete Sosas seine Erzählung. »Ich weiß nicht, ob Gott nur den einen oder mehrere Söhne hat, jedenfalls war *er* ein außergewöhnlicher Arzt.«

Alle Zuhörer, darunter Seneca, sagten lange Zeit kein Wort. Ihr Schweigen fiel aber wegen der regen Gespräche der anderen Gäste nicht auf.

»Du wurdest in Edessa von Jesus geheilt?« fragte Saul schließlich.
»Wie ich es euch erzählt habe«, antwortete Sosas, von der Wirkung seiner Worte überrascht.
»Und wann war das?« fragte Saul, der schnell überschlagen hatte, daß der Karawanenführer, der die meiste Zeit auf Reisen war, wirklich nichts von Jesus gehört haben konnte.
»Vor einer Woche bin ich aus Edessa abgereist. Heute morgen bin ich angekommen.«
»Und wo wohnt er in Edessa?« fragte Saul.
»In der Altstadt, in der Straße des Goldschmieds Nimrod.«
Saul faßte den Karawanenführer aufmerksam ins Auge; weder die spitzen Züge noch der Klang der Stimme oder der Gesichtsausdruck waren die eines Fabulierers oder auch eines Träumers, der Erzählungen in märchenhaften Farben ausschmückt; im übrigen sprach auch die Überraschung über die Reaktion auf seine Geschichte für Sosas.
»Wer ist denn nun dieser Jesus?« fragte er, während er dem Mahl zusprach. Er schien einen gesunden Appetit zu haben.
»Ein Mann, über den man in Rom immer häufiger spricht«, sagte Seneca. »Er war ein Jude, von dem die Juden sagen, daß ihr Gott ihn gesandt hätte.«
»Warum redet ihr in der Vergangenheit?« fragte Sosas.
»Weil er gekreuzigt worden ist«, sagte Seneca.
Sosas machte große Augen.
»Hat mich vielleicht ein Geist geheilt?« fragte er.
»Nein, denn er ist auferstanden«, sagte Saul zwischen zwei Schlukken.
Sosas setzte sein Glas ab. Er bot ein Bild der Verwirrung: Die Brauen waren hochgezogen, die Augen weit aufgerissen, sein Mund stand offen. Er hatte vor Staunen die Hände halb erhoben.
»Wenn ich nicht wüßte, daß ihr höfliche Leute seid, dann würde ich denken, ihr macht euch über einen Karawanenführer lustig, der sich wohl auf der Landkarte, nicht aber in der Philosophie auskennt«, sagte er. »Nur Götter erstehen vom Tode auf, so hieß es in allen Städten, die ich besucht habe, seit ich vor dreißig Jahren mit

meinem Vater zu meiner ersten Reise aufgebrochen bin. Der Mann, den ich gesehen habe, war aber ziemlich menschlich. Als ich nach meiner Genesung zu ihm ging, da aß er gerade Käse mit Brot, mitten unter den anderen. Ihr sagt, er sei gekreuzigt worden; das ist die Strafe für ein grobes Vergehen. Dann sagt ihr, er sei auferstanden wie ein Gott. Ich finde das widersprüchlich.«
»Das ist es auch wirklich«, gab Seneca zu.
»Der Mann, den ich gesehen habe, war sicher sehr außergewöhnlich«, sagte Sosas, »und daher habe ich euch meine Geschichte erzählt. Aber vielleicht ist es gerade seine Außergewöhnlichkeit, die zu Legenden Anlaß gibt. Vielleicht wurde er gar nicht gekreuzigt. Oder vielleicht ist er nicht am Kreuz gestorben.«
Neben ihnen schlug ein Akrobat Räder, während die Diener die Teller wechselten.
»Das bleibt tatsächlich ein Rätsel«, meinte Seneca. »Für mich liegt es ebensosehr in der Merkwürdigkeit von Jesus' Geschichte wie darin, daß diese Geschichte der so vieler anderer Götter gleicht. Alles spielt sich so ab, als seien es die Menschen, die sich ihre Götter erfinden.«
»Wäre das denn möglich?« fragte Demetrius.
»So wie der Verstand eines Toten keine Macht in der Welt hat, so kann man sich auch fragen, was denn die Götter wären, gäbe es die Menschen nicht.«
Widersprüchliche Fragen wirbelten in Sauls Kopf herum. Schleier zerrissen. Zwei Gedanken hoben sich unscharf aus dem Durcheinander ab. Das Licht kam aus Rom, in der Person Senecas. Und Jesus war am Leben, in Edessa. Er mußte ihn sehen. Nichts hatte einen Sinn, bevor Saul ihn nicht gesehen hatte.
Abdilenus führte seinen Gast in ein kleines, privates Theater; dort gab man ein Stück Senecas, mit Herkules als Helden. Die Sprache des Stückes war schön und seine Grundidee faszinierend: Die Tugend verwandele die Menschen in Helden, doch sein Schicksal könne auch ein Held nicht ändern. »In den Augen eines Menschen sind die Götter blind«, sagte eine der Figuren.
Doch Saul war zerstreut.

IV.

In der Straße des Goldschmiedes Nimrod

Die Straße des Goldschmiedes Nimrod und auch das Nachbarhaus, in dessen zweitem Stock sich Jesus aufhalten sollte, fand Saul ohne Mühe. Sie wand sich hoch bis zum Stadtwall der alten westlichen Metropole, die auch Antiochia von Kallirhoe genannt wurde, und endete vor einer Säule mit der Statue der Königin Shalmat. Die Figur spiegelte sich in einem Bassin; darin schwammen Karpfen, welche der Göttin Atargatis geweiht waren. Saul beugte sich vom Rükken seines Pferdes aus über das schwarze Wasser. Die riesigen Fische glitten durch die Spiegelungen der Wolken und der auf den Kopf gestellten Statue. Glückliche Karpfen, die durch den Himmel zogen und es nicht wußten!

Die Treppe war voller Menschen, die Syriakisch, ein gutturales Aramäisch sprachen.[85] Eine Ziege wich Saul nicht von der Seite, wobei sie Futter kaute, das unerklärlicherweise auf den Treppenstufen verstreut war. Auf dem Treppenabsatz pickten Hühner nach Körnern. Saul bahnte sich einen Weg bis zur Tür, deren beide Flügel weit offenstanden. Wie hätte er ihn nicht erkennen sollen? Er saß zwischen zwei Fenstern, ein blasses Mädchen auf dem Schoß. Menschen bildeten einen Kreis um ihn. Seine Augen waren halb geschlossen. Er schien den Rücken des kleinen Mädchens zwischen den Schulterblättern abzutasten, legte sie dann auf den Bauch und drückte kräftig auf ihre Wirbelsäule. Das Mädchen schrie auf und spuckte eine beträchtliche Menge Schleim. Eine Frau warf sich weinend vor Jesus auf den Boden, küßte seine Füße, wischte den Auswurf weg, nahm das Kind auf, hielt es mit beiden Armen in die Höhe, stieß Dankgebete aus. Jesus schien erschöpft.

»Geht!« sagte er und unterstrich seine Worte mit einer Handbewegung. »Laßt mich ausruhen.«

Ein Mann – Saul erkannte ihn, es war Thomas – schob die Menschen zur Tür hinaus, manche huben zu klagen an, manche weinten, andere drehten sich um, um Jesus noch ein letztes Mal zu se-

hen. Saul blieb als einziger im Zimmer zurück, während sich Jesus das Gesicht wusch und Thomas mit Fußtritten die widerspenstige Ziege verjagte, die mit ihrem Heu im Maul irgendwie ins Zimmer gelangt war.
Saul stand völlig unbeweglich da. Jesus und Thomas bemerkten seine Anwesenheit zur selben Zeit. Thomas runzelte die Stirn und wies mit ausgestrecktem Arm auf die Tür, aber Saul ließ ihn gar nicht erst zu Wort kommen.
»Ich bin es, Saul.«[86]
Sein Blick fiel auf Jesus' Füße. Zwischen den Riemen der Sandalen entdeckte er die Narben. Er schaute Jesus in die Augen, und dieser eine Moment schien ihm unendlich. Er las in jenem Blick Geduld, Zärtlichkeit, Kraft und eine tiefe Erschöpfung. Instinktiv erfaßte er die unermeßliche Größe dieses Menschen. Er warf sich ihm zu Füßen und brach in Tränen aus, zum erstenmal seit seiner Kinderzeit.
»Erhebe dich«, sagte Jesus.
Thomas war noch immer mißtrauisch, er betrachtete Saul mit unverhohlener Ablehnung.
»Wer hat es dir gesagt?« fragte er.
»Ein Karawanenführer, Sosas.«
Thomas warf Jesus einen Blick zu, der soviel sagen wollte wie: »Siehst du!«
»Gib ihm zu trinken!« befahl Jesus.
Es schmeckte wie Met mit Zitrone. Saul leerte sein Glas in einem Zug.
»Warum bist du hergekommen?« fragte Jesus.
»Wie hätte ich nicht kommen sollen?« rief Saul. »Ich war voller Zweifel. Deine Anhänger, in Kokba...«
»Meine Anhänger?« unterbrach ihn Jesus.
»Dositheus, Philippus, Petrus, Andreas, Johannes«, zählte Saul auf. »Und Lazarus.«
»Dositheus gehört zu meinen Anhängern?« fragte Jesus ruhig.
»Wurde er denn nicht auch von den Essenern erzogen?«
Jesus nickte. Zum erstenmal in seinem Leben schien es Saul, als sei

nichts auf der Welt ausreichend zu erklären. Nichts konnte man wirklich wiedergeben; vielmehr erfaßte man immer nur einen Teil und verfälschte damit bereits den wahren Sachverhalt. Andererseits war es unmöglich, es anders zu machen, und so kam es, daß keiner seine Mitmenschen völlig kannte. Und wie sollte man erst für Jesus Worte finden!

»Qumran war ein Obstgarten, wo Tamariske und Orangenbaum Seite an Seite wuchsen«, sagte Jesus. »Aber du sprachst über meine Anhänger?«

»Ich verstehe nicht, was sie sagen«, murmelte Saul. »Ich verstehe nicht, was sie über dich sagen. Daß du der Messias bist und daß du Wunder vollbracht hast, ist das wirklich alles, was man von dir sagen kann?«

Thomas, der sich erschöpft an der Wand abstützte, schien von den beiden Männern und von sich selbst weit entrückt zu sein, wie ein Trugbild seiner selbst. Mager wie er war, in den weiten Kleidern, die ihm lose um den Körper hingen, hätte man ihn leicht für ein ausgetrocknetes Skelett halten können, das schräg an der Wand lehnte, auf die die Nachmittagssonne die lächerlich großen Schatten der Fliegen warf.

»Der Messias und die Wunder«, wiederholte Jesus wie im Traum. Aber er träumte nicht, denn der Blick seiner braunen Augen lag kalt und scharf auf Saul mit der eines Hirsches, der seine Umgebung beäugt. »So etwas sagen sie wirklich?«

»Das haben sie zu mir gesagt«, antwortete Saul. »Reichlich wirr, das Ganze. Nach all den Stunden, die sie damit zugebracht haben, mich zu unterrichten, weiß ich nicht, ob du das göttliche Gesetz nun abschaffen oder erneuern willst.«

Jesus stand auf und rieb sich die Arme.

»Und daher zweifelst du und bist zu mir gekommen«, sagte er. »Aber viele andere werden nicht kommen können!«

Er wandte den Kopf zum Fenster und schien in den Anblick der steinernen Füße der Königin Shalmat vertieft. Erst der Klang von Sauls Stimme lenkte seinen Blick wieder zurück zu seinem Besucher.

»Könige und Hohepriester sind gesalbt worden, die Geschichte Israels ist voll davon. In Palästina wimmelt es von falschen Abgesandten des Himmels und von Wundern!« sagte Saul mit mühsam unterdrückter Erregung.

»Er ermüdet dich«, mahnte Thomas, der unvermittelt aus seinen Gedanken aufgetaucht war. »Und außerdem: Wird er verstehen?«

»Das Gesetz ist da«, sagte Jesus mit gesenktem Haupt. »Aber die Menschen haben sich seiner bemächtigt und legen es so umständlich aus, daß man nicht mehr weiß, ob es das Wort Gottes oder ihre eigenen Worte sind, die sie sagen. Man kann nur dafür sorgen, daß das Gesetz wieder zu dem Schafsfell wird, das die Leviten abziehen, anstatt nur den Wert dieses Fells in Schekeln auszudrücken. – Verstehst du?« fragte er nach einer Weile und schaute auf.

»Ich verstehe«, sagte Saul, »daß man also immer wachsam sein muß, um nicht wieder in den alten Trott zu fallen…«

Jesus nickte.

»Aber«, fuhr Saul fort, »das bedeutet, daß man in Furcht und Schrecken leben muß.«

»Nein. Nur in Unschuld«, antwortete Jesus. »Aus diesem Grund habe ich unschuldige Menschen zu meinen Jüngern erwählt und nicht Rechtsgelehrte.«

Ein Fink landete auf der Fensterbank und pickte nach Brotkrumen, die ohne Zweifel Jesus selbst dort ausgestreut hatte. Noch ein zweiter flog herbei.

»Deine Jünger«, erwiderte Saul, »warum sind sie dir nicht gefolgt, als du sie in Emmaus und am See Gennesaret wiedergesehen hast?«

Jesus hob kaum merklich den Kopf.

»Mein Überleben war für sie der Beweis, daß ich der Messias, der Befreier Israels sei. Ich hatte doch den Tod besiegt! Sie hätten Angst gehabt, mir zu folgen, sie sahen darin keinen Sinn. Ich war der Messias, auf mich hatten sie gewartet. Mehr nicht.«

»Schlichten Herzen reicht das«, spottete Saul.

»Das sind böse Worte«, sagte Thomas.

»Nutzlose Worte«, berichtigte Jesus. »Der fruchtbare Mensch ist immer ein Kind. Greisen würde ich nicht predigen.«
Es war lange still.
»Die Welt wurde für die Kinder und für die Nackten erschaffen. Wenn man nicht aufpaßt, ist selbst das Wissen eine Last, so schwer wie Gold. Ich kann niemandem vorwerfen, daß er in mir nur einen Messias sieht.«
Jesus wandte sich wieder zum Fenster. Ein Streit unter Maultiertreibern hallte zu ihnen herauf. Jesus schloß das Fenster.
»Was das angeht, was man über mich sagt«, fuhr er fort, »so ist der Geist der Menschen wie der von Kindern. Man gibt ihnen Gold, und sie kaufen dafür Spiegel und Reifen.«
»Man muß es noch einmal versuchen!« rief Saul.
»Der Messias, den sie wollen, ist nutzlos«, sagte Jesus. »Zweimal haben sie versucht, mich zu krönen. Ich wiederhole: Es hätte nichts genützt. Und sogar wenn ich nach meinem Tode zurückgekehrt wäre, würden sie nur dasselbe sagen wie heute: daß ich ein Messias war, der Wunder gewirkt hat.«
»Aber man wird dich verraten!« schrie Saul.
»Es wird einer kommen, der mich verteidigt«, antwortete Jesus und streckte sich auf einer hölzernen Bank aus, auf der ein paar Kissen verteilt waren. Er löste seine Sandalen und rieb sich die Füße.
»Er muß sich ausruhen«, sagte Thomas und stieß sich von der Wand ab.
»Sie werden erfahren, daß du in Edessa bist, sie werden herkommen!« beharrte Saul.
»Wir brechen morgen auf«, teilte ihm Thomas mit und stellte sich zwischen den Besucher und seinen Herrn.
»Sie haben keine zweite Gelegenheit!« rief Saul. »Deine Lehre wird verlorengehen!«
»Es gibt immer fruchtbare Erde, die das verlorene Samenkorn aufnimmt«, antwortete Jesus. Thomas legte Saul die Hand auf den Arm. »Und brauchen sie denn wirklich einen Anführer? Sie haben mich alle als einen der ihren behandelt, so wie Thomas hier.«

Saul wandte noch einmal den Kopf nach Jesus, während Thomas ihn zur Tür zog. Da sprach Jesus zum letztenmal zu Saul.
»Du willst ihr Anführer sein, Saul? Es liegt dir im Blut! Aber damit würdest du mich verraten, so wie sie!«
»Herr!« schrie Saul.
Aber er stand schon auf der Treppe, und die Tür war zu. Die Ziege lag auf dem Boden und kaute immer noch auf ihrem Heu herum.
Unten auf der Straße ergriff Saul ein Zittern, dessen er nicht Herr werden konnte. Panische Angst trocknete seine Kehle aus. Er wollte laufen, aber seine Beine schienen an den Boden genagelt. Seine Kopfhaut prickelte, als sträubten sich ihm die Haare. Er hatte ihn gesehen... er hatte ihn gesehen... Jesus! Es fehlte wenig, und er würde sich in Stein verwandeln, sein Atem würde stillstehen. Jesus!
Und tatsächlich war er schon grau wie Stein.

V.
Die Ungläubigen

Keiner seiner Anfälle hatte Saul je in einen solchen Zustand versetzt wie jetzt, als er die Straße des Goldschmieds Nimrod verließ. Er irrte wie ein Besinnungsloser durch Edessa. Als die Nacht hereinbrach, kaufte er eine Melone – das war sein ganzes Abendessen – und kehrte in die Herberge zurück. Er versuchte zu schlafen, aber weil es ihm nicht gelang, nahm er zwei der Opiumpillen. Seine Träume waren lebhaft, jedoch hatte er sie schon vergessen, als er spät am nächsten Morgen erwachte. Er fühlte sich wie ausgedörrt.
»Mein Leben ist zu Ende«, dachte er, während er vor einer Mahlzeit aus Käse und Salat saß. Von dem Saul, den er gekannt hatte und auf den er stolz gewesen war, war offensichtlich nichts geblieben als eine leere, durchsichtige Schlangenhaut, das Trugbild einer Schlange, mit dem der Wind sein Spiel trieb.
Ich verstehe, warum sie so davon überzeugt sind, daß er der Mes-

sias ist, dachte er weiter. Ein einziges Zusammentreffen mit diesem Mann hatte ihn vernichtet.
Er kehrte in die Straße des Goldschmieds Nimrod zurück und stieg mit zitternden Knien die Treppe hinauf. Wieder stand die Ziege auf dem Treppenabsatz. Die Tür stand offen. Er trat ein. Frauen waren dabei aufzuräumen. Sein Blick sagte ihnen mehr als eine Inschrift an der Wand.
»Er ist fortgegangen«, sagte eine Alte mit geröteten Augen.
»Wohin?« fragte Saul mechanisch.
Sie schüttelte mitleidig den Kopf.
»In den Himmel natürlich.«
Stimmen wurden laut. Zwei Frauen stritten sich um die Schale, aus der Jesus getrunken haben mußte. Der Streit wurde heftiger, schließlich gerieten sie sich in die Haare. Die Alte lief herbei, um die Frauen zu trennen, und bemächtigte sich selbst der Trinkschale. Saul ging davon.
Einige Tage verstrichen, während derer sich Saul unermüdlich jedes einzelne der Worte Jesu ins Gedächtnis rief. Dann schrieb er sie auf und verschloß das Pergament in einem Ledersäckchen, das er wie einen großen Gebetsriemen an einer Schnur um den Hals trug.
Alexander hatte ihn damit beauftragt, das Wort Jesu zu den Nabatäern zu bringen. Nicht, daß die Weisung des Nazareners Saul auch nur im mindesten belastete, aber schließlich mußte er Edessa doch verlassen. Zum erstenmal nach so langer Zeit reiste Saul ohne Eskorte, doch erstaunlicherweise beunruhigte ihn diese Aussicht nicht. Aber wohin sollte er gehen? Demetrius und Abdilenus hatten einmal gesagt, daß das Gebiet der Nabatäer sich so weit nach Westen und Süden ausdehne, wie ein Kamel gehen könne. Eine ungenaue Beschreibung, die soviel heißen sollte wie »bis zu den Bergen«, wo Kamele nicht mehr weiterkommen. Er entschied sich für die nächstliegende Stadt: Palmyra. Man hatte ihm gesagt, daß er zu Pferd in drei Tagen dort sein könne, falls er viel Wasser mitnähme. Da er sonst kein Gepäck hatte, lud er außer seinen beiden Säcken mit Gold einen Wasserschlauch, Brot und getrocknete Datteln auf.
Unterwegs wurden zuerst seine Gefühle, dann seine Gedanken all-

mählich klarer. Sie waren von der unwiderstehlichen Anziehungskraft Jesu beherrscht. Saul hatte für einige Menschen in seinem Leben Achtung empfunden, sei es ob ihres Scharfsinns, wie Eleazar, oder ob ihres Sinns für Gerechtigkeit, wie Gamaliel, aber Jesus... Er schüttelte den Kopf. Keine Spur bei ihm von jener berechnenden Art der Menschen, ihr Überleben oder gar ihre Macht und ihren Ruhm zu sichern.

Ist das Güte? fragte sich Saul. Nein, nicht Güte, denn dieser Mensch war heißblütig, wie die Geschichte mit den Händlern im Tempel bewies. Und er hatte selbst gesagt, daß er nicht gekommen sei, um den Frieden zu bringen, sondern das Feuer. Nein, er hatte nichts gemein mit diesen Greisen, die Geduld, Toleranz und Langmut predigten, die aber leicht zu durchschauen waren, denn es stellte sich schnell heraus, daß solche Ratschläge nur dazu dienen sollten, Streitereien zu vermeiden, die das Leben einer Familie oder eines Viertels vergifteten – Weisheit für den Alltag.

War es also Strenge? Die Strenge schmiedet außergewöhnliche Charaktere, auch Gamaliel hatte das bewiesen. Aber nach welcher Regel? In vielen Punkten hatte Jesus gewiß nicht durch Strenge von sich reden gemacht. Man hatte ihm oft genug vorgeworfen, er umgebe sich mit wenig respektierlichen Leuten, einem Zöllner, ledigen Frauen, die ihm überallhin nachliefen, wie Maria von Magdala, oder, schlimmer noch, solchen, die einen Ehemann hatten, sich aber keinen Deut um ihn scherten, wie die Frau von Chuzas, Antipaters Kammerherr. Jesus war nach Samaria gereist, um dort Simon, den Magier, zu besuchen, hatte aber nur seine Mätresse, eine Samariterin, angetroffen, eine Hure noch dazu, die sich nach dem langen Umgang mit den großen Herren für die Mondgöttin selbst hielt. Und sie hatten so lange miteinander geredet, daß seine Jünger draußen unruhig wurden; was machte ihr Meister bloß mit dieser Frau? Dann hatte er die Sabbatruhe nicht eingehalten und wusch sich vor dem Essen nicht die Hände. Nein, von Strenge konnte bei ihm wirklich nicht die Rede sein.

Nicht diese Art von Strenge jedenfalls, sondern eine andere – die, die dem Geist des Gesetzes galt. »Was dem Geist des Menschen entspringt, besudelt ihn. Denn im Herzen des Menschen werden schlechte Gedanken geboren, Unzucht, Diebstahl, Mord, Ehebruch, zügellose Begierde und Mißgunst, Betrug, Maßlosigkeit, Neid, Verleumdung, Überheblichkeit und Wahnsinn; all diese schlechten Dinge kommen von innen und beschmutzen den Menschen.« Das war nichts anderes als eine Umschreibung der Zehn Gebote.

Am Straßenrand stand ein kleiner steinerner Wassertrog zwischen Büschen und wildem Hafer. Saul stieg ab, schnallte den Wasserschlauch los, gab dem Pferd ein wenig Wasser, trank selbst davon und ließ das Tier von dem Getreide fressen. Währenddessen setzte er sich auf den Rand des Troges und aß ein paar Datteln.

Immer noch kreisten seine Gedanken um Jesus. Dessen ständige Berufung auf den Geist des göttlichen Gesetzes, sagte er sich, war gewiß der herausragende Zug in seinem Wesen; sie unterstellte ihn einzig dem Auge Gottes und verlieh ihm dadurch jene Erhabenheit, jene unwiderstehliche Leuchtkraft, aber auch eine Nacktheit, die anrührte, denn jeder Mensch war nackt, so wie Jesus es am Kreuz gewesen war, ohne Besitz und ohne etwas besitzen zu wollen, also unermeßlich reich.

Ja, wiederholte er, ich verstehe, warum sie davon überzeugt sind, daß er der Sohn Gottes war. Aber hatten sie zugehört, hatten sie die Worte verstanden, die sie selbst weitergaben? Hatte er nicht bei der Unterweisung im Tempel gesagt: »Wieso sagen die Schriftgelehrten, der Christus sei Davids Sohn? David selbst hat durch den heiligen Geist gesagt: ›Der Herr sprach zu meinem Herrn: Setze dich zu meiner Rechten, bis ich deine Feinde unter deine Füße lege!‹ Da nennt ihn ja David selbst seinen Herrn. Woher ist er dann sein Sohn?«[87] Das bedeutete, daß er nicht der Messias, der Sohn Davids sein konnte, wie sie es erwarteten. Ein anderes Mal hatte ihn Philippus selbst folgende Worte gelehrt: »Was nennst du mich gut? Niemand ist gut als Gott allein.«[88] Er war also weder der Sohn Davids, noch der Messias, noch der Sohn Gottes, denn diese drei Dinge schlossen sich nach Jesus' eigenen Worten gegenseitig aus.

Saul stieg wieder in den Sattel. Noch drei Stunden Ritt, dann mußte

er Rast einlegen. Saul machte sich die Gefahr bewußt, auf Wegelagerer zu stoßen, und beschloß, einen Platz zu suchen, an dem er und sein Pferd bis zum Morgengrauen Zuflucht finden würden.
Diejenigen, die Jesus gekannt und ihm zugehört hatten, waren ihm also verfallen. Er hatte Menschen geheilt, und schon bald war ihm sein Ruf vorausgeeilt. Man hatte ihm auch Wundertaten zugesprochen, wie die Geschichte mit den Weinkrügen bei der Hochzeit zu Kana. Diese Leute hatten keine Ahnung von griechischen Weinen, von denen immer die Hälfte verdunstete, bevor sie ihren Bestimmungsort erreichten, aber als Saul während der Unterrichtsstunden bei Philippus diese Erklärung vorbrachte, hatten sie ihn alle empört angesehen. War es denn die Möglichkeit, daß dieser Neuling von Neophyt anzweifelte, was sie mit eigenen Augen gesehen hatten – daß Jesus Wasser in Wein verwandeln konnte? Er hatte also den Mund gehalten.
Außerdem war da die Geschichte mit der Brotvermehrung. Sie wurde ihn gleich zu Anfang gelehrt, als Petrus und Johannes noch bei ihnen waren, weil alle sie als eines von Jesus' größten Wundern ansahen, als einen der unanfechtbarsten Beweise für seine magischen Kräfte. Saul jedoch hatte sie auch nicht mehr überzeugen können als die Geschichte mit den Krügen in Kana. Zum einen hatte der Sohn Gottes – oder der Messias, wie man ihn nun nennen wollte –, der auf die Erde kam, um den Juden wieder den Weg zum göttlichen Gesetz zu weisen, bestimmt Besseres zu tun, als Wasser in Wein zu verwandeln oder Brote und Fische zu vermehren, um Menschen damit zu speisen. In dieser Hinsicht würde man doch nicht den Göttern den Rang ablaufen wollen, den griechischen Helden und all den anderen, die sich in Tiere verwandelten, oder Menschen in Pflanzen, oder alles, was sie berührten, in Gold. Das waren Geschichten, die man für naiv halten mußte, solange man sie nicht symbolisch auffaßte. Außerdem war da eine Einzelheit, auf der die Jünger beharrten, ohne ihre Bedeutung zu erfassen: daß man mit den Überresten der improvisierten Mahlzeit zwölf große Körbe hatte füllen können. Aber woher kamen denn diese Körbe? Weshalb hätten diejenigen, die kamen, um Jesus zuzuhören, leere

Körbe mitbringen sollen? Saul zuckte mit den Achseln. Bestimmt hatte einer der reicheren Anhänger, Maria von Magdala oder Johanna, jemanden losgeschickt, um Lebensmittel einzukaufen, das war alles. Solchen Ammenmärchen schenkten doch nur kindische Gemüter Glauben, oder Wirrköpfe, die überall Wunder sehen wollten.[89]

Blieb die Tatsache, daß der Mann große Bewunderung verdiente und daß es schändlich gewesen wäre, seine Botschaft in Vergessenheit geraten zu lassen. Genauso dumm, dachte Saul, war es jedoch, die Verantwortung dafür Leuten wie Petrus oder Philippus zu überlassen.

Als er die ersten Ausläufer der Gebirgskette vor Calamona erreicht hatte, verließ er die Straße und ritt durch offenes Gelände. So manche Viper geriet unter die Hufe seines Pferdes, ehe er nach einer Stunde hinter einigen Felsbrocken ein Versteck fand, das groß genug für das Pferd war. Er machte es sich bequem, so gut es ging, tränkte sein Pferd, diesmal in der Vertiefung des Sattels, den er wie einen Trog in einer Bodenspalte festklemmte, dann aß er etwas Brot und Datteln, rollte sich in seinen Mantel und schlief ein.

Noch vor Morgengrauen wurde er wach. Er glaubte ein Geräusch gehört zu haben, auf jeden Fall hatte sein Pferd gewiehert. Alles schien in Ordnung, das Tier war noch angebunden, wirkte aber unruhig. Bestimmt hatte er nur geträumt. Erst im frühen Morgenlicht erkannte er die Ursache für die nächtliche Störung: Der Kadaver eines Schakals lag wenige Schritte entfernt. Das Pferd hatte ihn mit Huftritten getötet, nachdem sich das andere Tier zu nah herangewagt hatte. Die Sterne waren verblaßt, ein Käuzchen schrie. Saul stillte seinen Durst, verrichtete sein Bedürfnis und stieg in den Sattel.

Was machte er allein zu Pferd in der syrischen Wüste? Wäre da nicht der uralte Pakt zwischen Mensch und Pferd, so hätte ihn vor einer Stunde sicher ein Schakal zerrissen und damit einem herodischen Prinzen, der immer noch nach seinem Königreich suchte, ein groteskes Ende bereitet. Ein Ausreißer zwischen zwei Welten und ihren Lügen, so sah er sich selbst dank der Ironie, die er dem helle-

nistischen Weltbild entnommen hatte: ein kleiner, mißgestalteter Mann auf einem zu großen Pferd, ohne Freunde und ohne Liebe, dem nichts gewiß gewesen war und jetzt alles ungewiß sein würde. Er lachte kurz auf, als ihm diese bittere Einsicht kam.
Herodier war er nur dem Namen nach; ein Hirngespinst, das nur dazu gut gewesen war, seinen Stolz anzustacheln und ihm einen gewissen Reichtum zu verschaffen, bis ein übermächtiges Licht den falschen Luxus seiner angeblichen, ruhmlosen Macht verblassen ließ. Sein Judentum, das war nur ein Lippenbekenntnis gewesen, auf unbestimmbare Weise in Zweifel gezogen durch endloses Hadern mit dem Schicksal in Gestalt des römischen Adlers, der für Jahrhunderte über der Bundeslade stand, und mit einem Gott, den sie mit Worten und Abfällen abspeisen wollten, dem sie aber allen Ernstes vorwarfen, er habe sie verlassen. Ja, die Zeiten waren lange vorbei, als Ezechiel es gewagt hatte, sich gegen Nebukadnezzar aufzulehnen. Soweit also die eine Illusion. Die andere bestand darin, daß er sich nur deshalb den Nazarenern angeschlossen hatte, weil er sich zugleich über den Niedergang des Königreiches Israel, der herodischen Hoffnungen und über den Aufschwung einer jungen Macht klargeworden war. Damals war die Bindung noch oberflächlich gewesen. Wie oft war er in einem Anfall von Ungeduld nahe daran gewesen, Kokba unter lautem Protest zu verlassen, weil er diese Einfaltspinsel und ihre Wunder satt hatte! Diese Bauernschädel aus Galiläa hatten nicht an Jesus geglaubt, und der hatte das auch aus ihren fadenscheinigen Phrasen herausgehört, sobald er über sein Opfer sprach. Dann hatten sie ihn im Stich gelassen, und kein einziger war bei der Kreuzigung dabeigewesen. Diese elenden Feiglinge! Diese vertrottelten Schwachköpfe! Sie wollten einen König, diese Laubfrösche! Einen General! Dann entdeckt diese Maria das leere Grab, und ein paar Wochen später sehen sie Jesus leibhaftig wieder vor sich! Heillose Verwirrung: »Er ist auferstanden!« Und dann fangen diese Unglücklichen an, an Jesus zu glauben![90] Nein, nicht an Jesus, sondern an eine mythische Gestalt, Herakles, der aus dem Hades zurückgekehrt ist, und sie stellen sich keine einzige Frage, sie sagen sich nicht, daß es immerhin möglich sein könnte,

daß er nicht am Kreuz gestorben ist, nein, mit einemmal machen sie eine Gottheit aus ihm! »Er ist der Sohn Gottes! Er ist der Messias!« Wie dieser Hohlkopf Zacharias! Den bewundernswerten Menschen, dem sie drei Jahre lang gefolgt waren, ihn hatten sie nicht gesehen, nicht gekannt! Nein, sie glaubten nur an die Auferstehung! Saul nickte hämisch. »Ja, ja«, sagte er zu seinem Pferd.

Der Wind trug Gesprächsfetzen und Schreie zu ihm herüber. Er kniff die Augen zusammen und nahm, eine halbe Meile entfernt, eine Bewegung wahr. Er hielt sein Pferd an. Eine Staubwolke erhob sich links von der Straße – Kamele in vollem Lauf. Wenig später sah er den großen Zug einer Karawane in einer Staubwolke nach Norden verschwinden, während die Kamele zurückblieben. Sie schienen ziellos herumzuirren, als seien sie ohne Führer. Saul ritt auf sie zu.

Im Näherkommen erriet er, was geschehen war: Eine Räuberbande hatte eine Karawane angegriffen. Leichen lagen in schwarzen Lachen zwischen dem Geröll. Wieder hielt Saul an und forschte nach anderen Lebenszeichen als den fünf oder sechs noch lebenden Kamelen, die er schon von weitem ausgemacht hatte. Er stieg vom Pferd und ging von Leiche zu Leiche. Es waren Nabatäer, die wertvolle Ware transportiert hatten. Aus einem Säckchen, das der Aufmerksamkeit der Plünderer entgangen war, waren Perlen in den Sand gerollt, hier und da schimmerten Goldstücke. Saul suchte nach Überlebenden. Ein Mann atmete noch; Saul beugte sich zu ihm, um ihn abzutasten. Plötzlich fiel ein Schatten neben seinem Kopf auf den Boden. Er rollte zur Seite, ein Junge warf sich mit voller Wucht auf den Überlebenden, der aufschrie. Saul stürzte sich auf den Angreifer, drückte ihm mit einer Hand die Kehle ab und verdrehte ihm mit der anderen derart den Arm, daß er einen Schmerzensschrei ausstieß.

»So jung und schon ein Räuber, mein Junge?« fragte Saul, den eine kalte Wut gepackt hatte.

Der andere wehrte sich heftig. Saul verdrehte den Arm ein wenig weiter, ein Dolch fiel zu Boden. Saul schleuderte seinen Angreifer heftig von sich und hob den Dolch auf. Dann ging er auf den Knaben zu.

»Ich bin kein Räuber!« schrie er. »Er ist mein Vater!« sagte er und zeigte mit dem Finger auf den Verletzten.
Saul musterte den Jungen einen Augenblick, erkannte das große Ausmaß von Schrecken und Trauer in seinen Augen.
»Ich dachte, du wolltest ihn ausplündern«, fuhr der Junge keuchend fort.
Saul schüttelte den Kopf. »Ich bin ein Prinz, kein Dieb«, sagte er. »Wie heißt du?«
»Hussam.«
»Hilf mir, deinen Vater zu untersuchen.«
Sie entkleideten ihn. Ein tiefer Schnitt zwischen Hals und Schulter, ein weiterer zwischen den Rippen, der weniger lang, aber vielleicht tief war. Der Mann atmete noch. Mit Mühe hoben sie ihn auf ein Kamel, nachdem Saul dem Jungen erklärt hatte, daß er seinen Vater bis Palmyra mit angewinkelten Armen im Sattel halten müsse. Dann fing Saul die übrigen Kamele ein und belud eines davon mit den im Sand verstreuten Gütern.
Als sie in Palmyra eintrafen, zerschmolz der Mond am staubigen Himmel. Saul nahm die Pracht der Stadt, die im rötlichen Schein Hunderter von Fackeln leuchtete, kaum wahr. Von prächtigen Städten hatte er allmählich genug. Er fragte nach dem Weg zu den Thermen, stieg vom Pferd, nicht ohne den kleinen Schatz aus den Satteltaschen an sich zu nehmen, vertraute sein Reittier den Dienern an und überließ sich der Fürsorge der Sklaven. Sein zerschlagener Körper wollte seinen schwankenden Kopf nicht mehr tragen.
Als er wieder erwachte, lag er auf einer steinernen Bank, und weißliches Tageslicht fiel durch die beschlagenen Dachluken. Er ließ sich ins Schwimmbecken gleiten; dann zog er sich wieder an und erkundigte sich nach dem Weg zur Karawanserei.
Im Laufe des Tages erfuhr er, daß er der Held von Palmyra war. Der Wirt lehnte jede Bezahlung ab, da er mit der Ehre, ihn als Gast begrüßen zu dürfen, genug belohnt sei. Der König ließ ihn zu sich bitten. Man brachte Geschenke.
Aber er hatte sich selbst verloren.

VI.

Ein Sabbat in Rom im Jahre achtunddreißig vor der Ankunft der Hauptfiguren

Valerius Pisidius hatte keine Zeit zu verlieren. Caius Julius Caesar Germanicus hatte ihn zur Berichterstattung einbestellt. Das Wetter war kühl, aber Pisidius fühlte, wie ihm der Schweiß den Rücken hinunterrann. Man wußte nie, woran man mit diesem Kaiser war, den man Caligula nannte. Ein falsches Wort, eine falsche Bewegung, und ade, du liebes Leben! Oder wenn er sich in den Kopf setzte, einen zu verführen... Pisidius waren Geschichten zu Ohren gekommen! Seit diese Mißgeburt sich schminkte, um vor den Truppen zu deklamieren... Und dann nahm er sich, seit er den Kaiserthron bestiegen hatte, unsägliche Freiheiten heraus, ohne daß er auch nur den winzigsten Tadel zu fürchten brauchte.
Der verstorbene Tiberius hatte Pisidius zum kaiserlichen Berichterstatter der vier Ädilen für die vierzehn Bezirke Roms ernannt, und Pisidius hatte diesen Titel beibehalten, als der Sohn der Agrippina und des Germanicus, des Bruders von Tiberius, Caligula, das »Stiefelchen«, den Thron bestieg. Obwohl er den neuen Kaiser schon mehrmals bei öffentlichen Auftritten gesehen hatte, hatte er ihm noch niemals direkt gegenübergestanden, da man ihn bislang noch nicht zur Berichterstattung bestellt hatte. Was hätte er, davon abgesehen, auch zu berichten gehabt, das den neuen Kaiser interessieren könnte? Die Ädilen taten, was sie konnten, sie gaben ihr Bestes, um Unordnung und Wahnsinn von diesem Jahrmarkt fernzuhalten, der Kopf und Herz der Welt war – Rom. Sie verteilten Brot an die einhundertsiebzigtausend Bedürftigen der Metropole, wachten darüber, daß die Besitzer der *insulae* die Gehsteige instand und die Rinnsteine sauberhielten, darüber, daß keine Schweine innerhalb der Stadtwälle gehalten wurden und daß die Wasserleitungen der Aquädukte nicht mit Sand, Kies oder Schlamm verstopften. Aber bitte, ein Ädil war kein Jupiter! Immer noch wurden die Nachttöpfe einfach aus dem Fenster gekippt, und frühmorgens fand man weiter-

hin Totgeburten und noch lebende Bälger im Eiter der Rinnsteine; es gab immer noch Schlauköpfe, die ihre vierbeinige Wurst in einem Hinterhof großzogen, und eine elende Hütte, die gegen hartes Gold vermietet wurde, fiel in sich zusammen oder ging in Flammen auf und riß ein Dutzend arme Schlucker in den Tod, deren einziges Vergehen darin bestanden hatte, daß sie sich wärmen oder ihr Brot backen wollten.[91]

Aber jetzt hatte sich das Stiefelchen in den Kopf gesetzt, zu erfahren, wie viele Juden es in Rom gab, wo sie wohnten, was sie machten und was sie sagten. Und natürlich hatte er Pisidius damit beauftragt. Man konnte sich denken, worauf er damit hinauswollte: Die jüdischen Aufstände in Alexandria hatten ihn vor Zorn noch verrückter gemacht, als er es dem Vernehmen nach ohnehin schon war.[92] Jetzt wollte er offensichtlich den Juden in Rom an den Kragen, und Pisidius fürchtete das Schlimmste. Die vier Ädilen hatten ihm eingeschärft: »Vor allem, rege ihn nicht auf. Wenn er ein Massaker befiehlt, können wir für nichts garantieren!«

Pisidius verließ mit spiegelblank geschorener Glatze sein Haus beim Pantheon, denn das Stiefelchen, das selbst kahl war, ertrug nicht, daß ein anderer seine Haare auf dem Kopf behielt. Pisidius bahnte sich einen Weg durch die Menge, die Gerüche und das Gedränge. Hier konnte er mit knapper Not vermeiden, seine Beine an klebrigen Krügen zu beschmieren, dort wich er gerade noch einem Karren aus, der ihn mit Schlamm bespritzt hätte. Als er schließlich vor den Toren des Palastes anlangte, den Tiberius erbaut hatte und den nun Caligula bewohnte, gönnte er sich erst einmal eine Verschnaufpause. Sein Blick glitt über die von Zypressen gesäumte Front, und er fragte sich, ob er sie jemals wiedersehen würde. Schließlich passierte er die Prätorianergarde, durchquerte das Peristyl und den Innenhof und wurde schließlich bei demjenigen vorgelassen, den man wohl oder übel Kaiser nennen mußte.

Caligula empfing ihn stehend; ein beeindruckender Anblick. Seine Tunika war ganz aus Purpur, er selbst sehr groß und leichenblaß – zwei flächige Muttermale unterstrichen seine Blässe noch –, und die Augen liegen tief in den Höhlen seines Totenschädels. Der Kaiser glich eher einer Gottheit aus der Unterwelt als dem Herrscher eines Imperiums. Er fixierte Pisidius, der schluckte und die Augen niederschlug. Erst jetzt erblickte er die enormen Füße des Stiefelchens, riesig wie Waschbretter, die in weißem Leder mit goldenen Kordeln staken, und sein Unbehagen wuchs. Jetzt streckte ihm diese geisterhafte Erscheinung nachlässig eine Hand hin, die Pisidius, immer noch auf Knien, eilends küßte. Dann zwang ihn seine *virtus,* den Kopf zu heben. Er erblickte ein Medusenhaupt, aber es war eine Medusa mit schmalen Lippen, die Unterlippe beinahe nur noch der Rand eines Schlitzes, halb verdeckt von der oberen. Pisidius bemerkte, daß das Stiefelchen einen kleinen Hofstaat um sich geschart hatte, darunter eine extravagante Person in safrangelber Toga, die mit einem Purpurstreifen geschmückt war, umhüllt vom Duft erlesener Parfums und Salben, an den Füßen goldene Sandalen – kurz: die Hölle. Es war der Schauspieler Mnester, der ohne seine Aufmachung als Hetäre sogar ein hübscher Junge gewesen wäre. Außerdem waren Caligula und er… nun ja.

»Was bringst du mir, Berichterstatter?« fragte Caligula.

Eine näselnde Stimme, voll falschem Pathos.

»Meine Ehrerbietung, Caesar, und Ruhm deiner Weisheit«, antwortete Pisidius. »Es gibt etwa fünfzigtausend Juden in Rom.[93] Sie sind über die ganze Stadt verteilt, denn ihre Bankiers wohnen sogar auf dem Quirinal. Aber der Großteil lebt in Transtevere, und man findet auch viele zwischen dem Tiber und dem Fuße des Janiculus, wenige dagegen auf dem Hügel selbst. Sie haben elf Kultstätten, die sie Proseycha nennen. Sie unterwerfen sich keiner echten Autorität, aber von Zeit zu Zeit halten sie einen Ältestenrat oder Paruschim[94] ab.«

Er machte eine Pause. Caligula hörte ihm aufmerksam zu, Mnester ebenfalls. Die anderen kannte Pisidius nicht.

»Es scheint«, fuhr er fort, »daß sie sich seit etwa drei Jahren aufspalten. Innerhalb ihrer Sekte hat sich eine andere Sekte gebildet, die einen göttlichen Propheten verehrt, den sie Chrestos oder Jesus nennen und der während der Regierungszeit des Tiberius in Palästina gekreuzigt wurde.«

Mnester und die anderen hörten sich das mit spöttischem Gesichtsausdruck an, Caligula selbst schien nachdenklich.
»Warum beten sie ihn an?« fragte er und begleitete seine Frage mit einer ungeduldigen Handbewegung.
»Das ist nicht klar«, antwortete Pisidius. »Ich will damit sagen, daß es in ihren eigenen Köpfen nicht klar ist. Manche sagen, daß er auferstanden sei, nachdem man ihn begraben hatte, wäre der Beweis für sein göttliches Wesen. Andere, weil Jesus der Anführer sei, den sie seit langem erwartet hätten. Außerdem sind sie davon überzeugt, daß er der Sohn ihres Gottes Jahwe sei.
»Diese Juden sind verrückt!« rief Caligula. »Wozu soll ein solcher Chrestos gut sein? Ihr einziger Wunsch ist die Unabhängigkeit, aber weder dieser Chrestos noch ihr Gott werden ihnen helfen: Sie bleiben auf ewig unter unserem Joch!«
»Caesars Worte sind pures Gold«, warf Mnester ein. »Ihre Frevelhaftigkeit ist lächerlich. Daß die Götter auf unserer Seite stehen, ist dadurch bewiesen, daß der göttliche Caius über Rom herrscht, und dank ihm Rom über die ganze Welt!«
Pisidius beeilte sich, mit großer Überzeugung zu nicken.
»Es ist unerträglich, wie solche Sekten in Rom gedeihen«, sagte Caligula, wobei er dem Berichterstatter einen ungnädigen Blick zuwarf. Es hieß, der Imperator übe sich darin, mit solchen Blicken zu töten. »Ich will, daß man sie überwacht. Bei dem kleinsten weiteren Anzeichen von Aufbegehren oder Rebellion werde ich sie wieder vertreiben.«
Pisidius versicherte, daß der Wille Caesars eins sei mit dem Willen der Götter und der Vernunft, und zog sich unter tiefen Verbeugungen zurück.
Auf der Straße trocknete er sich die Stirn. Bevor er nach Hause ging, machte er bei einem Weinausschank halt und leerte hastig zwei große Gläser. Er war davon überzeugt, dem Gott Pluto in Verkleidung begegnet zu sein. Seine Frau war über seinen Zustand äußerst beunruhigt.
Die Sonne war schon lange hinter dem Janiculus verschwunden, um sich, wie die Ammen den Kindern erzählten, in Ostia auf einer

goldenen Galeere zu den Säulen des Herkules einzuschiffen, als eine kleine Gruppe Menschen nach der Abendlesung aus der Proseycha der Agrippiner, unweit vom Amphitheater des Statilius Taurus, trat. Wenig später verließ eine zweite Gruppe die Proseycha, dann eine dritte, eine vierte. Man bemühte sich, unauffällig zu bleiben, doch zumindest die Händler aus der Nachbarschaft, aus deren Buden die bekannten Spottlieder dröhnten, waren nicht zu täuschen. Einige der Gläubigen überquerten den Fluß, dann sammelten sie sich wieder. Jetzt schienen alle dasselbe Ziel zu haben: Am Fuße des Janiculus stand ein Haus, von einer angeketteten Fackel beleuchtet. Sie traten ein. Eine Mahlzeit stand bereit. Sie wuschen sich die Hände. Als sie sich zu Tisch setzten, brach der Älteste, ein Greis, der wie das Stiefelchen Caius hieß, das große Brot, das vor ihm lag, und sagte:

»Im Namen von Jesus, dem Sohn Gottes, unseres Messias', danken wir dem Höchsten, daß Er uns hierhergeführt und uns dieses Mahl geschenkt hat. Wir danken dafür, daß Er uns vor unseren Feinden beschützt hat, und bitten Ihn, Seine Augen nicht von uns abzuwenden. Wir bitten Ihn auch, mit Seinem Licht den Weg des Gesetzes zu erhellen und unsere Feinde das Erbarmen zu lehren. Amen.«

Er gab jedem von dem Brot, das er inzwischen in Stücke gebrochen hatte. Dann ließ er Wein einschenken. Salz wurde herumgereicht. Man salzte das Brot, trank einen Schluck Wein. Frauen trugen die Speisen auf. Das Essen begann.

»Scheint es mir nur so, oder spürt auch ihr diese Kälte bei unserem Rabbi Regius?« fragte einer der Anwesenden. »Fast habe ich den Eindruck, sie verstärke sich noch im Laufe der Wochen.«

»Regius mißbilligt, daß wir unseren Gottesdienst im Namen von Jesus feiern, das wissen wir«, sagte ein anderer. »Er hat deutlich gesagt: Wenn der Hohepriester von Jerusalem Jesus verurteilen ließ, dann deshalb, weil er ihn nicht für den Messias hielt.«

»Jesus predigte die Rückbesinnung auf das Gesetz, das geht aus seiner Lehre hervor, die uns Orestes[95] überbracht hat«, warf ein Dritter ein, während er seine Zähne mit einem Hühnerknöchelchen reinigte. »Dem kann Regius nicht widersprechen.«

»Er widerspricht aber, aus Treue zum Hohenpriester.«
»Der Hohepriester könnte sich irren.«
»Sicher. Das ändert nichts daran, daß wir einmal darüber nachdenken sollten, daß es Zeit für unsere eigene Proseycha[96] ist.«
Caius schaltete sich ein. »Ich sähe es ungern, wenn wir uns falsche Hoffnungen machten. Schon Tiberius war jedem neuen Thiasos[97] abhold. Und Caligula sieht unsere Zusammenkünfte bestimmt noch weniger gern, besonders nach den Zwischenfällen in Alexandria. Außerdem sind die Anhänger von Isis und Mithras zu Recht eifersüchtig auf die Privilegien, die Julius Caesar uns damals zugestanden hat. Wir sollten uns also besser mit Regius einigen.«
»Regius' ständige Wiederholungen mit anhören zu müssen, daß Orestes ein Fabulierer sei, wird uns schwerfallen«, bemerkte jemand.
»Orestes sagt, daß in Palästina Schüler leben, die Jesus nahestanden und seine Lehre gut kennen, die also für ihn sprechen können. Warum kommen denn nicht einer – oder mehrere – von ihnen nach Rom?«
Tatsächlich waren manche in der Versammlung der Ansicht, es sei hilfreich, wenn die vertrautesten Schüler von Jesus nach Rom kämen.
Die Gespräche wandten sich einem Mitbruder zu, der trotz der plötzlichen Abneigung des Stiefelchens gegenüber den Juden ein Beamter des kaiserlichen Hauses war. Man schwor sich, dafür zu sorgen, daß Caligula endlich die Augen aufgingen und er zum Judentum übertrete. Immer heftiger wurde die Diskussion, je weiter die Nacht vorrückte. Die Hausgötter schmollten. Schließlich beendete Apollo den Abend mit Bacchus. Der Himmel wurde allmählich wirklich zu eng.

VII.
Konflikt in Kokba

Die Sonne von Palmyra, von Petra, Gerasa, von Philadelphia und von Makna, von Jathrib, von Houreyda und von El Bariha hatte seine Seele verbrannt, seine Haut gegerbt und seine Füße geschwärzt.[98] Und seine Hoffnung ausgetrocknet. Er hatte von Sand gelebt, von Gold, von Ziegenfleisch und Sauermilch, er hatte Fische aus dem Roten Meer und aus dem Persischen Golf gegessen, die Moses noch nicht gekannt hatte, er hatte das Blut der Menschen gesehen und das Blut der Sonne, aber kein Tropfen Glaube hatte ihm seinen Eifer gelohnt. In den Städten der Hellenisten im Norden und in den Zelten im Süden hatte er von einem bewundernswerten Menschen gesprochen, der die Rückkehr des göttlichen Gesetzes verkündete. Man hieß ihn willkommen, man goß ihm Rebwein oder Palmwein ein, doch die Antwort war stets die gleiche:
»Fremder, welchem anderen Gesetz als dem des Schöpfers sollten wir denn folgen? Wurde es nicht für alle Ewigkeit in Achat und Jaspis geritzt? Wozu soll uns dein Prophet nützen?«
Im Norden fuhren sie fort, ihr Gold zu zählen, im Süden zählten sie ihre Perlen und Gewürzsäcke. Ihre Frauen waren fruchtbar, und ihre Schwerter scharf. Tatsächlich brauchten sie keine Gleichnisse.
Der Dornbusch der Wüste fängt die Feuchtigkeit der Nacht auf, um zu überleben. Aber für Saul gab es keine Nächte. Er machte sich auf den Weg zurück nach Damaskus.
Zwei Lehren konnte er aus dieser Niederlage ziehen. Erstens, daß glückliche Seelen den Propheten Jesus nicht brauchten; sie brauchten Zauberei. Man würde ihn nur dort anhören, wo es Leid und Mühsal gab, im Norden, bei den von Rom Gedemütigten. Und die zweite Lehre war, daß die Jünger trotz allem recht hatten; ihre phantastischen Geschichten waren sehr viel mehr dazu geeignet, die Einbildungskraft der Leute zu fesseln, als jedes Argument. Gewiß, er konnte sich nicht dazu entschließen, ihre Wundergeschich-

ten zu wiederholen, aber er konnte, nein, er mußte die übernatürliche Wiederauferstehung Jesu zu seinem Thema machen, wenn er Anhänger gewinnen wollte.
Als Saul Damaskus erreichte, wurde er gerade einundfünfzig Jahre alt. Er nahm sich eine Prostituierte für die Nacht, dann irrte er in den Straßen umher und fragte sich, wo Jesus wohl sein mochte. Aber die Aufgabe vor ihm war nicht die Aufgabe von Jesus; es war die seine. Das Morgengrauen war bitter.
Am Tag darauf war er in Kokba.[99] Die Gemeinschaft war kleiner geworden. Dositheus hatte sich nach Samarien begeben, um die Sache mit Simon dem Magier auszufechten, wie es hieß. Aber Alexander und einige der anderen waren noch da.
»Wie viele Bekehrte hast du getauft?« fragte Alexander, nachdem er ihm Honigmet, Brot und Salz gegeben hatte.
»Keinen«, antwortete Saul. »Womit hätte ich sie auch taufen sollen? Mit Wüstensand?«[100]
Alexander nickte. Schon andere hatten sich an den steinernen Göttern von Philadelphia und Jathrib die Zähne ausgebissen.
»Nicht im Süden müssen wir predigen«, sagte Saul. »Und wie soll man auch das Wort eines zum Tod verurteilten Menschen schon predigen?«
Alexander hielt sich mit einer Antwort zurück. Diese Fragen, sagte er, seien Sache des Rates in Jerusalem.
Welcher Rat in Jerusalem? Petrus, Jakobus, Sohn des Alphäus, Andreas, Johannes... Man mußte also nach Jerusalem reisen. Diese Aussicht erfüllte Saul mit Furcht. Er versuchte, Zeit zu gewinnen, gab vor, er habe zusätzlichen Unterricht nötig. Tatsächlich mußte er einige Punkte noch genauer klären. Stimmte es zum Beispiel wirklich, daß das himmlische Reich den Armen bestimmt war? »Den Armen im Geiste«, formulierte Alexander genauer. Aber daß eher ein Kamel durch ein Nadelöhr gehe, als ein Reicher ins Himmelreich komme? Alexander nickte. Daß Jesus sich mit seiner Lehre zuerst an die Sünder wandte und dann erst an die Gerechten? Ja, das stimmte. Daß mit dem Gleichnis vom Arbeiter der elften Stunde gemeint war, daß auch späte Reue denselben Lohn si-

cherte wie ein Leben in Tugend? Alexander bestätigte auch das, jedoch nicht ohne eine gewisse Unruhe; worauf wollte Saul hinaus?
»Ihr seid im Irrtum«, sagte der unvermittelt.
Die Umstehenden machten fassungslose Gesichter. Was erzählte er jetzt schon wieder, dieser Zwerg?
»So, wie ihr Jesus feiert, ist er nur ein Prophet mehr. Wer soll sich da schon für das, was ich oder ihr erzählt, interessieren? Zwischen ihm und Elias oder Jeremias gibt es keinen Unterschied. Ihr bleibt Juden, geht wie immer in die Synagoge, kurz, nichts hat sich geändert.«
»Aber wir lehren, daß er der Messias ist, und dich haben wir es auch gelehrt, oder etwa nicht?« gab Alexander zurück.
»Und was hat das gebracht? Ich sage es noch einmal: Ihr geht wie früher in die Synagoge. Ihr seid nur eine Handvoll Neophyten in der Masse des jüdischen Volkes, das euch für Träumer und für die sektiererischen Anhänger eines Propheten hält, dem das Unglück eines schändlichen Todes am Kreuz widerfahren ist, aber Respekt hat das Volk nicht vor euch. Fragt doch mal den Hohenpriester in Jerusalem oder irgendeinen Rabbi aus irgendeiner Synagoge, ob die Nazarener auch nur im entferntesten eine wichtige Rolle spielen. Sie werden euch antworten, daß die Juden schon immer Sektierer geduldet haben, ob nun die Essener, die Pharisäer oder die Zeloten, und daß sie gerade jetzt damit rechnen, daß die Schammaiten und Hilleliten sich zu eigenen Sekten zusammenschließen. Ihr spielt überhaupt keine Rolle«, schloß Saul und strich sich über den Bart.
Ein junger Nazarener, für den Saul eine gewisse Sympathie empfunden hatte, weil er ein ruhiger Mensch war und nur nach reiflicher Überlegung das Wort ergriff, sagte schließlich nach einer langen Stille:
»Aber wir legen es gar nicht darauf an, eine wichtige Rolle zu spielen. Für uns zählt nur die Botschaft von Jesus.«
»Sicher, einverstanden! Ihr seid eine Abspaltung der essenischen Sekte. Der, den ihr selbst den Sohn Gottes und den Messias nennt, ist gekommen und hat euch unterrichtet, und schon geht alles weiter wie gehabt, und die Juden haben eine Sekte mehr.«

»Und was sollen wir deiner Meinung nach unternehmen?« fragte Alexander.

»Ihr seid keine Juden mehr«, antwortete Saul. »Hört also auf, euch wie Juden aufzuführen, deren Führer doch schließlich den Tod eures, unseres Herrn befohlen hat. Das ist ein untragbarer Widerspruch.«

»Wir befolgen das Gesetz, oder nicht? An welches Gesetz bindest du dich denn, Saul, daß du sagen kannst, wir seien keine Juden mehr?« entgegnete Alexander mit einer Schärfe, die fast beleidigend wirkte. »Meines Wissens hat Jesus nicht gesagt, er sei gekommen, um das Gesetz außer Kraft zu setzten. Im Gegenteil, er ist gekommen, um die Juden an das Gesetz zu erinnern.«

»So drückt ihr es aus, um euch die Dinge einfach zu machen«, sagte Saul ruhig. »Ihr selbst, Alexander, habt berichtet, daß er die Sabbatruhe nicht einhielt, oder? Daß er sich vor der Berührung mit Speisen nicht die Hände wusch, daß er mit Heiden aß, daß er unverheiratete Frauen unter seinen Anhängern hatte, all das nennt ihr das Gesetz befolgen?« Er machte eine Pause. »Auf diese Weise sammelt man bestimmt keine Anhänger. Diejenigen, denen ihr Fakten vorenthaltet – indem ihr störende Einzelheiten sorgfältig auslaßt, zum Beispiel die, die ich gerade erwähnt habe –, weil ihr ihnen weismachen wollt, daß er gekommen ist, um das Gesetz in seiner Gültigkeit zu bekräftigen, glauben in ihrem tiefsten Innern, daß Jesus nur ein weiterer Prophet war und daß es überhaupt keinen Grund gebe, auf den israelitischen Glauben zu verzichten. Diejenigen aber, denen ihr alle Einzelheiten berichtet, auch die über den Sabbat, sagen sich, daß das wohl ein falscher Prophet gewesen sein muß und daß man jedenfalls noch nie einen Propheten gesehen hat, der zum Tod der Diebe verurteilt wurde, und, um das Maß voll zu machen, auch noch zwischen zwei Dieben hingerichtet wurde. Sie betrachten euch doch als Schwätzer, und das ginge ja sogar noch an, solange sie sich taufen lassen. Aber das Gegenteil tritt ein, euretwegen wenden sie sich gegen diesen Jesus, der das Gesetz nicht befolgte, ihr macht Feinde aus ihnen, die den Unentschlossenen ins Gewissen reden, um sie daran zu hindern, sich uns anzuschließen.«

Die Gesichter seiner Zuhörer waren wie versteinert vor Bestürzung, einige rangen die Hände.
Der junge Nazarener, der für allgemeine Bescheidenheit eingetreten war, Samuel ben Jehoram, sagte nach einer Weile: »Jesus ist nicht gekommen, um das Gesetz außer Kraft zu setzen. Wir werden ihm untreu, wenn wir uns von seinem Volk, das unser Volk ist, trennen.«
»Na gut, dann macht eben weiter so«, gab Saul zurück. »Geht hin und schwingt eure Reden, wie: ›Amen, die Zöllner und Huren werden vor euch in das Reich des Elohim eingehen.‹ Und dann versucht mal, eure Anhänger zu zählen, all die wohlhabenden und ehrlichen Leute, die, die noch nie mit gezinktem Scheffel oder einer gefälschten Elle Geschäfte gemacht haben, die, die nicht ehebrüchig oder meineidig geworden oder dem Götzendienst verfallen sind, aber denen es nichts ausmacht, daß sie den Zöllern und den Huren im Reich des Elohim den Vortritt lassen sollen! Na los, zählt sie doch! Ihr habt bestimmt genausoviel Erfolg wie ich in Petra und in Jathrib!«
»Diese ganze Sache ist zu ernst«, sagte Alexander, um eine Unterhaltung zu beenden, die er nicht mehr im Griff hatte und die ihn verwirrte. »Wir müssen sie dem Rat in Jerusalem unterbreiten.«
Saul erhob sich unzufrieden.
»Der Rat in Jerusalem! Wenn man euch so hört, könnte man glauben, das sei eine Versammlung von Anführern. Aber die Nazarener haben keine Anführer. Sie sind wie Schafe ohne Hüter, die das Gewitter auseinandergetrieben hat. Jeder irrt umher und glaubt das von Jesus, was ihm paßt oder was er meint, verstanden zu haben.« Er zuckte die Achseln. »Ihr wollt bei den Juden bleiben? Sie haben Stephanus gesteinigt, auch euch werden sie kreuzigen und steinigen, einen nach dem anderen!«
Sie waren immer noch betreten.
»Du bist kein Jude, Saul«, sagte ein schon älterer Mann, der wie Alexander zu den Siebzig gehörte. Es war Simon aus Tiberias, ein Galiläer. »Du bist ein Nabatäer. Dir fällt es genauso leicht, für die Trennung von den Juden zu plädieren, wie du dich damals an der

Ermordung von Stephanus beteiligt hast.« Er hatte das mit ruhiger Stimme gesagt.
»Friede sei mit euch«, sagte Saul. »Ich gehe wieder nach Damaskus.«
Unterwegs machte er bei einer Quelle halt, um seinen Durst zu stillen und eine Opiumpille zu schlucken. Irgendwie mußte es ihm gelingen, seinen Ärger niederzukämpfen.

VIII.
Die Flucht aus Damaskus

Am Morgen kam er an und suchte sich eine Bleibe. In Damaskus gab es etwa sechstausend Juden und sieben Synagogen. Noch am selben Abend begab er sich in die größte, die man die Synagoge der Araber nannte, und bat um das Wort.
»Ein Abgesandter des Allerhöchsten ist nach Jerusalem gekommen, meine Brüder. Ihr wißt davon. Drei Jahre lang hat er unermüdlich das Wort Gottes verbreitet. Er hat aufgezeigt, daß bei den Juden und ihren Oberen die Liebe zu Gott erkaltet ist. Er führte die Taufe ein zur Tilgung unserer Sünden, denn die Ankunft des Ewigen am Ende der Zeiten ist nah. Seht nur, meine Brüder, den unwürdigen Zustand Israels, das unter dem Joch von götzenanbetenden Heiden steht: Er sei denen, die Augen haben zu sehen und Ohren zu hören, Ankündigung genug. Die Oberen von Israel waren über jenen Menschen verärgert; sie haben ihn zum Tode verurteilt. Sein Name war Jesus.«
Eine gewaltige Stille erfaßte die Synagoge, die vorher von Gemurmel und dem Geräusch von Schritten erfüllt gewesen war. Sogar die Tauben und Spatzen, die eben noch unter der Kuppel hin- und hergeflogen waren, verstummten.
»Jesus«, rief Saul von der *tebah* aus, »war und ist der Messias! Man wollte ihn zum König über Israel machen. Er hat geantwortet, sein Reich sei nicht von dieser Welt. Denn er ist mehr als der König der

Welt, er ist der Sohn des Schöpfers. Er ist das einzigartige Licht, das die Dunkelheit besiegt, in der wir leben, und die, die ihm folgen, die auf sein Wort hören, werden am Tag des Jüngsten Gerichtes, der nicht mehr fern ist, vor dem ewigen Feuer der Verdammnis gerettet werden. Er hat seinen Jüngern die Macht verliehen, die verlorenen Seelen durch die Taufe wieder zurückzugewinnen. Diese Macht hat er auch mir gegeben. Und ich sage euch, die, die auf dieses Wort, das er uns hinterlassen hat, hören wollen, sollen zu mir kommen. Die, die gerettet werden wollen, werde ich taufen.«

»Wir haben ein Gesetz«, rief da eine klangvolle Stimme. Sie gehörte einem Greis, der sich Saul näherte. Die Fransen seines Mantels schleiften am Boden; also war er der Rabbiner. »Wir haben ein Gesetz, Fremder! Ist es dasselbe wie von deinem Jesus oder ein anderes? Ich will nicht glauben, Fremder, daß du die Unvorsichtigkeit begehst, hier und heute ein anderes Gesetz als das unsrige zu verkünden. Sag uns also, welche Veränderung Jesus für unser Gesetz bedeutet.«

Als er den Kopf hob, verrutschte seine Stola und ließ seinen kahlen Schädel und die weißen Schläfenlocken sehen. Er beeilte sich, sie wieder zurechtzurücken.

»Was habt ihr mit dem Gesetz gemacht?« entgegnete Saul. »Glaubt ihr, der Herr habe euch aufgrund eures Respektes für das Gesetz in diesen jammervollen Zustand versetzt, in dem ihr euch jetzt befindet? Zählen wir doch die Tränen, die über das Schicksal dieses heimatlosen Volkes vergossen worden sind, Rabbi, die vielen Tränen! So ist es doch, Rabbi, und wenn dein Herz rein ist, so verstehst du mich gut, weil nur das Herz verstehen kann, denn das Gesetz wurde gegen leere Worte eingetauscht, wie ein unehrlicher Wechsler reines Gold mit vergoldetem Blei ersetzt. Die Juden töten ihre Propheten, so wie sie den Messias Jesus getötet haben! Aber von diesem Mord bleibt nur die Sünde des Tötens, meine Brüder, und nicht der Tod, denn Jesus ist vom Grab auferstanden! Er ist auferstanden, und ich habe ihn gesehen, mit meinen eigenen Augen gesehen! Und er hat mich selbst zu euch geschickt, um euch darum zu bitten, ihr mögt ihn anhören!«

Stimmen wurden laut.
»Du hast meine Frage nicht beantwortet, Fremder«, ergriff der Rabbiner wieder das Wort. »Welches Gesetz predigt uns dieser Jesus?«
»Welches Gesetz predigt denn wohl der Sohn Gottes, der wahrhaft auferstandene Mensch? Welches Gesetz sollte er denn predigen, Rabbi, wenn nicht das des Allmächtigen?« rief Saul wieder.
»Bist du Jude?« fragte der Rabbiner.
»Ich bin Jude und habe zu Füßen des Rabbi Gamaliel studiert!« antwortete Saul.
Die Rufe wurden stärker. »Jagt ihn davon!« – »Hört ihn an!« Der Rabbiner wandte sich zu der Menge und hob die Hände. Auch Saul versuchte zu Wort zu kommen. Männer und Frauen umlagerten die *tebah.* »Taufe mich, Fremder! Sprich zu mir, lehre mich!« Sie zogen ihn hinab, führten ihn nach draußen, Fäuste ballten sich, Hände streckten sich ihm entgegen.
Am nächsten Tag taufte er sieben Neophyten. Er gab ihnen den Auftrag, weitere Anhänger zu gewinnen.
In den folgenden Wochen wiederholte er seine Vorstöße in den anderen Synagogen. Seine Ansprache blieb mehr oder weniger die gleiche, und auch die Argumente, die man ihm entgegenhielt, änderten sich nicht sehr. Nach zwei Monaten hatte er über zweihundert Männer und Frauen getauft, viele von ihnen hatten die ersten Neophyten mitgebracht.
Allmählich wurde es gefährlich, sich Zugang zu den Synagogen zu verschaffen. Einmal erkannte man ihn in der Synagoge der Händler und warf ihn ohne viel Federlesens mit der Begründung hinaus, daß das Haus des Herrn den Gottlosen verboten sei, aber er hielt seine Rede, noch dazu mit Stentorstimme, im Vorhof. Ein andermal wurde er, als man ihn in der Synagoge der Neophyten erkannte, unter großem Durcheinander überwältigt und an den Füßen hinausgeschleift. Die Feindseligkeit der jerusalemtreuen Juden wuchs mit der Zahl seiner Anhänger. Vier Monate nach seiner Ankunft waren letztere etwa fünfhundert, sechs Monate später noch einmal hundert mehr.

»Sieh dich vor«, rieten ihm die Neophyten, »denn man will dir an den Kragen.«
»Den Kampf für das Heil führt man nicht mit halbem Herzen«, gab Saul zur Antwort.
Er hatte sich angewöhnt, in der Begleitung von etwa hundert kräftigen Männern auf die Märkte zu gehen.
Zwei Abgesandte aus Jerusalem, die über Kokba angereist waren, kamen, um ihm ins Gewissen zu reden. So könne es nicht weitergehen. Er ziehe den Haß der frommen Juden auf sich, und waren die Jünger Jesu nicht auch Juden?
»Haben nicht Petrus, Johannes, Jakobus, Philippus und Alexander mich die Worte von Jesus selbst gelehrt? Glaubt ihr, daß ich den Frieden auf Erden bringen werde? Nein, sage ich euch, ich bringe Zwietracht. Seid ihr Anhänger von Jesus oder vom Sanhedrin? Welchen Dank erwartet ihr von denen, die Stephanus gesteinigt haben? Oder hofft ihr auf dasselbe Schicksal?«
Die Gesandten schüttelten die Köpfe und gingen verwirrt davon.
Während seiner Predigten auf den Märkten kam es immer häufiger zu Streitereien. Das erinnerte ihn an die Zeit in Jerusalem, wo seine eigenen Leute die Nazarener verdroschen hatten, und er mußte lachen.
Eine Auseinandersetzung war besonders heftig. Saul schimpfte auf die Juden, bezeichnete sie als Ehebrecher und Kinderschänder, als ein Sonderkommando anrückte. Sie schlugen mit Stöcken auf die Anhänger ein, dann bemächtigten sie sich Sauls und fesselten ihm die Hände.
»Was habe ich getan?« protestierte er.
»Du bist ein Verwandter von diesem Hund Herodes, der dich geschickt hat, um Unruhe in Damaskus zu säen!« gab ihm der Leutnant der kleinen Truppe zur Antwort. »Du wirst verurteilt, das kann ich dir flüstern, und wenn man dich verurteilt hat, dann gebe ich keinen Heller mehr für deine Haut, du Zwerg!«
Sie brachten ihn in die Festung auf der Stadtmauer, wo sie ihn im zweiten Stock einkerkerten. Dort verbrachte er drei Nächte.
»Ist es das Schicksal der Herodier, im Gefängnis zu enden?« fragte

er sich, wobei er an seinen Vater dachte. »Nein, bestimmt nicht, es ist das Schicksal von Männern der Tat.«
Er befand sich in tödlicher Gefahr. Vor Gericht würde ihn nur seine Beredsamkeit retten können. Er würde vor den Richtern des Aretas Widerspruch einlegen: Die Araber besäßen keine Sachkenntnis in den jüdischen Angelegenheiten, und seine Feinde hätten selbst die Unruhen angestiftet, damit sie ihm dafür die Schuld in die Schuhe schieben konnten. Doch noch war es nicht soweit. Er hatte Hunger, und weil seine Opiumpillen verbraucht waren, befürchtete er einen Anfall. In der dritten Nacht konnte er vor Sorge nicht schlafen. Der Mond übergoß die Ebene unter den Stadtmauern mit seinem Licht. Dann schoben sich dunkle Wolken davor. Ein sonderbarer Gegenstand schwankte leise vor dem Fenster hin und her, und Saul beobachtete ihn lange. Allmählich erkannte er, was es war: ein Korb. Saul ging zum Fenster und betrachtete ihn, streckte eine Hand aus und berührte ihn; offenbar hing er von einem Seil herab. Als Saul am Seil zog, schien ihm, als flüstere jemand aus dem Dunkel etwas zu. Sein Herz klopfte zum Zerspringen. Das Fenster war nur ein schmaler Spalt, aber wenn sein Kopf hindurchging, würde der übrige Körper wohl auch durchpassen.
Plötzlich spürte er, wie sich seine Kraft verzehnfachte. Er packte das Seil, schwang sich auf den inneren Fenstersims und schob seinen Kopf aus dem Fenster. Er hing jetzt halb über dem Abgrund, mit der Hand klammerte er sich an das Seil. Wenn das Seil nachgäbe und er hinunterfiele, würde er sterben. Aber jetzt blieb ihm keine Wahl mehr, auch konnte er nicht mehr in seinen Kerker zurück. Das Flüstern wurde eindringlicher. Er zog seine Beine noch ein Stück nach draußen und fiel wie ein Mehlsack in den Korb, den Kopf voran und voller Todesangst. Vorsichtig wurde der Korb hinabgelassen, nur ab und zu von der Mauer abgebremst. Nach einer Ewigkeit spürte Saul einen Ruck und erkannte, daß er auf der Erde angekommen war. Das Seil landete auf seinem Kopf. Vorsichtig lugte er über den Korbrand. Männer kamen auf ihn zugelaufen, schon glaubte er, ohnmächtig zu werden vor Angst und Erschöpfung, aber dann erkannte er die gedämpfte Stimme eines seiner er-

sten Schüler, eines jungen Mannes namens Sacchias von Palmyra, bei ihm drei weitere Getreue.

Sie rannten gebückt zu einem Wäldchen, wo zwei Pferde auf sie warteten. Sacchias nahm Saul vor sich in den Sattel, auch auf das andere Pferd stiegen zwei, und der fünfte verschwand in der Nacht.

Nach gut einer Stunde machten sie halt.

»Wir verlassen dich hier«, sagte Sacchias. »Das Pferd gehört dir. Dein Geld, das du mir anvertraut hast, ist am Sattel festgeschnallt. Es fehlt die Summe, die wir entnommen haben, um die Wachen zu bestechen. Reite immer geradeaus in diese Richtung.«

Er zeigte nach Westen. Saul küßte ihm die Hände. Als der Morgen graute, war er schon in Galiläa. Er stieg nicht vom Pferd, er fiel, und schlief bis in den Abend.

IX.

Der kleine Rat von Jerusalem

Als Saul erwachte, war er zerschlagen. Ausgehungert. Vollkommen steif. Er schleppte sich bis zu einem nahen Weiher, stärkte und wusch sich, dann machte er sich wieder auf den Weg. In Hippos kaufte er eine Tunika und Hosen – der Mantel tat es noch – und ging in die Bäder.

Nur ein Mann meines Alters ist in seinem Herzen stark genug, um auszuhalten, was ich durchgemacht habe, dachte er. Die Jungen haben nicht genug Überzeugung.

Jetzt mußte er nach Jerusalem und dem berühmten Ältestenrat, dem Sanhedrin, seinen Triumph melden, jawohl! Denn es war ein Triumph! Er hatte sich über ihren Kleinmut hinweggesetzt, ihre Vorbehalte in den Wind geschlagen, ihre Ermahnungen mißachtet – und er hatte sechshundert Anhänger getauft!

Aber Jerusalem war genauso gefährlich wie Damaskus.[101] Bestimmt hatte der Ältestenrat von Damaskus schon den Rat in Jeru-

salem davon in Kenntnis gesetzt, daß Saul, der Herodier, ihre Reihen dezimierte. Auf alle Fälle hatten sie in Jerusalem über ihn Erkundigungen eingezogen und auf diese Weise seine Herkunft erfahren.
Er schnitt seinen Bart nach Art der Nabatäer stumpf ab und trat die Reise an. Eine Woche später traf er in Jerusalem ein, noch bevor die Tore geschlossen wurden.
Wie es der Zufall wollte, lief er kurz nach seiner Ankunft seinem alten Studienfreund aus der Zeit von Eleasar, Marcus, dem Hellenisten, über den Weg; der erkannte ihn nicht. Ein gutes Zeichen. Saul suchte eine Herberge auf, gab sich als Nabatäer aus und mietete ein Zimmer. Er sorgte dafür, daß sein Pferd gefüttert und gestriegelt wurde, und ging dann zu Fuß zu seinem früheren Haus. Eine Weile blieb er davor stehen und forschte nach Überresten aus seiner Vergangenheit. Plötzlich ging die Tür auf, Sauls Herz klopfte heftig. Es war ein Unbekannter. Wenig später verließ eine Frau, ebenfalls ihm unbekannt, das Haus. Auch der Bäcker gegenüber war nicht mehr derselbe, und so ging Saul hinüber, um zu fragen, wem das Haus gehöre. Einem gewissen Abraham ben Mathir, hieß es; er sei ein hochstehendes Mitglied des Sanhedrin, ein reicher Mann und ein Sadduzäer.
»Und der frühere Besitzer, war das nicht ein gewisser Saul? Was ist aus ihm geworden?«
»Vielleicht hat ihn mein Vater noch gekannt, aber mein Vater ist tot. Ich erinnere mich freilich, daß die Witwe dieses Sauls das Haus verkauft haben soll.«
»Die Witwe?«
»Die Witwe, ja. Ich glaube, dieser Saul ist verrückt geworden und gestorben.«
Also war er verrückt geworden und gestorben. Rasch ging er zum Goldschmied; auch der war nicht mehr derselbe. Was aus den Kinder jenes Saul geworden sei, der in der Straße des Propheten Elias gewohnt hatte? Und aus seiner Frau?
Der andere zwinkerte ihm zu.
»Du meinst den Schwiegersohn des Hohenpriesters? Mir ist zu Oh-

ren gekommen, daß er am Wahnsinn gestorben ist, aber andere versichern, er lebe noch in Damaskus. Seine Frau ist gestorben. Ihre Kinder haben mir ihren Schmuck verkauft. Der eine hat in Jericho ein Geschäft aufgemacht, der andere in Cäsarea. Willst du dir nicht etwas Schmuck ansehen? Steine aus Serendib?«
Und das war ein ganzes Leben gewesen – nach kaum vier Jahren wie weggefegt. Saul wurde kalt ums Herz, als er an Saras Tod dachte. Hatte sie ihn auf dem Sterbebett verflucht? Mußte sie als Tochter eines Hohenpriesters, die ihres Vaters würdig war, nicht mit allen Fasern ihres Wesens den häretischen Glauben verachtet haben, dem ihr Ehemann sich angeschlossen hatte? Und erst recht ihren Ehemann selbst? »Ihr seid rastlose Menschen«, hatte sie bei ihrer letzten Unterhaltung gesagt. Für manche Menschen liegt das Unglück in einfachen Dingen; ihr Unglück war, daß sie einen Herodier geheiratet hatte.
Armer Herodier, der in der Stadt seines Großvaters an den Mauern entlangschleicht! dachte Saul. Aber sie hatte auch gesagt, daß er Rom wollte, und das war richtig, er griff nach dem Lorbeerkranz – aber dem in Rom! Die Herodier waren eine Nummer zu groß für die Juden.
Er hatte Durst und kaufte einem fliegenden Händler eine halbe Melone ab, die er mit seinem Messer mit dem silbernen Griff teilte. Es hieß, die Römer essen Äpfel, und die Juden essen Orangen. Er jedenfalls, er aß Melonen.
Saul trauerte um Sara, wie man um ein Pferd trauert. Immer wieder hatte er sich über die Zuneigung gewundert, die manche Hellenisten für ihre Frauen empfanden, eine allzu große Zuneigung, das stand fest, wenn man die gefährlichen Anfälle von Melancholie in Betracht zog, unter denen die Männer litten, wenn sie denn ihre Frauen verloren. Solche übersteigerten Gefühle waren weder natürlich – was waren Frauen denn schon, außer daß sie den Fortbestand des Geschlechtes sicherten – noch rechtgläubig, denn zuviel Liebe für eines seiner Geschöpfe lenkte von der Liebe zum Schöpfer selbst ab.
Was seine Kinder betraf, so hatte Saul sie großgezogen und mit

Geld versorgt. Gewiß, weder sein früheres noch sein neues Leben hatten es ihm erlaubt, sie darüber hinaus auch zu erziehen, aber war es ihm als Kind nicht ebenso ergangen? Die Not war ein guter Lehrmeister. In Cäsarea wachte Doris jedenfalls zumindest über den einen seiner Söhne.

Saul selbst galt also als tot; fast mußte er darüber lachen. Aber er war wirklich tot. Der unbekümmerte Eroberer, der er bis zu seiner Begegnung mit Jesus gewesen war, hatte sich am Horizont aufgelöst, so wie diese dichten Staubwolken, die die Stürme der Tagundnachtgleiche mit sich brachten. Er hatte einen kurzen, aber wie durch einen Blitz erleuchteten Blick auf seinen Heroen werfen dürfen, der gekommen war, um die Menschen an den Willen der himmlischen Macht zu erinnern; auf diesen strahlenden Krieger, der nicht gekommen war, um den Frieden zu bringen, sondern das Feuer und die Gewalt – so lauteten seine eigenen Worte. Selbst Alexander der Große war nur ein schwacher Abglanz von ihm gewesen. Der Makedonier hatte nur für das Gesetz der Menschen gestanden, Jesus aber besaß die Kraft, der römischen Macht eine Niederlage zu bereiten. Und er, Saul, war sein Soldat.

Dennoch, so dachte er auf dem Weg nach Betanien, wo sich Petrus und die anderen aufhielten, war er der Überbringer einer unübersetzbaren Nachricht. Außer den Juden hätte keiner der Andersgläubigen zugelassen, daß man einen Helden ans Kreuz schlug, um ihn den schändlichsten aller Martertode erleiden zu lassen.

In Betanien erkundigte er sich nach Petrus; man zeigte ihm dessen Haus. Er klopfte, eine Frau mit müdem Gesicht öffnete.

»Ich bin Saul«, sagte er.

Sie betrachtete ihn ohne Begeisterung.

»Mein Mann wird gleich kommen«, verkündete sie.

Zwei kleine Mädchen umlauerten ihn, nachdem er sich auf einer Bank niedergelassen hatte. Offensichtlich war die eine Petrus' Tochter.[102] Er mußte seine Familie nach Galiläa geholt haben, um eine Scheidung zu vermeiden. Ein junger Mann kam herein und brachte Essen mit: In seiner linken Hand baumelten einige Hühner, die er an den Füßen gepackt hatte, über die Schulter hing ihm ein

Weinschlauch, und in der rechten trug er eine Tonschüssel voller Schafskäse, die in ein Tuch geknotet war. Eine Frau folgte ihm, auf dem Kopf einen Stapel Brote, die ebenfalls in ein Tuch gebunden waren, dazu einen Korb mit Eiern, einen anderen mit Oliven, Salat und einem Bund Zwiebeln. Die beiden gingen in den hinteren Teil des Hauses. Einen Augenblick später kam der junge Mann mit zwei Gläsern Wein zurück und bot dem Gast eines an.

»Ich bin der Sohn des Jakobus«, sagte er und hieß Saul willkommen. »Levis Neffe.«

»Wen aus eurer Gemeinschaft erwarten wir heute?« fragte Saul.

»Petrus, Andreas, meinen Vater, Levi, Elias, Nestor, ich weiß nicht genau. Sie kommen und gehen. Philippus ist in Samarien, Johannes und sein Bruder Jakobus in Galiläa, glaube ich. Du warst lange in Arabien, nicht wahr?«

»Sechzehn Monate.«

»Hast du viele Anhänger gewonnen?«

»In Arabien keinen einzigen, denn die Araber sind zufrieden, und zufriedene Völker sind taub«, antwortete Saul. Was Damaskus anging, wollte er vorerst verschweigen.

Sie trafen wenig später ein, als die Zikaden an den Stämmen der Olivenbäume und Zypressen ihr Bestes gaben: Petrus als erster, dann Andreas, Jakobus und andere, von denen Saul viele noch nicht kannte. Sicherlich waren es neue Anhänger. Auch sie brachten Essen mit; Geld, das sie bei den Bekehrten eingetrieben haben mochten, war keines zu sehen. Lebten sie denn von Bettelei? fragte sich Saul. Und aus welchem Grund?

Man konnte wirklich nicht behaupten, daß sich in Petrus' Gesicht große Freude spiegelte, als er Saul mit dem Rücken zum Fenster auf seiner Bank sitzen sah, die Glatze schimmernd im Licht.

»Willkommen, Saul«, sagte er tonlos.

Die Frauen hatten sich an die Vorbereitung des Abendessens begeben, gerade wurden die Hühner geschlachtet. Der Duft von gebratenem Knoblauch zog durch den Raum. Man bat Saul, zum Essen zu bleiben. Bis Sonnenuntergang wurde über Geld, Zahlungen, Ausgaben geredet, dann machten sie eine Liste der Bekehrten aus

dem Gebiet von Jerusalem, Stadtviertel für Stadtviertel. Ob es Grünfutter im Haus gebe? fragte Saul plötzlich, dem über diesen Listen die Geduld riß. Man rief einen Diener, der das Pferd zum Stall führen sollte, und Saul sorgte dafür, daß das Tier ordentlich gestriegelt und mit trockenem Futter versorgt wurde.
Als er wieder zu den anderen stieß, war es an der Zeit, sich die Hände zu waschen, denn man setzte sich zu Tisch. Petrus war offensichtlich das Oberhaupt der Gemeinschaft, denn er dankte stehend dem Allmächtigen im Namen seines Sohnes Jesus für das Mahl, das Er ihnen schenkte, und bat Ihn, durch dieses Mahl den Körper der Versammelten für die bevorstehenden Mühen zu stärken. Wieso Mühen? fragte sich Saul. Warum nicht die Herrlichkeit? Petrus brach das Brot und reichte es herum, so daß jeder der Anwesenden ein Stück abbekam; dann trank er einen Schluck Wein in Erinnerung an das Abendmahl vor der Kreuzigung. Saul fragte sich, ob sie sich wohl daran erinnerten, daß sie, die jetzt hier versammelt waren, diesen Mann, der zu ihnen gesagt hatte, er sei das Lamm Gottes, wie einen Verrückten behandelt hatten; aber solche Fragen stellte man nicht.
Dafür befragten sie jetzt ihn und kamen gleich zur Sache. Nein, er habe niemanden getauft, man habe nicht auf ihn gehört. Aber *hier* hörte man schließlich auf ihn.
»Die Hoffnung«, sagte er, »ist nur bei den Verzweifelten lebendig. Für die anderen ist sie bloß eine unbekannte Speise. Arabien ist zufrieden«, erklärte er und funkelte sie mit seinen kohlschwarzen Augen an. »Die Nabatäer und die Idumäer sind zufrieden mit ihren Göttern, die manchmal nur vom Himmel gefallene Steine sind, wie sie selbst sagen. Niemand erniedrigt sie, jeder einzelne von ihnen ist Herr über die Sanddünen. Und wenn man sie beleidigt, sind sie mit dem Dolch schnell bei der Hand. Selbst wenn ihr alle mit mir gegangen wärt, die Elf und die Siebzig,[103] ihr hättet keinen einzigen bekehrt.«
Dieser letzte Satz wurde mit eisigem Schweigen aufgenommen.
»Muß man daraus schließen, daß es nicht möglich ist, Heiden zu bekehren?« fragte Petrus.

»Wir müssen uns auf den Gedanken der Hoffnung besinnen, den ich gerade umrissen habe«, antwortete Saul. »Wer braucht denn überhaupt Hoffnung? Der, der erniedrigt wird und für den das Gesetz von Fremden eine ständige Qual ist. Damit meine ich die Völker unter dem römischen Joch, die, wie die Juden auch, Tag für Tag leiden.«

»Das heißt«, fuhr Petrus fort, »daß nur das diesseitige Leiden die Herzen für die Lehre von Jesus öffnet?«

»Hat er nicht selbst von einer schlechten Zeit gesprochen, und was sind denn schlechte Zeiten anderes als die, in denen die Geschöpfe an Körper und Geist leiden?« gab Saul zurück.

Sie dachten über diese Antwort nach, dann fragte Jakobus: »Aber die Heiden, von denen uns berichtet wird, daß sie sich uns angeschlossen haben, in Rom und in blühenden Städten, warum sollten sie denn denken, daß die Zeiten schlecht sind? Muß man nicht eher glauben, daß ihnen die Gnade der Erleuchtung zuteil wurde?«

»Warum wirkt diese Gnade dann nur im Norden, und nicht im Süden?« fragte Saul. »Habt ihr die Anhänger kennengelernt? Seid ihr sicher, daß sie nicht von den Göttern Roms enttäuscht sind? Soviel ich weiß, sind viele unserer Anhänger in Rom und in den römischen Städten zuerst dem Judentum beigetreten, und erst durch die Vermittlung über das Judentum konnten sie die Lehre Jesu aufnehmen.«

Eine Frau brachte eine Schüssel Datteln, eine andere ein Körbchen mit Orangen als Nachtisch. Die Jünger blickten nachdenklich drein.

Saul schaute sie mit jenem starren, durchbohrenden, unverfrorenen Blick an, von dem er inzwischen wußte, daß er die Menschen in Unbehagen versetzte.

»Du hast nichts von Damaskus erzählt«, fragte Jakobus schließlich mit boshaftem Unterton. »Es ist uns zu Ohren gekommen, daß du dort für einige Aufregung gesorgt hast.«

Saul hielt mit seiner Antwort noch etwas zurück, um sie auf die Folter zu spannen.

»Aufregung, das kann man wohl sagen«, erwiderte er ein wenig spöttisch. »Sechshundert Neophyten.«

»Wie bitte?« fragte Petrus verdutzt.
Saul wiederholte seine Worte nicht. Ruhig saß er ihnen gegenüber und kostete seinen Triumph aus.
»Sechshundert!« wiederholte Jakobus.
»Ihr habt zwei Abgesandte zu mir geschickt, um mich vor einem Bruch mit den Juden zu warnen, oder nicht?« fragte Saul. »Sind sie schon zurück?«
»Nein, wir erwarten sie noch.«
»Sie werden meinen Bericht bestätigen. Ich habe mich über eure Ermahnungen hinweggesetzt. Die Juden und Rabbiner in Damaskus waren außer sich vor Wut. Sie haben mich sogar bei dem Eparchen von König Aretas angeschwärzt, der mich ins Gefängnis werfen ließ. Mein Tod galt als beschlossene Sache. Aber ich habe sechshundert Neophyten getauft. Euer Zögern ist nicht mehr angebracht, das habe ich auch schon Alexander in Kokba erklärt. Wenn ihr so tut, als ob ihr vermitteln wolltet, dulden euch die Juden auch nicht eher, als wenn ihr euch offen zu eurem Glauben an Christus bekennt.«
»Darum geht es nicht!« widersprach Petrus aufgebracht. Und wiederholte seine Worte noch zweimal. »Was sind wir denn, wenn wir keine Juden sind! Wir bleiben der Tora treu! Jesus ist nicht gekommen, um die Tora außer Kraft zu setzen! Er ist gekommen, um sie zu erneuern! Er ist gekommen, um den Bund zu erneuern!«
»Und um das Feuer auf die Erde zu bringen, nehme ich an«, sagte Saul kühl. »Und um den Tempel zu zerstören.« Er trank einen Schluck Wein. »Ihr macht einen Fehler. Die Nazarener werden sich bald von den Juden abspalten. Ihr seid feige, und daher habt ihr Angst, dieses Problem anzugehen.«
»Das Problem ist zu weitreichend, als daß wir es hier und heute abend in einer einzigen Besprechung lösen könnten«, griff Jakobus in ihre Auseinandersetzung ein. »Vorerst bin ich derselben Meinung wie Petrus: Wir sind Juden, und die Tora ist unser Gesetz.«
»Indessen muß ich euch meine Auffassung darlegen. Es gibt schon mehrere hundert, vielleicht einige tausend Neophyten auf der Welt. In Jerusalem, in Syrien, den beiden Antiochien und sogar in Rom,

wie man mir versichert. Das ist eine Herde ohne Hirten, die der Rachsucht der Juden schutzlos ausgeliefert ist. Sie werden sich nach Kräften wehren, aber bestimmt nur schlecht, und besonders schlecht, solange sie im Machtbereich der Juden bleiben. Denn für die Juden seid ihr Abtrünnige, wie die Samariter.«

»Man merkt, daß du ein Nabatäer bist«, sagte Petrus, »und kein Jude. Du redest über die Juden wie über Fremde, wie über Feinde. Wir aber, wir sind Juden.«

»Sicher ist es ein Vorteil für mich, daß ich der Schüler Jesu und nicht Schüler der Juden bin«, sagte Saul herausfordernd. »Das verhilft mir zu einem klaren Urteil. Bleibt die Tatsache, daß ihr keine Kontrolle über die Neophyten habt.«

»Johannes hat dir gesagt, daß wir keinen Anführer haben«, bemerkte Jakobus. »Aber was die Neophyten in Palästina angeht, so haben Petrus und ich ein Auge auf sie.«

»Und die aus Syrien, den beiden Antiochien, Zilizien, Rom?« fragte Saul.

»Der Herr wird sie beschützen«, erwiderte Jakobus.

Sie wollten einfach nicht hören. Diese kleinmütigen Starrköpfe!

»Ich werde jedenfalls weiterreisen«, sagte Saul.

»Und wohin gehst du jetzt?« fragte Jakobus. »In Palästina bist du nicht mehr sicher.«

Diese Frage und die Haltung derer, die ihn befragt hatten, traf Saul wie eine Ohrfeige. Im Grunde gaben sie ihm zu verstehen, daß er nicht zu ihnen gehörte. Er war nicht gern gesehen in Palästina, das war sicher nicht ihre Schuld, aber letztendlich waren sie deshalb nicht beunruhigt und boten ihm auch nicht an, ihn zu beschützen. Er war als letzter gekommen, oder etwa nicht? Und bestimmt konnten sie nicht vergessen, daß er die Ihrigen verfolgt hatte, am Tod von Stephanus mitschuldig gewesen war und, wer wußte das schon so genau, auch an Jesus' Verurteilung. Er konnte gehen, wohin es ihm paßte, die Versammlung der Apostel, denn das waren sie, kümmerte es nicht. Sie waren keine Gerichtsversammlung, vor der er zu erscheinen hatte. Sie hatte sich in seiner Abwesenheit formiert, und daraus waren zwei Anführer hervorgegangen, Petrus

und Jakobus, Sohn des Alphäus. Sie konnten ihm die Gastfreundschaft nicht verweigern, schließlich hatte er, der Verfolger, sich ihnen angeschlossen, aber sie konnten ihn auch nicht als einen der Ihrigen ansehen.
Letztendlich waren sie also nicht traurig darüber, ihn loszuwerden.[104] Wohin würde er gehen? Die Frage war in der Tat berechtigt.
Saul nahm sich für die Antwort Zeit. Vielleicht dachten manche schon, er würde überhaupt nicht antworten. Er hatte sich eine Orange geschält, zerteilte sie, steckte sich langsam eine Scheibe in den Mund, kaute sie und spülte sie mit einem großen Schluck Wein hinunter. Wie köstlich, diese Hochzeit von Orange und Wein! Schließlich hob er seine Augen, in denen es wie Kohlenfeuer glomm, und sah mit berechnender Herausforderung zuerst Jakobus an, dann Petrus, dann die anderen.
»Ich werde gehen, um die Heiden zu bekehren«, sagte er.
»Auch die Römer?« fragte Jakobus.
»Auch die Römer.«
»Ist das nicht gefährlich? Schließlich bist du immer noch römischer Bürger.«
»Richtig, ich bin römischer Bürger.«
Auch sie hatten daran gedacht: Die Götter des Kaiserreiches zu beleidigen wurde mit der Todesstrafe geahndet. Diese Ungewißheit würde er ihnen nicht nehmen.
Das Essen war zu Ende. Die Frauen deckten die Teller ab, aber die Gläser und die Weinkrüge ließen sie stehen, brachten sogar noch mehr Wein. Die Runde nahm ihre Gespräche wieder auf.
»Hat der Heilige Geist während deiner Reisen in Arabien dein Denken und deine Bußfertigkeit gelenkt?« fragte Petrus in einem Ton, der gutmütig und väterlich klingen sollte.
Wieder nahm sich Saul Zeit mit der Antwort. Dann sagte er langsam, während seine halb geschlossenen Augen auf dem einstigen Simon ruhten, der sich später Kephas und jetzt Petrus nannte:
»Nicht der Heilige Geist, die Erinnerung an Jesus.«
»Die Erinnerung?« fragte Jakobus mit hochgezogenen Brauen.

»Die Erinnerung an unsere Begegnung in Edessa.«[105]
Petrus wurde bleich, und Jakobus blieb der Mund offenstehen. Auch die anderen hatten es gehört.
»In Edessa?« rief Jakobus.
»In Edessa.«
Sie warfen sich Blicke zu.
»Was hat er gesagt?« fragte Petrus.
»Das ist ein Geheimnis«, antwortete Saul.
Jetzt mußten sie ihre Verachtung hinunterschlucken.

X.
Niederlage in Tarsus

Wieder einmal schiffte er sich in Cäsarea ein. Zielhafen der Myriamphore[106] *Genius von Berytos* war Massilia. Der Apheliotes[107] des ersten April, unberechenbar und launisch, füllte die Segel, und das schwere Schiff fing an zu tanzen wie ein feistes und vollgefressenes Weibsstück. So heftig war das Schwanken, daß Saul sich, wenn er nicht in seiner Koje lag, am erstbesten Gegenstand festklammern mußte, um nicht über Bord zu gehen. Auch die *decumanae*[108] waren gewaltig und schlugen mit hohen Brechern gegen die rechte Schiffsflanke. Aber der Navarch[109] und der Steuermann waren zufrieden; dieser Sturm, sagten sie, sei die Frucht ihrer Opfer an Poseidon, denn ein kräftiger Wind sei die einzige Möglichkeit für die *Genius von Berytos,* ohne Ruder voranzukommen. Wenn sie das Tempo hielten, wären sie in einer Woche in Tarsus, anstelle von zweien, die man im Hochsommer rechnen mußte, wenn das schöne Wetter die Segel schlaff herunterhängen ließ.
Saul teilte Doris vom Hafen aus seine Ankunft mit[110], denn er weigerte sich – ohne übrigens so recht zu wissen, weshalb –, die Kulissen der Vergangenheit wiederzusehen, wenn er sie in ihrem Haus aufsuchte; er fürchtete jene alten Wunden, aus denen unsichtbares Blut rinnt und die viel gefährlicher sind als jeder Dolchstich. Schon

das Wiedersehen mit Tarsus... Doris kam verschleiert, und als sie das Wolltuch beiseite schob, sah er in ein verblühtes Gesicht. Auch die Zärtlichkeit in den Augen war dahingewelkt. Der Familie gehe es gut, Rufus sei nach Delos gereist; sie hatte ihren Neffen Simon, Sauls Sohn, bei sich aufgenommen und erzog ihn, als hätte sie selbst ihn geboren.
»Er ist schön«, sagte sie fast bedauernd, »und intelligent.«
Schön! dachte Saul und spürte einen bitteren Nachgeschmack auf der Zunge. Simon war also mehr der Sohn der verstorbenen Sara als der seine. Grausame Macht der Schönheit! Selbst eine alte Frau betonte noch, daß ihr Neffe schön war! So wie er selbst zu seiner großen Verwirrung hatte feststellen müssen, daß Jesus schön war.
»Es ist offensichtlich unser Schicksal, von Tanten aufgezogen zu werden«, meinte er lächelnd.
Sie nickte. Auch sie lächelte mit der Traurigkeit jener Menschen, die nur noch die Ironie besitzen, um sich zu verteidigen.
»Sara ist tot«, sagte sie, weil sie glaubte, das sei ihm neu.
Er hörte den Vorwurf in ihren Worten. Offensichtlich machte Doris ihren Bruder für diesen Tod verantwortlich und wollte andeuten, daß Sara noch am Leben wäre, wäre ihr nicht ein Schicksal widerfahren, das grausamer war als jede Witwenschaft – das Schicksal nämlich, verstoßen zu werden. Wie die Frauen zusammenhielten! Um Worte verlegen, schluckte er seinen Zorn hinunter und sagte:
»Das Schicksal der Welt verändert sich, Doris.«
»Die Nazarener, meinst du?« Ein paar graue Haarsträhnen fielen ihr ins Gesicht. Sie rückte ihr Tuch zurecht, an dem der Wind riß.
Saul war gerührt von dem Grau in ihrem Haar. Die Zeit verging, unleugbar. Doris war siebenundfünfzig Jahre alt und er selbst schon einundfünfzig. Er fühlte sich nicht alt, nein, aber auf ihn warteten schließlich noch so viele große Aufgaben! Abgesehen von seinem alten Leiden, der Fallsucht, war er kerngesund. Die Natur hatte ihn nicht gerade üppig bedacht, doch er war schonend mit seinen Kräften umgegangen, hatte wenig gegessen und wenig getrunken, selten gezecht und sich der Frauen nur sehr maßvoll bedient.

So war es eben: Wenn man von sich weiß, daß man nicht gefällt, dann hält man sich zurück, und irgendwann wird einem das Maßhalten zur zweiten Natur.
Sie schauten beide auf das Meer.
»Du willst nach Rom, nicht wahr?« fragte sie sanft.
Offenbar konnte er seine Pläne nicht mehr verbergen.
»Ich habe ja schon gesagt, das Schicksal der Welt verändert sich«, wiederholte Saul, verwirrt und aufgebracht. Und nach einer Pause fügte er hinzu: »Herrschen ist das Los unseres Geschlechts.«
Doris wandte ihm ihr ernstes, sorgenvolles Gesicht zu, in dem wohl auch eine Spur von Enttäuschung zu lesen war. Später würde sich Saul sagen, daß Frauen nichts von Macht verstehen und folglich auch nichts von Männern. Königin, das wollen sie wohl sein, aber der Kampf um die Macht ist ihnen zuwider. Letztendlich war Salome die einzige in der Familie gewesen, die herrschen wollte. Ihr Abschied war gefühlvoller, als er erwartet hatte, und das Herz wurde ihm schwer.
Nach den langen Tagen auf hoher See war Saul erleichtert, seinen Fuß wieder auf festen Boden setzen zu können. Tarsus schlug ihn in seinen Bann[111], wie ihn damals Skythopolis verzaubert hatte. Im Vergleich mit Jerusalem und den alten Städten des Orients waren die römischen Städte hell, luftig und majestätisch. Seine alten Wege fand er freilich nur mit Mühe wieder. In vierzig Jahren war so viel gebaut und verändert worden! Schließlich kam er zur Synagoge. Der Rabbiner, der Eugenius hieß, war jung und lächelte. Sein blonder Bart und die helle Farbe seiner Augen verrieten seine nördliche Abstammung. Und tatsächlich erzählte er Saul, sein Vater sei Galatäer und seine Mutter Skythin gewesen. Sein Vater war zum Glauben der Juden übergetreten, nachdem er sich in Tarsus niedergelassen hatte, denn er hatte das Judentum einfacher gefunden als das vielfältige Durcheinander der galatäischen, griechischen und römischen Götter, ganz zu schweigen von jenen, die seine Frau ihm nahezubringen suchte. Eugenius berichtete all dies ganz unbefangen; sein Vater hatte aus Bequemlichkeit den Glauben gewechselt, und er selbst war Rabbiner geworden, weil ihm sein Weg vorgezeichnet war – auch eine Art Bequemlichkeit.

»Aber Gott?« fragte Saul fassungslos.
»Sprechen wir von Gott oder von den Namen, die man ihm gibt, und den Ritualen, mit denen man ihm huldigt?« entgegnete Eugenius gleichmütig. »Jedes menschliche Wesen versteht ziemlich schnell, daß seine Existenz ohne einen Gott unverständlich, also unwürdig ist. Hätte ein Mensch keinen Glauben, dann wäre seine Geschichte von der Geburt bis zum Tod eine Abfolge von ausschließlich tierhaften Handlungen: Fressen, Kopulation, Machtkämpfe. Aber kein Mensch akzeptiert, daß er selbst unwürdig ist. Daher braucht er einen Gott, an den er glauben kann und den er Zeus, Jupiter, Ahura Mazda oder Jahwe nennt.«
Eugenius lächelte, während er diese Grundsätze verkündete, ohne Zweifel hielt er sie für selbstverständlich.
»Du siehst also keinen Unterschied zwischen Taranis[112] und Jehova?« fragte Saul, der sein Erstaunen nur schlecht verbergen konnte.
»Abgesehen von den Namen und den Ritualen, siehst du denn einen?« erwiderte Eugenius. Er wandte den Kopf, um eine Dienerin zu rufen; sie sollte Feigen und Wein bringen.
»Jahwe fordert keine Menschenopfer«, sagte Saul.
»Glaubst du?« fragte Eugenius, schenkte seinem Besucher ein Glas Wein ein und schob Saul den Teller mit den Feigen hin. »Die Bücher sind voll von Berichten darüber, daß Menschen hingerichtet wurden, weil sie den Herrn nicht achteten. Sodom und Gomorrha waren ein einziges Opfer, ganz zu schweigen von Isaak, den ein Engel im rechten Augenblick vor dem Messer seines Vaters gerettet hat.«
Saul verzehrte nachdenklich eine Feige und trank einen Schluck von dem Wein. Es waren seit langem seine ersten Feigen aus Zilizien; er hatte ganz vergessen, wie köstlich sie nach Muskat schmeckten. Und erst das Rosenbukett des Weins!
»Aber was sagen die Juden hier zu deiner Philosophie?« nahm Saul das Gespräch wieder auf.
»Sie sind mir dankbar dafür, glaube ich «, antwortete Eugenius. »Bei all den Religionen aus dem ganzen Reich, die es in Tarsus gibt,

müssen wir tolerant sein. Es wäre bestimmt nicht gut für unsere Geschäfte, wenn wir den Anhängern der anderen Religionen gegenüber Hochmut oder Feindseligkeit an den Tag legten. Ich achte übrigens darauf, daß unsere Bekehrungen diskret vor sich gehen, damit es kein böses Blut gibt.«[113]

Sind alle Juden des Kaiserreiches wie dieser Rabbiner? fragte sich Saul. Eugenius verzehrte seine Feigen mit sichtlichem Genuß. Offenbar sah er in der Religion keinen Grund dafür, sich zu kasteien.

»Aber was verschafft mir eigentlich die Ehre deines Besuchs?« fragte er. »Läßt du dich in Tarsus nieder?«

»Für eine Weile sicher.«

»Ich schätze mich glücklich. Ich bedauere bloß, daß dein Aufenthalt nur vorübergehend ist. Kommst du, um Geschäfte zu machen?«

»Ich komme wegen des Glaubens«, sagte Saul.

»Wirklich?« fragte Eugenius mit mißtrauischem Blick. »Bist du Rabbiner?«

»Nein, ich bin Nazarener.«

Der nachdenkliche Blick des blonden Rabbiners gab ihm zu verstehen, daß dieser schon wußte, wer die Nazarener waren.

»In unserer Gemeinde gibt es auch Nazarener«, sagte Eugenius, nachdem er nachgeschenkt hatte. »Es sind fromme Leute. Sie spenden regelmäßig und großzügig. Was willst du für sie tun?«

»Ihre Zahl vergrößern«, sagte Saul.

»Ich werde mich glücklich schätzen, mehr Mitglieder zu unserer Gemeinde zählen zu dürfen«, sagte Eugenius in einem Ton, der eine Spur weniger verbindlich klang. »Aber ich muß dich daran erinnern, daß ich meine Weisungen haben, was Proselyten angeht.«

Mir soll's recht sein, dachte Saul. Jetzt mußte er nur noch feststellen, ob die Nazarener wirklich dem Rabbiner unterstanden. Er verabschiedete sich.

Wer gehörte eigentlich zu diesen Nazarenern? Eine Woche später hatte er sie alle erfaßt. Es waren ungefähr zwei Dutzend, und den harten Kern aus vier oder fünf hatte bisher ein gewisser Thaddäus[114] gebildet, der Jesus selbst gekannt hatte. Saul lud sie alle zu sich in die Wohnung ein, die er gemietet hatte. Ja, sie betrachteten sich als Juden und unterstanden dem Rabbiner Eugenius. In diesem Punkt griff er sie nicht direkt an, aber er brachte eine versteckte Bemerkung an, daß es nicht richtig sei, wenn Eugenius ihre Anzahl einschränke. War denn ihre Gemeinschaft nicht dazu bestimmt, sich zu vergrößern? Und war Jesus, ihr Herr, nicht die Hoffnung Israels? Sie stimmten zu, etwas verwirrt, aber immerhin, sie stimmten zu.

Am darauffolgenden Samstag ergriff Saul in der Synagoge das Wort. Das Wort der Propheten sei wieder erblüht: Jesus hätte die Welt an das einzige Gesetz erinnert, das in den Herzen der Menschen durch Würdelosigkeit, Erniedrigung, Pflichtvergessenheit, Unzucht und hohle Worte überdeckt worden war. Er selbst, Saul, ein Jude und von Gamaliels Weisheit geformt, beschwöre alle Juden, Jesu Wort Gehör zu schenken, dem Wort des Messias, der seit Jahrhunderten erwartet worden sei. Wenn sie auf ihn hörten, so wären ihre Sünden fortgespült, und sie würden voller Zuversicht den Weg ihres Herrn gehen, der der Weg von dessen Vater, dem Allmächtigen, sei.

»Welchen Weg sind wir denn bis jetzt gegangen?« fragte einer der Anwesenden, ein Jude, dem offenbar weder griechisches noch galatäisches noch skythisches oder römisches Blut in den Adern floß.

»Wir hatten uns verirrt«, antwortete Saul und nahm all seinen Mut zusammen, der bereits zu schwinden drohte, »weil sich unsere Herren selbst verirrt hatten, so wie die Schafe sich verirren, wenn die Hirten sich herumtreiben.«

»Was brauchen wir Hirten, wenn wir die Tora haben?« entgegnete der Mann und machte einen Schritt auf Saul zu. »Willst du behaupten, die Tora sei überholt, weil ein Messias aufgetaucht ist? Oder daß Eugenius hier die Tora nicht mehr kennt?«

»Ich will Eugenius nicht anklagen, ich will keinen anklagen«, antwortete Saul. »Ich will nur die Herzen anklagen, die so verhärtet sind, daß sie nicht verstehen, daß der Höchste uns einen Messias gesandt hat.«

»Wer sagt denn, daß er der Messias ist?« erwiderte der andere.

»Und was sagt dieser Messias überhaupt? Daß die Tora keine Gültigkeit mehr hat?«
»Alle, die ihn erlebt haben, wissen, daß Jesus der Messias ist«, antwortete Saul, der sich nur noch mühsam in Gewalt hatte, »denn er wurde zum Tod verurteilt und ist wiederauferstanden. Ist nicht die Tatsache, daß er den Tod besiegt hat, Beweis genug für sein göttliches Wesen?« Er warf einen Blick in die Runde. Eugenius beobachtete ihn, scheinbar ungerührt. »Jesus ist nicht gekommen, um die Tora außer Kraft zu setzen, er ist gekommen, um daran zu erinnern, daß das Wort Gottes nicht in Büchern, sondern in unseren Herzen steht. Er ist gekommen, um den Schmutz von der Tora abzuwaschen, der heute die Juden in ihrem eigenen Land zu Sklaven macht.«
Derjenige, der vorhin widersprochen hatte, machte eine unwirsche Handbewegung. »Also hat dieser Mensch Jesus, von dem du behauptest, er sei der Messias, doch überhaupt nichts verändert. Die Tora ist die Tora, und damit genug. Was aber die Sklaverei Israels betrifft, warum hat er denn damit kein Ende gemacht, wenn er doch so übernatürlich war?« fragte er mit Sarkasmus in der Stimme. »Oder soll das heißen – der Allmächtige möge mir vergeben, daß ich diese Lästerung wiederhole, denn sie kommt aus deinem Mund –, soll das heißen, daß selbst die göttliche Macht Israel nicht aus der Versklavung befreien kann?«
Stimmengewirr wurde laut. Die Gläubigen hatten alle zugleich begonnen, miteinander zu debattieren. Die Nazarener, die sich um Saul geschart hatten, schienen zum Teil nachdenklich, zum Teil wirkten sie niedergeschlagen.
Einer namens Tobias, genannt der Weise, erhob die Stimme. »Sei auf der Hut, Simon der Sidonier, ich rate es dir, sei auf der Hut!« rief er. »Unsere Geschichte kennt viele Beispiele von Hochmütigen, die scheiterten, weil sie das Wort des Höchsten, das ihnen die Propheten überbrachten, nicht hören wollten! Diesmal ist es kein Prophet, sondern der Messias selbst, der uns an die Ordnung erinnert!«
»Welcher Messias?« schrie der andere haltlos. »Ein Mann, den man

wie einen Dieb ans Kreuz genagelt hat? Den wollt ihr uns als den Sohn Gottes verkaufen? Der Allmächtige vergebe euch diese Lästerung, denn ich bin damit überfordert!« Mit diesen Worten verließ er die Synagoge.

Das Stimmengewirr steigerte sich zum Tumult. Eugenius blieb ungerührt, ließ Saul aber nicht aus den Augen.

»Aber ich, ich glaube euch«, schrie ein junger Mann, der sich zu Tobias dem Weisen vorgedrängt hatte. »Ich glaube an Jesus! Ich glaube, daß er der Messias ist! Wir brauchen einen Messias! Sagt mir, wie man ein Jünger von Jesus dem Messias wird!« Er schien außer sich.

»Mit der Taufe durch Wasser, mein Sohn«, gab Tobias ruhig zur Antwort, »und durch den Glauben. Komme morgen zu mir, ich werde dich taufen.«

Saul war in eine Unterhaltung mit einer fieberhaft erregten Frau verwickelt, die wissen wollte, wie Jesus auferstanden sei, doch hatte er Mühe, seine Gedanken beisammen zu halten. Viele der Gläubigen brachen auf, um nach Hause zu gehen. Er folgte ihrem Beispiel, und die Nazarener begleiteten ihn.

»Ein neuer Anhänger vielleicht«, verkündete Tobias, als sie wieder auf der Straße standen.

»Wir müssen der Reihe nach in alle Synagogen gehen«, forderte Saul. »Sie werden schon nachgeben.«

»Nicht alle«, meinte ein Nazarener.

»Es gibt ja noch die Heiden«, murmelte Saul.

Sie hatten ihn sehr gut verstanden, aber sie sagten kein Wort.

Saul brauchte einige Tage, um seine Gelassenheit wiederzuerlangen. Es galt so viele Hindernisse zu überwinden, aber er war schlecht dafür gerüstet. Die Frage der Tora würde ihm immer im Weg stehen: Wenn Jesus das alte Gesetz nicht abgeschafft hatte, dann hatte er keinen Wandel gebracht, wie es der Sidonier klar und deutlich ausgedrückt hatte. Zwar mochte er der Messias sein, aber er war trotzdem überflüssig, denn er änderte nichts am Los der Juden. Aber hätte Jesus überhaupt das alte Gesetz abschaffen sollen, wenn damit alle, die sich zu ihm bekannten, außerhalb des Juden-

tums stünden? Dadurch würden sie zu Abtrünnigen oder, noch schlimmer, zu einer neuen Art Heiden. Hier lag ein Dilemma, das Saul unbedingt lösen mußte, bevor er wieder predigte.[115]
Ein starker Widerwille packte ihn, wenn er daran dachte, daß er Petrus und Johannes diese Probleme in Jerusalem deutlich auseinandergesetzt hatte, und sie hatten ihm nicht nur nicht zugehört, sondern sie hatten ihn darüber hinaus mit ihrem Gerede von der Treue zur Tora und dem jüdischen Glauben verunsichert, was er erst jetzt merkte. Es stimmte, Jesus war ein Jude. Es stimmte, daß er gekommen war, um den Vorrang des Geistes über den Wortlaut der Tora zu bekräftigen. Aber das war nur die äußerste Schicht seines Wesens. Petrus, Jakobus und die anderen hielten sich unnötig damit auf! Verzweifelt rief sich Saul die Begegnung in Edessa ins Gedächtnis, versuchte, zum Kern der anderen Wahrheit von Jesu Wesen vorzudringen. Denn ein Rätsel galt es noch zu lösen, das Rätsel, warum Jesus ihn schon bei ihrer ersten Begegnung in die Knie gezwungen hatte – ihn, den Herodier – und ihn in die herrlichste Sklaverei führte. Dieser Mensch war gekommen, hatte gepredigt, war verurteilt worden, weggegangen und wollte nicht wiederkommen.
»Der fruchtbare Mensch ist immer ein Kind. Greisen würde ich nicht predigen... Die Welt wurde für die Kinder und die Nackten erschaffen.« Und weiter: »Ich kann niemandem vorwerfen, daß er in mir nur den Messias sieht.«
Saul unterdrückte einen wütenden Aufschrei. Es war wie verhext, warum begriff er nicht? Und wie konnte er den anderen begreiflich machen, was er selbst nicht verstand? In Damaskus war er unbefangen gewesen, voller Feuer, und bestimmt hatte er daher Hunderte neuer Anhänger gewonnen. Aber in Tarsus, da hatte ihn gegen seinen Willen der Zweifel gepackt.
Der Zweifel ist eine Krankheit, dachte er. Das ist eine Angelegenheit zwischen Jesus und mir, und nicht zwischen mir und dem Rat in Jerusalem.
Aber damit war die schwierige Frage nach der Zugehörigkeit zu den Juden und nach der Tora auch nicht beantwortet.[116]
Dazu kam das Problem der Kreuzigung. Diese Todesstrafe war eine

Schande, und es widerstrebte einem Juden, einzugestehen, daß ihr Messias dazu hätte verurteilt werden können. Die Griechen hatten akzeptiert, daß Herakles auf einem Scheiterhaufen verbrannt war, aber der Scheiterhaufen war keine Schande.[117] Saul dachte lange über die verborgene Ähnlichkeit zwischen Herakles und Jesus nach, die er empfand, aber es gelang ihm nicht, eine zündende Idee für eine künftige Argumentationsstruktur zu finden. Er dachte an Seneca, aber der war in Rom. Rom…

Saul seufzte. Fast wagte er nicht, über den dritten schwierigen Punkt nachzudenken, den der angeblichen Allmacht eines Messias, und damit in Zusammenhang die Versklavung, in der Jesus die Juden zurückgelassen hatte, indem er zweimal ablehnte, ihr König zu sein.

Saul war ausgebrannt. So viele Schwierigkeiten und so große Hoffnungen! Und dabei hatte er einer Gefahr, die dunkel auf ihm lastete, noch gar nicht Rechnung getragen: Er würde sich auf ein unendlich großes Terrain vorwagen, nämlich das der Beziehungen zwischen den Menschen und ihren Göttern. Darauf war er nicht vorbereitet. Bis zu der Begegnung in der Straße des Goldschmieds Nimrod hatte er keinen einzigen bewundernswerten Menschen gekannt, und nun, wo er einen kannte, war er versucht zu glauben, daß er Göttliches in sich trüge.

Saul schlug den Weg zu einer seiner Lieblingstavernen aus seiner Jugend ein. Weder am Wein noch am Fisch hatte sich etwas geändert. Noch immer redeten die Seeleute vom Meer und vom Tod, und die Großmäuler von Macht und Ruhm.

XI.
»Die Hunde lachen«

Ein Brief von Saul, Sohn des Antipater, an Lucius Annaeus Seneca[118]:
»Verehrtester Meister, vielleicht erinnerst Du Dich an einen Gast auf dem Fest, das Abdilenus in Damaskus anläßlich der Hochzeit seines Sohnes gab. Dieser Gast befragte Dich nach der Bedeutung eines Tyrannen ohne Tugend, und Du hast zu ihm gesagt, daß dieser Tyrann nicht mehr sei als ein Kieselstein auf dem Weg des Wanderers. Dieser Tischgenosse ist der Verfasser dieses Briefes, Saul, Sohn des Antipater. Als der Autor einer Tragödie über Herakles wirst Du hoffentlich meine Frage gnädig aufnehmen: Wie konnten die Griechen und die Römer, die doch den Sieger so hoch schätzen, sich dazu entschließen, einen unglücklichen Heroen zu einem Gott zu machen, der sein Leben als Verlierer auf dem Scheiterhaufen beendete? Deine Antwort wird ein sehr großes Gewicht haben für Deinen Diener Saul, den Sohn des Antipater, an den Iden des Mai im Jahre II der Herrschaft des Caius Caesar Caligula. Tarsus, in der Straße der Julier, beim Tempel der Pomona.«

Antwortbrief von Lucius Annaeus Seneca an Saul, Sohn des Antipater:
»Geschätzter Freund! Der Götterhimmel der Griechen und Römer ist groß genug, um einen unglücklichen Heroen wie Herkules-Herakles aufzunehmen. Was wäre das für ein Pantheon, das nicht alle menschlichen Gefühle einschlösse? Herkules ist der Tröster für diejenigen, die einen Sinn für Gerechtigkeit haben, die aber hier auf Erden für ihre tugendhafte Haltung keinen Lohn erwarten dürfen. Denn nachdem er die Menschen von den Ungeheuern befreit hatte, unter denen sie litten, von der Hydra von Lerna und den Stymphalischen Vögeln über den nemeischen Löwen bis zu den wilden Rossen des Diomedes. Dann fällt er der Hinterlist des Kentauren Nessus zum Opfer und steigt stoisch auf den Scheiterhaufen, den er

selbst angezündet hat. Aber Herkules hat nicht nur einfach am Himmel ein Feuer entfacht, denn seit vier Jahrhunderten ist er auch der Heros der Kyniker, deren Gründer Diogenes und deren Meister Menippos[119] ist. Diese Philosophen haben es sich zur Aufgabe gemacht, die Verderbtheit der Gesellschaft und die Lüge, auf die sie sich gründet, anzuprangern. Herkules, der es auf sich genommen hatte, die Welt von ihren Plagen zu befreien, ist natürlich zu ihrer Leitfigur geworden, um so mehr, als seine Selbstopferung deutlich gemacht hat, daß er die Hoffnung aufgegeben hatte.
Lieber Saul, steht Deine Frage etwa in Zusammenhang mit diesem jüdischen Heroen, um den sich das Gespräch bei Abdilenus drehte und der am Kreuz gestorben ist, nachdem er, wie es heißt, versucht hat, seinem Volk den Sinn für Gerechtigkeit wiederzugeben?
Meine besten Wünsche für Dein Wohlergehen versiegeln diese Zeilen am zweiten Tag des Julianischen Monats im II. Regierungsjahr unseres göttlichen Thronfolgers Caius Caesar.«

Saul, Sohn des Antipater, schreibt an Lucius Annaeus Seneca:
»Unvergleichlicher Meister, Deine Antwort hat mich überwältigt. Erlaube mir eine andere Frage: Haben die Kyniker die Hoffnung aufgegeben?
Am zwanzigsten Tag im Monat des Augustus.«

Antwort von Lucius Annaeus Seneca an Saul, Sohn des Antipater:
»Mein scharfsinniger Freund, eine Gegenfrage könnte die Antwort auf Deine Frage sein: Ist der Sarkasmus Resignation? In dem Falle ja; die Hunde lachen, denn sie wissen, daß die Antriebskraft für jede Handlung unsäglich beschämend ist. Selbst Handlungen, die großmütig erscheinen, sind heuchlerisch. Die Größe bleibt den Toten vorbehalten, und nur der ist ein wahrer Heros, dem der Tod endgültig jeden Anteil an seinem Heldentum entrissen hat.
Erkenntnis ist ein Schierlingsbecher.
Trotzdem, mein hochgeschätzter Freund, wünsche ich Dir diese bittere Erkenntnis, am fünften Tag des September im Jahre II des lebendigen Gottes Caius Caesar.«

Saul faltete den Brief zusammen. Er nickte. Ja, es gab nur tote Heroen. Aber ein Held konnte Nachfolger, konnte Erben haben.
»Du wirst mich verraten, so wie sie!« hatte Jesus gesagt.
Saul zitterte. Aber welches Wort war kein Verrat? Und konnte man im Schweigen leben? Und sich damit abfinden, zu lachen wie die Hunde?
In Rom würde er weitersehen. In Rom!

XII.
Konflikt in Tarsus

»Was hat denn Herakles an eurem Schicksal verändert? Er hat euch das Vorbild eines Helden geschenkt, der dazu bestimmt war, die Menschheit von den ewig wiederkehrenden Ungeheuern zu befreien, aber was hat seine unselige Wachsamkeit erreicht? Die Hydra der Begierde wütet immer noch in euren Städten, und die rasenden Zwillinge des Luxus treiben sich mit blutunterlaufenen Augen auf euren Straßen herum. Ist denn die Begierde zu stillen, das frage ich euch? Ihr kennt die Antwort: nein. Einer, der wie Midas alles, was er berührt, in Gold verwandelt, der würde auch noch nach der einzigen Goldmünze des Tagelöhners gieren. Und wenn einer jede Nacht eine andere Geliebte hätte, so würde er pro Nacht zwei begehren, und selbst dann forderte seine unersättliche Lust drei, bis sein Leben in Erschöpfung endet. Schaut euch doch einmal um! Was hat Herakles denn verändert? Schaut sie euch doch an, diese Bürger von Tarsus, die nicht wissen, wie sie der Hölle ihrer eigenen Begierden entrinnen sollen – sie betrinken sich mit immer teurerem Wein, sie lassen den süßesten Honigmet in sich hineinlaufen, sie häufen Gold an, und weil es Frauen im Überfluß gibt, suchen sie Befriedigung auf noch widerwärtigere Weise, indem sie Kinder schänden. Hat Herakles dafür die stymphalischen Vögel mit seinen Pfeilen vom Himmel geholt, den nemeischen Löwen erwürgt, die Amazonen besiegt und die goldenen Äpfel aus den Gärten der Hesperiden geraubt? Ist er dafür auf den Scheiterhaufen gestiegen, verraten und erschöpft von so vielen Leiden?«

Die zwei Dutzend Zuhörer, die sich im Wäldchen von Tarsus eingefunden hatten, hörten dem Redner aufmerksam zu. Schmeichler sagten ihm große Weisheit nach, man munkelte, er sei ein Freund des Seneca, und vor allem sprach er klug und verständig, wie ein Gebildeter.

»Welchen Schluß muß man daraus ziehen? Daß die Menschheit zu stumpfsinnig ist, um die Verdienste der Heroen zu würdigen? Das kann nicht richtig sein, denn die Griechen und die Römer und viele andere verehren Herakles. Daß das Opfer der Helden umsonst ist? Wären wir gezwungen, das zu glauben, dann würden wir der Hoffnungslosigkeit anheimfallen, und gibt es ein schlimmeres Gift für die Menschen als die Hoffnungslosigkeit? Ein Hoffnungsloser ist ein lebendiger Leichnam. Er hat überhaupt keinen Antrieb zum Handeln mehr, er wird zum Spielball für die niedersten Gelüste, und jegliche Anstrengung ist ihm zuwider, denn nichts ist der Mühe mehr wert. Gibt es nicht hier in Tarsus, vor euren Augen, Beispiele für solche Menschen? Sie ertragen ihr Leben wie eine endlose Krankheit, täuschen sich über ihre Ödnis mit ständig wechselnden Vergnügungen hinweg, betäuben sich mit Alkohol oder Musik und entrinnen doch nicht ihrer Würdelosigkeit, die ihnen schließlich Verbannung oder Tod einbringt, denn selbst um die Gesetze der Stadt einzuhalten, sind sie noch zu schwach. Ja, meine Brüder, dabei haben sie noch nicht einmal den Mut des Verbrechers, bei dem die Verzweiflung in Wahnsinn umschlägt. Man spricht von ihnen wie von angesehenen Bürgern, aber ihr wißt selbst, daß niemand sie in seinem Innersten wirklich achtet. Oft waren sie Krieger mit Auszeichnung, ehrenvolle Diener ihrer Stadt, selbst Gelehrte. Aber wenn sie wie Herakles feststellen mußten, daß Mut, Verstand und Können zu nichts nütze waren, daß die Menschen, die sie mit ihrem eigenen Körper beschützt, mit ihrer Erfahrung beraten und ihr Wissen gelehrt haben, sich weiterhin so aufführten wie Vieh, da gaben sie die Hoffnung auf. Nicht ich, Saul, verurteile sie; der berühmte Herakles, der Halbgott, hat es getan.«

Es waren ausschließlich Heiden, die sich um ihn versammelt hatten. Und er mußte sie überzeugen. Er mußte diese Untertanen eines Reiches, das weitaus größer war als das jüdische, für sich gewinnen.
»Denn der Irrtum von Herakles, meine Brüder, war die Hoffnungslosigkeit. Wenn er auf den Scheiterhaufen gestiegen ist, wollte er seinen Leiden ein Ende machen, denn er erwartete keine Rettung mehr. Sein Vater Zeus hatte ihn verlassen und selbst seine Gefährtin Deianeira hatte ihn verraten, indem sie ihn dazu brachte, jenes Hemd überzustreifen, das mit dem Blut des Nessos getränkt war.«[120]
Saul machte eine Pause. Seine Zuhörer sahen ihn gebannt an. Er trank ein wenig Wasser aus einem Krug. Der Sohn von Tobias dem Weisen, ein Nazarener wie sein Vater, der ihn während seiner Ansprachen ständig begleitete, achtete darauf, daß der Krug stets mit frischem Quellwasser gefüllt war.
»Ich frage euch, meine Brüder, wie lebt ihr selbst? Ich weiß es, denn ich habe mich Hunderte von Malen mit euch Bürgern unterhalten, denn ich stamme aus Tarsus, ich kenne eure Häuser und eure Gesetze. Bestenfalls lebt ihr im Zweifel, hin- und hergerissen zwischen der Achtung vor den Gesetzen eurer Stadt und dem unbestimmten Gefühl, daß an jenem Tag, auf den es ankommt, am Tag eures Todes, niemand eure Verdienste wirklich würdigen wird. Euer Instinkt wollte das Gute: Hingabe, Ehrlichkeit, Treue, Keuschheit, Mitleid, aber was nützte das schon, denn diese Tugenden wirkten meistens im verborgenen, und nur wenige wußten davon. Also habt ihr jedesmal, wenn sich die Möglichkeit bot, ohne allzu offensichtlich das Gesetz zu verletzen, eurem Egoismus nachgegeben, der Begierde, dem Verrat, der perversen Lust, der Gleichgültigkeit gegenüber dem Nächsten. Und ihr wart und seid traurig, denn ihr hättet es gern anders gehabt. Aber wenn sogar Herakles der Hoffnungslosigkeit nachgegeben hat, kann man dann wirklich von euch verlangen – obwohl ihr doch keine Halbgötter seid und auch keine heroischen oder übernatürlichen Kräfte besitzt –, daß ihr es besser macht als Herakles?«

Er hatte ins Schwarze getroffen; ihre Augen hingen an ihm, und sie waren begierig, mehr zu hören. Die erste Hürde war geschafft!

»Brüder, es geht auch anders! Aus dem Orient ist ein Retter zu uns gekommen, der einzige Sohn des Schöpfers, des Allmächtigen. Er ist gleichzeitig Mensch und Gott, das beweist die Tatsache, daß er lebendig aus dem Grab gestiegen ist, nachdem er zum Tode verurteilt worden war. Er hat die Hoffnung niemals aufgegeben, denn seine Botschaft zertritt die Hoffnungslosigkeit, wie die Viper unter der Hacke des Feldarbeiters zerquetscht wird. Und was sagt dieser Retter? Daß er der Mittler zu dem einzigen Gott, seinem Vater, ist und daß er im Namen seines Vaters allen, die ihn darum bitten, die göttliche Vergebung schenkt. Sein Schicksal, Brüder, nicht nur ihr selbst, sondern er ist für uns alle auf diese Erde gekommen, für jedes Wesen, das ihn um Gnade bittet. Der einzige Zugang zu dieser Gnade ist die Liebe, die er fordert, denn diese Liebe gilt seinem Vater, der ihn zu uns herabgesandt hat.

Saul sah, wie sie blinzelten, offensichtlich verstanden sie ihn nicht. Die Verbindung zwischen der Liebe, die man dem Sohn entgegenbrachte, und dem Vater war wohl ein wenig schwer nachzuvollziehen.

»Wenn ihr etwas nicht versteht, Brüder, dann fragt mich. Jesus selbst hat mich zu euch geschickt, damit ihr versteht.«

»Willst du sagen«, fragte einer der Zuhörer, »daß unsere Liebe für diesen neuen Herakles die jetzige Unordnung aufheben wird?«

»Genau so ist es!« rief Saul. »Ja, so ist es, denn wenn wir ihn alle lieben, dann werden wir in dieser Liebe in ihm vereint sein, und nicht nur die Hoffnungslosigkeit schwindet, wie die Nacht verblaßt, wenn die Sonne aufgeht, sondern auch die Ungerechtigkeit, die der Grund für diese Hoffnungslosigkeit ist, wird es nicht mehr geben. Denn, so frage ich euch, meine Brüder, was verursacht denn eigentlich diese Ungerechtigkeit, wenn nicht die fehlende Liebe für unseren Nächsten, wenn wir keine Hoffnung mehr haben? Je größer unsere Zahl wird, je mehr Menschen Jesus Christus lieben, desto schneller werden Hoffnungslosigkeit und Unrecht besiegt. Aber hütet euch, meine Brüder, ich verspreche euch nicht das Paradies

auf Erden! Die Zeit drängt! Er hat es selbst gesagt: Bald wird die Sonne sich verfinstern und der Mond seinen Schein verlieren, und die Sterne werden vom Himmel fallen, und die Kräfte des Himmels werden ins Wanken kommen. Und dann wird erscheinen das Zeichen des Menschensohnes am Himmel. Und dann werden wehklagen alle Geschlechter auf Erden und werden sehen den Menschensohn kommen auf den Wolken des Himmels mit großer Kraft und Herrlichkeit. Und er wird seine Engel senden mit hellen Posaunen, und sie werden seine Auserwählten sammeln von den vier Winden, von einem Ende des Himmels bis zum andern.«[121] Saul hob die Stimme, breitete die Arme aus und wandte die Augen zum Himmel: »Die Gräber werden sich öffnen, die Toten werden daraus emporsteigen, und alle, die seit den Tagen des ersten Mannes und der ersten Frau geboren wurden, werden vor das große Gericht gerufen. Und der Schöpfer wird mit seinem Sohn zu seiner Rechten die Gerechten und die Ungerechten scheiden, und die einen werden der ewigen Herrlichkeit versprochen, aber die anderen verfallen der ewigen Dunkelheit!« Er keuchte. »Und alles, was ich gesagt habe, habe ich in seinem Namen gesagt und mit seinen Worten: ›Dieses Geschlecht wird nicht vergehen, bis dies alles geschieht.‹«[122]
Saul atmete immer noch schwer, er sah erschöpft aus. Seine Zuhörer schluckten. Dann warf derselbe Frager wie vorhin ein:
»Aber woher sollen wir wissen, daß dieser Mensch wirklich der himmlische Bote ist, den du beschreibst?«
»Habe ich es nicht schon gesagt, meine Brüder? Habe ich es nicht gesagt? Er ist von den Toten auferstanden! Er ist aus dem Grab gestiegen, und ich, ich hatte ihn am Kreuz gesehen, und dann habe ich ihn lebend wiedergesehen! Wenn du nicht an die Kreuzigung glaubst, Bruder, dann glaubst du auch nicht an ihn, und wenn du nicht an ihn glaubst, dann bleibst du zur Hoffnungslosigkeit verdammt!«
Gemurmel stieg aus der Menge auf.
»Ich, Saul! Ich glaube an Christus! Ich will getauft werden!« Saul kannte denjenigen, der da rief: Es war ein Junge, dem die Polizei in Tarsus auf den Fersen war.

»Ich auch!« rief eine Frau.
»Ich auch!« rief eine andere.
Nach jeder Predigt traten drei oder vier an Ort und Stelle zum Glauben über, andere kamen später. Nach drei Monaten waren es schon über hundert, und sie brachten wieder andere mit. Manchmal versammelten sich über fünfzig im Gras des Wäldchens, aber meistens waren es zwischen zwei und drei Dutzend. Die, die gleich beim erstenmal nach der Taufe verlangten, waren nicht immer die Anhänger, die Saul sich erhoffte – entlaufene Matrosen, Gauner und Domestiken, schlicht Menschen ohne Hoffnung. Die Patrizier brauchten länger für ihre Entscheidung, denn sie erwogen sorgfältig die Folgen für sich selbst, ihre Familien, ihre Geschäfte, ihr Ansehen, aber das waren Anhänger, wie Saul sie sich wünschte, denn die meisten von ihnen kamen in Begleitung von einflußreichen Männern, gebildeten Leuten und Rednern, die die frohe Botschaft weiterverbreiteten. Die römischen Bürger, die in Tarsus übrigens selten waren, zögerten am längsten, denn sie fürchteten, wegen Untreue gegenüber den Göttern des Kaiserreiches angeklagt zu werden. Meist ließen sie sich heimlich bekehren, zeigten den Nazarenern ihre Gesichter nur im engsten Kreis oder taten es aus Angeberei.
Niemand wußte, daß Saul nach dem Vorbild von Demosthenes an den verlassenen Stränden von Zilizien das Reden übte. Immer wieder wandelte er seine Argumentationsstruktur ab, um nicht den Anschein zu erwecken, er habe nur ein begrenztes Repertoire. Er modulierte seinen Tonfall von vertraulich bis beschwörend, er übte den Wechsel in eine härtere Stimmführung für die großen Gefühlsausbrüche und die Anklagen. Insgesamt setzte er auf die Furcht seiner Zuhörer, denn er hatte herausgefunden, welch große Ängste diese Bürger einer freien und reichen Stadt mit sich umhertrugen.
Gewiß, unter seinen Zuhörern gab es viele Glücklose, Erniedrigte, kleine Verbrecher, abgetakelte Huren und solche, denen man das begehrte tarsische Bürgerrecht entzogen hatte. Ihnen, ebenso wie den anderen, nahm er neben dem Gelöbnis zur Armut, das zu befolgen ihnen kaum schwerfallen würde, und dem Gelübde der Keuschheit, dessen Einhaltung fast noch weniger Schwierigkeiten

bereitete – denn sie hatten weder Haus noch Herd und kannten die Liebe nur als rasche Abfertigung gegen Geld, ohne Trost für die Seele –, bei der Taufe das Gelöbnis zur Barmherzigkeit ab. Ihr Bekenntnis zur Liebe zu Christus sollte nämlich für sie bedeuten, ihre Mitmenschen zu lieben, und die Fremdheit dieser Forderung ließ ihre unreifen Herzen schmelzen, die durch die äußere Schmutzschicht des Unglücks verhärtet waren. Das waren einfach zu gewinnende Anhänger, mit denen freilich wenig Staat zu machen war, und er bemühte sich, ihren Zustrom einzudämmen, um nicht den Anschein zu erwecken, er würde nur den Abschaum der Gesellschaft anziehen: Das nämlich vertrieb andere.
Man konnte von den Leuten wirklich nicht verlangen, sich von einem Tag auf den anderen von ihrem gesellschaftlichen Status loszusagen und plötzlich mit Unbekannten zu verbrüdern, die sie vielleicht noch am Tag zuvor beraubt und keine andere Erziehung genossen hatten als die betrunkenen Raufereien der Häfen, das honigsüße Gewinsel der Huren und die Peitsche der Kapitäne. Außerdem hatten weder die stolzen Statuen von Aphrodite oder Apollo noch Gold und Marmor der Tempel ihnen die Sinne für das Überirdische geschärft. Saul wußte sehr wohl, daß seine Worte diesen Leuten die erste Zuflucht boten, die sie je erfahren hatten. Außerdem vergrößerten sie trotz allem die Zahl der Anhänger, und wer hätte ihnen das Himmelreich verwehren wollen, zumal sie sich manchmal ja auch tatsächlich besserten? Aber trotzdem, man mußte sie im Zaum halten.
Nach den Predigten ging Saul mit seinen Zuhörern meistens zum Abendessen in eine Taverne[123], und er achtete darauf, sich mit jedem der Bekehrten zu unterhalten, um ihren Charakter, ihre Meinungen, ihren Beruf, ihre familiäre Situation und ihre Sorgen kennenzulernen. Auf diese Weise schuf er ein Gefühl brüderlicher Zusammengehörigkeit auch bei denen, die noch keine Glaubensgenossen waren. Er schuf dadurch auch das Bewußtsein, einer auserwählten Gemeinschaft anzugehören, deren Mitglieder sich sowohl durch ihre Loyalität zueinander auszeichneten als auch durch ihre intellektuelle Wachheit, denn sie bildeten die *hoi polloi*, die sich als

erste der neuen Religion angeschlossen hatten. Man half sich gegenseitig, trieb für die Alten und Kranken Arzneimittel, Begleiter und Haushaltshilfen auf und verschaffte umgekehrt damit vielen Menschen Arbeit. Mehr als ein reuiger Sünder wurde so von den reicheren Neophyten als Gärtner, Küchenhilfe oder Faktotum eingestellt.
Die meisten der neuen Anhänger erwarteten den Tag ihrer Versammlungen sogar mit Ungeduld, und weil manchmal an die vier oder fünf Dutzend Teilnehmer zusammenkamen und Saul das Freundschaftsmahl nicht allzu publik machen wollte, stellten einige der vermögenderen Neophyten ihre Häuser zur Verfügung, um der lästigen Neugierde zu entgehen, der sie in den Gasthäusern ausgesetzt waren.
Saul warb nur mehr selten in den Synagogen, um Zusammenstöße wie in Damaskus zu vermeiden und weil er sich der Tatsache bewußt war, daß er unter den Juden inzwischen erbitterte Gegner hatte. Nur zu den hellenistischen Juden schickte er noch ehemals jüdische Neophyten, denen er mit der Anweisung, einen übereifrigen Proselytismus zu vermeiden, seine Vollmacht übertrug. Nach einem Jahr Aufenthalt in Tarsus hatte er seinen Erfolg von Damaskus fast verdoppelt, aber um welchen Preis! In Tarsus gab es jetzt eintausend Anhänger von Jesus, die nach allen Regeln getauft waren und am Sabbat die Synagogen besuchten, zugegebenermaßen jedoch ohne sonderliche Begeisterung, denn man empfing sie nur zu oft mit unverhohlenem Mißtrauen.[124] Was war das für eine Sorte Juden? fragten sich die alteingesessenen Gläubigen. Und wer hatte sie wohl unterrichtet?
Einmal kam es sogar zu einem Zwischenfall, als Marcus Valerius Cassa, der älteste Sohn einer tarsischen Patrizierfamilie[125], sich in der Synagoge der Hellenisten sehen ließ – die Synagoge, die unter Eugenius' Obhut stand – und vom Verwalter seines Vaters, Elias ben Mattathias, den man auch Elias den Frommen nannte, erkannt wurde.
»Was hast du hier zu suchen?« fragte Elias der Fromme.
»Ich bin ein Jünger des Nazareners. Bin ich dann etwa nicht bei den Juden willkommen?« fragte der junge Cassa.

»Aber wer hat dich zu einem Juden gemacht?« polterte der andere. »Du bist doch nicht beschnitten!«

Und weil Cassa diesen Beweis nicht erbringen konnte – Saul hatte das Kapitel Beschneidung nur sehr ausweichend diskutiert – warf man den jungen Cassa mit großem Geschrei aus der Synagoge hinaus. Nach diesem Zwischenfall begannen die Juden die Eingänge zu den Synagogen zu überwachen, und Sauls Nazarenern wurde der Zutritt strikt verweigert. Die Juden schickten Delegierte zu Saul und anderen, insbesondere zu Tobias dem Weisen, der als sein Stellvertreter agierte, mit der Warnung, daß ihre Umtriebe das Faß allmählich zum Überlaufen brächten.

Die Angelegenheit war äußerst schwierig.

Zum einen begannen die Juden unter den Nazarenern, die bisher stillgehalten hatten, nachdem sie Saul gegenüber ihren Unmut zu bekunden, denn bei Licht betrachtet beteiligte Saul Heiden an der Sache der Nazarener. Eine der Streitfragen bezog sich auf die Tatsache, ob die bekehrten Heiden überhaupt wirklich Juden seien, denn Saul habe die Beschneidung nicht zur Vorschrift gemacht; sie könnten sie daher nicht als Glaubensbrüder anerkennen. Sich selbst betrachteten sie als Juden, aber wer hätte aus diesen Heiden Juden gemacht? Saul? Gewiß, aber wie? Mit der Taufe? Nur mit einer Taufe? Ohne die Genesis, Exodus, Leviticus, Deuteronomium und die anderen Bücher zu lesen? Also wirklich! Dann diese Reden über Herakles, nein, so sprächen nun wirklich keine Juden! Schließlich dürfe Jesus nicht als Vorwand für die Entartung des Judentums mißbraucht werden! Das sei schlimmer als die römische Besatzung in Israel!

Saul hörte sich das wortlos und mit zusammengezogenen Brauen an, wenn man die Unterbrechung in der von Schläfe zu Schläfe verlaufenden Linie aus schwarzen Haaren so bezeichnen konnte.

Außerdem gehe Saul mit diesen fälschlicherweise »echten Juden«, diesen Heiden, zu Tisch; eine undenkbare Sache. Er trete in ihre Häuser, das war verboten. Man müsse dieses Problem angehen; sie hätten ihn jetzt gewarnt, und Tarsus sei nicht der rechte Ort dafür; nur der Rat in Jerusalem könne darüber entscheiden.

Schon wieder dieser Rat in Jerusalem! Saul unterdrückte mit Mühe seinen Ärger. Längst schon ging das Problem über diese traurigen Geschichten von Beschneidung und Essen mit Heiden weit hinaus. Er mußte sich zurückhalten, um sie alle nicht zum Teufel zu jagen und ihnen ins Gesicht zu schreien, daß das Judentum überholt sei und er sich einen Deut darum schere, denn er sei ein Jünger von Jesus und nicht der Diener der Juden aus Jerusalem oder von sonstwo. Wenn sie dächten, sie könnten gleichzeitig Juden und Nazarener sein, dann würden sie sich nur ins eigene Fleisch schneiden, wie die Geschichte mit Stephanus' Steinigung bewiesen hätte, doch hütete er sich, Stephanus' Tod zu erwähnen, denn da hatte er sich schuldig gemacht, und wie! Schließlich stimmte er ihnen zu, daß die Sache vor dem Rat in Jerusalem besprochen werden müsse, denn er sehe sich als dessen Bevollmächtigter. Bevollmächtigter – das war freilich noch die Frage, denn in Wirklichkeit hatten ihn ja Petrus und Jakobus von ihrem Territorium verbannt. Er hatte ihnen zwar angekündigt, daß er die Botschaft von Jesus den Heiden predigen wollte, aber er hätte genausogut sagen können, daß er sie den Walfischen der Meere predigte oder den Büschen der Wüste. Sie hatten ihn bloß lossein wollen.
Als die Disputanten gegangen waren, schluckte er eine Opiumpille, denn er fühlte erneut, wie giftiger Zorn in ihm hochstieg.
Wenn er ehrlich war, hatte er diese Probleme schon lange kommen sehen, wie man die Staubwolken vor den Äquinoktialstürmen sieht. Er war ihnen aus taktischen Gründen ausgewichen, denn die Hauptsache war erst einmal gewesen, so viele und so einflußreiche Anhänger wie möglich zu gewinnen.
Für die Zwischenzeit riet er den Juden unter den Nazarenern, die Synagogen zu meiden. Aber wo sollten sie denn hingehen? Er regte sie dazu an, in manchen Privathäusern Hausaltäre mit einem Kreuz darüber einzurichten. Jeweils zu Beginn des Freundschaftsmahles am Sabbat sollte einer der Runde zur Erinnerung an Jesus Brot und Wein austeilen und die Worte von Jesus laut wiederholen. Doch er ahnte schon, was wahrscheinlich geschehen würde: Vor dem Kreuz würden sie kleine Statuen von Herakles aufstellen, einem

Herakles, der den Umständen entsprechend umfunktioniert worden war.
Nun aber galt es abzureisen. Andere Städte, erklärte er ihnen, warteten auf die Botschaft von Jesus. Aber er würde wiederkommen, ganz bestimmt. Einige Tage später brach er nach Sebaste auf, wie ein Reisender, der sich für ein fernes Ziel einschifft; vor ihm graues Meer unter schwarzem Himmel. Er reiste ohne Begleiter, denn der Kluge behält seine Gedanken für sich. Einer drängte sich ihm besonders auf: daß der Mensch dumm und ängstlich war. Auf einmal verspürte er die bittere Freude dessen, der sich überlegen weiß, und einsam.

XIII.
Die Gesandten aus Jerusalem

In Sebaste, dann in Seleukeia, Traianopolis, Side, Attaleia, Xanthos, Patara, Stratonikeia, Halikarnassos, Heraklion, Milet, Samos, Magnesia am Mäanzer, Ephesus, Chios, dann, im Landesinnern, Smyrna, Philadelphia, Hierapolis, Antiochia in Pisidien, Iconium, Faustinopolis, Tyana, Flaviopolis, Cäsarea in Germanicia, Apamäa, Issus, das heißt von Zilizien bis Lyzien und Pamphilien, bis zu den Inseln, bis Galatien, dem unteren Kappadozien und Syrien sammelte er vor seiner Rückkehr nach Zilizien[126] Anhänger, indem er stets dieselbe Strategie und dieselbe Taktik anwandte: Er warnte vor der Hoffnungslosigkeit im geistigen Leben der Menschen und bot ihnen statt dessen die Feier der Zuversicht. Bei Heiden wie Juden stieß er auf dieselbe Ablehnung. Für die Juden war seit dem Anbeginn der Zeiten alles gesagt, und jedes neue Wort war Gotteslästerung. Die Nazarener waren in ihren Augen wie Splitter, die die Zeit auch von den härtesten Steinen abschleift, so wie auch aus dem Gebäude der römischen Macht Steine herausgefallen waren: die Anhänger des Isis-Kultes, des Mithras und natürlich die Juden.
Kaum war Saul wieder in Tarsus, wo man ihn fieberhaft und mit

vielen Fragen erwartete, traf er auf Barnabas, denselben Barnabas, der Zeuge seines Bekehrungserfolges in Damaskus geworden war. Barnabas kam aus Jerusalem, und Saul witterte sofort einen Schachzug des Rates in Jerusalem.[127] Ärgerlich, aber auch neugierig gab er Barnabas den Vorzug vor den Gemeindemitgliedern, die auf Gespräche mit ihm brannten. Während eines Essens, zu dem er Barnabas bat, versuchte er ihn auszuhorchen. Seine Freundlichkeit jedenfalls schien ihm gezwungen – mit einem Wort, er war auf etwas ganz Bestimmtes aus.
»Welcher günstige Wind bringt dich nach Tarsus?« fragte er ihn schließlich mit geheucheltcr Gleichgültigkeit, indem er auf Barnabas' falsches Spiel einging.
»Wir in Jerusalem haben von den großartigen Eroberungen erfahren, die du in Syrien gemacht hast«, antwortete Barnabas, »und daher dachten wir, daß du vielleicht Hilfe brauchst.«
Saul nickte; er war sich bewußt, daß Barnabas ihn scharf beobachtete. Während er endlos lange auf einem Bissen gegrillter Goldbrasse herumkaute, heckte er einen kleinen Plan aus, um sein Gegenüber aus der Reserve zu locken: Zum erstenmal während des Essens benutzte er einen Löffel, um sich nachzulegen. Das ölige Lächeln erstarb auf Barnabas' Lippen.
»Was ist das?« fragte Barnabas.
»Was denn?«
»Das Werkzeug, mit dem du dir nachgelegt hast.«
»Ein Löffel. Hast du noch nie einen Löffel gesehen?«
»Nimmst du dir nicht mehr mit den Fingern?«
»Nicht für Fisch.«
»Warum?«
»Weil die Hände später nach Fisch riechen.«
»Jesus benutzte keinen Löffel«, bemerkte Barnabas in vorwurfsvollem Ton.
»Vielleicht hätte er einen benutzt, wenn er einen gehabt hätte«, antwortete Saul mit gleichgültiger Stimme.
»Auf jeden Fall ist es nicht Brauch«, beharrte Barnabas.
»Ach was, Bräuche«, entgegnete Saul. »Jesus wusch sich auch nicht

die Hände, bevor er mit Nahrungsmitteln in Berührung kam, und er hielt die Sabbatruhe nicht ein.«
»Jesus war ein Jude«, sagte Barnabas vorwurfsvoll.
»Ja, wie du zum Beispiel ein Zypriot warst«, antwortete Saul.
»Wieso ›war‹?«
»Ja, du bist es doch nicht mehr, du lebst doch anscheinend in Jerusalem«, sagte Saul genauso gleichmütig, vielleicht mit dem Anflug eines Lächelns. »So wie Jesus kein Jude mehr ist.«
»Was meinst du damit?« rief Barnabas beunruhigt.
»Er ist nicht mehr in Israel, oder sehe ich das falsch?«
Barnabas atmete einmal tief durch, während Saul sich vom gebratenen Mangold und vom Salat nahm. Die Unterhaltung in diesem Ton fortzusetzen würde sicher überhaupt nichts bringen. Auch Barnabas nahm sich noch von dem Fisch, aber er fühlte sich unwohl.
»Der Fisch ist ausgezeichnet«, sagte er, um die Stille zu unterbrechen, die er als bedrückend empfand.
»Da ich nicht annehme, daß du eigens aus Jerusalem angereist bist, um mir dein Entzücken über den Fisch aus Tarsus mitzuteilen, könntest du mir genausogut den wirklichen Zweck deines Besuches sagen«, meinte Saul, wobei er den Gast mit einem eisigen Blick bedachte.
»Ich bin über Antiochia gekommen. Wir haben da eine schöne Gemeinde.«
»Ich weiß, ich habe sie gegründet«, sagte Saul und nahm sich ein paar Trauben.
»Vergrößert, meinst du«, stellte Barnabas richtig.
»Gegründet[128]«, wiederholte Saul in einem Ton, der keinen Widerspruch duldete. »Es gab dort drei Nazarener. Den letzten Nachrichten zufolge sind es jetzt fast tausend.«
»Diese Gemeinde hat Schwierigkeiten«, sagte Barnabas. »Die Juden sagen, daß die bekehrten Heiden keine Juden seien, weil sie nicht beschnitten sind.«
»Und?«
»Man muß sie dazu bringen, sich beschneiden zu lassen.«

Saul wischte sich den Mund ab und trank einen Schluck Wein. »Ganz unter uns, Barnabas, die Juden haben nicht unrecht. Die Neophyten von Antiochia sind wirklich keine Juden. Es sind Nazarener. Der Glaube an Jesus macht keine Juden aus ihnen.«
Man brauchte kein Hellseher zu sein, um zu erraten, daß Barnabas die Waffen strecken mußte. Er verfügte über kein einziges Argument, um dem Problem beizukommen, das er selbst aufgebracht hatte. Folglich galt dasselbe für den Rat in Jerusalem, der ihn geschickt hatte. Für die Ratsmitglieder, die fast ausschließlich mit bekehrten Juden zu tun hatten, war die Sache klar und einfach: Die Nazarener waren Juden, Jünger von Jesus, und alle anderen Konvertiten mußten auch Juden sein. Saul genoß schon im voraus die theoretische und taktische Debatte über diesen Punkt.
»Aber...«, murmelte Barnabas, »man muß... Man muß sie doch beschneiden!«
»Ach was!« erwiderte Saul. »Man muß, man muß! Bei den Juden wird die Beschneidung vorgenommen, wenn einer gerade ein paar Tage alt ist, also halten sie das für ganz natürlich, so wie das Durchtrennen der Nabelschnur. Für einen erwachsenen Mann ist das eine ganz andere Sache.« Er kostete die neuerliche Verwirrung von Barnabas aus, dann versetzte er ihm den Gnadenstoß: »Außerdem hat Jesus niemals gesagt, daß sich die, die ihm nachfolgen wollten, einer Beschneidung zu unterziehen hätten.«
»Aber ja doch!« rief Barnabas. »Jesus...« Er stockte mit aufgerissenen Augen mitten im Satz.
»Einen Beweis, einen einzigen«, sagte Saul, während er sein Glas leerte. »Kein Wort von der Notwendigkeit, die Vorhaut abzuschneiden, um an Jesus glauben zu können.«
Barnabas fuhr sich über das Gesicht. Auch er trank ein wenig Wein, um wieder Mut zu fassen. Der Rat in Jerusalem hatte ja keine Ahnung, in welches Wespennest sie ihn gesetzt hatten!
»Auf jeden Fall«, fing er nach einer Weile wieder an, »mußt du nach Antiochia. Dort gibt es Probleme.«
»Was für Probleme?« fragte Saul ruhig. »Die angestammten Juden wollen sie nicht in ihre Synagogen lassen, das ist ihr gutes Recht.

Aber ich gehe weder nach Antiochia noch sonstwohin, um von den Heiden zu verlangen, sie sollen sich die Vorhaut abschneiden lassen, denn damit würde ich dem, was Jesus gelehrt hat, untreu.«
Aber schließlich sah Saul doch keinen Grund, nicht nach Antiochia zu reisen, und außerdem war er neugierig, zu erfahren, welche Taktik der Rat in Jerusalem wohl in dieser Stadt entwickelt hatte; sei es, weil er den Rat in die Knie zwingen wollte, sei es, weil er selbst den Status der heidnischen, nicht beschnittenen Nazarener klären wollte – jedenfalls beschloß er, Barnabas in diesem Punkt nachzugeben. Eines stand immerhin fest: Barnabas hatte den Auftrag, Saul zur Ordnung zu rufen.
Das wurde gleich am ersten Abend deutlich. Barnabas war nämlich in demselben Haus abgestiegen, in dem Saul während der Monate gewohnt hatte, die er darauf verwandte, Antiochia zu evangelisieren. Unter dem Vorwand, er habe wichtige Geschäft zu erledigen, blieb Barnabas etwa zwei Stunden aus. Dann kehrte er zurück, um Saul mitzuteilen, daß der Rat von Antiochia zu seinen Ehren ein Abendessen angesetzt habe.
»Welcher Rat?« fragte Saul überrascht und beunruhigt. Denn für die Zeit seiner Abwesenheit hatte er die Aufsicht für die Gemeinde in Antiochia drei Männern übertragen, drei Heiden: Demetrius dem Grammatiker, Hermäus und Charilaos.[129] Er hatte vorgehabt, sie erst am nächsten Tag aufzusuchen, denn er war müde von der Überfahrt.
»Du wirst ihn kennenlernen«, antwortete Barnabas geheimnisvoll. »Einer davon kennt dich schon sehr lange und liebt dich wie einen Bruder.«
Es war ein recht schönes Haus, in dem das Abendessen stattfinden sollte. Kaum waren sie über die Schwelle getreten, als auch schon Demetrius, Hermäus und Charilaos herbeieilten, um Saul mit überschwenglichen Begrüßungen zu überschütten, die Saul zu Recht für echt hielt, obwohl sie alle drei auch vollendete Schauspieler sein konnten. Aber er sah auch den Ärger in ihren Gesichtern, und Demetrius hatte kaum Zeit, ihm ins Ohr zu flüstern:
»Seit deiner Abwesenheit ist viel vorgefallen! Letzte Woche haben

wir dir geschrieben, aber offensichtlich hat sich der Brief mit deiner Abreise gekreuzt.«

Hinter diesen drei Männern erblickte Saul im Atrium noch drei andere, offenbar die Hausherren, denn diejenigen, die ihn empfangen hatten, wohnten bestimmt nicht unter einer solchen Adresse. Barnabas unterhielt sich bereits mit den Gastgebern und stellte sie Saul vor, der nicht ganz bei der Sache war, hatte er doch zu seinem Verdruß feststellen müssen, daß man seinen Rat durch einen anderen ersetzt hatte. Einer der drei Unbekannten breitete die Arme aus und rief:

»Saul, mein Bruder! Willkommen in Antiochia! Erkennst du mich denn nicht? Ich bin Menahem, dein Freund aus der Kindheit!«

Saul versuchte, in dem sonnenverbrannten und zerfurchten Gesicht, auf dem brüderliche Zuneigung zu lesen war, jenen ernsten und schmächtigen Knaben wiederzuerkennen, der in der Tat damals jene quälenden Tage in Cäsarea mit ihm geteilt hatte. Nichts. Zwischen Kindheit und Alter lag ein zu tiefer Graben. Aber er erwiderte Menahems Umarmung[130] mit höflicher Wärme. Der andere war Simon Niger[131], dessen Name in Saul immerhin eine vage Erinnerung wachrief, während er über den dritten, Luzius von Zyrene, der nabatäischer aussah als jeder Nabatäer, gar nichts wußte. Barnabas lächelte sein öliges Kupplerlächeln, das Saul schon zur Genüge kannte. Warum wohl hatte Barnabas ihn in Kokba verteidigt?

Diener brachten Wein und Gläser, und die Versammlung begab sich in den Raum, wo man für das Abendessen gedeckt hatte. Die Gäste ließen sich nieder. Saul beobachtete jede Geste und jeden Blick, auf der Lauer nach dem leisesten Hinweis, der ihm dazu verhelfen würde, das Spiel zu durchschauen, in dem er offenbar die Zielscheibe abgeben sollte.

Er saß rechts von Menahem, der also der Gastgeber war. Tatsächlich war es auch Menahem, der vor der Mahlzeit die Gebete sprach. Anschließend plauderten er und Saul über ihren jeweiligen Lebensweg. Menahem gab vor, über den Werdegang seines Gastes auf dem laufenden zu sein und kam beharrlich auf dessen Berühmtheit zurück, bis Saul in einem ruhigen und festen Ton sagte: »Aber in Palästina kennt mich keiner mehr, glaube ich.«[132]

»Wir aber, wir kennen dich jetzt«, gab der andere zurück.

Menahem war nicht sehr redselig, was sein eigenes Leben anging; vielleicht war er diskret, oder aber er befürchtete, daß delikate Ereignisse allzu eingehend besprochen würden. Er war gerade in Qumran gewesen; Saul erinnerte sich daran, daß man seinen Namen in Kokba erwähnt hatte, jedoch ohne daß er damals in ihm den Sohn des Höflings von Herodes dem Großen, des Pharisäers Jotam, erkannt hätte.

»Wie ist aus dem Sohn des berühmten Jotam ein Nazarener geworden?« fragte Saul.

»Hat Jesus nicht unseren Bund erneuert?« gab Menahem zurück.

Die Karten lagen offen; Menahem vertrat die eingeschworene jüdische Fraktion der Nazarener. Saul hielt es für zwecklos, eine Grundsatzdiskussion anzufangen, die darauf hinauslaufen mußte, daß er in der Runde allein dastand. Mit einem undurchdringlichen Lächeln ertrug er stillschweigend Menahems Behauptungen und den forschenden Blick, der sie begleitete; er war ja über die Trümpfe seines Gegners noch völlig im Ungewissen.

»Ihr habt mich also durch Barnabas holen lassen«, sagte Saul, um anzudeuten, daß ihm der Anlaß der Einladung bekannt war.

»Wir haben Schwierigkeiten«, sagte Menahem mit gekonnt sorgenvoller Miene.

»Ich weiß«, antwortete Saul. »Die jüdischen Nazarener von Antiochia und aus anderen Gemeinden erkennen die von mir bekehrten heidnischen Nazarener nicht an, weil sie nicht beschnitten sind.«

Alle hatten aufgehört zu essen.

»Das sind sie ganz offensichtlich nicht«, sagte Menahem.

»Sie sind nicht was?« fragte Saul zurück.

»Ich meine, sie können nicht zu der Gemeinde der jüdischen Nazarener gehören«, antwortete Menahem, »und sie haben auch keinen Zutritt zu den Synagogen.«[133]

»Das habe ich damals schon vorausgesehen«, sagte Saul. »Deswegen habe ich sie überall angewiesen, die Versammlungen bei sich zu Hause abzuhalten.«

Menahems Miene wurde noch ernster. »Man muß ihnen nahelegen, sich beschneiden zu lassen«, fuhr er fort.
»Um mir das mitzuteilen, ist Barnabas nach Tarsus gekommen. Ich fordere euch auf, jetzt und hier und mit allem Nachdruck, die tatsächliche Situation zu überdenken«, sagte Saul, wobei er sich auf seiner Liege aufrichtete und mit einem entschlossenen Blick in die Runde sah. »Bei den Juden wie auch bei den Nabatäern wird die Beschneidung in den ersten Tagen nach der Geburt vorgenommen, bei ersteren am achten, bei letzteren am vierzehnten Tag. Die Haut ist zart und die Beschneidung schnell überstanden. Die Juden, die den bekehrten Heiden zu einer Beschneidung raten, haben heute nicht mehr die leiseste Erinnerung an diese Formalität.« Er betonte das Wort »Formalität«. »Jetzt wollt ihr ihnen nicht etwa ›nahelegen‹, wie es mein trefflicher Freund Menahem höflich ausgedrückt hat« – und mit einem Schlag entzog er Menahem jegliche Anerkennung seiner Autorität – »sondern einige tausend – ich sage einige tausend – erwachsene Männer dazu *zwingen,* sich diesem schmerzhaften und in einigen Fällen auch gefährlichen Eingriff zu unterziehen. Ich habe mich in der Synagoge von Tarsus und dann in der von Antiochia in Pisidien erkundigt: Die Beschneidung von erwachsenen Männern wurde dort nur selten durchgeführt und hat schmerzhafte, manchmal ernste Folgen. Ihr, Menahem, Luzius, Simon und auch du, Barnabas, ihr könnt die hochangesehenen Leute fragen, die ich dazu berufen hatte, den Rat von Antiochia zu bilden.«[134]
Menahem nahm diese Anspielung mit offensichtlichem Unbehagen hin. »Sie werden euch bestätigen, daß die heidnischen Nazarener sich dieser Formalität nicht unterwerfen werden. Hier handelt es sich«, fuhr Saul fort, indem er jede Silbe einzeln und mit Nachdruck betonte, »um eine Gemeinde, die ich gegründet habe, die ich kenne, während ihr, Menahem, Luzius und Simon, und du, Barnabas, nur die Gemeinde der konvertierten Juden kennt, die inzwischen deutlich in der Minderzahl ist. Ihr habt daher leicht reden, wem es um Beschneidung geht. Ihr laßt außer acht, daß sie in den Augen des römischen Gesetzes ein Verbrechen ist!«[135] An dieser

Stelle warf Saul Menahem einen herausfordernden Blick zu; der andere schlug die Augen nieder. »Für diejenigen unter den heidnischen Nazarenern, die wie ich römische Bürger sind, zieht eine Beschneidung den Verlust des Besitzes nach sich, was ihr Wohlergehen deutlich beeinträchtigt. Ich muß euch daher sagen, daß eine Beschneidung der Heiden nicht in Frage kommen kann. Sie zu einer zwingenden Voraussetzung zu machen, hieße, einer Utopie nachlaufen. Den heidnischen Nazarenern ihr Recht auf ihren Anspruch, zu Christus gehören, zu nehmen, das wäre – ich sage es zu dir, Menahem, auch zu dir, Luzius, und dir, Simon, und auch zu dir, Barnabas, das wäre ein Verbrechen!« Er verlieh dem Wort einen gewaltigen Klang, und Menahems Gesicht rötete sich vor Wut. »Außerdem«, fuhr Saul fort, nachdem er sich den Mund abgewischt hatte, »fordere ich euch auf, mir hier nur ein einziges Wort von Jesus zu nennen, das den Jüngern die Beschneidung vorschriebe.«
Es herrschte Stille.
»Die Beschneidung wird vom Gesetz gefordert«, sagte Simon Niger schließlich. »Abraham...«
»Sind wir Jünger von Abraham oder von Jesus?« schnitt ihm Saul das Wort ab. »Ihr habt mir meine Frage nicht beantwortet. Wann und wo hat Jesus gesagt, daß man nur als Beschnittener sein Jünger sein könne?«
»Aber du bist doch beschnitten *und* römischer Bürger«, sagte Barnabas mit süßlicher Stimme.
»Ich bin ein Herodier, Barnabas, das weißt du sehr gut, und ich kam in den Genuß eines Privilegs, das Julius Caesar meinem Großvater zugestanden hat und das sich auf alle Nachkommen von Herodes erstreckt. Nur ein Verrückter wird glauben, daß Claudius den Heiden, die sich beschneiden lassen, ein solches Vorrecht einräumen wird.«
Diener brachten Leckereien: getrocknete Aprikosen und Dörrpflaumen in Met, Honigkuchen, eingelegte Orangenschalen. Aber die Unterbrechung währte nur kurz.
»Die Tatsache bleibt bestehen«, nahm Menahem das Gespräch wieder auf, »daß wir die Juden nicht dazu zwingen können, den unbeschnittenen Heiden Zutritt zu den Synagogen zu gewähren.«

»Sie richten sich nicht nach der Lehre Jesu«, bemerkte Saul.
»Sie richten sich nach dem Gesetz«, entgegnete Menahem.
Das Gesetz! dachte Saul. Man mußte sich eines Tages wohl davon befreien. Wie man sich auch von der angeblichen Vormundschaft des Rates in Jerusalem frei machen mußte.
»Dann bleiben die Heiden eben zu Hause, und damit hat sich die Sache!«
»Man kann sie nicht von der Gemeinschaft der Nazarener abschneiden«, insistierte Menahem.
»Dann wißt ihr wohl auch, wie man ein Geschöpf zuwege bringen soll, das halb Hase und halb Fisch ist«, sagte Saul.
»Ja, wir haben beschlossen, daß wir den Heiden den Status von Semi-Neophyten[136] verleihen, solange sie noch nicht beschnitten sind.«
Saul tauschte Blicke mit Demetrius, Hermäus und Charilaos, deren Augen vor Zorn funkelten.
»Wen bezeichnet dein ›wir‹?«
»Den Rat in Jerusalem.«
»Der Rat in Jerusalem hat nicht mehr Autorität als ich«, sagte Saul ruhig.
»Was?« riefen Barnabas und Luzius von Zyrene empört.
»Ich habe doch mit eigenen Ohren gehört, wie Johannes darauf bestand, daß kein Apostel höher steht als ein anderer, und daß keiner Machtbefugnis über die anderen hat«, antwortete Saul. »Er hat Petrus selbst in aller Öffentlichkeit daran erinnert.«
Verwirrung und Ärger standen in ihren Gesichtern, welche Empfindung die Oberhand behielt, war nicht zu entscheiden. Aber man mußte ihnen einen Ausweg lassen. Demetrius, Hermäus und Charilaos hatten sich auf ihren Liegen aufgerichtet; sie schienen Morgenluft zu wittern für ihre Sache.
»Ich habe also guten Grund, die Beschlüsse des Rates in Jerusalem zurückzuweisen.[137] Der Rat von Antiochia hier ist dazu genauso befugt. Das geschieht nicht aus einer Augenblickslaune heraus, sondern wir lehnen damit Maßnahmen ab, die wir weder für vernünftig noch gerecht halten. Sie sind nicht vernünftig, weil sie den

Konvertiten einen erniedrigenden Status aufzwingen, der sie nur abstoßen wird – das heißt, sie werden ihren neuen Glauben aufgeben – und weil damit auf keinen Fall neue Neophyten angelockt werden. Diese Maßnahmen sind nicht gerecht, weil wir in Jesus alle gleich sind.«

»Verstehe uns richtig«, ergriff Simon Niger endlich auch einmal das Wort, »uns geht es darum, Unruhen zu vermeiden. In den Synagogen gibt es genausoviele Juden wie Nazarener. Wenn wir den Heiden freien Zutritt gewähren würden, gäbe es einen so großen Skandal, daß wir damit die ganze Gemeinde der Nazarener in Gefahr brächten. Kannst du dir vorstellen, was es für einen Aufruhr verursachen würde, wenn die Heiden die Schranke ihres Vorhofs in Jerusalem überschritten?«

»Das kann ich mir vorstellen«, antwortete Saul. »Deshalb habe ich von Anfang an vorgeschlagen, daß sich die Nazarener bei sich zu Hause versammeln und ihre Feier unabhängig von Jerusalem begehen sollen.«

»Die Feier?« fragte Menahem. »Du meinst den Sabbat?«

»Nein, nicht den Sabbat«, beharrte Saul. »Die Feier. Ihre Feier.«

»Welche Feier?« fragte Menahem. »Eine Feier ohne Rabbiner?«

»Eine Feier ohne Rabbiner, ganz richtig.[138] Die Feier des letzten Abendmahls Jesu. Mir leuchtet es nicht ein, daß es passend sein soll, die Nazarener Rabbinern zu unterstellen, die Jesus ablehnen, ohne den es doch keine Rabbiner gäbe.«

»Aber wie…«, protestierte Menahem. »Das wäre gottlos! Das ist gegen das Gesetz!«

»Also«, erwiderte Saul, »dann muß man es klipp und klar sagen: Die Jünger von Jesus gehorchen dem Gesetz Jesu und nicht dem Gesetz von Moses, und die Juden, die sich bekehren ließen, sind keine Juden mehr!«

Barnabas schüttelte niedergeschlagen den Kopf. Menahem dagegen hielt mit seinem Zorn nicht mehr zurück: »Für dich bin ich also kein Jude mehr?« schrie er.

»Nein, Menahem, für mich bist du kein Jude mehr«, antwortete Saul.

»Wenn du so tust, als könntest du gleichzeitig Jude und Christ sein, dann überläßt du dich dem gleichen Schicksal wie Stephanus!«
Nun vergrub Menahem den Kopf in den Händen.
Simon Niger schaltete sich wieder ein: »Wir sind hier, um Streit in unseren Reihen genauso zu vermeiden wie nach außen. Ich schlage vor, daß wir Sauls Argumente dem Rat in Jerusalem vorlegen, und während wir dessen Urteil abwarten, beschließen wir heute abend Maßnahmen, um Auseinandersetzungen in den von Saul gegründeten Gemeinden zu vermeiden.«
Ihr Zorn war plötzlich einer eiskalten Entschlossenheit gewichen.
»Ich schlage also vor«, fuhr Simon fort, »daß Saul selbst diese Gemeinden besucht, um sie dazu anzuhalten, die Synagogen zu meiden. Ich schlage außerdem vor, daß Saul seine Unternehmungen auf Gebiete konzentriert, wo es möglichst wenig Juden gibt.«
»Was deinen ersten Vorschlag angeht«, entgegnete Saul, »erkenne ich an, daß er wohlbegründet ist. Bei dem zweiten Vorschlag bin ich mir da nicht so sicher. Bedeutet das, daß ich aufhören soll, den Juden die Botschaft von Jesus zu überbringen? Daß die Juden von der Gnade Jesu ausgeschlossen werden sollen?«
»Nein, natürlich nicht«, murmelte Simon kleinlaut.
Sie gaben sich offenbar alle Mühe, ihn einzukreisen, aber wie ein Wildpferd, das sich nicht einfangen lassen wollte, sprang er über all ihre Fallstricke. Schließlich kam man jedoch überein, daß er wieder abreisen würde, um den Heiden zuzuraten, die Synagogen zu meiden. Der Abend ging zu Ende, Saul war erschöpft. Er war mittlerweile sechsundfünfzig, und der Weg schien noch weit.
Der Beistand, den ihm die Heiden anboten, immer bereit, ihn zu trösten, zu unterstützen und seine Anweisungen zu befolgen, war ihm ein großer Trost. Aber Saul fragte sich oft, ob sie nicht jenen Münzen ähnelten, die unehrliche Goldschmiede mit einer Schicht Gold überziehen, bei denen jedoch mit der Zeit das Kupfer wieder durchscheint. Während eines Abendessens, das Demetrius in seinem Haus gab, zog besonders einer Sauls Aufmerksamkeit auf sich. Es war ein Mann von knapp vierzig Jahren, der Sohn eines bekehrten römischen Freigelassenen, der abwechselnd Luzius oder Lukas genannt wurde.

»Wir sollten uns nicht von Nebensächlichkeiten blenden lassen«, sagte dieser Lukas, »und auch nicht von den Unstimmigkeiten mit unseren jüdischen Brüdern.« Er sprach ein elegantes, weiches Griechisch. »Was geschehen wird, ist deutlich vorauszusehen. Die heidnischen Religionen erfüllen die Herzen der Menschen nicht, eben weil sie sich zu eng an das Bild der Menschen anlehnen. Die Heiden im ganzen Reich und darüber hinaus leiden unter dieser Leere. Früher oder später wird die Botschaft Jesu sie erfüllen, das ist unvermeidlich.«

Nach dem Essen unterhielt sich Saul mit diesem Lukas, der belesen war und sich viel mit Studien der Natur beschäftigt hatte. Er verfügte über ein Wissen, das Saul erstaunte. Saul sprach offen mit ihm über seine Anfälle und fragte ihn, ob es nicht ein anderes Heilmittel als Opium gebe, welches ihn schläfrig machte. Lukas nannte ihm daraufhin eine Mischung aus getrockneten Waldmeisterblättern und Schellkrautwurzeln, brachte ihm am folgenden Tag mehrere Säckchen davon vorbei und riet Saul, regelmäßig alle zwei Tage einmal davon einzunehmen. Ebenso wie die Arznei, die er sofort ausprobierte, schätzte Saul die Bescheidenheit dieses Lukas, der sein Wissen anbot, ohne die gelehrte Pedanterie an den Tag zu legen, die bei Leuten, die mit Heilmitteln umgingen, sonst üblich war. Die beiden Männer versprachen, in Briefkontakt zu bleiben.[139]

Saul bereitete sich schon auf seine Abreise vor, als Barnabas ihn eines Morgens aufsuchte. Ein Schiff aus Cäsarea hatte vor einigen Stunden schlimme Nachrichten aus Judäa mitgebracht. Dort war eine Hungersnot ausgebrochen![140] Der Preis für den Scheffel Weizen hatte sich versechsfacht, und die Ammen hatten keine Kraft mehr, die Kinder zu stillen. Man mußte ihnen helfen! Saul nickte. Die Bürger von Antiochia waren reich; aber sollte man nur die hiesigen Nazarener um Geld für die Nazarener in Jerusalem bitten? fragte Barnabas. Oder bat man alle Juden – für alle Juden in Judäa?

»Alle Juden«, antwortete Saul.

»Die Juden von Antiochia werden einwenden, daß sie nicht die unbeschnittenen Heiden unterstützen wollen.«

»In Judäa gibt es keine Heiden«, sagte Saul.
Weil er befürchtete, Barnabas zu überfordern, und weil zu erwarten war, daß der Rat von Antiochia Bedingungen an den Bestimmungsort des Weizens knüpfen und damit nur Verwirrung stiften würde, bestimmte er Titus zum Generalintendanten der Spendenaktion. Er hatte diesen Heiden mit dem klaren Blick liebgewonnen; er war einer der siebzig, die Jesus gekannt hatten. Titus, der Sohn einer reichen Kaufmannsfamilie mit griechisch-römischen Vorfahren aus Skythopolis hatte sich Jesus angeschlossen, gleich nachdem er ihm zum erstenmal begegnet war. Mit seinen fast vierzig Jahren hatte er sich eine jugendliche Anmut bewahrt und so gar nichts von der anspruchsvollen und streitsüchtigen Haltung, die in Sauls Augen bei den sogenannten Jesusjüngern allmählich überhandnahm. Für ihn nämlich, den Zuletztgekommenen, gewann das Herz eines Menschen, seine wahre Gesinnung, immer mehr an Bedeutung.
Sie heuerten vier Schiffe und füllten sie mit Weizen. Was ist das Geheimnis des Mitleids? Das Gefühl von Macht, das es verleiht? In Cäsarea hatte Saul keine Zeit, Doris seine Ankunft mitzuteilen; es galt, den Transport des Weizens zu organisieren, und das war weitaus härter als das Einsammeln. Jerusalem hätte sie wie Helden empfangen, ihn selbst auf jeden Fall, aber er hatte keine große Lust, die Leute des Tempels wiederzusehen, an die Honoratioren und bärtigen Würdenträger, die ihn mit falschen Vorwürfen und Tadel überschüttet hätten. Daher beauftragte Saul Barnabas und Markus mit der Übergabe des Weizens, wobei er wohlweislich darauf achtete, einen Teil für die Nazarener zu reservieren. Er selbst hielt sich hochmütig im Hintergrund.
Selbstverständlich wußte der Rat in Jerusalem sofort über Sauls Anwesenheit in der Stadt Bescheid und kannte auch seine Adresse. Petrus schickte ihm einen Boten mit der Bitte, wie das erste Mal nach Betanien zu kommen. Noch mehr Klatschmäuler! dachte Saul und trauerte zum erstenmal Sara nach.
In Betanien traf er Jakobus, den Sohn des Alphäus, und Johannes, den Sohn des Zebedäus, an der Seite von Petrus an.[141] Man begegnete ihm freundlicher als bei seinen früheren Besuchen; dabei hatte

Barnabas gewiß in Betanien über die schwierige Auseinandersetzung mit Menahem, Simon Niger und Luzius von Zyrene Bericht erstattet.

»Wir haben erfahren, daß deine Missionen erfolgreich sind«, sagte Petrus strahlend.

»Habt ihr mir deshalb diese drei Männer nach Antiochia geschickt, die beabsichtigen, die Leitung der Gemeinde zu übernehmen?« erwiderte Saul.

»Einige Mitglieder des Ältestenrats von Jerusalem waren sehr beunruhigt über Berichte von Zwischenfällen im Zusammenhang mit dem Zutritt der Heiden zu den Synagogen. Sie waren der Ansicht, man könne solchen gefährlichen Auseinandersetzungen zuvorkommen, indem sie beschnittene Juden nach Antiochia sandten und so den Juden von Antiochia und den anderen Gemeinden das Selbstvertrauen wieder stärkten. Auch Jakobus und Johannes hier waren nicht dagegen, und wir wollten nur das Beste«, erklärte Petrus.

»Eure Abgesandten«, ergriff Saul wieder das Wort, »stellten als allererstes die Forderung auf, daß die Heiden sich beschneiden lassen sollten. Habt ihr darüber nachgedacht, was für eine Zumutung eine solche Maßnahme darstellt? Wißt ihr, was Beschneidung für einen ausgewachsenen Mann bedeutet? Habt ihr die Gefahr bedacht, damit die in ihrem Glauben noch unsicheren Neophyten abzuschrekken?«

»Eure Vorhaut sollt ihr beschneiden. Das soll das Zeichen sein des Bundes zwischen mir und euch… Wenn aber ein Männlicher nicht beschnitten ist an seiner Vorhaut, wird er ausgerottet werden aus seinem Volk[142]«, sagte Jakobus schulmeisterlich.

»Jesus hat den Bund erneuert, und ihr habt mir gegenüber nie gesagt, daß er die Beschneidung erwähnt habe«, entgegnete Saul. »Glaubt ihr denn nun, daß der Bund erneuert wurde, oder nicht?«

»Der neue Bund hat das Gesetz nicht außer Kraft gesetzt«, gab Jakobus zur Antwort.

»Wer hat denn daran erinnert, daß der Sabbat für die Menschen da ist und nicht umgekehrt?« fragte Saul. »Wie oft soll ich es noch wie-

derholen: Wenn ihr darauf besteht, euch im alten Gesetz einzusperren, dann wird man euch zurückstoßen und zum Märtyrertod verurteilen, weil ihr die Jünger von Jesus seid.«
»Willst du uns damit sagen, daß das Gesetz nicht mehr gilt?« fragte Jakobus.
»Es hat die Juden nicht gerettet, und euch wird es auch nicht retten. Ich kann nur an das Gesetz von Jesus glauben, und wenn ich daran nicht glaube, dann glaube ich an gar nichts.«
»Du bist kein Jude«, sagte Jakobus, wobei er Saul scharf anblickte. »Dir fällt es leicht.«
»Ihr seid Jünger von Jesus, euch sollte es genauso leichtfallen«, antwortete Saul.
Johannes sagte nichts, er schien tief in Gedanken versunken. Nun griff Petrus in das Gespräch ein. »Man hat uns deine Argumente berichtet. Ich finde sie vernünftig. Laßt uns die Gemeinden teilen, bis Kinder geboren werden. Dann werden sie beschnitten, und alles ist wieder in Ordnung.«
»Und was wird man diesen Kindern sagen? Daß ihre Väter nicht beschnitten sind und daß sie daher auch keine Juden sind? Diese Vorhautgeschichte ist wirklich zum Davonlaufen!«
»Für die Juden ist diese Vorhautgeschichte, wie du dich auszudrükken beliebst, unerläßlich«, meinte Jakobus.
»Ich werde die Beschneidung nicht fordern, genausowenig wie Jesus es getan hat«, sagte Saul trotzig.
»Gut, gut«, dann teilen wir die Gemeinden für einige Jahre«, lenkte Petrus ein.
»Saul hat recht«, sagte Johannes schließlich, der zum erstenmal den Mund auftat. »Immerhin geschieht es allein im Namen von Jesus, daß wir uns hier versammeln. Also hat sein Gesetz Vorrang. Und er hat die Beschneidung nicht gefordert.«
»Dann verlieren wir jüdische Neophyten«, gemahnte Jakobus streng.
»Wir werden sie nicht verlieren, wenn wir ihnen klarmachen und – darauf bestehe ich – wenn auch ihr ihnen klarmacht, daß das Gesetz Jesu den Vorrang hat!« rief Saul. Jakobus hielt die Augen nie-

dergeschlagen und schwieg. »In der Zwischenzeit«, fuhr Saul fort, »müßt ihr eure Abgesandten in Antiochia davon in Kenntnis setzen, daß sie keine größere Befugnis haben als ich, die Gemeinde von Antiochia oder irgendeine andere zu führen. Ich habe diese Gemeinde gegründet, und mich erkennt sie als ihren Obersten an.«
»Du bist vom Rat in Jerusalem eingesetzt worden«, sagte Jakobus trocken. »Die Bestimmungsgewalt liegt beim Rat.«
»Gehört Johannes auch zu eurem Rat?« fragte Saul.
»Aber natürlich!« rief Jakobus.
»Und du, Johannes, du hast in Kokba, im Beisein von Philippus und Dositheus, in aller Form daran erinnert, daß Jesus uns keinen Herrn bestimmt hat. Erinnerst du dich, oder hast du deine Meinung etwa geändert?«
»Ich erinnere mich, Saul«, antwortete Johannes und schaute auf. Sein Blick wandte sich der Pracht des Sonnenuntergangs zu, der zum Fenster hereinströmte und sie alle vier auf einer Seite in goldenes Licht tauchte und die andere Seite im Dunkeln ließ. »Ich erinnere mich daran, und ich habe meine Meinung nicht geändert. Jesus hat keinen Anführer bestimmt. Wir haben uns trotzdem Anführer gegeben. Es steht dir frei, sie abzulehnen, Saul. Hast nicht auch du in Edessa das Licht empfangen?«
Saul war einen Augenblick lang über Johannes' Tonfall verwirrt. Hatte er ihm denn je gesagt, daß er Jesus in Edessa begegnet war? Wortlos hielt er dem fragenden Blick Johannes' stand.
»Wir haben uns also Anführer erwählt, verstehst du?« sagte Petrus wieder versöhnlich. »Die Herden brauchen Hirten. Wir erkennen dich als Hirten an.«
»Komm mit nach Antiochia und sage das Menahem«, sagte Saul.
»Ich komme«, versprach Petrus.
Er hielt Wort.
Am Abend des Tages nach ihrer Ankunft in Antiochia aßen sie mit Hermäus, Charilaos und Demetrius zu Abend, und natürlich waren sie am vorangegangenen Tag bei Menahem, Simon Niger und Luzius von Zyrene zu Gast gewesen. Heute nun saßen sie in einer Taverne, als plötzlich vier Männer hereintraten, auf sie zukamen, ihre

Gläser ausgossen, sie beschimpften und schrien, daß es Juden nicht gestattet sei, mit Heiden an einem Tisch zu essen. Am nächsten Tag erst würde ihnen Menahem mitteilen, daß ein Brief von Jakobus aus Jerusalem die Tatsache beklage, daß Juden und Heiden zusammen an einem Tisch säßen. Gerüchte davon seien bis nach Jerusalem gedrungen, schrieb Jakobus, und hätten einen Skandal verursacht. Die Gemeinschaft der Nazarener in Judäa befinde sich in Gefahr.[143]

»Siehst du?« sagte Saul niedergeschlagen zu Petrus. »Entweder das Gesetz von Moses oder das von Jesus.«

Petrus fuhr sich über das Gesicht und seufzte. »Warum schenkt er uns nicht jetzt seine Erleuchtung?« stöhnte er, während Titus ihn mitleidig anschaute und Barnabas die Hände rang.

»Die Erleuchtung liegt in unserem Verstand«, sagte Saul. »Wir können nicht zwei Herren dienen.« Doch zu spät; zu seiner großen Überraschung und Verärgerung mußte er mit ansehen, wie Petrus plötzlich aufstand, gefolgt von Barnabas, der immer noch wie ein altes Weib die Hände rang.

»Wo gehst du hin? Wo geht ihr hin?« fragte Saul mit rauher Stimme.

»Ich… Ich kann nicht bleiben«, sagte Petrus, rot vor Scham. »Die Leute von Jakobus, ich meine, die Leute in Jerusalem… sie haben recht! Für uns gilt das Gesetz. Ich… und du auch nicht… Man kann doch nicht mit… mit nicht beschnittenen Leuten, mit… versteh mich recht… mit… Nichtjuden essen! Du müßtest eigentlich auch aufstehen, los, du mußt aufstehen!«

Barnabas blickte bekümmert zum Himmel auf – das heißt zu den Deckenbalken des Wirtshauses.

»Ich werde nicht aufstehen, Petrus, das weißt du genau«, sagte Saul drohend. »Ich stehe nicht auf, weil ich nicht so ein Heuchler bin wie du!«

»Was?« schrie Petrus mit überschlagender Stimme.

»Heuchler habe ich gesagt. Schlechter Jünger! Verräter an Jesus' Lehre!«

Die übrigen Gäste in der Taverne horchten auf. Petrus wich, ent-

setzt über diese Beleidigung, zurück, sein Kinn zitterte; Barnabas setzte eine weinerliche und empörte Miene auf.
»Simon, den man Petrus nennt – du glaubst dich im Recht, du bist Jesus drei Jahre lang gefolgt, aber er hat dich auch wie einen Dummkopf behandelt!« Petrus wurde leichenblaß. »Glaubst du denn, daß Jesus nur für die Juden gekommen ist, deren Würdenträger und deren Klerus ihn aufs Schafott geschickt haben, im Glauben, sie befolgten das Gesetz? Dann wärst du ja ein zweifacher Heuchler!«
Petrus schnappte nach Luft. »Diese Beleidigungen«, flüsterte er atemlos, »das darf man nicht dulden! Wie kannst du es wagen... Ich ein Heuchler, ein zweifacher Heuchler! Wieso übrigens zweifach?«
»Wenn du denkst, daß Jesus nur für die Juden gekommen ist, dann wäre es Heuchelei, mich mit dem Auftrag loszuschicken, die Lehre von Jesus bei den Heiden zu verbreiten und sie zu taufen!«
»Man mußte sie wieder in ihren Stall führen«, sagte Petrus.
»Der Stall ist zerstört, Petrus! Der Hahn hat gekräht!«
Tränen rannen aus den Augen des alten Mannes. Er machte eine abwehrende Handbewegung.
»Ja, Petrus, du verstehst als letzter, immer als letzter! Du hast geglaubt, daß man die Heiden in den Tempel führen müsse? In den Tempel von Jerusalem, wie? Und vielleicht dem Hohenpriester zu Füßen legen, wie Kriegsgefangene? Das glaubtest du doch, Petrus, oder? In den Tempel, den Jesus hätte zerstören können, zu Füßen des Hohenpriesters, der seinen Tod gefordert hat?«
Petrus trat den Rückzug an und lief auf die Tür zu. Barnabas stützte ihn.
»Saul!« schrie Hermäus, während Saul losstürzte, dem Apostel hinterher.
Petrus lief schon die Straße hinunter, aber er war noch in Hörweite.
»Heuchler!« schrie Saul. Die Beleidigung hallte wie ein Echo über den Pflastersteinen wider, und Petrus zog sich den Mantel über den Kopf. »Alter Geizhals, Schwächling!«
Keuchend kam Saul wieder zurück und ließ sich nieder.

Demetrius streckte ihm ein Glas Wein hin.
»Beruhige dich«, sagte er.
Aber Sauls Zorn war nicht so schnell verraucht. »Er und Jakobus, diese beiden Schwachköpfe!«[144] grollte er.
Barnabas war nach zwei Tagen wieder da, zerknirscht und mit tiefen Ringen unter den Augen. Er berichtete, daß Petrus nach jenem Abend krank geworden sei und am nächsten Tag nach Jerusalem zurückgereist war. Saul sagte nichts dazu.
Wenige Tage später schiffte sich Saul mit Barnabas nach Zypern[145] ein. Er hatte sich schließlich an Barnabas gewöhnt. Er war kein schlechter Kerl, nur eben ein Mann ohne Charakter. Einer, der dachte, man könnte Öl und Wasser mischen.

XIV.

Ein Briefwechsel über den Verstand und die Hoffnung

Brief von Lucius Annaeus Seneca an Saul, Sohn des Antipater, in der Straße des Jupiter in Antiochia, beim Sattler Hermophoros:
»Kuriere berichten mir, daß Dein Ruf Dir in einigen Städten des Ostens vorauseilt. Sie stellen Dich zugleich als den Propheten des alleinigen Gottes der Juden und eines Halbgottes namens Jesus hin, dessen Schicksal mich stark an das von Herkules erinnert. Mir ist zu Ohren gekommen, daß Du Tausende von Anhängern hast. Auch hier in Rom haben wir diese Juden, die man Nazarener nennt und die sich allem Anschein nach mit den anderen Juden nicht verstehen. Das erstaunt mich nicht, denn es gibt keinen schlimmeren Feind als einen Bruder, der zum Gegner wird. Ich freue mich über Dein hohes Ansehen, bin aber traurig, daß Du den Göttern abgeschworen hast, die das Kaiserreich beschützen. Auch bezweifle ich, daß es nötig ist, einen neuen Gott zu schaffen. Hat nicht unser Pantheon und das der Griechen für alle Bedürfnisse der Menschen vorgesorgt? Und außerdem: Werden es durch eine Namensänderung andere Götter?
Ich wünsche Dir Frieden und Erfolg.«

Antwort von Saul, Sohn des Antipater, an Lucius Annaeus Seneca:
»Hast nicht Du selbst geschrieben, die Tatsachen seien die Nahrung der Weisen, so wie die Träume die der Toren? Die Juden haben nach einem veralteten Gesetz gelebt, das sie unter das Joch eines eifernden Gottes gebracht hat. Sie waren seine Gefangenen, sie wurden zu den Gefangenen des Kaiserreiches. Jesus ist gekommen, hat sich diesem Gott geopfert, der der seine war, er hat ihnen ihre Freiheit zurückgekauft und ihre Schuld gesühnt. Diejenigen, die ihm nachfolgen, sind frei. Herkules hat die Menschen nicht befreit, er hat sich aus Verzweiflung geopfert. Jesus hat die Hoffnung gebracht. Muß man ihn dann nicht zum Herrscher über alle anderen machen?
Dem unvergleichlichen Dramatiker und Philosophen von seinem untertänigsten Diener.«

Von Lucius Annaeus Seneca an Saul, Sohn des Antipater:
»Ich danke Dir für Deine Auskünfte, die mich zu den beiden Gedanken angeregt haben, die ich Dir hiermit übermittle. Einer der Eurigen, der nach seinen Worten einer der vierundachtzig Begleiter von Jesus war, zur Zeit in Rom im Viertel des Aventin lebt und sich Theophoros nennt, hat einem meiner Sekretäre versichert, daß Jesus im Augenblick seines Todes am Kreuz seinem Gott vorwarf, er habe ihn verlassen. Das veranlaßt mich zu der Frage, ob die Hoffnung, die er sein Leben lang hegte, nicht doch trog. Meine zweite Frage bezieht sich darauf, welches Volk eigentlich durch Jesu Opfer erlöst worden sein soll – von einem ungewöhnlich grausamen und primitiven Gott im übrigen; wir opfern schon seit langem keine Menschen mehr. Wenn die Erlösung sich nämlich auf die Juden bezog, warum sollte man sie dann auf die anderen ausdehnen, die keine Juden sind?
Ich persönlich finde allerdings den Gedanken schrecklich, ein Gott könne sich den Menschen direkt zu erkennen geben. Dann besteht die große Gefahr, daß die Menschen überheblich werden. Aus diesem Grund haben unsere Götter in weiser Voraussicht eine andere

Gestalt angenommen, wenn sie sich den Menschen zeigen. Um Europa zu rauben, verwandelte sich Jupiter in einen Stier, und um Leda zu verführen in einen Schwan.
Ich wünsche Dir Einsicht und Zufriedenheit.«

Von Saul, Sohn des Antipater an Lucius Annaeus Seneca:
»Ich habe lange über Deinen Brief nachgedacht. Aus ihm leuchtet die Sonne des Verstandes. Trotzdem, er schließt das Mysterium der Göttlichkeit aus[146], in dem sich alle Widersprüche auflösen. An Götter kann man nicht mit dem Verstand glauben; wenn man an Götter glaubt, muß man daher im Umgang mit ihnen auf den Verstand verzichten.
Dein sehr ergebener Diener.«

XV.

Zwei Provinzen im Jahre dreiunddreißig und einige Zwischenfälle

Auf der Überfahrt nach Zypern an Bord einer Korbite[147], deren Auftrag anscheinend lautete, Ratten anstelle von Weizen zu befördern, und während der Saul sich ausschließlich von Brot und Rosinen ernährte, die er in einem Ledersack verschnürt hatte, ließ er sich die Auseinandersetzungen und Diskussionen mit dem Rat von Jerusalem durch den Kopf gehen. Die Ältesten hatten ihn außer Gefecht setzen wollen; das war ihnen nicht gelungen. Sie hatten vorgehabt, ihn von der Bekehrung der Juden auszuschließen; auch das war mißglückt. Erkannt hatte er dies, als er seine Antwort auf den letzten Brief von Seneca verfaßte: Jesus war gekommen, um die Juden zu erlösen; wenn man sie von dieser Erlösung ausschloß, würde man folglich dem Christentum sein ursprüngliches Ziel nehmen. Darum drehte sich der ganze Streit.[148] Während Barnabas unten im Schiffsbauch an die Wand gedrückt dalag und von jedem Schlingern des Schiffes blaß wurde, saß Saul auf einem Schemel nahe der Reling, mit der Nase im Wind wie ein umgedrehter Cheniskon[149] mit gischtbesprühter Glatze. Seine Überzeugung hatte sich gefestigt: Auch die Juden, Juden wie Heiden, mußten bekehrt werden. Sie zu umgehen führte zu nichts; für sie würden die Nazarener immer Juden bleiben, nichtbeschnittene inbegriffen. Sie würden hartnäckig Verwirrung stiften. Daher mußte man sie bekehren, allesamt. Ganz Israel mußte zum Christentum übertreten.[150]

In Salamis auf Zypern wurden sie von einem Vetter von Barnabas aufgenommen, ein Jokanaan, der den Spitznamen *Marcos,* »der Hammer«, trug, und dessen breite Schultern und vierschrötiges Gesicht wirklich an dieses Werkzeug erinnerten. Kaum hatte sich Barnabas etwas erholt, schleppte Saul sie zur Synagoge.

»Wie bitte, in die Synagoge?... Hat man dir in Antiochia nicht gesagt...«

»Habe ich in Antiochia irgend etwas versprochen?« erwiderte Saul.

Barnabas folgte achselzuckend, und Marcos bemühte sich vergeblich, seinem Vetter eine Erklärung zu entlocken. In der Synagoge dasselbe Bild wie immer. Es gab Starrköpfe und solche, die um die Erlösung baten, es wurde getauft und gespuckt.

»Ein Geschäft wie das unsere gibt es nicht noch einmal«, sagte Saul zu Barnabas, dem die Beschimpfungen den Atem nahmen, »hier wie da zählen nur die Gewinne.«

Marcos hatte derweil alle Hände voll zu tun, die Schläge abzuwehren.

Von Sauls erster Reise gab es noch Bekehrte in Salamis; Marcos organisierte sie für die Streifzüge durch die Synagogen, schärfte ihnen aber ein, nicht hineinzugehen, falls sie nicht beschnitten waren. Zypern erbebte: Die Priester der römischen Tempel erkundigten sich nach dem neuen Gott, dessen Schatten auf die Kanneluren der korinthischen Säulen fiel; die Hirten in den Bergen sagten, daß ein neuer Gott auf der Insel der Aphrodite gelandet sei; die Seeleute und Gassenjungen in den Häfen murmelten, daß dieser Gott ihnen

endlich das Paradies verspreche. Sergius Paulus, der Konsul, der in Paphos residierte, ließ nach Saul schicken.
»Ist das ein Magier?«
»Nein, ein Gesandter.«
Dem Römer trat Saul als Römer gegenüber. Schließlich hatte Jesus die Menschen Selbstvertrauen und Hoffnung gelehrt. Der Konsul bat Saul zum Abendessen. Bald schon scharte sich sein ganzer Hof um ihn, angeführt von einem Geck aus Susiana, der in purpurfarbene Seide gekleidet und von Kopf bis Fuß eingeölt war. Reichlich geziert tat er zunächst so, als nehme er Saul gar nicht wahr, doch kaum war er vom Wein ein wenig erhitzt, zog dieser eitle Pfau, den man Elyras, also den Elamiter[151] nannte, den Herodier wegen seiner durchschnittlichen Kleidung auf.
»Man sieht gleich«, sagte er, »daß dein Gott ein Hungerleider ist, der den Tod der Diebe gestorben ist, wenn er schon Botschafter hat, die so abgerissen sind wie du.«
Die Höflinge brachen in Lachen aus.
»Ein Ziegenhirte, Elymas, ist klüger als du«, konterte Saul. »Die Macht hat Prunk nicht nötig, und selbst die römischen Götter nehmen die Gestalt von Tieren an, wenn sie auf die Erde hinabsteigen. Als ich noch so unwissend war wie du jetzt – ich muß gestehen, nicht in dem Maße wie du, denn ich war bescheiden –, da habe auch ich Purpur getragen, aber weißt du, Elymas, ich trug ihn, weil meine Abstammung mich dazu berechtigte. Meine Vorfahren waren Könige, sage mir lieber nicht, über welche Krümel deine Vorfahren herrschten. Aber dein Königreich, Elymar, ist doch wohl nur die Gutgläubigkeit von Langweilern.«
Wieder großes Gelächter, sehr zum Mißfallen des Elamiters, dessen Gesicht dieselbe Purpurfärbung annahm wie sein Gewand.
»Elender Flegel!« schrie der Mann aus Susiana. »Ich kann den Glanz meiner Religion und meine Macht mit Wundern beweisen, die sich deine Religion nicht einmal vorstellen kann!« Er hatte sich wie eine aufgeschreckte Schlange auf seiner Liege aufgerichtet und griff Saul nun direkt an. Der war für solche Zirkusvorstellungen gut gewappnet. In der Fassung seines Siegelrings verwahrte er ein

wirkungsvolles Pulver; unbemerkt nahm er eine Prise davon zwischen Daumen und Zeigefinger, schrie, während er sich zu Elymas hinüberbeugte: »Spar dir deine Wunder für den Zirkus, du aufgeblasener Puter!« und schnippte ihm das Pulver ins Gesicht. Dem anderen stockte der Atem, er öffnete den Mund, holte tief Luft, riß die Augen auf und nieste. Und nieste. Er nieste ohne aufzuhören, wobei er mit den Armen ruderte und die Anwesenden sich vor Lachen bogen.

»Merke dir«, schrie Saul, »wie vergänglich unverdiente Gunst ist! Wer dir gestern schmeichelte, macht sich heute über dich lustig, und dein Gott ist machtlos. Geh nur, geh!« spottete er, während Elymas niesend seine Liege räumte.

Sergius Paulus konnte gar nicht mehr aufhören zu lachen. Jeden Abend mußte Saul von da an im Palast des Konsuls essen. Jeden Morgen predigte er, empfing Neophyten, hörte ihre Fragen und ihren Kummer an, tröstete sie, zeigte ihnen, wie sie die Feier zu Hause abhalten sollten, das Sabbatmahl zum Gedächtnis an Jesus. Außerdem mußte Saul Kinder taufen, Versammlungen von zwanzig bis dreißig Leuten abhalten, all den Widerspruch, die Beleidigungen anhören, und reden, immer reden ohne Pause… Saul spürte sein Alter. Wenn er alles erledigt hatte, lief er in die Bäder, überließ sich dem Masseur und den Wechselgüssen und glänzte dann bei Sergius Paulus, dessen Gewogenheit allein Sauls Sicherheit garantierte.

»Was macht dein Gottesreich für Fortschritte?« fragte der Konsul.

»Es ist mächtig und gewinnt jeden Tag an Macht dazu. Vergrößert Rom nicht die Macht, die in seinem Busen wohnt?« antwortete Saul.

Für den Moment hatte er seine Ernte in Zypern eingebracht; jetzt mußte er die Städte besuchen, in denen er schon gesät hatte. Erneut schiffte er sich mit Barnabas und Marcos ein, dem es allmählich ungemütlich wurde, und zu Recht. Die Juden beschimpften ihn und warfen ihm vor, daß er, ein Jude, sich auf das gottlose und aufrührerische Tun eines Nazareners einließe, der ein Jünger eines gekreuzigten Straßenräubers sei. So kam es, daß Marcos schließlich das

Vertrauen verlor: In Perge kündigte er die Gefolgschaft auf. Nur Barnabas hielt sich wacker, aber wie sollte man wissen, ob er es aus Überzeugung tat oder um Saul weiterhin auszuspionieren?
Ich bin bestimmt krank, dachte Saul, während er und Barnabas ihre Maultiere auf steilen Wegen nach Antiochia in Pisidien lenkten. Hatte er zuviel Opium genommen? Das Opium beruhigte ihn nicht mehr wie früher und verschaffte ihm auch keinen erholsamen Schlaf mehr. Saul erhöhte die Dosen, doch nach ihrer Ankunft war er so erschöpft, daß er den schwersten Anfall seit langem erlitt.[152] Glücklicherweise war er allein, als es passierte. Zwei Tage später hatte er einen weiteren Anfall und verriegelte die Tür, damit Barnabas nicht hereinkam. Eine große Angst befiel ihn, nicht die Angst vor dem Tod, sondern die Angst davor, zu sterben, bevor seine Aufgabe erfüllt war.
Er hatte vorgehabt, nach Ephesus zu reisen, aber darauf mußte er zum großen Erstaunen von Barnabas verzichten, dem gegenüber er sich mit den übermäßigen Anstrengungen der vergangenen Monate herausredete. Er erholte sich nur langsam und dachte, daß die Stärke der Anfälle seine Erschöpfung noch vergrößert hatte. Die Einsicht drängte sich auf, daß er Israel nicht innerhalb von einigen Monaten bekehren würde und daß er versuchen mußte, sich gegenüber seinen Stellvertretern zusammenzunehmen. Er mußte mit seinen Kräften haushalten, wenn er auch die Galatäer erobern wollte. Was hatten ihn seine Erzieher von damals gelehrt, während der Zeit der falschen Zärtlichkeit Glaphyras, als er noch ein kleiner Junge in Tarsus war? Ja, was hatten ihn Stephanos und Petrosinus gelehrt? Daß man sich in jeder Debatte vor dem offenen Konflikt hüten solle, der beide Seiten taub machte: daß man hineindenken und ihren Schwachpunkt ausfindig machen solle, denn jedes Argumentationsgerüst hatte einen schwachen Punkt, und dann galt es nur noch, den Gegner davon zu überzeugen, daß er eigentlich fast mit einem übereinstimmte. Die Juden lehnten die Nazarener ab, indem sie sich auf die Propheten und das Gesetz beriefen? Also mußte man ihnen beweisen, daß ihre Argumente stichhaltig, aber unvollständig waren, denn das Beispiel Abrahams bewies sogar in-

nerhalb des strengen Rahmens der Bücher, daß durch den Glauben auch Heiden in den vollen Genuß der göttlichen Segnungen kamen. Er beglückwünschte sich selbst dazu, daß er die Warnungen und Lektionen des Rabbiners behalten hatte, der ihn damals in Jerusalem bekehrt hatte: der alte Theodestes, den ihm Eleasar empfohlen hatte.
Vor allem mußte Saul weiter vorstoßen und alle Provinzen des Ostens erobern, ohne Rücksicht auf die jüdische Opposition. Er mußte unter den Heiden so viele Anhänger gewinnen, daß er bei seiner Ankunft in Rom eine Armee hinter sich hatte – eine Armee, die alle Armeen des Kaiserreiches um das zehnfache übertraf![153] Er mußte Rom erobern! Die hochmütigen Marmorstandbilder würden unter der Sonne Jesu in den Staub sinken! Wieder und wieder kamen ihm dessen Worte in den Sinn: »Das Feuer! Ich bin gekommen, ein Feuer anzuzünden auf Erden; was wollte ich lieber, als daß es schon brennte!« Alexander hatte sie ihn in Kokba gelehrt, und längst schon waren sie ihm in Fleisch und Blut übergegangen.
Aber es war letztlich Sauls Körper, der ihn im Stich ließ. Er blieb drei Wochen in Antiochia in Pisidien. Die meiste Zeit verbrachte er ausgestreckt auf einer Liege vor der Tür, atmete die reine Luft, ernährte sich von Geflügel und Obst, trank äußerst wenig Wein, aber dafür viele Kräuteraufgüsse, vor allem aus Stachys, Zichorie und Minze, die ihn zugleich beruhigten und anregten. Aber diese Erholung war nicht gründlich, denn vor allem am Sabbat mußte er Barnabas unterstützen und in der Gemeinde zur Verfügung stehen, empfangen, Ratschläge erteilen, taufen und in wachsendem Maße im Namen der Nazarener mit den Juden und den anderen, die der Erfolg Sauls aufbrachte, diskutieren. Am vierten Sabbat konnte Saul wieder einmal seine Rede in der Synagoge nicht zu Ende bringen. Geschrei übertönte seine Stimme. Es war ein abgekartetes Spiel. Im Vorhof fand er eine Phalanx von Megären vor, die ihn mit Eselmist bewarfen, der Sodomie bezichtigten und sie alle beschimpften: ihn selbst, Barnabas, Titus und die kleine Gruppe Nazarener – ausnahmslos Juden –, die ihn begleitete. Man überschüttete sie mit Unrat. Draußen wartete die Polizei. Die jüdischen Ar-

chonten hatten den Konsul davon überzeugt, daß Saul, der Anführer der Nazarener, ihre Religion verhöhnen wollte. In dem Durcheinander nahmen die Nazarener, trotz aller Zwistigkeiten plötzlich wieder einig, Saul, der immer noch voller Melonenschalen war, auf die Schultern und brachten ihn nach Hause, von den spottenden Legionären eskortiert. Während die Legionäre vor der Tür warteten, schnürten Saul, Barnabas und Titus ihre Bündel, sattelten ihre Maultiere und strebten nach dem Stadttor. Einige triumphierende Juden überwachten ihren Abzug und folgten ihnen noch bis zum Tor. Dort stiegen Saul und seine Begleiter von ihren Reittieren und schlugen wie zu höhnischem Applaus die Sohlen ihrer Sandalen gegeneinander, wobei sie die Juden herausfordernd anstarrten. Die Legionäre lachten immer noch.

»Und die Gemeinde?« fragte Titus.

»Sie sind auch nicht dümmer als wir, und jetzt sind sie zahlreicher. Sie werden lernen, sich zu verteidigen.«

»Schließlich haben sie ja den Rat bekommen, nicht in die Synagogen zu gehen«, bemerkte Barnabas.

Weil er seiner früheren Route folgen mußte, beschloß Saul, daß die nächste Etappe Ikonion sein sollte. Für eine flache Strecke hätten sie fünf oder sechs Tage benötigt, aber so brauchten sie doppelt so lange. Denn dieser Weg ging auf und ab und führte, wie das Geschwätz eines Schriftgelehrten, oft an Abgründen entlang. Gegen die dritte Mittagsstunde ließen sie das Hügelland hinter sich, wo noch Terebinthen und Wolfsmilch wuchsen, und machten sich an den Aufstieg in die Gebirgsschluchten; dabei wurden ihre Augen durch die unvermittelten Übergänge von dunkelvioletten Schatten zu gleißend hellem Licht auf eine harte Probe gestellt. Die Sonne hatte schon längst die letzten Tropfen ihrer Farbenpracht über die zackigen Gipfel vergossen, und als sie auf das Hochplateau von Lykaonien hinaustraten, war die Welt violett. Ein Lichtschein über einer Reihe Befestigungsmauern zeigte ihnen den Weg nach Philomenion. Dort angekommen, entspannten sie sich in den Bädern, stillten ihren Hunger mit gebratenen Tauben, und ein leichter Weißwein löste auch ihre Zungen wieder.

»Zwischen zwei Besuchen«, sagte Saul, »ist die Gemeinde aus eigener Kraft um einundsiebzig Mitglieder angewachsen, und nach unserem Besuch kamen noch einmal fünfzig dazu. Wir sind mehr an der Zahl als die Juden.«
»Wir könnten unsere eigenen Synagogen bauen«, sagte Titus.
Barnabas schien nachdenklich. Saul erriet, was in ihm vorging: Er fürchtete die Entfremdung vom Judentum.
Nach acht Tagen auf der ebenen und geraden Römerstraße nach Ikonion machten sie in einem Dorf halt. Ein Mann wandte den Kopf, als er sie griechisch sprechen hörte. Saul schaute ihn scharf an und glaubte, ihn zu erkennen. Der Mann, der mit einer Gruppe Kaufleute über einen Preis verhandelte, entschuldigte sich bei seinen Gesprächspartnern und kam auf Saul zu.
»Herr, erkennst du mich? Ich bin Onesiphoros, den du in Ikonion getauft hast!«[154]
Sie umarmten sich. Onesiphoros handelte mit Früchten und Gemüse, das er in den umliegenden Dörfern einkaufte, denn bis Ikonion war es nicht mehr weit.
»Ich habe mir schon gedacht, daß du kommst, denn ein Händler hat uns erzählt, daß du in Antiochia in Pisidien seist, und ich war überzeugt, daß du uns bestimmt besuchen würdest. Kennst du noch meine Frau Lektra und meine Söhne Simias und Zenon, die du auch getauft hast?«
So hatten sie also ein Nachtlager in Ikonion, das eigentlich Claudiconium hieß. Und Onesiphoros brüstete sich damit, der Gastgeber eines Mannes zu sein, der den Sohn des lebendigen Gottes gesehen hatte. Das wurde manchmal sogar lästig.
Auch in Ikonion war die Gemeinde gewachsen. Wenn man schon Frau und Kinder hatte taufen lassen, dann waren Mutter und Vater an der Reihe, wenn sie noch am Leben waren. Schließlich fingen Brüder und Schwestern an, sich zu fragen, was es mit diesem Glauben auf sich hatte, der den Menschen auf einmal ihre Fröhlichkeit und Lebenslust zurückgab. Auch sie wurden dann getauft, nachdem man ihnen ins Gwissen geredet hatte. Weg mit Apollo und Herakles, die die Menschen mit ihren Leiden allein ließen! Später

ging es weiter mit den Nachbarn, die entzückt davon waren, ihre Nachbarn wie verwandelt vorzufinden, gastfreundlich und großzügig. Diener und schließlich auch Sklaven flehten darum, daß man sie mit diesem Wasser besprenge, das ihnen die Pforten des Himmels öffnete, und sie kamen auch als erste zu den Gebeten gelaufen.

Es gab wenig Juden in Ikonion, aber es gab welche, und sie ärgerten sich so sehr über diesen Glaubenseifer, daß sie streitsüchtig wurden. Dieser Jesus – offensichtlich ein Prophet, aber ein gekreuzigter Prophet, also wirklich! Kurz, dieser Jesus war doch ein Jude, allein sein Name war Beweis genug, und der sollte gepredigt haben, daß das Gesetz... Man wußte es ja nicht genau, aber... also, daß das Gesetz überhaupt nicht mehr das Gesetz war! Gotteslästerung! Und nun führte einer dieser verirrten Juden, dieser Saul aus Jerusalem, andere Juden in die Irre und bekehrte außerdem Heiden zu einem Judentum, das es nur in seiner Einbildung gab! So groß war die Aufregung, daß sie sogar die Götzenanbeter als Zeugen aufriefen: »Wollt ihr zulassen, daß man die Religion eurer Väter verstümmelt?«

Dann geschah der Zwischenfall mit Thekla. Das war die Tochter einer Nachbarin von Onesiphoros, Theokleia, eine Witwe, die Saul bekehrt hatte. Thekla war mit einem gewissen Thamyris verlobt, einem heidnischen Götzenanbeter, für den sie offenbar wenig Zuneigung zu empfinden schien, zumindest schien er sie körperlich abzustoßen. Wie auch immer, sie war fasziniert von Sauls Reden über die Keuschheit, die nach der Lehre Jesu die Befreiung der Herzen vollendete, und zweifellos weil sie darin einen ausgezeichneten Vorwand sah, Thamyris loszuwerden, hatte sie Saul wiederholt dazu gedrängt, auch sie zu taufen. Saul hatte es sich zweimal überlegt und dem Mädchen gesagt, daß er sie taufen würde, wenn ihr Verlobter seine Zustimmung gebe, denn weil sie keinen Vater hatte, unterstand sie inzwischen ihrem zukünftigen Ehemann. Der sah darin offensichtlich nur eine Weiberlaune und stimmte zu. Aber zu seinem größten Mißbehagen mußte er sich bei dem nächsten Versuch, seine zukünftige Frau zu Zärtlichkeiten zu bewegen, sagen lassen, daß sie als gläubige Nazarenerin das Keuschheitsgebot ohne Zugeständnisse einzuhalten gedenke; in einer etwas übertriebenen Ausdruckweise verglich sich Thekla sogar mit einer Vestalin. Nun bestand die Gefahr, daß die Verlobung gelöst würde, obwohl schon Geschenke ausgetauscht worden waren, und Theokleia kam völlig aufgelöst zu Saul, um seinen Rat zu erbitten. Verbot die Taufe denn den fleischlichen Verkehr? Sollte das heißen, daß die Nazarener keine Kinder haben sollten? Aber wozu sollten Kinder denn noch gut sein, gab ihr Saul zur Antwort, wo doch die Ankunft von Jesus nahe bevorstand! Welche Mutter wollte so herzlos sein, unschuldige Kinder dem kataklytischen Schauspiel auszusetzen, wenn die Sterne vom Himmel fallen und Beben die Erde erschüttern würden, während die Sonne sich verfinsterte!

»Ja, gut«, beharrte Theokleia, »aber jetzt besteht die Gefahr, daß die Heirat meiner kleinen Thekla nicht zustande kommt, und was wäre das für ein Skandal! Kann man denn nicht dulden, daß sie sich nach altem Brauch mit Thamyris vereint?«

»Sie untersteht nicht mehr meiner Autorität, sondern der von Jesus«, antwortete Saul, »und nur sie selbst kann entscheiden.«

Aber auf diesem Ohr war Thamyris taub; er drohte, die Sache dem Gouverneur vorzutragen, und es gab viel böses Gerede.[155] Die Juden hatten sich mittlerweile der Sache angenommen, um zu beweisen, daß die Lehre von Saul der göttlichen Vorschrift »Gehet hin, seid fruchtbar und mehret euch« zuwiderhandle. Tagtäglich stifteten sie zu Krawallen vor dem Haus des Onesiphoros' an, was Saul schließlich dazu veranlaßte, Titus zur nächsten Etappe nach Lystra, vorauszuschicken.[156] Saul selbst brach im Morgengrauen auf, Barnabas folgte ihm mit hängendem Kopf.

»Wir hauen jedesmal wie die Brandstifter ab«, murmelte er.

»Wir sind Brandstifter«, antwortete Saul.

»Und die, die wir zurücklassen?«[157]

»Das sind Fackeln, die die Feuersbrunst weitertragen.«

In Lystra bereitete Titus ihnen einen tröstlichen Empfang, doch dann fing alles von vorne an. Delegationen aus Antiochia in Pisidien und aus Ikonion versetzten die Glaubensgenossen in Alarm.

Nach acht Tagen organisierten die Juden Protestmärsche, wobei sie die Geschichte von Thekla aufbauschten, um zu beweisen, daß die Nazarener Gegner von Heim und Familie seien. Und weil die Juden diesmal in der Überzahl waren, wurden sie mutig. Während Saul noch auf dem Markt eine Ansprache an die Menge hielt, kam eine Delegation anmarschiert, die eine Erklärung von ihm forderte: »Stimmt es, daß du gesagt hast, die Beschneidung sei nicht notwendig für die, die an Elohim glauben?«

»Ich habe gesagt, daß es zur Erhaltung der Reinheit und Freiheit eines Gläubigen genügt, Götzenbilder, Hurenhäuser, das Fleisch von nicht geschächteten Tieren und Blut zu meiden.«

»Und was ist mit der Beschneidung?« insistierte der Wortführer der Delegation.

»Für die Jünger von Jesus ist sie nicht notwendig.«

»Ihr habt es gehört!« schrie der Jude. »Er tut so, als lehre er das Gesetz, aber er vergißt das Gebot des Herrn!«

Es hagelte Steine auf Saul und die jüdischen und heidnischen Nazarener, die um ihn herumstanden. Barnabas ergriff einen Stein, der neben seinen Füßen lag, und warf ihn seinerseits auf einen Juden. Das war das letzte, was Saul für lange Zeit sah. Als er erwachte, lag er auf einem Bett, und Titus und Barnabas beugten sich über ihn. Er tastete nach seiner Stirn; von einem Verband aus Wegerichaufguß tropfte es über seine Schläfen. Er versuchte, den Kopf zu bewegen, verzog vor Schmerz das Gesicht. Mit einer Handbewegung machte er Titus auf das Kästchen aufmerksam, in dem er seine Pillen aus Tonerde und Opium aufbewahrte. Er nahm zwei mit ein paar Schluck Wasser, die Gesichter und die Balken an der Zimmerdecke verschwammen in einer wohltuenden Betäubung, und er träumte, er schmiege sich zwischen die Brüste einer Frau. Doch als er mitten in der Nacht stöhnend und mit quälendem Durst erwachte – Titus schlief in seinen Mantel gerollt zu seinen Füßen –, da kam ihm der Gedanke, daß keine Frau groß genug war, um ihm in ihrer Umarmung Frieden zu schenken.

»Die Erde wird meine einzige Frau sein«, murmelte er, während er getrunken hatte und den Krug auf die Fensterbank zurückstellte.

Als der Morgen graute, merkte Saul, daß er das Zimmer, in dem er sich befand, nicht kannte. Er stand auf und schob die Vorhänge beiseite; auch die Umgebung draußen war ihm fremd. Frauenstimmen flüsterten hinter der Tür. Saul schloß erschöpft die Augen. Die Tür quietschte, und ein Junge von fünfzehn oder sechzehn Jahren trat vorsichtig ins Zimmer, beugte sich über ihn. Ein ernstes Gesicht, merkwürdig braun, aber klar.
»Du bist aufgewacht. Wie fühlst du dich?«
»Wer bist du?«
»Timotheus.«
»Wo bin ich?«
»Bei uns.«
Saul mußte über diesen Solipsismus lächeln. Auf einmal wurde ihm klar, daß er schon lange nicht mehr gelächelt hatte. Titus rührte sich, seufzte zwei- oder dreimal und setzte sich auf.
»Es scheint ihm besser zu gehen«, sagte Timotheus zu ihm.
Titus untersuchte die Wunde, denn der Verband war inzwischen getrocknet und hinter das Bett gerutscht. Er nickte.
»Wer ist denn Timotheus?« fragte Saul.
»Der Sohn von Eunike, der Tochter der Lois«, antwortete Titus.
»Gibt es Milch im Haus?« fragte er Timotheus.
Der Junge verschwand.
»Du warst wie tot«, sagte Titus und sah dem Sonnenaufgang zu. »Sie haben dich aus der Stadt geschleift, wir konnten nicht eingreifen. Irgendwo draußen auf den Feldern ließen sie dich liegen, und als sie zurückkamen, schrien sie, daß Hunde nicht begraben werden. Zehn oder zwölf von uns sind losgegangen und haben dich gefunden. Du hast noch geatmet. Zu deinem früheren Haus konnten wir dich nicht mehr bringen. Lois hat uns ihr Haus angeboten, das außerhalb der Stadt liegt. Wie geht es deinem Bein?«
»Meinem Bein?« fragte Saul. Er bemerkte jetzt erst, daß sein rechtes Knie verbunden war. Er löste den Verband. Noch eine Wunde. »Ich glaube, es geht.«
Timotheus kam mit einer Schale heißer Milch zurück. Die Frauen ließen fragen, ob sie hereinkommen dürften. Saul kannte sie: zwei

Jüdinnen, die er bei seiner vorigen Reise getauft hatte. Er erinnerte sich, daß er auch Timotheus in derselben Gruppe von zwölf oder dreizehn Neophyten getauft hatte. Timotheus setzte sich aufs Bett und beugte sich über Sauls Knie.
»Es geht ihm besser, Gott sei Dank«, sagte Eunike.
»Ich habe einen neuen Verband gemacht«, fügte Lois hinzu.
Saul trank seine Milch. »Wir müssen abreisen«, verkündete er und stand auf.
Timotheus ließ ihn nicht aus den Augen.
»In deinem Zustand?« rief Lois.
»Sie werden mich finden. Ich muß fort.«
»Ich gehe mit dir«, sagte Timotheus ruhig.
»Allmächtiger!« rief Eunike.
Saul schaute den Jungen an. Was für ein offener Blick! dachte er.
»Ist er beschnitten?« fragte er Eunike.
»Nein, sein Vater war ein Grieche.«
Immer noch ruhte der Blick von Timotheus auf ihm; oh, welch jugendliche Kraft, Wasser und Feuer zugleich!
»Du kannst ein Christ sein, ohne daß du beschnitten bist, und du bist ein Christ«, sagte Saul. »Aber um mich zu begleiten und in die Synagogen zu dürfen, muß man beschnitten sein. Ich breche sofort auf, diesmal ist es für eine Beschneidung zu spät. Aber ich komme wieder.«
Tränen schimmerten in den Augen des Jünglings. Saul legte ihm die Hand auf die Schulter. Timotheus umarmte ihn. Saul war betrübt.
»Ich komme wieder«, sagte er noch einmal und strich dem Jungen über den Kopf. Die Sonne stieg höher. Saul ging sich waschen. Eine halbe Stunde später waren sie schon auf der Straße nach Derbe, er, Titus und Barnabas. Die Reise war schmerzhaft, und in dem Maße, wie sie vorankamen, entdeckte Saul weitere Quetschungen und blaue Flecken, die er in der Nacht, von Opium benebelt, nicht gespürt hatte – eine Prellung auf dem Rücken, eine an der Schulter, die ihm das Atmen schwermachte. Mehrmals mußten sie auf dem Hochplateau von Lykaonien haltmachen, wo die Winde manchmal wie entfesselt daherbrausten, als ob die Vulkane sie daran erinnern

wollten, daß die Pforten der Hölle nicht weit waren. Titus und Barnabas schauten sich oft um. Sie fürchteten allem Anschein nach, daß man sie verfolgte.
»Macht euch keine Sorgen«, versuchte Saul sie zu beruhigen. »Sie halten mich für tot.«
Trotzdem hielt er sich in Derbe bei seinen Reden zurück. Diese letzte Berührung mit dem Tod hatte ihn daran erinnert, daß seine Aufgabe noch lange nicht erfüllt war. Erst ganze zwei von dreiunddreißig der Provinzen des Kaisers und des Senats hatte er erobert: Zilizien und Galatien.
»Bist du wirklich ein Herodier?« fragte ihn Titus eines Abends.
Er nickte.
»Du führst hier einen militärischen Feldzug durch«, bemerkte Titus. »Diese Dinge liegen dir offensichtlich im Blut.«
Taten sie das? Saul hatte das Gefühl, daß er unendlich verschieden war von jenem Saul, der er mit dreißig in Jerusalem gewesen war. Sein Eroberungsdrang war sicher immer noch vorhanden, aber das Ziel der Eroberungen selbst war immateriell geworden. Inzwischen war er von seinem Feldzug völlig eingenommen.
Durch mich verändern sich Völker, dachte er, doch seltsamerweise empfand er dabei keinerlei Stolz. Das heißt, das sie reif für eine Veränderung waren. Sie dürsteten nach Gott, denn die Quellen, aus denen sie früher getrunken hatten, waren versiegt. Er selbst war also nur das Werkzeug der Veränderung, das Werkzeug Gottes.
Dann dachte er, daß er vor allem das Werkzeug Jesu war. Aber der Gedanke beunruhigte ihn. Denn Jesus hatte zu ihm gesagt: »Du wirst mich verraten wie sie.« Verriet er ihn wirklich? Offensichtlich, aber womit? Weshalb war Jesus fortgegangen und hatte es den anderen überlassen, seine Lehre zu verbreiten? Es blieb ihm einfach nicht genug Zeit zum Nachdenken! Auch in Derbe fand er keine Gelegenheit dazu, und ebensowenig, als sie den ganzen Weg wieder zurückreisten, um ihre Eroberungen zu festigen.
Groß war das Erstaunen der Anhängerschaft, als sie ihn in Lystra wiedersahen.
»Bist du denn auferstanden?« wurde er gefragt, denn Eunike und

Lois hatten das Geheimnis seiner Genesung für sich behalten. »Der Herr sei tausendfach gepriesen!« Sie richteten ein Festmahl zu seinen Ehren aus. In der Synagoge dagegen ließ der Rabbiner seinem Ärger freien Lauf.[158]

»Sterben denn diese Leute niemals!« schimpfte Saul.

Timotheus kam zu ihm.

»Hast du nicht vergessen, daß ich mit dir gehen will?«

»Nein.«

»Also, dann will ich beschnitten werden.«

Diese Aufgabe verunsicherte Saul. Sollte er Timotheus in die Synagoge schicken? Würde der Rabbiner nicht heimliche Rache nehmen, indem er den Jüngling unnötig leiden ließ? Oder Schlimmeres? Nach langem Zögern entschloß er sich dazu, die Operation selbst durchzuführen. Er gab dem Jungen eine Dosis Opium, die den Schmerz betäuben würde. Dann legte der Junge sich hin und entblößte den Bauch. Saul nahm eine frische Klinge, ergriff das Geschlecht des Jünglings und machte einen schnellen und entschlossenen Schnitt um die Vorhaut. Timotheus zitterte, stöhnte auf. Saul stillte das Blut, das in Strömen floß, indem er das Glied fest mit einem honiggetränkten Tuch verband, wobei er darauf achtete, eine Öffnung zu lassen, damit der Junge noch urinieren konnte.

In den folgenden Tagen mußte der Verband dreimal erneuert werden.

»So etwas ist doch nicht normal«, murmelte Saul und schüttelte den Kopf.[159] Diese Nacktheit eines Heranwachsenden, die vor ihm gelegen hatte und sich dem Messer wie zu einer Kastration angeboten hatte… Und war es nicht eine symbolische Kastration, diese Beschneidung? Was war das für ein Gott, der ein solches Opfer forderte, und sei es symbolisch? Er verabscheute diesen Ritus und machte sich Vorwürfe, daß er ihn ausgeführt hatte.

XVI.
Ein unwichtiges Dekret und so manche lächerliche Verrat

Lucilius Lentius, Sauls Bankier in Cäsarea, schickte ihm außer der Abrechnung über sein Vermögen auch Nachricht über seinen Sohn Simon – das erste Mal, daß Saul von ihm hörte, seit er Jerusalem verlassen hatte. Knapp über fünfzehn Jahre alt sei Simon jetzt und sehr reich, denn er hatte sowohl von seiner Mutter als auch vom Großvater geerbt. »Und weil er ein schöner junger Mann ist, war er eine begehrte Partie in Judäa. Deine Schwester Doris hat dann eine Frau seines Standes für ihn gefunden, die Tochter von Sokrates Hermosäus, einem sehr reichen phönizischen Kaufmann. Im Moment lebt er in Tyrus. Die Hochzeit war äußerst prächtig, und ich habe es bedauert, daß Du sie nicht miterlebt hast, aber getreu Deinem und Doris' Wunsch habe ich niemandem verraten, daß Du am Leben bist. Durchreisende erzählten mir die neuesten Gerüchte über Dich; sie berichten, daß Du eine neue Religion begründest, und vergleichen Dich mit Alexander dem Großen. Ich wünsche Dir Erfolg für diese noch nie dagewesene Sache. Möge sie noch mehr gedeihen als Dein Vermögen; aus den beigefügten Abrechnungen kannst Du alle Einzelheiten entnehmen.«
Saul überflog die Listen; er war jetzt ungefähr doppelt so reich wie damals, als er fortgegangen war. Doch das hatte nun keine Bedeutung mehr. Er lebte wie ein Landstreicher, und man hatte ihn wie einen Dieb gesteinigt. Macht läßt Reichtum unwichtig werden, und er genoß dieses Gefühl. Nur die Elenden strebten nach Reichtum; untrüglich verrieten sie dadurch ihre Armut, selbst später, wenn sie denn einmal reich geworden waren.
Und selbst Macht... Mein ganzes Elend war, daß ich nach Macht strebte, dachte er, als er den Brief auf den Tisch legte. Indessen waren die Bediensteten in der Küche mit der Vorbereitung für das Essen beschäftigt, denn er erwartete eine Abordnung der Gemeinde von Antiochia. Auf der Straße bot ein Händler in monotonem Sing-

sang Grünzeug und Gurken feil. Ja, als echter Herodier hatte Saul jene infantile und blutige Macht gewollt, nach der seine Familie so gierte – eine Familie, die für einen Szepter weder Schlinge noch Gift, weder Intrigen noch Inzest scheute, ein Szepter, das durch die Ränke anderer ihren blutigen Händen bald wieder entrissen wurde und in neue, ebenso bluttriefende Hände überging.

Und wieder kam ihm die Heftigkeit in den Sinn, mit der sich Jesus jeglicher Herrschaft verweigert hatte. Zweimal, in Galiläa und dann in Jerusalem, hatten die Juden Jesus die Krone angetragen, doch er war geflohen. Später gestand Kaiphas Saul seine Befürchtungen ein, Pilatus könnte den endlosen jüdischen Aufruhr satt haben und in Rom dafür eintreten, Jesus ein drittes Mal die Krone anzubieten. »Dafür hat man ihm Geld gegeben!« grollte der Hohepriester, der seine Furcht auch im nachhinein nur schwer bezähmen konnte. Vom Volk gewählt, hätte Jesus zumindest für eine erste Zeit den Frieden in Israel garantiert. Aber er hatte abgelehnt.

Und wirklich, welcher Mann würde sich so weit entwürdigen, eine Krone anzunehmen? Eine Krone dieser Welt, wohlgemerkt. Denn Jesus wollte keine Diamanten, sondern die Sterne! Und Saul ertappte sich dabei, daß er dachte wie sein unvergleichlicher Herr, den er nur kurz in der Straße des Goldschmiedes Nimrod gesehen hatte! Bin das ich? schrie es in ihm. Bin das wirklich ich, der Herodier! Und ich rede schon wie einer der Hunde von Seneca. Und ich lache wie die Hunde! Denn er lachte ganz allein. Und diese Heiterkeit, die ihn überkam – sie war eine Ausgeburt seiner Verachtung!

Simon war also verheiratet. Er war reich. Und wenn schon! Ein Herodier mehr, hoffentlich hatte sich über die Generationen hinweg die Habgier der Rasse wenigstens abgeschwächt. Früher habe ich nur mich selbst geliebt, jetzt liebe ich die Welt, dachte er.

Aber liebte er sie wirklich, diese Welt? Das war eine gedankliche Vereinfachung, eine Verfälschung. Nur die Dummen liebten die Welt so, wie sie war. Sogar Jesus, von dem bezeugt war, daß er sich aus Liebe zu dieser Welt geopfert hatte, auch er hatte sich nur geopfert, um die Welt zu verändern. Hatte er sein Volk nicht genug beleidigt, indem er die Gesellschaft der am meisten Verachteten den Pharisäern vorzog und sich ungebildete Fischer, Zöllner und verrückte Frauen als Begleiter aussuchte?

Nein, er, Saul, liebte die Welt nicht, und die Menschen auch nicht. Selbst diejenigen nicht, die er taufte. Zu genau las er in ihren Gesichtern die Selbstgefälligkeit, die Mittelmäßigkeit, die Verschlossenheit, die Rachepläne, die kleinen Laster, kurz: unbeschreibliche Dummheit! Als er neulich einen dicken Menschen mit beschämendem Schmerbauch und Krampfadern an der Waden in die eisigen Fluten des Orontes getaucht hatte, hatte er zu ihm gesagt: »Du solltest dünner werden, alter Junge. Der Körper ist die Wohnstatt des Herrn, und deiner ist aufgedunsen von übermäßigem Essen.«

Und zu einem anderen mit einem verschlagenen Blick hatte er gesagt: »Bruder, erwarte dir Leiden vom Glauben an Christus, nichts anderes. Er kann nur der Schlüssel zum Himmel, nicht zu irdischen Reichtümern sein.« Denn der hatte sich bestimmt gute Geschäfte ausgerechnet.

Nein, Saul liebte die Menschen nicht. Was war das eigentlich – Liebe? Und was liebt man außer dem, das einen ernährt? Liebe ist gesteigerte Eigenliebe, so wie das Schwein die Eicheln liebt. Und auch Haß ist Selbstliebe.

Als jedoch in diesem Moment Timotheus hereinkam, geriet Sauls Gedankengebäude dennoch ins Wanken. Denn das Gefühl, das er für den Jüngling empfand, kam der Liebe so nahe, wie es nur irgend ging. Nicht daß Saul zum Verkehr mit Knaben neigte, denn das, was er davon ahnte oder wußte, stieß ihn ab, wie er auch diejenigen, die solches praktizierten, wegen ihrer Pomaden und ihrer Eitelkeit verabscheute. Aber Timotheus war schlicht und aufrecht und klar, und so sollten menschliche Wesen nach der Meinung des düsteren Zwerges mit den krummen Beinen beschaffen sein. Tyrannei der Schönheit! Für diejenigen, die sie nicht besitzen, ist sie ein Wunschtraum, und die, die sie haben, die sie wirklich besitzen, diese echte, diese schreckliche Schönheit des Asphodills, der vor Blicken geschützt, am Fels emporragt, die wissen es nicht und schauen mit reinem Blick in die Welt. So war Timotheus ohne Zweifel in Saul verliebt, er verehrte ihn.

»Du willst mir etwas sagen«, sagte Saul, wobei er daran dachte, daß das Leben einem manchmal Kinder schenkte, die man nicht gezeugt hat.
»Ich muß dir wirklich etwas sagen«, antwortete Timotheus. »Es ist eine Verschwörung im Gange.«
»Eine Verschwörung! Und wer?«
»Die Juden. Ich meine damit unsere.«
»Das hält sie am Leben«, spottete Saul. »Immer noch die alte Sache?«
»Aus Jerusalem ist ein Brief gekommen. Barnabas wird ihn dir gleich bringen.«
»Er hätte ihn mir direkt bringen sollen.«
»Er war an den anderen Rat adressiert, den Rat Menahems.«
Saul schüttelte den Kopf. Er trug Timotheus auf, Titus zu holen, damit sie beide bei dem Vorlesen des Briefes dabei wären. Barnabas kam nicht allein, um den Brief zu bringen; Menahem und die beiden anderen Mitglieder des angeblichen Rates von Antiochia begleiteten ihn.
»Wir haben einen wichtigen Brief vom Rat in Jerusalem erhalten«, begann Menahem mit feierlicher Stimme. Und dann begann er zu lesen: Wieder waren es Ermahnungen und Vorschriften für die konvertierten Heiden, die dazu aufgefordert wurden, die Regeln der rituellen Reinheit einzuhalten. Doch die Hinterlist der Epistel wurde dadurch auf die Spitze getrieben, daß Saul und Barnabas den Auftrag erhielten, über die Einhaltung dieser Regeln zu wachen.[160] Wie zu erwarten, war dieser Brief zuerst von Jakobus, dann von Philippus und schließlich von Petrus unterschrieben worden. Menahem, Simon und Luzius standen wie angewurzelt da und musterten Saul. Offensichtlich warteten sie auf seine Reaktion.
Saul machte große Augen, ganz so, als verstünde er nicht, was sie wollten, oder sei völlig überrascht. Aber in Wirklichkeit dachte er nach. In dem Brief war keine Rede mehr davon, daß die Beschneidung unabdingbar sei. Aufgrund der schweren Beschimpfungen, mit denen Saul Petrus in Antiochia malträtiert hatte, mußte dieser Jakobus davon abgeraten haben, auf diesen Punkt zurückzukom-

men. Also hatte sich Jakobus mit der rituellen Reinheit beholfen. Rituelle Reinheit! Das war wirklich die Ausdrucksweise eines Rabbiners, oder eher die eines alten Esels, denn Jakobus war kein Rabbiner. Altbackenes Gefasel!

»Ihr habt diesen Brief angefordert, nicht wahr? Das liegt auf der Hand.«[161]

Sie traten stumm von einem Fuß auf den anderen.

»Er ist völlig lächerlich. Man merkt gleich, daß Jakobus, der Sohn des Alphäus, ihn verfaßt hat. Was macht er denn eigentlich so in Jerusalem, der gute Jakobus? Er trabt immer noch fromm in den Tempel? Das ist natürlich nicht so gefährlich wie in unbekannten Provinzen herumzureisen und Juden und Heiden zu bekehren, hab ich recht? Natürlich muß man dabei immer darauf gefaßt sein, daß man im Gefängnis landet oder beim erstbesten Anlaß die Steine fliegen.« Saul zuckte die Achseln.

»Das ist keine Antwort auf dieses Schreiben, das die erste und höchste Autorität unserer Gemeinschaft uns zugesandt hat«, sagte Menahem gestelzt.

Timotheus vergaß einen Moment lang alle Höflichkeit, griff sich einen Krug und ließ sich den Wasserstrahl in hohem Bogen in den Hals laufen, wobei es obendrein nicht lautlos abging. Saul unterdrückte rasch ein Lächeln.

»Deine Einwände ändern nichts an den Beschlüssen des Rates. Wir müssen auf die dringlichen Fragen, die der Brief aufwirft, eine Antwort geben.«

»Ich habe euch schon gesagt, was ich von diesen Fragen halte: Sie interessieren mich nicht, denn sie sind überholt und noch dazu falsch. Ich brauche mir von niemandem, ob nun aus Jerusalem oder sonstwoher, Befehle erteilen zu lassen, und die, die ich ausgewählt habe, brauchen euch genausowenig zu gehorchen«, antwortete Saul, wobei er auf Titus und Timotheus deutete. »Wenn ihr am Erteilen von Befehlen teilhaben wollt, dann könnt ihr dem Wind welche geben. Ihr und Jakobus in Jerusalem, ihr glaubt, daß ihr mich auf die Dauer weichkriegt; da könnt ihr lange warten. Ich bin wie das Eisen, das unter dem Hammer des Schmiedes nur noch härter

wird, und wie Holz, das im Feuer härtet. Ich werde keine einzige dieser Vorschriften weitergeben.«[162]
»Das ist Rebellion gegen die göttliche Autorität!« rief Simon Niger.
»Die einzige göttliche Autorität, die ich anerkenne, ist die von Jesus, Gottes Sohn. Wenn ihr ihn nicht anerkennt, dann ist eure Mission ziellos.«
»Du schließt dich also aus unserer Gemeinschaft aus«, sagte Menahem.
»Deine Gemeinschaft, Menahem? Deine Gemeinschaft? Hast du auch nur einen einzigen Menschen bekehrt? Ich habe zweihunderttausend bekehrt! Juden und Heiden! Du bist derjenige, der sich der Gemeinschaft von Christus widersetzt!«
»Ich werde den jüdischen Nazarenern Anweisung geben müssen, daß sie dich zukünftig meiden sollen«, drohte Menahem.
»Du hast überhaupt keine Befugnis, den konvertierten Juden Anweisungen zu erteilen, Menahem. Bei dieser Gelegenheit erkläre ich den Rat von Antiochia, den du angeblich mit Simon Niger und Luzius von Zyrene vertrittst, für aufgelöst. Der einzige Rat von Antiochia, den ich anerkenne, ist derjenige, dem ich selbst die Verantwortung übertragen habe! Ich werde gleich morgen die Juden davon in Kenntnis setzen, daß sie sich vor deinen Ermahnungen hüten sollen, denn ganz offensichtlich hast du die Absicht, sie unter das Joch des Sanhedrin zurückzuführen, der Jesus ans Kreuz gebracht hat!«
»Was du da ankündigst, kann ich nicht unterschreiben«, rief Jokanaan. »Ich gehe.«
»Na gut, dann geh!« sagte Saul.
»Ich gehe auch«, verkündete Barnabas.
»Dann geh auch du. Ich entbinde dich von der Last, die Lehre von Jesus und nicht die der Rabbiner zu verkünden.«
Barnabas wurde feuerrot. Mit seinem Vetter verließ er hinter den Mitgliedern des abgesetzten Rates das Zimmer. Kaum waren sie fort, schickte Saul Titus auf die Suche nach Hermäus, Charilaos und Demetrius; er solle sie so schnell wie möglich herbringen.

Kaum eine Stunde später schon unterrichtete Saul sie von der Auflösung des von Jerusalem eingesetzten Rates. »Ab morgen werdet ihr mit mir zusammen allen unseren Brüdern sagen, daß sie nicht mehr auf die Ermahnungen von Menahem, Simon Niger und Luzius von Zyrene hören sollen. Und auch nicht auf Barnabas und seinen Vetter, die es vorgezogen haben, sich weiterhin den Anordnungen des Sanhedrin und der Schriftgelehrten in Jerusalem zu unterwerfen. Im Widerspruch zu der Lehre Jesu wollen sie sowohl die Juden in Jesu Gemeinde als auch die Heiden der Autorität der Rabbiner unterstellen!«
Und wirklich stießen sie am nächsten Tag wie die Adler und voll eiskalter Entschlossenheit auf die Stadt hinab. Immer größere Ansammlungen bildeten sich.
»Sind wir denn keine Juden mehr?« fragte ein Abgesandter der jüdischen Nazarener nach Sauls Ansprache.
»Ihr seid die Kinder, die Jesus, der Sohn Gottes, erlöst hat, und euer einziges Gesetz ist das Gesetz von Jesus«, antwortete Saul. »Euer einziges Heil liegt in Jesus.«
»Wer sagt das?«
»Ich, Saul, der ihn gesehen hat und dem er den Auftrag gegeben hat, seine Schäflein wieder in den sicheren Pferch seines Vaters zu führen.«
»Und wo sollen wir uns dann versammeln?«
»Ihr könnt Jesus überall feiern. Mit seiner Ablehnung des Tempels in Jerusalem hat er doch selbst alle anderen Tempel abgelehnt.«
»Halten wir denn die Sabbatruhe ein?«
»Einen Tag müßt ihr dem Herrn weihen. Haltet also die Sabbatruhe ein, aber an dem Tag, an dem der Herr auferstanden ist, am Sonntag.«
»Sollen wir denn gar keinen Ort haben, an dem wir uns versammeln?«
»Er wird überall dort sein, wo ihr zusammentrefft, um Gott zu ehren. Er hat zu uns gesagt: Wo ihr euch in meinem Namen versammelt, da werde ich mitten unter euch sein, und ich sage es euch noch einmal: Wo ihr euch in seinem Namen versammelt, da wird er mitten unter euch sein.«

Innerhalb von zwei Tagen hatte sich das Gerücht von der Abspaltung in ganz Antiochia verbreitet und sorgte für größere Aufregung als ein neuer Gouverneur. Zahlenmäßig den Heiden unterlegen, sahen sich die jüdischen Nazarener hin- und hergerissen zwischen zwei Gemeinschaften: der der strenggläubigen Juden, aus der sie für immer ausgeschlossen sein würden, wenn sie in das Lager der »Unreinen« überliefen; und der Gemeinschaft der heidnischen Christen, die sie auch nicht verlassen konnten, ohne auf einmal diesen neuen Glauben aufgeben zu müssen, den sie als ihre Rettung ansahen. Zwar schloß sich die Mehrheit Saul an, aber die Verluste waren bitter.

Der ehemalige Rat hatte die Stadt verlassen; es wurde bekannt, daß sie nach Jerusalem aufgebrochen waren.

»Jerusalem!« rief Saul. »Immer Jerusalem! *Rom* müssen wir erobern, *Rom!*«

XVII.
Die Erde des Lukas

Jetzt blieben ihm also nur noch zwei Gehilfen, Titus und Timotheus. Das war ein Glück, denn sie schleppten nicht die Eisenkugel der ebenso theoretischen wie unfruchtbaren Dispute über Beschneidung und Reinheit hinter sich her; sie waren wie Neugeborene, und das strahlende Licht ihrer Jugend schien auch für Saul. Seit Barnabas und Jokanaan sie verlassen hatten, leuchtete der Himmel blauer. Und Saul erhoffte einen noch blaueren Himmel, den Himmel des Siebengestirns, der nicht von den Staubwolken der Vergangenheit verdunkelt wurde.

Aber seine beiden Gefährten waren dennoch ein wenig jung, und als Demetrius ihm einen Konvertiten schickte, der gut über dreißig war und über einige finanzielle Einzelheiten der Gemeinde Buch führen sollte, beobachtete ihn Saul aufmerksam. Er hieß Silvanus und sammelte Spenden für die Ärmsten der Gemeinde; gelegenheitshalber war er auch für die Unterbringung von Menschen zuständig, die ohne Arbeit waren, hauptsächlich ehemalige Gauner aus der Hafengegend. Sie waren wie Kinder, denen man ein Dach über dem Kopf verschaffen mußte, am besten bei Christen, wo sie ein Bett, einen Tisch und den Trost fanden, der ihnen als neuen Glaubensbrüdern zustand, und wo sie sich vor der Versuchung zu kleinen Diebstählen, lautstarken Besäufnissen oder einem Besuch der Hurenhäuser beschützt sahen.

Dieser Silvanus war munter, gescheit und schien nichts zu verbergen. Sein Sinn für Ironie machte den Umgang mit ihm sehr anregend.

»Wer hat dich getauft?« fragte Saul.

»Hermäus.«

»Warum hast du darum gebeten?«

»Es ist nicht angenehm, in Ruinen zu leben.«

»In Ruinen?«

»Die Tempel sind in gutem Zustand, aber die Götter haben die Gicht.«

Saul mußte lachen. Er nahm einen kleinen Krug Honigmet und zwei Gläser von der Fensterbank und schenkte ein.

»Die Götter haben also die Gicht.«

»Sie sind Beamte, oder nicht? Aber sind Götter denn wirklich dazu bestellt, über das Wohlergehen des Reiches zu wachen?« Silvanus trank ein Paar Schlucke. »Ein Gott ist ein persönliches und unabhängiges Gegenüber. Ich denke, das ist auch der Grund für den Niedergang des Glaubens der Israeliten.«

»Wie meinst du das?« fragte Saul überrascht.

»Meine Mutter war Jüdin«, sagte Silvanus. »Mein erster Vorname war Silas. Für sie war Jahwe nur der Gott des Volkes Israel und damit genug. Es war nur natürlich, daß dieser Gott mit dem Schicksal des Volkes Israel untergehen würde, das von den Römern unterworfen wurde und nichts tut, um sich zu befreien.«

Hoffnungslos rationale Aussagen, aber dennoch überraschten sie Saul.

»Man kann einen Gott nicht ausschließlich zum Spiegelbild des Schicksals einer Nation machen.«

»Kann man das nicht?« fragte Silvanus ruhig und nippte an seinem Met.
»Aber Jesus?« fuhr Saul fort. »Warum hast du um die Taufe gebeten?«
»Ach, Jesus, was weiß ich schon von ihm? Du hast ihn gesehen, er hat also vor kurzem noch gelebt, und einige andere haben ihn auch gesehen. Was sagst du dazu? Daß er sich selbst dem Gott der Juden geopfert hat, um sie zu befreien? Daß er gepredigt hat, daß die Menschen Brüder sind und die Moral von innen her zu achten haben? Für mich war er vielleicht ein Gott, aber er ist vor allem Vorbild. Ich kann mir keine Hoffnungen machen, Apollo, Herakles oder noch viel weniger Zeus ähnlich zu werden, aber Jesus vielleicht schon.«
Verwirrt dachte Saul einen Moment lang nach.
»Aber er war ein Gott!« sagte er. »Er ist der Sohn Gottes. Hat man dir denn nicht gesagt, daß er auferstanden ist?«
»Es ist ein Glück, daß er auferstanden ist«, erwiderte Silvanus. »Das ist ein Symbol der Hoffnung. Aber für mich zählt am meisten sein Leben auf Erden, dafür liebe ich ihn und deshalb habe ich um die Taufe gebeten.«
Wieder war Saul über diese ausgeglichene Zuneigung sprachlos. Er hatte den Eindruck, als begegne er dieser Welt der Römer zum erstenmal, die er so gut zu kennen geglaubt hatte. Zumindest in dieser Hinsicht war Silvanus sehr wertvoll.
»Bist du verheiratet?« fragte Saul.
»Ja, natürlich«, antwortete Silvanus.
»Aber du müßtest reisen...«
»Warum sollte ich nicht reisen? Ein Mann braucht seine Frau nicht jede Minute. Und auch nicht jede Nacht«, fügte Silvanus nach einer Weile hinzu, wobei er Saul gerade in die Augen sah.
»Nicht jede Nacht?« wiederholte Saul.
»Wollen wir uns um solche Sachen streiten? Hast du dich mit den Juden nicht genug über Beschneidung und rituelle Reinheit herumgeschlagen? Wenn man Jesus zum Vorbild hat, ist es dann, wenigstens nach dem, was man weiß – denn ihr sagt nicht alles, und ihr

wißt auch nicht alles –, wirklich wesentlich, festzulegen, was man hier und da mit seinem Körper anstellt?«
»Aber das Geschäft der Huren ist unsauber«, sagte Saul.
»Weiß ich denn, was das Geschäft der Huren ist? Und du, weißt du es, Saul? Das, was man in seinem Kopf sich ausmalt, ist vielleicht schlimmer als die Wirklichkeit – sind das nicht die Worte von Jesus? Was ist denn das Geschäft der Huren, über das du so leichtfertig daherredest, anderes als ein Zeichen für Hoffnungslosigkeit?«
Saul verbarg ein Lächeln. »Wer war dein Lehrer?« fragte er.
»Muß man denn einen Lehrer haben?« entgegnete Silvanus mit gespielter Überraschung. »Wenn die Lehrer so wären, wie man sagt, dann müßten die Schafe bellen wie Hunde. Man hört nur, was man hören will. Ich habe so einigen zugehört und mir daraus mein eigenes Süppchen gekocht. Manchmal ist man seinen Lehrern voraus, so wie du, und errät, was sie sagen, noch bevor man es gehört hat.«
»Wie ich?« fragte Saul überrascht.
»Wie du, Saul. Bist du nicht Jesus voraus gewesen? Deine Geschichte ist in Antiochia nicht unbekannt. Sie ist merkwürdig, daher lädt sie dazu ein, sich Gedanken zu machen, und ich habe mir Gedanken gemacht. Du hast die Christen verfolgt. Plötzlich schließt du dich ihnen an und eroberst für Jesus ganze Provinzen. Deine Abneigung gegenüber den Juden schlägt überall durch, und nicht umsonst finden sich deine erbittertsten Gegner in ihren Reihen. Über deine Kehrtwendung ist eine mystische Legende im Umlauf. Auf einer Straße in Syrien erscheint dir Jesus, und nach diesem Erlebnis wechselst du die Fronten. Unsere Provinzen sind voller frommer Leute, die mal Apollo, mal Artemis und dann wieder Asklepios sehen. Das sind einfache Leute, die sehen, was sie sehen wollen, aber bei dir trifft das nicht zu, Saul. Und außerdem, wenn du nun auf dieser Straße nach Syrien Apollo gesehen hättest, Saul, wärst du von der Religion der Juden abtrünnig geworden, um dich dem Apollo-Kult zu weihen? Nein, du hättest dich gegen den Apollo-Kult aufgelehnt, der dir nichts bedeutet. Du weißt so gut wie ich, daß dieser hübsche Knabe auf dem Hymettos oder dem Olymp vor Langeweile eingeht und sich keinen Deut um dich schert, der ihm

nichts schuldet und nichts von ihm zu erwarten hat. Aber mit Jesus war es anders.«
Saul ärgerte sich über die ruhige Unverfrorenheit Silvanus', die ihn im tiefsten Innern berührte. Es war auf alle Fälle besser, diesen Mann zu seinen Freunden als zu seinen Feinden zu zählen. Er schenkte nach.
»Mit Jesus also...?« wiederholte er neugierig.
Silvanus löschte seinen Durst ohne Hast.
»Von Jesus hast du die Zärtlichkeit gelernt, die dir schon immer gefehlt hat. Denn sie hat dir gefehlt, das sieht man gleich an deiner starren Kämpfermiene. Entschuldige meine Unverblümtheit, aber die irdische Liebe hat dich sicher nicht heimgesucht. Du bist nicht einer von denen, nach denen man schmachtet. Und dazu stammst du aus einer grausamen Familie, zu deren Mitgliedern man wohl kaum zärtliche Gefühle entwickelt. Das Blut der Herodier ist gallebitter und leicht aufbrausend. Du hast mit Worten und List triumphiert, bestimmt auch mit Gewalt; und was du bekommen hast, hast du bezahlt. Mit Jesus wurde dir zum erstenmal alles geschenkt, für nichts, für ein Geschenk als Gegenleistung.«[163]
Ausgebrannt – selbst der letzte Funke Eigenliebe war in ihm erloschen – trank Saul nachdenklich von seinem Met und lauschte auf die Geräusche der Stadt. Auch wenn sie noch so indiskret war, so war die Beschreibung von Silvanus doch nicht boshaft. Und sie war scharfsinnig, das mußte man ihm lassen.
»Bei Jesus hast du gefunden, was dir niemand gegeben hat, Saul: Liebe. Liebe im Tausch gegen Aufrichtigkeit, auch die hattest du nicht. Nicht die Hoffnung auf das ewige Leben hat dich umgekrempelt, nein, auf dieser Straße nach Syrien – wenn es wirklich dort war, wo du ihn gesehen hast – hat er dir bestimmt nicht gesagt, daß du in die Hölle kommen würdest, wenn du ihm nicht nachfolgtest. Am Ende ist es diese brennende Zärtlichkeit, die keine Frau dir je gegeben hat!« schloß Silvanus unerwartet leidenschaftlich.
»Und du?« fragte Saul. »Die Frauen haben dich bestimmt geliebt und in ihren Armen gehalten. Du bist kein Herodier, und dein Gewand ist nicht mit bitteren Tränen getränkt. Also frage ich dich noch einmal, warum hast du um die Taufe gebeten?«

»Die Zärtlichkeit der Menschen«, gab Silvanus nachdenklich zur Antwort, »hat ihre Grenzen. Manche, so wie mich, sättigt sie nicht. Den Umarmungen folgen gleich praktische Überlegungen. Noch ein Kind? Das Geld wird nicht reichen. Das Dach ist undicht. Bestenfalls führen diese Überlegungen zu einer Ehe oder einer ähnlichen Beziehung. Die Leidenschaft verfliegt. Eifersucht auf eine andere. Also auf zum Haus der Aphrodite? Dort wird man auf alte Schachteln stoßen, die mit Safran und Karmin zugekleistert sind, Grauschädel ohne Lebensweisheit, sterblich verliebte Knäblein, und man fängt einfach an zu lachen«, sagte Silvanus, wobei Saul seinerseits lachte. »Aber dann hört man von Jesus, und alles wird anders. Empfindliche Seelen entdecken endlich die Morgenröte, und die enttäuschten Seelen die tröstliche Nacht.«
»Komm, laß uns etwas essen«, schlug Saul vor.
Wenige Tage darauf kehrten sie zusammen nach Zypern zurück, denn Silvanus hatte erklärt, er sei jederzeit bereit, Saul zu folgen. Titus und Timotheus begleiteten sie. In Salamis wurde ihnen berichtet, daß Barnabas und Jokanaan vor ihnen dagewesen seien, daß die beiden Männer sich zur großen Bestürzung der Heiden jedoch ausschließlich den konvertierten Juden gewidmet hätten und nicht mehr in der Stadt waren; bestimmt hatten sie von Sauls Rückkehr erfahren. Die Gemeinde der Heiden war noch größer geworden, sie übertraf die der jüdischen Nazarener nun bei weitem. Saul ließ sich zu keiner Bemerkung über das Verhalten der beiden Abtrünnigen hinreißen. Silvanus erstellte die Abrechnung über die Spenden an die Ärmsten; auch in Paphos führte er Buch. Der Prokonsul bereitete Saul denselben Empfang wie früher[164] und teilte ihm lachend mit, daß der Elamiter die Insel verlassen hatte.
Bald stachen sie wieder in See und erreichten nach anstrengender Fahrt das Festland. Sie machten in Tarsus halt, dann reisten sie weiter nach Derbe – in beiden Städten gediehen die Gemeinden prächtig. Kinder waren geboren worden, man hatte sie getauft und zeigte sie nun Saul.
»Sollen sie beschnitten werden?« fragten besorgte Väter.
»Nein«, gab Saul zurück.

»Es ist aber reinlicher«, murmelte Silvanus später; Saul tat, als höre er ihn nicht, während Timotheus ihn fragend ansah.
Aber Saul konnte es nicht mehr erwarten, Neuland zu erobern; also stießen sie nach Mysien vor und trugen die Fackel ihres Glaubens nach Elea, Myrina, Kyme, dann Assos, Adramyttium und Lampsakos, Parium, Abydos. Die alten Götter husteten im Rauch der Brände, die sie zu ihren Füßen entfachten, nicht nur Zeus, sondern auch seine Brüder aus Asien, Papas und Men, nicht nur Dionysos, sondern auch sein orientalischer Doppelgänger Sabazios, und am schlimmsten die Große Mutter, die Frau mit den hundert Brüsten, Kybele selbst, die Königin der Kornfelder und Frauenschöße, und der berückende Attis mit seiner ewig mörderischen Jugend.
»Was geben euch eure Götter? Die Ruhe der Erde, wenn eure zerschlagenen Glieder und eure verdorrten Seelen für die Würmer reif sind! Und Kybele, was tut sie schon, außer eure Felder mit dem Staub eurer Knochen zu düngen?«
Entsetzlich! Diese Fremden lästerten gegen Kybele!
»Wer soll uns Ernten geben, wenn du Kybele beleidigst?«
»Der, der dem unfruchtbaren Land Ernten schenkt – Jesus!«
Jesus; diesen Namen hatten sie noch nie gehört. Er war am Kreuz gestorben, als Opfer für die Allmacht!
»Das ist Attis! Das ist der wahre Attis!« schrien sie.
»Ja, er ist es, der wahre Attis«, sagte Saul.
Er sprach zu ihnen von der Güte dieses Menschen, von seiner Weisheit, von seiner bevorstehenden Rückkehr auf den Wolken des Himmels, von diesem Menschen, den es wirklich gegeben hatte, denn er selbst hatte ihn nach der Rückkehr aus dem Grabe gesehen. Und sie stürzten sich gern in diese Verwirrung, das Durcheinander von Göttern und Opfern, denn am Horizont leuchtete die Hoffnung, daß die Taubheit der Götter endlich beendet sei! Saul, Silvanus, Timotheus und Titus tauften im Namen des Herrn Jesus, mit dem Wasser, das die Sünden abwusch und bewirkte, daß das Leben endlich nicht mehr in Form von einigen gebleichten Knochen ein Ende fand, die die Hunde und die Geier verschont hatten. Sauls Griechisch verstanden sie halbwegs, denn selbst sprachen sie vor

allem die Dialekte des Meeres, Lydisch, Phrygisch und Mysisch, oder eine Mischung aus allem.[165] Aber schließlich hatten sie begriffen, was geschehen war, ein Gott des Erbarmens war geboren worden und, wie Silvanus gesagt hatte, hatten sie dieses Erbarmen nie gekannt, weder von Göttern noch von Menschen.

Saul und seine Begleiter waren gerade in Troas, der nächsten Etappe, als Saul beim Erwachen eine Stimme hörte, die ihm bekannt vorkam, deren Besitzer er aber nicht sogleich zuordnen konnte. Auch Titus klang sie vertraut und, obwohl man nichts verstehen konnte, angenehm. Saul trat ins Zimmer: Es war Lukas, der Freund aus Antiochia. Sie umarmten sich wieder und wieder, auch Saul in aufrichtiger Freude, wenngleich ein wenig reserviert; was hatte ein Mensch, der letztendlich ein Fremder für sie war, mit ihrer Unternehmung zu schaffen?

Nach einem kurzen Austausch von Höflichkeiten wurde eine Unterbringung für den Besucher gefunden. Anschließend traf man wieder zusammen.

Lukas sah Saul mit einem Blick an, in dem eine Spur Schalkhaftigkeit lag. »Ich will mich dir anschließen, Saul, aber niemand hat mich geschickt. Aus freien Stücken habe ich den Beschluß gefaßt, daß ich meinen Aufenthalt in Antiochia nicht ohne Bedauern würde fortsetzen können.« Er machte eine Pause, um Saul Zeit zu geben, diese Erklärung voll zu erfassen. »Ich bin auch nicht mit dem Gedanken hergekommen, dir einen Teil des Verdienstes wegzunehmen, der dir für deine Eroberungen zusteht. Wenn ich dich bitte, mich als Begleiter mitzunehmen, dann tue ich das ebensosehr als Freund wie als Christ. Bitte sage mir hier und jetzt, ob dir mein Vorschlag gefällt.«[166]

Saul betrachtete erstaunt diesen Neuankömmling, der sich anbot, seine Leiden zu teilen. Er bemühte sich, auf Lukas' Gesicht die geheimen Schriftzeichen des Lasters und des Versagens zu entziffern, die die Menschen zu verheimlichen suchen, aber vergebens; er fand sie nicht. Lukas, der Heide, war ohne Hinterlist.

»Dein Wunsch, uns zu folgen, erfüllt mein Herz mit Freude«, sagte er. Lukas nickte zufrieden. »Aber du mußt dir über ein so großes

Vorhaben einige Gedanken gemacht haben. So lange Reisen, unvorhersehbare Mühen, gefährliche Fallen. Ich würde sie gern erfahren.«

»Ja«, erwiderte Lukas nachdenklich. »Erinnere dich, was ich in Antiochia gesagt habe. Es wurde so viel geredet, daß du mir vielleicht nicht richtig zugehört hast. Ich habe gesagt, daß sich die Leere überall in der Welt der Römer breitgemacht hat. Macht, Ruhm« – warum nur betonte Lukas diese Worte so? – »die Gier nach irdischen Vergnügungen, auch wenn sie so einfach sind wie in den Beschreibungen des Virgil, all dies reicht schon nicht mehr hin, um die Herzen zu füllen. Das ist der Grund für den Erfolg der fremden Religionen in Rom selbst. Hohe Mitglieder des Kaiserhofes haben sich spontan zum Judentum bekehren lassen, andere zum Kult der Isis oder des Mithras. Ich denke, daß die Religion Jesu die größte ist.«

»Die einzige«, verbesserte Saul.

»Sicher, die einzige«, lenkte Lukas ein. »Aber diejenigen, deren Herz von der Religion der Juden erfüllt ist, werden dir weniger gern Gehör schenken als diejenigen, bei denen der Niedergang ihrer steinernen Götter ein leeres Herz zurückgelassen hat. Ich würde dich gerne bei ihrer Eroberung unterstützen.«

»Sei uns willkommen«, wiederholte Saul feierlich.

»Vielleicht muß man den zukünftigen Generationen das Zeugnis deines Wirkens hinterlassen, überhaupt das aller Menschen, die Jesus gekannt haben.«

»Die zukünftigen Generationen«, sprach Saul ihm zweifelnd nach. »Aber Jesus wird kommen.«

»Daran glaube ich fest«, sagte Lukas. »Aber wir wissen nicht, wann.«

»Er hat gesagt: Dies Geschlecht wird nicht vergehen... Das bedeutet also bald.«

»Ja«, stimmte Lukas zu, doch schien er nicht an die bevorstehende Rückkehr zu glauben.

Drei Tage verstrichen.

Saul schüttelte ein Fieber, das er sich nicht erklären konnte. War es die kühle Luft? Oder ein dunkler Traum? Er schlief schlecht und wenig. Eines Nachts in Troas quälte ihn noch mehr als gewöhnlich das Unbekannte, das in den Herzen der Menschen niemals schläft, und während er rastlos von einem Gedanken zum anderen hetzte, wurde ihm klar, daß es jetzt mit den Provinzen endgültig Schluß sein mußte. Die Zeit drängte, der Tod lauerte bei jeder Überfahrt und in jeder Laune der Leute – ob nun der Juden oder der anderen, denen man predigte, daß ihre Götter nur Bilder aus Stein und sie selbst deren Sklaven seien... Man mußte sich rascher dem Ziel nähern, wie ein Schwimmer, der ganz plötzlich die Kraft seiner Schläge verdoppelt. Ja, nach Griechenland, nach Mazedonien[167] würde er reisen. Man erwartete ihn dort.

Privileg der Jugend: Titus und Timotheus waren von der Aussicht auf eine Schiffsreise entzückt, während Lukas und Silvanus einwandten, daß es kaum die rechte Jahreszeit dafür sei. Dennoch erklärte sich in Alexandria ein Kapitän bereit, sie auf seiner Liburne[168] mitzunehmen. Nach einer zweitägigen Höllenfahrt erreichte dieser Kapitän – den Silvanus verdächtigte, daß er sich in seinen schwachen Momenten der Piraterie hingebe – Samothrake, legte dort für eine kurze Nacht an, und noch vor dem Morgengrauen stachen sie wieder in die plötzlich ungewöhnlich ruhiggewordene See, umrundeten Thasos und liefen in der Dämmerung mit nördlichem Gegenwind in Neapolis ein.

Völlig starr vor Kälte nach der zugigen Überfahrt beeilten sich Saul und seine Begleiter, in die Bäder zu kommen, und danach mußte ein Mantel für Timotheus erworben werden, der nur einen leichten Umhang besaß. Philippi war kaum zwei Wegstunden entfernt, aber sie verbrachten die Nacht in Neapolis, immer noch mit dem Gefühl, als schwankten ihre Betten. Bei Tagesanbruch fühlte Saul, wie sich eine große Aufregung seiner bemächtigte: Endlich hatte er seinen Fuß auf die Bretter des großen Theaters gesetzt. Und dieses Fieber stieg weiter, als die fünf Männer in Philippi eintrafen, das seinen Namen zu Ehren von Alexanders Vater trug. Hier hatte sich das Schicksal der Völker gewendet, vielleicht sogar schon, als Olympias, die Mutter des großen Feldherrn, wie es eine Legende berichtete, ihre Wehen hinausgezögert hatte, damit ihr Sohn unter einem

angekündigten Kometen geboren würde. Vielleicht würde das Schicksal der Völker auch jetzt wieder von hier seinen Lauf nehmen.
Philippi war prächtig und reich, ein Traum aus Gold und Marmor, der Wirklichkeit geworden war. »Und im Sommer«, sagte der Bäkker, der gehört hatte, wie sie die Stadt lobten, »ist Philippi wie eine Insel in einem Meer von Gold, denn um die Stadt herum liegen die reichsten Weizenfelder des Kaiserreiches.«
Sie wären ohne Schwierigkeiten mehrere Wochen lang geblieben, aber der Teufel hatte seine Hand im Spiel. In der Annahme, daß über die Frauen der Zugang zu den Familien zu suchen sei und eine bekehrte Frau ihren Mann eher dazu bewegen könnte, ihrem Beispiel zu folgen, als umgekehrt, begaben sich Saul, Lukas, Silvanus, Titus und Timotheus um die Zeit, zu der die Frauen ihre Andacht verrichteten, zu einem Ort außerhalb der Stadt am Ufer des Gangites; in der Tat befand sich die Synagoge außerhalb der Stadtmauern. Saul sprach, man hörte ihm zu, man stellte Fragen. War dieser Jesus ein Mensch oder ein Gott? Beides, und darin bestand sein Wesen. Worin unterschied er sich von Moses? Er erneuerte die Vergebung Elohims, dem er sich geopfert hatte.
»Eure Herzen sind leer, ohne Hoffnung. Jesus ist der Sohn des Herrn und wird eure Herzen erfüllen«, so lauteten im wesentlichen Sauls Worte.
Er traf den rechten Nerv, denn drei Frauen baten um die Taufe. Der Gangites war nicht weit, ein reißender Fluß, und so mußte er mit seinen Täuflingen gegen die Strömung ankämpfen, um sie unterzutauchen. Eine der Frauen war eine reiche Purpurhändlerin, Lydia aus Thyateira, einer Stadt in Lydien, die aber von Mazedoniern bewohnt war. Eine verwitwete Matrone, die zweifellos die Ödnis eines Lebens, das sich nur ums Geldverdienen drehte, satt hatte und an ihre Reize genausowenig glaubte wie an die Zuneigung bezahlter Liebhaber. Ihre lang unterdrückte Großzügigkeit ergoß sich über diese Fremden, die sie um nichts baten, sondern ihr Befreiung und die Liebe Gottes versprachen; sie lud die fünf Männer ein, in ihrem Haus zu wohnen. Saul nahm ihr Angebot an, wenn auch

nach einem unmerklichen Zögern. Eine Schlampe mit einem Gesicht wie eine Nachteule verfolgte die Szene; Saul schenkte ihr keine Beachtung. Aber es stellte sich heraus, daß sie in Philippi in derselben Straße wohnte wie Lydia. Jedesmal, wenn sie Saul oder einem der anderen begegnete, fing sie laut an zu schreien: »Begrüßt sie, begrüßt diese Männer, das sind die Diener Elohims!« Sie war von demselben Schlag wie dieser unselige Zacharias, der Saul in Kokba zur Weißglut getrieben hatte. Man traf sie übrigens immer wieder in den Gemeinden an, solche exaltierten Menschen, die nichts konnten, als nur immer wieder krampfhaft zu schreien: »Jesus ist der König!« oder auch: »Der Messias kommt!« Es brachte die Gemeinden in Verruf, wenn solche Krachmacher zu ihnen gehörten. Nach einer Reihe von Ausbrüchen dieser Art war die Geduld von Saul und der anderen erschöpft; einmal drehte Timotheus ihrer unerwünschten Begleiterin sogar ganz offen eine lange Nase. Eines Morgens dann geschah es, daß die Verrückte Saul und Silvanus auf Schritt und Tritt bis zu einem Denkmal folgte, das der Bukephalus-Trog genannt wurde, und die Vorübergehenden sich neugierig umdrehten, um die Gesandten von Elohim zu sehen. Plötzlich wirbelte Saul herum, wies der Verrückten wie bei einer Teufelsaustreibung Zeigefinger und kleinen Finger und schrie sie an: »Du bist besessen! Spuck den Teufel aus!«

Saul bot in diesem Moment einen beeindruckenden Anblick; die Besessene stieß einen Schrei aus und verstummte mit aufgerissenen Augen und ausgebreiteten Armen. Saul und Silvanus setzten ihren Weg fort.

Die Geschichte sollte weitreichende Folgen haben. Jenes Geschöpf, das man Margana[169] nannte, entweder weil sie verückt war oder weil sie aus Marganeis stammte, galt in Philippi – ja, der Zufall ist manchmal der beste Erzähler – als eine Art Pythia. Sie sagte schwangeren Frauen voraus, ob es ein Junge oder ein Mädchen werden würde, und den Reedern, ob ihr Schiff den sicheren Hafen erreichen würde. Für ihre Herrschaft, die sie nicht freigelassen hatte, war sie eine Goldgrube gewesen. Jetzt aber kam die Margana nach der Begegnung mit Saul nach Hause und konnte nicht sprechen.

Dabei wartete Kundschaft auf sie, wegen einer Liebessache. Eine vornehme Dame hatte sich in einen jungen Schönling verliebt; war er ernstzunehmen? Die Margana stammelte schließlich mit glasigem Blick, daß sie nichts wisse. Dann legte sie sich fiebernd ins Bett. Die so knapp abgefertigte Patrizierin war ungehalten.

Fortan schien die Gabe der Margana von ihr gewichen, und ihre Herrschaft kam der Sache schließlich auf den Grund: Dieser abtrünnige Jude Saul, der bei der Purpurhändlerin wohnte, war die Ursache dafür. Doch eine solche Geldeinbuße schrie nach Rache. Mit Hilfe von Handlangern drang der Herr der Mangana in Lydias Haus ein, brachte Saul und Silvanus in seine Gewalt, schleppte sie sofort ins Gericht, wo er vorbrachte, daß diese Judäer die öffentliche Ordnung störten. Saul versuchte zu Wort zu kommen, Manganas Herr desgleichen, es hagelte Schläge. Die Gendarmen, rissen ihnen die Kleider vom Leib, peitschten sie aus und warfen sie mit Eisen an den Füßen ins Gefängnis. Die Nacht kam und mit ihr Wasser und trockenes Brot; der Kerker war nur von einer Fackel erhellt, die bei der Tür brannte. Doch schließlich schliefen die Gefangenen trotz des kalten Windes ein, der die Via Egnatia entlangblies.

Es war mitten in der Nacht, als ein unerträglicher Radau sie weckte. Das Gefängnis bebte, als wollte ein Titan die Mauern einreißen. Die Riegel der Kerkers barsten, die Tür knirschte in den Angeln, Gefangene und Wärter schrien, Steine fielen auf sie herunter, und weil die Fackeln aus ihren Halterungen herausgefallen waren, herrschte überall absolute Finsternis. Schließlich wurden die Fackeln wieder angezündet, es kam der Morgen und mit ihm die Liktoren, die den Gefängniswärtern Anweisung gaben, Saul und Silvanus auf freien Fuß zu setzen.[170] Die Wärter mußten zähneknirschend folgen. Saul erkannte Lukas hinter den Liktoren und begriff, was vorgefallen war: Der Prokonsul war verständigt worden, daß Saul römischer Bürger war. Entsetzlicher Irrtum! Das Gesetz Porcia verbot es, römische Bürger auszupeitschen.

»Kommt heraus, ihr seid frei«, sagten die Liktoren.

»Auf keinen Fall!« erwiderte Saul. »Ich bin römischer Bürger, Silvanus genauso. Ihr habt uns festgenommen, ohne Urteilsspruch

auspeitschen lassen und in den Kerker geworfen. Ihr habt einen schweren Fehler begangen. Ich fordere, daß die Gendarmen sich hier einfinden, um mir das Geleit nach Hause zu geben.«
Der Oberste der Liktoren fuhr sich übers Gesicht.
»Es war ein Irrtum«, sagte er. »Ich flehe euch an, kommt heraus!«
»Nein.«
»Dann wartet wenigstens in der Wohnung des Gefängnisdirektors.«
»Nein.« Und mit einem boshaften Unterton fügte Saul hinzu: »Beeilt euch mit der Nachricht an die Gendarmen, damit es nicht noch ein zweites Erdbeben gibt.«
Der andere lief aschfahl davon. Eine Stunde später traf der Anführer der Wache, von einer zwölfköpfigen Eskorte begleitet, ein. Mit verzerrtem Gesicht brachte er unterwürfig Entschuldigungen vor und flehte Saul an, sich nicht an den Prokonsul zu wenden. Zwei Sänften und eine stattliche Summe Silbermünzen warteten auf die Gefangenen. Am Ende des Gefängnisganges begegneten sie drei Männern mit ihren Bewachern: Es waren der Besitzer der Margana und seine Spießgesellen, die die Plätze von Saul und Silvanus im Kerker einnehmen würden. Saul ging hocherhobenen Hauptes an ihnen vorbei.
Am nächsten Tag verließ er Philippi.

XVIII.

Eine nächtliche Unterhaltung in Thessalonich

Der Zwischenfall war ebenso grotesk wie schmerzlich gewesen. Vierundzwanzig Stunden roher Gewalt, in denen sich wieder einmal die Habgier und der Aberglaube der Menschen gezeigt hatten. Dazu die Brutalität der Polizei, und das Ergebnis war Unrecht. Saul war darüber um so mehr beunruhigt, als er genau dasselbe Schicksal erlitten hatte, das er damals denen zugefügt hatte, deren Zahl er jetzt vergrößerte. Verstimmt durchquerte er den Strymon und er-

reichte den Fuß der endlos langen Mauer, die Amphipolis als Schutzwall umgab. Weder Titus noch Silvanus wagten es, seine Gedanken zu stören. Lukas war in Philippi geblieben und hatte Timotheus bei sich behalten, den ihre Gefangensetzung gewiß erschreckt hatte.
In Amphipolis predigte Saul nicht, auch nicht in Apollonia, der nächsten Etappe. Er hatte es eilig, eine große Stadt zu erreichen und endlich den Auftritt im Herzen einer der prächtigsten Städte des Kaiserreiches in Szene zu setzen, der das junge Christentum brauchte. Diese Stadt trug den Namen von Alexanders Schwester Thessalonich. Denn auch wenn man sich schon in Rom glaubte, so war man noch in Griechenland, dessen frühe Pracht die Jahrhunderte überdauert hatte. Aber schon beim Anblick der Menschenmassen vor dem Asia-Tempel am ersten Sabbat verstand Saul, daß er Thessalonich nicht im Handstreich erobern würde, wenn er es überhaupt einnehmen konnte. Hier lebten nicht nur sehr viele Menschen, es waren zudem reiche und mächtige Leute. Als nach den Gebeten die Frage gestellt wurde, ob einer der Gläubigen zu sprechen wünsche, und als Saul vortrat, erkannten ihn bestimmt einige; entweder hatten sie ihn schon einmal gesehen, oder sie kannten eine Beschreibung von ihm. Gewiß hatten Durchreisende berichtet, daß ein kleiner Mann mit Glatze in den jüdischen Gemeinden des Orients im Namen eines gewissen Chrestos Unfrieden stiftete.
Kaum hatte Saul seine Rede damit begonnen, daß die Propheten dereinst einen ungewöhnlichen Mann angekündigt hätten, wurde er auch schon unterbrochen: »Wie heißt du? Bist du nicht dieser Saul, der in Antiochia in Syrien die Lehre eines Gekreuzigten predigte, den man Jesus nennt?«
»Der bin ich. Laßt mich euch sagen, daß Jesus, der göttliche Mensch, den die Propheten angekündigt haben, gekommen ist...«
»Die Propheten haben so etwas nie verkündet!« unterbrach der andere.
»Laßt ihn doch endlich reden!« sagte ein Dritter.
»Jesus ist gekommen, um das Gesetz zu vollenden, auf das die verhärteten Herzen nicht mehr hörten. Denn der Rauch der Opfer, die

ohne wahren Glauben dargebracht wurden, hatte den Himmel für das Volk Israel verdunkelt. Und deshalb hat Israel das, was es immer suchte, nicht gefunden[171] und wurde von Götzenanbetern unterjocht. Durch Jesus hat sich der Allmächtige den Menschen offenbart; die Zeit war gekommen. Die, deren Herzen und Augen versteinert blieben, die, die das Wort von Jesus nicht hören wollten, weil sie es fürchteten, die haben wie ganz Israel die Warnung Moses verdient: ›Ich werde euch quälen mit einem dummen Volk!‹ Dennoch haben diese verhärteten Herzen die Oberhand behalten, sie haben über die Gerechten gesiegt, deren Herzen sich geöffnet hatten und denen die Augen aufgegangen waren. Sie ließen Jesus ergreifen, wie sie damals die Propheten ergriffen hatten, sie haben ihn vor ein Gericht geschleift, sie haben ihn verurteilen lassen, und als schlimmsten Frevel haben sie ihn ermordet. Er hätte natürlich fliehen können, er hätte sie mit seiner Macht zermalmen können, aber er hat sich selbst geopfert, um sein Volk zu erlösen, um die Schuld der Söhne mit der Schuld der Väter zu sühnen! Er ist vom Tode auferstanden und hat seine Zeugen ausgesandt, damit sie erzählen, was sie gehört und gesehen haben. Und ich flehe euch an, hier und heute, mich anzuhören und eure Herzen nicht zu verhärten! Denn der Zorn des Ewigen ist schrecklich, und der Tag ist nah! Der Auferstandene hat gesagt, daß er wiederkommen wird, noch bevor dieses Geschlecht vergangen ist, er wird zu Rechten des Vaters sitzen, über den Wolken des Himmels! Ich flehe euch an, darauf zu hören, nicht was ich, Saul, der Unwürdige, sage, sondern auf das, was Jesus gesagt hat, denn wenn ihr jetzt nicht hört, dann werdet ihr zittern und eure Tränen vergebens vergießen, wenn er wiederkommt!«

In der Versammlung wurde es unruhig, und wie jedesmal kamen einige näher, in deren Gesichtern die Hoffnung leuchtete, während ihn andere finster anstarrten. Fragen wurden laut, aber Saul übertönte das Stimmengewirr und fuhr mit seiner Rede fort.

»Die Lehre Jesu, die schon im ganzen Kaiserreich erklingt und von göttlicher Kraft bis Rom getragen wurde, diese Lehre sagt, daß die Bindung an den Allmächtigen nicht in den Worten des Gesetzes liegt, sie liegt im Geist dieses Gesetzes, das zu erneuern Jesus gekommen ist. Denn ihr, Bewohner von Thessalonich, ihr mögt die Vorschriften der Schriftgelehrten wortgetreu einhalten, gewissenhaft eure Gebete sprechen, Götzenbilder meiden und auch kein Fleisch von Opfertieren essen, aber trotzdem sind eure Herzen vielleicht kalt und leer. Die einzige Nahrung, die eure Erwartungen erfüllen wird, ist das Wort Jesu, das ich euch bringe. Es ist keine leichte Sache, euch das Wort von Jesus zu bringen, denn überall, wo ich es verkündet habe, haben die Menschen, die doch verdorrt waren, sowohl dieses Wort als auch seinen Überbringer zurückgewiesen, wie der Fels sich weigert, das Wasser des Himmels aufzunehmen. In Philippi, von wo ich gerade komme, und überall auf der langen Reise, die mich bis hierher geführt hat, sind einige Verbohrte sogar soweit gegangen, mich und meinen treuen Mitarbeiter Silvanus ins Gefängnis werfen zu lassen. Die Liktoren selbst kamen, um mich aus dem Kerker zu befreien und ihre Entschuldigungen vorzubringen. Der hier zu euch spricht, wurde beleidigt, gesteinigt und für tot gehalten, grausame Menschen haben Haß und Hinterlist verhundertfacht. Und das nicht etwa, um mich, Saul, am Reden zu hindern, denn wer ist schon Saul – nein, um meinen Mund daran zu hindern, das Wort von Jesus, von Gottes Sohn zu verkünden, denn das fürchten sie mehr als das Schwert des göttlichen Gerichts. Viele dunkle Wolken zogen schon über uns hinweg, aber die Saat wurde ausgebracht, das Korn reift, und die Felder des Herrn wogen unter Seiner Sonne, in Erwartung des Tages, an dem Sein Sohn die Ernte einfahren wird.«

Sie lauschten: die Verbissenen und die Zufriedenen, die Skeptischen und die Begeisterten, die mit klarem oder die mit versonnenem Blick.

»Wo werdet ihr am Tag der Ernte sein? Werdet ihr das Korn sein, das der Schnitter in die Scheune einbringt, oder das Unkraut, das er beiseite wirft und im Feuer verbrennt? Habt ihr nichts aus eurer Vergangenheit gelernt? Werdet ihr noch einmal die Gnade des Herrn zurückweisen, indem ihr euch weigert, das Wort Seines Sohnes zu hören? Oder werdet ihr unter den vielen sein, die schon jetzt froh in Christus vereinigt sind, denn sie haben seine reinigende Taufe angenommen und erwarten erhobenen Hauptes, daß die letzte Stunde schlägt. Bitte hört mich an, meine Brüder, denn nicht aus selbstsüchtigem Ehrgeiz bin ich über Hunderte von Meilen zu euch geeilt, nicht für Macht oder Ruhm, sondern um der Liebe willen, die mir Jesus für alle meine Brüder schenkte; um euch sein Wort zu bringen...«

Weil ihm der Atem stockte, glaubten sie, er habe ausgeredet, und schon setzte das Stimmengewirr wieder ein. Es wurden dieselben Fragen laut, die er nur zu gut kannte, dieselben Beleidigungen, Hände wurden ihm entgegengestreckt, die er im Vorübergehen ergriff. Körper drängten sich an ihn, er rang nach Luft, wurde ins Freie gezerrt. Eine feste Hand hatte ihn gepackt und hielt ihn unerbittlich am Handgelenk fest. Als sich die Menge teilte, konnte er erkennen, wer ihn festhielt, und die Überraschung verschlug ihm die Sprache: sein früherer Sekretär Pedanius! Wie wird man ein Jünger Jesu? fragte ihn einer. Durch die Taufe, die Taufe! Und den Glauben an Jesus! Und das Gesetz? Er hat es erneuert, im Namen Jesu muß man es einhalten. Aber die bekehrten Heiden? Sie glauben an Jesus. Einen, der sofort getauft werden wollte, nahmen Saul und Silvanus mit sich, weil Jesus ja vielleicht noch am selben Abend wiederkehren würde. Pedanius folgte ihnen. War er Saul seit Jerusalem gefolgt? Auch andere wollten der Taufe beiwohnen, fragten nach Sauls Adresse, um sich ein, zwei Tage später taufen zu lassen, baten um Unterweisung...

Der Abend dämmerte, als ein erschöpfter Saul Silvanus und Pedanius zu dem Mann brachte, der sie beherbergte, einem Heiden namens Jason, um gemeinsam zu essen. Pedanius beobachtete, wie Saul die vorgeschriebenen Gebete verrichtete, dann sein Gebet an Jesus, wie er das Brot brachte und verteilte, bevor er Wein an die Tischrunde ausschenkte. Und als Saul nach der Mahlzeit wieder die Gebete sprach, faltete Pedanius, der bis dahin kaum ein Wort gesagt hatte, in einer erwartungsvollen Geste die Hände über dem Bauch und schaute Saul an.

»Kann ich dich unter vier Augen sprechen?« fragte er.

Sie stiegen aufs Dach. Man konnte bis zum Hafen hinuntersehen, wo Schiffsmasten wie ein lanzenstarrendes Heer feindliche Winde erwarteten. Die beiden Männer schwiegen eine Weile.
»Was für eine Überraschung…«, murmelte Pedanius. »Ich habe mich gefragt, ob es wohl der gleiche Saul sei, über den uns Berichte aus Tarsus, aus Antiochia und gestern aus Philippi erreichten. Ich kenne dich gut, da habe ich mir Gedanken gemacht.«
»Wann hast du Jerusalem verlassen?« fragte Saul.
»Nachdem du Stephanus hast steinigen lassen.«
»Also vor fünfzehn Jahren«, meinte Saul nachdenklich.
»Was ist seither geschehen?«
Saul blieb einige lange Minuten die Antwort schuldig. »Ich begriff, daß wir… daß die Nazarener recht haben«, sagte er schließlich.
»Oder daß die Juden verloren haben.«
Der Vorwurf war nicht heftig, aber deutlich. Saul ging nicht darauf ein: »Natürlich konnte ich mich nicht in Jerusalem unterrichten lassen. Also ging ich nach Syrien, denn ich wußte, daß Dositheus dort war.«[172]
Pedanius lehnte sich über das Geländer. Unter ihnen schien jemand eine Hochzeit zu feiern. Gesänge stiegen bis zu ihnen herauf, dann das Lachen angeheiterter junger Leute.
»Also hat dich der Verstand geleitet«, fuhr Pedanius fort. »Oder war es Ehrgeiz?«
Es war ein Zeuge ohne Haß, der da aus der Vergangenheit aufgetaucht war, aber er war auch unbestechlich.
»Also war es Ehrgeiz«, sagte Pedanius.
Stärkere Bande als die des Blutes besiegelten ihre Brüderschaft; Ausflüchte verboten sich also von selbst. Außerdem war Pedanius kein Rivale.
»Ja, es war Ehrgeiz[173]«, gab Saul zu. »Philippus hatte es zweifellos erraten, Dositheus auch. Aber Dositheus war klüger, er ließ sich nichts anmerken.«
»Er glaubte sicher, daß die Stärke von Jesus unwiderstehlich sei und du schließlich erliegen würdest, wie Jakob, als er mit dem Engel rang. Und so ist es auch gekommen, Dositheus hatte recht. Aber wann wurdest du dir dessen bewußt?«

Saul antwortete nicht gleich.
»Ganz so ist es nicht gewesen«, murmelte er. »In Edessa habe ich Jesus gesehen.«
»Jesus gesehen? In Edessa?« rief Pedanius. »Also ist es wahr, daß...«
»Was ist wahr?«
»Andere haben berichtet, sie hätten ihn noch weiter östlich als Syrien gesehen. Wir haben sie für verrückt gehalten. In Edessa!« wiederholte Pedanius. »Wie ist das passiert?«
»Es war in der Straße des Goldschmieds Nimrod, Thomas war bei ihm. Ich habe ihn kaum eine Stunde gesehen. Er war... bewundernswert.«
»Bewundernswert«, wiederholte Pedanius.
»Bewundernswert, ja. Die Erhabenheit, die er ausstrahlte, habe ich bei niemandem sonst je erlebt. Aber er war erschöpft. Den anderen, den Juden, und auch seinen Jüngern warf er vor, in ihm nur den Messias[174] gesehen zu haben, den Nachfolger der Könige.«
»Jetzt sehen sie in ihm den Sohn Gottes«, sagte Pedanius. »Wie du, übrigens, auch du nennst ihn Gottes Sohn, obwohl du ihn doch in Edessa gesehen hast... War es wirklich ein Mensch aus Fleisch und Blut, den du in Edessa gesehen hast, oder hast du eine Vision gehabt?«
»Es war ein Mensch. Er hatte Wundmale an Händen und Füßen«, sagte Saul. »Du magst mich einen Lügner nennen, und vielleicht habe ich zuerst wirklich gelogen, aber ich werde den Gedanken nicht los, daß ein so bewundernswerter Mensch wirklich in gewisser Weise der Sohn Gottes sein muß.«
»Das ist reine Rhetorik«, sagte Pedanius.
»Ich wiederhole, anfangs war es das, jetzt nicht mehr.«
»Aber jetzt predigst du, er sei der Sohn Gottes, und keiner weiß, daß du ihn in Edessa gesehen hast.«
»Bist du denn nicht gläubig?« fragte Saul. »Hast du mich nicht verlassen, um dich den Nazarenern anzuschließen?«
»Ich habe mich den Nazarenern aus Enttäuschung über das Judentum angeschlossen«, sagte Pedanius. »Denn das Judentum konnte

derart hassenswerte Geschöpfe hervorbringen, wie du eines warst.«
Diese Begründung traf Saul wie ein Peitschenhieb; er mußte sich zusammenreißen. Aber die Erkenntnis setzte sich in ihm durch, daß Pedanius recht hatte. Er war wirklich hassenswert gewesen.
»Ich habe mich den Nazarenern nicht angeschlossen, weil ich wie ein altes Weib an Jesus' Auferstehung glaubte. Wir verfügten über die Polizeiberichte. Die Wachen vor dem Grab waren von Josef von Arimathäa und Nikodemos bestochen worden, außerdem war Geld gewisser Frauen wie Maria von Magdala im Spiel. Aber deswegen war das, was Jesus sagte nicht weniger unwiderstehlich – daß die Juden durch überkommene Bräuche und falsche Strenge das Gesetz verraten haben; und daß Gott in den Herzen und nicht der Pracht der Tempel wohnen soll.« Zum erstenmal wurde die Anspannung in Pedanius' Stimme wahrnehmbar. Betroffen hörte Saul ihm zu.
»Nun zu dir«, fuhr Pedanius fort. »Dich hat das Wort von Jesus ergriffen. Dositheus hatte recht. Aber zwischen dem, was du sagst, und dem was du weißt, gibt es einen Unterschied, den ich gern von dir erklärt hätte.«
Langsam verrannen die Minuten. Der Hafen mit seinen vielen Lampen und Laternen schimmerte unter ihnen.
»Seine Worte dürfen nicht verlorengehen«, sagte Saul langsam. »Und sie dürfen auch nicht den Juden vorbehalten bleiben.« Pedanius' Augen brannten in der Dunkelheit. »Er ist der einzige Weg zum Heil.« War es wegen der Erschöpfung? Jedes Wort kostete ihn Kraft. »Diejenigen, die ihn nicht gesehen haben, wissen nicht, was für ein bewundernswerter Mensch er ist. Wenn er nicht Gottes Sohn ist, glauben sie nicht an ihn.«
»Er hat in Kana selbst gesagt, daß er nur für die verlorenen Schafe Israels gekommen sei«, beharrte Pedanius. »Warum und in wessen Namen meinst du, seine Botschaft unter die Heiden tragen zu müssen?«[175]
»Es ist meine Aufgabe«, antwortete Saul.
»Ihn zu verraten?«

»Die anderen an der Herrlichkeit teilhaben zu lassen«, gab Saul unendlich müde zurück.
»Du willst nach Rom, nicht wahr?« fragte Pedanius. Und ohne die Antwort abzuwarten: »Bist du sicher, daß hinter deinem Vorsatz, die Botschaft Jesu unter die Heiden zu tragen und bis nach Rom vorzustoßen, nicht wieder dein früherer Ehrgeiz steckt?«
»Jetzt mache ich Eroberungen in seinem Namen. Sieh mich an! Schau auf mein Leben. Siehst du dort die Winkelzüge selbstsüchtigen Ehrgeizes?«
Diesmal blieb Pedanius die Antwort schuldig.
»Ich werde jetzt schlafen gehen«, sagte Saul. Seine Glieder waren schwer wie Blei.
Pedanius sah er nie wieder.[176]

IX.
Götter! Worte! Wissen!

Und dann fing alles wieder von vorne an. Ein Monat war noch nicht vorüber, da waren die Juden schon wieder aufgebracht. Ein Trupp Muskelprotze belagerte Jasons Haus. Saul war gewarnt worden und konnte mit Silvanus über die Dächer fliehen. Jason jedoch und vier Christen wurden von den Schlägern überwältigt und vor die Politarchen – das heißt vor Gericht – gebracht, mit einer Begründung, die für einen Juden einigermaßen pikant war: daß nämlich die fünf behaupteten, es gäbe noch einen anderen König als Caesar. Natürlich hatten die Juden die Stadt aufgehetzt; eine große Menschenmenge war vor dem Justizpalast zusammengelaufen. Schon schrien einige Fanatiker: »Tötet sie!« Die Politarchen verhörten Jason. Er gab zur Antwort, man könne Hunderte von Christen in Thessalonich verhören, keiner würde jemals behaupten, daß Jesus die Stelle des Kaisers einnehmen solle. Im Gerichtssaal brach ein Tumult aus; die Liktoren warfen den aufgebrachten Pöbel hinaus. Einige Christen meldeten sich spontan zur Befragung und bestätig-

ten, daß Jesus im Himmel sei und auf keine irdische Krone Anspruch erhebe. Die Politarchen ließen daraufhin die Angeklagten gegen Kaution frei. Draußen pfiff die Menge. Bei Nacht und Nebel brachen Saul und Silvanus nach Beröa auf.
Auch in Beröa das alte Lied. Anfangs war der Empfang gewiß herzlicher, aber noch vor Monatsfrist schickten die Archonten ihre Leute, und man jagte Saul aus der Synagoge. Dennoch war ihr Vormarsch unaufhaltsam, und die Juden mußten wütend mit ansehen, wie sich die Oberschicht zu Dutzenden bekehren ließ. Fast alle Familien der Kaiserlichen Beamten waren »infiziert«! Sogar die Frau eines Politarchen! Die Wut der Juden erreichte ihren Höhepunkt, und wenn sie Saul auf der Straße begegneten, spuckten sie ihm ins Gesicht. Das galt auch für Silvanus und Timotheus, der ihnen vor wenigen Tagen nachgereist war. Eines Tages war sogar die Schwelle von Euäses' Haus – einem Heiden, bei dem die drei Männer zu Gast waren – mit Kot beschmiert. Sogar mit Mord hatte man schon gedroht.
»Da braut sich etwas zusammen«, sagte Euäses.
Saul nickte; er war schon daran gewöhnt. Nächste Etappe? Euäses schlug Athen vor. Seine beiden Söhne begleiteten Saul bis Pydna und fanden ein Schiff für ihn, eine bereits getakelte Monere[177], denn der Wind war günstig. Die jungen Männer hatten sich die Wartezeit mit einem Bier verkürzt; jetzt standen sie auf dem Kai und sahen zu dem Berg hinüber, dessen Gipfel weiß schimmerte.
»Du weißt, was das ist?« fragte der Ältere. »Der Olymp.«
Saul unterdrückte ein Lächeln.
»Der Alte ist eingeschlafen«, mutmaßten sie.
Erst als sie den Anker gelichtet hatten, wunderte sich Saul, daß eine Monere die Route Beröa – Athen fuhr. Das war ungewöhnlich. Des Rätsels Lösung erschien in Gestalt eines Mitreisenden, unter dessen griechischem Rundmantel ein Gewand mit Purpurstreifen hervorlugte. Saul zog Erkundigungen ein; der Mann war ein Ritter, ein Höfling, der im Auftrag des Kaisers reiste, und sein Name war Paulus Apollonius Antimachus. Nach einigen verstohlenen Blicken brachte sie die Langeweile der fünftägigen Überfahrt einander näher.

»Man hat mir nur Euren Vornamen genannt«, sagte der andere verbindlich, aber er war auf der Hut.
»Saul, Sohn des Antipater«, sagte Saul, während sich die Küste des Golfes von Thermaios im Abendlicht violett färbte.
»Antipater?« fragte der andere mit hochgezogenen Brauen. »Mir scheint, daß...«
»Der Sohn Herodes des Großen.«
»Ach!« sagte der andere in dem typischen Tonfall des Emporkömmlings, der sich in guter Gesellschaft glaubt. »Ihr seid also der Cousin von Herodes Agrippa?«
»Und von einigen anderen«, erwiderte Saul und unterdrückte ein Lächeln. Mit seinem glatten Gesicht und der besonderen Art, mit der er zu verstehen gab, daß er schon Bescheid wisse, gehörte dieser Antimachus zu einer Welt, die Saul schon seit langem hinter sich gelassen hatte. Als ihm das bewußt geworden war, wurde er nachdenklich. Seine Welt war vor allem eine Welt ohne Nebensächlichkeiten; es gab nur noch große Ereignisse. Es war außerdem eine Welt, in der Saul, wenngleich undeutlich, den Blitz der Erleuchtung erwartete: Die Menschen würden sich selbst erkennen, und sie würden so gut und rein werden wie Adam im Paradies... Aber diese Hoffnung stürzte ihn in ein Dilemma, das sich ins Unendliche vervielfachte; und es fehlte ihm die Zeit, näher darüber nachzudenken.
Der Römer unterbrach ihn in seinen Gedanken. »Ihr wart also der Unruhestifter in Beröa.«
»Ja, das war ich.«
Eine besonders hohe Welle zwang sie, sich an der Reling festzuhalten.
»Ihr seid der Priester eines neuen Gottes – so hat es mir der Führer der Politarchen jedenfalls gesagt.«
Auf der Brücke wurde gewaltig geflucht. Die Monere schlingerte heftig, die Ruder hingen bald auf der einen, bald auf der anderen Seite in der Luft.
»Nun ja, ein Priester«, wiederholte Saul zögernd. »Im Grunde haben wir noch keine Priester. Ich bin eher ein Evangelist.«

»Jesus, das stimmt doch?«
»Das stimmt.«
»Warum nennt man ihn auch Chrestos? Ist er bei den Juden denn König gewesen?«
»Nein, das hat er abgelehnt. Eigentlich dürfte man ihn nicht Chrestos nennen, er ist nie gesalbt worden.«
»Ein Philosoph?«
»Ein Abgesandter Gottes.«
»Ja, ich weiß, ihr habt nur einen Gott. Aber letztendlich sind doch alle Philosophen Gesandte eines Gottes«, sagte der Römer und benutzte seinen Mantelsaum, um sich das Salzwasser aus dem Gesicht zu wischen.
»Ihr glaubt, daß Seneca von einem Gott gesandt ist?«
»Seneca! Ja, sicher, er ist von Herkules gesandt worden«, sagte Antimachus lächelnd. »Und ist nicht Geringschätzung typisch für Heroen?«
Dieser Gedanke brachte Saul einen Moment lang ins Wanken. Gab es auch bei Jesus diese Geringschätzung? »Geringschätzung?« fragte er nach.
»Ihr habt Seneca erwähnt. Ihr kennt ihn also. Die Einmischung in das Leben der Menschen, um ihnen zu helfen, ist doch nichts anderes als die Überzeugung, sie seien aus eigener Kraft nicht dazu in der Lage. Und genau das ist doch charakteristisch für Götter – außer, sie haben sich in die Sterblichen verliebt, wie Aphrodite und Ares in die Troer oder Athene und Hephaistos in die Griechen –, nämlich, daß sie die Menschenwesen verachten, die noch schneller über die eigenen Fallstricke stolpern als über die, die die Götter ihnen ausgelegt haben. Und die Philosophen, die den Menschen den Ratschluß der Götter enthüllen, werden von denselben Gefühlen geleitet.«
»Und die Liebe?«
»Die Liebe? Ihr meint die Liebe der Götter zu den Menschen?«
»Ja, genau diese Liebe.«
»Das ist die Liebe des Hirten für seine Herde. Wenn es die Herde nicht gäbe, verlöre der Hirte seine Daseinsberechtigung.«

»Wollt ihr damit sagen, daß der Hirte eine Erfindung der Schafe ist?« fragte Saul.
»Genau das!« sagte der Römer lachend. »Was sollen die Schafe schon ohne Hirten anfangen?«
Der Kapitän näherte sich ihnen respektvoll, um Antimachus davon zu unterrichten, daß die bescheidene Schiffsmahlzeit angerichtet sei. Der Römer bat Saul dazu. Das Essen war wirklich einfach – eine Gerstensuppe mit Krabben, Stockfisch und Rosinenfladen. Der Wein, der Wind und die See würden Saul in dieser Nacht schnell in den Schlaf wiegen.
Am nächsten Abend hatten sie die Küste von Thessalien hinter sich gelassen und waren hart an Skiathos, der äußersten Ostspitze der Sporaden, vorbeigesegelt. Jetzt steuerte der Kapitän in die Meerenge von Euripus.
»Hier«, sagte der Römer zu Saul, der neben ihm saß, »haben wir ein vollkommenes Beispiel für die Ironie der Götter. Alle drei Stunden ändert die Strömung im Kanal von Euripus die Richtung.«
In Chalkis glitten sie unter der von zwei Türmen flankierten Brücke hindurch. Imposant ragte Kap Sunion vor ihnen auf, gekrönt vom Poseidon-Tempel, dessen majestätische Pracht auf der Höhe des Kaps erstrahlte. Auf der Brücke erinnerte in einem offenen Marmortempel der nackte, strahlend goldene Gott, dessen glatter und perfekter Körper mit gen Himmel gerecktem Arm Zeit und Stürmen trotzte, die Seefahrer an die ewige Einheit von Macht und Schönheit.
Und für uns, für die Häßlichen und Schwachen, für die Liebeshungrigen, dachte Saul, gibt es für uns denn keine andere Rettung als strahlende Götter voller Verachtung?
Sie segelten die Küste des Apollo entlang, dann legten sie in Glyfada am Fuße des Hymettos an. Der Römer wurde mit Pomp empfangen, Saul machte sich mit seinem Gepäck stillschweigend davon. Von nun an sollte ihn Griechenland unentwegt kränken und verletzen.
In Tyrins hatte die titanische Trutzmauer inzwischen gewiß ihre Funktion verloren, aber sie würde für alle Zeiten von der Macht der

Menschen zeugen, dieser Macht, von der sie noch kaum einen Bruchteil genutzt hatten. In Delphi nahm ihm, Saul, der Mißgeburt, die Schönheit des menschlichen Körpers – schlimmer noch, die Schönheit des männlichen Körpers, wie sie hier in Bronze und Marmor gefeiert wurde – den Atem. In Epidaurus wurde er von der Inbrunst der Genesenen, die nicht müde wurden, Asklepios nach der Wundernacht im Schlangentempel für ihren gesunden Fuß oder ihr geheiltes Herz zu preisen, daran erinnert, daß die Menschen zuerst Körper waren, leidende Körper, die nach Linderung schrien. In Olympia vermittelten ihm hundert schwindelnd hohe Statuen von Zeus das Bild eines toleranten Königs der Götter, dessen Gesetze den Menschen noch nie Schwierigkeiten gemacht hatten. Hier steckte man ihm eine Terrakottastatuette von Apollo zu, dort ein obszönes Amulett; mit der Hand konnte er diese Dinge zwar weit von sich weisen, aber seinem Kopf gelang das nicht. Überall riefen ihm die Schönheit und das Licht Griechenlands ins Gedächtnis, daß diese Völker für Jahrhunderte den Kult der Erde und ihrer Früchte gelebt hatten, ohne weder das alte noch das erneuerte Gesetz zu kennen. Sie brauchten den Bund nicht, sie waren in ihn hineingeboren – die Unbekümmertheit der jungen Männer, die Verführungskünste der Mädchen und die stille Ironie der Alten waren ihm Beweis genug.

Saul war niedergeschlagen. Vor einer Aphrodite, deren Brüste und deren Scham ihn anekelten, oder einem Epheben, der wie selbstverständlich seine Genitalien zur Schau stellte, schrie er vor Wut. Diese Menschen hatten einmal Rom am Schopf gepackt – wie konnte er hoffen, ihnen von Erlösung zu sprechen, ihnen, die nie Sklaven gewesen waren und die noch dazu die Sünde nicht kannten? Und dabei sprach er ihre Sprache!

In Athen war es noch schlimmer, gerade wegen des Zerfalls der Stadt. Sulla hatte leichtes Spiel gehabt, ihnen die weltliche Macht abzunehmen. Die Eule der Göttin, nach der die Stadt benannt war – eine von vielen Städten der Provinz Achaia, inzwischen kaum bedeutender als die anderen –, diese Eule hatte ihre Sache gut gemacht. Dadurch, daß Athen die Macht verloren hatte, war die Stadt

endlich die Sorgen um das Imperium los und konnte sich den Weingärten zuwenden und den Wein der Weisheit reifen lassen.
In Beröa hatte man Saul die Adressen von Glaubensbrüdern gegeben, die ihn aufnehmen würden. Er ging dorthin und fand ein freundliches, herzliches und glückliches Paar vor; er hieß Theophoros und seine Frau, Ironie des Schicksals, Aphrodite. Sie schienen nicht gerade von der verzweifelten Suche nach Erlösung getrieben. Wer hatte sie also getauft, und was glaubten sie? Daß der wahrhaftige Herakles wirklich gekommen war? Darüber würde man später nachdenken. Es wäre übrigens auch lächerlich gewesen, ihnen zum Vorwurf zu machen, daß sie ihre Kinder Athena, Iris und Pamphiles genannt hatten; niemand hatte ihnen bisher ein anderes Pantheon angeboten.
Saul machte sich auf, um die Synagogen zu erkunden, denn es gab drei davon, wenn auch vor den Stadtmauern, denn auch wenn sie Griechisch sprachen, galten die Athener Juden doch als Mitglieder einer »Sekte«, als seltsame Leute, die weder Phidias noch Praxiteles zu würdigen wußten, für die die Odyssee nur eine Ansammlung heidnischer Barbareien war und die sich die Vorhaut beschneiden ließen. Am ersten Sabbat bat er in der Synagoge der Orientalen um das Wort. Seine Ansprache dauerte fast eine dreiviertel Stunde; die Anwesenden hielten es, wie der Sand in der Uhr, die ein Unbekannter auf einen Tisch gestellt hatte – sie gingen, und die, die noch dageblieben waren, gähnten oder kratzten sich. Da waren Saul die Anfeindungen von Beröa oder Thessalonich noch lieber gewesen. Am nächsten Sabbat nahm er sich wagemutig die Synagoge am Goldenen Tor vor, das so genannt wurde, weil es an einer Straße von Goldschmieden und Geldwechslern lag. Man stellte ihm, eher desinteressiert, ein, zwei Fragen, kratzte sich am Kopf. Mit neuen Göttern waren die Juden hier bedient. Man hätte die drei Synagogen ausschließlich mit griechischen Gottheiten füllen können: von Hemera, der Göttin des Tages, bis Eris, die Göttin der Zwietracht, von Koios, dem zweiten Titanen und Sohn von Uranus und Gaia, bis zum inzestuösen Hyperion, der seine eigene Schwester Thea heiratete und mit ihr Sonne und Mond zeugte. Auch vom Bösen

brauchte man den Leuten nichts zu erzählen, davon kannten sie gleich sechsunddreißig Versionen, Arges, Brontes und Steropes, menschenfressenden Hirten. Das Martyrium eines Gekreuzigten nahm sich gering aus neben den Leiden des Uranus, des Vaters von Kronos, dem der Sohn die Hoden abgeschnitten und auf diese Weise die Hekatoncheiren gezeugt hatte... Und dann Herakles, der aus freien Stücken auf den Scheiterhaufen gestiegen war! Man stieß ja auf Schritt und Tritt auf Priester, die sich des langen und breiten darüber ausließen und einen zum Herakles-Kult bekehren wollten. Nein, die Juden hatten genug damit zu tun, ihr Gesetz aufrechtzuerhalten, auch ohne es gleich den Ansprüchen eines Dahergelaufenen anzupassen. Der Rabbiner legte Saul ein wenig herablassend nahe, seine Geschichten doch lieber auf der Agora[178] loszuwerden.

Er war bereits über die Agora gegangen, ohne daß er den Rednern viel Beachtung geschenkt hätte; manche rezitierten am Stück tausend Verse aus der Odyssee, andere schusterten für irgendeine Schöne oder einen holden Knaben gegen Honorar ein Liebesgedicht zusammen und wieder andere sprachen über die Sterne, die Seleniten oder über die Tapferkeit, all das unter den spöttischen Blicken einiger Müßiggänger, Grauköpfen oder Jünglingen, die es satt hatten, herumzulaufen und die sich unter der Nase des Redners gelangweilt die Mantelspange neu befestigten.

In Ermangelung eines besseren Publikums beschloß Saul, es mit diesen aufzunehmen. Sie waren gleichgültig? Er beschloß, sie zu überraschen. »Meine Brüder! Der Lauf der Sonne hat uns diese Tage und, wohl ohne daß viele hier sich dessen bewußt sind, vor das nahe Ende jener Welt geführt, wie ihr sie kennt: ihre Felder und Wälder, ihre Städte und Tempel!« Einige unterbrachen ihr gelangweiltes Umherschlendern. »Ein Mensch ist vom Schöpfer all dieser Dinge zu uns gesandt worden, denn die Stunde war gekommen. Die Dämonen hatten den Verfall in das Herz dieser Welt getragen, und so vergaßen die Menschen das Gesetz, das der Schöpfer ihnen gegeben hatte. Denn die Menschen hatten dieses Gesetz zu leerem Gerede verkommen lassen, und ihre Herzen erkannten Gott nicht mehr.« Ein gutes Dutzend Menschen hörten ihm zu, immerhin, andere Redner hatten nur drei Zuhörer. »Dieser Mensch, meine Brüder, hat sich in seinem grenzenlosen Mitleid für uns geopfert, um den Zorn seines Vaters zu besänftigen. Man hat ihn gekreuzigt, denn die Menschen sind blind, und man hat ihn begraben.« Jetzt waren es schon über zwanzig, die ihm gebannt zuhörten. »Meine Brüder! Dieser Menschensohn war zugleich göttlicher Natur, denn drei Tage später ist er auferstanden und hat sich denen gezeigt, die ihn gekannt haben! Aber zuvor hatte er seinen Jüngern die Lehre hinterlassen, von der ich euch Zeugnis bringe. Er hat gesagt: Dieses Geschlecht wird nicht vergehen, bis euch der Sohn in den Wolken des Himmels erscheinen wird, und er wird sitzen zur Rechten des Vaters! An diesem Tag wird sich die Sonne verdunkeln, und der Mond wird finster sein. Die Sterne werden vom Himmel fallen! Und die Gräber werden sich auftun, die Toten werden sich daraus erheben, um vor dem Vater zu erscheinen!« Inzwischen standen mehr als dreißig Zuhörer da; es war ja bekannt – Masse zieht Masse an. »Und wer unter euch eingeschlafen war, der wird erwachen, meine Brüder, und das Schicksal aller teilen. Denn wenn unsere Körper auch vergänglich sind, unsere Seelen sind ewig, und sie werden die Körper aus dem Staub wiedererwecken! Ich, Saul, bin gekommen, um im Namen von Jesus die Auferstehung zu verkünden! Das tue ich nicht aus Ruhmsucht, im Gegenteil, oft habe ich mich dadurch in Lebensgefahr gebracht, denn die mich nicht hören wollen, hassen mich aus tiefstem Herzen. Ich tue es, weil Jesus, der Sohn des Vaters, mir diesen Auftrag gegeben hat! Er selbst hat mir diesen Auftrag gegeben, und wie könnte ich mich dem göttlichen Befehl widersetzen? Ich flehe euch an, auf das Wort meines Herrn Jesus zu hören! Der heutige Abend ist vielleicht der letzte vor dem Untergang der Welt, denn er hat gesagt: Der Tod wird kommen wie ein Dieb! Morgen werdet ihr aufwachen, und es wird kein neuer Tag anbrechen! Hört auf mich, jetzt und hier!« Jetzt waren es fast vierzig.

Nachdem er seine Rede beendet hatte, schauten sie ihn lange an. Manche runzelten die Stirn, andere glotzten mit offenem Mund, als schnappten sie nach Luft.

»Du kündigst uns also einen neuen Gott an?« fragte einer ein wenig unfreundlich, als habe er da noch seine Zweifel.
»Keinen neuen Gott«, sagte Saul und schüttelte den Kopf, »den Sohn des einzigen Gottes.«
»Einziger Gott«, meinte der andere, »das heißt, du bist Jude. Aber welche Göttin hat ihm seinen Sohn geboren?«
»Keine Göttin, eine Sterbliche. Denke nicht...«
»Ach!« meinte der andere. »Diese alte Geschichte! Das ist bestimmt Alkmene unter einem anderen Namen!«
»War Alkmene eine Jüdin?« fragte Saul.
»Ihr habt Euch unsere Geschichte mal kurz ausgeliehen«, sagte der andere ironisch. »Und schon haben die Juden einen neuen Gott.«
»Dieser Gott, Jesus, ist nicht nur der Retter der Juden, sondern der Retter aller Menschen, zumindest derer, die seine Lehre annehmen. Wenn du gerettet werden willst, Bruder, folge der Lehre Jesu. Ich werde dich taufen, und am Tag der Apokalypse wirst du gerettet werden und an der Seite Gottes stehen.«
»Wovor soll er gerettet werden?« fragte ein anderer. »Er ist kerngesund, Vater von drei hübschen Kindern, und sein Geschäft läuft gut.«
»Er wird gerettet vor der Dürre seines Herzens, vor der Verachtung, die man empfindet, wenn man unwürdig ist, und seine Seele wird nicht verderben«, antwortete Saul. Dabei fragte er sich, ob man ihn in Griechenland je verstehen würde; diese Leute waren wie die Araber.
Gewiß, Saul machte sie zweifellos neugierig, aber von Überzeugung konnte nicht die Rede sein.
Am nächsten Tag kam er wieder. Waren es immer die gleichen, die sich auf der Agora herumtrieben, oder waren sie gekommen, weil seine Worte ihnen keine Ruhe ließen? Unter seinen Zuhörern waren nicht wenige von gestern. Er wiederholte dieselbe Rede, die er schon einmal gehalten hatte, änderte sie aber leicht ab, um nicht langweilig zu werden. Er rief ihnen das Gesetz ins Gedächtnis und den Ehrenkodex der armen Leute, ihre Weltverachtung und ihre Würde. Offensichtlich hatte er einige geködert, die Bekannte herbeiwinkten, sie sollten diesem Zwerg doch einmal zuhören.

»Dein Jesus verachtete also Macht und Reichtum, wie es scheint?«
»Zweimal hat er die Königskrone Israels abgelehnt, die ihm das Volk angetragen hatte.«
»Wollte er denn eine andere?«
»Nein, keine.«
»Hatte er keine Angst vor dem Tod?«
»Ich habe euch doch schon gesagt, er hat den Tod freiwillig auf sich genommen, um uns zu retten.«
Sie nickten und fingen an, untereinander zu diskutieren, ob Jesus Stoiker oder Epikureer sei.[180] Wer war sein Lehrer gewesen? wollten sie wissen. Saul verlor allmählich die Geduld. Verstanden denn diese Leute überhaupt nicht, was Religion bedeutete, das Mysterium des Göttlichen?
»Eure unzähligen Statuen und Tempel«, sprach er zu ihnen, »zeugen von der Verehrung, die ihr den himmlischen Mächten entgegenbringt. Diese Mächte gehen in einer Macht auf, dem einzigen Gott, und dieser einzige hat uns einen Retter geschickt. Versteht ihr?« Schon die Idee eines einzigen Gottes widerstrebte ihnen. Wie konnte ein solcher Gott das männliche und das weibliche Prinzip aller Dinge in sich vereinen? Und wie konnte er es zulassen, daß die antagonistischen Kräfte dieser Welt ihn zerfleischten? Und wie konnte er es zulassen, daß die antagonistischen Kräfte dieser Welt ihn zerfleischten? Saul – der sich inzwischen Paulus nannte, um den hebräischen Charakter seines Namens zu verdecken, der ihn sofort als Fremden abstempelte – ließ sich in endlose philosophische Debatten verwickeln, in denen er als Nichtgelehrter schließlich den Boden unter den Füßen verlor. Ab diesem Zeitpunkt behandelten ihn viele mit Geringschätzung.
»Warum hältst du diese Reden?« fragte ihn einer der Zuhörer spöttisch.
»Weil Jesus es mir aufgetragen hat.«
Der andere dachte eine Weile über diese Antwort nach, ohne aber seine spöttische Haltung aufzugeben.
»Du hast gesagt, daß er der Sohn eines Gottes war, also ein Halbgott. Wo bleibt er denn jetzt? Warum bemüht er sich denn nicht

selbst darum, sich einen Namen zu machen und seine Lehre zu verbreiten, wenn es denn stimmen sollte, daß Götter überhaupt eine Lehre haben.«
Die anderen hörten sich diesen Einwand amüsiert an.
»Er ist bei seinem Vater. Und weil er sich an die Menschen wendet, tut er das mit Hilfe der Menschen«, gab Saul zurück.
»Vater und Sohn sitzen im Himmel, und ihre Sklaven müssen springen«, lachte einer.
»Die Lehre von Jesus...«, begann Saul. Aber der andere unterbrach ihn: »Was soll diese ganze Geschichte von einer Lehre? Götter haben keine Lehre, die sie verbreiten wollen, sie wollen Opfer, das ist alles!«
Viele stimmten dieser Ansicht lautstark zu.
»Habt ihr denn keine Moral?« fragte Saul wutentbrannt.
»Sicher, mein Kleiner, wir haben eine, aber die schreibt uns das Gesetz unserer Stadt vor, und nicht Zeus. Und siehst du, ich bin ein Stoiker, wie auch meine Freunde hier, und uns ist die Mühe, die du dir machst, um deinen Jesus an den Mann zu bringen, etwas suspekt. Denn wir wissen, daß jegliche menschliche Handlung einen niedrigen Beweggrund hat. Wenn du dich so abrackerst, dann handelst du in deinem eigenen Interesse, nicht in dem deines Gottes.«
Saul wurde blaß, versuchte noch zu argumentieren, aber sie ließen ihn schließlich stehen. »Was erzählt dieser Schwätzer bloß«, sagten sie beim Weggehen und zuckten die Achseln. »Er weiß ja noch nicht einmal, wovon er redet! Er macht Propaganda für ausländische Religionen.«
Die Anzahl seiner Zuhörer war in den folgenden Tagen immer beträchtlich, denn die Athener gierten nach Neuem, und der neue Gott, von dem dieser Knirps da sprach, reizte ihre Neugierde, aber Saul mochte soviel reden, wie er wollte: In drei Wochen hatte er noch keinen einzigen Konvertiten gewonnen. Schlimmer noch, seine Gesprächspartner kamen ihm mit immer komplizierteren Fragen. Schließlich machte er eines Tages den Fehler, die Geduld zu verlieren, und beschimpfte sie. Beleidigt schleppten sie ihn vor den Areopag. Während er verbittert den Hügel zum Tribunal hin-

aufstieg, erkannte er im Vorbeigehen den Altar der Schrecklichen Göttinnen, nach denen der Areopag benannt war.[181] Fünf Liktoren folgten ihm; er hätte leicht fliehen können, aber dann – Lebewohl, Athen! O Einsamkeit! Niemals war Arabien so kalt und gefühllos gewesen wie dieses Land des Marmors! Er kam in dem riesigen Gerichtssaal an, wo etwa zwanzig Archonten unter der Statue der Pallas Athene auf einer runden Galerie saßen; es wurde gerade ein Fall verhandelt, bei dem ein Goldschmied Gewichte verwendet hatte, die gegen die Norm der Stadt verstießen; dabei hatte er eine Drachme benutzt, die um ein Achtzehntel weniger wog als die athenische Drachme. Er wurde dazu verurteilt, seinen hundert letzten Kunden die entsprechende Summe zurückzuerstatten und sein Gewicht zu ändern. Dann kam eine Streitsache mit einem in der Stadt ansässigen Hauseigentümer zur Verhandlung, der sich weigerte, bei seinem Mieter das Dach zu reparieren, mit der Begründung, er habe noch nie so viele Ausbesserungen vornehmen müssen wie jetzt, seit der Kläger zur Miete bei ihm wohne; er beschuldigte ihn sogar, Ziegel zu stehlen, um sie dann wieder zu verkaufen. Ich bin gekommen, um ihnen das Wort von Jesus zu bringen, und jetzt stellt man mich auf eine Stufe mit Gaunern! dachte Saul. Kläger und Angeklagter überhäuften sich mit wüsten Beschimpfungen, der Geifer spritzte nur so. Das Tribunal beschloß, einen Architekten vor Ort zu schicken, um ein Gutachten zu erstellen. Dann kam ein Fall eines Lehrers, der mit zwei Schülern sexuellen Verkehr gehabt hatte. Die Väter brachten als Klage vor, die Kinder würden dadurch zu Strichjungen. Die Jungen wurden aufgerufen. Das Tribunal verhörte sie: Waren sie einverstanden gewesen? Ja; die Klage der Väter wurde abgewiesen.

Schließlich kam Saul an die Reihe. »Dieser Mann, ein Fremder, hält seit drei Wochen auf der Agora wirre und aufrührerische Reden«, sagte der Kläger, ein Rhetor, den Saul als Marktschreier und Windbeutel tituliert hatte. »Er kündigt einen fremden Gott an, der bald die Welt zum Einsturz bringen soll.[182] Auf diese Weise verbreitet er in der Stadt eine Unruhe, die ausschließlich auf unbewiesenen Vorhersagen beruht, auf verschwommenen Ideen und unzusammenhängenden Prophezeiungen, welche nur dazu gut sind, einem die Sinne zu benebeln, wie es die Agenten feindlicher Städte tun.«

»Worin besteht denn nun deine Lehre?« fragte einer der Archonten, der in der Mitte saß.

»Ihr weisen Männer, ihr Männer von Athen!« rief Saul. »Ich habe in eurer Stadt Denkmäler und Tempel gesehen, die ihr euren Göttern errichtet habt. Liegt nicht darin, ihr Weisen, der Beweis für euer religiöses Empfinden, frage ich euch? Also versteht ihr auch die Worte von mir, Paul, einem religiösen Mann. Ihr verehrt viele Götter. Nicht weit von der Stoa habe ich sogar einen Altar gesehen, den ihr dem unbekannten Gott errichtet habt.[183] Nun verkünde ich euch, was ihr unwissend verehrt. Gott, der die Welt gemacht hat, und alles, was darin ist, der Herr des Himmels und der Erde wohnt nicht in Tempeln, die mit Händen gemacht sind. Auch läßt er sich nicht von Menschenhänden bedienen, wie einer, der dergleichen nötig hätte, da er doch selber jedermann Leben und Atem und alles gibt. Und er hat aus einem Menschen das ganze Menschengeschlecht gemacht, damit sich die Menschen die Erde untertan machen, und er hat festgesetzt, wie lange sie leben und in welchen Grenzen sie wohnen sollen. Und dann ließ er sie Gott suchen und finden. Und wirklich, er ist nicht fern von einem jeden unter uns, denn in ihm leben, wirken und sind wir. Wie auch einige eurer Dichter gesagt haben[184]: Wir sind von seinem Geschlecht.

Doch wenngleich wir nun göttlichen Geschlechts sind, sollen wir nicht meinen, Gottheit sei das, was menschliche Kunst und Gedanken in goldenen, silbernen und steinernen Bildern erschaffen haben. Zwar hat Gott über die Zeit der Unwissenheit hinweggesehen; nun aber gebietet er den Menschen, daß alle an allen Enden Buße tun...« Hier hörte man ihm endlich aufmerksam zu, schien ihn sogar zu verstehen, aber es war wohl besser, aus ihren unbewegten Mienen keine voreilige Lobpreisung herauszulesen... »Denn er hat«, fuhr Saul fort, »einen Tag festgesetzt, an dem er den Erdkreis richten will mit Gerechtigkeit, und das soll ein Mann tun, den er dazu bestimmt hat, nämlich Jesus, seinen Sohn. Und er hat jedermann den Weg zum Glauben gezeigt, indem er ihn, seinen Sohn,

von den Toten auferweckt hat.« Langsam mußte er zum Schluß kommen. »Das, ihr weisen Männer, ihr Männer von Athen, habe ich auf der Agora gesagt, und meine Ankläger haben mich mißverstanden. Ich habe die baldige Ankunft eines Gottes angekündigt, eures Gottes und des Gottes aller Menschen.«
»Bist du Stoiker?« fragte der Vorsitzende der Archonten.
»Nein«, gab Saul zur Antwort, »aber sollte es mich erstaunen, daß eure Denker von sich aus zu der Weisheit gekommen sind, die die Götter inspiriert haben?«
»Dieser Mensch hat das Ende der Welt angekündigt!« schrie sein Ankläger.
»Hat er einen bestimmten Tag genannt?« fragte der Archont. Und weil der Ankläger zugeben mußte, daß Saul dies nicht getan hatte, schloß er: »Wenn er einen Tag festgesetzt hätte, dann könnte man ihn beschuldigen, er habe gelogen. Wenn er das aber nicht getan hat, dann hat er einer Idee Ausdruck verliehen, die wir nach Belieben kritisieren oder akzeptieren können, aber das Recht, sie zu äußern, können wir ihm nicht verwehren.«
»Woher weiß man, daß dieser Jesus auferstanden ist?« fragte ein anderer Archont, von dem Saul später erfuhr, daß er Dionysius hieß.
»Diejenigen, die ihn zu Lebzeiten gekannt haben, haben ihn nach seiner Hinrichtung wiedergesehen. Er hat mit ihnen gegessen.«
»Und du, hast du ihn auch gesehen?« fragte Dionysius.
»Ich habe ihn auch gesehen«, sagte Saul.
»War er aus Fleisch und Blut, oder war es eine Vision?«
»Er war aus Fleisch und Blut.«
»Götter vollbringen Wunder«, sagte ein anderer Archont. »Ich kann in dieser Sache keinen Grund für einen Skandal erkennen.«
»Auch ich sehe hier keinen Grund«, sagte der Vorsitzende. »Dieser Mann soll frei sein.«
Saul stieg unter den Augen der Liktoren den Hügel wieder hinunter. Die schrecklichen Göttinnen waren ihm also wohlgesonnen gewesen.
Am folgenden Tag nahm Saul seine Reden wieder auf, aber er war

nicht mit ganzem Herzen bei der Sache. In der letzten Reihe der Gruppe von Zuhörern, die sich zahlreicher als sonst eingefunden hatten, denn die Nachricht seiner Verhaftung hatte Saul eine gewisse Berühmtheit verschafft, erkannte er zwei Archonten; einer davon war Dionysius.
Sie blieben bis zu der Diskussion, die meistens im Anschluß an eine Rede Sauls stattfand. »Einen wichtigen Punkt dürfen wir nicht vernachlässigen«, bemerkte Dionysius, »und das sind die Gemeinsamkeiten zwischen der stoischen Philosophie und den Lehren, die uns Saul gebracht hat. Hier wie dort findet sich die Verachtung des Todes, kennzeichnend für große Geister, und die Geringschätzung materieller Güter, die es einem Mann erlaubt, sein eigener Herr zu werden.«
Außer Dionysius gab es in Athen nicht wenige, die über die neue Lehre von Jesus mit einer Brillanz redeten, die Saul sprachlos machte, denn er konnte ihren Gedanken über diesen unbekannten Gott, die er mit seinem Plädoyer auf dem Areopag in Gang gesetzt hatte, nicht folgen, auch nicht darin, daß der Mensch gezwungenermaßen ein Fremder auf dieser Welt sein sollte.
In Athen gab es so viele Ideen, so viel Wissen, so viele Worte! Auf einmal schien Saul die Welt zu groß, und das entmutigte ihn. Unsichtbare Mächte hatten von ihm, diesem kleinen und kranken Mann, Besitz ergriffen und ihn in den Kampf gegen die Titanen geschickt. Sie hatten an den Fäden seiner Leidenschaften gezogen und ihn in Verliese voller Ungeheuer und Trugbilder gelockt. Lachten sie jetzt? Seine Nächte in der Stadt der Eintracht wurden von Alpträumen heimgesucht. Langsam verlor er den Mut und hatte den Eindruck, als ginge es auch mit seiner Gesundheit bergab. Er hatte Rom einnehmen wollen, und jetzt kapitulierte er vor Athen! Dionysius und seine Frau Damaris, die sich hatten taufen lassen (manchmal fragte sich Saul, ob sie es nicht aus Neigung zum Fremdländischen getan hatten), konnten sich noch so viel Mühe geben, ihn abzuschirmen, sie erinnerten ihn doch nur um so grausamer an seine Niederlage: zwei armselige Konvertiten in ganz Athen!

Er schrieb nach Beröa: Silvanus und Timotheus sollten so schnell wie möglich nachkommen! Schließlich wurde die Einsamkeit unerträglich. Das Geheul der Hunde von Athen klang schrecklich in der Nacht, und ihr heiseres Gebell erinnerte ihn an das Gelächter von Hexen oder der Erynnien. Ja, sie schienen zu lachen. Da saßen sie, ihre langen Läufe unter die ausgemergelten Körper gezogen und schüttelten sich mit gebleckten Gebissen vor Lachen. Der Antrieb jeglichen menschlichen Handelns ist ein niedriger Beweggrund, nicht wahr? Haha! Hahaha!

XX.

Späte Tränen, und noch immer keine Wiederkehr des Herrn

Saul machte sich Sorgen über das Seelenheil der Brüder in Thessalonich. Wie würden sie in dieser Hölle von Götzen und Unmoral jeder Spielart überleben, in diesem Meer von Skeptizismus, diesem Nebel aus Rationalismus, der ihm selbst die Seele zerfressen hatte? In einem Brief erzählte er ihnen von seinen Prüfungen, warnte sie vor Unzucht und legte ihnen brüderliche Liebe und Solidarität ans Herz. Dann kam er wieder auf das Ende der Welt zu sprechen. Jesus würde plötzlich auf ein Wort des Vaters hin erscheinen, die Posaunen würde erschallen und die toten Christen als erste auferstehen. »Danach werden wir, die wir leben und übrigbleiben, zugleich mit ihnen entrückt werden auf den Wolken in die Luft, dem Herrn entgegen.« Und er ermutigte die Gläubigen zu Standhaftigkeit.
Diesen Brief hätte er überarbeiten müssen; die Passage über die bevorstehende Rückkehr des Herrn und die Erhebung der Jünger in den Himmel, um Jesus wiederzusehen, war eindeutig übertrieben.[186] Aber Saul war erschöpft, zwei Anfälle hatten ihm für Stunden die Sprache geraubt, und zu allem Überfluß litt er an einer Darmentzündung, die er dem unsauberen Wasser zuschrieb. Er hätte nach Thessalonich reisen sollen, um selbst über das Wohl-

ergehen der Gemeinde zu wachen. Aber seine Lebensmitte lag schon weit hinter ihm, seine Brust faltig wie eine Mädchentunika, sein Bauch schlaff, und seine Beine trugen ihn nicht mehr weit. Seine Hände und Füße waren knochig und wie mit stockfleckigem Pergament überzogen.

Eine Woche lang lag Saul zu Bett; blutiger Stuhl, Fieber und weitere Anfälle erschöpften ihn. Als Timotheus eintraf, war Sauls Zustand beunruhigend; sein Puls ging schwach, er war schweißgebadet. Der junge Mann holte einen Arzt. Der verordnete Saul, er solle das Kochwasser von Saubohnen trinken, dazu weichgekochte Quittenschalen und Granatapfelsaft. Nach einer weiteren Woche war Saul wiederhergestellt. Er schickte Timotheus mit dem Brief, den er nicht überarbeitet hatte, nach Thessalonich und brach selbst auf dem Rücken eines Maultiers nach Korinth auf.

Adieu Athen, du geschwätzige Amme – malst dein Gesicht an und kannst doch kein Kind mehr nähren!

Die Reise war für ihn genauso schmerzlich wie der Weg nach Athen; das prächtige Heiligtum in Eleusis, das er nicht besuchen konnte, da der Zutritt nur Geweihten vorbehalten war, erinnerte ihn daran, daß der Kult von Demeter und Persephone viel tiefer verwurzelt war als die paar Gemeinden, die er vor Jahren gesät hatte und nun wie schwache Pflänzlein hegte. Aber dennoch fand er in Eleusis ein Bett in einer Herberge, spülte den pfeffrigen Käse und das knusprige, erdfarbene Brot mit einem kräftigen Wein hinunter. Diese einfachen Mahlzeiten gaben ihm die Freude am Leben zurück, die ihn mittlerweile immer häufiger verließ.

In Megara unterbrach er seine Reise länger, um die Felsen zu betrachten, von denen Theseus Skeiron, jenen Dieb, in die Fluten hinabgestürzt hatte, und er dachte an das Heer von Heroen, die die Menschheit sich geschaffen hatte, um sich gegen die Verzweiflung zu verteidigen. Denn Theseus war ohne Zweifel nichts als ein Abenteurer gewesen, ein Muskelmann ohne viel Hirn, aber mit allen Wassern gewaschen; bestimmt war er einer gewesen, der anderen ein Bein stellt, und so hatte er auch den Dieb zu Fall gebracht. Und siehe da: Ein paar Jahrhunderte später bauschte man die ganze

Sache zu einem Kult auf. Warum, wenn Theseus einfach zu dumm gewesen war, um Angst zu haben...? Aber Homer redete nie über den Rheumatismus oder die Furunkel seiner Helden!
Kurz vor den Toren Korinths schien es ihm, als versperrten Schiffsmasten die Straße. Zum Schutz vor der Sonne kniff er die Augen zusammen; es waren wirklich Masten, mitsamt den Schiffen! Und die Schiffe bewegten sich auf Rollen vorwärts, auf einem mit Steinplatten gepflasterten Weg, der den Golf von Korinth mit dem Golf von Salamis verband! Hunderte von armen Teufeln zogen diese Schiffe, ein Meer von schweißglänzenden, muskulösen Männern unter den Peitschenhieben der Aufseher, unter Flüchen und Hauruck! Bei diesen hier würden die Verheißungen des ewigen Lebens bestimmt Gehör finden.
Auf Anhieb konnte man sehen, daß in Korinth nicht mehr viel Griechisches übriggeblieben war – Korinth, das große Fressen, wie Pindar sie nannte, die neue Hauptstadt des römischen Griechenlands.
Er trat durch das Nordtor in die Stadt und befand sich sofort auf dem Markt: Kisten mit Früchten und Gemüse, Körbe voller Brot, Fische, ein wenig weiter die Händler, die Sandalen verkauften, Togen, Tuniken, dann Parfums, Schminken, Purpur... Ganz am Ende, auf der anderen Seite des Platzes, waren die Bäder; davor stand ein dem Apoll geweihter Tempel. Das waren keine Griechen, die man hier antraf, sondern Galater, die man an ihren hellen Haaren und ihren ungehobelten Manieren erkennen konnte, dazu draufgängerische Iberer, Mazedonier mit blauen Augen und unbekümmertem Gehabe, und auch Juden, viele Juden.
Er war auf der Suche nach einem Nachtlager, vorzugsweise bei Christen, denn man hatte ihm versichert, es gebe hier einige. Ein Stand, der etwas abseits von den anderen aufgebaut war, zog seine Aufmerksamkeit auf sich; hier wurden Zelte für die Hirten aus dem Umland verkauft; ein kleiner dunkelhäutiger Mann im hinteren Teil des Geschäftes beobachtete den Fremden mit argwöhnischem Blick.
»Verzeihung, gibt es einen Ort, an dem sich die Christen von Korinth versammeln?« fragte Saul auf Griechisch.

Der Mann stand auf. Seine Augen waren beredter, als seine Zunge. Saul dachte, er habe ihn nicht verstanden und wiederholte seine Frage auf Latein.

»Ich verstehe Griechisch«, sagte der andere, »und ich bin Christ.«

Sie standen beide einen Augenblick sprachlos.

»Wer hat dich bekehrt?« fragte Saul.

»Eugenius hat mich bekehrt, in Rom. Kennst du Eugenius?«

»Nein.«

»Er sagte, er sei einer der Siebzig.«[187]

»Aber du bist doch kein Römer?«

»Ich stamme aus Pontus. Man hat mich als Sklaven nach Rom verkauft. Dann wieder freigelassen. Ich war Jude. Wer bist du? Woher kommst du?«

»Ich bin Saul. Ich komme aus Jerusalem.«

»Ich habe von dir gehört«, sagte der andere. »Du hattest Schwierigkeiten mit den Juden in Thessalonich und Beröa. Komm herein. Mein Name ist Aquilas.«

Unter einem Schemel holte er einen kleinen Krug und zwei unterschiedliche Gläser hervor und schenkte ein. Es war ein leichter, nicht besonders guter Wein. Aquilas legte noch zwei harte Fladenbrote dazu. Saul setzte sich auf ein zusammengerolltes Zelt.

»Warum bist du aus Rom fortgegangen?« fragte er.

»Claudius hat uns davongejagt. Wir haben uns mit den Juden zerstritten, wegen der Heiden. Um deine Frage von vorhin zu beantworten: Wir haben keinen Ort, an dem wir uns versammeln. Wir treffen uns abwechselnd bei dem einen oder anderen. Was wolltest du dort?«

»Ein Bett.«

»Du kannst bei uns schlafen.«

»Uns?«

»Meine Frau Priska und ich.«

»Ich danke dir.«

»Vielleicht könntest du uns ein wenig zur Hand gehen.«

»In meiner Jugend in Zilizien habe ich das Zeltmachen gelernt.«

Am Abend holte Saul das Maultier, das er an eine Säule der Markthalle angebunden hatte, und begleitete Aquilas nach Hause; er wohnte in einem Mietshaus am Fuße von Akrokorinth. Auf dem Pflaster schepperten die Waffen und Rüstungen der Soldateska, die von der Burg herunterkam, um Jagd auf die Mädchen zu machen oder vielleicht sogar Schlimmeres.

Priska war aus demselben Holz geschnitzt wie ihr Ehegatte, nur ihr Schnurrbart war deutlich weniger ausgeprägt. Ihr verschlossenes Gesicht hellte sich auf, als Aquilas ihr erklärt hatte, wer der Besucher war. Das Abendessen bestand aus einer Gerstensuppe, einer gebratenen Taube, Hartkäse und Trauben. Saul erzählte von seinen Reisen und ihren Gefahren, über die Gründung und die Organisation des Gemeindelebens.

»Hier haben wir keinen Ältestenrat«, sagte Aquilas. »Jeder ist für sich selbst verantwortlich. Wir kennen uns, das ist alles.«

»Er ist notwendig. Man braucht einen Hirten.«

Man gab ihm einen Strohsack und natürlich eine Decke. Das Maultier bekam Heu. Bald schon zogen Träume voller falscher Rätsel und knabenhafter Wünsche ihn in die Tiefe.

Gegen Mittag des nächsten Tages begab sich Saul, der immer noch nicht ganz genesen war, in die Bäder, trat aber voller Abscheu bald darauf wieder auf die Straße. Man hatte ihm Angebote gemacht...

Am Ausgang schob ihm eine Kupplerin, angemalt wie ein Tonkrug, ein Hürchen unter die Nase – mit angenehmen Rundungen übrigens – und nannte ihm mit zahnlosem Grinsen den Preis. Er winkte ärgerlich ab.

»Scher dich doch, du verklemmter Silen! Man sieht doch gleich, daß du ihn nicht hochkriegst!« schrie das unverschämte Weib.

Die Beleidigung gab Saul zu denken. Er war schon lange nicht mehr Herr über sich, und das machte ihn melancholisch. Nicht, daß er der Lust hätte widerstehen müssen, er hatte sie ganz einfach nicht gekannt, und der Zerfall seines Körpers ließ diese Rastlosigkeit gar nicht erst aufkommen, die man Lust nennt und die in Korinth noch präsenter war als in den Städten, die er davor besucht hatte. »Was werde ich dem Herrn dereinst zu bieten haben?« fragte er sich und dachte an die Schönheit des Mannes, den er in Edessa getroffen hatte. »Ein Bündel Knochen und schlaffe Muskeln.« Saul – ein Halm, der auf dem Weg eines formlosen Traums geknickt wurde...

Aber den Juden, die in Korinth als Sklaven lebten, erging es kaum besser. Weder ihren Körper noch ihren Seelen blieb Unglück erspart. Mit Dreißig war ein Mann alt, mit Vierzig nahm man Maß für den Sarg. Es gab Scharen von Krüppeln, die aus der Gegend kamen, wo die Schiffe über Land gezogen wurden, und denen ein gerissenes Zugseil oder eine Rolle Arme und Beine gebrochen hatte; oder solche, die durch Hunger oder verseuchtes Trinkwasser zum Skelett abgemagert waren.

Gleich vom ersten Sabbat und seinen ersten Reden an schlug Saul diese vom Reichtum Korinths Vergessenen in den Bann; Israel war weit und das Gesetz für sie nur noch eine Erinnerung, die zu Staub zerfiel und auch die Reden der Exilarchen nicht wieder wachrütteln konnten.[188] Ja, ein Mensch hatte das Gesetz erneuert, ja, dieser Mensch war von Elohim selbst gesandt worden, ja, dieser Mensch würde die Welt erlösen, und diese Welt war nicht die wirkliche Welt: es würde eine Welt sein, vom Atem des Elohim verwandelt, im Schatten des Kreuzes. Eine Welt des Mysteriums.

Er lud sie also zu dem einzig wahren Mysterium ein, diese Hinkenden und Hungernden, und sie kamen in Scharen. Sie wollten getauft werden. Er selbst taufte einige, Krispus, Caius, Stephanus, Tertius[189], aber er überließ es anderen, die übrigen zu taufen, denn das kalte Wasser machte ihn krank. Noch vor dem nächsten Sabbat übrigens trafen Silvanus und Timotheus ein; er übertrug ihnen die Aufgabe, einen Plan für die Verwaltung zu entwerfen, die es auf die Beine zu stellen galt, mitsamt Kollekten für die Bedürftigsten und anderen Arten der Nachbarschaftshilfe. Den Gemeinden von Thessalonich und Beröa ginge es gut, berichtete Timotheus, sie hatten ihren Rat, man hatte Sauls Lehren schriftlich festgehalten, und kaum war sein Brief an die Thessalonicher eingetroffen, wurden auch schon mehrere Kopien angefertigt, und eine Abschrift war eiligst nach Beröa weitergeleitet worden.

Das Schicksal der Heiden war oft nicht besser als das der Juden.

Aus den verschiedensten Provinzen des Reiches waren sie geschickt worden, um in Korinth als Arbeitskräfte herzuhalten, und ertrugen die Qualen ohne Hoffnung auf Erlösung, mit der Erinnerung an ihre Heimat als einzige Stärkung. Saul predigte auf der Agora. Hier gab es keinen Rhetor und keinen Sophisten, der ihm Fallstricke aus Worten gedreht hätte; die Agora war nur das luftige Vorzimmer für die unzähligen Bordelle Korinths, und Sauls Worte fielen wie Steinhagel auf die Zuhälter und Kupplerinnen, die angemalten Mädchen und die Knaben mit allzu sorgfältig geölten Lokken.

»Laßt euch nicht auf etwas ein, das sich Brüderlichkeit schimpft und Unzucht, Ausbeutung und Götzendienst ist... Der Leib aber soll nicht der Hurerei gehören, sondern dem Herrn, und der Herr dem Leibe!... Sollte ich nun die Glieder Christi nehmen und Hurenglieder daraus machen?«[190]

Zuerst hörte ihm das Heer der Kuppler und ihre Ware mit offenen Mündern zu; dann gab es schiefe Gesichter und Buhrufe. Wenn man diesem verdammten Graukopf Gehör schenken würde, dann wäre Korinth nicht mehr Korinth. Selbstverständlich gerieten sie aneinander, und um die zarten Ohren der Stundendämchen und Milchbübchen nicht zu beleidigen, wechselten die Kuppler den Standort. Sie zogen auf die andere Seite des Apollo-Tempels um.

»Aber willst du den Leuten denn die Liebe verwehren?« fragte Silvanus schüchtern. »Einige sind doch auch verheiratet... Die Menschen werden aussterben...«

Saul schimpfte. Wenn Fortpflanzung denn nun unbedingt nötig sei, so müsse einmal pro Kind reichen! Fast konnte er seine Worte nicht zügeln. »Es ist gut für einen Mann, keine Frau zu berühren[191]«, verkündete er. Jesus hatte so etwas nie gesagt, aber was machte das schon! Er hätte es gesagt! Auf jeden Fall brauchte man keine Kinder – Fluch über die schwangere Frau! In seiner Kastrationswut beschwor er das bevorstehende Feuer des Himmels, um zumindest die Frauen von jeder fleischlichen Lust abzubringen; Hurerei nannte er es.

Ein Heide kam auf ihn zu und sagte ruhig: »Kein Gott hat jemals verboten, Kinder zu zeugen, noch sich seiner Frau zu freuen, kleiner Mann! Nur weil du häßlich wie ein Affe bist, willst du uns die Liebe nehmen! Was du selbst nicht hast, Saul, sollen die anderen auch nicht haben! Ich werde wieder zu meinen Göttern beten, kleiner Mann, und meine Familie auch!«

»Liebe ja, aber Liebe zu Gott!« schrie Saul. »Die Liebe unter Brüdern!«

»Ich bin kein Strichjunge, kleiner Mann, Liebe unter Brüdern, das reicht mir nicht!«

Zu allem Überfluß stimmten jetzt auch noch die nichtbekehrten Juden, die Hebräer, wie Saul sie nannte, das alte Lied von der Beschneidung wieder an, um die Heiden und die Judenchristen zu entzweien. In der Synagoge griffen sie ihn wegen Übertretung des Gesetzes an, und weil sie Wind davon bekommen hatten, daß er für Enthaltung in der Ehe eintrat, verfluchten sie ihn im Namen des Allmächtigen und beschimpften ihn als impotenten Zwerg und Idioten.

Zum Leidwesen dieser Quälgeister hatte jedoch der weitaus größte Teil der Konvertiten, ob frühere Heiden und Juden, andere Probleme als die der Beschneidung und der Unzucht. Diese gelehrten Haarspaltereien kümmerten sie etwa so sehr, wie der von Eratosthenes errechnete Erdradius die Katzen von Korinth interessierte: Die meisten von ihnen waren einfache Leute, denen es, wenn sie abends müde auf ihre Pritschen sanken, herzlich egal war, ob der Körper neben ihnen auf dem Strohsack ihrer Frau gehörte, und falls sie keine Frau hatten, hatten sie auch kein Geld, um sich eine Geliebte zu leisten. Was also die sogenannten flüchtigen Vergnügungen betraf, so war das Geld dafür schnell gezählt, gerade daß sie sich zur Karaffe Wein noch den Fusel, das sogenannte Himmelreich, leisten konnten. In dieser Hinsicht erfüllten die meisten von ihnen Sauls Forderung nach Enthaltsamkeit schon von vornherein; die Rassemädchen für fünf Drachmen pro Einsatz waren nichts für sie, sondern nur für Patrizier, die mit einem Windhund für fünftausend Drachmen an der Leine herumspazierten, und für Schmarotzer, die in den Augen vieler sowieso schon fast keine menschlichen

Wesen mehr waren. Sie tranken aus der hohlen Hand, weil sie keine Gläser hatten, und das Gehure der Reichen war wirklich zum Kotzen! Endlich wurde die Abstinenz im Namen des Himmels abgesegnet!

Saul richtete sich an dieser Unterstützung im Volk auf und tönte um so lauter: »Wißt ihr nicht, daß, wer sich an eine Hure hängt, ein Körper mit ihr wird?« Er machte den Abschaum, der auf einmal »keusch« war, zu einer Aristokratie, und das in einer Stadt, wo die eleganten jungen Leute ihre zehn Hurenbesuche die Woche hinter sich brachten oder sich für pures Gold ihre perlenbehängten Hetären hielten. Am schlimmsten wurde es, als Krispus, der Rabbiner der Synagoge der Römer, der schon lange der Meinung war, daß Korinth in Unzucht und Alkohol versank, und daß das Gesetz diese Springflut aus Schnaps, Wein, Bier, Met und Likör nicht mehr eindämmen könne, sich bekehren ließ und auch Frau und Kinder, Diener und Sklaven zur Taufe brachte. In der Synagoge der Orientalen schäumte man vor Wut. Die Orthodoxen, die man extra aus Thessalonich, aus Beröa, also aus Antiochia, geschickt hatte, um dieser Landplage Saul Einhalt zu gebieten, bevor sie noch Schlimmeres anrichten konnte (man erkannte unter ihnen die Abgesandten von Philippus, Jakobus und, wohlgemerkt, auch von Menahem, Simon Niger und Luzius von Zyrene), brachten eine Intrige nach der anderen in Gang, um Saul zu diskreditieren. Vergeblich. Es wurde getauft, was das Zeug hielt, Feldherren, Liktoren, einen gewissen Erastes, einen hohen römischen Beamten, zwei Patrizier, Archaikus und Fortunatus, Phoebe, eine reiche Dame, die Mithras und Isis den Rücken gekehrt hatte und sich einredete, sie sei arm.

Was die Lehre von Jesus anbetraf, so hatte der Großteil der Neophyten nur sehr vage Vorstellungen[192]; nun ja, der Herrscher der Götter, der Elohim (denn die griechische Sprache verwendete bewußt das hebräische Wort statt des griechischen Theos, denn es konnte ja nicht dasselbe sein), hatte seinen eingeborenen Sohn gesandt, um die Menschheit zu retten, die von Trunkenheit und der niedrigsten Unzucht heimgesucht wurde – man mußte ja nicht gleich ins Detail gehen. Er wollte, daß man Gutes tat und seinen

Körper keusch und rein hielt, denn das Ende der Welt sei nahe. Für diesen Tag mußte man natürlich ohne Fehl und Tadel sein. Jünger aus Jerusalem, die nach eigenen Aussagen zu den Siebzig gehörten, erzählten noch andere Sachen: daß der Sabbat sowieso unnötig sei und man sich nicht die Hände zu waschen brauchte, bevor man aß, und daß man auch keine Hosen unter der Tunika tragen müsse, was unter den von Saul Bekehrten einige Verwirrung stiftete, von den Wutausbrüchen der orthodoxen Juden ganz zu schweigen. Vor allem: Waren es wirklich die, die zu der Gruppe der Siebzig gehörten, die diese Reden unters Volk brachten? Saul griff sich einen heraus, den er einem strikten Kreuzverhör unterzog. Das Ergebnis war für Saul noch verwirrender als das Durcheinander, das ohnehin schon herrschte.

Weil er Eugenius hieß, dachte Saul, er habe denjenigen erwischt, der in Rom Aquilas bekehrt hatte. Aber es war ein anderer Eugenius, und nach dessen Aussagen gab es insgesamt drei dieses Namens; der in Rom hieße Assa Eugenius, er selbst Simon Eugenius; ein dritter, der in Samarien und Phönizien predigte, hieße ursprünglich Naâman. Soweit war alles einigermaßen klar, der Rest schon weniger. Simon Eugenius war ein Essener, den Jesus in Galiläa bekehrt hatte; er hatte Dositheus gekannt, war aber, nachdem Jesus verschwunden war, von Philippus und vor allem Jakobus aus der Gemeinde von Judäa verstoßen worden; daraufhin hatte er sich der Gruppe um Simon dem Samariter, auch Simon der Magier genannt, angeschlossen, der von Petrus getauft worden war und sich selbst als Jünger Jesu bezeichnete. Damals hatte Eugenius übrigens seinen früheren Namen Simon abgelegt, damit er nicht mit diesem anderen Simon verwechselt würde.[193]

»Es gibt nur einen wahren Nachfolger von Jesus«, versicherte dieser Eugenius mit einer Begeisterung, die keinen Widerspruch zuließ, »und das ist Simon. Nur Simon kann Wunder vollbringen, die auch der Beweis für die übernatürliche Natur von Jesus waren.«

»Was für Wunder?« fragte Saul, der seine Ungeduld kaum zügeln konnte.

»Er schwebt in den Lüften!« rief Eugenius. »Mit meinen eigenen

Augen habe ich gesehen, wie er in den Lüften schwebte, hundert Ellen über dem Boden! Auch er verwandelt Wasser in Wein, und er kann Wasser aus dem trockenen Wüstensand sprudeln lassen!«
Wie sollte man so einem »Erleuchteten« schon widersprechen!
»Jesus hat keinen Nachfolger«, sagte Saul bestimmt, »und du hast kein Recht dazu, dich zu irgendeinem Nachfolger zu bekennen, den Jesus nicht ernannt hat.«
»Und du, wer bist du?« gab Eugenius zurück. »Du vertrittst nichts und niemanden, du gehörtest noch nicht einmal zu den Zwölf, bei den Siebzig hat man dich nie gesehen. Gut, du hast Visionen, aber es ist kein Geheimnis, daß du an der Fallsucht leidest!«
Kurz, die Sache endete mit Beleidigungen, und Silvanus und Timotheus setzten Eugenius vor die Tür. Gleich vom nächsten Tag an wurde den Konvertiten gesagt, sie sollten seine Reden nicht ernst nehmen. Aber das Unglück war geschehen, und die Märchen, die Eugenius in die Welt gesetzt hatte, waren weiterhin in ganz Korinth im Umlauf, und wenn man den Berichten Reisender Glauben schenken durfte, auch in Megara, Nauplia, Delphi und auf den Inseln: Rhodos, Mykonos, Naxos, den ganzen Sporaden... Ein neuer Messias hatte Jesus abgelöst – Simon der Magier! Jesus selbst habe allein Kraft seines Blickes Bäume in Stein verwandelt, und es sei eine infame Verleumdung zu behaupten, er sei gekreuzigt worden, denn kaum hatte man ihn an den Balken festgenagelt, war er auch schon in den Himmel aufgefahren... Dieser Unsinn fesselte die Leute. Oft griff sich Saul verzweifelt an den Kopf. Ja, später würde man etwas dagegen unternehmen, jetzt kam es vor allem darauf an, so viele Anhänger wie möglich zu gewinnen.
Und es wurden mehr. Das buchstäbliche Zähneknirschen der orthodoxen Juden über diese wilden Fabulierer, die Jesus mit dem Propheten Elias gleichsetzten (es war ja schließlich allgemein bekannt, daß Elias nicht gestorben, sondern in den Himmel aufgestiegen war, um sich dort zu verstecken und unter dem Namen Jesus wiederzukommen), dieses Zähneknirschen wurde lauter und lauter. Inzwischen ging es nicht mehr darum, ob es zum Eklat kommen würde, sondern wann.

Saul, der den bevorstehenden Zusammenstoß kommen fühlte, so wie sich ein Gewitter durch das Ziehen in alten Narben ankündigt, hatte einige Vorsichtsmaßnahmen getroffen. Er hatte dem Prokonsul Lucius Junius Gallion, einem leiblichen Bruder Senecas, eine Agraffe für eine Toga schicken lassen, ein Kleinod, das sich sehen lassen konnte: ein goldgefaßter Granat, groß wie eine Nuß. Dazu die denkbar einfachste Widmung: »Von Saul Antipater, einem römischen Bürger und dem Brieffreund des berühmten Seneca, an den ruhmreichen Konsul von Korinth.« Das Geschenk hatte die gewünschte Wirkung; kaum war es übergeben, erhielt Saul per Eilkurier eine Einladung in den Palast des Konsuls.
Kein Vergleich mit Pilatus: Der Prokonsul von Korinth war mit seinem verbindlichen Lächeln und seiner eleganten Trägheit ein typischer Mann des Hofes.
»Mein Bruder hat von dir gesprochen«, sagte er mit einem etwas rätselhaften Unterton, nachdem er seinem wärmsten Dank für das Kleinod Ausdruck verliehen hatte, das er im übrigen gleich angelegt hatte.
Saul neigte den Kopf und wartete auf nähere Erklärungen.
»Der Stoizismus hat also eine Religion gezeugt«, sagte Gallion.
»Ein Baum kann mehrere Wurzeln haben«, war Sauls vorsichtige Antwort.
»Danach käme Herkules also gleich nach Jupiter«, sagte Gallion. Er lächelte feinsinnig und fügte hinzu: »Ich weiß, das sind nicht die Namen, die ihr gebraucht, aber für mich zählt die Bedeutung, nicht das Wort.«
Hier war nicht der rechte Ort, sich auf ein philosophisches Streitgespräch einzulassen. Saul nickte höflich zum Zeichen seines Einverständnisses. Das Gespräch war zu Ende, aber der Prokonsul äußerte den Wunsch, es bald fortzuführen.
Jetzt konnte man nur noch den Sturm abwarten.
Achtzehn Monate nach Sauls Ankunft in Korinth brachten ihn die Juden bei einer seiner Predigten auf der Agora, in der Nähe des Peirene-Brunnens, in ihre Gewalt. Fast waren diese Festnahmen schon zur Routine geworden. Bis zum Gericht war es nicht weit, es tagte

ein paar Schritt entfernt unter der Säulenhalle, mit dem Gerichtssaal unter freiem Himmel. Es war ganz klar, daß der Schlag gegen Saul geplant gewesen war: Der Prokonsul selbst hatte den Vorsitz des Tribunals, umringt von Beisitzern und Liktoren zu seinem Schutz, alles mit großem Pomp; dabei tat er, als erkenne er Saul nicht.

Der erste Beisitzer bat einen der jüdischen Archonten, die Klage vorzubringen. Er trat vor und sprach:

»Dieser Mann hetzt unsere Gemeindemitglieder auf, indem er behauptet, man könne dem Allmächtigen dienen, ohne das Gesetz zu befolgen. Er predigt eine fremde Religion, keine von denen, die Rom anerkannt hat, und seine Reden bedeuten Aufstand. Wir verlangen, daß er streng bestraft wird.«

Gallion senkte die Augen, beugte sich nach rechts und links, um sich mit seinen Beisitzern zu beraten, und wandte sich schließlich an den Archonten, der kein Geringerer war als der Rabbiner Arkadius, der Vorsteher der Synagoge des Südens:

»In eurer Anklage finde ich weder ein Vergehen noch ein Verbrechen gegen unsere Gesetze. In Hinblick auf euer Gesetz kann ich die Lehren des Angeklagten nicht beurteilen, denn das kenne ich nicht, aber es ist in der Provinz Achaia geduldet, wie wir auch die anderen fremden Religionen dulden. Wenn der Angeklagte eine andere Religion lehrt als die eurige, ist das kein Grund für eine Anklage. Ich lasse den Angeklagten hiermit frei. Nächster Fall.«

Arkadius war kreidebleich geworden, die anderen verbargen die Gesichter hinter ihren weiten Mantelärmen. Saul schaute Gallion in die Augen; blitzte da nicht ein Funken Ironie? Er wandte sich zur Agora; eine große Menschenmenge wartete dort auf ihn, ganz vorne erkannte er Aquilas, Timotheus, Silvanus... Sie empfingen ihn mit weit ausgebreiteten Armen. Als jedoch Arkadius heraustrat, stürzten sich die Christen auf ihn, und unter den teilnahmslosen Augen des Gerichts wurde er verprügelt, sein Mantel zerfetzt... Saul mußte ihm zu Hilfe kommen, um ihm das Leben zu retten.

Währenddessen hatten die Juden, denen es nicht gelang, ihren Rabbiner selbst zu schützen, einen von Sauls Begleitern in ihre Gewalt gebracht; es war Sosthenes. Saul sah, wie er mit blutüberströmtem Gesicht versuchte, die Schläge abzuwehren, die auf ihn niederhagelten. Einer mußte ihn in den Bauch getreten haben, denn er war schon ganz in sich zusammengekrümmt. Rasch rief Saul die Nazarener zusammen, die den Rabbiner geschützt hatten, und die Gruppe eilte Sosthenes zu Hilfe.

Es war eine durchaus deftige Prügelei, die da unter den Augen von Gallion und der versammelten Polizei stattfand, aber einem Schwarm Fliegen hätten die Römer bestimmt mehr Aufmerksamkeit geschenkt. Sie beobachteten die Kampfhandlungen mit völlig ausdruckslosen Gesichtern. Saul war der eigentliche Gewinner der Situation gewesen, doch nun war er wegen seiner geringen Größe vollauf damit beschäftigt, den Schlägen auf seinen Kopf auszuweichen und seine Angreifer mit Schlägen unter die Gürtellinie zur Raison zu bringen. Sein Kampfstil war nicht sehr ehrenvoll, aber wirksam, denn wenn sich die Gegner dann vor Schmerzen krümmten, packte sie Saul am Arm, drehte ihn auf den Rücken und brachte sie mit einem wohlplazierten Tritt zu Fall. Lagen sie erst am Boden, trampelten die Kämpfenden, selbst die der eigenen Partei, nach Herzenslust auf ihnen herum.

»Warum prügeln die sich eigentlich?« fragte ein Heide aus Korinth, der die Szene von weitem verfolgte.

»Sie sind sich über irgendeinen Punkt ihrer Religionsvorschriften nicht einig«, meinte ein anderer.

Die beiden Männer lachten aus vollem Hals.

Es sah so aus, als zöge sich der Kampf in die Länge, aber die Nazarener schwangen plötzlich Knüppel, die sie weiß Gott wo aufgetrieben hatten, und die Juden mußten fluchend den Rückzug antreten. Ihre Verwundeten nahmen sie mit. Kurz darauf schickten die Juden noch einen ganzen Haufen junger Burschen ins Feld, die darauf brannten, sich zu schlagen, aber angesichts der durch die Luft sausenden Knüppel begnügten sie sich damit, aus sicherer Entfernung ein paar Schimpftiraden loszuwerden, und versuchten, einige Versprengte in ihre Gewalt zu bekommen.

Endlich kehrte auf dem Platz vor dem Gericht wieder Ruhe ein.

Kein einziger der Liktoren hatte sich von der Stelle gerührt.[194]
Der Sieg der Nazarener war berauschend, aber schon wenige Tage später brachte ihn der Bericht von Gesandten des Rates von Thessalonich wieder auf den Boden der Tatsachen zurück; die Lage dort grenzte an eine Katastrophe. In der Überzeugung, daß das von Saul beschworene Ende der Welt jede Minute losbrechen könne, hatten die dortigen Christen, und anscheinend auch die in Beröa, die Arbeit eingestellt. Juden wie Heiden unter ihnen seufzten und stöhnten von früh bis spät und verbrauchten ihre Ersparnisse, manche lebten sogar schon von Bettelei; sie wuschen sich nicht mehr und vernachlässigten sogar ihre Kinder.
Der gerade erst gebildete Rat von Korinth nahm den Bericht ab. Auch Timotheus und Silvanus waren dabei.
»Aber was haben sie auf einmal?« rief Saul verdrossen.
Wie eine Sandburg am Strand; während man sie auf der einen Seite abstützte, fiel sie auf der anderen in sich zusammen. Crassus, der Älteste von Thessalonich, ein breitschultriger, emotionsloser Mann mit einer langen Nase, warf Saul einen kühlen, wenn nicht gar eisigen Blick zu.
»Dein Brief«, sagte er. »Du hast von der Posaune des Herolds gesprochen, von der endgültigen Apokalypse. Sie haben dich beim Wort genommen.« Also schob man Saul selbst die Schuld in die Schuhe. »Hat Jesus das wirklich gesagt?« fragte Crassus.
»Ich schwöre es, bei Gott!« rief Saul.
»Gut«, sagte Crassus. »Dann können wir den Thessalonichern ja nichts vorwerfen. Im Gegenteil, wir sollten uns ein Beispiel an ihnen nehmen.«
Die Hochstimmung wegen des Sieges über die Juden war wie weggeblasen. Saul streifte die Anwesenden mit einem kurzen Blick; er sah nur besorgte Gesichter. Nur Silvanus sah ihm mitleidslos und offen in die Augen.
»Jesus hat das sicher nur bildlich gemeint«, meinte Saul nach langem Nachdenken. »Er drückte sich oft in Gleichnissen aus.«
»Warst du denn dabei, als er davon sprach?« fragte Crassus.
»Nein. Philippus und Petrus haben mir davon berichtet.«

Es war eine wahre Zwickmühle, in der sie sich befanden. Entweder hatten Petrus und Philippus Jesus falsch verstanden, dann mußte man die ihm zugeschriebene Prophezeiung für ungültig erklären, oder sie hatten recht, und in diesem Fall konnte man den Thessalonichern überhaupt keinen Vorwurf machen.

»Eines steht fest – wir wissen nicht, wann das Ende kommen wird«, sagte Saul. »Sich darauf vorzubereiten soll nicht heißen, Selbstmord zu begehen. Ich werde noch einen Brief schreiben.«

»Noch einen Brief?« fragte Crassus. »Einen dritten Brief?«

»Nein, einen zweiten.«

»Und was ist mit diesem?« fragte Crassus, zog eine Schriftrolle aus seinem Mantel und hielt sie Saul hin.

Saul las, zunehmend verwirrt. Es war eine veränderte Version seines ersten Briefes, und darin lag die Betonung auf dem nahenden Ende aller weltlichen Dinge, die dem Reich des Bösen angehörten.

»Nie habe ich so etwas geschrieben!«

»Wer sollte es denn sonst gewesen sein?«

»Ich weiß es nicht.«

Eugenius vielleicht? Oder ein treuer, aber übereifriger Anhänger? Sollte Saul nach Thessalonich zurückkehren? Crassus und der Rat von Korinth sprachen sich dagegen aus: Dort lauerten die Juden, und sobald Saul wieder auftauchte, würden sie versuchen, die alten Rechnungen zu begleichen. Gleich am nächsten Tag verfaßte er einen zweiten Brief. Die Thessalonicher sollten sich nicht erschrecken lassen, »weder durch eine Weissagung, noch durch ein Wort oder einen Brief, die von uns sein sollen, als sei der Tag des Herrn schon da«[195]. Und er gab noch einmal zu bedenken: »Wer nicht arbeiten will, der soll auch nicht essen.«[196]

Er vertraute den Brief Crassus an. Silvanus teilte ihm traurig mit, daß er Crassus begleiten würde.

Gab es auf dieser Welt denn überhaupt keine Freude?

»Seit meiner Geburt gab es für mich keinen einzigen Tag des Friedens«, murmelte Saul.

Er war unendlich müde. Zwei Wochen später brach er nach Ephesus auf und nahm Timotheus, Aquilas und Priska mit. In Kenchreä hatte er sich noch kurz vor der Abfahrt des Schiffes in einem Barbierladen gegenüber dem Isis-Tempel den letzten Haarkranz, den das Alter verschont hatte, rasieren lassen; er würde sein Haar erst in Rom wieder wachsen lassen.

Rom!

Die griechischen Inseln sind wie Splitter geäderten Azurs zwischen zwei anderen azurblauen Elementen, Wasser und Himmel. Schon von weitem erscheinen Sie als eine Lektion über die Vergänglichkeit der Welt, denn sie haben jenes geheimnisvolle und ein wenig traurige Lächeln der Epheben attischer Zeit, die im Zenit ihrer Schönheit schon wissen, daß sie morgen grau und lahm sein werden.

Auf die Kykladen folgten die Sporaden. Wieder einmal dachte Saul daran, daß er nicht mehr Herr seiner selbst war. Er hatte ein Pferd bestiegen, das er nicht in der Gewalt hatte.

Mit schwerem Schritt ging er in Ephesus an Land. Er hatte seine leidenschaftliche Heftigkeit eingebüßt. In der Synagoge am Magnesia-Tor sprach er sogar fast zärtlich über die Güte des Ewigen, der Seinen Sohn damit beauftragt hatte, Sein Volk an Ihn zu erinnern. Die Diskussion hinterher wurde lebhaft, aber ohne Bitterkeit geführt. Die Juden und sogar der Rabbiner baten ihn, er solle noch bleiben; er ging trotzdem. »Ich werde wiederkommen«, versprach er.

Doch, er hatte ein Reich aufgebaut – so zerbrechlich es auch war, es war immerhin ein Reich. Aber worauf beruhte es? Von überallher berichtete man ihm über die unzähligen Interpretationen, die sich die Christen zu Jesus zurechtlegten.

Und er, Jesus, wo mochte er jetzt sein? Wußte er, was in seinem Namen gesagt wurde?

Er schiffte sich nach Palästina ein, ging in Cäsarea an Land und schlug den Weg zu Doris' Haus ein. Fast rannte er, als liefe er seiner Jugend hinterher. Das Haus hatte sich verändert; noch mehr Statuen als früher bevölkerten den Garten. Die Sklaven beobachteten ihn, wie er, immer zwei Stufen auf einmal nehmend, die blumengeschmückten Terrassen heraufsprang, wo er damals mit Prinzen,

seinen Cousins, gespielt hatte... An der Tür empfing ihn erstaunt ein Diener.
»Doris?«
Der Diener brauchte einige Zeit, seiner Überraschung Herr zu werden. »Aber sie ist tot, schon seit fünf Jahren!«
Tränen stiegen Saul in die Augen, endlich – bestimmt die ersten Tränen seines Lebens. Der Diener schaute ihn verlegen an.
»Wem gehört das Haus?«
»Doris' Neffen, Simon. Er ist verreist.«
Unter dem Portikus, der wie damals von Glyzinien eingerahmt wurde, erschien ein kleiner Junge.
»Herr, hier ist ein Fremder, der nach Doris fragt.«
»Wer ist dieser Junge?« fragte Saul.
»Das ist Saul, der älteste Sohn von Simon.«
Saul hatte nicht den Mut, dem Blick des Jungen standzuhalten. Er sprang mit einer Behendigkeit über die Terrassen zurück, die er an sich sonst nicht kannte, und schluckte die Tränen hinunter, die in ihm aufwallten, unerklärliche Tränen.

Dritter Teil:

Das Feuer

I.
Die Feder der Agrippina

Am Abend des 11. Oktober seines dreizehnten Regierungsjahres, während die Hügel von Rom sich golden färbten, bekam Tiberius Claudius Drusus Nero Germanicus, der Kaiser von Rom und Herr der Welt, geboren in Lyon, wo man ihn in seiner Jugend für einen Schwachkopf gehalten hatte, nach dem Essen heftige Darmkrämpfe. Er begab sich eiligst an einen gewissen Ort, entleerte sich gründlich, taumelte, dann übergab er sich. Seine dritte Frau, seine leibliche Nichte, die übrigens gar nicht mehr so jung war, obwohl sie Agrippina die Junge hieß, entließ inzwischen die Höflinge.

»Du mußt dich noch einmal übergeben, Liebling, man hat versucht, dich zu vergiften!«

Und während der Herr der Welt auf seinem Lager aus feinstem Leinen, daunengefüllten Polstern und vergoldeter Bronze lag, beugte sie sich liebevoll über ihn, um ihn tief in der Kehle mit einer Feder zu kitzeln. Diese Feder war mit einem Auszug aus dem Rizinuskorn getränkt, ein todsicherer Passierschein für die Fahrt über den Styx. Claudius röchelte noch zehn Minuten und verschied dann unter Agrippinas wachsamem Auge. Sie legte ihre Hand auf sein Herz, fühlte seinen Puls, bohrte ihren Fingernagel oberhalb des Augapfels in die Stirnhöhle und biß ihn schließlich in den kleinen Finger, ohne daß er auch nur die mindeste Reaktion zeigte.

Schließlich rief sie die Ärzte zusammen und versicherte ihnen, der Kaiser habe endlich Ruhe gefunden, woraufhin man dazu überging, dem kaiserlichen Leichnam heiße Umschläge zu machen, was eine gewisse Wärme aufrechtzuerhalten half. Als Britannicus sich am Krankenlager seines Vaters einfinden wollte, verwehrte Agrippina ihm die Tür und flüsterte gebieterisch, man dürfe den Schlafenden nicht stören. Ähnlich erging es den kaiserlichen Schwestern Antonia und Octavia.

In der Zwischenzeit arrangierten die Sekretäre das Nötige für die Thronfolge.

Um den Mittag des dreizehnten Oktober, als es schon zu spät war, um aus Aberglauben eine Bekanntmachung des kaiserlichen Trauerfalls hinauszuzögern, öffneten sich auf einmal die Tore des Palatiums, und Agrippinas Sohn, gefolgt von Burrus, trat hinaus. Er ging zu der Kohorte, die die Garde stellte. Auf ein Zeichen des Präfekten hin stiegen Jubelschreie in den Himmel. Sie trugen ihn auf den Schultern zu den Kasernen, und Nero wurde als Kaiser begrüßt. Tagelange Feierlichkeiten folgten.

Etwa zur selben Zeit erlitt aufgrund unsauberen Wassers ein von seiner Familie vergessener arabischer Prinz ein ähnliches, aber weniger grausam verlaufendes Schicksal; doch er, Saul, bereitete einen weitaus folgenschwereren Anschlag vor als Agrippina: Er wollte sich des Kaiserthrones bemächtigen und ihn auf alle Zeiten behalten.

II.

Die Rache der Höllensau

Jerusalem lag im Sterben.

Im Bug der Trireme mit Kurs auf Antiochia saß Saul neben dem zweiten Kapitän auf dem Boden und kaute dabei auf getrockneten Feigen herum, kaum größer als Korinthen, mit denen er seine Taschen gefüllt hatte und die den Hauptbestandteil seiner Ernährung ausmachten. Syriens Küsten zogen schon seit Tagen in der Ferne an ihnen vorbei, purpurfarben am Morgen und golden im Abendrot, doch er nahm sie gar nicht wahr.

Ja, Jerusalem lag im Sterben. Die Juden dort lebten in einem erstarrten Traum; dunkle Schatten dräuten über einem Reich, das in sich zusammenfiel. Die wenigen Christen krepierten vor Hunger. Christ in Judäa zu sein, das war schlimmer als ein Sklavendasein: Anhänger eines Hingerichteten!

Petrus wurde alt. Seine Hände zitterten jedoch nicht vor Rührung, und seine Augen tränten, aber nicht aus Kummer. Sein Ansehen jedoch war immer noch groß genug, um Jakobus die Stirn zu bieten.
»Du solltest mir dankbar sein«, hatte er während eines denkwürdigen Abendessens zu Saul gesagt. »Nur dank meiner Bemühungen hat der Rat zugestanden, daß die Beschneidung nicht zwingend ist.«
Armer Petrus, der sein Fähnlein immer nach dem Wind hängte! Zuerst hatte er Jesus wiederholt geleugnet, dann hatte er sich ihm wieder angeschlossen, nachdem er ihn lebend wiedergesehen hatte. In Antiochia – wieder eine Feigheit und bestimmt nicht die einzige – hatte er in wilder Flucht den Tisch der Heiden verlassen, als die Orthodoxen ihr Gezeter begannen, und dann hatte er noch einmal die Seiten gewechselt! Und jetzt war sein heftiger Widerstand vergessen, und er rühmte sich, die Veränderungen selbst bewirkt zu haben!
»Weißt du«, warf Saul gelassen ein, »selbst wenn der Rat von Jerusalem die Augen vor der Realität verschlossen hätte...«
Petrus bedachte Saul mit einem verstohlenen und vorwurfsvollen Blick. Gewiß, eigentlich war es wirklich nicht besonders nett, die überaus wichtige Rolle, die er dabei gespielt hatte, nicht anzuerkennen. Armer Petrus-Fähnlein-im-Wind. In Antiochia nannten sie ihn so. Er war während all dieser Zeit in Jerusalem geblieben, mit Ausnahme einiger Abstecher hier und da, nach Antiochia, Cäsarea, Damaskus. Dieser alte Galiläer konnte sich einfach nicht dazu entschließen, seine Heimat zu verlassen.
»Und, hast du eigentlich viele getauft?« fragte Saul, der gerade in Stimmung für ein paar Beleidigungen war. Langsam trieb ihn diese Mischung aus Feigheit und Anmaßung, Kleinlichkeit und Demut zur Weißglut.
»Ja sicher, natürlich«, beeilte sich Petrus zu antworten, den die schlechten Manieren von Saul wieder einmal in eine peinliche Lage brachten.
»Wie viele?«
»Ach, ich führe nicht so genau Buch, dreihundert, vielleicht dreihundertfünfzig...«[197]

Saul konnte ein Lächeln nicht unterdrücken; er konnte auf ein Volk von mindestens hunderttausend Christen hinabblicken. Natürlich hatte er sie nicht alle eigenhändig getauft, und er hatte mehrere hundert Nazarener aufgenommen, die die Ermordung des Stephanus, die er selbst mit verantwortet hatte, ins Exil getrieben hatte. Aber dennoch blieb er der große Gründervater; er hatte den Rat von Antiochia ins Leben gerufen, den von Ikonion, Derbe, Zypern, Lystra, Thessalonich, Beröa, Korinth... Petrus dagegen schimmelte in Jerusalem vor sich hin und zehrte von der Erinnerung an jenen vollkommenen Juden aus der Straße des Goldschmieds Nimrod – gefühlsduseliger Maulwurf, der das neue Morgenrot, das der Gekreuzigte gebracht hatte, einfach nicht sah.
»Warum gehst du nicht und bekehrst auch die anderen in der Fremde?« fragte Saul unerbittlich weiter.
»Aber ich bin ja gereist, du hast mich selbst in Antiochia gesehen«, hatte Petrus geantwortet.
Aufrichtigkeit kann die schlimmste Lüge sein. Aber wer wollte die Lügner verdammen? Das taten nur Dummköpfe oder Tyrannen! Jesus war ein Tyrann gewesen, der ständig die Lügen der Pharisäer aufdeckte. Welches Recht hat man denn schließlich den anderen ihre Lügen vorzuwerfen? fragte sich Saul. Sie lügen, weil sie nicht anders können! Denn auch er wurde allmählich zynisch. Dennoch brachte er es nicht übers Herz, und das war der deutlichste Ausdruck seiner Verachtung, Petrus, den großen Angsthasen, daran zu erinnern, daß er in Antiochia nicht eine einzige Seele bekehrt hatte, sondern statt dessen vor einem Essen mit Heiden weggelaufen war.
Bittere Erinnerungen! Das salzige Wasser der Brecher glitzerte auf seiner Glatze und seinem faltigen Gesicht. Das Bitterste an der Bitterkeit sind ihre lächerlichen Ursachen, zum Heulen lächerlich! Nur aus Verachtung wird man bitter, und weil das, was man verachtet, einen nicht mehr berührt, kann man noch nicht einmal mehr Bitterkeit empfinden. Ihm salzte die Gischt die Feigen, unter Deck spülte sie den Schweiß der Ruderer ab. Was dem einen salzig ist, ist dem anderen süß.

In Antiochia empfing man Saul wie einen Konsul. Zugegeben, es hatte während seiner Abwesenheit viel Gerede gegeben, aber im Grunde war man ihm doch treu geblieben. Demetrius, Hermäus und Charilaos hatten die Anhänger Menahems geschickt aus dem Rennen geworfen, und die orthodoxen Juden hatten sich mit den Christen abgefunden, wie sich Kinder damit abfinden, daß es plötzlich ein kleines Geschwisterchen gibt. Die Trennung der beiden Gemeinden war definitiv vollzogen, selbst die jüdischen Christen gingen nicht mehr in die Synagoge.

»Fahren wir denn nicht nach Rom?« fragte Timotheus.

»Erst das Hinterland sichern.«

Nach dem Bruch mit den Juden hatte die christliche Welt keine Rituale mehr. Wie würden sie ohne Ritus überleben? Saul hatte das Liebesmahl, die Agape[198] ins Leben gerufen, welche nicht am Sabbat gefeiert werden sollte, sondern an dem darauffolgenden Tag, dem Tag, an dem wohl die Auferstehung geschehen war und der mit dem Sonnentag der Römer zusammenfiel; auf diese Weise würden sich die Christen von den Juden abheben. Aber dieser Vorstoß fand nur wenig Gegenliebe, denn die früheren Juden weigerten sich, ihre Gewohnheiten zu ändern, und die Heiden wollten das Mahl nicht am Tag nach ihren jüdischen Glaubensbrüdern feiern. Und andererseits fanden die Heiden gar nichts dabei, sich ein Bild von Jesus zu machen, etwa in Anlehnung an die Adonis-Statuen, und es bei sich zu Hause aufzustellen, was wiederum die Juden aufbrachte.

Rom, ja, Saul mußte dorthin; und die Zeit wurde allmählich knapp. Aber das Duell mit Rom würde die Entscheidung bringen. Wenn ich verliere, verliere ich alles, fast alles, dachte Saul.

Er hatte wenig Lust, sich auf die kleinlichen Meinungsverschiedenheiten innerhalb der Gemeinde von Antiochia einzulassen, die die Gläubigen für seine Begriffe allzusehr in Anspruch nahmen, zum Beispiel die Frage der hierarchischen Beziehungen zwischen Gott und Jesus. Er nahm Timotheus mit auf eine große Reise durch die Gemeinden von Galatien, angefangen bei Tarsus[199], dann Ikonion, Antiochia in Pisidien, Attalia, Perge bis nach Side.

Im Spätsommer waren sie aufgebrochen, nun hatte der Winter begonnen, und die Reise war zu Ende. Die Marmorstatuen von Side glänzten im Regen, und das graue Meer schwärzte den Strand aus grünen Kieseln.
»Die Mühsal löscht manchmal das eigentliche Ziel der Mühen aus«, murmelte Saul, als er mit Timotheus vor dem Abendessen am Strand spazierenging.
»Du hast recht«, sagte Timotheus. »Manchmal vergißt man über all diesen Reisen sogar Jesus. Nun ist er fast so etwas wie eine Wolke, die Leid und Hoffnung ahnen läßt, aber nicht ihr wahres Gesicht zeigt. Sag mir, was war er für ein Mensch, Saul?«
Sie kamen gerade ins Fischerviertel. In einer Taverne bestellten sie gebratenen Fisch und Wein und hingen dem etwas verworrenen Gedanken nach, es sei irgendwie vornehmer, sich von Fisch zu ernähren, den der Allmächtige gemästet hat, als von Rinder- und Hammelfleisch, die der Mensch gemästet hat.
»Er war schön, so wie es eigentlich jeder sein sollte«, seufzte Saul. »Fern, und doch nah.«
»Schönheit ist beunruhigend«, meinte Timotheus, als wisse er nicht, daß er selbst schön war. »Sie schenkt Frieden.«
Saul beschloß in jenen Tagen, nach Ephesus zu reisen, um sein Wort zu halten, wie er sagte. Aber es war ein Rückzug; er wollte über Rom nachdenken, denn immer stärker wurden seine Befürchtungen, es würde genauso uneinnehmbar sein wie Athen.
Es schneite, als sie in Ephesus eintrafen. Die Straße der Arkaden lag unter einem endlosen Silberteppich, den die Fackeln in den Bogengängen mit rotem Schein übergossen. In den Rinnsteinen der gepflasterten Straßen staute sich der Schneematsch, die Füße der beiden Männer waren vor Kälte wie abgestorben. Sie schlenderten an den Läden entlang. Wohin ihr Blick fiel, sahen sie bestickte Seide aus China, Teppiche aus Syrien, Schmuck aus Golkonda; in ihre Nasen stieg der Duft von Moschus, Narde, gebratenem Lammfleisch und Knoblauchwürsten; ihre Ohren dröhnten vom Gefeilsche, das sie im Vorbeigehen aufschnappten, von dem Lärm der Handtrommeln, zu dem Bauern aus Kappadozien ihre Bären tan-

zen ließen, und die Nubier ihre Affen. Mädchen mit karminrot geschminkten Lippen und Perlendiademen lächelten ihnen enttäuscht hinterher, und Knaben, ungeachtet der Kälte mit bloßem Oberkörper, dafür aber weichen Lammfellstiefeln, strichen ihnen im Vorübergehen leicht über die Wange.

Sie setzen sich in eine Taverne, bestellten heißen Wein mit Zimt und aßen Bratspießchen mit Zwiebeln und Nelken.

»Ich habe Aquilas' Adresse«, sagte Timotheus.

Aquilas und Priska waren kurz nach Sauls Freispruch aus Korinth abgereist. Hatten die Juden ihnen Schwierigkeiten gemacht? Hatten sie damit gerechnet, daß Saul wieder nach Ephesus zurückkehren würde, und wollten ihr Schicksal mit seinem verknüpfen? Oder glaubten sie ganz einfach, Ephesus habe ein besseres Klima als die Hauptstadt der Achaia? Bald würden sie es wissen.[200]

Saul und Timotheus kamen nach Einbruch der Dunkelheit in Ephesus an. Aquilas' Haus lag nicht weit von der Synagoge am Magnesia-Tor, wo man Saul damals mit so unerwarteter Offenheit begegnet war. Aquilas breitete die Arme aus, umarmte Saul, küßte ihn und rief nach seiner Frau. Die Eheleute hatten schon gegessen; Priska wollte gerade den Tisch neu decken, zum Nachbarn laufen, um etwas Essen zu borgen…

»Wir haben schon gegessen«, hielt Saul sie zurück. »Gebt uns nur ein wenig Wasser.«

Er fragte, was es Neues gebe. Aquilas' Blick verriet alles, noch bevor er seine traurigen Nachrichten in Worte fassen konnte.

»Nach unserer Abreise«, sagte Aquilas, »gab es wieder Schwierigkeiten. Eugenius tauchte auf und redete allen ein, du seist überhaupt nicht dazu berechtigt, den Messias anzukündigen, und die Gläubigen sollten trotz deiner Vorbehalte nach dem jüdischen Gesetz leben. Dann kamen zwei Männer aus Jerusalem, die Jakobus geschickt hatte und genau dasselbe sagten. Die Heiden waren ganz verzweifelt, denn sie kennen das mosaische Gesetz nicht. Aber dann hat Eugenius gesagt, daß es gar keinen Grund zur Verzweiflung gebe, denn wenn sie das Gesetz befolgten – und nach seinen Worten hieß das, sie sollten kein Fleisch von Opfertieren essen und auch nicht von Tieren, die durch Ersticken getötet worden waren, und weiter sollten sie sich immer die Hände waschen, bevor sie Speisen anfaßten –, wenn sie also diese Vorschriften befolgten, dann könnten sie ansonsten tun und lassen, was ihnen gefiele. Also wirklich, Saul...« Aquilas rieb sich seufzend das Kinn. »Du kannst dir gar nicht vorstellen, was wir alles gesehen haben, du kannst es dir einfach nicht vorstellen!«

»Was werdet ihr denn schon groß gesehen haben?« fragte Saul hochmütig. »Schließlich hat man immer noch keine neue Methode zum Kindermachen erfunden. Nichts als Hurerei!«

Ja, so war es, dachte er: Sobald man sie aus den Augen ließ, sprangen sie miteinander ins Bett. Und sie fraßen sich dumm, ließen sich vollaufen und erzählten nichts als Blödsinn.

»Gut«, sagte Saul schließlich. »Ich sehe schon, es war keine schlechte Idee von mir, zurückzukommen.«

In Wahrheit fühlte er sich in Ephesus sicherer vor den Winkelzügen des Jerusalemer Rates, den Jakobus immer noch unter Kontrolle hatte. Die Aufgabe war schon schwierig genug, auch ohne daß er sich wieder in den Machtbereich von Jakobus und Menahem begab.

»Außerdem müßtest du dich um die Synkretisten kümmern«, sagte Aquilas.

»Die Synkretisten?«

»Ja. Diese Leute haben eine Theorie, die mir ein wenig verdächtig vorkommt. Sie vermischen Ideen der Parther, der Griechen und unseres Glaubens. Zum Beispiel sagen sie, das der Gott, der Jesus' Vater ist, nicht der Große Gott ist, sondern daß es noch einen über ihm gibt.«[201]

Saul hatte solche Ideen schon in Antiochia in Pisidien gehört, auch im syrischen Antiochia, und herausgefunden, daß sie allermeistens auf Leute zurückgingen, die mit den Essenern zu tun gehabt hatten, Dositheus, Simon den Magier und jetzt einen Mann, von dem es hieß, er sei außergewöhnlich weise und außergewöhnlich schön: Apollonius von Tyane.[202]

»Um die werden wir uns auch kümmern«, versprach Saul.

In der Nacht hatte er einen Traum, an den er sich noch einige Minuten nach dem Aufwachen erinnerte. Er versuchte, in einem Meer zu schwimmen, in dem es vor Fischen nur so wimmelte. Viele davon waren sehr groß und versuchten, ihn einzuholen und zu fressen, aber er entwischte ihnen immer wieder. Als er endlich aus dem Wasser stieg, ging die Sonne unter, und die Welt stand buchstäblich in Flammen.

Er wollte sich die Stadt anschauen, von der er noch so wenig gesehen hatte – noch eine Stadt, in der er eine Schlacht schlagen würde –, und begann mit dem Artemision, von dem es hieß, es sei eines der sieben Weltwunder. Und das war es: Der Tempel von Jerusalem konnte hier bei weitem nicht mithalten. Auf dem Hügel im Nordwesten der Stadt am Ende der Via Sacra erwartete Saul ein beinahe himmlischer Anblick: Das Heiligtum, das so gewaltig war, daß es die Mitte des Himmels zu sein schien, erstreckte sich über eine Länge von dreihundertsechzig Ellen und eine Breite von hundertzehn Ellen. Das Ganze ruhte auf einhundertsiebenundzwanzig Säulen von sechsunddreißig Ellen Höhe. Trotz der Kälte drängten sich Hunderte von Besuchern zwischen dem Heer von Statuen, zertraten unter ihren Stiefeln und Sandalen den Schnee vom Vortag auf zig Hektar Marmor zu nassem Matsch. Am Fuße der Stufen boten Händler ungewöhnliche Statuen feil, denen Saul zunächst keine Beachtung schenkte, außerdem Repliken des Tempels in Marmor oder Silber. Und wie im Tempel von Jerusalem gab es Geldwechsler. Er stieg die Stufen hinauf, betrat das Propyläum, und als er sich umdrehte, sah er unter sich Ephesus liegen, leuchtendweiß und in glücklichem Wohlstand, unter dem Schutz der geheimnisvollen Artemis. Als er sich wieder umwandte und durch das riesige Tor trat, erblickte er einen gigantischen Raum, der von einhundertzwanzig vergoldeten Bronzekandelabern erleuchtet wurde. Am Ende des Saales aber erwartete ihn ein Monstrum.

Über dem Körper, ganz und gar bedeckt mit Auswüchsen, das Gesicht einer Frau, breit und zufrieden, wie man es bei Schwangeren beobachten kann. Sauls Blick kehrte zu den Auswüchsen zurück: Es waren Brüste! Wie eine Höllensau hing diese Frau voller Brüste,

die die Gläubigen mit ihren Fingerspitzen zu berühren versuchten, und dann gossen sie auf dem Altar zu Füßen dieses Horrorweibes Milch und Wein als Trankopfer aus. Dies war das unflätigste Bild von Weiblichkeit, das Saul je zu Gesicht bekommen hatte, ein Alptraum aus Stein, von dem die Legende behauptete, es sei, so wie es da stand, vom Himmel gefallen.
Er wich zurück, als wolle er den drängenden und stoßenden Gläubigen den Vortritt lassen, aber in Wahrheit stieg der Ekel in ihm hoch. Auf einmal wurde ihm klar, in welchem Ausmaß er das Weibliche verabscheut hatte, diese schamlose Verkörperung triebhafter Roheit.[203] Allein schon die Tatsache, daß er sich dieser Ablehnung bewußt war, brachte ihn in Wut. Für die Ungläubigen war diese Artemis, die sich mit der Fruchtbarkeitsgöttin Kybele vermischte, die Herrscherin über das Leben selbst, die Ernte und die Geburt; sie nährte die Welt aus ihren zweiundzwanzig Brüsten, sie war die Herrin über das Wachstum des Samenkorns in der Erde und über das Gedeihen des Spermas im Schoß der Frau. Der Gedanke ließ ihn erschauern. Seine Waffen versagten vor dieser vielbrüstigen Macht, die taub war für jede Belehrung, wie zum Beispiel das Wort Jesu.
Mit fieberhafter Deutlichkeit wurde ihm bewußt, daß er zu der Welt der Männer gehörte, die dazu verpflichtet sind, diese obszöne und bestialische Weiblichkeit zu beherrschen, nein, zu unterdrükken. Und während er noch über die weibliche Verworfenheit und Rachsucht nachdachte, legte sich eine Hand auf seinen Arm. Er schaute auf und erblickte ein junges Mädchen, das ihn mit großen Augen ansah; zuerst verstand er nicht, und als er verstanden hatte, schüttelte er sich, als habe sich eine Tarantel auf seinen Arm gesetzt. Im Tempel! Aber dieses Mädchen war nicht die einzige; der Kult der Wollust hatte ein ganzes Mädchenheer im Artemision versammelt.[204]
Und in ganz Ephesus, wie er später beobachtete: Alle paar Schritte stieß man auf eine dieser Steinplatten im Pflaster, auf die ein nackter Fuß graviert war, Hinweis auf ein nahes Bordell. Oder auf einen Händler, der Phallussymbole aus Terrakotta, Stein, Silber und so-

gar aus Gold feilbot, die man sich an einem kleinen Ring um den Hals hängen konnte.
Kein Unterschied zu Korinth – überall wurde gehurt, an jeder Straßenecke, in den Tavernen, den Bädern, auf der Agora, bei Tag und bei Nacht. Für jeden Geschmack war etwas dabei, Negerinnen und Blondinen, Matronen und ganz junges Blut, es gab Sanftmütige für die Feinsinnigen und Vulgäre, die das Blut zum Sieden brachten. In Korinth schätzten die Liebhaber ihres eigenen Geschlechts eher Knaben; hier war es schlimmer, sie stürzten sich selbst auf gestandene Mannsbilder.
Diesen ganzen Sumpf mußte man ein für allemal trockenlegen, dachte Saul, kochend vor Wut. Der Menschheit mußte der Gedanke an Fortpflanzung endgültig ausgetrieben werden! Er weigerte sich, einzugestehen, daß auch er diese Dinge einst getrieben hatte. Das war vor seiner Begegnung mit Jesus gewesen. Danach waren seine Lenden erkaltet. Er hätte diese Huren und ihre Kunden auspeitschen mögen, bis das warme Blut über Rücken und Schenkel rann, die Brüste von Narben entstellt waren, bis die Hinterbakken in Fetzen hingen und Hoden und Scham verdorrten. Denn eines war ihm klar: Nur eine einzige Liebesnacht, gleichgültig ob ehelich oder nicht, und die Wirkung seiner Prophezeiungen war wie weggeblasen. Wie diese schreckliche Sau im Artemision, so war auch das befriedigte Fleisch taub.
Verbittert dachte er daran, daß sich gerade jetzt in diesem Augenblick von Tarsus bis Korinth Tausende seiner Anhänger diesem schamlosen Geschäft hingaben, denn das Fleisch kann dem Fleisch nicht widerstehen! Und erst recht nicht, wenn der Blick überall in den Städten unablässig auf Darstellungen von nackten Körpern, Brüsten, Hintern und Geschlechtsteilen trifft! Vor allem in Korinth, wo man anfing, seinem Trieb nachzugehen, noch bevor man laufen konnte.
Er beschleunigte seinen Schritt, denn er wollte zu Aquilas und einen warnenden Brief an die Korinther aufsetzen, eine Mahnung zur Vorsicht vor schändlichen Versuchungen, auch im Eheleben. Er schrieb ihn in einem Zug und übergab ihn dann einem Kurier; Adressat war der Rat.[205]

Dann kehrte er zu der Synagoge am Magnesia-Tor zurück. Aber nachdem er auf die *bimah* gestiegen war und die Gläubigen beschworen hatte, sich der Erneuerung der Welt durch Jesus zu öffnen, da empfing man ihn nicht so wie das erste Mal. Man beschimpfte ihn nicht; als er geendet hatte, dauerte es lange, bis die erste Frage gestellt wurde.

»Du sagst, Fremder, daß der Herr uns einen Messias geschickt hat. Aber empfindest du es nicht als Gotteslästerung, zu sagen, daß die Vorsehung des Allmächtigen fehlgeschlagen ist, weil dieser Mann niemals gesalbt worden ist, und weil er hingerichtet wurde, ohne daß er dabei König oder Priester war?«

»Er war kein weltlicher Messias«, antwortete Saul. »Er wurde bestimmt, über die Herzen der Menschen zu herrschen.«

Aber die Antwort hatte seine Zuhörer sichtlich nicht überzeugt, denn sie lächelten immer noch spöttisch, und einige Gläubige murmelten halblaut: »Das wäre ja etwas ganz Neues, ein Messias, der nicht gesalbt worden ist!«[206]

»Also gut«, fuhr derjenige fort, der Saul widersprochen hatte. »Außerdem sagst du, daß sich dieser Mann selbst für den Allmächtigen geopfert hat. Wir haben den Brauch des Menschenopfers aber schon lange aufgegeben. Wie sollen wir wissen, daß dein Jesus da nicht einer fremden Religion anhängt?«

»Ihr habt ihn doch geopfert, ihr!« schrie Saul unvorsichtigerweise.

»Hat er sich nun aus freiem Willen geopfert, oder waren wir es, die ihn geopfert haben? Was den letzteren Fall angeht, Fremder, darf ich dich daran erinnern, daß wir keine Menschenopfer mehr kennen. Oder ist dieser Mann nicht etwa deshalb zum Tode verurteilt worden, weil er behauptet hatte, er könne mit Hilfe von Zauberei den Tempel in Jerusalem zerstören und in drei Tagen wieder aufbauen, und weil er überall verbreitet hat, man brauche das Gesetz nicht, um ins Himmelreich zu gelangen?« Die Zuhörer wurden unruhig. »Oder willst du uns einreden, Fremder, daß alle Verbrecher und Staatsfeinde, die hingerichtet werden, sich dem Allmächtigen zum Opfer dargebracht haben?« Das Gemurmel wurde lauter.

Manche schrien: »Holt diesen Gotteslästerer von der Kanzel!« Aber der Redner fuhr mit fester, leidenschaftsloser Stimme fort: »Außerdem, Fremder, behauptest du, daß das angebliche Opfer dieses Jesus dazu bestimmt sei, uns zu sühnen. Du unterstellst uns also eine schwere Sünde, die schwerste Sünde von allen, die nur ein Menschenopfer sühnen könnte. Aber dann erkläre uns doch bitte, welche Sünde soll das sein?«
»Ihr habt das Wort des Herrn vergessen!« schrie Saul außer sich.
»Wie können wir es denn vergessen haben, Fremder? Es steht in den Büchern geschrieben, und wir haben Scharen von Schriftgelehrten und Rabbinern, um es uns vorzutragen und auszulegen. Denkst du, die Juden seien nicht mehr fromm? Findest du denn größere Frömmigkeit bei den Ungläubigen? Sag es uns! Und wie war es denn in Korinth, da gibt es doch in deiner Gemeinde welche, die sich nach der Taufe im Dreck der Schamlosigkeit gesuhlt haben, weil sie davon überzeugt waren, daß sie ohnehin ins Himmelreich kämen?«
»Holt ihn doch endlich herunter!« riefen einige. »Auf die *bimah* gehören keine Gotteslästerer!«
»Wartet!« rief ein älterer Mann und hob die Hand. »Dieser Fremde hier soll uns nicht nachsagen können, wir hätten ihn aus der Synagoge gejagt, ohne auf die Lehre, die er vertritt, näher eingegangen zu sein.« Es wurde still. »Ich war in Jerusalem, das ist jetzt schon achtzehn Jahre her, Fremder, als jener Mann, in dessen Namen du diese leichtsinnigen Reden verbreitest, hingerichtet wurde. Ich war mit dem Fall bis in die Einzelheiten vertraut, denn ich gehöre zur Familie des Hohenpriesters Kaiphas. Der Sanhedrin hatte seine Beobachter auch auf Golgota. Und es stimmt doch, daß dieser Mann mit seinem letzten Atemzug gerufen hat: ›Mein Gott, warum hast du mich verlassen?‹ Ein Raunen ging durch die Menge. Saul schluckte. »Fremder, ist das nicht ein Schrei der Verzweiflung an den Allmächtigen, dessen Bote dieser Mann deinen Worten nach sein soll? Ist das nicht das Eingeständnis einer Niederlage? Ist nicht schon dieser einzige Schrei der Gegenbeweis für all diese Legenden, die du überall verbreitest?«

Saul versuchte eine Antwort, aber kräftige Arme hatten ihn auch schon von der *bimah* heruntergeholt. Man brachte ihn zur Tür. Sein letzter Widersacher folgte ihm nach: »Komm nie wieder, Fremder, und denke bloß nicht, du kannst uns verwirren! Erzähl deine Geschichte den schwachen Seelen!«
Drei Tage brauchte Saul, um diese schmerzliche Niederlage zu verwinden.
»Die Juden werden uns nie verstehen«, sagte Aquilas. »Du predigst eine ganz neue Religion.«
Und als er Sauls Niedergeschlagenheit sah, versuchte sich Aquilas selbst im Predigen, aber man setzte ihn mit sehr viel weniger Aufhebens als bei Saul vor die Tür, selbst auf dem Heimweg mußte er noch Prügel einstecken.
Diesmal fiel das Tor endgültig zu. Die jüdische Welt lehnte die neue Lehre ab.[207]
Vielleicht war auch der Ärger über diese Niederlage daran schuld; jedenfalls wurde Saul eines Nachts von stechenden Schmerzen in den Eingeweiden geweckt. Er lief, so schnell er konnte, vor die Tür und gab Wasser, halbverdaute Nahrung und, wie er im Lampenschein erkennen konnte, auch Blut von sich. Unter höllischen Schmerzen legte er sich wieder hin. Als die Sonne aufging, hatte er kaum noch die Kraft, nach Aquilas zu rufen. Ja, er machte sich auf den Tod gefaßt, denn sein Puls wurde immer schwächer; außerdem ließen Krämpfe auch noch einen Anfall seiner alten Krankheit befürchten.[208] Eine Stunde später war Aquilas mit einem Arzt zurück, einem Heiden, noch dazu einem Unbekehrten. Der Mann fühlte seinen Puls, nickte und verordnete sofort drei Löffel zerstoßene Tonerde mit Opium und als einziges Getränk das Kochwasser von Bohnen und Weizen. Die Schmerzen ließen nach, aber es vergingen zehn Tage, bevor Saul sein Lager verlassen konnte, und noch einmal dieselbe Zeit, bis er ganz genesen war. In drei Wochen war er so abgemagert, daß er fast selbst aussah wie der Tod, dem er nur knapp entronnen war.
Auf einen Stock gestützt, besuchte er die Christen, die es schon vor seiner Ankunft in Ephesus gegeben hatte. Wer hatte sie getauft?

Apollos. Dieser Apollos war wieder einer der Siebzig, auf deren Spur Saul schon hier und da gestoßen war. Und als Apollos sie getauft hatte, fragte Saul, hatten sie da gefühlt, wie der Heilige Geist über sie kam? Welcher Heilige Geist? Wovon redete diese wandelnde Leiche? Sie waren von ihrer alten wurmstichigen Religion zu einer neuen übergewechselt, so wie man ein anderes Haus bezieht. Sie verschafften sich eine Hypothek auf den Himmel und außerdem – eine neue Religion, das war mal etwas anderes.[209]
Man berichtete ihm übrigens, daß dieser Apollos in Korinth mit seinen Predigten die Massen mitriß; man nannte ihn »die goldene Zunge«, und die Frauen waren verrückt nach ihm. Seinen Vorgänger, den kleinen Kahlkopf, hatten sie bestimmt schon vergessen. Saul seufzte; immerhin, besser als nichts. Aber er mußte seinen Feldzug wieder aufnehmen. Dazu mietete er sich von einem gewissen Tyrannos einen Saal, eigentlich eine Schule.
Mehrere hundert Juden hatten in der Synagoge die heftigsten Vorwürfe gegen seine Lehre gehört. Nun gingen sie zur Gegenoffensive über und kamen in Massen in die Schule des Tyrannos. Ihre Taktik war es, Saul die alten Fragen neu zu stellen, und so sah er sich gezwungen, seine Argumentationsstruktur zu ändern. Der Beweis dafür, daß die Juden nicht mehr auf die Stimme des Gesetzes hörten, liege, so Saul, in ihrer erniedrigenden Versklavung; war es denn wirklich normal, daß der Konsul von Judäa das Recht haben sollte, die Hohenpriester abzurufen? Das Gesetz könne also für das Heil Israels nicht mehr ausreichend sein, denn was Israel suchte, hatte es nicht erlangt.[210] Und weil die Brücken nun einmal abgebrochen werden mußten, riß Saul sie eben ein: »Wir haben uns zu Jesus Christus bekannt, damit wir gerecht werden durch den Glauben an Christus... Wenn die Gerechtigkeit durch das Gesetz kommt, so ist Christus vergeblich gestorben.«[211] Was aber die letzten Worte Jesu am Kreuz anging, so bezeichnete Saul sie ungerührt als reine Erfindung. Alexander hatte ihm zwar damals in Kokba gesagt, daß diese Worte von Jesus stammten, aber schließlich war Alexander bei der Kreuzigung nicht dabeigewesen, und es war gefährlich, solche Geschichten zu verbreiten.

Das war eine Aufgabe, bei der kein Ende abzusehen war und die noch dadurch erschwert wurde, daß die eifrigsten Gläubigen damit anfingen, Geschichten über Wunderheilungen in Umlauf zu bringen. Weil er bei einer Versammlung eine hysterische Frau wieder zur Vernunft gebracht hatte, indem er ihr kaltes Wasser ins Gesicht schüttete, wurden Saul, ehe er sich's versah, Wunderkräfte zugesprochen. Man schwor beim Leben seiner Kinder, er habe einer Besessenen den Teufel ausgetrieben, brachte gleich noch andere zu ihm, die mit abwesendem Blick ins Zimmer traten und die sich plötzlich unter gräßlichen Schreien und Zuckungen auf dem Boden wälzten, sobald sie sich in Gegenwart des Wunderheilers befanden; er hatte sogar einmal eine gesehen, die sich alle Kleider vom Leib riß und sich die Brüste zerkratzte! Ihr hatte er ein paar kräftige Ohrfeigen verpaßt, während er die anderen behandelte, indem er ihnen ganz gewöhnliches Wasser ins Gesicht schüttete, von dem man natürlich hinterher behauptete, es sei Weihwasser. Normalerweise stießen sie einen wilden Schrei aus, und jeder schloß zwangsläufig daraus, dieser Schrei sei der Schrei des wütenden Dämons, der sein Opfer verlassen mußte. Man brachte ihm Todkranke, Kinder mit hohem Fieber, Lahme, unfruchtbare Frauen, die vor ihm das Zittern anfingen und denen der Schock offensichtlich half, zumindest wenn man einige dieser mysteriösen Vorfälle in Betracht zog; hatte man nicht gesehen, wie zwei Frauen, die sich für unfruchtbar hielten, schwanger wurden, nachdem man sie zu Saul gebracht hatte?
Solche Veranstaltungen begeisterten Saul nicht gerade, aber er hatte Mühe, sich ihnen zu entziehen. Sehr viel ungelegener kamen ihm die Jünger, die erklärten, sie seien vom Heiligen Geist besessen, und sich also auch die Kraft zu Wunderheilungen anmaßten. Es gab sogar welche, die Geschäfte damit machten und hintereinander weg Wassersucht, bösartiges Fieber, Hautkrankheiten behandelten und bei denen Besessene, Magere und Fettleibige ein und aus gingen... Zu dieser Sorte gehörten zum Beispiel die Kinder eines gewissen Sceuas, die allerdings nicht bekehrt waren, denn ihr Vater gehörte zu den Archonten der Judengemeinde, die sich aber auf ein-

mal auf die Teufelsaustreiberei verlegt hatten, zweifellos, weil sie den Christen das Geld aus der Tasche ziehen wollten. Zu ihrem Pech gerieten sie schon bald an einen Irren, der schon vor ihrer »Behandlung« zuviel Phalluspilz[212] verzehrt hatte, was ihrem Ruf einigen Abbruch tat.

Saul hätte gut ohne solche Geschichten auskommen können, die nur schwer unter Kontrolle zu halten waren. Man konnte nie wissen, wohin das führen würde, diese Delirien einfacher Menschen, die davon überzeugt waren, mit den übernatürlichen Kräften in Verbindung zu stehen, doch wenn sie ausuferten, konnte es zu kriminellem oder anstößigem Verhalten führen. Und woher sollte man im übrigen wissen, woher diese Kräfte eigentlich rührten, vielleicht waren sie ja auch dämonischer Natur? Saul hielt daher Titus, Silvanus, Timotheus, Aquilas und die anderen dazu an, diese Heilungen nicht zu fördern und in ihrem Bekanntenkreis immer wieder zu wiederholen, daß man von Jesus keine greifbaren Beweise seiner Macht erwarten solle.

Gleichzeitig versuchte er die Gläubigen, ehemalige Juden ebenso wie Heiden, von der Bilderverehrung abzubringen, der sie schon bei der erstbesten Gelegenheit anheimfielen. In der Gemeinde kursierten kleine Terrakottafiguren, von denen behauptet wurde, sie stellten Jesus dar und seien wundertätig. Man brachte Saul einige, die er segnen sollte; er lehnte ab. Das seien von Menschenhand gemachte Dinge, erklärte er, die über keinerlei übernatürlichen Kräfte verfügten.

So nahm ein weiteres Drama seinen Lauf.

In Ephesus gab es an die dreitausend Christen, von denen viele solche Statuetten erwarben; manche hatten sogar welche aus Bronze oder Silber. Aber weil Saul sie von der Gefahr der Bilderverehrung überzeugt hatte, hörten sie ganz plötzlich auf, welche zu kaufen, und erklärten den Händlern, eine solche Tonfigur sei nur ein Ding, und ohne Macht. man hätte es dabei bewenden lassen können, hätte nicht die Goldschmiedegilde der Stadt schon lange mit jenen kleinen Artemis-Figuren guten Profit gemacht, die nicht nur bei den Bewohnern der Stadt ihre Käufer fanden, sondern auch bei den

zahlreichen Besuchern des Artemisions, die eine Erinnerung an diesen Tempel mit nach Hause nehmen wollten. Als nun die Christen behaupteten, daß die Götterbildnisse keine Macht hätten, begannen auch die Ungläubigen an den Artemis-Figuren zu zweifeln und kauften sehr viel weniger davon.
Einer der Silberschmiede, ein gewisser Demetrius, der Miniaturen des Artemisions herstellte, begehrte auf; er alarmierte seine Kollegen, und die hetzten sowohl die Vornehmen der Stadt als auch die breite Masse von Ephesus unter folgendem Vorwand auf: Wenn man die Repliken der Artemis und ihres Tempels beleidige, die bis in die entferntesten Winkel der Welt verbreitet waren, beleidige man damit auch die Göttin selbst und das Artemision. Dann sei es bald nicht nur um den Wohlstand der Goldschmiede und Steinmetzen geschehen, sondern das Wohl der ganzen Stadt sei in Gefahr. Und, so argumentierte Demetrius leidenschaftlich, das sei allein dem hohlen Gerede dieses Paulus, des Anführers der Christensekte, zu verdanken. Diese Leute dankten Ephesus ihre großzügige Gastfreundschaft nun damit, daß sie ihr Ansehen und ihren Wohlstand schädigten! Demetrius und seine Freunde wollten sich hiermit an die Menschen von Ephesus wenden, deren Verehrung für die Göttin sprichwörtlich sei, und sie um Hilfe bitten, um die Anführer dieser Sekte aufzuspüren und vor Gericht zu bringen.
Fünf- bis sechstausend Menschen folgten dem Aufruf und strömten schon bald darauf vom Gymnasion des Vedius, in dessen Nähe die Silber- und Goldschmiede ihre Läden hatten, zur Agora, wo sie Saul in ihre Gewalt zu bringen hofften. Mit Inbrunst stimmten sie Sprechchöre an: »Groß ist die Artemis von Ephesus!« und dann auch noch einige Obszönitäten, die sie von den dionysischen Umzügen übernahmen, die zweimal im Jahr zu Ehren der Fruchtbarkeitsgöttin abgehalten wurden. Als sie Saul auf der Agora nicht antrafen, brachten sie an seiner Stelle eine Anzahl anderer Christen in ihre Gewalt, die dort sprachen, darunter Caius, Aristarch, Alexander und einige andere, und brachten sie ins Theater.
Die Ränge füllten sich im Handumdrehen. Die Silberschmiede krakeelten auf der Bühne herum, während der Mob, dem die Begeiste-

rung für die gute Sache ein ganz neues Gefühl von Wichtigkeit verlieh, weiter seinen Spruch über die Artemis von Ephesus skandierte. Die Christen standen indessen auf der Bühne, von einer Bande junger Burschen in Schach gehalten, die begeistert Liktoren spielten, und mußten sich die Spottverse anhören.

Saul, den der Lärm noch vor Titus und Aquilas alarmiert hatte, machte sich auf den Weg zum Theater. Kaum drei Schritte davon entfernt stieß er auf einige Männer, die ihn gerade aufsuchen wollten. Darunter waren auch zwei Asiarchen[213], zu denen er als römischer Bürger gute Beziehungen unterhielt.

»Wenn Ihr das Theater betretet«, sagten sie zu ihm, »dann riskiert Ihr, daß man Euch lyncht, obwohl Ihr römischer Bürger seid. Man wird Euch nicht einmal die Zeit lassen, Euch darauf zu berufen.«

»Aber die Gefangenen?« fragte Saul. »Ich bin für sie verantwortlich.«

»Wir haben den Grammatos[214] schon verständigt, er ist auf dem Weg zum Theater. Er wird für ihre Sicherheit sorgen.«

Also machte Saul kehrt und versteckte sich im Haus eines der Asiarchen. Er war in großer Sorge; diesmal war die ganze Stadt hinter ihm her. Die alte Welt wollte weder von Jesus noch von dem erneuerten Gesetz etwas wissen, und offensichtlich gab es darin Gegenden, in den die alten Götter noch Macht hatten und wo der Allmächtige ihn weder vor den Römern noch vor den Juden schützen konnte. Und wo ist es dann nun, das Reich, in dem Jesus herrscht? fragte er sich insgeheim.

Inzwischen war der Grammatos im Schutz einer eindrucksvollen Eskorte von Strategen und Liktoren zur Bühne hinabgestiegen. Er hob den Arm, und im Theater, das bis auf den letzten der fast fünfundzwanzigtausend Plätze besetzt war, wurde es völlig still. Zuerst beschwor er die Treue der Stadt Ephesus zu Artemis und ihren Stolz über das Artemision. Dann deutete er auf die Christen. Diese Menschen, sagte er, hätten ihren Kult, der Bildnisse von Göttern verbiete, aber wie er sie kenne, könne er versichern, daß die Christen in keinster Weise den Artemis-Kult beleidigen wollten. In dieser Hinsicht seien sie über jeden Vorwurf erhaben. Aber wenn sie

sich eines Vergehens schuldig gemacht hätten, dann sei es die Sache des Gerichtes, der Klage der Silberschmiede nachzugehen, und nicht die Aufgabe einer Volksversammlung. Der Grammatos verlangte, daß die Gesetze der Stadt eingehalten würden, und damit sie nicht des Aufstandes beschuldigt werden müßten, bat er die Epheser, nun friedlich nach Hause zu gehen.
Eine Stunde später war das Theater leer, und für Saul neigte sich nach gut drei Jahren das Kapitel Ephesus allmählich dem Ende zu. Er blieb noch einige Tage, um für die Ärmsten der Stadt und anderer Gemeinden einen Hilfsfonds einzurichten. Er vermied es so weitgehend wie möglich, sich in der Öffentlichkeit zu zeigen, aber zweifellos hatten Spione ihn längst ausgekundschaftet. Eines Morgens, als er gerade aus Aquilas' Haus auf die Straße trat, stürzten sich drei Molosserhunde auf ihn und bissen sich wütend fest. Einen erledigte er mit einem Faustschlag auf den Kopf und rannte los, um auf einem Brunnen Schutz zu suchen, von wo aus er die Bestien mit eisigen Wassergüssen auf Abstand halten konnte, bis Passanten ihn befreiten, indem sie die Hunde mit Stockschlägen vertrieben.
Ein andermal ging ein Bär ohne Maulkorb mit erhobenen Tatzen auf ihn los. Diesmal rettete ihn Aquilas, indem er das Tier von hinten an der Gurgel packte und Timotheus es mit einem Stein niederstreckte.[215]
Wieder einmal würde Saul auf Reisen gehen müssen.

III.

Die alten Feinde

Der Asiarch Hierophon lud Saul ein, vor seinem Aufbruch aus Ephesus mit ihm zu tafeln. Offenbar rechnete er mit einer endgültigen Abreise; die kommenden Ereignisse sollten ihn eines Besseren belehren. Dennoch war das Mahl hervorragend (insbesondere die Wachteln mit Pinienfüllung), und es wurde viel gelacht, denn der Asiarch war ein großer Freund von Anekdoten, so zum Beispiel der

über den Neureichen aus Pontus, der das Artemision für die Hochzeit seines Sohnes hatte mieten wollen.
Lachen, eigenes oder fremdes, brachte Saul immer aus der Fassung. Es schien ihm ein Ausdruck von Selbstvergessenheit zu sein. Wie konnte man lachen, wenn man noch im selben Augenblick sterben konnte? Das war schamlos!
Der nächste Morgen bestätigte ihn in seiner abweisenden Haltung gegenüber der Heiterkeit. Silvanus brachte einen Brief aus Korinth. Die ersten Worte schon ließen nichts Gutes erahnen: »Markus, Hieronimus und Parmenas, die Archonten des Rates von Korinth, an ihren geschätzten Mitbruder Paulus in Ephesus...« Das waren nicht die Namen der Ratsmitglieder, die er in Korinth eingesetzt hatte; den Rest konnte man sich denken. »Wir sind nach deiner Abreise in Korinth eingetroffen. Uns schickt der Rat in Jerusalem und unsere Ältesten, Jakobus, Philippus und Petrus. Wir haben uns sehr über die Zahl der Anhänger gefreut, die du dem Glauben unserer Vorfahren zugeführt hast, den Jesus Christus erneuert hat...« Es folgten einige Höflichkeitsfloskeln. Dann: »Wir sind aber besorgt über die Verwirrung in der Gemeinde, welchselbige sich zerstritten hat über den rechten Weg – ob nun den, den du gewiesen hast; den, den Apollos gezeigt hat; den von Eugenius; und den, der im Großteil seiner Vorschriften der einzig taugliche ist, und den die Gesandten von Petrus vertreten haben...« Hier folgte die Beschreibung der Unterschiede zwischen den einzelnen Wegen, ergänzt durch Berichte von einigen verirrten Anhängern, so einem Fall von Inzest zwischen Bruder und Schwester; und schließlich als Schlußklausel eine Ermahnung: Der einzig wahre Weg sei der der Mitglieder des Rates von Jerusalem, kraft ihrer Autorität, die ihnen ihre Zeugenschaft als Jünger Christi verleihe. Man fragte Saul nicht um seine Meinung, man stellte ihn vor vollendete Tatsachen. Und wieder einmal berief man sich auf »Autorität«. Kurz, es war ein Staatsstreich.[216]
In den folgenden Tagen empfing Saul zunächst den Abgesandten einer Gruppe, die man die Gruppe von Chloë nannte, einer reichen Matrone aus Korinth, die sich hatte bekehren lassen, und Saul erge-

ben war. Der Mann berichtete, Chloë sei im höchsten Maße darüber beunruhigt, wie sich die Christengemeinde von Korinth zusehends auflöste; Chloë flehe Saul an, in die Stadt zurückzukehren und die Ordnung wieder herzustellen. Dann kam Apollos selbst, und die Reaktionen, die er aufgeschnappt hatte, klangen kaum beruhigender.

»Das geht in allen Ecken los«, berichtete Apollos, ein munterer Bursche, der mit beiden Beinen auf der Erde stand und sicher nicht zu Depressionen neigte. »Sie haben gar nichts begriffen, weder von dem, was du gelehrt hast, noch von dem, was ich ihnen sagte. Ja nicht einmal das, was die Abgesandten des Rates von Jerusalem meinen. Jeder glaubt, was er will, die einen, daß Jesus der Sohn eines jüdischen Zeus ist, die anderen, daß das Ende der Welt bevorsteht und man nur gerettet wird, wenn man sich dem Kult Jesu anschließt; wieder andere, die Juden, meinen, daß die Tora entkräftet sei und sie sich nicht länger an die sechshundertsiebzehn Vorschriften halten müßten, sondern nur an das Bilderverbot und das Verbot von Opferfleisch. Jeder beruft sich auf den Prediger, den er gehört hat, und so zanken sie sich unablässig.«

»Bitte, geh zurück und erkläre ihnen...«

»Nein, auf gar keinen Fall!« rief Apollos. »Mit den Korinthern bin ich fertig!« Das klang unwiderruflich.

Kurz, das Ganze stank zum Himmel. Saul dachte einen Moment daran, in die Wüste zu gehen und den Rest der Menschheit zu vergessen. Er würde dort alles verlieren. Doch sein Stolz richtete ihn wieder auf. Nein, er konnte sein Leben nicht mit einer Niederlage beschließen.

Er schrieb einen zweiten Brief an die Korinther, den er an seinen Mitbruder Sosthenes richtete. Er enthielt drei Hauptpunkte: erstens, die sexuelle Moral, zweitens, den Rückgriff auf heidnische Gerichtsbarkeit; und drittens die Tatsache, daß es weder treue Anhänger Sauls gebe noch von Apollos, noch von sonst irgendwem, sondern nur Getreue Jesu. Und all dem folgte schließlich eine Mahnung an die brüderliche Liebe, die sie sich gegenseitig schuldeten.

Er beauftragte Timotheus, den Brief persönlich nach Korinth zu bringen, aber als Timotheus fort war, machte er sich Vorwürfe, ihm eine so schwere Aufgabe aufgebürdet zu haben. Die zerstrittenen Parteien von Korinth würden Timotheus zwischen ihren Fronten zermahlen. »Ich fahre selbst hin«, sagte er zu Silvanus, der laut protestierte, doch vergeblich. Schon wieder eine Schiffsreise!

In Korinth wollte man Saul sogleich an den Kragen. »Der Zwerg ist wieder da. Diesmal schicken wir ihn todsicher ins Gefängnis!« Er ging auf diese Drohungen hin nur nach Sonnenuntergang aus dem Haus.[217]

Zunächst suchte er den Rat, »seinen« Rat, auf, mußte dort aber feststellen, daß alle Mitglieder völlig entmutigt waren. Sie kämen kaum den laufenden Geschäften nach, berichteten sie. Und immer, wenn er sie zu Wachsamkeit aufmuntern wollte, antworteten sie ihm, er möge die Probleme doch selbst mit den Abgesandten des Rates aus Jersusalem regeln. Was er dann auch tat. Hochmütig entgegnete man ihm dort, er stünde für sich allein und repräsentierte nichts und niemanden mehr, das habe Jakobus gesagt. »Du selbst hast dir aus Ehrgeiz die Sandalen eines Apostels angezogen«, hieß es sinngemäß. »Du hast keine Ahnung von der Lehre Jesu, und das merkt man. Du hast Jesus niemals gesehen, auch wenn du das erzählst. Jakobus und Philippus sagen, du seist ein Lügner. Das bißchen, was du weißt, weißt du von einem Essener, dem Freund eines Hochstaplers, von Simon dem Magier. Einem Samariter übrigens. Also hast du alles verkehrt verstanden. Mach, daß du aus Korinth fortkommst, ehe wir die Geduld verlieren.«[218]

Er besuchte Chloë, doch sie machte nur eine hilflose Geste. Daß sie ihm helfen würde, davon könne keine Rede sein. Sie wolle weder die einen noch die anderen verärgern. Schließlich packte er Timotheus am Arm und kehrte verbittert nach Ephesus zurück.[219]

Er schrieb einen dritten Brief nach Korinth, gleich am Abend nach seiner Rückkunft. Wenn sie ihn nicht wiedersehen wollten, so würde er sie nicht wieder belästigen. Er hätte für sie gelitten, er sei müde, aber er würde ihnen vergeben. Und er ermahnte sie, das Unsichtbare zu sehen und sich mit Gott zu versöhnen, der sich mit der Welt durch Jesus versöhnt habe. Diesmal beauftragte er Titus mit dem Überbringen des Briefes. Titus, den Unbeschnittenen; eine besondere Entscheidung.

»Wenn du ihn übergeben hast, komm nicht nach Ephesus zurück, sondern erwarte mich in Troas«, sagte er zu ihm.
Die letzte Schicksalsstunde vor Rom, dachte er. Inzwischen mußte er sein Hinterland sichern; die Galater zum Beispiel seien demselben Problem zum Opfer gefallen wie die Korinther, berichtete ein Reisender, der aus Antiochia in Psidien und aus Ikonion kam. Also noch ein zorniger Brief: »Wer hat euch verhext? Folgt ihr Jesus oder der Thora? Seid ihr verrückt geworden?«
Er sah nun ganz deutlich, wer das Korn stahl, das er aussäte. Es waren zwei Banden: Die einen hetzte der Rat in Jerusalem auf, die anderen waren wie ein geheimnisvoller dunkler Strom, schwer zu fassen und giftig, in dem schwarze Sterne funkelten wie Dositheus, der doch ein ehemaliger Essener und Zeitzeuge von Jesus war, wie Simon der Magier, aber auch wie einige der griechischen Philosophen, für die die Erlösung durch Jesus nur eine Fiktion war: Für sie war er die Reinkarnation von Orpheus und Apollo, das Ende einer Welt der Gegensätze, das vollkommen Androgyne. Sein Kommen kündigte das Ende der widerstreitenden Mächte an, das Ende der Welt, wie man sie kannte und den blendenden Sieg des großen Demiurgen.[220]
Diese letzteren waren die gefährlichsten; sie sagten einen Teil der Wahrheit, denn es stimmte, daß Jesus angekündigt hatte, was auch er selbst, Saul, ankündigte: das Ende der Welt. Und es stimmte auch, daß Jesus sich selbst als Menschensohn bezeichnet hatte, ein rätselhafter Ausdruck, den zu verwenden sich Saul so oft wie möglich untersagt hatte, denn er ahnte die Tücke darin mehr, als er wirklich erkannte.[221] Diese Leute, die man Gnostiker nannte, waren auch gefährlich, weil sie bei den gebildeten Heiden sehr alte Vorstellungen wachriefen. Und Saul blieb keine Zeit mehr, sich mit philosophischen Nachforschungen zu beschäftigen.
Von den Gnostikern ging auch die Debatte um die Sexualität aus: Diese, sagten sie, sei nur das Ergebnis des Widerstreits zwischen den Gegensätzen. Ihre Ausübung habe keinerlei Bedeutung, da diese Welt ohnehin einem baldigen Ende geweiht sei. Das Wesentliche sei, von der bevorstehenden Parusie Kenntnis zu haben.

Man mußte ihnen alles stehlen, was an ihren Ideen nützlich sein konnte. So zum Beispiel den Gedanken der Wachsamkeit...
Deshalb also hatte sich Dositheus der »Stern« nennen lassen!
In seinen Mantel eingeschlagen wie ein Bündel vergessener Dekken, saß Saul da und träumte. Er hatte sich nicht deutlich genug klargemacht, daß der Mensch schon seit langer, seit sehr langer Zeit sein Verhältnis zu den himmlischen Mächten in bestimmte Formen gebracht hatte. Und daß nicht wenige Leute sehr viel erfahrener als er in den schwierigen Fragen waren, die sich zu diesen Verhältnissen stellten. Er war nichts als ein dahergelaufener Anfänger in einer sehr alten Welt. Hatte er noch immer im Sinn, Rom zu erobern? Wahnsinn! Aber wie konnte man denn nicht davon träumen, Rom zu erobern?
In diesen Gedanken störte ihn Aquilas.
»Schläfst du? Du mußt etwas essen.«
In Wahrheit begann er erst jetzt, gegen Ende seiner sechsten Lebensdekade, langsam zu erwachen.

IV.

Das Nichts, das gewaltige Nichts

»Am Anfang träumte der vollkommene Mensch im Lichte des siebenten Kreises unter dem Blick des allmächtigen Schöpfers, des Demiurgen. Das männliche und das weibliche Prinzip ruhten in ihm; er war das vollkommene androgyne Wesen«, sagte der Mann namens Hippolyt. Er war ein Syrer, aber unter seinen Vorfahren waren auch Griechen gewesen, und im Gespräch vermittelte er den Eindruck eines weitgereisten und hochgebildeten Mannes. Er sprach mit unwiderstehlicher Autorität und versicherte – welch bemerkenswertes Detail – in Baktrien Jesus begegnet zu sein. Um ihn zu hören, kamen viele Menschen in das Haus neben dem Apollo-Tempel, in dem er jeden Sonntagabend sprach. Juden, Heiden und sogar Anhänger des Isis-Kultes; sie kamen auch deshalb so zahl-

reich, weil seine Worte niemanden verletzten: Er ermahnte nicht und verurteilte auch nicht, sondern beschränkte sich darauf, sein Wissen herauszuarbeiten. »Die Frau«, fuhr er fort, »die die Gewalt des Lichtes weder ertragen noch vermindern konnte, lehnte sich dagegen auf, indem sie sich auf die linke Seite warf, und dabei stürzte sie vom siebenten Kreis herab. In ihrem Sturz riß sie einen Teil des Glanzes mit, in den sie getaucht gewesen war, und sie fiel in das Meer und brachte es in Bewegung. Und davon erhielt sie einen Körper wie das Meer. Der Teil des himmlischen Lichtes, den sie mit sich nahm, hinderte sie, gänzlich zu Materie zu werden. Sie bemühte sich, wieder zu ihrer früheren Heimat hinaufzugelangen, zu dem glücklichen, unbeirrbaren, unendlichen Licht. Bei diesen Versuchen ließ sie ihren Körper zurück, und dieser Körper gebar alles Irdische. Ihr fragmentarischer Atem wurde zum weiblichen Pneuma, das alle Dinge bewohnte und ihnen die Sehnsucht und die Erinnerung an die Unsterblichkeit schenkte. Die Harmonie der Welt, wie sie vor dem Sturz dieser Frau gewesen war, teilte die Erde in widerstreitende Kräfte, in das Gute und das Böse, das Licht und den Schatten, das männliche und das weibliche Prinzip. Aus den Wassern erstand noch eine Frau, eine Sterbliche, und sie gebar erst einen Mann, dann eine Frau, und aus deren inzestuöser Vereinigung wurde die Menschheit gezeugt.«
Die Flammen der Öllampen, die in dem geschlossenen Zimmer senkrecht aufstiegen, warfen Hippolyts Schatten riesengroß an die Wände.
»Dieses erste Paar zeugte Giganten, die sich zuerst gegen ihre Eltern auflehnten und sie töteten, und dann gegen das Los ihrer eigenen Sterblichkeit. Sie versuchten, den siebenten Kreis wiederzuerlangen, aber da sie böse waren, stürzte sie der Gott des Guten in die Hölle hinunter, in der ihr Geschlecht bis heute unter der Herrschaft des Gottes des Bösen fortbesteht. Sie sind es, die auf Erden all die Leiden verbreiten, denen die Menschen zum Opfer fallen.
Die Teilung der Welt vertiefte sich. Daher entstand im Herzen des androgynen Wesens, das im siebenten Kreis geblieben war, ein Mann, den man darum den Menschensohn nennt. Da er aber auch

ein Sohn des Lichtes war, verlangte es ihn danach, die Harmonie zu verteidigen. Da er jedoch der rechten Seite angehörte, denn der Mann gehört der rechten und die Frau der linken Seite an, widersetzte er sich dem Bösen, als er auf die Erde herabstieg. Er stellte sich den zwölf Plagen entgegen, die die Kinder des ersten Paares verbreitet hatten. Er erklärte den Menschen auch, daß die Götter, die sie bisher verehrt hatten, nur Abbilder der Dämonen waren. Aber seine Taten reichten nicht aus, um die Harmonie wiederherzustellen. Der Menschensohn bot sich also den beiden Mächten zum Opfer an, die seit Tausenden von Jahren den Widerstreit zwischen den Göttern des Guten und des Bösen in Gang hielten. Dieser Mann war Jesus.

Während ich zu euch spreche, vollzieht sich die gewaltige Wendung, die die Harmonie wiederherstellen muß, das heißt, die Zerstörung der Welt aufheben, die durch den Sturz der Frau gezeugt wurde. Die Dämonen liegen in Todeskrämpfen, und die Engel gehen mehr und mehr in den Sphären auf. Was euch wie Jahre erscheint, ist nur ein unberechenbar kurzer Bruchteil von Zeit in den Augen des Demiurgen. Aber die Stunde ist nah, wo das androgyne Wesen sich wieder vereinigen und an den Himmeln leuchten wird.«[222]

Die Zuhörer schluckten. Sie begannen, die Folgen des Sturzes zu begreifen, die ewigen irdischen Gegensätze, die der Gott des Guten nicht beenden konnte, die gefährliche Natur der Frau... Wie üblich war es jetzt an der Zeit, Fragen zu stellen.

»Hast du nicht neulich gesagt, Hippolyt, du hättest Jesus gesehen? Aber wie kann denn der Menschensohn sich opfern und trotzdem überleben?«

»Der himmlische Menschensohn hatte die Gestalt eines Sterblichen angenommen. Aber das Opfer eines einfachen Sterblichen hätte nicht genügt, die Versöhnung herbeizuführen, von der ich gesprochen habe. Die verfeindeten Götter hätten sich damit nicht begnügt. Als das Opfer verrichtet war, hat der Sterbliche sein eigenes Leben weitergeführt, der Menschensohn in ihm hat sich geopfert, nicht er. Daher hat Jesus überlebt.«

Ein anderer fragte: »Aber wie erklärst du dir die Gleichgültigkeit dieser höheren Mächte gegen die Menschheit, für die sie doch verantwortlich sind?«
»Wir wollen doch nicht dem gängigen Irrtum verfallen«, antwortete Hippolyt, »der diesen Mächten menschliche Gefühle beimißt, wie etwa Mitleid. Der Demiurg ist weder Seele noch Intelligenz. Er hat weder Vorstellungskraft noch eine Meinung, weder Vernunft noch Verstand, wie die Juden das von ihrem Gott des Guten meinen. Er kann sich weder äußern noch empfangen, er hat weder Zahl noch Ordnung, weder ist er groß, noch ist er klein, er gleicht allem, und er gleicht nichts, er besitzt keine Ähnlichkeit. Er sieht nicht, er verharrt nicht still und bewegt sich nicht, er hält sich nicht zurück und besitzt keine Macht, er ist nicht Gewalt noch ist er Licht, er lebt nicht und ist auch nicht tot, er ist weder Essenz, noch Ewigkeit noch Zeit, und man kann ihn nicht mit dem Verstand begreifen. Er ist weder Wissen noch Wahrheit, weder Herrlichkeit noch Weisheit, weder Einer noch ein Einziger, noch Gott, weder gut noch böse, er ist nicht Geist in unserem Sinne. Er ist weder Sohn noch Vater, er ist nichts von all dem, was unserem Verstand zugänglich wäre oder dem Verstand irgendeines anderen Lebewesens. Dieser Gott existiert nicht, denn er hat sich nicht mit dem Sein beschwert. Er steht also über dem Gegensatz zwischen Sein und Nichtsein. Daher ist er ebensowenig das Nichts wie das Leben. Er ist das, in was sich alles spurlos auflösen wird, in die Abwesenheit aller Bilder und Wünsche.«
Das Auditorium schwieg längere Zeit unter dem Ansturm dieser Beschreibung des Unbeschreiblichen. Dann faßte sich ein junger Mann ein Herz und fragte, wie denn am Busen des Nichtseins das androgyne Wesen existieren könne, das doch immerhin eine Seinsform darstelle.
»Aber dieses androgyne Wesen«, antwortete Hippolyt, »lebt doch nur im siebenten Kreis, der am weitesten von dem Demiurgen entfernt ist, denn der Demiurg steht im ersten Kreis. Je weiter man sich vom ersten Kreis entfernt, desto mehr zeigt sich die Unvollkommenheit des Seins.«

»Und soll man sich dann noch im Namen von Jesus taufen lassen?« fragte der junge Mann weiter.
»Ja, denn die Taufe bestätigt das Opfer des Menschensohnes, das die Auflösung der Welt eingeleitet hat. Denn mit der Auflösung der letzten Dinge wird die Auflösung der ersten Dinge in Gang gesetzt«, antwortete Hippolyt.
»Aber dann hat ja nichts Bedeutung!« stellte der junge Mann fragend fest.
»Im Grunde nein, nichts ist von Bedeutung, wir sind nur die lächerlichsten Erscheinungsformen des gewaltigen Widerstreites, der selbst lächerlich ist.«
Die Zuhörer gingen zugleich freudig und erschreckt auseinander. Das menschliche Sein bedeutete nichts, welche Erleichterung! Aber als diese Reden Saul hinterbracht wurden, stürzten sie ihn in große Niedergeschlagenheit.[223]

V.
Das Feuer

Also brach er nach Troas, dem alten Troja auf, der Stadt, in der die Erinnerung der Welt zu beginnen schien: ein sagenumwogenes Theater, in dem die Götter ihr Los mit dem der Menschen verwoben hatten, Troja, das Herakles zerstört und dessen Bewohner er niedergemetzelt hatte, um, wie der ewige Blinde berichtet, nur einen Knaben und ein Mädchen zu verschonen. Hesione und Podarch, einen Prinzen und eine Prinzessin, die Kinder des Laomedon. Wenn ihm das Alter schlaflose Nächte und ein keuchendes Erwachen bereitete, dachte Saul an den Prinzen, der auch er einmal gewesen war, und an Doris, auch sie einst Prinzessin. Er lauschte zusammen mit Timotheus den Sängern in den Hafenspelunken, die diese Geschichte vortrugen, den Blick durch Alter und Rotwein gebrochen. Ja, die Grausamkeit des Halbgottes Herakles: Er hatte zugelassen, daß Podarch zunächst versklavt wurde, um dann von sei-

ner eigenen Schwester befreit zu werden. Was hatte diese Erniedrigung zu bedeuten? Und wo lag der Schlüssel zu der Wandlung des befreiten Podarch in einen König, in Priamos? Hatte Herakles gewollt, daß ihm der junge Prinz diene, damit er das Lager von Hesione teilen konnte, denn die Prinzessin hatte ihren Schleier hingegeben, um das Leben des Bruders zu retten?
»Ach, ich habe mich verrannt«, murmelte er plötzlich zur Überraschung von Timotheus. Ja, er hätte gelebt, er, Saul, aber er wäre nicht dieser Zwerg gewesen, mit einem Gesicht wie ein alter Sack voller Düsternis. Das war vor Jesus gewesen. Er hätte geliebt; inzwischen war die Liebe tot. Was blieb, war nur noch diese vergeistigte Form der Zärtlichkeit eines Menschenwesens für ein anderes, und das war fast so befriedigend, wie ein gemaltes Glas Wein den Durst zu stillen vermag.
Eines Abends, und es war wohl eben dieser Abend, den er in Erinnerung behalten hatte, weil es einer von denen war, an denen die Wahrheit auf einmal ebenso natürlich erscheint wie das Bewußtsein, daß man sterben muß, an diesem Abend versuchte er in sich die letzten menschlichen Fasern wiederzubeleben, das Verlangen nach einer Hand in seinem Nacken oder einem zärtlichen Wort, aber es war, als wolle man die Asche vom Vorabend neu entfachen. Er hatte alles in sich verbrannt. In seinen Augen glänzten Tränen, und Timotheus blieb verwirrt neben ihm auf seiner Bank sitzen und begriff nicht, was diesen Greis bewegte, diesen Heilsverkäufer, Saul. Waren es die Verse Homers? Der Bericht vom Tode Hektors? Aber die Jugend ist ein anderes Land, und ihre Sprache ist nicht die Sprache der Alten.
Ja, er hatte alles in sich aufgezehrt. Er war der Träger der Flamme, die er in der Straße des Goldschmiedes Nimrod entzündet hatte. In sein eigenes Haus hatte er sie damals getragen und alles bis auf den letzten Schemel verbrannt, dann hatte er die Mauern und das Dach zerstört, und als nur noch Ruinen übriggeblieben waren, hatte er seine eigenen Kleider angezündet, seine Haare, seine Eingeweide. Ich bin nicht länger Saul, dachte er und leerte noch ein Glas Wein, während er in seiner Tasche nach einer Münze für den Sänger

kramte und Timotheus erklärte, es sei schon spät. Er hatte zunächst geglaubt, sich selbst zu dienen, dann hatte er geglaubt, Jesus zu dienen, aber er diente niemandem mehr, außer dem Feuer.

Plötzlich, im Dunst der Nacht, wurde er von dem Gedanken überrascht, daß er nichts anderes als ein Engel des Feuers sei. Er zerstörte die Welt, die er erobern wollte, Tempel, Statuen, Mythen, sanfte und wilde Götter, unschuldige oder törichte Sterbliche, knospende Brüste, Goldlocken, Rosenmünder, liebliche Hände, die Blumen pflücken und sie zu Kränzen winden, sorglose Abende und Nächte, die aufbrechenden Granatäpfel gleichen; er zerstörte das griechische Glück, seine sonnendurchglühten Marmorbilder, seine kühlen Weine, sein verzweifeltes Lachen, seine lächelnde Resignation am Ufer des purpurnen Meeres, in dem die Galeeren ihre grausamen Bahnen ziehen. Er zerstörte die Jugend, ja, natürlich, denn die Jugend und die Schönheit waren ihm immer unerträglich gewesen. Man hatte sie ihm verweigert, und nun verweigerte er sie der Welt. »Ich bin der Tod«, dachte er fast fröhlich, und als er sich an die Worte von Jesus erinnerte: »Du wirst mich verraten wie die anderen«, stieß er einen Schrei aus, der Timotheus auffahren ließ. Nein, er war nicht der Abgesandte des Juden, denn der Jude hatte nur Juden gepredigt. Als Jesus ablehnte, sich um das Kind jener syrophönizischen Frau zu kümmern, hatte er das deutlich genug gesagt: »Eure Perlen sollt ihr nicht vor die Säue werfen.« Er, Saul, er wollte den Säuen predigen. Die Leute in Jerusalem hatten das genau gesehen und sie hatten recht, sich ihm entgegenzustellen, genau wie die Juden recht gehabt hatten, ihn zu prügeln, denn Jesus war nur für die Juden gekommen. Timotheus musterte ihn ängstlich von der Seite, betrachtete sein Gesicht, das sich verzog, die Augen mit Tränen gefüllt. Der Sänger hatte seinen Vortrag beendet, ein Straßenmusikant war an seine Stelle getreten und schmetterte mit näselnder Stimme einige zynische und witzige Gassenlieder: »Und wenn sie dich heute liebt, dann träum nicht davon, sie auch morgen noch zu finden, denn die Leidenschaft ist, wie die Eier sind – man kann sie nur frisch verspeisen...« Die Männer auf der Straße brachen in Lachen aus, einige gluckten vor Vergnügen. Die Leute waren glücklich, auch ohne die Predigten von Saul Antipater, Saul, der niemals lachte, im Namen des ewigen Gottes und Seines Sohnes, Saul, der nur das Wort ergriff, um das drohende Ende aller Dinge zu verkünden, das Ende der Gestirne, der Sonnenaufgänge und des Verlangens! Ach, Timotheus, geh, geh weg! Geh in den Spelunken tanzen und gib deinen Körper den Mädchen, denn sonst verlierst auch du dein Feuer, nimm dich vor den Verkündern der Apokalypse in acht, nimm dich vor bärtigen Männern in acht, denn die Welt, von der ich behaupte, daß sie untergehen wird, und die nicht untergeht – denn Jesus, ich habe ihn in Edessa gesehen, ist, auch wenn er der Sohn Gottes ist, zu sanftmütig, um das Universum und dich mit ihm zu verschlingen – diese Welt wird voll von bärtigen, dunkelgelockten Männern sein, die wie ich nur reden, um zu zürnen und zu belehren und im Namen des Lichtes das Dunkel zu verkünden!

»Saul«, sagte Timotheus, »es wird spät...«

Ach was, Saul, das ist nur noch eine menschliche Fackel, und alles was eine Fackel tun kann, ist brennen, unter dem Vorwand, zu leuchten. Saul würde brennen, brennen, und was würde er erleuchten, oh, Herr, wenn nicht ein Land in Schutt und Asche?

Saul erhob sich schwerfällig und griff nach dem Arm, den ihm der junge Mann bot. So ging er mühsam bis nach Hause, wo sich die Nacht endlich seiner bemächtigte und ihn in Schwarz und Blau wiegte, ihn zu den Sternen führte und in seinen Träumen einen jungen Mann tanzen ließ, der er selbst war, aber er war schön und tot und doch lebendiger als die Lebenden, und dieser junge Mann diente seiner Schwester Hesione, die neben Herakles ruhte, und er streckte ihr einen gebräunten Arm entgegen, der einen Kelch mit Ambrosia hielt, und führte ihn an Hesiones Mund...

Am nächsten Tag hatte Saul alles vergessen. Er hatte seine Dämonen ausgespuckt. Es ist gut, sich in einer Schenke mit Wein durchzuspülen, um sich von den Dämonen zu befreien, während man einem Sänger zuhört, der die alten Geschichten erzählt. Für ihn war es wirklich zu spät, einen anderen Weg einzuschlagen. Man muß sein Schicksal zu Ende bringen können, und das seine war es, zu verbrennen.

VI.

»Mein Skelett wird mich überleben«

Saul wurde unruhig; wegen seiner düsteren Prophezeiungen und Vorwürfe hielt er Korinth für verloren. Er hatte ihnen den Wein vom Munde weggerissen, um ihnen statt dessen einen Becher mit Galle zu reichen; gewiß hatten sie den Becher weit von sich geschleudert, er hörte förmlich, wie er in Scherben zersprang... Er konnte nicht länger auf Titus warten; er eilte ihm entgegen. Eine Trireme brachte sie, ihn und Timotheus, über das thrakische Meer nach Neapolis. Von dort eilte er weiter nach Philippi. Hatte jemand Titus gesehen? Die Frage wurde fast überhört. Saul! Saul war wieder zurück! Und Nearkos, Felix und Ktesias, die drei ersten Christen, an die er die Frage nach Titus richtete, nahmen sich kaum Zeit für die Antwort, nein, niemand hatte Titus gesehen, welchen Titus, und schon rannten sie davon, um die Gemeinde zusammenzutrommeln. Saul, Saul, der sie bekehrt hatte, war wieder da! Sieben Jahre waren verstrichen, seit Saul Philippi verlassen hatte, längst hatten die Bekehrten seine Lehren wieder vergessen oder sie zum Mythos verklärt. Die Zeit treibt ihr Spiel mit den Erinnerungen; aus der Geschichte vom Gefängnis und dem Erdbeben hatten sie in ihren Erzählungen ein Wunder gemacht, ganz als hätte der Zorn des Herrn das Gefängnis zerstört und damit beide, Juden und Römer, gestraft. Saul widersprach nicht, denn er wußte, wie das Herz solche Geschichten hervorbringt; man kann nicht sein ganzes Leben damit zubringen, die Leute zu maßregeln und zu verbessern, und solche gutherzigen Menschen hätte es verletzt, wenn er beispielsweise klarstellte, daß es nur eine zufällige Verbindung zwischen dem Erdbeben und der Einkerkerung gegeben hatte. Kurz, seine Abwesenheit hatte sein Ansehen gestärkt und selbst den orthodoxen Juden den Wind aus den Segeln genommen. Jedenfalls erfuhren sie, daß er in der Stadt sei und machten ihm dennoch keine Schwierigkeiten. Auch war, ganz im Gegensatz zu Sauls Befürchtungen, die Gemeinde nicht geschrumpft; sie war zwar auch nicht gewachsen,

aber man konnte schließlich nicht hoffen, daß sie unaufhörlich weiterwachsen würde. Diese Leute hatten getreulich behalten, was er sie gelehrt hatte und sich jetzt zur Kontrolle von ihnen wiederholen ließ: Jesus hatte die Sünden der Welt durch sein Opfer gesühnt; er war der Retter aller, die sich zu ihm bekannten, vorausgesetzt, sie suchten den Heiligen Geist im Gebet.
Zur Erleichterung von Timotheus heiterte all dies Saul wieder auf. Aber es gab noch immer keine Nachricht aus Korinth, wo es doch so viel mehr gärte als in Philippi. Vielleicht war Titus schon auf halbem Wege, vielleicht hatte er aber auch in Thessalonich Station gemacht, und so entschied sich Saul nach drei Wochen, dorthin weiterzureisen. Auch hier hatte sich nicht viel geändert. Zwei Ratsmitglieder, die Saul eingesetzt hatte, waren gestorben, ihre Kollegen hatten Nachfolger gewählt, und Saul ermahnte sie zur unbedingten Treue zu Jesus, ohne die es keine Erlösung gebe. Kinder waren geboren worden, man hatte sie getauft – die Gemeinde wuchs also von selbst, und die Juden suchten keinen Streit, solange die Heiden nicht verlangten, ihre Gebete in den Synagogen zu verrichten. Saul ermunterte die Gläubigen, auszuharren und versicherte ihnen, daß sie das Vorbild aller Gläubigen in Mazedonien und der Achaia[224] geworden seien, und er ermahnte sie auch zur Großzügigkeit, denn es sei notwendig, daß alle, die wie die Glieder eines Körpers in Christus vereint seien, die Unglücklichsten unter ihnen, besonders aber die Jerusalemer, nicht vergäßen. Die Unterteilung der Gläubigen in ehemalige Heiden und ehemalige Juden müsse ein Ende haben, nun gebe es nur noch Christen.
Inzwischen traf Titus ein. Schon sein Gesichtsausdruck kündete von guten Nachrichten. Der Streit in Korinth war beendet, und die Schärfe von Sauls Brief hatte segensreich gewirkt: Die Gemeinde sei wieder näher zusammengerückt, die hysterische Verzückung gewichen. Nein, sie erwarteten nicht mehr von einem Moment auf den anderen das Ende der Welt, nein, sie zweifelten Sauls Autorität nicht länger an...
Saul fiel Titus vor Freude um den Hals und unterbrach ihn so in seinem Bericht. »Du schenkst mir wieder Lebensfreude!« rief der

Greis. Wieder ruhiger geworden, erkundigte er sich nach den Synkretisten.
»Das ist eine andere Angelegenheit«, antwortete Titus. »Es gibt noch immer welche in der Gemeinde, und ich würde sogar sagen, daß sie noch Zulauf haben. Aber schließlich sind sie fromm und machen keine Schwierigkeiten. Man kann sie also nicht einfach aus der Gemeinde vertreiben.«
»Hast du gehört, was sie sagen? Behaupten sie noch immer, es gäbe einen Gott über Gott?«
Titus nickte. Ja, die Synkretisten behaupteten das, aber schließlich glaubten sie an Jesus, war das nicht die Hauptsache? Sicher, dachte Saul, aber man mußte sich bald um die Berichtigung solch heterodoxer Ideen kümmern. Er selbst würde dafür sorgen, indem er noch einmal nach Korinth reiste.
So geschah es. Sieben Tage Aufenthalt dort gaben ihm die Gewißheit, daß das Fieber gefallen war, wie Titus es berichtet hatte, aber sie zeigten auch, daß Korinth immer noch Korinth war, beherrscht vom Geld, vom Sex und vom Wein, von Gier, von Luxus und hoffärtigen Reden. Kindische Hoffnung! Die Welt hatte sich nicht geändert. Saul verspürte darüber fast so etwas wie Zorn. Unglaube unterstützte die Verworfenheit, und an jenem fernen Tag, an dem der Glaube an Christus siegte, würde es auch um die Tyrannei des Geldes, der Maßlosigkeit und des Lasters geschehen sein. Das galt es zu bewerkstelligen und sei es mit Feuer und Brand. Es wurde Zeit zum Sturm auf die Festung, auf die Wurzel all dieser Übel: Rom.
In Korinth brauchte Saul die Gastfreundschaft eines großen Hauses, um dort den Rat und die anderen Gemeindemitglieder zu empfangen und vor aufdringlichen Blicken geschützt zu sein, vor allem den Blicken der Juden, die er nicht auch noch provozieren wollte. Diese Gastfreundschaft fand er bei Caius, einem der beiden Korinther, die er eigenhändig getauft hatte; der andere war Krispus gewesen. Caius war reich und verfügte über Diener, die ebenfalls Christen waren. Den ganzen Tag über und auch abends riß nun der Besucherstrom nicht ab: Sosthenes, dann Erastos, der Schatzmeister der Gemeinde, die Ältesten, Quartus, Luzius, Jason, Sosipa-

tros. Außerdem brauchte Saul einen Sekretär. Dazu bot sich ein Bruder des Quartus an – der nächstältere Bruder offensichtlich, denn er hieß Tertius. Timotheus war bei allen Gesprächen dabei; man hielt ihn für Sauls Sohn.

Man besprach die Schwierigkeiten der Gemeinde und die Umwälzungen der Zeit, die Feindschaft der Juden und den Spott der Römer. Ach, diese Römer! Sie hatten den ständig wachsenden Wohlstand Korinths begründet und damit seine Moral zerstört. Und wieder fingen sie an zu streiten: Bedeutete Heidentum unbedingt Unmoral? Nein, denn es gab ja fromme Heiden, ebenso wie es gottlose Juden gab. Woher rührte also die Unmoral? Viele wollten die Ursache in der Bindung an weltliche Güter sehen, und so bewegte sich die Unterhaltung auf einen Standpunkt zu, der Saul schon immer verstört hatte: daß nämlich alles Weltliche böse sei, und die Welt das Reich des Dämons. Nein, nein, erklärte Saul, auch unter den Dingen der Welt gebe es das Gute. Aber alle waren sich einig, daß die Bekehrung Roms ein schwerer Schlag gegen das Böse und gegen die Verführungen bedeuten würde, die jetzt von ihm ausgingen. Auf nach Rom, ja, dachte Saul.[225]

In Rom gab es eine Christengemeinde, und auf die hatte Saul keinen Einfluß. Sie war vor seiner Zeit entstanden, und er kannte ihre Haltung nicht. Standen ihre Anführer unter hierosolimitanischem Befehl? Ließen sie nur Anhänger zu, die sich dem mosaischen Gesetz beugten, und erlegten sie ihnen die Beschneidung auf? Oder hatten sie vielleicht wie er selbst begriffen, daß das Gesetz Jesu ein neues Gesetz war, das das alte hinfällig machte? Er wußte nichts darüber, und die wenigen Reisenden aus Rom, die er hatte ausfragen können, darunter auch Aquilas und Priska, hatten ihn über diesen Punkt im unklaren gelassen.[226]

Dennoch konnte er nicht nach Rom reisen, ohne vorher den dortigen Rat zu informieren, wenn er nicht riskieren wollte, dort als Fremder oder gar als Hochstapler empfangen zu werden. Wenn er an ihn schrieb, ein Unbekannter an Unbekannte, dann galt es zweierlei zu bedenken: Erstens durfte er sie nicht vor den Kopf stoßen, falls sie dem mosaischen Gesetz treu geblieben waren, andererseits aber durfte er auch nicht zu nachgiebig erscheinen, um nicht Gefahr zu laufen, sich dann in Rom mit seinen Ausführungen über das Gesetz selbst zu widersprechen.

Also diktierte er Tertius einen Brief. Er schickte ihm einen Abschnitt über das Heil voraus, in dem er das Heil mit dem Glauben an Gott und an Jesus verknüpfte, wogegen wohl niemand etwas einwenden konnte, denn sie waren ja Jünger von Jesus. Dann leitete er über zum Zorn Gottes auf die Juden, der unweigerlich die Folgerung nach sich zog, daß das Gesetz nicht länger zum Heil führe und es ein inneres Gesetz gebe. So seien auch die Heiden, die das Gesetz nicht hätten, sich selbst Gesetz. Anschließend war eine Würdigung der Taufe angebracht, damit auch diese keinen Streitpunkt mehr bildete, doch bereitete diese Würdigung wiederum Boden für den Gedanken, daß es ohne Jesus kein Gesetz gebe. Tertius' Feder kratzte über das frische Pergament. Selbst die Nachtfalter schienen Sauls Stimme zu lauschen, verharrten reglos auf der Wand. An diesem Punkt kam er auf das gemeinsame Heil von Juden und Heiden zu sprechen. Saul tat das mit der Forderung nach dem Heil der Völker, das aus der Tatsache erwachse, daß das göttliche Versprechen die gesamte Menschheit umschließe. Synthese: Die Verworfenheit der Juden sei nicht endgültig, sondern habe vielmehr den Heiden die Pforte zum Heil eröffnet. Und daher sei es notwendig, daß sich Juden und Heiden im Angesicht dieses Heils versöhnten. Und die Schlußfolgerung: Das wahre Gesetz sei das Gesetz der Liebe, der Liebe zu Feinden wie zu Brüdern. Das sei die Summe aller göttlichen Gebote.

Er bat Tertius, ihm den Brief noch einmal vorzulesen; seine Stimme klang rein und angenehm, als er es tat. Der Text war voller Angriffe und Verteidigungen, voller Anspielungen, die Saul beim Lesen mit einem Kopfnicken bestätigte: zunächst eine Verurteilung der naturwidrigen Sitten, die zeigen sollte, daß er bei seiner indirekten Verteidigung der Heiden doch keineswegs deren Zügellosigkeit zulassen werde. Dann warnte er vor der Versuchung zu vorschnellem Urteil, das einige der Ältesten in Rom sicher bereitwillig über ihn fällen würden: »Darum, o Mensch, kannst du dich nicht entschuldigen, wer du auch bist, der du richtest. Denn worin du den anderen richtest, verdammst du dich selbst.« Dann noch eine listige Umdeutung der Beschneidung, mit der er besonders zufrieden war: Die wahre Beschneidung sei »die Beschneidung des Herzens, die im Geist und nicht in Buchstaben geschieht«. Und weiter: »Wie ist denn Abraham sein Glaube zugerechnet worden? Als er beschnitten oder als er unbeschnitten war?« Und schließlich eine Überlegung zum Begriff des Unreinen: »Ich weiß und bin gewiß in dem Herrn Jesus, daß nichts unrein ist an sich selbst.«[227]

»Der Brief ist ein Meisterwerk«, urteilte Tertius.[228]

Gleich am nächsten Morgen wurde die Epistel einem Boten übergeben. Nun hieß es nur noch, sich auf die Begegnung mit dem Mittelpunkt der Welt zu rüsten. Aber zuvor mußte noch die Frage der Spenden geregelt werden, die nach Jerusalem zu entrichten waren.

Saul hatte zunächst daran gedacht, das gespendete Geld von Silvanus und Titus transportieren zu lassen, während er selbst direkt nach Rom reisen würde. Aber zum Erstaunen des Rates von Korinth hatte er seine Meinung geändert. Er erläuterte:

»Ich habe meine Gründe zu fürchten, daß einige meiner Brüder in Jerusalem unserem Geld nicht den Empfang bereiten werden, den wir uns wünschen. Diese Brüder glauben nämlich tatsächlich noch immer, daß die unbeschnittenen Christen keine echten Christen sind. Ich kenne diesen Standpunkt gut. Wenn sie dieses Geld nicht annehmen, werden sie damit die Ablehnung der bekehrten, aber unbeschnittenen Heiden bekräftigen. Dadurch würde sich die Gemeinde in Jerusalem von den durch mich gegründeten Gemeinden abspalten.«[229]

Bevor er nach Rom aufbrach, reiste er also mit einigen Brüdern, Heiden und Juden, nach Jerusalem, um so die Einheit der christlichen Gemeinde zu demonstrieren. Er nahm Sosipatros und Aristarch mit, dazu Sekundus, Caius, Tychikos, Trophimos und natürlich Timotheus.

Die ganze Gesellschaft brach nach Kenchreä auf, um sich dort einzuschiffen; das Schiff war bereits von Korinth aus angemietet worden, eine Korbite mit dem Namen *Agatha Felicia*. Ungeduldig warteten die Reisenden am Kai darauf, daß man mit dem Einladen des Getreides fertig würde, als ein junger Mann völlig außer Atem angelaufen kam und Saul beiseite zog.

»Ich komme aus Korinth… Mein Vater, ein Freund des Sosthenes, fleht dich an, nicht an Bord dieses Schiffes zu gehen. Man hat sich gegen dich verschworen, du würdest die Überfahrt nicht überleben.«

»Wer sind die Verschwörer?« fragte Saul.

»Juden aus Korinth.«[230]

Also hatten sie die Waffen doch noch nicht gestreckt. Irgend jemand hatte seinen Mund nicht halten können und Sauls Reisepläne verraten. Jedenfalls hatten sich die Juden, ob nun aus Korinth oder vielleicht doch aus Jerusalem, die Sache etwas kosten lassen. Saul setzte sich über die Verblüffung und den Zorn seiner Reisegefährten hinweg und befahl, sie mögen die Überfahrt allein machen und in Troas auf ihn warten. Er selbst würde mit Timotheus auf dem Landweg reisen.

War nicht dieses Hin und Her schon fast wieder lächerlich? Seine Feinde mußten sich ja mächtig bedroht fühlen…

Der Weg erschien ihm lang und eintönig. Über Ostern machten Timotheus und er in Philippi halt, um mit den Getreuen zu beten, dann schifften sie sich in Neapolis ein. In Troas erwarteten sie die Gefährten aus Korinth. Sie erzählten, ein Mitreisender habe ihre Gruppe aufmerksam gemustert, und als er Saul nicht bei ihnen gefunden habe, habe er vor Enttäuschung ins Meer gespien.

War das nicht komisch! Der Todesbote hatte seine Beute verpaßt. Aber das hatte nichts zu bedeuten; seinen Tod verpaßt man niemals. Saul zuckte die Achseln.

»Eines Tages werde ich sterben«, sagte er, »aber mein Skelett wird mich überleben. Ist es nicht sonderbar, daß die Skelette so viel länger ausharren als ihre Besitzer?«

Diese makabren Gedanken bestürzten seine Gefährten: sie beeilten sich, ihm ein langes Leben zu wünschen. Wie die Menschen den Tod doch fürchten. Selbst den Tod der anderen, denn der erinnert an den eigenen Tod!

Sie setzten sich zu Tisch. Er brach das Brot zum Gedenken an den Menschen, der ihn so völlig verändert hatte.[231] Sauls eigene Welt war nun bevölkert mit diesen Dingen – Skeletten, Brot, Wein und Feuer, dem reinigenden Feuer.
Ein junger Mann namens Eutykos hatte zuviel getrunken, war aufgestanden um am Fenster Luft zu schöpfen, und hatte sich dann auf das Fensterbrett gesetzt. Offensichtlich war er dort eingeschlafen, denn plötzlich fiel er, und ein Schrei begleitete seinen Sturz. Alle sprangen hastig auf und stürzten mit Lampen in der Hand die Treppen hinunter. Der Körper des jungen Mannes lag auf dem Boden. Man umringte ihn. Saul legte ihm die Hand aufs Herz, fühlte es noch schlagen und preßte ihm die knochigen Daumen in die Achselhöhlen; Eutykos schlug die Augen auf.[232] Vielleicht glaubte er jetzt ein wenig mehr an den Tod als die anderen.

VII.
Der Gürtel

Die Schauplätze vergangenen Ruhms in der Abenddämmerung zu besuchen stimmt wehmütig, sie in der Dämmerung seines eigenen Lebens zu durchwandern ist unerträglich.
Von Alexandria in der Troas, wo noch immer der Atem des Heros wehte, brachte eine Trireme die Reisenden nach Assos, wo Aristoteles in seiner Jugend von der Ordnung der Götter geträumt hatte und wo ein Tempelfries noch immer Herakles zeigte – ja, Herakles auch hier – wie er Acheloos am Hals gepackt hält. In Mytelene, wo der Spartnaer Kallikratides als trauriger Held starb, spielte man im kleinen Theater den *Heotontimourimenos*, eine Komödie – oder nicht doch eher eine Tragödie? – die Geschichte eines Mannes, der seine ganze Lebensfreude verloren hat und sich selbst quält... In Chios, Gott, da schienen noch die Wellen, die sich an der Mole brachen, von den Leiden des Odysseus zu berichten, des Listenreichen, und Saul überlegte, ob nicht die Hammellenden, die man den

Reisenden servierte, aus der dreihundertfünfzigköpfigen Herde des Sonnengottes stammten. In Samos traf Saul auf die Manen seines Erzfeindes Pythagoras, der auf der Insel geboren war und auf den sich die Synkretisten beriefen[233], ein Denker, für den der Mensch nur der Spielball einer gewaltigen, von den Göttern befohlenen Geometrie gewesen war. In Milet galt es die Manen des Thales zu grüßen, der als erster Mensch die Gesetze veranschaulicht hatte...

Saul hatte vorgehabt, in Ephesus haltzumachen, aber sein Vorhaben scheiterte. »Du bist wohl lange nicht dort gewesen«, stellte der Kapitän fest. »Der Hafen ist seit fünf Jahren versandet.«

In Milet gab es eine kleine Gemeinde; von dort sandte er zwei junge Leute nach Ephesus, um den Rat der Stadt zu sich zu bitten. Was er ihnen zu sagen hätte! Nichts, er wollte sie sehen, und als sie drei Tage später vor ihm standen, da wußte er, warum er sie zu sich gerufen hatte: Sie gehörten zu der Sorte, die er niemals wiedersehen würde. Es war schon spät, als sie kamen, die Sanduhr begann sich zu leeren. Er erkannte nur drei von sieben Ratsmitgliedern, die er einst berufen hatte; die übrigen waren gestorben und auch viele andere. Saul ließ sich Bericht erstatten; ja, die Christen waren standhaft geblieben, doch die Juden hatten ihre Feindschaft noch immer nicht begraben, und auch Eugenius, der zweimal zurückgekehrt war, hatte seinen Synkretismus nicht abgelegt. Nein, es gab keine Einbußen, außer den Toten. Aber es gab Geburten und einige Neubekehrungen.

»Wann kommt das Ende der Welt?« fragten sie.

»Kümmert euch nicht darum, es ist gottlos, den Ratschluß des Herrn erforschen zu wollen. Haltet aus und betet zu Jesus, unserem Herrn. Er ist euer Heil, sucht es nicht anderswo. Ich werde euch nicht wiedersehen. Ihr müßt lernen, selbst auf eure Gemeinde achtzugeben. Macht euch kundig!«

Sie standen wortlos da, wie Kinder, denen man eben erklärt hat, daß die Kindheit vorbei ist. Zweifellos, die Schatten wurden länger.

Saul wollte nach Didyma reisen; gab es dort Christen? Nein, der

Tempel des Apoll war zu mächtig, zu reich und zu schön, der kalte Gott herrschte dort noch immer. Ein Priester weissagte, inmitten eines stinkenden Rauchschleiers, der aus einem vergitterten Loch im Tempelhof drang. Weder Saul noch Timotheus und wahrscheinlich auch niemand sonst in der Menge verstand ein einziges Wort, aber eine Art Übersetzer verkündete irgendwelche Gemeinplätze, während nicht weit entfernt Katzen Jagd auf Eidechsen machten. Sicher hätte sich Apollon seines Kultes geschämt, aber andererseits, welcher Gott hätte das nicht?
In Kos war die Allgegenwart Homers noch spürbarer als die Apollons in Didyma. Hatte der blinde Sänger dort nicht eine Schule begründet, die der Homeriden? Fünf Jahrhunderte später versuchten sich dort deren Ururenkel mit geschlossenen Augen im Gesang, einer nach dem anderen, nur um sich am Abend, auf den Gassen vor den Schenken, gegenseitig die Köpfe einzuschlagen und sich als Krähen und Eunuchen zu beschimpfen.
Die Trireme fuhr zwischen den Beinen des Kolosses von Rhodos hindurch, und Saul verstimmte es, unter den überdimensionalen Geschlechtsteilen des Riesen herfahren zu müssen, der den Hafen bewachte, den einen Fuß auf der linken Mole, den anderen auf ihrem Gegenstück. Ein fünfzehn Fuß hoher Spiegel auf der Brust des Athleten reflektierte die untergehende Sonne. O Griechenland, du hast Schönheit geschaffen, weil du nicht wirklich an deine Götter glaubtest! Diese Reise wollte kein Ende nehmen. Saul hatte es eilig, endlich Jerusalem zu erreichen, um nach Rom aufbrechen zu können.
Das vor fünfzehn Jahren zerstörte Xanthos war um einen Apollon-Tempel herum wieder aufgeschossen. Zypern vergaß über seinen Geschäften die Geburt der Venus, und Tyros atmete endlich die ersten Gerüche des Orients. Saul ging an Land und zählte die Meilen, die ihn noch von Jerusalem trennten.
Die kleine Gemeinde in Tyros bestand fast ausschließlich aus bekehrten Juden. Saul selbst hatte unfreiwillig zu ihrer Entstehung beigetragen, denn diese Leute waren alle nach der Steinigung des Stephanus ausgewandert. Sie wußten offenbar nichts von dieser

besonderen Ironie des Schicksals, denn sie empfingen ihn fürstlich, ihn, Sosipatros, Aristarch, Sekundus, Caius, Tychikos, Timotheus und natürlich Trophimos.
Die Christen von Tyros kannten keine Schwierigkeiten mit der Wollust oder den Synkretisten.
»Und wohin willst du nun reisen?«
»Nach Jerusalem.«
»Nein!«
Sie widersprachen mit aller Kraft, sein Leben sei dort in Gefahr, dort wüßte man von seiner Ankunft, hätte ihm zig Fallen gestellt, doch er hörte nicht auf sie und stach mit Kurs auf Ptolemais wieder in See. Von dort erreichte er Cäsarea zu Fuß. Die Gemeinde in Cäsarea wurde von einem Rat unter dem Vorsitz des Philippus geführt, desselben Philippus, der Saul in Kokba so barsch empfangen hatte. Aber das war lange her und Philippus ergraut. Als seine Diener ihm die Besucher ankündigten, trat der Apostel, den sie den Evangelisten[234] nannten, aus seinem Haus inmitten von Heckenrosen und Mandelbäumen. Saul erkannte ihn kaum. Er hingegen erkannte Saul sofort, aber andererseits war Saul auch schon von weitem leicht zu erkennen.
»Dein Ruhm ist dir weit vorausgeeilt, und das schon seit langem«, sagte Philippus, als sie sich umarmt hatten. »Der Heilige Geist hat dich erfüllt. Dein Wort ist fruchtbar. Das Korn sprießt in deinen Spuren.«
Saul betrachtete ihn fragend, ohne die Absichten seines Gegenübers erraten zu können. Auch die anderen lauerten auf ein Wort von Philippus, das ihnen erlaubt hätte, ein Urteil zu fällen: Folgte er nur Saul, oder stand er auf der Seite des Jakobus? Doch Philippus blieb undurchdringlich. Aber wenigstens regelte er die Aufnahme der Gäste. Saul würde bei ihm wohnen, die anderen sollte dieser oder jener Mitbruder beherbergen. Saul erreichte vorsorglich, daß Timotheus sein Zimmer teilte.
»Aber was sagt man in Jerusalem über mich?« fragte Saul später und stieß damit zum Kern der Sache vor.
»Ich glaube zu wissen, daß sie sich zu deinem Erfolg beglückwün-

schen«, antwortete Philippus. »Aber gewiß gibt es da einige Unstimmigkeiten, was das mosaische Gesetz betrifft. Man hat mir tatsächlich berichtet, du würdest die Heiden von der Beschneidung entbinden...«
»Die Jünger Jesu sind keine Juden«, antwortete Saul.
»Wirklich nicht?« fragte Philippus scheinheilig. »Aber was sind sie denn dann?«
»Christen.«
»Ich verstehe, aber soweit ich weiß, ist ihr Glaube doch keine neue Religion?«
»Die alte Religion wurde erneuert.«
»Und was ist ihr Gesetz?« fragte Philippus.
»Das Gesetz Jesu.«
»Aber war nicht das Gesetz Jesu das Gesetz von Moses?«
»Hat denn nicht er selbst gesagt, der Sabbat sei für den Menschen und nicht der Mensch für den Sabbat gemacht? Und hat er seinen Jüngern die Beschneidung auferlegt?«
»Die Sache ist doch einfach«, bemerkte Philippus. »Jesus hat keinen einzigen Heiden bekehrt, und seine Jünger waren bereits beschnitten. Man darf sich also nicht wundern, daß er keine Selbstverständlichkeiten ausgesprochen hat.«
Nun war es deutlich: Philippus hatte sich auf Jakobus' Seite geschlagen, seine Gastfreundschaft war eine reine Formsache. Die Zeit hatte nichts verändert; ein Jude war zuerst ein Jude und dann erst Christ. Philippus' Haltung verhieß nichts Gutes für den Empfang in Jerusalem. Sauls Begleiter machten düstere Gesichter und beeilten sich, die Unterredung zu beenden. Sie waren gerade im Aufbruch, als sie von vier Wesen unterbrochen wurden, deren Aufmachung so denkbar ungehörig war, daß sie jeder Beschreibung spottete: schwarze Schleier über schreiend buntem Musselin, außerdem waren sie maßlos übertrieben geschminkt und mit einem Haufen Schmuck behängt. Aber diese Verpackung war nichts verglichen mit den Worten und Gesten dieser Täubchen, von denen Saul schon geglaubt hatte, sie wollten um eine Teufelsaustreibung bitten, bis sie eine nach der anderen niederknieten und Philippus die Hand küßten.

»Meine Töchter«, stellte sie Philippus den Besuchern vor, die sie wie versteinert anstarrten. »Sara, Jesael, Judit, Rebekka.« Er lächelte selig; offensichtlich war er stolz darauf, diese Vogelscheuchen gezeugt zu haben. Die Mädchen musterten die Gäste ihres Vaters mit hochmütiger Miene, warfen ihnen finstere Blicke zu, verschleierten schließlich ihre Gesichter und rauschten mit dem Gehabe von gekränkten Königinnen hinaus. »Ganz, ganz fromme Frauen!« sagte Philippus. »Wißt, meine Brüder, daß sie Prophetinnen sind! Ja, der Heilige Geist ergriff von ihnen Besitz und verlieh ihnen allen vieren die Gabe des Zweiten Gesichts. Gott hat mich gesegnet!«

Philippus war also in den Mummenschanz der Vergangenheit zurückgefallen. Wenig fehlte, und er würde dem Drängen des Sanhedrin nachgeben und nicht länger zögern, Jesus als Propheten zu bezeichnen.

Sobald Timotheus mit Saul allein war, ließ er einer Flut widerstreitender Gefühle freien Lauf, Empörung und Belustigung, Unruhe und Verzweiflung, und Saul beschloß nach einer Nacht unter Philippus' Dach, ihnen eine andere Bleibe zu suchen. Er ertrug nicht länger den Schein der Brüderlichkeit um der bloßen Höflichkeit willen. Es konnte keinen Zweifel mehr geben – Philippus war ein Feind.

Im übrigen hatte das keine Bedeutung. Der Zusammenstoß würde in Jerusalem erfolgen, nicht in Cäsarea.

Sie machten sich gerade zur Abreise nach Jerusalem fertig, als ein Reisender aus Judäa, ein gewisser Agabus, auf einer Versammlung auftauchte, die Saul mit seinen Gefährten abhielt. Offensichtlich steckte in dem Mann ein Komödiant, denn er löste zur allgemeinen Überraschung Sauls Gürtel, setzte sich auf die Erde und ging daran, sich Hände und Füße damit zu fesseln.

»Hört, meine Brüder, hört! Diesen Mann hier, dem der Gurt gehört, werden die Juden in Jerusalem fesseln, und dann werden sie ihn den Römern ausliefern.«

»Deine Worte höre ich zwar, aber was willst du damit sagen?« fragte Saul und legte sich seinen Gürtel wieder um. »Rede deutlicher!«

»Es gibt eine Verschwörung, um dich zu verhaften.«
Schon wieder!
»Wer hat sie angezettelt?«
»Deine Mitbrüder!«[236]
Unterdrückte Schreie. »Saul, wir beschwören dich, geh nicht nach Jerusalem...« Flehen, Mahnen. Saul blieb eisern und schwieg.
»Sie oder ich«, murmelte er endlich.
Man mußte den Juden an den Kragen. Jetzt kam die Entscheidung. Er würde sich nicht verkriechen. Für wen hielt man ihn denn?[237]

VIII.
Die Masken

Also begleiteten sie ihn, stets den Tod vor Augen, nach Jerusalem. Aber ihr Aufenthalt begann unter schlechten Vorzeichen: Sie hatten beschlossen, die erste Nacht bei einem gewissen Mnason, einem Zyprioten aus ihrer Bekanntschaft, zu verbringen, doch der zeigte ihnen gleich bei der ersten Begegnung ein Gesicht, falsch wie ein Bleisesterz. Unwillkürlich hatte Saul ihn »Bruder« genannt, doch der andere lächelte nur ironisch. Als er ihnen den Rücken zukehrte, warf Saul Sosipatros einen fragenden Blick zu.
Der schlug die Augen nieder: »Er war einmal unser Bruder, aber nun folgt er Jesus nicht mehr.«[238]
»Was machen wir dann noch hier?« rief Saul zornig.
»Unter seinem Dach sind wir sicherer als woanders«, erklärte Sosipatros.
»Sicherer...« – also waren sie wirklich in Gefahr. Diese erste Nacht in Jerusalem schlief Saul kaum, erst kurz vor Tagesanbruch fand er ein wenig Schlaf. Timotheus weckte ihn bald darauf.
»Da sind zwei Männer, die wollen dich sprechen«, sagte er.
In einem Ton, der keinen Widerspruch duldete, befahlen die Boten Saul, in einer Stunde zu Jakobus zu kommen. Saul und all seine Gefährten gingen hin. In dem größten Raum im Hause des Jakobus

waren mehr als zwanzig Männer versammelt. Augenscheinlich hatte sich der Jerusalemer Rat mit seinen Getreuen umgeben. Auch Petrus war natürlich da, sein Blick noch tränenfeuchter als das letzte Mal. Menahem war ebenfalls anwesend, mit eherner Miene und zusammengepreßten Lippen. Jajobus umarmte Saul zuerst, dann folgten Petrus und sogar Menahem. Saul musterte sie mit einem stolzen und zufriedenen Blick, dann ging er wieder zu seinen Begleitern zurück.

»Brüder«, sagte er, »ich kenne eure Verdienste. Aber auch die Gemeinden, die ich gegründet habe, kennen sie, und sie senden euch durch ihre Diener, denn das sind wir, folgende Geschenke.« Er hob die Hand: Sosipatros, Aristarch, Sekundus, Caius, Tychikos und Timotheus reihten zu Sauls Füßen Geldsäcke auf und erklärten zu jedem Geschenk: »Von der Gemeinde in Ephesus«, »von der Gemeinde in Philippi«, »von der Gemeinde in Tessalonich« und so fort.

»Dies Geld gehört euch«, sagte Saul.

Er musterte sie einen nach dem anderen, erkannte ihren Widerwillen. Aber am Ende blieb doch Geld noch immer Geld, und schließlich gab Jakobus einen Wink. Einige Helfer traten vor und trugen die Säcke beiseite.

»Dieses Geld«, sagte Saul, »ist die Ernte aus der Saat, die ich ausgebracht habe.« Dann faßte er seine Reisen, seine Enttäuschungen und Niederlagen zusammen, er berichtete von den überstandenen Gefahren und den erzielten Ergebnissen. Seine Rechenschaftslegung dauerte eine Stunde. Zum Abschluß wurde ein Gebet gesprochen, alle priesen Gott. Dann trat ein langes Schweigen ein.

»Recht widersprüchliche Gerüchte sind über dich im Umlauf[239]«, begann Jakobus schließlich. »Man sagt, du würdest die Juden, die sich zu Jesus bekehren, dazu ermuntern, das Gesetz zu mißachten. Du würdest ihnen die Beschneidung erlassen, du würdest den Heiden, die du bekehrst, unreines Fleisch, Blut und Unzucht durchgehen lassen.«

Nach dieser Rede verschränkte er die Arme. Saul tat es ihm nach. Er war in Feindesland. Bekehrt oder nicht, Juden blieben Juden, das

wußte er. Er war nicht in der Position, mit ihnen streiten zu können, kannte nur allzugut die Fallstricke, die sie ihm auslegten, wie Philippus es in Cäsarea und wie es unzählige andere Juden vor ihm getan hatten. An allem haben sie ihre Zweifel und besonders daran, daß er Jesus gesehen habe. Auf seinem Gebiet war er König, hier nicht. Nun galt es den stolz erhobenen Kopf wieder einzuziehen.
»Nur Neider und Dummköpfe verbreiten diese Gerüchte«, sagte er.
Das war eine bittere Bemerkung gewesen, ganz besonders in Gegenwart seiner asiatischen und griechischen Gefährten, doch offenbar hatten sie verstanden.
»Wenn ich etwas dazu bemerken darf«, sagte Sosipatros, »möchte ich sagen, daß Saul unzählige Male unzweideutig an die Heiden geschrieben hat, sich von unreinem Fleisch, von Blut und Unzucht fernzuhalten. Und er hat es noch des öfteren in meiner Gegenwart wiederholt.«
»Und die bekehrten Juden?« fragte Menahem.
»Da war ich nicht dabei«, antwortete Sosipatros mit einer offensichtlichen Lüge.
Aber der Rat wußte sehr wohl, was es mit den sogenannten Gerüchten auf sich hatte, denn Saul hatte über diese Fragen mit Petrus, mit Menahem und mit Jakobus diskutiert. Man wollte Saul unter moralischen Druck setzen.[240] Aber wozu? Er sollte es erfahren, als Jakobus wieder das Wort ergriff: um vor aller Augen zu beweisen, daß die Gerüchte falsch seien, wünsche er, Saul möge sich den rituellen Waschungen von vier Mitbrüdern anschließen; das würde unwiderlegbar beweisen, daß er sich dem Gesetz unterwerfe.
Saul nickte. Er würde ihnen zuliebe selbst diese Albernheit mitmachen. Man war nicht umsonst ein Herodier! Seine Rache war ihm bereits sicher: Die Juden waren nur noch zweitrangig, ihre Zeit vorbei. Er nickte noch einmal. Die Unterredung war beendet.
Wieder auf der Straße, schwiegen seine Gefährten lange.
»Du hattest keine Wahl«, murmelte Aristarch schließlich. »Hier bist du ein Gefangener.«
Saul ließ sich noch einmal den Schädel rasieren, sofern es da noch

etwas zu rasieren gab, denn er hatte niemandem von dem Gelübde erzählt, das er in Kenchreä abgelegt hatte; dann schloß er sich den vier von Jakobus benannten Büßern an, die ihn mit unfreundlichen Blicken kritisch musterten. Er kaufte die Opfertauben[241] und betrat einen der Vorhöfe der Frauen, der den *nazir* vorbehalten war und denen er sich nun zum Schein zugesellte. Plötzlich gab es ein Geschrei, man drehte sich nach ihm um, und dann lief eine Menge zusammen, packte ihn, warf ihn nieder, und es hagelte Faustschläge, noch bevor er die Lage erfaßt hatte. Die vier Büßer hielten sich in sicherer Entfernung.

»Wir haben ihn!« riefen die Angreifer. »Wir haben den Schänder! Zu Hilfe, ihr Juden! Wir haben den Kerl, der infame Lügen über uns erzählt und behauptet, das Gesetz von Moses sei überholt! Er war's, der neulich Unbeschnittene hier hereingeschmuggelt hat!«

Saul versuchte zu sprechen, doch sein Mund war voller Blut. Jetzt forderte man offen seinen Tod.

»Wir haben den Araber!«

Hunderte von Gläubigen, die sich im Tempelbereich aufhielten, gerieten in Aufruhr, und das sollte sich als ihr Fehler herausstellen. Die römische Garde, die vor den Toren Wache hielt, wurde unruhig und schickte einen Boten zu dem Tribunen Claudius Lysias, eines Griechen in römischen Diensten, und Führer der Kohorte von sechshundert Mann, die mit der Ordnung in der Stadt beauftragt war. Saul erfuhr erst später davon, aber in dem Augenblick, als ihn seine Angreifer aus dem Tempel zerrten, wurden sie von einer Hundertschaft Bewaffneter unter Lysias' Kommando empfangen.

»Wohin?« rief Lysias den Anführern zu.

»Zum Sanhedrin!«

»Der Sanhedrin hat keine Polizeigewalt. Ihr gefährdet die Ordnung. Euer Gefangener gehört mir.«

Wieder und wieder brüllte die Menge: »Tötet ihn, Tötet ihn!« Die Soldaten zogen ihre Waffen. Als die Juden die Schwerter auf sich gerichtet sahen, schleuderten sie Saul nach vorn; er fiel vor Lysias' Füße.

»Wer bist du?« fragte der, doch als er Sauls Antwort nicht verstand,

gab er Befehl, ihn in die Burg Antonia zu bringen. Die Menge folgte ihnen johlend.
Schau dir diese Hinterlist an, dachte Saul, als er wieder ein wenig zu sich gekommen war, diese abgefeimte Hinterlist meiner lieben Brüder.[242]
Immer dichter drängte sich die Menge um die Soldaten. Die Fanatischsten wurden zu Boden gestoßen und schrien vor Wut. Irgendwer mußte sie aufgehetzt haben. Als sie in den Hof der Festung gelangt waren, bat Saul um Wasser. Man brachte ihm einen Krug. Er trank, wusch sich das Blut aus dem Gesicht und wandte sich dann an Lysias, während die Menge die Burg noch immer belagerte und Beschimpfungen brüllte.
Saul fragte: »Kann ich mit dir reden?«
»Du sprichst ja griechisch. Wer bist du?«
»Saul, der Sohn des Antipater. Ich bin römischer Bürger.«
»Ach«, wunderte sich Lysias, »ich hielt dich für einen ägyptischen Volksverhetzer. Römischer Bürger! Was willst du?«
»Mit ihnen reden.«
»Na gut, sprich mit ihnen!«
Am Fuße der Rampe waren die Schwerter noch immer auf die Menge gerichtet.
»Juden!« rief Saul auf hebräisch. »Hört mich an!«
Überrascht dämpften sie ihr Schreien.
»Was werft ihr mir vor?«
»Du hast einen Unbeschnittenen auf den Hof der *nazir* gebracht«, rief ein bärtiger Alter.
»Lüge!« rief Saul. »Ich kenne euer Gesetz, denn es ist auch mein Gesetz! Ich bin ein Jünger Jesu, aber ich achte das Gesetz. Die vier Männer, die ihr mit mir gesehen habt, sind beschnittene Juden, die gekommen waren, um zu opfern.«[243]
»Wer ist Jesus?« rief ein Mann aus der Menge.
»Gott der Herr hat ihn euch gesandt, um euch an das Gesetz zu erinnern!« rief Saul.
»Du meinst den Verbrecher, den man kreuzigte, weil er das Gesetz beleidigt hat!« rief ein Mann. »Römer, nach unserem Gesetz, das er

hier verhöhnt, ist dieser Mann ein Verbrecher! Laßt ihn hinrichten!«[244]
Haben denn die Juden nichts Besseres zu tun, als Leute hinrichten zu lassen, die anders denken als sie? fragte sich Saul. Die Menge rückte langsam näher, auf die gezückten Schwerter zu. Lysias ließ Saul in die Burg zurückbringen, die nur wenige Schritte entfernt lag.
»Da siehst du, was passiert, wenn man mit Juden reden will«, bemerkte Lysias sarkastisch. »Was haben sie gegen dich?«
»Es ist eine Verschwörung gegen mich im Gange, denn sie glauben, ich hätte ihr Gesetz beleidigt.«
»Du sagst, du seist Römer, wie kommt das?«
»Durch Geburtsrecht. Cäsar hat dies Privileg meinem Großvater Herodes und seiner Familie verliehen.«
»Ich dagegen habe für mein Bürgerrecht bezahlt[245]«, erwiderte Lysias, »und ich habe es teuer bezahlt.« Er überlegte einen Moment. »Ich kann dich nicht freilassen, denn dein Fall ist noch nicht geklärt, aber betrachte dich als meinen Gast.«
Saul bekam diese Nacht ein schlichtes Mahl, Wein, Zutritt zum Waschraum und ein Offiziersbett. Am nächsten Morgen suchte ihn Lysias auf. Er wollte den wahren Grund für die feindliche Haltung der Juden ihm gegenüber wissen und hatte deshalb den Sanhedrin zusammengerufen; Saul würde dort unter dem Schutz des römischen Militärs auftreten.
»Wenn es sein muß«, fügte sich Saul.
Der Hasmonäerpalst war kaum hundert Ellen entfernt. Die zweiundsiebzig Mitglieder des Sanhedrins saßen auf ihrer Tribüne hinter der Balustrade, die ihren Platz begrenzte. Saul trat unter dem Schutz von zehn Bewaffneten ein, draußen jedoch warteten drei Hundertschaften. Lysias verschränkte die Arme.
»Da ist der Angeklagte«, sagte der Gerichtsdiener und wies mit dem Finger auf Saul.
»Wer bist du?« fragte der Hohepriester Hananias.
»Saul, der Sohn des Antipater.«
»Schöne Brut!« murmelte Hananias. »Du bist schuldig, unser Ge-

setz verhöhnt zu haben, darauf steht der Tod. Warum verspottest du unser Gesetz?«

»Ihr verspottet es«, entgegnete Saul.

»Schlag ihn!« schrie Hananias.

Der Schreiber erhob sich, um Saul zu ohrfeigen, und schrie: »Du beleidigst den Hohenpriester!«

»Ah, er ist also euer Hohepriester?« sagte Saul ironisch.[246]

Ihm konnte nichts geschehen, solange er unter römischem Schutz stand. Die Masken mußten fallen. Die Zweiundsiebzig machten indignierte Gesichter.

»Der Hohepriester weiß offenbar nicht, wie man einen Prozeß führt«, sagte Saul. »Ich wurde unter dem Vorwand verhaftet, ich hätte den Hof der *nazir* entweiht. Als sich die Menge auf mich stürzte, war ich mit vier beschnittenen *nazir* dort. Es ist pure Erfindung, daß...«

Der Sanhedrin tobte. Lysias hob die Hand; sie waren anscheinend immer noch dieselben Angsthasen, denn sie verstummten.

»Es ist pure Erfindung«, fuhr Saul fort, »daß ich früher mit einem Unbeschnittenen dort gewesen sein soll. Ich wüßte nicht, warum ich das hätte tun sollen. Bisher hat sich kein Zeuge für diese Ungeheuerlichkeit gefunden. Euer Prozeß ist ein abgekartertes Spiel. Hananias, du hast eine Intrige angezettelt, die aus dir nach dem Gesetz einen Meineidigen macht.«

Der Hohepriester sprang auf, griff sich heuchlerisch an die Kehle, als wolle er vor Empörung ersticken.

»Wenn es dir Spaß macht, kannst du dir deine Kleider vom Leibe reißen. Hananias, aber deine Schande, die kannst du dir nicht herunterreißen!« rief Saul.[247]

Die zwei oder drei Dutzend Juden, die als Zuschauer im Gerichtssaal waren, wollten sich auf Saul stürzen; die Soldaten hielten sie auf Abstand. Einer, der einen römischen Soldaten angriff, bekam mit dem Schwertknauf eins über den Schädel. Man schleppte ihn fort. Lysias ließ Saul in die Burg zurückbringen. Er selbst wich ihm nicht von der Seite, während die Menge wieder losbrüllte.

»Hab nichts von deiner Sache verstanden«, gab er zu. Kurz darauf fand sich Saul in Lysias' Amtsstube wieder.

»Erklär mir die Hintergründe der Angelegenheit«, bat dieser.
»Ich bin ein Jünger Jesu«, begann Saul. »Und für die da draußen sind die Lehren von Jesus Blasphemie. Jesus kam, um sie zu retten, aber sie wollen lieber weiter in ihrem Sumpf herumkriechen.«
»Die Herodier hatten schon immer ihre Schwierigkeiten mit den Juden«, gab Lysias zu bedenken.
Er rief einen Sekretär, um eine kleine Mahlzeit bringen zu lassen. Ich bin in Sicherheit, aber gefangen, dachte Saul. Möchte wissen, wie ich hier wieder herauskomme. Er teilte sich ein Hähnchen mit Lysias und begann gerade mit der Geschichte seines Vaters Antipater, als ein Sekretär erschien.
»Ein junger Mann hat eine Nachricht für dich gebracht«, verkündete er. »Vierzig der vornehmsten Bürger haben gelobt, nicht eher zu essen und zu trinken, bis der Gefangene tot ist.«
»Na gut, das sind vierzig Juden weniger«, sagte Lysias, »aber nicht ein römischer Bürger.«
Saul war bleich geworden.
Was soll ich mit dem Boten tun?« fragte der Sekretär.
»Schick ihn weg. Da er Jude ist, wird er ein heidnisches Haus nicht betreten wollen!«
»Ich weiß nicht, ob er ein Jude ist, aber er ist römischer Bürger. Das sagt er jedenfalls«, antwortete der Sekretär. »Er nennt sich Marius Archelius Mummius.«
»Na gut, schick ihn rauf.«
Sauls Herz setzte einen Schlag aus. War das möglich? ... Es war tatsächlich möglich. Selbst durch fremdes Blut geschwächt, war die Familienähnlichkeit unleugbar zu erkennen, sobald der Fremde die Schwelle überschritten hatte: Das war ein Ebenbild Sauls, ein wenig jünger, ein wenig größer, ein wenig hübscher ... Saul preßte die Hand vor den Mund. Der junge Mann wandte den Kopf nach ihm und lächelte verlegen; Saul sprang auf, stürzte zu ihm, schloß ihn in seine Arme und mußte die Tränen niederkämpfen. Lysias saß wie vom Donner gerührt, den Hähnchenflügel noch in der Hand.
»Das ist mein Neffe«, sagte Saul.[248]
Aber jetzt war nicht die Zeit für Gefühle. Marius, der also densel-

ben Vornamen führte wie sein Vater, trieb mit den Juden Gold- und Silberhandel. Seit dem Vorabend auf der Durchreise in Jerusalem, hatte er einen Goldschmied von dem Mordgelübde reden hören. So hatte er erfahren, daß Saul in der Antonia-Festung sei, und war gekommen, um Lysias zu warnen.
»Doris' Manen haben dich gesandt«, flüsterte Saul Marius zu.
»Diese Fanatiker machen mich wahnsinnig«, schimpfte Lysias und füllte sein Glas. »Ruf mir zwei Zenturionen«, befahl er dem Sekretär, und als der gegangen war: »Saul, Sohn des Antipater, wird noch einmal die Reize von Cäsarea genießen können.«
»Cäsarea?« sagte Saul.
»Ich überlasse dich der Fürsorge des Prokurators Felix. Er ist dort in Sommerfrische. In Cäsarea wirst du sicherer sein als in Jerusalem.«
»Dein Enkelsohn ist auch dort«, sagte Marius. »Ich habe das Haus Simon überlassen.« Er selbst konnte nicht länger säumen: er verabschiedete sich, umarmte Saul und stürzte davon. Die Zenturionen nahmen seinen Platz ein.
Lysias wischte sich den Mund. »Stellt für neun Uhr abends zweihundert Soldaten bereit, um nach Cäsarea zu marschieren. Dazu siebzig Reiter und zweihundert Bogenschützen. Nehmt Pferde für Saul Antipater mit und bringt ihn wohlbehalten zum Prokurator Felix.«[249]
Dann rief er noch einmal den Sekretär zu sich und diktierte ihm einen Brief: »Claudius Lysias an den vortrefflichen Prokurator Felix. Sei gegrüßt. Die Juden haben den Mann angegriffen, den ich dir hier überstelle, Saul Antipater, einen römischen Bürger, und haben versucht, ihn zu töten. Ich war mit unseren Truppen zur Stelle und habe ihn befreit. Als ich erfuhr, daß er Römer ist, wollte ich wissen, wessen sie ihn anklagen, und habe ihn ihrem Sanhedrin vorgeführt. Es scheint, sie wollen ihm wegen einiger strittiger Punkte in ihrem Gesetz an den Kragen; darauf steht aber weder Gefängnis noch der Tod. Als ich erfuhr, daß es eine Verschwörung gegen diesen Mann gibt, habe ich ihn sofort zu dir auf die Reise geschickt und werde seinen Anklägern befehlen, sich vor dir zu verantworten.«

Die gewaltige Eskorte brach zur festgesetzten Stunde auf und erreichte am frühen Morgen Antipatris. Ein Fuchs strich zwischen den Beinen von Sauls Pferd hindurch. Die Luft roch nach Thymian. Saul betrachtete erschöpft und mit entzündeten Augen die Stadt, die Herodes der Große errichtet und zum Gedenken an Antipater, den ersten Herodier, so benannt hatte. Ein Zenturio half Saul respektvoll vom Pferd und lud ihn ein, seine Mahlzeit mit ihm zu teilen: Schafsmilch, Feigen und Hefefladen. Die Soldaten und Bogenschützen traten an diesem Punkt den Rückweg an. Wie Lysias angeordnet hatte, mußten siebzig Reiter für die Sicherheit des ungewöhnlichen Gefangenen genügen. Sie erreichten Cäsarea gegen Mittag. Saul wurde zum Palast des Herodes gebracht, wo jetzt der Prokurator residierte. Saul wandte den Kopf und erblickte zu seiner Rechten das Heim seiner Kindheit.

Antonius Felix mußte ein Gutteil seiner vierzig Lebensjahre mit Vergnügungen zugebracht haben; seine Wangen wurden vom Gewicht seines Fleisches niedergezogen, unter seinen Augen hatten sich schlaffe Hautsäcke gebildet, und sein Kinn hing in mehreren Wülsten herab. Wie alle ehemaligen Freigelassenen hatte er schlechte Manieren – unmäßiger Hochmut und diese Art, die Augen halb geschlossen zu halten, um Gleichgültigkeit vorzutäuschen. Saul erinnerte sich an einige Gerüchte: Es hieß, Felix stelle kleinen Mädchen nach und sei bestechlich. Außerdem sei er jähzornig. Auf seinem Lager ausgestreckt, gab der Prokurator einen Moment lang vor, nicht bemerkt zu haben, daß jemand in das Zimmer getreten war, in dem er doch offenbar Audienz hielt.

»Was gibt's?« fragte er hoheitsvoll und ließ den Brief sinken, den er gerade las. »Wer ist dieser Mann?«

»Exzellenz«, sprach sein Sekretär. »Das ist ein Angeklagter, den uns der Tribun Lysias schickt.« Und er reichte ihm das Schreiben von Lysias, das Felix mit Verachtung entgegennahm. Offensichtlich hatte er Schwierigkeiten mit den Augen, denn er kniff unmerklich die Augen zusammen, als er den Kopf hob und Saul fragte:

»Wie heißt du?«

»Saul, Sohn des Antipater.«

»Sohn des Antipater?« wiederholte Felix, als könne er es nicht glauben.
»Der Sohn von Herodes dem Großen und von Doris«, antwortete Saul ruhig.
Felix richtete sich auf.
»Laßt uns allein!« befahl er den Umstehenden.
Saul verkniff sich ein Lächeln. Aber er hatte auch keinen besonderen Grund zur Ironie; ihn verlangte vor allem nach einem Bad. Erst später sollte er den sonderbaren Zufall genießen können, daß der Prokurator von Judäa mit Drusilla zusammenlebte, der jüngsten Tochter Agrippas I., die er Aziz, dem König von Emesa, mit Hilfe eines Kupplers entführt hatte, der im Rufe der Magie stand und den zweifellos vorbelasteten Namen Simon trug. Schließlich hatte Felix Drusilla sogar geheiratet, gewiß auch sie eine von diesen kleinen herodischen Intrigantinnen, deren Bettgeschichten Saul nur zu gut erriet. Kurz, der Prokurator von Judäa war sein angeheirateter Neffe. Felix deutete ein Lächeln an.
»Aber wir sind ja Verwandte!« rief er. »Nimm Platz!«[250]
Er erhob sich und ging auf und ab.
»Ich hoffe, Lysias hat dich gut behandelt?«
»Mit größter Zuvorkommenheit.«
»Hast du ihm gesagt, daß ...?«
»Daß ich römischer Bürger bin? Sicher.«
»Und worum geht es nun?«
»Ich bin ein Jünger von Jesus. Die Juden halten die Christen für ihre Feinde. Sie haben eine Verschwörung angezettelt. Das ist alles.«
Felix nahm Lysias' Brief wieder zur Hand und hielt ihn dicht vor die Augen; er mußte sehr kurzsichtig sein. Dafür las er jedoch sehr schnell. Er schaute auf und sagte: »Aber sie werden es wieder versuchen!«
»Gut! Sollen sie es wieder versuchen! Ich habe nichts verbrochen, was einen Mordversuch rechtfertigen könnte.«
»Dieses Pack!« murmelte Felix. »Du mußt müde sein. Ich werde dir ein Zimmer herrichten lassen.« Er ging zur Tür, besann sich und wandte sich noch einmal an Saul: »Ich würde dich gern ganz offi-

ziell freilassen, aber diese Lemuren würden mich bei Nero der Vetternwirtschaft bezichtigen. – Man wird dich sehr komfortabel unterbringen.«
Er öffnete die Tür, rief den Sekretär und gab Befehle.
Saul nahm ein Bad, ließ sich massieren und schlief den ganzen Nachmittag. Am Abend weckte ihn Felix' Sekretär: Sein Herr ließ Saul zu Tisch bitten. Außerdem unterrichtete er ihn, daß er aus Jerusalem jede beliebige Person kommen lassen könne, die ihm erwünscht sei.
»Laßt meinen Schüler Timotheus rufen«, bat Saul.
Das Mahl war unbestreitbar vorzüglich und recht pikant dazu, denn es wurde von jungen Nubierinnen serviert, die Saul verheißungsvolle Blicke zuwarfen. In mir glimmt nur noch eine schwache Flamme, dachte Saul flüchtig, das reicht gerade für das, was mir zu tun übrigbleibt.
Timotheus kam einen Tag vor den Leuten des Sanhedrin an. Diese erblickte Saul von einem Fenster im ersten Stock aus, wo sich sein Zimmer befand; eine Delegation von zwanzig Würdenträgern, die feierlich einherschritten. Hananias, dieser läppische Giftmischer, führte sie an. Wenig später bat man Saul in den ehemaligen Thronsaal des Herodes, den nun Felix für sich beanspruchte. Rechts die Juden, links, allein, saß Saul. Ein Kerl mit einem riesigen gestutzten Bart und eingeöltem Haar erhob sich: Tertullus, der Rechtsberater des Sanhedrin. Die Präambel seiner Plädoyers war herzergreifend:
»Deinetwegen erfreuen wir uns des Friedens und der Reformen, die unsere Nation deiner Weitsicht zu verdanken hat...« Blablabla. Ekelhafte Komplimente an die Römer paßten zu diesem Stutzer.
»... Um dich nicht länger zu belästigen, bitte ich dich, uns einen Augenblick die Gnade deiner Aufmerksamkeit zu schenken...« Blablabla.
Der Sanhedrin ist zur Kloake verkommen, dachte Saul.
Dann kam die Anklage: Saul sei der Anführer der Nazaretner, die Aufruhr in alle Welt trügen. Und er habe den Tempel entweiht, indem er einen Unbeschnittenen hineingeschmuggelt habe. Schließ-

lich verneigte sich Tertullus mehrmals, als wollte er Felix seine ganze Lockenpracht präsentieren, und setzte sich wieder. Felix erteilte Saul das Wort.
»Ich war zur Buße im Tempel. Ich habe dort nicht das Wort ergriffen. Ich habe dort nichts gesagt, ich habe in Jerusalem überhaupt nichts gesagt. Ich bin in diese Stadt gekommen, um meinen Brüdern das Geld von Nazarenern aus Asien und Griechenland zu überbringen. An dem Aufruhr aber sind ganz allein die Juden schuld. Der Tribun Lysias wird das bezeugen.«
Felix nickte. »Uns fehlt also die Zeugenaussage von Lysias. Sobald ich sie in den Händen habe, werde ich eure Klage prüfen«, beschied er die Juden in einem Ton, der keinen Widerspruch duldete.[251]
Sie machten lange Gesichter, tauschten fragende Blicke und tuschelten. Felix verließ den Saal. Die Wachen geleiteten Saul hinaus.
»So ein Skandal!« schrie ein Jude.
Timotheus wandte sich um und drehte ihnen eine lange Nase.
Beim Abendessen waren alle sehr ausgelassen.
Drei Tage später wurde noch ein Essen gegeben, diesmal mit einer ganz besonderen Beigabe.
Saul erkannte Drusilla sofort beim Eintreten. Die Tochter des Agrippa und der Cypros war noch immer eine sehr schöne Frau. Die kleine Nase glich einer Rosenknospe, der kleine, rotgeschminkte Mund einer kaum erblühten Rose, dazu die großen, mit Kajal nachgezogenen Augen, die kleinen Brüstchen, die sich deutlich unter der mit Gold und Seide bestickten Leinentunika abzeichneten, die runden Händchen: eine Turteltaube! Sie lächelte strahlend, streckte Saul unter Felix' väterlichem Blick die Arme entgegen.[252]
»Onkel!«
Sie zog ihn in ihre Arme, nachdem sie ihm die Hand geküßt hatte. Saul lächelte unter seinem Bart, Timotheus riß erstaunt die Augen auf.
»Onkel!« wiederholte sie. »Du erkennst mich gewiß nicht wieder! Ich war auf der Hochzeit deiner Nichte, meiner Cousine, Doris' Tochter, keine drei Schritt von hier!«

»Gab es dich denn da schon?« fragte Saul galant.
Man tafelte fürstlich, Tänzer und Tänzerinnen bewegten sich zu einer Musik, die Saul dekadent vorkam. Seine Nichte sprach über die Familie und allerlei anderen Klatsch, während sie an einem Seezungenfilet in Chios-Wein, an Schwalbenklößchen oder dem Fasan auf Rosenblüten herumknabberte.
»Wo wolltest du eigentlich hin, als du in Jerusalem Halt machtest?«
»Nach Rom.«
»Nach Rom! Aber da ist doch der Sohn von Aristobul, nicht wahr? Da sind ganz viele aus Aristobuls Familie! Oh, ich fände es toll, wenn wir mit meinem Onkel nach Rom reisten«, sagte sie zu Felix.
Hofdrossel, parfümierte Schmusekatze! Für dich wird man in der Hölle ein Extrazimmer einrichten müssen!
Timotheus konnte gar nicht genug Fragen stellen, als sie auf dem Rückweg in ihre Zimmer über die Terrasse gingen. Die Wache döste vor sich hin. Ach, wäre doch eine Galeere aus der Dunkelheit aufgetaucht und hätte ihnen die Freiheit geschenkt… Aber nach Rom zu reisen, solange man der Gefangene eines Römers war…[233]
Und außerdem war Saul müde. Er hatte zu viele Lügen gesehen, zu viel Niedertracht, zu viel Verrat. Die Hinterhältigkeit von Jakobus und Petrus, er würde sie nie vergessen!
Das sollten Jünger von Jesus sein! Und auch die geschminkte Brutalität der Römer – es war einfach zu viel. Ja, Jesus war angewidert, enttäuscht gewesen! Wie er ihn verstand! Vor allem nicht mehr unter Menschen gehen müssen! Nur das nicht! Larven – und darunter Verwesung! An manchen Abenden wünschte er sich, auf immer zu verschwinden, Staub zu Staub, und es ärgerte ihn nur, daß sein Skelett ihn würde überleben müssen.
Dann besann er sich. Die Skelette grinsten ja! Sie machten sich über die Lebenden lustig! Oh, sie hatten ja so recht! Das Lachen der Skelette! Ganz wie das Lachen der Hunde.

IX.
Lösegeld für ein Weltreich

»Erzähl uns von diesem Jesus«, sagte Felix eines Abends in der Hoffnung auf Abwechslung.

Drusilla hatte ihren Charme vergessen.

Prokuratoren langweilen sich genauso wie alle anderen. Sie lieben Geschichten, denn sie glauben, sich zu bilden, wenn sie ihnen lauschen. »Ich habe gelesen...«, sagte Felix manchmal, um anzudeuten, daß er seinem Sekretär beim Vorlesen zugehört hatte.

Von Zeit zu Zeit bereicherten Sänger und Tänzerinnen die Mahlzeiten im Palast von Cäsarea; wirklich zu unterhalten schienen sie nur Timotheus, doch Saul brachte es nicht übers Herz, dem jungen Mann zu sagen, daß die einen bloß Abgeschmacktes vortrügen und die anderen nur ihren Hintern zur Schau stellten.

»Erzähl uns von diesem Jesus, der die Juden so in Harnisch bringt...«

Saul saß nun seit fünfzehn Monaten in diesem Palast in Cäsarea gefangen und begann sich zu fragen, warum Lysias so lange zögerte, seine Aussage zu machen. Dann erfuhr er aus dem Munde von Lukas, der Saul besuchte, daß der Tribun nicht mehr in Jerusalem war. Niemand wußte, ob er wiederkehren würde. Das bedeutete, daß der Prozeß *ad calendas graecas*, sprich auf unabsehbare Zeit, vertagt werden würde. Saul war von Felix' Wohlwollen abhängig. Was aber wollte Felix? Auf unzähligen Abendessen hatte man über alles und jedes gesprochen, über die unglücklichen Prinzen in der Familie, dann über die Intrigen, die die Herodier zerfraßen wie die Würmer den Leichnam, und auf all diesen unzähligen Abendessen war es Saul nicht gelungen, herauszufinden, warum Felix so lange zögerte, die Angelegenheit zu bereinigen.

Aber irgendwann mußte sie nun endlich entschieden werden. Immer, wenn der Prokurator nach Jerusalem reiste, umlagerten ihn die Juden und wetterten gräßlich. Und jene vierzig Hungerkünstler dort platzten gewiß vor Wut, denn mittlerweile hatten sie sicher schon längst auf ihre Fastenübungen verzichten müssen.

»Erzähl uns von diesem Jesus...«
Wenn Felix das so beiläufig sagte und dabei seinen kleinen roten Mund wie eine Muräne spitzte!
»Er ist ein sehr schöner und weiser Heros. Er ist ein Heros, weil er sich gegen das allzu Menschliche erhoben hat, und er ist sehr schön, weil sein Blick die ganze Welt umarmt und das himmlische Licht ihn erfüllt. Er ist sehr weise, weil er um die Schwäche der Menschen weiß, und um die Taten, zu denen sie fähig sind. Er wurde als Jude geboren, aber er war größer als ein Jude.«
»Warum hat er sich gegen die Juden gestellt?«
»Weil sie das Gesetz Gottes zu bloßen Worten degradiert haben, zu bloßem Staub ohne Liebe und Frömmigkeit. Weil sie Gott einen Tempel gebaut haben, um ihn darin einzusperren, und glaubten, so könnten sie sich seinem allgegenwärtigen Auge entziehen.«
Ich habe dich verraten, wie du es in der Straße des Goldschmiedes Nimrod vorhergesehen hast, aber ich diene dir damit, dachte Saul bei sich.
»Du sagst, er war ein Heros«, bemerkte Felix. »Aber die Nazarener behaupten, er sei der Sohn eures Gottes.«
»Er ist der Sohn unseres Gottes, er ist unser einziger Heros.«
Drusilla blickte ihn verträumt an. »War er verheiratet?« fragte sie.
»Wie kann ein Mensch, der gekommen ist, die Welt freizukaufen, der Mann einer einzigen Frau sein?« gab Saul zurück.
»Salome hat mir aber versichert, daß er bei einer heimlichen Trauung eine gewisse Maria von Magdala geheiratet hat«, erwiderte Drusilla.
»Was macht das schon?« fragte Saul. »Er war wahrer Mensch und wahrer Gott. Wo der Mensch in ihm eine Frau liebte, da liebte der Gott in ihm alle Frauen.«
Auch Timotheus hing auf einmal seinen Träumen nach.
»Und liebt denn nicht jeder Mann, der eine Frau liebt, in ihr alle anderen Frauen?« fügte Saul hinzu.
Felix wirkte halbwegs überzeugt. »In all dem sehe ich nichts«, meinte er, »was den Wunsch der Juden nach deinem Tod rechtfertigen könnte. Da muß es noch etwas geben, was du uns verschweigst.«

»Die Juden sind bedroht«, antwortete Saul. »Sie waren ein unabhängiges und stolzes Volk. Stolz sind sie noch immer, aber sie sind nicht länger unabhängig. Ein Statthalter wie du hat die Macht, ihren Hohenpriestern nach Gutdünken abzusetzen. Ihr Römer habt überall in ihrem Land Bauten errichtet, die ihren Glauben auf Schritt und Tritt beleidigen. Tempel für fremde Götter, Abbilder dieser Götter, die sie meistens nackt darstellen und die fleischliche, irdische Liebe feiern, Gymnasien, in denen sich die Männer nackt darbieten und so ihr Schamgefühl verletzten, Theater, in denen man weltliche Stücke spielt. Die Juden werden erniedrigt und sehen an allen Ecken und Enden Feinde lauern. Jesus ist gekommen, um ihre Verlogenheit gegenüber dem Allerhöchsten anzuprangern. Deshalb sind diejenigen, die die Lehre von Jesus verbreiten, in ihren Augen die schlimmsten Feinde. Sie lassen sich lieber mit dir ein, Felix, als mit mir.«

Ich werde ihn trotzdem nicht in die niederträchtigen Intrigen meiner Mitbrüder einweihen, überlegte Saul, auch wenn die Gelegenheit günstig wäre, mich dieser Pfeife Jakobus und dieses alten Wracks Petrus zu entledigen.

»Ich verstehe nicht, Saul, daß ein Mann wie du, von adliger Herkunft, dazu noch ein römischer Bürger und reich, daß du also den Rang aufgibst, den du ehemals innehattest, und wie ein Herumtreiber durch alle Länder reist, alle Meere befährst und dich ständig mörderischen Intrigen aussetzt, bloß für so eine Geschichte über Götter und Proselyten. Was dich auch immer dazu treiben mag, die Götter der Römer setzen ihre Bürger nicht solchen Gefahren aus.«

»Habt nicht auch ihr Römer selbst Philosophen, die in ihren Schriften all diese Annehmlichkeiten verachten?« antwortete Saul. »Und ist nicht die Gier nach diesen Annehmlichkeiten und Privilegien, die ich abgelegt habe, der wahre Grund für das größte Laster einer Republik, für die Ungerechtigkeit?«

Die Erwähnung der Ungerechtigkeit schien Felix zu mißfallen. Er schenkte sich Wein nach und griff in die Schale mit Trauben, die vor ihm stand.

»Ja, ja«, sagte er, »ich kenne diese Reden, aber schließlich habe ich von *dir* gesprochen. Die Stoiker und die Zyniker, denn von ihnen hast du ja wohl geredet, bringen ihr Leben nicht in Gefahr, und Seneca, mit dem du befreundet zu sein scheinst, ist sehr reich und lebt mit den Annehmlichkeiten seiner Luxusvillen und seiner Kunstsammlung. Aber was treibt *dich*?«

»Das Gefühl für eine andere Gerechtigkeit, Felix«, antwortete Saul und schenkte sich seinerseits Wein nach. »Der Tag wird kommen, an dem all unsere Taten vor dem Allmächtigen aufgerechnet werden. Auch unsere Gedanken. Unsere Verfehlungen, unsere Verbrechen, unsere Niedrigkeiten werden auf die Schale einer gewaltigen Waage gelegt, unsere guten Taten aber, unsere Großzügigkeit, unsere Hilfsbereitschaft werden auf die andere Schale gelegt. Und je nachdem, wohin diese Waage ausschlägt, werden wir entweder in die ewige Verdammnis geschickt, oder in das Himmelreich.«

»Gut, ich kenne alle diese Reden«, sagte Felix und erhob sich. »Ich werde schlafen gehen.«

Drusilla senkte den Kopf.

Auf der Türschwelle wandte sich Felix noch einmal um.

»Ich bin weiterhin überzeugt, Saul, daß du, mit all deinem Geld, Besseres machen könntest, als die Juden mit Ammenmärchen zu ärgern.«

»Mit all meinem Geld?« wiederholte Saul, unangenehm berührt.

»Dein Bankier ist mein Freund. Du bist reich.«

Das war es also! Er wollte Geld![254]

Wenn es nur das war! Er sollte welches haben! Ein Lösegeld sollte Saul die Freiheit wohl wert sein, und das Glück, ein neues Reich der Getreuen Jesu zu errichten. Fünfzehn Monate in diesem goldenen Käfig begannen sehr viel schwerer zu wiegen, als ein kleines Vermögen in Sesterzen.

X.
Der Abschied

Saul richtete sich gerade darauf ein, sein Lösegeld mit Felix auszuhandeln, als der verschwand, und vierzehn Tage später waren weder er noch Drusilla wiederaufgetaucht. Saul befragte die Dienerschaft; sie würden schweigen bis zum Vortag des Jüngsten Gerichts. Dieser Tag kam, als Porcius Festus, Felix' Nachfolger in Cäsarea, eintraf.
Von der Terrasse oberhalb der Straße sahen Saul und Timotheus ihn aus seiner Sänfte steigen; Zenturionen, Soldaten, Bogenschützen und Reiter begleiteten ihn. Er mußte um die Fünfzig sein, und sein Äußeres verhieß etwas ganz anderes als das seines Vorgängers. Was sagt schon das Äußere? Laster oder Tugenden? Das Äußere Felix' war von Habgier aufgedunsen, das von Festus zeugte von Tatkraft.
Am Tag darauf erzählte dann die Dienerschaft, daß Felix in Ungnade nach Rom zurückberufen worden war. Er hatte sich infolge eines bedauerlichen Zwischenfalles Neros Mißfallen zugezogen: Griechen und Juden seien in den Straßen von Jerusalem aneinandergeraten; offenbar hatten die Juden die Griechen beleidigt und der Unmoral bezichtigt. Lysias' Nachfolger sei mit Militärgewalt eingeschritten und hätte ein Blutbad angerichtet. Die Juden hatten eine Protestnote an den Kaiser geschickt und einen geharnischten Bericht über Felix beigelegt.
Erst am Morgen eingetroffen, wurde Festus sofort von Sauls Angelegenheit in Kenntnis gesetzt, der als »Ehrengast« in einem Zimmer des Palastes gute Miene zum bösen Spiel machen mußte. Er ließ ihn kommen, hörte sich seine Erklärungen an. Festus versprach, der Sache in Jerusalem nachzugehen.
Die Initiative wurde ihm von den Juden abgenommen: Er hatte dort noch nicht den Fuß in den Hasmonäerpalast gesetzt, als ihn auch schon eine Delegation von zweihundert Leuten aufsuchte und seine Exzellenz inständig anflehte, den Gefangenen nach Jerusalem zu

verbringen. Er vertröstete sie und sollte sich später dazu beglückwünschen: die Spitzel des Prokurats informierten ihn, daß die Juden auf die Verlegung nur warteten, denn sie hatten einen Hinterhalt vorbereitet, um Saul auf dem Weg ermorden zu lassen. So beschloß er, die Angelegenheit in Cäsarea zu entscheiden.
Alles begann wie bei Felix, im Gerichtssaal fuhren die Juden ihre Lügen auf, und Saul wies sie allesamt zurück. Nur die Situation hatte sich geändert: Der Zwischenfall mit den Griechen bevorteilte diesmal die Juden. Sie empörten sich und zogen die römische Justiz in Zweifel. Im Endeffekt war die Bestechlichkeit von Felix viel besser gewesen als der Ordnungssinn von Festus. Der fragte Saul nämlich, ob er etwas dagegen einzuwenden habe, in seiner, Festus, Gegenwart in Jerusalem gerichtet zu werden.[255]
»Was für einen Unterschied gibt es zwischen Cäsarea und Jerusalem?« fragte Saul. »Dieser Prozeß wurde seit langem geplant. Er ist ein Komplott von Heuchlern.« Dann zog er seine Trumpfkarte: »Ich bin römischer Bürger. Ich habe das Recht, vom Kaiser persönlich gerichtet zu werden. Und ich fordere, vom Kaiser gerichtet zu werden.«[256]
Der Hohepriester kniff die Augen zusammen.
»Dieser Mann hat unser Gesetz in Judäa beleidigt, also muß er auch in Judäa gerichtet werden.«
»Er ist römischer Bürger«, antwortete Festus widerwillig. »Also untersteht er unserem Gesetz. Man wird ihn in Rom richten. Die Sitzung ist aufgehoben.«
Wutschreie.
»So werden wir also nach Rom kommen«, murmelte Timotheus.
Die Sache war noch nicht erledigt. Jeden Tag stachen Schiffe von Cäsarea aus in See, und viele von ihnen nahmen Kurs auf Italien. Nichts wäre bequemer gewesen, als Saul auf einem von ihnen mitreisen zu lassen. Aber Festus blieb untätig. Langweilten sich die Prokuratoren so sehr, daß sie sich einen Gesprächspartner halten mußten? Aber während des ganzen folgenden Monats hatte Festus nur zwei oder drei Unterhaltungen mit Saul: und die drehten sich fast ausschließlich um seine Abstammung von der Herodier-Dyna-

stie. Ob Saul niemals versucht habe, das Wohlwollen des Kaisers wiederzugewinnen? Nein, wozu? Das Leben hätte so entschieden, und das Wohlwollen Roms sei so flüchtig… Wollte auch Festus ein Lösegeld erpressen?

»Soll ich meine Freiheit bezahlen?« fragte ihn Saul eines Abends.

»Unmöglich«, antwortete Festus.

»Aber wann soll ich dann nach Rom reisen?«

»Du wirst nach Rom reisen. Aber nicht, bevor du diejenigen getroffen hast, die hier ein gutes Wort für dich eingelegt haben und die auch beim Kaiser zu deinem Vorteil sprechen könnten.«

»Wer ist das?«

»Dein Verwandter, König Agrippa II.[257] und seine Schwester.«

Saul verschlug es die Sprache.

Am selben Abend vor dem Nachtmahl wurde er ihnen vorgestellt. Es waren die Geschwister Drusillas[258], seine Nichte und sein Neffe. Sie umarmten ihn heftig. »Drusilla schickt uns«, flüsterte ihm Berenike zu. Nun hatte er endlich die Erklärung für die Verspätung. Er sah Berenike an: dasselbe volle Gesicht und dasselbe niedliche Kinn wie bei ihrer Schwester, dieselben geschwungenen mandelförmigen Augen, nur vielleicht ein wenig mehr amberfarben, dazu derselbe volle Mund, die Haare dunkler, mit Henna überkupfert. Aber vor allem war da eine düstere und zwielichtige Sanftmut. Er hatte die Frauen vergessen und erinnerte sich plötzlich schmerzhaft an den Wein, den sie auszuschenken vermochten. Agrippa musterte Saul. Der hielt seinem Blick stand und war überwältigt, wie sehr Bruder und Schwester sich ähnelten. Intuitiv durchfuhr es ihn: Es stimmte also, Bruder und Schwester liebten sich! Aber das Gerede zerfiel in Staub, wie die rissige, schmutzige Hülle gewisser Pilze, die die unziemliche Nacktheit der Frucht freigibt – Rätsel des Inzests, vielleicht der vollkommenen Liebe.

»Lieber Onkel«, sagte Agrippa, »wir sind gekommen, um dir zu helfen, aber du mußt uns aufrichtig sagen, welchen Verbrechens du beschuldigt wirst. Festus hier bezweifelt, daß die Juden ihre Niedertracht so weit treiben würden, daß sie eine Klage gegen dich in allen Stücken frei erfinden. Sag uns, was sie dir in Wirklichkeit vorwerfen!«

Würden sie denn niemals mit diesen Beschuldigungen aufhören?
»Sie sagen nicht offen, was sie mir vorwerfen, denn das ist die Bekehrung von Juden zum Glauben an Jesus.«
»Aber du hast ihren Tempel nicht entweiht, indem du dort einen Unbeschnittenen eingeschleust hast?«
»Niemals!«
»Du hast keine Reden gegen ihr Gesetz gehalten?«
»Niemals.«
»Du hast in Jerusalem nicht in der Öffentlichkeit das Wort ergriffen und unvorsichtige Reden geführt?«
»Niemals.«
»Aber es bleibt trotzdem unverständlich, warum sie ohne wirklichen Grund einen solchen Streit vom Zaun gebrochen haben und derart hartnäckig daran festhalten. Hast du eine Erklärung dafür?«
»Aber sicher.«
In gespannter Erwartung standen sie da: Festus, Agrippa, Berenike, Timotheus und Lukas, der speziell zu diesem Anlaß gekommen war. Mußte Saul nun wirklich sprechen?
»Sie wurden von meinen Mitbrüdern dazu angestiftet«, sagte Saul langsam.
»Von deinen Mitbrüdern?« rief Agrippa.
»Ja, es sind Nazarener. Petrus und Jakobus von Alphäa, die Anführer der Jerusalemer Gemeinde. Sie allerdings werfen mir vor, daß ich Heiden bekehrt habe.«
Lukas hob hilflos die Arme.
»Wir haben doch keine Beweise dafür!« rief er aus. »Der Herr bewahre uns vor voreiligen Anschuldigungen.«
»Wir haben einen Beweis dafür, Lukas: Wer hat mich denn mit vier Büßern in den Tempel geschickt, wie man das Böcklein zur Opferbank führt? Ich war der Sündenbock! Sie hofften, daß sie nach meiner Verurteilung und Hinrichtung endlich ihren Frieden mit den Juden machen könnten, oder etwa nicht? Findest du es denn nicht merkwürdig, Lukas, daß niemand von ihnen auf meinem ersten Prozeß ausgesagt hat? Daß keiner der vier Büßer für mich gezeugt

hat? Daß kein einziges Mitglied des Jerusalemer Rates mir auch nur die kleinste Nachricht hat zukommen lassen, daß keiner von ihnen nach Cäsarea gekommen ist, obgleich es doch bekannt ist, daß sowohl Felix als auch Festus jede Art von Besuch erlaubt haben?«
Lukas senkte den Kopf.
»Aber sie bleiben dennoch unsere Brüder«, murmelte er.
»Und was das für Brüder sind!« schrie Saul.
»Die Angelegenheit scheint mir einfach«, meinte Agrippa.
»Vielleicht ist sie für euch einfacher als für mich«, warf Festus ein.
»Saul ist römischer Bürger und hat sich deshalb auf sein Recht berufen, von Nero gerichtet zu werden. Aber kann ich dem Kaiser einen Angeklagten schicken, ohne ihm die Anklage näher zu erläutern?«
»Kannst du ihn nicht einfach freilassen?«
»Jetzt nicht mehr, denn er hat ja verlangt, vom Kaiser gerichtet zu werden. Und was soll ich tun, wenn die Juden sich noch einmal erheben und wieder schreien, ihr Gesetz sei von Rom verraten worden? So oder so würde die Sache in Rom enden. Jedenfalls, solange Saul seine Forderung aufrechterhält.«[259]
Diener brachten Wein.
»Bleibt nur, beim Kaiser zu intervenieren, Agrippa, damit er Saul freigibt.«
»Dann bin ich also ein unschuldig Verfolgter und ein Gefangener in Freiheit«, murmelte Saul.
Er begegnete Berenikes Blick und verstand, daß sie am besten für ihn sprechen würde. Aber warum? Es durchfuhr ihn, daß er die Frauen immer zurückgewiesen hatte, weil er Angst vor ihnen hatte. Und daß er Angst hatte, weil er häßlich war. Welche Schwäche!
»Aber wie kamst du bloß dazu, Saul, dich zum Apostel der Nazarener zu machen?« fragte Agrippa.
»Ich habe sie verfolgt«, antwortete Saul. »Und ich war in die Steinigung von Stephanus, einem ihrer frömmsten Männer verwickelt. Ich habe sie gnadenlos gejagt. Und dann, eines Tages, Agrippa, da ist er mir auf dem Weg nach Damaskus erschienen. Und später, in Edessa, habe ich mit ihm gesprochen. Ich sah den Mann, den die Ju-

den getötet hatten, weil sie es nicht ertrugen, daß man sie an den Geist des Gesetzes erinnert. Er war von den Toten auferstanden. Und nichts wird sich ihm widersetzen können, Agrippa, und seither verkünde ich Juden und Heiden in aller Welt, daß er uns das Licht gebracht hat.«

»Du bist wahnsinnig geworden, Saul!« rief Festus. »Ist das die Art, wie du deine Sache vor Agrippa und Nero vertreten willst?«[260]

»Seid ihr sicher, daß Agrippa in Rom noch nichts von Jesus gehört hat?« rief Saul. »Nein, ich bin nicht wahnsinnig geworden, oder das Wort muß seine Bedeutung gewandelt haben. Sie sind es, die wahnsinnig geworden sind!«

»Wenn du deine Forderung zurücknimmst, vom Kaiser gerichtet zu werden, dann könnte man dich sicher freilassen«, meinte Festus.

»Um wieder den Nachstellungen der Juden ausgesetzt zu sein?« sagte Saul. »Nein, ich fahre nach Rom.«

Sie betrachteten ihn stumm. Wußte er denn auch, was das bedeutete, Rom und die kaiserliche Gesetzesmaschinerie? Aber die Würfel waren doch schon längst gefallen. Wenn sie geahnt hätten, wie lange schon! Sie hielten ihn für das Opfer eines übertriebenen Verlangens nach Gerechtigkeit, aber er sehnte sich nach ganz anderem.

Der Sommer ging zu Ende, die Winde frischten auf, und das Meer wurde unruhiger. Es wurde Zeit für den Aufbruch, denn in drei oder vier Wochen würde das Mittelmeer nicht länger befahrbar sein. Festus ließ ihn an Bord einer Handelsgaleere bringen, die aus Adramyttium kam. Vier andere Angeklagte, die ebenfalls an die kaiserliche Gerichtsbarkeit appelliert hatten, begleiteten ihn unter der Bewachung von Soldaten der Kohorte Augusta und eines Zenturios namens Julius.

»Nimmst du mich mit?« hatte Timotheus gefragt.

»Die Reise ist zu gefährlich, bleib hier, ich werde dir schreiben«, antwortete Saul.

Das war die Generalprobe des Todes; man verabschiedet sich von den Lebenden, um sich, ohne es zuzugeben, auf jene Welt vorzubereiten, in der die irdischen Gefühle lächerlich werden. Saul nahm

jedoch Aristarch mit, den er wegen seiner Zähigkeit ausgewählt hatte, und Lukas, der auch nach Rom wollte und nach alledem offensichtlich recht gut in der Lage war, allein zu überleben.
Cäsarea funkelte in der Septembersonne. Die Ruder peitschten das Meer, das rechteckige Segel blähte sich. Der Orient verschwand in der Vergangenheit wie ein Schiff in der Nacht.

XI.
Der Schiffbruch

Und tatsächlich ist es ein Tod, wenn diese Ansammlung von Stimmungen und Neigungen, von zärtlichen Gefühlen und irren Leidenschaften, von bitterem Haß und Verachtung, kurz, wenn die Seele sich ihrer Lumpenhüllen entledigt und meint, schon bald in die Herrlichkeit des ewigen Reiches einzugehen, jedoch gerade dann, wenn ihre Küstenfahrt auf Erden dem Ende zu geht, von der unbändigen Begeisterung für alles ergriffen wird, was sie niemals erlebt, sondern nur erlitten hat: Frauen, die im Kindbett sterben, ohne je die Frucht ihrer Empfängnis gesehen zu haben, junge Männer, die im Kampf für ruhmestrunkene Potentaten hingemordet werden, Gefangene, die im Namen triumphierender Hoffart gefoltert werden, Lämmer, die man im Namen ihres Schöpfers abschlachtet, Weise, die ihr Wissen im Verborgenen horten, wilde Tiere, auf deren Pelz irgendwelche Gecken ein begehrliches Auge geworfen haben. Kinder, die das Fieber dahinrafft, und Blüten, die man pflückt, bevor sie zur vielversprechenden Frucht reifen können.
Am nächsten Morgen liefen sie Sidon an. Julius zeigte sich großzügig und erlaubte Saul, die Mitbrüder in diesem Hafen zu besuchen.[261] Saul erzählte ihnen von den Zwischenfällen in Jerusalem.
»Laßt euch nicht von ihren Zweifeln, ihren weinerlichen Vorwürfen und ihrem Pochen auf das Gesetz verwirren. Sie sind verlogen. Jesus ist für die ganze Menschheit gekommen.«[262]
Wieder ging er an Bord.

Der Kapitän nahm Kurs auf Zypern, also nach Nordwesten. Die Winde aber bliesen von Westen her, als kämen sie direkt aus den Tiefen der Unterwelt, die dort, jenseits der Säulen des Herkules, lag. Wie von Furien gepeitscht, galoppierten die wilden Pferde des Meeres kopflos dahin, bis zu den Bergketten des Taurus. Das Schiff mußte Zypern im Süden umrunden und sich dann nach Norden vorarbeiten, quer zum Wind, an Salamina vorbei, zwischen der Insel und den Küsten von Zilizien und Pamphilien hindurch. Oft mußten sie die Ruder zu Hilfe nehmen, sobald der Sturm ein wenig nachließ. Fast zwei Wochen vergingen, ehe sie Myra in Lykien erreichten.
Dort hatte das Schiff, wenn man dem Kapitän glauben durfte, seinen Zielhafen erreicht. Der Zenturio machte sich also auf die Suche nach einem anderen Schiff und fand drei Tage später einen Kornfrachter, eine große zweimastige Korbite, die aus Alexandria kam und, bereits mit sechsundfünfzig Passagieren besetzt, nach Italien fuhr. Bis zur Hafenausfahrt ging auch alles gut, und der Kapitän nutzte den ablandigen Wind, um auf Südkurs Richtung Rhodos zu gehen. Doch kaum waren sie auf hoher See, erlangten die Westwinde wieder die Oberhand, und so erreichte das Schiff nur mit Mühe und nur indem sie sich den Schub des Toppsegels mit dem Steuerruder zunutze machten, ganze zwei Tage später Knide. Zu Fuß wären sie schneller gewesen!
Mit derselben Technik, nun aber kurzerhand auf Südkurs, gelang es dem Kapitän schließlich, in Kreta einzulaufen, nachdem sie das salmonische Kap umsegelt hatten. Der Wind dachte gar nicht daran, abzuflauen, er wurde nur noch stärker. Nein, es ließ sich nun nicht länger bezweifeln, daß die kritische Jahreszeit angebrochen war. Saul erklärte dem Zenturio, daß es viel zu gefährlich sei, die Überfahrt fortzusetzen; er rate daher, in Lasaia zu überwintern. Der Reeder und der Kapitän setzten sich jedoch durch: Lasaia sei als Winterquartier nicht sicher genug, selbst die Einfahrt in den Hafen sei schon gefährlich. Sie wollten die Bucht von Phönix erreichen, die geschützter sei und in der man sehr viel leichter landen könne. Einen Vormittag lang schien der Südwind ihnen recht zu ge-

ben. Dann schlug das Wetter plötzlich um, mit Gewalt brach der stürmische Nordwind los, den die Griechen den teuflischen Boreas nennen, und machte den Westwinden den Rang streitig. Der Kapitän mußte eilig die Segel reffen lassen, und das Schiff trieb ab. Die *Ceres Polyphila* rollte und torkelte wie ein betrunkenes Weib und beruhigte sich erst ein wenig, als sie in den Windschatten einer kleinen Insel geriet, eines winzigen Kiesels in der gewaltigen Flut: Cauda. Es war höchste Zeit. Die Ladung hatte sich unter der Wucht der Brecher losgerissen, und das Schiff drohte umzuschlagen. Der Kapitän nutzte das Abflauen des Sturmes, um das Beiboot einzuholen, das an seinem Tauende eine irrwitzige Sarabande vollführte, und ließ dann das ganze Schiff dreimal mit einem Tau umwinden. Die Matrosen, die diese Arbeit zu verrichten hatten, stürzten an die zwanzig Male in die See, schon hielt man sie für verloren und warf ihnen Rettungsleinen zu, doch schließlich war der Rumpf soweit gesichert, daß sie Cauda, ihren schützenden Port, verlassen konnten.

Das Schlimmste stand ihnen noch bevor: ein teuflischer Sturm. Bei der Geschwindigkeit, mit der er daherbrauste, war es beschlossene Sache, daß sie an den Sandbänken der Syrten auf Grund laufen würden. Der Kapitän ließ einen Anker auswerfen, dessen mehr als mannshohe Flunken mit Blei beschlagen waren. So würde das Schiff wenigstens im Wind treiben, aber was half es schon gegen die Strömung...

Es war die Hölle: oben der Sturm, unten die Strömung. Um dem Rollen und Schlingern entgegenzuwirken, beschlossen der Reeder, der Kapitän, sein Quartiermeister und sein Deckoffizier, die Aufbauten zu entlasten. Man warf also alles über Bord, was sich auf der Brücke befand: Takelwerk, Winden, Kleinzeug, Reisetruhen, doch es half so gut wie nichts. Am nächsten Morgen wurde die Takelung eingeholt. Man entfernte mit Hammerschlägen die Bolzen und nach zwei Stunden Arbeit lag der Mast auf der Brücke, und konnte festgezurrt werden.

Der Sturm ließ nicht nach. Das Schiff schlingerte, und der Himmel war schwarz. Um zu trinken, hielt Saul eine Schale hoch, und nach

einer Viertelstunde war sie randvoll. Von Zeit zu Zeit zog er eine getrocknete Feige aus seiner Tasche und aß sie, um bei Kräften zu bleiben. Man brauchte ja nicht vor der Zeit zu sterben.
»Wir haben die Wahl: stranden oder ertrinken«, sagte er zu dem Zenturio. »Ich für meinen Teil bin entschieden fürs Stranden.«[263]
Aber wo? Der Steuermann wußte nicht einmal mehr, in welche Richtung er die kläglichen Reste des Ruders wenden sollte.[264] Es war nun schon einen Monat her, daß sie aus Cäsarea aufgebrochen waren.
Aber dann hörte Saul mitten in der Nacht das Schreien von Möwen. Auch die Seeleute hatten sie gehört. Der Kapitän ließ das Lot auswerfen: zwanzig Faden.[265] Etwas später maß man nur noch fünfzehn Faden. Ohne Zweifel steuerten sie auf Klippen zu. Noch bevor der Kapitän dazu Befehl geben konnte, warfen die Seeleute heckwärts drei Anker aus, dann stürmten sie nach vorn. Saul beobachtete sie. Er fand, daß sie sich auffällig bemüht am Rettungsboot zu schaffen machten, das dort auf dem Vorderdeck festgemacht war. Sie warfen noch einen Anker aus. Saul lief zum Zenturio:
»Sie bringen sich in Sicherheit! Sie nehmen die Schaluppe! Wenn sie die mitnehmen, sind wir verloren!«
Während er noch sprach, war die Schaluppe schon zu Wasser gelassen, und bis der Zenturio begriffen hatte, was Saul sagte, waren die Seeleute bereits im Begriff, von Bord zu gehen. Die Soldaten eilten herbei und kappten die Taue mit Schwerthieben. Die Matrosen mußten entgeistert zusehen, wie die Nußschale auf den Wogen davontanzte.
Ein kalter, feuchter Morgen war angebrochen. Mannschaft und Passagiere schlotterten an allen Gliedern.
»Wir müssen etwas essen«, sagte Saul.
Alle hatten den Appetit verloren, und sahen überrascht zu, wie man getrockneten Fisch hervorholte, Fladenbrot, Oliven, Feigen, Rosinen und Wein, doch die paar Bissen halfen ein wenig gegen die Übelkeit. Immer noch kein Land in Sicht, nur einige niedrige Wolken erweckten manchmal den Eindruck eines Küstenstreifens. Man warf noch einmal das Lot aus: zwölf Faden. Jetzt mußte verhindert

werden, daß der Rumpf der *Ceres Polyphila* zu hart auf eine Klippe auflief, was jetzt jeden Augenblick der Fall sein konnte. Vorher hatte man sich das Schiff schwerer gewünscht, jetzt brauchte man es leichter, und so holten die Matrosen die Getreidesäcke, die sowieso halb verdorben und von Meerwasser durchtränkt waren, und stießen sie über Bord. Endlich war auch der Wind abgeflaut, und der Kapitän gab Befehl, den Vordermast wieder aufzurichten und das Sprietsegel erneut zu hissen. Backbord war nur eine graue Linie zu erkennen. Saul kniff die Augen zusammen, erkannte eine Bucht. Das Schiff geriet in die Strömung, und dann wurden alle von einem heftigen Ruck aufgeschreckt. Mit einem markerschütternden Knirschen bohrte sich der Kiel in eine Sandbank, Seeleute und Passagiere verloren das Gleichgewicht. Als sie wieder auf die Beine kamen, wurde das Heck bereits von Wellen überspült. Der Schiffsrumpf war auseinander gebrochen. Die *Ceres Polyphila* begann zu sinken.

»Wir müssen die Gefangenen töten!« rief ein Soldat.

Sie hatten bereits die Schwerter gezogen. Gerade wollte sich Saul ins Wasser stürzen, als der Zenturio Befehle brüllte.

»Niemand rührt sie an!«

Das Schiff bewegte sich unter lautem Ächzen.

»Alle Mann ins Wasser!« rief Julius und ging selbst mit gutem Beispiel voran.

»Haltet euch an allem fest, was schwimmt!«

Viele Holzteile trieben schon im Wasser. Saul klammerte sich an eine gebogene Planke, strampelte, schluckte eimerweise Wasser, schnappte nach Luft, schwamm, prustete, fühlte Sand unter den Füßen. Das Wasser brannte ihm in den Augen, doch sein Blick ließ das zehn Fuß entfernte Ufer nicht los. Dann warf ihn eine Welle wie ein nasses Bündel ans Ufer. In diesem Moment schwemmten die ersten Sonnenstrahlen die Schwärze der Nacht fort.

Schwer atmend warf sich Saul auf den Rücken, die Füße im eiskalten Wasser, und rang nach Luft. Teuflisches Mittelmeer! Männer packten ihn unter den Achseln und schleiften ihn auf den trockenen Sand. Er kannte sie nicht. Als er wieder etwas zu sich gekommen

war, sah er, daß es tatsächlich Unbekannte waren. Fischer. Auch andere vom Schiff hatten sich retten können. Saul erkannte Aristarch, keuchend und voller Tang, dann Julius und den Kapitän.
»Wo sind wir?«
»Malta!«
Als ob der Himmel mit dem Schiffbruch noch nicht genug angerichtet hätte, brach nun in eisigen Böen ein erbarmungsloser Sturzregen los. Die Fischer, die sie gerettet hatten, rissen ihre Blicke von den Wrackteilen der *Ceres Polyphila* los und häuften Tang auf, stapelten Holz darauf, das sie aus dem Dorf geholt hatten, und warfen auf das Ganze Pech- und Reisigfackeln. Das Feuer brannte im Regen mehr schlecht als recht, auch wenn es von Feigenbäumen geschützt wurde. Auch Saul sammelte ein wenig sandiges Reisig, machte daraus ein Bündel und warf es ins Feuer. Plötzlich schnellte, von der Hitze aufgeschreckt, eine Schlange aus dem Bündel hervor und wand sich um Sauls Handgelenk. Schreie wurden laut. Saul schüttelte seine Hand, und die Schlange fiel ins Feuer, wo sie noch einige Augenblicke zuckte und verbrannte.
»Er steht unter besonderem Schutz!« rief ein Fischer.[266]
Als die Gestrandeten satt und trocken waren, näherten sich Leute mit neugierig aufgerissenen Augen, die die Nachricht von dem Schiffbruch herbeigelockt hatten. Sie waren Diener eines reichen Grundbesitzers. Ob das die Schiffbrüchigen seien? fragten sie. Ob es viele seien? Und die Verluste? Kurz, der Verwalter dieses Grundbesitzers lud sie auf sein Land ein. Vom Wind gebeutelt, der die Wolken nach Osten trieb, machten sie sich auf den Weg. Es war seltsam, aber schon forderte das Leben wieder sein Recht, und die Schiffbrüchigen pinkelten in den Straßengraben und freuten sich, daß es auf der Welt noch blauen Himmel gab. So erreichten sie die Ländereien jenes Grundbesitzers, Publius mit Namen. Julius ging der Gruppe voran, Saul an seiner Seite, dahinter die übrigen Gefangenen, der Kapitän mit seinen Offizieren, dann die Matrosen. Alle waren sie schon bald über und über mit der schlammigen Erde bespritzt, die Wege und Felder bedeckte. Ein dicker Mann watschelte ihnen mit rudernden Armen entgegen.

»Willkommen, willkommen!« rief er von weitem. Und dann, näher gekommen: »Ihr seid von den Göttern behütet! Gepriesen seien die Götter, gepriesen der Tag!« keuchte er. »Wie viele seid ihr?« Nachdenklich wiederholte er die Zahl, die sie ihm sagten. Zweihundertsechsundsiebzig – als handele es sich um eine Zauberformel, dann gab er rasch einige Anweisungen. In Windeseile wurden auf den feuchten Wiesen rund um sein Haus Tische aufgebockt, man brachte Met, Wein, Bier, Brot, Fisch und Wurst. Er selbst reichte dem Zenturio als Zeichen der Gastfreundschaft ein Stück Brot und streute Salz darüber, erkundigte sich dann nach dem Rang der anderen und bediente sie der Reihe nach mit demselben Willkommenshappen.

»Ich bin römischer Bürger und ein Soldat Jesu«, sprach Saul, als die Reihe an ihm war.

»Ein General, dieser Jesus, nicht wahr?« meinte Publius.

»Nein, der Sohn Gottes«, antwortete Saul und mußte ein Lächeln unterdrücken.

Dem anderen blieb der Mund offen stehen.

»Der Sohn von welchem Gott?«

»Von dem einzigen, dem Wahren.«

»Ein einziger Gott?« wiederholte Publius. »Wind, Meer, Erde, alles?«

»Alles.«

»Warum denn? Was ist aus den anderen Göttern geworden?«

Man rief nach ihm, und er ließ Saul stehen, der ihm nachdenklich hinterher sah. Diese schlichten Gemüter, die weit entfernt von den großen Städten lebten, waren gewissermaßen wie gewachster Stoff: Nichts drang zu ihnen durch. Hätte Odysseus Jesus verstanden? Um Jesus zu lieben, mußte man Unterwerfung und Sklaverei durchlitten haben.

Publius stellte Unterkünfte in den Scheunen bereit, ließ Notzelte errichten und beherbergte die Schiffbrüchigen schließlich drei Tage lang.

Auf Wunsch ihres Gastgebers besuchten Saul und Lukas dessen bettlägerigen Vater am Krankenbett. Der Greis hatte die Ruhr, fie-

berte und stank. Lukas empfahl Weidenrindenaufgüsse; also suchte man die Insel nach Weiden ab. Saul dagegen plädierte für ein Heilmittel, das sich an ihm selbst bewährt hatte: gebrannte und pulverisierte Tonerde. Zwei Tage später war das Fieber gefallen, und der Kranke kam wieder zu Kräften.
»Die Lehre deines Gottes ist gut«, lobte Publius, »aber es wäre nicht recht, die meinen zu beleidigen.«
Sollte man wieder in See stechen? Das hätte nun wirklich geheißen, die Götter beleidigen. Julius entschied sich, zu überwintern. Die Schiffbrüchigen suchten sich Arbeit, um ihren Unterhalt zu verdienen, der eine als Bäcker, der andere als Zimmermann. Saul brauchte nicht zu arbeiten, denn ehe er Cäsarea verlassen hatte, hatte er sich in weiser Voraussicht von seinem Bankier eine größere Summe auszahlen lassen und sie in einem Lederbeutel unter seiner Tunika festgebunden, bevor er sich ins Meer geworfen hatte. Auch Lukas war nicht ganz mittellos, aber der eine wie der andere kümmerten sie sich, so gut sie konnten, um die Kranken.
Die Zeit hätte stillstehen können zwischen diesen Weinbergen und Olivenhainen, die die sprühende Gischt des Meeres umarmte. Was hatte Saul denn auch trotz Ehrgeiz und noch so guter Gründe die Meere zu befahren und den Zorn der Menschen und der Elemente herauszufordern, nur um ihnen sein Gesetz aufzuzwingen? Malta war gerade so gut wie jeder andere Ort, seine Knochen zur Ruhe zu betten und den Blumen zu überlassen.
Aber die Vergangenheit holt den Menschen öfter ein, als er denkt. Die Märzwinde belebten Sauls Schicksal von neuem. Die *Kastor und Pollux*, die aus Alexandria kam und ebenfalls in Malta überwintert hatte, würde bald nach Syrakus auslaufen.
Wieder hinaus auf unruhige See – und fast zum letztenmal.

XII.
Die Mauer

Nach nächtlicher Fahrt erreichten sie Syrakus, diese Tochter der Griechen, die sich auf den Meeren herumgetrieben hatten. Trunken vor Licht, schien es zu lächeln, schon waren seine Bauten und Marmorstatuen sonnendurchglüht und geschmückt mit blühenden Orangen- und Granatapfelbäumen, die dem Grab des Archimedes Schatten spendeten. Sie blieben drei Tage dort, doch das reichte kaum, um mit der kleinen Gemeinde zu reden, die Martinus, einer der Siebzig, dort gegründet hatte.[267]
Martinus war tot. Seine Nachfolger erinnerten sich, daß er von Petrus geschickt worden war. War dieser noch am Leben? Und die anderen? Ja, ja, sie seien noch am Leben, alle elf. Saul und Lukas schlichteten manchen Streit und berichtigten vorsichtig die Legenden, die sich bereits um Martinus' Wirken rankten. Nein, Jesus sei nicht Herakles, und auch nicht Adonis, nein. Die Gemeinde zählte keine hundert Mitglieder, davon waren zwei Dutzend hellenisierte Juden und der Rest kam aus Zypern, Alexandria, Rhodos und vor allem natürlich aus Griechenland – Menschen, die jedem Kultus des Mittelmeerbeckens angehangen hatten und sich schließlich in den Kult eines alleinigen Gottes geflüchtet hatten. Die zeigten den beiden Reisenden kleine Terrakottafiguren einer männlichen Gottheit, einen triumphierenden nackten Jüngling, einen Apoll, in dem sie Jesus zu sehen glaubten. War das ein Sieg oder eine Niederlage? Hatten sie Apollon einfach umgetauft? Oder hatten sie ihn wirklich vom Thron gestoßen? Wer konnte das wissen? Saul und Lukas mußten weiter. Vor dem Wind kreuzend, erreichte die *Kastor und Pollux* Regium, wo sie einen Muskatwein zu trinken bekamen, der hervorragend mit dem Schafskäse harmonierte, den man dazu reichte. Bald kam Südwind auf, und der Kapitän beeilte sich, wieder in See zu stechen. Mit zusammengezogenen Brauen brachte er sie durch die Straße von Messina, vorbei an Skylla und Charybdis. Die Nacht war schon hereingebrochen, als sie in der Ferne die Äoli-

schen Inseln erkannten, zweifellos eine der tausend Höllenpforten, wie die Flammen bezeugten, die aus dem Schlund des Stromboli hervorschossen.
Saul stand an der Reling und versuchte die Zeichen zu deuten, die die italienische Küste an ihm vorüberziehen ließ. Kalabrien, die Basilicata, die Campagna... Er ahnte den unendlichen Reichtum dieser herrlichen Landschaften; dort ließ es sich gewiß gut leben, mit viel Wein und Fleisch, und bestimmt gab es dort keine Kunden für seine Ware. Das Schlimmste war die Bucht von Neapolis, die so glücklich schien, daß das Kreuz dort niemals seinen Schatten werfen konnte. Und der Vesuv, jener schläfrige Gott, und dann überall dieses sanfte und liebliche Blau, das die Tempel umspielte...
Das Schiff glitt zwischen Ischia und Capri hindurch und sie erreichten Puteoli. Nachdem sie Anker geworfen hatten, wurden sie von der Menge jubelnd in Empfang genommen. Der erste zarte Weizen aus Ägypten! Die Passagiere schritten lächelnd das Fallreep hinunter und hoben die rechte Hand zum Gruß. Eine unerklärliche Fröhlichkeit erfaßte Saul und seinen Begleiter. Das Kaiserreich! Das Herz der Welt! Man mußte nur seinen Boden betreten, und schon war man ein König!
Die Schiffsreise endete hier. Gleich nach der ersten Mahlzeit fragte Saul Julius, ob... Doch er kannte bereits die Antwort, denn der Zenturio war seinen Wünschen immer entgegengekommen, weil er sein Interesse wachrief, dieser römische Bürger, dessen Verrat an den kaiserlichen Göttern sonderbarerweise so viel Nachsicht bei den Vertretern des Kaisers fand. Ja, er könne seine sogenannten Brüder aufsuchen. Sie würden sich dann in der Schenke *Zum Delphin* wiedertreffen. Saul durchstreifte also mit Lukas die Gassen von Puteoli, dieses Hafens, der sich rühmte, der ganzen Welt Obdach zu bieten. Sie fanden eine Synagoge und fragten, wo die Nazarener zu finden seien; man verwies sie an Cuneius, einen Großhändler für getrocknete Heringe, einen munteren Rotschopf, den das drohende Ende der Welt nicht besonders zu erschüttern schien.
»Ah, die Brüder, ja... Ihr kommt aus Jerusalem?«

Erstaunt betrachtete er die abgemagerten Reisenden. Er nahm sie mit nach Hause, stellte ihnen seine Frau vor, seine drei Söhne und seine beiden Töchter. Dann schickte er den Ältesten, um diesen und jenen herzubitten, und ließ in der Zwischenzeit allerlei Leckereien auftragen: Heringe natürlich, dazu frischen Fisch, Wurst und Schinken, dazu auch eine sehr schmackhafte Salami, Käse und Salat. Die Mitbrüder trafen einer nach dem anderen ein und nahmen die Gesandten aus Jerusalem neugierig in Augenschein. Sie hatten, man möge es ihnen verzeihen, noch nie von Saul gehört, auch nicht von Lukas. Von Petrus? Moment... Ja, Petrus, ein Gefährte von Jesus, nicht wahr? Am zweiten Abend erzählte Saul ihnen seinen Lebensweg. Sie hörten ihm aufmerksam zu. Wie gemein diese Juden waren! Tiberius und Claudius hatten recht gehabt, sie aus dem Reich zu vertreiben! Aber was Jesus betraf, sei der wirklich am Kreuz gestorben?[268] Oder sei das nur zum Schein gewesen?
Saul erklärte, was das Kreuz bedeutet: Der senkrechte Balken stehe für aufstrebende Vergeistigung, der Querbalken für die irdische Inkarnation.[269] Ja, Jesus sei am Kreuz gestorben, aber er sei auferstanden. Auferstanden? Er hatte ihn gesehen, mit eigenen Augen gesehen! Sie zuckten die Achseln. Auch für sie war Jesus Herkules, oder Apollon, oder Adonis, oder gar Bacchus. Er habe sich selbst geopfert, um sie loszukaufen. Der Gedanke des Loskaufens verdutzte Sauls Zuhörer. Jesus sollte sie freigekauft haben? Aber sie waren doch keine Sklaven gewesen! Aber ja, Sklaven der Sünde, des Bösen! Aber was hatte man ihnen bloß beigebracht? Sie wunderten sich über seine Entrüstung: Sie hatten einen neuen Gott gefunden und waren mit ihm zufrieden. Sie nannten sich Brüder und halfen einander, sie führten ein ehrbares Leben – was wollte er denn mehr? Saul seufzte, wedelte aufgeregt mit den Armen: Das Ende der Welt! Das Ende der Welt stand bevor! Waren sie darauf vorbereitet? Aber, du lieber Himmel, gaben sie zurück, wenn Jesus sich als Opfer angeboten hatte, dann mußte Gott doch zufrieden sein, warum also sollte er das Ende der Welt auslösen?
Saul verbrachte sieben Tage in Puteoli, ohne sie aus der Ruhe bringen zu können. Diese Leute waren das genaue Gegenteil der Tessalonicher.

Aber Rom wartete. Saul kaufte sich neue Sandalen, weil seine alten vom Salzwasser ruiniert waren. Julius hatte nur noch zwanzig Soldaten behalten, um die fünf Gefangenen zu eskortieren, dazu kamen Lukas und Aristarch als zusätzliche Begleiter. Soldaten und Gefangene machten sich auf den Weg; sie nahmen die Via Campana, und da sie im Morgengrauen aufgebrochen waren, erreichten sie Capua kurz nach Mittag. Gärten, Tempel, Statuen, und eine so milde Luft, die noch dazu nach Orangenblüten duftete, daß man fast fürchten mußte, davon berauscht zu werden. Zwei Tage später hatten sie Tarracina erreicht. Sie verbrachten dort die Nacht, und am Morgen erfuhr Saul, daß römische Mitbrüder nach ihnen fragten, nach ihm, Lukas und Aristarch.
»Bist du Saul?« erkundigten sich die Besucher. »Die Brüder in Pozzuoli haben uns benachrichtigt, du seist auf dem Weg nach Rom, wenn auch als Gefangener des Kaisers.«
Er erklärte, wie das zusammenhing. Hatte man in Rom denn noch nicht Wind davon bekommen, daß Saul sich mit den Juden in Jerusalem und dem Orient überworfen hatte? Um ehrlich zu sein, kannten sie kaum mehr als seinen Namen. Und Petrus? Unbekannt. Er nenne sich auch Simon, oder Kephas. Ah, der, der Jesus verraten hatte! Nein, nein, ein furchtbarer Irrtum, das sei Judas gewesen. Also kannten sie auch Petrus nicht.[270] Wer sie denn bekehrt habe? Einige Brüder, die damals nach der Steinigung von Stephanus aus Jerusalem geflohen waren, in die übrigens jemand verwickelt gewesen war, der wie er, Saul geheißen hatte. Lukas schaute zu Boden.
»Aber warum hat man dich nicht in Jerusalem verurteilt?« fragte Markus, der Mann, der die Abordnung der römischen Glaubensbrüder führte.
»Mein Prozeß wäre nicht gerecht gewesen. Ich habe verlangt, vom Kaiser gerichtet zu werden.«
»Vom Kaiser? Aber dazu haben nur römische Bürger das Recht.«
»Ich bin römischer Bürger.«
»Du bist Jude *und* römischer Bürger?« fragte Markus ungläubig.
»Ich bin kein Jude mehr.«
Ach, wie sollte einer diese Dinge Leuten erklären, die den Eindruck

machten, als lebten sie hinter dem Mond? Saul hatte sich immer vorgestellt, er würde als Missionar nach Rom kommen; nun kam er nicht nur als Fremder zu seinen Glaubensbrüdern, sondern auch noch als Angeklagter.

Vier Tage später passierten sie die Porta Appia.

Welch eine Menschenmenge, welch ein Babylon! Die Hälfte aller Steine der Welt mußte notwendig gewesen sein, so viele Häuser zu bauen und so viele Straßen zu pflastern. Antiochia, Ephesus und Korinth waren allenfalls hübsche Kleinodien, wenn man sie mit diesem Leviathan verglich, der da auf seinen sieben Hügeln lag. Die kleine Gruppe schlängelte sich durch das Gedränge, vorbei an den Gärten der Scipionen, dann zum Circus Maximus bis hin zum Kaiserforum. Sie kamen an der Bibliothek vorüber und am Friedenstempel, dann betraten sie das Forum Julius Cäsars. Hier lag das Hauptquartier der Prätorianergarde.

Ein Kommen und Gehen: Soldaten, Offiziere mit eiligen Aufträgen, hier und da ein Zivilist. Gleichgültige Blicke streiften sie. Julius brachte Saul zuerst zum Offizier vom Dienst, auf dessen Schreibtisch sich die Dokumente häuften. Hier war es nun aus mit Griechisch. Hier sprach man nur Latein, und das beherrschte Saul weniger gut.

»Saul Antipater, römischer Bürger aus Palästina, in Cäsarea von Jerusalemer Juden angeklagt. Überstellungsbefehl vom Prokurator Festus. Der Angeklagte beruft sich auf sein römisches Bürgerrecht, ein ererbtes Privileg, von Julius Cäsar seiner Familie zugesprochen«, meldete Julius.

Der Offizier blickte auf und musterte Saul.

»Saul Antipater ist der Enkel von Herodes dem Großen«, fügte Julius hinzu.

»Mitglieder seiner Familie sind am Hof«, sagte der Offizier.

»Wir sind über den Seeweg gekommen, zuerst auf der *Ceres Polyphila*, die in Malta Schiffbruch erlitt. Dort haben wir auch überwintert und sind dann über...«

»Das ersehen wir dann aus dem Bericht«, unterbrach ihn der Offizier. »Halte dich also nicht mit Einzelheiten auf. Du, Saul, wirst es, denke ich, eilig haben, deine Familie wiederzusehen.«

Julius dankte in Sauls Namen. »Hier ist auch noch ein Brief des Prokurators an den Kaiser persönlich. Er hat ein wenig Salzwasser abbekommen.«
Er reichte ihm die steife Lederrolle mit dem wertvollen Schriftstück. Der Offizier nahm sie vorsichtig in Empfang.
»Ich werde sie dem Präfekten Burrhus persönlich übergeben«, versprach der Offizier. »Bleibt zu überlegen, wo der Angeklagte untergebracht werden soll. Ich werde ihn zum Lagerpräfekten bringen.«
Daß der Offizier Saul solche Achtung entgegenbrachte, schien auch den Lagerpräfekten zu beeindrucken, denn wirklich erhob er sich, um dem Angeklagten einen Stuhl anzubieten.
»Es handelt sich um einen Angeklagten von königlichem Geblüt, dessen Schicksal uns der Prokurator höchstpersönlich ans Herz gelegt hat«, sagte der Offizier. Der Lagerpräfekt nickte. Man würde Saul ein Haus in der Stadt anweisen, an der Via Sacra, am Fuße des Palatin in der Nähe des Kolosseums.[271]
»Ketten?« fragte der Offizier, um der Form Genüge zu tun.
»Ein Soldat an der Tür wird ausreichen«, erwiderte der andere und blickte Saul voller Hochachtung an. »Aber in der Öffentlichkeit wäre es gewiß nicht angebracht, den Gefangenen ohne Fesseln herumlaufen zu lassen.«
Man bestimmte einen Hilfssoldaten, der Saul zu seiner Bleibe begleiten sollte.
»Können meine Freunde bei mir wohnen?« fragte Saul.
»Ja. Sind es viele?«
»Zwei. Aristarch und Lukas. Vielleicht wird später noch ein dritter zu uns stoßen.«
Die zwei Militärs erhoben sich zum Zeichen, daß die Unterredung beendet sei. Sie verbeugten sich und begleiteten Saul zur Tür. Draußen baten sie ihn, auf seinen Begleiter zu warten. »Er heißt Quartus«, sagte der Offizier.
Während man diesen Quartus suchen ließ, unterhielt sich der Offizier mit Saul. Ob er bemittelt sei? Seine Mitbrüder würden für das Nötige sorgen, antwortete Saul vorsichtig. Er werde auch einen

Diener brauchen, meinte der Offizier zuvorkommend. Saul nickte; die Mitbrüder würden einen für ihn finden.
Quartus war um die Dreißig und schien kein schlechter Kerl zu sein. »Ich habe noch keine Ketten«, meinte er, wie um sich zu entschuldigen. »Also lauf mir nicht weg, dann bekäme ich Ärger.«
Saul lächelte. Am Tor zum Forum trafen sie auf Lukas und Aristarch. Das Haus war nicht weit; es verfügte über drei Etagen mit je zwei Zimmern und lag zwischen zwei Häusern des gleichen Typs. Das Mobiliar war recht spartanisch, aber schließlich handelte es sich auch um ein Gefängnis.
Aristarch besorgte etwas zu essen, und Lukas ging fort, um den Mitbrüdern Sauls Adresse mitzuteilen.
Später verspeisten die drei Männer die Tellergerichte, die Aristarch in einer Garküche gekauft hatte und gaben auch dem Wachsoldaten etwas davon ab. Der Wein löste Quartus die Zunge. Eigentlich hätte er gern seine Frau bei sich gehabt, sagte er. Man ermunterte ihn dazu, Saul überließ ihm ein Zimmer im Erdgeschoß. Schon war es beschlossene Sache: Quartus' würde Candida, so hieß seine Frau, nach dem Essen abholen.
»Was wirft man dir eigentlich vor?« fragte er Saul.
»Unruhe unter den Juden zu stiften.«
Der Soldat war verdutzt. Aber es seien doch die Juden, meinte er, die nicht aufhören könnten, Unruhe in Rom zu stiften! Die Ausweisungsanträge gegen sie könne man schon gar nicht mehr zählen! Und wie Saul sie denn gegen sich aufgebracht habe?
Er hörte dessen Erklärungen aufmerksam zu. »Das wäre zu schön!« rief er. »Eine Welt, in der sich alle Menschen freundlich begegnen und die Justiz achten! Macht ihr Witze?«
»Würde ich sonst meine Freiheit und mein Leben aufs Spiel setzen?« fragte Saul.
»Reich und mächtig könnte er sein, wie er es früher war«, ergänzte Aristarch. »Aber er konnte nicht anders, er mußte sein Leben der Verbreitung von Jesu Botschaft widmen.«
Quartus wirkte skeptisch. »Ist dieser Jesus derselbe, den ihr auch Chrestos nennt?« fragte er.

Ja, das sei derselbe.
»Aber dann seid auch ihr Unruhestifter!« rief er. »Ihr geht hin und verkündet überall, daß es besser sei, wenn die Leute sich die Liebe verkneifen, und daß die Frauen wie Vestalinnen leben sollen! Glaubt ihr, so was ist gut für die öffentliche Ordnung?«
»Was denn? Ist denn die Prostitution gut für die öffentliche Ordnung?« fragte Saul.
»Aber sicher!« rief Quartus laut. »Anstatt Töchter aus gutem Hause zu verführen oder verheiratete Frauen, befriedigt man seine Bedürfnisse, ohne die Familie oder die Ehe in Gefahr zu bringen.«[272]
Sie schwiegen betreten. Hier war Schluß mit der Diskussion. Es war besser, mit den Römern nicht über die körperliche Liebe zu streiten.
Am nächsten Morgen kamen Markus, die anderen Mitglieder jener Abordnung in Tarracina und noch einige mehr in Sauls Wohnung. Sie wollten wissen, wer er sei, er seinerseits wollte wissen, wer sie seien. Schließlich ergriff Saul das Wort. Ja, er sei tatsächlich derselbe Saul, der damals an der Steinigung von Stephanus beteiligt gewesen war. Dann hätte er den Ruf Jesu vernommen. Und er habe sein Leben der Verbreitung seiner Botschaft gewidmet. Er erzählte von seinen Reisen, seinen Abenteuern und seinen Eroberungen.
Im übrigen sei er fest entschlossen ihrem Glauben eine einheitliche Form zu geben. Wie viele sie denn wären? Sie schätzten ihre Zahl auf gut zweitausend. Ehemalige Juden oder Heiden? Vor allem ausgewanderte Juden und ihre Familien. Und warum hatten die Heiden sich ihnen angeschlossen?
»Es gibt da zwei Sorten von Leuten«, antwortete Markus. »Einerseits Enterbte, Arbeitslose, Diebe, Witwen, für die das Leben keinen Trost mehr bereithielt. Zum anderen aber Gebildete, sogar Patrizier, die eigenes Nachdenken von der Notwendigkeit einer übergeordneten Gerechtigkeit und der Liebe unter den Menschen überzeugt hat.«
»Rom ist eine grausame Stadt«, fügte ein Mann hinzu, den Saul bereits kannte, ein Epheser namens Urban. »Die Mildtätigkeit ist hier ebenso selten wie ein Geldstück auf dem Pflaster.«

Saul nickte.
»Das ist alles gut und schön«, sagte er, »ich verstehe durchaus, was ihr meint. Diese Leute haben sich unserem Glauben zugewandt, weil die Welt ungerecht und grausam ist, und weil wir ihnen die Hoffnung bringen. Aber das ist noch nicht das Wesentliche. Wir täuschen uns, wenn wir uns damit begnügen. Jesus ist das Wesentliche. Nur in der ausschließlichen Liebe zu Jesus kann sich das Heil erfüllen.«
»Wir wissen nicht viel von Jesus, außer, daß er sich für uns geopfert hat.«
»Ihr werdet das Wissen durch die Liebe finden!« gab Saul zur Antwort.
»Aber wie kann man einen Unbekannten lieben?« fragte Markus.
»Durch den Glauben an Gott und den Glauben an Jesus.«
»Jedenfalls stellt sich da eine Frage«, bemerkte ein anderer. »Für diejenigen, die nicht zugeben wollen, daß der Sohn des Allmächtigen gekreuzigt worden sein soll, wird das schwierig. Der Kreuzestod ist eine Schande. Wenn die Neophyten die Lehre von Jesus anerkennen, oder wenigstens das, was wir davon wissen, ist es dann noch notwendig, den Menschen Jesus und sein Martyrium zu betonen?«
»Irrtum! Schwerer Irrtum!« rief Saul. »Jesu Lehre ist untrennbar mit ihm verbunden. Was stellt ihr euch denn vor? Eine neutrale Moral, die auf Gerechtigkeit und Wohltätigkeit beruht? Aber das wäre die Moral der Stoiker! Unser Glaube kann nicht von Jesus losgelöst werden, denn ohne ihn verlöre er seinen göttlichen Atem! Ihr spracht vom Kreuz: Es ist ein Symbol. Zunächst bedeutet es, daß der Sohn Gottes um der Liebe willen, die er für uns empfindet, bereitwillig in die Abgründe der Schande hinabgestiegen ist. Ihr seht darin ein Zeichen der Erniedrigung; für mich symbolisieren die Vertikale und die Horizontale, aus denen es gebildet ist, die Einheit von Himmel und Erde. Wir alle müssen daraus unser Symbol machen, das Zeichen des Herrn, unseres Gottes, der uns losgekauft hat.«
»Muß man denn wirklich auf dem Ausdruck ›loskaufen‹ beste-

hen?« fragte ein anderer. »Wir laufen damit Gefahr, die Herren in Rom zu beleidigen, die denken könnten, wir wollten die Freilassung aller Sklaven fordern.«
»Unser Herr ist Jesus. Er hat uns alle losgekauft«, antwortete Saul. »Ihr sollt die Auseinandersetzung nicht provozieren, aber ihr dürft euch auch nicht eurer Pflicht als Christen entziehen.«
Sie hatten Essen mitgebracht. Saul entschloß sich, bei dieser ersten Mahlzeit in Rom mit besonderer Feierlichkeit einen rituellen Brauch zu vollziehen, den er auch schon anderswo gepflegt hatte und mit dem er daran erinnern wollte, was er von seinem Lehrer Alexander über das letzte Abendmahl erfahren hatte. Alle sollten sich setzen, dann bat er um Gnade, brach einen Laib Brot, verteilte ihn, sagte: »Zum Gedenken an Jesus«, schenkte jedem Wein ein und wiederholte dabei dieselben Worte.[273]
Bevor sie sich trennten, sagte er zu seinen Brüdern: »Ich will, daß es in jedem christlichen Haus ein Kreuz gibt. Macht es aus Holz, Stein oder Metall, ganz egal. Wichtig ist, daß dieses Kreuz euch immer begleitet. Ihr könnt es euch auch aus einem Metall eurer Wahl fertigen lassen und um den Hals tragen.«[274]
Als nächstes mußte er endlich wissen, woran sie mit den Juden waren. Am nächsten Morgen schickte er den Jungen los, den ihm die Christen als Sekretär, Diener und Faktotum zur Verfügung gestellt hatten, und gab ihm einen Einheitsbrief an die Rabbiner aller zwölf Proseycha von Rom mit. Der Junge, er hieß Regius, kam am Abend erschöpft zurück. In drei Tagen würden sich die Rabiner bei Saul versammeln.
Quartus beobachtete neugierig all das Kommen und Gehen in Sauls Haus. »Der Mann scheint bedeutend zu sein«, sagte er zu Lukas. »Man sollte meinen, er regiert ein ganzes Reich.«
Das tut er auch beinahe, dachte Lukas bei sich. Tatsächlich kannte er keinen anderen Apostel, der sich so sehr dafür eingesetzt hätte, das Reich Jesu zu mehren. Hätte Jesus das wirklich gewollt, er, der zweimal die Krone Palästinas abgewiesen hatte? Ihm gingen Fragen im Kopf herum, von denen er dunkel ahnte, daß er nie eine Antwort darauf finden würde. Es war unmöglich, Sauls Selbstverleug-

nung keine Bewunderung zu zollen, aber es war auch unmöglich, sich nicht nach den tieferen Gründen seines Handelns zu fragen.
Die Rabbiner kamen am vereinbarten Tage. Jeder wurde von zwei oder drei Männern begleitet: Rechtsgelehrten, Schriftgelehrten und Gemeindeältesten. Augenscheinlich waren sie neugierig, sie wußten weder, wer dieser Saul war, noch welcher der drei Männer, die sie empfingen, mit diesem Namen anzureden war.
»Ich bin Saul«, sagte einer von ihnen und trat vor. »Wie ich euch in meinem Brief sagte, kam ich nach Rom, weil die Juden in Jerusalem falsche Beschuldigungen gegen mich erhoben haben. Ich habe mich deswegen an den Kaiser gewandt. Ich möchte gerne eure Meinung dazu hören.«[275]
Überrascht zogen sie die Brauen hoch. Sie kannten keinen Saul und hatten auch keine Nachricht aus Jerusalem bekommen. Es ging ihnen wie den Christen, die Saul entgegengereist waren: Jerusalem lag so fern wie der Mond.
»Wie steht also dein Fall?« fragte der älteste Rabbiner. »Wir begreifen gar nichts.«
»Ich verbreite den Glauben Jesu Christi«, antwortete Saul.
Jesus Christus, ach ja, der Gekreuzigte. Sie berieten sich. Die Geschichte schien sie nicht über die Maßen beschäftigt zu haben.
»Wir haben nicht recht verstanden, ob er die Tora beachtet oder nicht«, ergriff schließlich einer das Wort. »Man kann nicht zugleich ein volles und ein leeres Glas haben wollen. Entweder bleibt er bei der Tora, gut, dann sehen wir nicht ein, wo das Problem liegt, oder aber er verwirft die Tora, und in diesem Fall gibt es auch kein Problem.«[276]
Das war eine klare Aussage, die Saul einen Moment lang aus dem Konzept brachte.
»Und wenn Juden sich zur Lehre von Jesus bekennen, was macht ihr dann?« hakte er nach.
Die Frage schien sie zu überraschen.
»Wir wissen nicht, was seine Lehre ist.[277] Kein Buch, kein Text erlaubt uns, darüber zu urteilen. Wir können sie also weder gutheißen, noch können wir sie verwerfen. Wenn also ein Jude sich zu ei-

ner solchen Lehre bekennt, so kann es sich unserer Auffassung nach nur um ein Mißverständnis handeln. Aber natürlich sind wir bereit, mit ihm darüber zu reden, vorausgesetzt, er hält sich an die Vorschriften des Gesetzes. In diesem Falle wäre er ein Jude wie alle anderen.«

»Habt ihr noch nie vom Messias gehört, von Gottes Sohn, den er uns gesandt hat, um uns von unseren Sünden zu erlösen?« fragte Saul verwundert.

»Saul«, sprach ein Schriftgelehrter mit einem dichten schwarzen Bart. »Ich bin der Schreiber Flavius Aureus Secundus, ein Schüler von Hillel. Mein Lehrer hat mir beigebracht, daß man seine Worte mit Bedacht wählen soll, wenn man von seinen Zuhörern verstanden werden will. Du fragst uns, ob wir von einem Messias gehört haben. Aber in unserem Volke werden nur Könige und Hohepriester gesalbt. Wir kennen alle Könige und alle Hohenpriester Israels. Ein einziger hat den Namen getragen, den du uns nanntest, und er hat sein Wirken vor sechsundfünfzig Jahren eingestellt, und niemals hat irgendwer ihn als Sohn des Elohim ausgegeben, eine Lästerung, auf die wir hier nicht eingehen wollen. Dafür haben wir aber von einem Aufrührer aus Galiläa gehört, wie es dort viele gibt und der vor zweiunddreißig Jahren in Jerusalem hingerichtet wurde. Er hat diesen Namen geführt, und auf ihn berufst du dich offenbar, aber er hat niemals die Salbung empfangen. Er wurde der Volksverhetzung und der Schändung des mosaischen Gesetzes für schuldig befunden. Wir sagten dir, daß wir seine Lehre nicht kennen, aber wir haben allen Grund, sie für verdächtig zu halten. Wenn du dich auf ihn berufst, gibt es für uns nichts mehr zu entscheiden. Wir werden dich nicht anklagen, aber wir werden dich ebensowenig verteidigen. Für uns stehst du außerhalb des Gesetzes. Du bist nur ein Abtrünniger, der unsere Aufmerksamkeit nicht verdient.«

Sie musterten ihn kalt.

»Aber Vorsicht!« fuhr Secundus fort. »Wenn du dich deinerseits mit lästerlichen Reden gegen unsere Religion und unser Gesetz wendest, dann werden wir gezwungen sein, uns bei Cäsar über dich zu beschweren.«

»Eine Frage jetzt«, schaltete sich einer der Rabbiner ein. »Du hast gesagt, du hättest verlangt, vom Kaiser gerichtet zu werden. Aber das ist ein Privileg der römischen Bürger. Bist du das?«
»Das bin ich«, antwortete Saul.
»Kein Jude im ganzen Reich ist römischer Bürger, wie du auch sicher weißt, denn dieser Status verpflichtet dich, den Göttern des Kaiserreichs zu huldigen. Wer ihnen nicht huldigt, ist des Todes. Andererseits hast du dich nach unserem Gesetz der Götzenanbetung und der Abtrünnigkeit schuldig gemacht, wenn du die Götter des Kaiserreiches verehrt hast. Also warst du entweder nie ein Jude, oder du bist es nicht mehr.«
»Ich bin durch meine Mutter Jude«, sagte Saul mit erstickter Stimme.
»Dann bist du von unreinem Blut, Saul, und es ist eine Schamlosigkeit, daß du uns in dein Haus geladen hast, denn zu alledem bist du auch noch ein Abtrünniger.«[277]
Sie senkten den Blick und gingen schweigend hinaus.
»Ihr hört meine Worte, aber ihr versteht mich nicht!« rief Saul ihnen nach.
Keiner von ihnen wandte sich um.
Er brauchte mehrere Tage, um sich von diesem Fehlschlag zu erholen. In Rom rannte er gegen eine unsichtbare Mauer an. Es gab ihn gar nicht; er war nur ein heruntergekommener Prinz, der in seiner bewachten Wohnung abwartete, bis Nero geruhte, über sein Schicksal zu verfügen.

XIII.
Der Gefangene

Und es vergingen Monate.
Lukas reiste ab.[278] Es sei richtig, hatte er erklärt, daß es keinen Text über die Worte und Taten Jesu gebe. Was die Mitbrüder darüber wüßten, sei viel zu verwaschen. Sie erfänden manches dazu und widersprächen sich. So kurz sei ein Menschenleben, so fehlbar die Erinnerung. Nun sei die Zeit gekommen, die Zeugen über jenen Mann zu befragen, der sich vor nunmehr bald dreiunddreißig Jahren ans Kreuz hatte schlagen lassen, um die Menschheit zu retten. Und der größte Teil dieser Zeugen sei nun einmal in Jerusalem zu finden.
Saul empfand dieses Unternehmen unbewußt als eine Kränkung. Und er, was hatte denn er gelehrt?
»Kommt nicht das Wissen mit dem Glauben?« bemerkte er.
Lukas schüttelte den Kopf.
»Es gibt schon viel zu viele Brüder, die Jesus mit Adonis, Herakles, Osiris oder was weiß ich noch wem verwechseln. Ich halte es für notwendig, seine Geschichte festzuhalten, um sie von den anderen abzuheben.«
Gewiß spielte auch eine Rolle, daß Lukas Hellenist war, und zwar noch sehr viel mehr als Saul; er liebte das auf Pergament festgeschriebene Wissen. Er reiste also ab, nachdem er Saul einen Haufen von Arzneimitteln gegen dies und das und noch einiges mehr dagelassen hatte. Säckchen, Pulver und Pastillen…
An Besuchern fehlte es Saul nicht. Apelles, Epenätus, Tryphäna, Tryphosa und Julia – sie alle erboten sich, seine Lehre zu verbreiten. Hatte er denn nicht über dreißig Neophyten in sechs Wochen getauft? Dann waren da die fünf Führer des römischen Rates, den er in aller Form eingesetzt hatte: Markus, Urban, Andronikus, Junias – und der gute Aquilas, der mit seiner Frau Priska nach Rom zurückgekehrt war. Die beiden versorgten Saul mit allen Leckereien, die für sie erschwinglich waren.
Außerdem gab es da noch Myriam, die Witwe eines reichen Geld-

wechslers, die Saul eine manchmal recht übertriebene Ergebenheit entgegenbrachte.
»Sie will dich heiraten«, meinte Aristarch.
»Einen alten Mann wie mich!« protestierte Saul.
Das Alter ist wie Alkohol, der das Fleisch zersetzt, bis es sich völlig auflöst. Das Verlangen nach Frauen hatte Saul schon seit langem verlassen. Aber war es wirklich nur dieses Verlangen oder nicht vielmehr die Lebensfreude selbst, die ihn verlassen hatte? Diese Frage quälte ihn, wie sie alle Gefangenen quält. Das Subjekt ohne Objekt hört auf zu sein. Das Schreckliche am Freiheitsentzug liegt nicht darin, daß man sich nicht bewegen, seine Zeit nicht frei gestalten darf, daß man sich nicht für die eine Schenke entscheiden kann, um dann doch ohne ersichtlichen Grund eine andere zu wählen, daß man sein Brot nicht selber kaufen gehen darf oder auch seine Schuhe, nein, der Schrecken besteht im Verschwinden der Welt. Der Zellengenosse ist kein anderes menschliches Wesen, sondern ein Individuum, das ebenfalls zum vorzeitigen Verlöschen bestimmt ist. Eine grausame Betrachtung über das Gefangenenschicksal; und obgleich Saul frei kommen und gehen konnte, obgleich er das Haus ohne Ketten und Fesseln verlassen durfte, obgleich seine Einkerkerung sehr frei gehandhabt wurde, so gelang es Aristarch doch manchmal, Saul durch seine Fürsorglichkeit in die Verzweiflung zu treiben, durch die Art, wie er sich mit der Situation abfand, wie er sich zum Sachwalter von Sauls Unglück machte.
Saul war also ein Gefangener und ohne Verlangen, und das Verlangen hatte ihn verlassen, weil er Gefangener war. Die Logik wiederum diktierte ihm die Umkehrung dieser Feststellung: War er denn nicht ein Gefangener, weil ihn das Verlangen verlassen hatte? Und was für ein Zauberbann hatte ihm das Verlangen ausgetrieben? Früher hatte er mit Frauen verkehrt, und wie! Auch wenn das brutale Ungestüm seines Verlangens und seine Angst vor den Frauen diesen Kontakten selbst die simpelste Form von Zivilisiertheit ausgetrieben hatte, jene nämlich, die sich als Zärtlichkeit äußert, so waren sie dennoch für ihn nicht weniger wirklich gewesen.

Aber die Flamme war erloschen. Seine Lenden waren ausgebrannt. Und zwar seit der Begegnung in der Straße des Goldschmiedes Nimrod.

Also war er der Gefangene Jesu!

Diese neue Feststellung erregte Saul. Obendrein hatte er sie in den frühen Morgenstunden getroffen, als der erste Lärm Roms bereits bis zu seinem Fenster hinauf drang und sein Zimmer mit dem Quietschen der Achsen erfüllte: Numidier boten schreiend Gemüse feil, Scherenschleifer priesen lauthals die Wirkung ihrer Wetzsteine, Bithynier sangen ein Loblied auf die Vorzüge ihrer Würste. Gefangener Jesu![279] Paradox! Verrückt! Der Mensch, der als Befreier gekommen war, hatte ihn in Ketten gelegt! Und er, Saul, hatte seinem eigenen Leben alle wesentliche Substanz entzogen, um den Schöpfer zu feiern. Aber galt das dem Schöpfer oder doch eher dem Sohn des Schöpfers? Denn er hatte nicht den Schöpfer erblickt, sondern seinen Sohn. Sein Sohn hatte Saul die Todesangst genommen. Seinen Sohn liebte er, und weil er diesen Mann liebte, konnte er die Frauen nicht länger lieben.

Das Schicksal hatte ihn in die Falle gelockt.

Eines Abends rief Quartus, der Wachsoldat: »Besuch!«

Normalerweise ließ der Römer Besucher passieren, ohne groß nachzufragen. Dafür waren es zu viele. Er hätte damit nur seine Zeit vergeudet, zumal er Besseres zu tun hatte, denn auch er bekam Besuch, meist von anderen Soldaten, mit denen er dann Würfel spielte und über die Neuigkeiten aus der Kaserne plauderte, oder über den Sold. Auch hatte er für seine Frau das Geflügel zu rupfen oder den Fisch zu putzen.

Aristarch stieg aus dem ersten Stock hinab, wo er gerade mit Saul beim Abendessen saß, um den Gast zu empfangen; denn er vermutete, ganz wie Saul, daß es sich vielleicht um eine wichtige Persönlichkeit handele, da sie derart angekündigt worden war. Er fand einen hübschen, furchtsamen jungen Mann vor, in dessen Augen sich das unruhig flackernde Licht der Wandlampen spiegelte.

»Bist du Saul?«

»Nein.«

»Ich muß ihn sehen. Ist er da?«
Einen Augenblick lang musterte Aristarch diesen späten Besucher mit dem ängstlichen, schüchternen Gebaren.
»Komm mit!« sagte er schließlich.
Saul war gerade bei den letzten Löffeln einer Grießsuppe, die mit ein paar Geflügelstückchen verfeinert worden war. Er sah zu dem Jungen auf, der scheu bei der Tür stehenblieb und dabei etwas sonderbar Verführerisches in seine Zurückhaltung mischte, als wollte er die Einladung zum Nähertreten erzwingen.
»Tritt näher«, forderte ihn Saul auf. »Hat dich jemand geschickt?«
Der Junge machte einen Schritt vorwärts und blieb wieder stehen.
»Ich komme ungelegen. Ihr seid beim Essen. Ich kann später wiederkommen.«
»Komm rein, hab ich gesagt. Hast du schon gegessen?«
»Ich hätte gern ein Glas Wasser.«
»Na, dann setz dich«, sagte Saul, während Aristarch seinen Platz wieder einnahm.
Der Besucher setzte sich Saul gegenüber und trank gierig das dargebotene Wasser, dann noch ein zweites Glas.
»Möchtest du jetzt ein bißchen Wein? Das löst die Zunge«, sagte Saul.
Der junge Mann konnte sein Lächeln nicht ganz verbergen.
»Ich heiße Onesimus«, sagte er und nippte an dem Wein. Er schielte nach der Suppenschale, die Aristarch vor ihn hingeschoben hatte.
»Na, iß schon«, ermunterte ihn Saul. »Wein auf leeren Magen bringt dich schnell um einen klaren Kopf.«
Der Junge aß einige Löffel mit gesenktem Kopf. In seiner Anmut erinnerte er an Timotheus, aber dieser Jüngling hier war von einer provozierenden, verwirrenden Aura der Unterwürfigkeit umgeben.
Er legte den Löffel nieder.
»Ich bin ein entflohener Sklave«, gestand er und sah Saul an, der die Augenbrauen hochzog. »Ich bin ein Sklave deines Freundes Philemon.«
Aristarch warf Saul einen Blick zu. Philemon war ein reicher Christ

aus Kolossä, dessen Großzügigkeit gegenüber den Mitbrüdern seiner Stadt ganz außerordentlich war. Philemon, seine Frau Apphia und sein Sohn Archippus bildeten die Säulen der Kolosser Gemeinde, und deshalb war Philemon auch der Führer des Rates. Der junge Mann hatte seine Schale ausgelöffelt und blickte verstohlen zum Brot hinüber. Saul schnitt ihm eine Scheibe davon ab. Onesimus tunkte damit den letzten Rest Suppe auf.

»Warum bist du davongelaufen?« fragte Saul. »Ich glaube nicht, daß Philemon ein schlechter Herr ist.«

»Er ist ein vorbildlicher Herr.«

Aristarch reichte ihm den Käse und das Messer und schnitt ihm noch eine Scheibe Brot ab.

»Also hast du dir etwas zuschulden kommen lassen«, mutmaßte Saul.

Onesimus errötete.

»Was hast du mit dem Geld gemacht?« fragte Saul.

Onesimus vergrub den Kopf in den Händen. »Woher weißt du es?«

»Philemon ist ein guter Herr, und du bist schwach.«

»Ich hab es ausgegeben«, beantwortete Onesimus Sauls Frage und aß lustlos seinen Käse auf. »Fünfzigtausend Sesterzen.«

»Die Pest noch einmal!« fluchte Aristarch.

»Das Geld war für die Christen«, sagte Onesimus.

»Bist du Christ?«

»Ja.«

»Scheinbar kein sehr gläubiger«, bemerkte Saul. »Warum kommst du zu mir, und dazu noch aus Lykien?«

»Ich hab gestohlen, um dich sehen zu können«, sagte Onesimus und sah Saul an. Dem gelang es jedoch, seiner Verwirrung Herr zu werden, und er hielt Onesimus' Blick mit Kälte stand. »Du bist der oberste Herr, also bin ich zu dir gekommen.«

»Der oberste Herr ist Jesus.«

»Ja, aber ich weiß nicht, wo Jesus ist. Also kam ich zu dir.«

Saul versuchte, in Onesimus' Miene zu lesen. Was mochte sich hinter dieser Maske raffinierter Verführung verbergen, hinter einem

Mann, der bereit war, ein zweifaches Verbrechen zu begehen, um... Ja, wozu? Wozu, um Gottes willen? Um einen Gefangenen zu sehen, einen Greis! Es gab keine sinnliche Seite an der ganzen Sache, und das machte sie noch viel perverser. War das eine Prüfung, die ihm der Himmel sandte, um ihn auf die Probe zu stellen? Aber ich armer Narr, dachte Saul. Der Himmel weiß recht gut, daß ich mir die Regungen der Liebe nicht einmal mehr vorstellen kann, und noch weniger mit einem Knaben! In der Liebe zu Jesus war sein Kopf leer, waren seine Lenden kraftlos geworden; nicht aber sein Herz. Denn die Verführung ist wie eine Flamme zwischen zwei Spiegeln, die dort wechselweise ihr Bild entzündet. Saul mußte sich trotz seiner Verwirrung eingestehen, daß er diesen jungen Menschen, der so viele Meilen gereist war, um ihn zu sehen, unbedingt bei sich behalten wollte.

Das war genau das Gegenteil von dem, was Aristarch sich eilig zurechtgelegt hatte. »Du weißt, welche großen Schwierigkeiten wir bekommen, wenn wir einem entlaufenen Sklaven Unterschlupf gewähren«, sagte er streng.

Onesimus senkte den Kopf.

»Falls es gegen ihn eine Anklage oder einen Haftbefehl gibt«, schränkt Saul ein. »Weiß Philemon, oder könnte er wissen, daß du in Rom bist?«

»Nein.

»Dann kann er einige Nächte hier schlafen«, sagte Saul zu Aristarch. »Es gibt im ganzen Reich Hunderte von entlaufenen Sklaven, und so wird man Onesimus nicht gleich verhaften.«

Ein dankbarer, fast unterwürfiger Blick lohnte es ihm.

Aristarch spielte mit seinem Messer. »Wenn er hier wohnt, könnte man uns sehr bald fragen, wer er ist«, gab er, offensichtlich verstimmt, zu bedenken.

»Wir sagen, Philemon hätte ihn zu unseren Diensten hierher geschickt. Ich werde Philemon schreiben.«[280]

Aristarch blickte forschend zu Saul auf, doch der hielt seinem Blick stand. Der junge Mann bekam das Zimmer, in dem Lukas gewohnt hatte.

Diese Nacht fand Saul erst spät in den Schlaf. Gedanken und Gefühle überstürzten sich. Das Gefängnis, dachte er, macht mich verrückt. Rötlich durchtränkt mit Blut und Wein, drang das Lärmen Roms durch sein Fenster. Bald zwei Jahre bewohnte er mittlerweile dieses Haus. Es geschah nichts, das Leben ging weiter wie immer. Jesus war gekommen, er war gekreuzigt worden, und in diesem Zentrum der Welt praßte man ungerührt weiter, man hurte, spann aus den lächerlichsten Gründen seine Intrigen, und immer noch spielte man mit Gift und Gold. Nichts, rein gar nichts hatten diese Leute von dem Neuen in der Welt gehört. Sicher, es gab eine Gemeinde, deren Anführer regelmäßig zu Saul kamen, um ihn von ihren Angelegenheiten zu berichten: »Wir haben einen gewissen Soundso getauft, und ein anderes hat geheiratet. – Jener hat ein Kind bekommen, soll man es beschneiden oder nicht? – Und der ist mit seinen Zahlungen an den Unterstützungsfonds der Gemeinde im Rückstand; was soll man da machen?« Was für lächerliches Zeug! Auf diese Weise brauchte man tausend Jahre, um Rom zu erobern! Sie kamen angerannt, um ihn nach der Form der Medaillen zu fragen, in die sie ein Kreuz prägen lassen wollten. Wäre Jesus dabeigewesen, er hätte ihnen ihre Medaillen ins Gesicht geschleudert! Aber er, er fand sich damit ab. Er hatte für nichts gearbeitet. Die Tausende von Nazarenern, die er auf seinen Reisen seit Antiochia wie Saatgut in die Welt gestreut hatte, sie alle zählten nichts! Ameisen, Käfer, Ratten! Sie lebten mit dieser Stadt in Frieden!

Und er, wurde er nicht langsam verrückt? Er hatte sich Hals über Kopf in einen jungen Kerl vernarrt! In seinem Alter! Und wofür? Aber er hatte sich verliebt, daran war nicht zu rütteln. Saul tobte vor Wut, vor Empörung, vor Angst und Enttäuschung, als er draußen Schreie hörte. Und was für herzzerreißende Schreie! Offenbar war eine große Menge zusammengeströmt, denn das Stimmengewirr schwoll immer mehr an. Er öffnete das Fenster und lehnte sich weit hinaus, auch Quartus war aus dem Haus getreten. Ein hellrotes Flackern tanzte in den Straßen. Es brannte! Das übernächste Haus stand in Flammen. Saul lief hinunter.

»Wie ist das Feuer ausgebrochen?« fragte er Quartus.

»Ach, der Bäcker hat für morgen das Brot gebacken und puff...!«
Die Menge beobachtete einen Mann, der, von Flammen eingeschlossen, auf dem Dach herumbalancierte und zweifellos panische Angst vor dem drohenden Zusammenbruch des ganzen Hauses hatte. Tatsächlich verbrannten die Balken mit erstaunlicher Geschwindigkeit. Das Haus war nicht mehr zu retten, und so begnügten sich die Bewohner des Nachbarhauses damit, eimerweise Wasser auf ihr eigenes Haus zu gießen. Der Mann auf dem Dach erreichte zwar auf allen vieren das Dach des Nachbarhauses, glitt aber aus, und fast hätte seine Flucht auf dem Pflaster ihr Ende gefunden, wenn sein Fuß nicht in einer Dachrinne steckengeblieben wäre. Dort blieb er hängen wie eine Kakerlake an der Wand.
»Los, holt eine Decke!« rief Saul. Eine Hand legte sich auf seine Schulter. Es war Onesimus. Saul schickte ihn los, die Decke zu holen. Der Junge verschwand, kam zurück, und einen Augenblick später spannten er, Saul, Quartus und Aristarch die Decke unter dem Unglücklichen aus.
»Spring!« schrie die Menge fast begeistert im Chor.
Der Mann sah ängstlich die vier Stockwerke hinab, dann ließ er sich fallen. Saul spürte den Aufprall bis in die Beine. Der Gerettete in seiner Decke rührte sich nicht. War er bei dem Sturz gestorben? Die vier Männer setzten vorsichtig die Decke und ihren Inhalt ab. Der Mann regte sich. Saul beugte sich vor und sah in zwei erschrokkene Augen. Dann streckten sich Arme nach ihm aus. Saul, der unter der plötzlichen Last taumelte, wurde von Freudentränen überschüttet. Gerettet! Gerettet!
Was für ein Abend! Ein Brand, dachte Saul, als er sich ins Bett legte, ein Brand! Über soviel wirren und zugleich neuen Gedanken schlief er ein.
Als er erwachte, schlief Onesimus zu Füßen seines Bettes, eingerollt in die Decke, die ihren Nachbarn gerettet hatte. Tränen schimmerten in den Augen des Gefangenen.

XIV.
Besucher

Sie kamen mit kleinem Gefolge, jeder in einer Sänfte und von Mohren begleitet. Quartus fielen die Augen aus dem Kopf. Seine Frau kam überglücklich aus dem Haus gelaufen, das Huhn, das sie gerade ausgenommen hatte, noch in der Hand. An den Sänften wurden die Vorhänge zurückgeschlagen, und zwei Männer setzten mit gewollter Lässigkeit den Fuß aus der Sänfte.
»Stimmt es, daß Saul Antipater hier wohnt?« fragte ein Faktotum.
Quartus konnte nur noch mit dem Kopf nicken, denn die Verblüffung hatte ihm die Stimme verschlagen. Das Faktotum rollte einen Teppich über die Schwelle und Herodion der Ältere trat zuerst ein; sein Bruder Aristobul folgte ihm.[281]
»Saul! Zwei Könige! Zwei Könige kommen dich besuchen!« rief Quartus.
Oben reinigte sich Saul gerade die Zähne mit einer Bürste aus Hundsgras und etwas Holzkohle. Er spie schwarzes Wasser und Speichel in ein Becken, trat ins Treppenhaus und reckte den Hals; dann sah er die geölten Scheitel dieser Jüngelchen. Die Familie! Er hatte ihnen geschrieben und höfliche, ziemlich herablassende Antworten erhalten, aber bislang hatte ihn noch niemand besucht. Er stieg hinunter und brachte im Gehen seine Tunika in Ordnung.
»Onkel!« rief Herodion mit falscher Herzlichkeit.
Schon ziemlich fett für seine achtzehn Jahre, und dieses Parfum! dachte Saul. Er breitete die Arme zur Begrüßung aus. Umarmung, Schulterklopfen, ein Duft nach Zibet oder Sandelholz, der ihm fast den Atem nahm.
»Mein Bruder Aristobul.«
Erneute Umarmung, andere Duftnote. Draußen drängte sich die Menge.
»Kommt rein«, befahl Herodion seinen Leuten.
Vom Treppenabsatz aus beobachteten Aristarch und Onesimus das groteske Schauspiel. Ein kleiner Hofstaat, zehn oder elf Personen,

eingepfercht in dem bescheidenen Vestibül dieses staatseigenen Hauses am Kolosseum.
»Wir haben dir Geschenke mitgebracht«, verkündete Herodion. Orangen, Äpfel, Geflügel, Fisch, Säcke, bei denen man nicht recht wußte, was sie enthielten und außerdem einen Schlauch Wein.
»Kommt herauf«, sagte Saul. »Bring den Wein mit!« befahl er dem Faktotum. Wein! Was für ein unverhofftes Glück! Gerade, wo man welchen hätte kaufen müssen! Onesimus beeilte sich, Sessel herbeizuschaffen. Im Erdgeschoß wurden die Türen geschlossen.
»Hier also lebst du, Onkel!« sagte Herodion. »Aber du hättest doch bei mir wohnen können!«
Was für eine Memme! Man hätte ihn ohrfeigen mögen, bis einem der Arm lahm würde! Diese geschminkte Flunder war Sauls Urgroßneffe, der Sohn eines gleichnamigen Vaters, der Sohn des Tigranus war, und dieser wiederum Sohn Alexanders und der Salome, der leiblichen Tochter des Herodes Antipas, die den Tod des Jokanaan erzwungen hatte. Aber gewiß brachten diese Opportunisten gute Nachrichten.
»Onkel!« rief Herodion, und betrachtete dabei die protzigen, zweifellos sehr kostbaren Pokale, in denen man ihm den Wein servierte. »Wir freuen uns, dich zu sehen!«
»Ich bin überwältigt«, entgegnete Saul. Wovon? Ob von Ekel oder Ironie, er hätte es nicht sagen können. Er musterte den kleinen Aristobul, der in seinem Auftreten etwas bescheidener war und seine Wildlederstiefel unter dem Sessel verbarg. Ach, dachte Saul bei sich, wenigstens hat dir das Unglück deine Würde und deinen Anstand bewahrt!
»Onkel, Agrippa hat bei Nero ein Wort für dich eingelegt«, verkündete Herodion.
»Agrippa hat ein großes Herz«, sagte Saul.
»Man wird dich bald freilassen, Onkel, ich weiß es! Ich sagte zu Agrippa, es sei wirklich eine Schande, unsere Familie so zu behandeln, wie man dich hier behandelt!« Genießerisch kostete er seinen eigenen Wein und fügte hinzu: »Onkel, jetzt solltest du als Ausgleich die Statthalterschaft einer Provinz verlangen!«

»Ich werde darüber nachdenken«, beschied ihn Saul. »Warten wir die Freilassung ab.«
»Bis du ein Haus gefunden hast, komm und wohne bei mir«, bot Aristobul an.
Schließlich erhob sich Herodion, sie umarmten sich noch einmal und befreiten Saul dann von ihrer Gegenwart. Kaum waren sie draußen, schlug sich Saul vor Lachen auf die Schenkel. Auch Aristarch und Onesimus schüttelten sich vor Lachen, während er eine von ihren Orangen schälte.
Am Abend gab Saul ein Essen für den Rat von Rom.
Wichtiger war Julius' Besuch eine Woche später.
»Dein Prozeß findet nicht statt. Die Klage ist verfallen, weil die Kläger bis zum festgesetzten Datum der Vorladung durch das Gericht keine Folge geleistet haben.« Er reichte Saul ein Dokument. »Du bist frei.«[282]
Saul streckte ihm die Arme entgegen, sie erhoben sich und umarmten sich herzlich, um Worte verlegen. Unvorhersehbar hatte sich Freundschaft entwickelt zwischen dem Zenturio und seinem Gefangenen, dem Diener Roms und dem Diener Jesu.
»Den Schiffbruch werde ich nie vergessen«, murmelte Julius.
Sie lachten, tranken Wein und umarmten sich wieder.
»Ich kann nur bedauern, daß du deine Tatkraft nicht in den Dienst des Kaiserreiches gestellt hast.«
»Das Kaiserreich hat doch dich.«
Der Römer betrachtete Saul einige Augenblicke. »Du gehörst dir selbst nicht mehr, Saul, das macht den Unterschied zwischen uns.«
An der Tür wandte sich Julius noch einmal um, ein leises Lächeln auf den Lippen.
»Ach, übrigens, Saul, morgen mußt du leider dies Luxusquartier verlassen.«
Saul und seine Gefährten mieteten eines der Nachbarhäuser. Quartus, der seines Postens nun ledig war, bekam von Saul ein Geschenk von fünftausend Sesterzen.
»Saul«, flüsterte er mit tränenerstickter Stimme und hielt seinen

ehemaligen Gefangenen in den Armen. »Dein Gott, das muß ein wahrer Gott sein, weil er dich so gemacht hat wie du bist!«
Saul kämpfte selbst mit den Tränen.
Nächster Besucher war Seneca, der als Geschenk eine Abschrift seines Traktates über den Seelenfrieden mitbrachte. Beide, Saul und ihn, hatte das Leid gezeichnet. So standen sie sich schweigend gegenüber, doch in ihren Augen blitzte Ironie.
»Viel Zeit ist vergangen«, sagte Seneca, nachdem sie sich gegenseitig kurz auf ihre unglückliche Lage angesprochen hatten, um der Form Genüge zu tun.
»Der Tag bricht an«, antwortete Saul.
»Ein neuer Tag?« rief Seneca mit gespielter Empörung. »Dein Gott wird dich mit seinen Ansprüchen noch umbringen!«
»Cäsar hat dir auch nichts erspart«, entgegnete Saul.
»Trotzdem hast du es der Sonne Cäsars zu danken, daß deine Augen noch den Tag sehen können«, stellte Seneca fest. »Deine römische Staatsbürgerschaft hat dich vor einer ganzen Reihe von Gefahren bewahrt. Gar nicht zu reden von der Freundschaft des Gallio und des Burrhus.«
»Burrhus auch?« fragte Saul erstaunt.
»Na ja, aber Afranius ist ein guter Freund«, sagte Seneca.
Saul nickte. Während seiner ganzen Prüfungen war er von Rom beschützt worden!
»So war es Gottes Wille, daß ich von der Sonne Cäsars und deiner Freundschaft beschützt wurde«, sagte er.
»Und der Philosophie«, ergänzte Seneca. »Ich hörte, daß dir die Stoiker genützt haben. Aber brauchen wir dazu noch einen Gott?«
»Habe ich dir das nicht geschrieben?« erwiderte Saul. »Die Philosophie erhellt den Verstand, aber sie wärmt nicht unsere Herzen. Der Glaube an Jesus ist unverzichtbar für Wanderer, wie wir es sind.«
»Aber er bringt auch die Leidenschaften in Wallung«, murmelte Seneca. »Daher ist er schädlich für den Seelenfrieden und auch für den Frieden im Staate.«

Beide dachten sie im selben Augenblick, daß der Leopard seine Flecken nicht abwaschen kann. Und als sie sich dann zum Abschied umarmten, fragte sich der eine, warum er den anderen beschützt hatte, und der andere, was ihm die Freundschaft des einen bedeutet hatte.

Als nächster Besucher kam Rufus, Sauls leiblicher Bruder. Er war mittlerweile, allerdings erst in Rom, auch zu einem Mitbruder im Geiste geworden, um den letzten Wunsch seiner Frau zu erfüllen. Sie war im Kindbett gestorben, und Rufus zog seinen Sohn mit der Hilfe seiner Schwiegermutter auf. Saul wußte das alles, aber er ließ es sich noch einmal berichten, ohne Ungeduld zu zeigen, denn er wollte die Schwingungen der Stimme aufspüren, die ihm hätten verraten können, was aus dem anderen kleinen Herodier in seinem Unglück geworden war. Er erfuhr nichts. Rufus hatte sich bekehren lassen, wie er sich auch dem Isis-Kult in die Arme geworfen hätte – aus Hingabe an eine Frau.

»Ich werde dir meinen Sohn vorstellen«, versprach Rufus.

Saul nickte. Die Stimme des Blutes verstummt mit der Zeit, oder sie wird heiser. Er wünschte sich andere Brüder oder andere Neffen. Rom erschien ihm inzwischen so weit weg!

Außerdem kamen unter großen Vorsichtsmaßnahmen und im Schutze der Nacht einige Diener aus dem Hause des Narzissus zu ihm, die noch im Dienste Neros geblieben waren. Geflüster, Andeutungen, ängstliche Gesichter. Poppäa, so versicherten sie, ja, Poppäa selbst ließe sich von Jesus erzählen. Sie beschütze die Juden und mit ihrer Hilfe... »Mit ihrer Hilfe was?« unterbrach Saul, den dieses fruchtlose Heimlichtun schließlich erzürnte. Was dachten sie sich bloß? Was er sich selbst einmal ganz naiv ausgemalt hatte: Nero könne sich bekehren lassen!

»Darauf hofft nicht«, sagte ihnen Saul trocken. »Die Senatspartei oder seine eigenen Offiziere würden ihn wegen Hochverrats umbringen.«

»Aber der Glaube, Saul, der Glaube! Hast du nicht gesagt, daß du selbst einmal die Juden verfolgt hast? Eine Erleuchtung...« Sie hofften also auf eine plötzliche Erleuchtung Neros! Was für ein Wahnsinn!

Dann trafen andere Nachrichten ein. Aus Cäsarea kam ein Mitbruder; sein Gesicht sprach von tiefer Trauer.
»Bruder«, sagte er zu Saul, »mein Kummer ist groß.«
Aristarch und Onesimus erstarrten.
»Jakobus...«, begann er. Er stockte.
»Wie?« fragte Saul.
»Gesteinigt, auf Befehl von Hananias.«
Sauls Herz krampfte sich zusammen. Dann war Jakobus also gestorben wie Stephanus.
»Ich werde ab heute abend für ihn beten lassen.«
»Brüder, ihr werdet für zwei beten müssen.«
»Für zwei?« schrie Saul und rang die Hände.
»Johannes auch«, sagte der Ankömmling.
»Johannes?« rief Saul.
Das Gesicht von Jesus' Lieblingsjünger, der so wenig sprach, tauchte in Sauls Erinnerung auf und trieb ihm die Tränen in die Augen. Er wandte sich ab, um zu weinen. Etwas später fragte er: »Und Petrus?«
»Er ist geflohen. Es heißt, er käme nach Rom.«
»Sie dachten, sie könnten mit den Juden verhandeln«, murmelte Saul. »Sie haben nicht begriffen, daß selbst Jesus das nicht geschafft hat.«
Aller Groll war vergessen. Aber war dieser dumpfe Groll nicht sowieso eine Sache der Armen? Der Rat von Rom ließ zwei Wochen lang Trauergebete für diese beiden Blutzeugen Jesu abhalten. Man mußte erklären, wer sie waren, da fast niemand ihre Namen kannte. Bei derselben Gelegenheit ließ Saul auch die bevorstehende Ankunft von Petrus bekanntmachen.
Saul hatte seine neugewonnene Freiheit noch kaum genutzt. Er kannte fast nichts von der Stadt, die er hatte erobern wollen.
Einen ganzen Monat lang wanderte er mit Aristarch und Onesimus durch Rom. Bald kam auch Timotheus wieder dazu.
Sie besuchten alle Hügel, Denkmäler und Gärten, sie gingen in den Circus, atmeten den Staub der Arena, sogen die wilden Schreie der Menge ein, sahen fasziniert und erschrocken zugleich dem grausa-

men Geschäft der Gladiatoren, der Faustkämpfer und Netzwerfer zu. Sie mischten sich unter die Zecher in den Schenken und die Badenden in den Thermen. Sie betäubten sich untertags mit dem Lärm der Stadt und fanden Ruhe in den Abendstunden, wenn der Wind vom Meer bis hinauf zu den Zypressen des Aventin die Dächer und die Köpfe kühlte.
Rom ist nicht nur eine Stadt, es ist die Inkarnation der Träume von einer Stadt; und deshalb nennt man es die Ewige Stadt. Der Mann aus der Straße des Goldschmiedes Nimrod war ein Provinzler gewesen. Hätte er auch hier gesiegt? Und doch, er mußte siegen!
Aber Rom besaß auch die Sturheit des Steins und die Gewalt der Leidenschaft. Jesu Wort erreichte es nicht, wie der Morgentau nicht durch den schuppigen Panzer des Leviatans dringen kann, der im Torf der Sümpfe brüllt.
Zuerst mußte man es reinigen. Da man es nicht waschen konnte, ohne es in den Fluten zu ertränken, mußte man es verbrennen. Diese Erkenntnis drängte sich Saul auf, als er sich eines Abends nach den Spielen durch die Menge kämpfte, inmitten der geifernden, angetrunkenen, zahnlosen, unflätig keifenden Plebs, die sich aus dem Circus Maximus am Fuße des Palatin auf die Straße ergoß.
»Schau, der Zwerg!« kreischte eine Megäre. »Laß uns mal deinen Schwanz sehn! Man sagt, bei Zwergen wär er besonders groß!«
Geiles Gelächter war die Antwort auf diese Kränkung.
Von nun an leuchtete in Sauls Reden das Rot des sinkenden Tages.
»Was ihr nicht taufen könnt, das verbrennt!« Und dann: »Das Wort Christi kann sich nur mit eurer Hilfe seinen Weg bahnen! Nur das Feuer eures Glaubens wird über die Trägheit des Irdischen siegen! Solcher Rauch ist lieblicher Duft in der Nase Gottes!«
Sie lauschten ihm reglos und gebannt, als tanzten die Flammen schon vor ihren Augen. Ja, das Feuer: Es würde sie von der unerträglich langen Tyrannei der Römer befreien, vom Elend des Daseins, von der wirklichen und geistigen Sklaverei, von der Last der Welt, vom Hunger und der Hoffnungslosigkeit.
Das Feuer war ihre Hoffnung.

XV.
Vom Palatin in die Unendlichkeit

In der Nacht vom 18. auf den 19. Juli des zehnten Jahres der Regierungszeit Neros wehte ein heftiger Wind über Rom. Gegen sieben Uhr abends beschloß ein Ölhändler aus dem Armenviertel gegenüber dem Circus Maximus, seinen Laden vorzeitig zu schließen. Offenbar setzte ihm der heftige Südwestwind zu. Kaum hatte er das bewegliche Sonnendach über seinem Geschäft losgemacht, schlug es unter einem Windstoß mit unerwarteter Kraft in den Laden zurück und warf eine brennende Lampe auf ein Paket Wachsdochte, die nur auf eine Gelegenheit gewartet zu haben schienen, in Flammen aufzugehen. Von dort fiel die Laterne in einen Bottich mit Öl, der sich munter an dem Fest beteiligte, und als die Flammen, die nun hochschlugen, auch noch einige Wergfetzen erreichten, die, Gott weiß warum, herum hingen, brannte der ganze Laden lichterloh, noch ehe der Kaufmann draußen recht wußte, wie ihm geschah. Er stand hilflos davor und sah verdutzt und verzweifelt, wie sich sein Broterwerb in nichts auflöste.

Und damit nicht genug: Ein stürzender Dachbalken zerschlug den Ölbottich, der nun seinen Inhalt über den Boden ergoß, und das brennende Öl bahnte sich seinen Weg in den Nachbarladen, eine Gewürzhandlung, die ihrerseits ganz munter brannte und dabei zum Gotterbarmen duftete. Dann erreichte die teuflische Ölpfütze einen anderen Laden, in dem Tuniken verkauft wurden.

Innerhalb einer Viertelstunde brannten etwa zehn Läden, allesamt aus Holz gebaut und mit Stoffen oder anderen trockenen und brennbaren Waren vollgestopft. Sie gaben ein hübsches Feuerchen mit einer Menge Rauch und Funken ab, die der Südwestwind in alle Himmelsrichtungen trug, zuerst zum Palatin, der bald in eine Flammentunika gehüllt war, bevor das Gestrüpp, aus dem der Sommer Zunder gemacht hatte, das Feuer an die Eichen und Zypressen übergab, dann zum Viminal und später auch zum Esquilin.

Natürlich lief man nach Wasser, aber da es am Fuß des Palatin

keine Häuser mit fließendem Wasser gab, mußte man welches am Tiber holen gehen, und bis dahin war das Feuer schon über den nächsten Hügel hergefallen, und über den daneben.
Die Feuerwehr kam angefahren: ein Pferdegespann mit einem Wasserbottich, der freilich nur ein paar Liter faßte, und einem zweizylindrigen Pumpsystem.[283] Aber der Rauch und die Schreie der Leute erschreckten die Maultiere; sie gingen durch und rannten vor dem Feuer davon. Auf ihrer Flucht rissen sie alles um, Greise, Frauen, Kinder und auch nicht wenige Männer.
Alle, die den Brand beobachteten, hatten gehofft, das Feuer würde sich wie der Zorn der Tyrannen an irgendeinem natürlichen Hindernis brechen und schließlich verebben. So wiegt sich das menschliche Wesen in Sicherheit, indem es an eine innere Ordnung glaubt, die zwar gelegentlich einige Exzesse zuläßt, sich dann aber wieder unter dem Einfluß göttlicher Macht durchsetzt. Doch um acht Uhr abends wurde deutlich, daß sich die fragliche Macht um Rom nicht mehr kümmerte als um das erstbeste Opferfeuerchen, und daß der Brand unkontrollierbar wurde.
Als der Präfekt Burrhus die Nachricht erhielt, die Feuerwehrleute seien nicht in der Lage, das Chaos zu meistern, jagte er seine Boten ins Lager der Prätorianergarde in die Via Nomentana und bat den Garnisonskommandanten, Truppen zu schicken, die Gräben ausheben sollten, um die kaiserliche Residenz auf dem Palatin vor dem Feuer zu schützen und die Domus Transitoria zu retten, die gerade erst fertig geworden war und in der der Kaiser unermeßliche Schätze angehäuft hatte.
Als die Soldaten mit ihren Spaten ankamen, brannten die Residenz und die Domus Transitoria bereits lichterloh. Burrhus war selbst vor Ort und sah zu, wie die Purpurvorhänge und die griechischen Statuen in der gewaltigen Glut versanken.
Man grub zwar viele Gräben, aber gegen die Funken, die den Geist des Feuers mit sich forttrugen, waren sie machtlos.
Burrhus schickte Eilboten zu Nero, der in seiner Residenz in Antium, fünfundzwanzig Meilen vor Rom, weilte.[284]
Inzwischen füllte der Flüchtlingsstrom die Straßen. Nackte Men-

schen, die mitten im Schlaf überrascht worden waren, liefen verschreckt umher, ihre Kinder im Arm. Frauen weinten, einige hatten mit ihren Eltern, ihrem Geliebten und ihrer Habe auch den Verstand verloren.
Das Morgenrot war kaum zu sehen, der Himmel blieb schwarz. Und der Wind wehte noch immer. Der Palatin, den es zuerst getroffen hatte, war nur noch ein Schutthaufen. Nichts war übriggeblieben. Den Viminal ereilte dasselbe Schicksal.
Ganz Rom war im Süden, in Transtevere, zusammengeströmt. Saul, Aristarch, Timotheus und Onesimus, von einigen Mitbrüdern begleitet, die ihnen Obdach gewährt hatten, waren kaum von ihrem Platz vor der Subliziusbrücke gewichen, seit sie der Brand gegen zehn Uhr gezwungen hatte, durch die Gluthitze hindurch in die dem Wind abgewandte Richtung zu fliehen. Blaß und mit schweißglänzenden Gesichtern sahen sie zu, wie Sodom brannte. Mittags legten sie sich erschöpft schlafen, nachdem sie ein wenig Honigbrot mit einigen Schlucken Wasser hinuntergespült hatten. Als sie gegen sieben Uhr abends wieder erwachten, wütete der Brand noch immer. Das Feuer hatte das letzte bißchen Holz auf dem Palatin vernichtet und stürzte sich nun mit neuer Gier auf den Viminal.
Saul war wie berauscht.
»Nun fällt Babylon!« murmelte er.
Burrhus, der zur selben Zeit aus kurzem Schlaf erwachte, fand sich von Offizieren umlagert, die beunruhigende Nachricht brachten: Man hatte gesehen, wie Sklaven des Kaiserhauses mit Fackeln und brennendem Werg umhergingen und neue Brandherde legten. Doch was tun: Man konnte keine Posten abstellen, um die Brände zu bewachen.
Um Mitternacht begann der Quirinal zu brennen.
»Die Brüder haben dich verstanden«, sagte Apelles zu Saul, als er ihm ein Glas warme Milch brachte.
»Was?« rief Saul.
»Hast du nicht gesagt, nur das Feuer unseres Glaubens könne über die Trägheit des Irdischen siegen?« sagte Apelles sanft.

Onesimus hörte fiebernd zu. Hinter Apelles stand ein halbnackter Mann, rußgeschwärzt und schimmernd wie eine Bronzestatue.
»Bist du Saul? Segne mich! Ich habe zehn Wohnblocks angezündet!«
Saul warf den Kopf zurück, als wolle er sterben.
»Segne mich!« schrie der Mann. Er stand über ihn gebeugt und forderte seinen Lohn.
»Ich segne dich«, murmelte Saul.
Man erfuhr, daß Nero zurückgekehrt sei: Er hatte das Marsfeld im Norden und die Gärten der Agrippina im Osten öffnen lassen, um die Obdachlosen aufzunehmen; außerdem ließ er Korn und Fleisch aus den benachbarten Municipia kommen. Der Kornpreis fiel bis auf drei Sesterzen der Scheffel. Aber die Katastrophe hatte die Menschen an den Rand des Wahnsinns getrieben. Der Kaiser war auf den Palatin gestiegen, um zu sehen, was von seinem Palast noch übriggeblieben war, doch es kursierte auch das Gerücht, er sei gekommen, um sein Werk, den Brand Roms zu bewundern.[285]
Am dritten Tag drehte der Wind ein wenig und blies von Nordwesten. Nun wurde das Viertel um das Forum vom Feuer erfaßt, und die Menge in den Gärten der Agrippina, die sich plötzlich auch dort bedroht sah, floh über den Tiber. Die erste Flüchtlingswelle erreichte Ostia, und mit ihr kamen immer neue und oft widersprüchliche Nachrichten.
Inzwischen ließ Burrhus ganze Häuserblocks am Fuße des Esquilin einreißen, um dem Feuer das Übergreifen vom Palatin her zu erschweren. Das Feuer sollte ausbrennen, bevor es diese Wüstenei überquert hatte, doch wie aus Rache stürzte es sich auf berühmte Bauwerke. Das war am sechsten Tag.
Auch Saul hatte das Haus verlassen, und war auf dem Weg zum Quirinal, um das Ausmaß der Katastrophe zu besichtigen, als er am Fuße des Hügels einen einzelnen Mann mit zwei Begleitern sah. Er glaubte sein Bild von Münzen zu kennen, und er täuschte sich nicht: Es war Nero, der allein, oder wenigstens fast allein, durch die Stadt ging, um den Schaden abzuschätzen. Für den Bruchteil einer Sekunde kreuzten sich ihre Blicke.

Der Herr der Welt hatte in jenem Zwerg den großen Brandstifter der Welt nicht erkannt. Doch wenn dieser auch Nero erkannt hatte, so erkannte er doch nicht das Schicksal.

Am Morgen des neunten Tages erlosch Rom. Drei der vierzehn Bezirke Roms waren dem Erdboden gleichgemacht, sieben weitere waren kaum besser dran; nur vier waren unversehrt geblieben. Zehntausend Wohnblöcke waren zerstört und zweihunderttausend Römer buchstäblich ohne Dach über dem Kopf. Auch heilige Stätten waren zerstört worden, so der Luna-Tempel, der Tempel des Jupiter Stator und des Herkules Salutaris, und der geweihte Tempelbezirk der Vesta…

Die Begräbnisfeierlichkeiten dauerten Wochen.

Die kaiserlichen Ermittlungen gingen sehr viel schneller.

Zehn Tage später wurde Saul verhaftet. Unerwartet zahlreiche Zeugen bestätigten, daß er tatsächlich verkündet habe, sein Gott würde im Feuer auf die Erde niederfahren. Hausburschen, Schlachter, Strichjungen und Nachbarn trugen eifrig zusammen, was die Christen ihm nachgeplappert hatten: daß Feuer den Sieg des Geistes bedeute.

Saul war nicht mehr Saul. Mit fünfundsiebzig Jahren wünscht man sich einen raschen Tod. Wegen der Schmerzen hatte er außerdem alle Opiumkugeln geschluckt, die er noch besaß. Er fühlte das Beil kaum. Ein Mückenstich, der Tod.

»Tod, wo ist dein Stachel?«

Der Brand hatte gerade erst begonnen.[286]

Die Quellen

Die Quellen

Ein Vorwort anstelle des Nachwortes

Die Studien zur Persönlichkeit und Geschichte des Apostels Paulus fügen sich lückenlos in den Versuch, Leben und Einfluß von Jesus aus historischer Sicht zu rekonstruieren, wie auch ich es in *Ein Mensch namens Jesus* versucht habe. Und tatsächlich wird Saul – erst gegen Ende seines Lebens nimmt er den römischen Namen Paulus an – allgemein als der wichtigste Apostel angesehen, denn im Grunde ist er der Erfinder des Christentums und sein erster Theologe. Die einzelnen Bausteine, die ich hier, vor allem im zweiten Teil, zusammengetragen habe, legen in meinen Augen die Schlußfolgerung nahe, daß sich nach der Kreuzigung die Mehrheit der Jünger noch als Juden *und* Anhänger Jesu verstanden, und daß erst Saul gegen den oft heftigen Widerstand von Petrus und Jakobus dem Jüngeren den Bruch der christlichen Gemeinde mit dem Judentum der Tora organisierte. Dieses bewundernswerte Unternehmen, das der Menschheit, chronologisch betrachtet, die zweite Offenbarungsreligion schenkte (die dritte ist der Islam) und das Schicksal des Abendlandes verändern sollte, wäre ohne den unermüdlichen propagandistischen Einsatz Sauls gewiß nicht gelungen. Er legte den Grundstein des modernen Christentums, wie wir es heute kennen. Er war es, der aus dem Kreuz, dem Todeswerkzeug, das Symbol der Erneuerung machte. Er war es, der die Jünger Jesu vom mosaischen Gesetz befreite. Aber er war es auch, der im christlichen Glauben eine menschenverachtende Haltung verankerte.

Gleich zu Anfang muß ich daher gestehen, wie sehr mich diese Persönlichkeit faszinierte, dieser Mann, dessen Einfluß durchaus mit dem Alexanders des Großen vergleichbar ist.

Veröffentlichungen über Saul gibt es viele. Die Bibliographie am Ende dieses Buches ist bescheiden im Vergleich zu den verfügbaren Titeln. Aber nur wenige Untersuchungen enthalten überhaupt verwertbare Informationen über den Menschen Saul, der im Mittelpunkt dieses Buches steht. Dabei verdient der Mensch die gleiche Aufmerksamkeit wie sein Werk. Der Mensch im eigentlichsten Sinne des Wortes, mit seinen

Geistesblitzen und seinen Fehlern, seiner hohen Bildung und seinen Vorurteilen, seiner Frustration und seinem Ehrgeiz, seiner Lebenskraft und seinen Krankheiten, und vor allem seinen ungeheuren Widersprüchen... Es will mir scheinen, dieser Mensch hat es verdient, daß man sich mit ihm auseinandersetzt wie mit jeder anderen historischen Persönlichkeit auch, vielleicht sogar mit noch stärkerem Interesse, noch größerer Neugier.

Und eben weil der Charakter eines Menschen seine Handlungen prägt, schien mir der Versuch einfach unerläßlich, die möglichen Beweggründe dieses Mannes zu verstehen, die Art und Weise, wie er das Christentum so grundlegend neu geformt hat, zu begreifen.

Die Texte (vgl. Bibl.), die ich dafür als Grundlage herangezogen habe, sind ausnahmslos kanonisch beziehungsweise historisch. In der Hauptsache wären zu nennen: die Apostelgeschichte und die Briefe; weiter *Der jüdische Krieg* und *Jüdische Altertümer* von Flavius Josephus; die *Annalen* des Tacitus; die *Römische Geschichte* von Cassius Dio, der *Panarion* von Epiphanius von Salamis, dann eine Reihe rein historischer Werke, alte und moderne; einige sind eher allgemeinerer Natur, wie etwa *Verfall und Untergang des Römischen Reiches* von Gibbon, andere beschäftigen sich mit Einzelproblemen; schließlich beziehe ich mich auf Werke von anerkannten Exegeten, wie etwa Bultmann oder Bornkamm, die alle in der Bibliographie am Schluß des Buches aufgeführt sind. Die im übrigen völlig unbegründeten Vorwürfe, die man mir nach dem Erscheinen der *Sources* (dieses Werk liegt nicht in deutscher Sprache vor; vgl. Bibl.) gemacht hat, weil ich darin auch apokryphe Evangelien benutzt habe (nur gelegentlich und sehr sparsam), greifen bei vorliegendem Buch erst recht nicht.

Gäbe es Apokryphen von einigem Interesse, die Saul bzw. später Paulus erwähnen, hätte ich sie übrigens sicher einbezogen, aber das ist nicht der Fall; etwas anderes sind eindeutig fiktive und erst im nachhinein hinzugefügte Texte, wie zum Beispiel dem imaginären Briefwechsel zwischen Saul und Seneca.

Trotzdem bietet sich hier die willkommene Gelegenheit, dem Leser ins Gedächtnis zu rufen, daß die Bedeutung von »apokryph« erstaunlich verfälscht wurde: *apokruphos* bedeutet – jedes beliebige Wörterbuch wird das bestätigen – »versteckt« oder »geheim«, aber jedenfalls nicht »falsch«. Die Apokryphen unserer Religion sind ganz einfach Bücher, die nicht zum Kanon gehören; ganz in diesem Sinne verwenden die

Protestanten und die Juden den Ausdruck »apokryph« für bestimmte Bücher der griechischen Übersetzung der Septuaginta, die in der hebräischen Bibel nicht vorkommen, wie etwas das »Buch der Makkabäer«, das ist alles. Die Katholiken nennen diese Schriften »deuterokanonisch«.

Andererseits ist die Frage, ob ein Text in den Kanon aufgenommen ist oder nicht, für eine historische Arbeit von begrenztem Interesse. Das Johannesevangelium wäre schließlich fast zu den Apokryphen gezählt worden. Alle Körperschaften der Welt mit einem Anspruch auf didaktische Einflußnahme, von der Kirche bis zu den totalitären marxistischen Regimes, haben einen Kanon; die sowjetische Enzyklopädie ist vielleicht das anschaulichste Beispiel dafür. Vergleichbar gering ist auch der Beitrag der kirchlichen Überlieferung, die im Hinblick auf Sauls Persönlichkeit und seine Rolle als Apostel kanonische Verbindlichkeit besitzt. Allzu häufig versucht die Überlieferung, »Bruchstellen« zu kitten und durch passendere oder hagiographisch wertvolle Elemente zu ersetzen.

Als Erinnerungshilfe für den Leser möchte ich mich hier auf ein Beispiel beschränken: die Episode über den Ohnmachtsanfall auf dem Weg nach Damaskus. Sie hat den Wert einer absoluten und wunderbaren Wahrheit angenommen, aber immer wird vergessen zu erwähnen, daß diese Geschichte eine Erfindung von Lukas ist, der irgendeine Legende über Sauls Sinneswandel aufgeschnappt hat, aber nicht selbst dabeigewesen ist. Merkwürdigerweise decken sich die beiden Beschreibungen des Betroffenen selbst keineswegs, schlimmer noch: Er verwickelt sich in die gröbsten Widersprüche.

Aus diesem Grund wird man das Damaskuserlebnis vergeblich in den vorangegangenen Seiten suchen, und genausowenig wird man in diesen Anmerkungen einen Anklang an die Tradition finden, die Saul als einen Menschen darstellt, den eine Vision von Jesus ganz wörtlich »wie ein Blitz« trifft, und der den Rest seiner Tage darauf verwendet, die Lehre von Jesus zu verbreiten. Diese Auffassung kann nur unterschreiben, wer die Apostelgeschichte und die Briefe entweder überhaupt nicht oder nur höchst oberflächlich gelesen hat. Diese Texte machen widersprüchliche Angaben. Und diese Widersprüche werfen viele Fragen auf, auf die ich versucht habe, Antworten zu finden, weil ich andernorts keine fand.

Gleich zu Beginn meiner Recherchen vor siebenundzwanzig Jahren, die schließlich zu *Ein Mensch namens Jesus* führen sollten (und die ich auch später noch lange weitergeführt habe), hatte ich den Eindruck, als enthielte die hauptsächlich von Lukas verfaßte Apostelgeschichte dunkle Passagen, Lücken, Widersprüche; es entstand der Eindruck eines Nicht-Gesagten, der in manchen Abschnitten so stark wurde, daß er das Gesagte verdunkelte. Die Person, die uns in der Apostelgeschichte und den Briefen vorgestellt wird, schien mir schlecht zu dem herkömmlichen Bild des Apostels zu passen. Er selbst bezeichnet sich als Jude, aber seine Abstammung ist dubios; wie ich schon in den ersten Anmerkungen der *Sources* ausführte (vgl. Bibl.), hätte sich zum Beispiel kein zeitgenössischer Jude als »aus dem Stamm Benjamin« (Röm 11,1) vorgestellt, das ergab keinen Sinn. Saul gibt den Zweifeln an seiner nichtjüdischen Abstammung neue Nahrung, wenn er sagt: »Den Juden bin ich wie ein Jude geworden« (1. Kor 9,20), oder auch: »Ich lebte einst ohne Gesetz« (Röm 7,9), Geständnisse, die aus dem Mund eines Juden undenkbar wären. Er gibt vor, er sei »zu Füßen Gamaliels« (Apg 22,3), des berühmten Rechtsgelehrten, aufgewachsen, das heißt, schon von klein auf vom Geist des Judentums durchdrungen, an anderer Stelle erklärt er aber, er sei während seiner Verfolgungen der ersten Christen »immer jüdischer geworden«. Aber zu jener Zeit war man entweder Jude, oder man war keiner. Wenn er kein Jude war, was war er dann? Und vor allem: warum hat er es nicht gesagt? Seine plötzliche Begeisterung für das Christentum erhält vor diesen merkwürdigen Unregelmäßigkeiten eine besondere Bedeutung, die einen stutzig macht.

Andere Rätsel ergeben sich bei der kritischen Lektüre der Texte. Denn gleich dem Evangelium verlangen diese Texte durchaus nach einer solchen. Obwohl Lukas einige von Sauls Reisen als Augenzeuge miterlebt hat, tendiert seine Apostelgeschichte ebensooft in Richtung Abenteuerroman oder Propagandaschrift wie zu objektiver Berichterstattung. Die in griechischer Sprache verfaßte Apostelgeschichte wurde in Rom zwischen zwanzig und dreißig Jahre nach den Ereignissen, die sie beschreibt, oder vielmehr verzerrt, überarbeitet, und jegliche logische Chronologie der Geschichte Sauls wird dadurch besonders erschwert; zudem lassen sich die Abänderungen späterer Kopisten nicht mit Sicherheit identifizieren. Und viele kritische Punkte, die darin enthalten sind, finden in den umfangreichen exegetischen Werken von den Historikern nur mit einigen wenigen Zeilen Erwähnung.

Sauls Briefe sind kaum leichter zu lesen, selbst wenn man die, die nicht aus seiner Feder stammen, beiseite läßt. Wie man weiß, stammt der Brief an die Hebräer nicht von dem Apostel selbst, die Briefe an die Kolosser und an die Epheser wurden von einem späteren Jünger verfaßt, und die Urheberschaft des zweiten Thessalonicherbriefes ist ungeklärt. Weiterhin ist nicht bekannt, wie die Briefe gesammelt und zusammengestellt wurden. Einige Autoren vermuten, daß sie zerschnitten wurden, daß mehr oder weniger wichtige Fragmente verlorengegangen, andere ohne Zusammenhang aneinandergestückelt wurden. Es ist zum Beispiel keinesfalls gesichert, daß der an die Epheser adressierte Brief auch wirklich an die Epheser gerichtet war. Jedenfalls scheint die Anzahl der Briefe recht klein im Vergleich zu den zwanzig bis dreißig Jahren, die Saul als Apostel gewirkt hat. Es wird allgemein angenommen, daß manche Briefe verlorengegangen sind. Die einzelnen Bausteine, die uns zur Verfügung stehen, um Sauls Geschichte zu rekonstruieren, sind also weder vollständig noch zusammenhängend noch wahrheitsgetreu.

Außerdem weichen Apostelgeschichte und Briefe deutlich voneinander ab. Lukas präsentiert in der legendär gewordenen Form die Geschichte von der Vision auf dem Weg nach Damaskus. Saul dagegen berichtet davon in zwei grundverschiedenen Versionen, und er läßt durchblicken, daß er Jesus später wiedergesehen hat, denn er versichert uns, daß der Auferstandene ihn selbst unterrichtet habe. Das wiederum gibt zu denken, denn Jesus kann ihn während der wenigen Augenblicke, die die Ohnmacht gedauert haben mag, nicht in seiner ganzen Lehre unterwiesen haben; demnach wäre es denkbar, daß Saul Jesus tatsächlich nicht auf dem Weg nach Damaskus, sondern an einem anderen Ort begegnet ist. Was wiederum die Hypothese stützen würde, die in *Ein Mensch namens Jesus* vertreten wurde: daß Jesus noch lange nach der Kreuzigung am Leben war.

Der Gegensatz zwischen der Apostelgeschichte und den Briefen geht allerdings noch viel tiefer, als man auf Grund der einzelnen Widersprüche denken könnte. Nach der Apostelgeschichte soll Saul vom Apostolischen Rat in Jerusalem den Auftrag erhalten haben, die Heiden zu bekehren, und erst danach soll er den Versuch gemacht haben, auch den nichtchristlichen Juden das Christentum nahezubringen. In den Briefen stellt sich Saul als Apostel vor; diesen Titel spricht ihm die Apostelgeschichte nur beiläufig zu. Er versichert, das Heil käme ausschließlich durch die Heiden. Die Wahrheit, und wenn sie auch nur am Rande erwähnt wird, ist zweifellos weitaus weniger erbaulich, wie wir schon gesehen haben: Nach der dringlichen und einigermaßen unverständlichen Einladung des fraglichen Rates, Saul solle im Tempel Buße tun, wird er dort von den Juden festgenommen und entrinnt nur knapp dem Tod. Das legt durchaus den Gedanken nahe, daß der Rat versucht hat, ihn auf radikalste Weise loszuwerden.

Kurz, in den Briefen mißt Saul sich selbst eine unvergleichlich wichtigere Rolle zu, als ihm die Apostelgeschichte zugesteht, die ihn der Autorität der ersten Jünger unterstellt. Und die späteren Ereignisse bestätigen wohl Sauls Version und nicht die von Lukas. Es ist nicht schwer zu erraten, daß Lukas versucht, die bitteren Auseinandersetzungen zwischen Saul und den ersten Aposteln zu vertuschen, daß er dessen Rolle als Pionier des Christentums in der heidnischen Welt abzuschwächen sucht und daß er ganz offensichtlich zu Propagandazwecken ein wahrhaft idyllisches Bild von der Geburt der Kirche malt. Lukas zufolge hat Saul, inspiriert vom Heiligen Geist und in frommer Unterordnung unter die Ältesten, die Welt der Heiden auf einen Schlag evangelisiert; Saul selbst dagegen berichtet, ohne ein Blatt vor den Mund zu nehmen, von seinen Streitereien mit dem Jerusalemer Rat: Für ihn waren das Intriganten, Heuchler und sogar schlechte Christen! Sie wollten den christlichen Glauben im Schoße des Judentums belassen, er dagegen hatte das Christentum befreit.

Aber hat man sich einmal mit diesen Unstimmigkeiten abgefunden, stößt man auf andere und schwerer wiegende Probleme. Problematisch ist zum Beispiel die römische Staatsbürgerschaft, mit der sich Saul bei drei Gelegenheiten derart brüstet, daß es beinahe den Anschein hat, er sei ein Aufschneider. Diese römische Staatsbürgerschaft paßt schwer zu der Tatsache, daß er Jude gewesen sein soll, sie paßt eigentlich überhaupt nicht dazu: Man konnte nicht zugleich den Göttern des Kaiserreiches abschwören und römischer Bürger bleiben; den Göttern abtrünnig zu werden war ein Verbrechen, auf das die Todesstrafe stand. Außerdem behauptet Saul, er sei in Tarsus geboren, und auch das scheint verdächtig; warum und unter welchen Umständen hätte er, wenn er wirklich von dort stammte, Tarsus dann verlassen sollen, eine Stadt, die sich doch eines gewissen Ruhmes erfreute und als angenehmer und kultivierter Ort galt? Sogar der heilige Hieronymus glaubte nicht an diese tarsische Abstammung. Als gebildeter Mann hat er ohne

Zweifel die vielen Unstimmigkeiten in den biographischen Bruchstükken gewittert, die Saul seinen Lesern und Zuhörern zum Fraß vorwarf, und dieses Märchen nicht akzeptiert. Der treffliche Verfasser der Vulgata hält Saul also in aller Höflichkeit für einen Lügner – was sagt man dazu?

Aber damit finden die Absonderlichkeiten dieses rätselhaften Saul noch längst kein Ende. Weitaus beunruhigender ist das Ansehen, das Saul bei den römischen Autoritäten genießt, wo doch das Beispiel Jesus zeigt, daß diese mit den Nazarenern nicht gerade nachsichtig umsprangen. Als Saul auf die Denunziation der aufgebrachten Juden hin – und das heißt ohne Zweifel auf die Denunziation des Apostolischen Rates hin – das erste Mal festgenommen und dem Konsul Felix vorgeführt wird, da wird er, welch eine Überraschung, unter dem Schutz einer bewaffneten Eskorte nach Cäsarea in Sicherheit gebracht, deren Stärke einem den Atem nimmt: vierhundertvierundsiebzig römische Bewaffnete, das ist eine Eskorte, eines Monarchen würdig. Das ist der eindeutige Beweis dafür, daß Saul wirklich eine außerordentliche Bedeutung für Felix gehabt hat! Und es kommt noch besser: Felix erhofft sich Geld von ihm! Das heißt also, Saul ist reich genug, um einen römischen Prokurator bestechen zu können! Das alles will kaum zu dem Bild des kleinen (er selbst bezeichnet sich als »Mißgeburt« und war drei Ellen groß, was etwa anderthalb Metern entspricht) und leidenschaftlichen Juden passen, zu dem fanatischen Christenverfolger, dem auf dem Weg nach Damaskus urplötzlich die Gnade der Erleuchtung zuteil wird. Er ist ein wichtiger Mann in Jerusalem und Judäa, so wichtig, daß er mit dem König Herodes Agrippa, der eigens für den Besuch bei ihm angereist ist (was als eine außergewöhnliche Auszeichnung galt), in einer Weise spricht, die eine familiäre Vertrautheit durchblicken läßt. Saul ist ein so wichtiger Mann, daß er behaupten konnte, er plane eine Expedition nach Syrien – einer eigenständigen römischen Provinz –, um dort Christen zu kidnappen – ein Vorhaben, das Sauls finanzielle Mittel ahnen läßt, seine Autorität … und die Respektlosigkeit gegenüber dem römischen Statthalter dieser Provinz, zumindest aber gegenüber dem König Aretas (später wird man allerdings noch sehen, daß diese Geschichte reine Angeberei und im übrigen auch unglaubwürdig ist).

Er ist kein Jude, jedenfalls kein echter, er ist kein Tarse, jedenfalls kein echter, aber er ist ein römischer Bürger, unbestreitbar reich und mächtig: Das ergibt einen Saul, der, so scheint mir, bisher unbekannt ist.

Abgesehen von der außergewöhnlichen Fürsorglichkeit hoher römischer Funktionäre erfreut er sich der Protektion des Präfekten Gallio, des Ratgebers von Nero und leiblichen Bruders von Seneca; das gibt zu denken. Warum erklärt er nicht, welchen Umständen er diese hohen Beziehungen zu verdanken hat?
Jedenfalls erklärt er nicht immer alles, er sagt nur das, was er gerade preisgeben will, und »rundet« die Wahrheit mit einem geradezu modern anmutenden propagandistischen Talent ab, wenn er nicht einfach lügt; so behauptet er zum Beispiel, in Illyrien gewesen zu sein, dabei gibt es dort keinerlei Spuren eines solchen Aufenthalts. Manchmal lassen Sauls Geschichten von unerhörten Heldentaten an Mythomanie denken, und da es gute Gründe für die Annahme gibt, er sei ein Epileptiker mit einer Neigung zu hysterischen Anfällen gewesen, läßt sich dieser Eindruck nur schwer abschütteln. Sollte ich denn wirklich der einzige sein, dem die Apostelgeschichte und die Briefe nicht »Evangelium« sind? Das gewiß nicht: Ich hatte berühmte Vordenker, angefangen bei Hieronymus, den ich schon erwähnt habe, bis hin zu Bultmann.
Also: Saul erfand gerne Geschichten, und er ist voller Rätsel. Schon allein wegen dieser beiden Punkte wäre eine historische Untersuchung hinreichend gerechtfertigt. Aber damit nicht genug: Da ist noch der außergewöhnliche Antagonismus Sauls zu den anderen Mitgliedern der ersten Christengemeinde. Es hagelte Beschimpfungen – man findet sie in den Briefen und spürt ihr Echo in der Apostelgeschichte. Petrus und Saul haben sich gegenseitig als Heuchler und schlechte Christen beziehungsweise Häretiker beschimpft, und das ist allerhand für Männer, von denen man annehmen sollte, sie seien einzig vom missionarischen Geist durchdrungen und in der Lage, ihre Meinungsverschiedenheiten zu beheben. Bekanntermaßen war es Saul, der sich durchsetzte. Die Richtlinien, die er dem ersten Christentum mitgegeben hat, blieben für immer bestimmend. Die ungewöhnliche Feindseligkeit des Christentums seiner Mutterreligion gegenüber bleibt ungebrochen, eine Tradition, die sich bis zu der aktuellen Auseinandersetzung um das geplante Karmeliterkloster in Auschwitz fortsetzt.
Der Vatermord ist ein Lieblingsthema der Psychoanalytiker – und eines, das erschöpfend behandelt worden ist. Vielleicht wäre es interessant, eines Tages dieses Beispiel für die Ermordung einer Mutter – einer Mutterreligion – und ihrer Nachkommen zu studieren; das eingän-

gigste Symbol dafür ist in meinen Augen wohl die Ermordung der Klytämnestra durch ihren Sohn Orest. Aber zurück zu unserem Thema.
An der Persönlichkeit Sauls ist seine Lehre wohl das verwirrendste Rätsel überhaupt. Woher hat er sie? Von Jesus jedenfalls nicht, und wenn, dann nur auf indirektem Wege, denn Saul hat sich erst nach der Steinigung des Stephanus bekehrt, das heißt in den Jahren 32–34, also zwei bis vier Jahre nach der Kreuzigung. Sicher nicht aus den Evangelien, die noch gar nicht verfaßt waren. Von Lukas vielleicht, der eine Zeitlang sein Begleiter war? Er trifft ihn erst etwa fünfzehn Jahre nach seiner Bekehrung. Wurde er von einem der Prediger überzeugt, die die Elf und die Siebzig durch ganz Palästina schickten? Wohl auch nicht, denn bis zu der angeblichen Vision auf dem Weg nach Damaskus ist er ein fanatischer Christenhasser.
Mit der Erklärung, die Bekehrung sei das Ergebnis einer allmählichen inneren Entwicklung, gleichsam einer unmerklichen Infiltration durch das Wort Jesu, haben die Exegeten dieses Thema nur gestreift. Man wird dennoch eingestehen, daß der Vorfall einzigartig ist: Vor uns haben wir einen Mann, der durch die Welt zieht, dabei oft sein Leben riskiert und die Gefolgschaft eines Mannes predigt, den er nur aus Erzählungen kennt, und das schlecht, denn er kennt weder seine Worte und Gleichnisse noch die Wunder, die die Wanderprediger Jesus andichten.
Saul selbst verwischt klug alle Spuren; er versichert, daß die Kenntnis, die er von Jesus hat, »von keinem Menschen« kommt. Man wollte es ihm ja gerne abnehmen, wenn man auch nur ein klein wenig geneigt wäre, an die übernatürliche Übertragung von Wissen zu glauben. Das Dumme ist nur, das dieses Wissen reichlich kümmerlich war, wie wir schon oben sehen konnten. Anderes ausgedrückt: Saul predigt eine Lehre, die er selbst nicht kennt. Ein ganz offensichtlich faszinierender Fall.
Warum sagt Saul nicht in aller Deutlichkeit, daß er Jesus wirklich gesehen hat, und wo? Ganz einfach: Sobald er das täte, würde er damit das selbstgesteckte Ziel seiner Mission annullieren – die Eroberung der römischen Welt. Hätte er öffentlich eingestanden, Jesus leibhaftig begegnet zu sein, hätte das bedeutet, daß Jesus noch lange nach der Kreuzigung lebte, und folglich, daß er nur ein Mensch war; dies wird im übrigen auch in den Evangelien bei der Beschreibung der letzten Begegnung der Apostel mit Jesus in Palästina unterschwellig angedeutet (mit

Ausnahme der Passage über die Auferstehung, die erst spät zum Markusevangelium hinzugefügt wurde). Wenn Jesus ein Mensch war, so hätte man ihm entgegengehalten: Was wollt ihr uns dann von seiner göttlichen Natur und seiner Auferstehung erzählen? Saul ist also Gefangener seines Geheimnisses. Er begründet seinen Einfluß als Apostel auf die Tatsache, daß er Jesus begegnet sei, aber sobald er auf die Einzelheiten dieser Begegnung näher einginge, würde er diesen Einfluß notgedrungen wieder verlieren. Er ist also gezwungen, eine gewisse Unschärfe beizubehalten, was im übrigen für die Briefe auch genau zutrifft.

Ist Saul also von Jesus persönlich unterrichtet worden? Ich nehme Saul einmal beim Wort, denn er sagt ja, daß er Jesus gesehen hat, und ich postuliere, daß man hier von seinen beiden Anspielungen auf das Damaskuserlebnis differenzieren sollte, wo er ihn ja nur *gehört* hat. Wenn man mein Postulat akzeptiert, könnte man also wirklich annehmen, daß Jesus selbst sein Lehrer war.

Aber damit würde das Problem nur verlagert. Zuerst einmal hätte ihn Jesus wirklich schlecht unterrichtet. Ja, er hätte ihn sogar in Opposition zu seiner eigenen Lehre unterrichtet, zumindest dann, wenn er sich nicht nach der Kreuzigung eines anderen besonnen hätte. Jesus' Weigerung, das Kind der Frau aus Syrophönizien zu heilen, ist eindeutig der Ausdruck seiner Ablehnung, den Heiden zu predigen: »Es ist nicht recht, daß man den Kindern das Brot wegnehme und werfe es vor die Hunde« (Mk 7,24), sagt er mit überraschender Verachtung, bevor er dann doch seinem Mitleid nachgibt. Saul dagegen predigt unbeirrbar den Heiden. Wie oben nachgewiesen, kennt Saul die Lehre von Jesus ganz offensichtlich schlecht.

In den Briefen keine Spur von den Gleichnissen, auch nicht von den Worten und Taten Jesu, die doch so charakteristisch sind (allein das Gleichnis über das Kind der Frau aus Syrophönizien zum Beispiel hätte seinen antijüdischen Eifer mäßigen sollen). Man kann sich fragen, ob diese Auslassungen nicht dem Umstand zuzuschreiben sind, daß die Gleichnisse und Taten für das heidnische Publikum ein wenig zu jüdisch waren. Jedenfalls nach Sauls Geschmack, denn die Evangelien werden etwa ein Dreivierteljahrhundert später diese Parteilichkeit korrigieren. Was Saul im wesentlichen sagt, ist, daß man an Jesus, den auferstandenen Sohn Gottes, glauben solle, da das Judentum am Ende sei. Der Glaube an die Auferstehung ist der Schlußstein seines Lehrgebäudes und nicht das, was Jesus predigte. Saul fordert von seinen Neophyten die unbedingte Bindung an Jesus als die einzige *raison d'être* des Christentums. Darauf pocht er unablässig. Die Wandlung, die grundlegende *metanoïa* des Gläubigen aufgrund von ethischer Meditation hat in seinen Texten fast keinen Platz. Dadurch beschränkt er sich in gewisser Weise darauf, den Herakles/Herkules des griechisch-römischen Pantheons durch einen Jesus zu ersetzen, der dieselben Tugenden hat und zusätzlich Hoffnung bringt. Ich wiederhole: Es wäre ein Irrtum, sich über Sauls Verrat zu wundern; er erklärt sich aus Sauls Unkenntnis der christlichen Botschaft.

Aber etwas muß Saul doch über die Lehre von Jesus gewußt haben, so wenig das auch gewesen sein mag. Aber durch wessen Vermittlung kam er zu diesem Wissen? Und wurde es ihm wirklich im herkömmlichen Sinne des Wortes übermittelt? Wo und wann hat dies stattgefunden? Die Dositheus-Anhänger in Kokba kommen dafür am ehesten in Frage, aber hatten sie wirklich Zeit genug, dem übergelaufenen Jerusalemer Polizeispitzel eine Zusammenfassung der Lehre zu geben, die ihm dann als Wegzehrung dienen wird? Was ist davon zu halten, wenn Saul versichert, er sei von keinem Menschen unterrichtet worden, sondern vom auferstandenen Jesus? Daß er uns zu verstehen geben will, Jesus sei ihm eigens zu dem Zweck erschienen, ihn zu unterrichten? Oder muß man eher schließen, daß er sich ein paar Gedanken und Aussprüche von Jesus zu eigen gemacht hat, so wie er sich früher einige Brocken des jüdischen Glaubens angeeignet hatte, um als echter Jude durchgehen zu können, und daß er sie zu einem Christentum seiner Prägung umgeschmolzen hat?

Diese lückenhaften Kenntnisse der Lehre Jesu wiegen um so schwerer, als Saul, nach seinem unvermittelten Seitenwechsel (so unvermittelt nun auch wieder nicht), so tut, als habe er die Wahrheit gepachtet. Er hat nur einen kurzen Blick auf Jesus geworfen und behauptet mit einer Arroganz ohnegleichen, daß er der einzige sei, der die Wahrheit über die Lehre des Messias kenne, ja, er richtet sich sogar gegen diejenigen, die Jesus schließlich persönlich gekannt haben, gegen die ersten Jünger. Damit nicht genug: Er bezeichnet Petrus als einen »Heuchler«! Das ist verwirrend, denn es macht eine Erklärung noch schwieriger: Wieso hat Saul, der doch zuletzt hinzukam und am schlechtesten informiert war, versucht, die Führung der christlichen Bewegung an sich zu reißen? Und darüber hinaus: Weshalb hat er sie so brutal von jüdi-

schem Terrain abgeschnitten, auf dem sie sich, wenn auch unter Schwierigkeiten, ausbreitete?
Schließlich muß Jesus auch nach der Kreuzigung von den Ereignissen in Jerusalem auf dem laufenden gewesen sein. Nachrichten verbreiteten sich damals schneller, als man es in unserer Zeit der elektronischen Medien für möglich halten sollte. Vor allem auf dem Landweg: Drei bis fünf Tage reichten im allgemeinen aus, um den Norden des Landes darüber zu unterrichten, was sich im Süden abspielte. Es war unmöglich, daß Jesus etwa über die Steinigung des Stephanus nicht informiert gewesen sein sollte, vielleicht hatte er sogar seine eigenen Spitzel. Als er Saul auftauchen sah, konnte er den Mann nur für das nehmen, was er war. Er wird schwerlich einem der Schergen des Sanhedrin einen Sonderstatus eingeräumt haben, jemandem, der zweifellos vor Pilatus seinen Tod gefordert hatte; so einem wird er kaum seine Lehre anvertraut haben, und sei es in Kurzfassung.
Nur ganz nebenbei möchte ich andeuten, daß ich mich gefragt habe, ob nicht auch Saul in den Komplott des Sanhedrin gegen Jesus verwickelt war. Und in der Tat verfolgt Saul schon in den Jahren vor dem Tod des Stephanus um das Jahr 33 seine antinazarenischen Aktivitäten. Der Prozeß gegen Jesus und die Kreuzigung fand im Jahre 30 statt. Saul wird sich nicht von heute auf morgen auf die Verfolgung der Nazarener gestürzt haben, und so ist es wohl gleichermaßen glaubhaft, daß er an der Verhaftung von Jesus und seinem Prozeß nicht beteiligt war. In jedem Fall wußte er zum Zeitpunkt der Bekehrung schon, wer Jesus war und daß er ihn einmal gehaßt hatte.
Saul beanspruchte die Führung einer Sekte, in die er sich einst mit aller Gewalt gedrängt hatte, obwohl er nur über einen winzigen Bruchteil des Wissens der Apostel verfügte. Wozu dieser plötzliche Eifer? Die Lösung, die ich für dieses Rätsel anzubieten habe, findet der Leser im vorangegangenen Roman: Danach repräsentiert die Bekehrung der Heiden die Verwirklichung von Sauls Persönlichkeit.
Am Ende der Recherchen war es zumindest für mich unmöglich geworden, vorbehaltlos an einen Saul zu glauben, der urplötzlich von der Gnade erfaßt wird und der von einem Moment auf den anderen seine ganze Energie darauf verwendet, das zu verteidigen, was er vorher so unerbittlich bekämpft hat (bei seinen Verfolgungen der ersten Christen war Saul alles andere als zimperlich). Eine solche Hypothese wäre eine Beleidigung für die Intelligenz dieses Mannes: Der Saul, der ge-

rade eben noch die Anhänger Jesu in ihren eigenen vier Wänden festgenommen hat (mit welcher Befugnis übrigens?) – so, wie zwanzig Jahrhunderte später die Schergen des Totalitarismus in den frühen Dämmerstunden bei den Oppositionellen eindringen würden –, der sie ins Gefängnis geschleppt hat und bestimmt auch an den Richtplatz, zur Steinigung oder zur Kreuzigung, dieser Mann dachte sicher über das nach, was er tat. Ansonsten hätte er ein dumpfer Befehlsempfänger sein müssen, und wir wissen, daß er das nicht war.

Hier muß ich gestehen, daß ich für Saul nie dasselbe empfunden habe wie zum Beispiel für Thomas. Die unerbittliche Grausamkeit, die er bei seinen Verfolgungen an den Tag legt, sein Anteil an dem gemeinen Mord an Stephanus, der entgegen der Darstellung von Lukas dadurch bewiesen ist, daß man ihm die Kleider des Unglücklichen zu Füßen legt (aber wie viele andere, über die er kein Wort verliert, hat er in den Tod geschickt?), all das zeigt, daß dieser Mensch im Grunde seines Wesens ein Fanatiker war. Bemerkenswert, ja. Bewundernswert manchmal, zum Beispiel wegen seiner Energie, seiner Entschlossenheit, seines Organisationstalents. Aber niemals rührend: Er hat etwas von einem Polizisten im negativen Sinne, denn Polizist war er in der ersten Hälfte seines Lebens, als er die Macht über Freiheit und Tod besaß und auch davon Gebrauch machte. Manchmal fragt man sich, ob er sich wohl für seine Häßlichkeit an der Welt rächte. Er konnte nicht verführen, also hat er erobert.

Meiner Meinung nach erklärt sich der wilde Fanatismus seiner frühen Jahre durch die Tatsache, daß Saul *der* Prototyp eines Verteidigers von Recht und Ordnung war. Wenn er anfangs die Christen verfolgt, dann geschieht das nicht aus ideologischen Gründen, auch nicht aus Anhänglichkeit gegenüber der Tora. Der wahre Grund ist: Die Christen gefährden die Ordnung.

Dann geschieht es: Saul verfällt Jesus bei einer Begegnung, die ich hypothetisch in Edessa stattfinden lasse. Allerdings spricht eine gewisse historische Wahrscheinlichkeit für diese Hypothese: Dem König dieser Stadt, Abgar IV., lag nämlich viel an einer Begegnung mit Jesus. Für mich ist das eine bewegende Szene, wie dieses häßliche nabatäische Prinzlein, frustriert, ehrgeizig und berechnend, sicher aber von einer Intelligenz, an die sein Rivale Petrus nie heranreichte, mit der natürlichen Majestät, der unermeßlichen Tiefe und der matten Schönheit des besiegten Helden konfrontiert wird, der Jesus nach der Kreuzigung ist.

Saul war in seinem Leben wohl erst wenigen bewundernswerten Menschen begegnet, sondern seine Gesellschaft hatte aus intriganten, eitlen und grausamen Herodiern bestanden, aus habgierigen römischen Funktionären, die nur allzuoft brutal und borniert waren, sowie aus sektiererischen Priestern. Saul ist am Boden zerstört. Ihm wird auf brutale Weise bewußt, daß die Grenzen des Menschlichen nicht dort liegen, wo er angenommen hatte; er entdeckt in Jesus den Glanz der Gelassenheit, der Gelassenheit eines Mannes, der zweimal hintereinander die Krone Israels abgelehnt hat. Er entdeckt außerdem einen Menschen, der ihm unendlich überlegen ist, und zu dessen Diener und paradoxerweise zugleich Verräter er sich machen wird. Ihn ergreift ein *furor divinus*, der bei Epileptikern gewiß nicht selten, unter Ordnungsbesessenen aber sogar noch verbreiteter ist. Nun vollzieht sich eine sogenannte Persönlichkeitsspaltung, ein Risiko, das alle rigiden Charaktere in sich tragen. In der zeitgenössischen Geschichte wimmelt es von diesen Ordnungsbedürftigen, die ganz plötzlich einer unwiderstehlichen Persönlichkeit begegnen und sich ihr mit Haut und Haaren verschreiben, in schreiendem Widerspruch zu ihrem früheren Leben als Repräsentanten der Ordnung. In der Umgebung von de Gaulle etwa ließ sich mehr als einer dieser Sorte finden. Hier liegt das echte Damaskuserlebnis. Das andere visionäre Erlebnis, die Ohnmacht in den Bergen, das die christliche Hagiographie so liebt, ist eine Legende für einfältige Gemüter, wie auch das Wunder der Hochzeit zu Kana: das ist billige Metaphysik, und Saul berichtet außerdem so ungeschickt darüber, daß seine Versionen alle beide unglaubhaft wirken.

Wenn Saul dennoch ein wenig sympathisch wirkt, dann fast wider Willen nur aufgrund der Ausdauer, mit der er das Unmögliche möglich macht: einen Großteil des Kaiserreiches zu evangelisieren, die örtlichen Religionen zu besiegen und die Hoffnung auf die unmittelbar bevorstehende Ankunft der himmlischen Macht zu wecken, wenn Gott und sein Sohn auf Wolken niederfahren werden, um dem irdischen Chaos ein Ende zu machen – die Parusie. Eine Hoffnung, oder Befürchtung, die letztlich zu Verwirrungen führt; sie wird Saul noch zu schaffen machen. Wenn er meutert, dann deshalb, weil am Ende seines Lebens das Bild von Jesus sein ganzes Ich eingenommen hat. Das ist weitaus wunderbarer als all die Wunder, mit deren Hilfe die Apostel um jeden Preis etwas »beweisen« wollen. Saul, dieser ehrgeizige Fanatiker, wird von innen heraus von jenem Licht durchdrungen, von dem er ein klein wenig gestohlen hat, vergleichbar mit einem nichtsahnenden Dieb, der Radium stiehlt.

Außerdem haben die Christen im eigentlichen Sinne des Wortes – also Schüler von Jesus, nicht Mitglieder der Kirche – unüberwindliche Vorbehalte gegen Saul, vor allem aufgrund seines Fanatismus, den er auch nach der Bekehrung nicht verliert. Denn Saul hat eine schlechte Angewohnheit, die bei Anhängern von Offenbarungsreligionen häufig anzutreffen ist: Andersgläubige auszuschließen. In seinen Briefen läuft er so oft gegen die Tora, das jüdische Gesetz und die Beschneidung Sturm, daß der Leser dessen überdrüssig wird. Er wettert gegen die Juden – und dabei hatte er sich selbst einmal dazugerechnet! Ihre Tora könne die Welt nicht retten, so Saul. Gewiß, er muß so handeln, denn wenn er das Christentum nicht mit Gewalt der jüdischen Mutter entriß, würde er nichts bewirken. Die Nazarener wären nur eine Handvoll Sektierer, Anhänger eines gekreuzigten Propheten, der Verfolgung preisgegeben. Er bringt also die Gemeinde der Heiden – *seine* Gemeinde – dazu, die Tora und die Beschneidung zu verwerfen. In Wahrheit ist er es, nicht Petrus oder einer der anderen Apostel, der das Christentum entbindet und die Nabelschnur durchtrennt, die es mit dem Judentum verbindet.

Aber damit ist er auch der Urheber der großen religiös begründeten Ausgrenzungen und des Antijudaismus, der bis in unsere Zeit wütet. Seinem Erbe verdanken wir das Judenmassaker von Barcelona im Jahre 1391 oder die päpstliche Bulle von 1411, die den spanischen Juden das Studium des Talmud untersagte, oder auch die Zwangsbekehrung von einhundertfünfzigtausend spanischen Juden im Jahre 1492 und die Vertreibung der übrigen. Und noch weiter reicht dieses Erbe: Erst das Jahr 1992 soll, veranlaßt durch Juan Carlos, König von Spanien, die Außerkraftsetzung des Ediktes über die Vertreibung der Juden aus Spanien bringen! Fünf Jahrhunderte später! Zweifellos ist die Aufhebung symbolisch, aber es bedeutet auch, daß der Schatten des Ediktes so schwer lastete, daß der Monarch offiziell die Reue seines Landes verfügen muß. Und dabei habe ich nur von Spanien gesprochen: Der Antijudaismus in Frankreich, Deutschland, Rußland oder der modernen arabischen Welt steht dem in nichts nach (seltsamerweise waren die Muselmanen vergangener Jahrhunderte den Juden gegenüber sehr viel toleranter als die Christen ihrer Zeit oder ihre heutigen Nachfahren).

Wer wollte behaupten, daß in dieser Intoleranz auch nur der leiseste Widerhall der Treue zu jenem bewundernswerten Mann zu entdecken sei, der sich über Vorschriften, Verbote und Traditionen mokierte, der sagte, der Sabbat sei für die Menschen und nicht die Menschen für den Sabbat da, der sich nicht die Hände wusch, bevor er Speisen berührte, der am Sabbat Mais kochte, der sich mit den allgemein verachteten Zöllnern zu Tisch setzte, der sich von denselben Pharisäern einladen ließ, deren Denken er öffentlich anprangerte, der es sich bestimmt auch bei den Heiden gut schmecken ließ, der den Juden, für die die Samariter die hassenswertesten Leute überhaupt waren, das Gleichnis vom guten Samariter erzählte, kurz: der das völlige Gegenteil eines besessenen Fanatikers war? Hat Saul Jesus nun verraten oder nicht?
Ja, aber er hat ihn verraten, ohne es selbst zu wissen. Er war Opfer einer Passion, die sich bis zur eifersüchtigen Inbesitznahme steigerte.
Dennoch, und das ist ein anderes Leitmotiv meines Buches, sind die Argumente der christlichen Apologeten nicht in der Lage, Sauls Wende zu erklären: Diese Beschlagnahme läßt sich weder mit dem Glaubenseifer des angeblich über die Lebensgeschichte Jesu unterrichteten Jüngers noch mit der vom Heiligen Geist inspirierten missionarischen Inbrunst erklären, in denen die christliche Überlieferung offenbar die Gründe für Sauls Aktivitäten sieht. Der Heilige Geist kann nicht in zwei Richtungen zugleich wirksam sein: Er kann nicht Petrus und den Jerusalemer Rat dazu veranlassen, das Christentum in der Umarmung der Tora zu halten, und andererseits Saul dazu anstiften, sich daraus zu befreien. Wenn die Hüter der Überlieferung Wert darauf legen, daß der Heilige Geist respektiert wird, dann tun sie gut daran, will mir scheinen, ihn aus dieser Diskussion herauszuhalten.
Tatsächlich gibt es einen anderen Beweggrund für Sauls Handlungen.
Denn die Wende, und dies ist ein zentraler Punkt, findet noch vor der Begegnung mit Jesus statt: Sauls Entscheidung, sich dem Christentum anzuschließen, liegt zeitlich früher. Göttliche Erleuchtung auf dem Weg nach Damaskus? Die Tatbestände beweisen, daß dies weder in psychologischer noch in historischer Hinsicht plausibel scheint (vgl. meine Anmerkung zu diesem Problem). Auch der verstorbene Kardinal Jean Daniélou – der zu meinem Bedauern zu wenig gelesen wird, denn er war ein scharfsinniger und beschlagener Gelehrter, dazu gut zu lesen – muß seine Zweifel gehabt haben, denn in seiner Studie über *Les symboles chrétiens primitifs* (vgl. Bibl.) erinnert er daran, daß es

eine Überlieferung gibt, derzufolge Saul seinen Unterricht von den Dositheanern erhalten hatte, deren Gemeinde in Kochba oder Kokba lag nicht weit südwestlich von Damaskus. Daß Saul in dieser Gegend einen Anfall von Höhenkrankheit gehabt haben könnte, ist durchaus denkbar. Aber Höhenkrankheit hin oder her: Man macht aus ihm einen Mann ohne Charakter und Prinzipien, wenn man annimmt, er habe sich den Leuten angeschlossen, die er früher so erbittert gehaßt hatte und die ihn ihrerseits hassen mußten. Saul hatte keinerlei Befugnis, irgend jemanden in Damaskus zu verhaften. Damaskus stand unter der Herrschaft von Aretas IV., einem nabatäischen König, der einen solchen Übergriff auf seine Souveränität niemals geduldet hätte. Saul wußte das sehr wohl. Die offizielle Begründung für die Reise nach Syrien ist also eine Erfindung; nicht Damaskus war das Reiseziel, sondern ein Ort in der Nähe, und Saul reiste mit dem reiflich überdachten Vorsatz, dem Christentum beizutreten.

Um das Thema Damaskuserlebnis zu Ende zu bringen – und ohne mich auf das Gebiet der Theologie wagen zu wollen, was ich mir selbstverständlich untersagt habe –, so muß ich doch eines eingestehen: Ich kann mich nicht dazu entschließen, wirklich zu glauben, daß Gott das Schicksal der Menschheit für Jahrhunderte an eine solch absurde Episode geknüpft haben soll. Es gab Christenverfolger, die um einiges einflußreicher waren, als es Saul gewesen ist, und deren Bekehrung beträchtlich entscheidender für die Zukunft des Christentums gewesen wäre.

Ich glaube nicht mehr an Sauls göttliche Offenbarungsvision, denn sie hat mich auf Holzwege geführt. So hat er zum Beispiel den ersten Christen die unmittelbar bevorstehende Rückkunft Jesu verkündet, die Parusie, die einleuchtenderweise mit dem Ende der Zeiten einhergehen würde. Das ging so weit, daß seine Zuhörer allen gesunden Menschenverstand über Bord warfen und den Schluß zogen, der Weltuntergang stehe kurz bevor; daraufhin mußte er sie in ihrer panischen Angst wieder beruhigen und ihnen in rhetorischen Leerformeln zu verstehen geben, nein, all dies würde nicht sofort geschehen, sondern in nicht allzu ferner Zukunft. Zwanzig Jahrhunderte später ist der Kern von Sauls Botschaft widerlegt: Die Parusie hat nicht stattgefunden. Bei dieser Gelegenheit soll all den Lobeshymnen auf sein theologisches Genie ein Dämpfer aufgesetzt werden, wie es schon gewisse, in den Anmerkungen noch zu zitierende Exegeten getan haben. Saul war mehr Propagandist denn Theologe; seine Fortschritte verdankte er vor allem dem emotionalen Druck, den er auf die Jünger Jesu ausübte. Redegewandt reitet er endlos auf denselben Schlüsselthemen herum, und um sich überzeugender zu geben, stellt er sich als ein Nichts, ein Niemand vor, als ein Mann ohne Bedeutung, dem nur eine nicht nachprüfbare Tatsache, nämlich jene Mission, die ihm angeblich aufgetragen worden ist, Gewicht verleiht. Dies ist eine Technik, die man später bei zahlreichen anderen Gelegenheiten wiederfindet. Aber andererseits glänzt Saul nicht gerade mit hellenistischer Rhetorik oder der Gedankenlogik der Rabbiner.

Bleibt also noch zu definieren, was in Wahrheit tieferer Beweggrund und Ursache für Sauls Wandlung war. Das läßt sich indirekt rekonstruieren.

Bestimmendes Element für Sauls Handlungen, wie es sich aus der Apostelgeschichte herauslesen läßt, ist der Wille zur Macht. Dieser Wille drängt ihn, die Führung der jungen Kirche denen streitig zu machen, die doch alles Recht dazu hatten, sich als die Gründungsmitglieder zu betrachten. Und tatsächlich schienen die Apostel mit Ausnahme von Petrus, den Saul im übrigen als kleinmütigen Heuchler tituliert, in bezug auf Saul merkwürdig zurückhaltend zu sein. Man fragt sich, was aus Andreas geworden ist, aus Johannes und Jakobus, den Söhnen des Zebedäus, aus Matthäus und aus Judas, dem Sohn des Jakobus, aus Bartholomäus oder Nathanael, aus Simon dem Zeloten oder aus dem brillanten Thomas. Zumindest nach der Überlieferung haben doch auch sie mehr oder minder entfernte Regionen evangelisiert. Aber es ist Saul, der sich den Löwenanteil vorbehält, derselbe Saul, der – welch Paradox! – Jesu Kreuzigung in aller Seelenruhe mitangesehen hat!

Ein zweites Element ist die Zugehörigkeit Sauls zu einem Königshaus; er war einer von vielen, die Rom erst in Ungnade fallen ließ und dann vergaß. Rom also beherrscht Sauls Phantasie; ein Hinweis dafür sind seine ungewöhnlichen Freundschaften mit hohen Beamten des Kaiserreiches in Jerusalem und später in Korinth. Auch seine naiven und eitlen Anspielungen auf seine römische Bürgerschaft sind ein weiterer Beweis. Er strebt nach Rom, das ihm in seiner Jugend die Gunst versagt hat, nach Rom, wo seine Cousins zu Prinzen erzogen wurden, nach Rom, dem Zentrum der Macht und, wie für Camillus, den legendären Befreier Roms, das einzige Ziel seiner Begierden. Er hat den Ehrgeiz, vor den Kaiser zu treten – eine zweifelhafte Ehre –, um vom Obersten

Magistrat in dem von den Juden gegen ihn angestrengten Prozeß gerichtet zu werden. Am Hof des Potentaten, zu jener Zeit war es Nero, gab es damals schon Leute, die sich zum Judentum bekannten, wie zum Beispiel Poppäa, andere zum Christentum, etwa der Freigelassene Narzissus, ein Vertrauter des Nero (bedauerlicherweise wird ihn Agrippina noch vor der Ankunft des Apostels in den Selbstmord treiben, aber dieser wird offenbar gute Beziehungen zu »denen seines Hauses« pflegen). Wie soll man nicht annehmen, daß Saul davon träumte, den kaiserlichen Hof zu bekehren, und vielleicht sogar Nero selbst, wer weiß?
Ich für meinen Teil möchte also die Behauptung aufstellen, daß der Ehrgeiz für Saul die wichtigste Antriebskraft darstellte. Ihm war ein Königreich versagt geblieben, aber er fand sich nie damit ab und bastelte sich selbst ein Imperium zurecht. Er ahnte den unwiderruflichen Niedergang des politischen Judentums voraus, das heißt den Niedergang des Königreiches Davids, das Herodes der Große vorübergehend wieder aufgebaut hatte. Jener Herodes war als einziger in der Lage gewesen, den Römern die Stirn zu bieten und sie zur Zusammenarbeit zu zwingen. Seine Nachkommen aber waren nur noch unfähige Duodezfürsten, jeder Laune des Kaisers hilflos ausgeliefert. In Palästina gab es für Saul keine Zukunft. Er bemächtigte sich des christlichen Symbols, machte das Kreuz zum Schwert und nahm, um sein Ziel, die römische Welt, leichter zu erreichen, einen römischen Namen an. Dieser letzte Punkt ist die Erklärung dafür, weshalb ich diesen Nachfahren der Idumäer und Nabatäer nur bei seinem ursprünglichen Namen nenne, seinem wahren Namen: Saul. Derjenige Name übrigens, mit dem Jesus ihn anredet. Indem man diesen Namen gebraucht, macht man sich bewußt, daß Saul in Paulus immer gegenwärtig ist.
Und wer ist dieser geheime Saul? Vielleicht habe ich dazu beigetragen, ihn ans Tageslicht zu bringen. Auf jeden Fall war er ein Mensch, der von inneren Qualen und einer fixen Idee vorangetrieben wurde. Sein Gefühlsleben, bei den meisten Menschen der verräterischste Punkt, ließ ihm keinen Moment der Ruhe. Was wissen wir darüber? So gut wie überhaupt nichts. Er war sicher verheiratet, aber er spricht niemals von seiner Frau. Für ihn scheinen die Frauen dem Glauben im Wege zu stehen (denn er beschreibt die Qualen des Ehemannes, der zwischen seiner Frau und Jesus hin- und hergerissen wird – sicherlich eine traurige Figur), und er verurteilt Prostitution und Homosexualität. Aber zwei junge Männer, Timotheus und Onesimus, nehmen nach seinen ei-

genen Worten eine verwirrende Stellung in seinen Gedanken ein. Von letzterem sagt er auch, daß er seinem Herzen nahesteht und daß er ihn »im Fleische« geliebt habe! Merkt er denn nicht, wie ihn diese erstaunlich ungeschickte Formulierung verrät? Auch wenn seine Zärtlichkeit in väterliche Zuneigung umschlägt, kommt sie diesen beiden jungen Männern gegenüber in ganz besonderer Weise zum Ausdruck. Zum Beispiel geht er große Risiken ein, um Onesimus bei sich zu behalten, einen flüchtigen Sklaven, der einen Diebstahl begangen hat. Aber wie wir wissen, ist dieser Saul ein Mann voller unergründlicher Schatten. Ein Zufall, der Argwohn erwecken muß: Zur Zeit von Sauls Gefangenschaft in Rom brennt die Ewige Stadt. Dabei werden Zeugenberichten zufolge Menschen gesehen, die Fackeln in den Händen halten und damit das Feuer noch weiter verbreiten. Beunruhigender Zufall. Trotzdem wird der heidnische Glaube fortdauern, zumindest bis zu Julian, aber der Schatten des Kreuzes, dessen Symbolgehalt Saul verändert hat, wird unaufhörlich wachsen.
Wie in meinem ersten Roman, *Ein Mensch namens Jesus*, habe ich, ganz aus denselben Gründen, für die historische Rekonstruktion auf die Form des Romans zurückgegriffen. Obwohl das gewagt scheinen mag: Die ganze Apostelgeschichte ist eine Sammlung romanhafter Fragmente voller chronologischer Widersprüche, die den Experten wohlvertraut sind. Was Lukas bei seiner Überarbeitung nicht wußte, hat er rekonstruiert oder weggelassen; was er wußte, aber der Propaganda nicht dienlich war, das hat er zensiert oder abgeändert. In gewissem Sinne könnte man sagen, daß die Apostelgeschichte in vieler Hinsicht ein verfälschter Text ist. Es sei daran erinnert, daß die Form des Romans nicht unbedingt unerlaubte Freiheit bedeutet, im Gegenteil: Der Roman ist die Form, die der historischen Rekonstruktion am angemessensten ist, wenn es keine zuverlässigen Dokumente gibt. Und wenn gewisse Kritiker, ganz offensichtlich aus frommem Gehorsam, mir vorwerfen, daß ich mit *Ein Mensch namens Jesus* einen »Roman zusammenfabuliert« hätte, dann möchte ich sie fragen, ob nicht zum Beispiel bei Markus die Beschreibung, wie sich die Gräber während der Kreuzigung von Jesus öffnen und wie die Toten sich erheben und in Jerusalem herumspazieren, und all das während eines gleichermaßen fiktiven Erdbebens, ob nicht diese Beschreibung eines der hemmungslosesten Beispiele für das »Zusammenfabulieren« ist, dessen die Evangelisten sich schuldig gemacht haben.

In dem Roman *Ein Mann namens Saulus* wurde im Sinne der Bequemlichkeit des Lesers, wo immer es möglich war, die eingedeutschte Form der Namen bevorzugt, von denen einige hebräischen, andere griechischen oder lateinischen Ursprungs sind. Unser Saul heißt Shaoul auf hebräisch, Saulus auf Latein und Saulos auf griechisch; später wird er zu Paulus bzw. Paulos. In einer Zeit und einer Gegend, in der neben Latein auch Griechisch, Aramäisch und Hebräisch gesprochen wurde, konnte jemand im Laufe eines Gespräches mit vier oder fünf Versionen seines Namens angeredet werden, von den Rufnamen ganz zu schweigen. Die überlieferte deutsche Form schien am geeignetsten, um die gemeinte Person leicht kenntlich zu machen. Ab und zu finden sich im Text einige Ausnahmen, so etwa für den Cousin des Barnabas, Jokanaan, genannt Marcos, den ich unbedingt von dem gleichnamigen Evangelisten unterscheiden und außerdem daran erinnern wollte, daß *markos* das griechische Wort für »Hammer« ist, eine Anspielung also.

Paris, im September 1990

Stammbaum

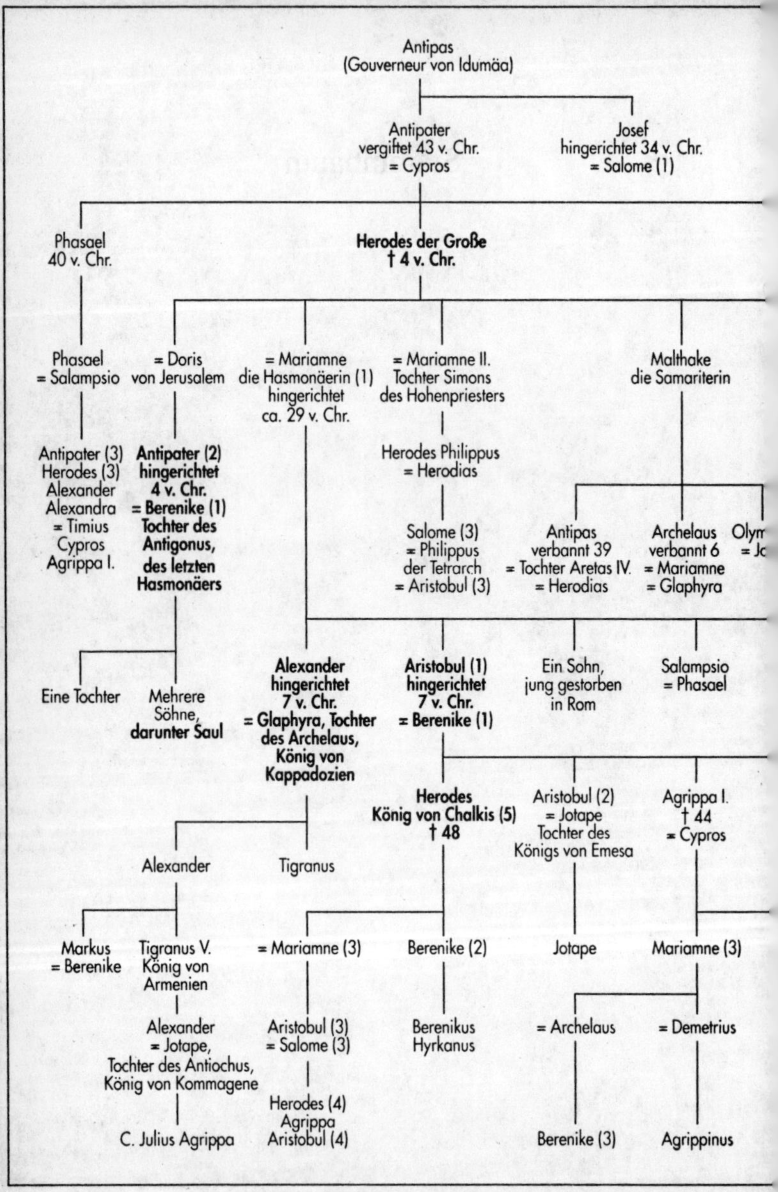
Antipas
(Gouverneur von Idumäa)
Antipater
vergiftet 43 v. Chr.
= Cypros
Josef
hingerichtet 34 v. Chr.
= Salome (1)
Phasael
40 v. Chr.
Herodes der Große
† 4 v. Chr.
Phasael
= Salampsio
= Doris
von Jerusalem
= Mariamne
die Hasmonäerin (1)
hingerichtet
ca. 29 v. Chr.
= Mariamne II.
Tochter Simons
des Hohenpriesters
Malthake
die Samariterin
Antipater (3)
Herodes (3)
Alexander
Alexandra
= Timius
Cypros
Agrippa I.
Antipater (2)
hingerichtet
4 v. Chr.
= Berenike (1)
Tochter des
Antigonus,
des letzten
Hasmonäers
Herodes Philippus
= Herodias
Salome (3)
= Philippus
der Tetrarch
= Aristobul (3)
Antipas
verbannt 39
= Tochter Aretas IV.
= Herodias
Archelaus
verbannt 6
= Mariamne
= Glaphyra
Olym
= Jo
Eine Tochter
Mehrere
Söhne,
darunter Saul
Alexander
hingerichtet
7 v. Chr.
= Glaphyra, Tochter
des Archelaus,
König von
Kappadozien
Aristobul (1)
hingerichtet
7 v. Chr.
= Berenike (1)
Ein Sohn,
jung gestorben
in Rom
Salampsio
= Phasael
Herodes
König von Chalkis (5)
† 48
Aristobul (2)
= Jotape
Tochter des
Königs von Emesa
Agrippa I.
† 44
= Cypros
Alexander
Tigranus
Markus
= Berenike
Tigranus V.
König von
Armenien
= Mariamne (3)
Berenike (2)
Jotape
Mariamne (3)
Alexander
= Jotape,
Tochter des Antiochus,
König von Kommagene
Aristobul (3)
= Salome (3)
Berenikus
Hyrkanus
= Archelaus
= Demetrius
Herodes (4)
Agrippa
Aristobul (4)
C. Julius Agrippa
Berenike (3)
Agrippinus

Die Dynastie der Herodier

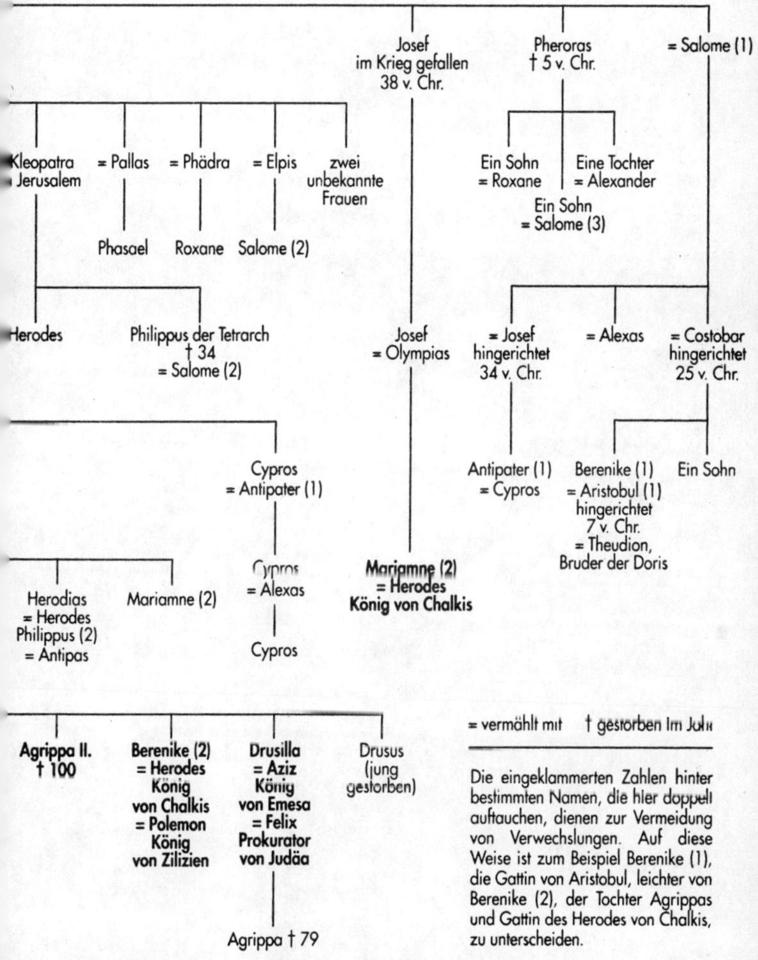

= vermählt mit † gestorben im Jahr

Die eingeklammerten Zahlen hinter bestimmten Namen, die hier doppelt auftauchen, dienen zur Vermeidung von Verwechslungen. Auf diese Weise ist zum Beispiel Berenike (1), die Gattin von Aristobul, leichter von Berenike (2), der Tochter Agrippas und Gattin des Herodes von Chalkis, zu unterscheiden.

Sauls Reisen

Die Beschreibung von Sauls Missionsreisen und deren Routen stellen keine historisch gesicherten Fakten dar, sondern sind Rekonstruktionsversuche, die sich auf die Apostelgeschichte des Lukas und die Briefe Sauls stützen. Aber die Briefe wurden später überarbeitet, und viele von ihnen sind nicht authentisch. Darüber hinaus stimmt die Apostelgeschichte nicht mit den Briefen überein, und ihre Glaubwürdigkeit ist nicht immer gesichert, da ihr Verfasser Lukas Saul nicht auf allen Reisen begleitet hat und zudem erwiesenermaßen dazu neigt, die Fakten zu manipulieren. Daher ist man nur zu oft auf Mutmaßungen angewiesen. So haben die Exegeten zum Beispiel Schwierigkeiten, eine mögliche Dauer von Sauls erstem Zilizienaufenthalt zu ermitteln (nachdem Saul um 35/37 Jerusalem verlassen hatte), die sowohl mit den Briefen als auch der Apostelgeschichte übereinstimmt. Nach der Apostelgeschichte hat dieser Aufenthalt etwa zehn Jahre gedauert, bis dann Barnabas Saul aufsuchte und ihn nach Antiochia in Syrien mitnahm. Aber zehn Jahre sind eine lange Zeit, und das führt zu der Frage, wie stark Sauls neuer Glaube gewesen sein mag. Tatsächlich haben wir keine Spur einer zehnjährigen Missionstätigkeit im Zilizien jener Zeit, also noch vor der ersten Missionsreise, und es ist schwer, sich Saul eine so lange Zeit untätig zu denken. Diese Schwierigkeiten könnten dazu verleiten, die im 2. Korintherbrief 11,23–27 beschriebenen Aktivitäten in diese Zeit zu verlegen. Aber diese Lösung hat etwas sehr Zufälliges. Nach dem aktuellen Quellenstand ist auch unmöglich feststellbar, was Saul nach seiner Bekehrung während seines langen Aufenthaltes in Arabien getan hat (theoretisch drei Jahre). Man weiß nur, daß dieser Aufenthalt vom missionarischen Standpunkt aus vollkommen unfruchtbar blieb. Aufgrund solcher Unwägbarkeiten (es gibt noch manch andere) wird verständlich, daß mehrere Theorien über Sauls Reiseroute existieren. Nach der gebräuchlichsten These ging die erste Reise Sauls, wenn wir nur ihre Hauptanlaufpunkte berücksichtigen, von Cäsarea nach Antiochia in Syrien und führte Saul über Zypern,

Antiochia in Pisidien, Ikonion, Lystra und Derbe. Die zweite Reise wäre dann von Antiochia in Syrien nach Cäsarea gegangen. Dabei wäre Saul über Syrien, Zilizien und Galatien gekommen und hätte Lystra bereist, die großen Städte Bithyniens, Troas, Philippi in Mazedonien, Thessalonich, Athen und Korinth (Ephesus hat er, scheint es, nicht erreicht). Nach seiner Einschiffung in Cäsarea und seiner Fahrt nach Jerusalem hätte Saul seine zweite Reise dann beendet und wäre nach Antiochia in Syrien, seiner Ausgangsbasis, zurückgekehrt. Die dritte Reise könnte Saul von Antiochia nach Galatien geführt haben, nach Ephesus, Kolossä, Hierapolis, Laodizea, noch einmal nach Ephesus und Korinth, Troas, Philippi und Milet. Diese dritte Reise endet in Jerusalem mit Sauls Verhaftung.
Die Schiffsreise von Cäsarea nach Rom mit dem Schiffbruch auf Malta zählt nicht zu den Missionsreisen.
Wir besitzen keine Hinweise auf einen Aufenthalt Sauls in Illyrien, wie ihn der Römerbrief beschreibt. Wir wissen auch nichts von einem Aufenthalt in Nikopolis, der in dem Hirtenbrief an Titus erwogen wird.

Anmerkungen

Erster Teil

1. Die Schlußfolgerung, der Apostel Saul – bekannt unter dem Namen Paulus von Tarsus – stamme aus dem Geschlecht der Herodier, also aus einer königlichen Familie, ergibt sich aus einer großen Anzahl Fakten; sie steht allerdings im formellen Widerspruch zur Überlieferung, die von einer jüdischen Abstammung ausgeht.

a) Die Beteuerungen aus Sauls Mund, er sei jüdischer Abstammung, sind sicherlich zahlreich: »Sie sind Hebräer – ich auch! Sie sind Israeliten – ich auch! Sie sind Abrahams Kinder – ich auch!« (2. Kor 11,22); »...der ich am achten Tag beschnitten bin, aus dem Volk Israel, vom Stamm Benjamin, ein Hebräer von Hebräern, nach dem Gesetz ein Pharisäer« (Phil 3,5). Und an anderer Stelle: »Ich bin ein jüdischer Mann, geboren in Tarsus in Zilizien, aufgewachsen aber in dieser Stadt und mit aller Sorgfalt unterwiesen im väterlichen Gesetz zu Füßen Gamaliels...« (Apg 22,3). Gamaliel war ein berühmter Rechtsgelehrter. Auf die römische Staatsbürgerschaft erhebt Saul qua Geburtsrecht Anspruch; als die Römer ihn in Jerusalem festnehmen und ihm mit Auspeitschung drohen, da erinnert er den Zenturio daran, daß ein römischer Bürger nicht ausgepeitscht werden darf, womit er recht hat. Der vom Zenturio benachrichtigte Tribun fragt Saul aus: »Sage mir, bist du römischer Bürger? Er aber sprach: Ja. Da sagte der Oberst: Ich habe dies Bürgerrecht für viel Geld erworben. Paulus aber sprach: Ich aber bin schon als römischer Bürger geboren« (Apg 22,27–28). Unser Saul hier ist also ein Jude, ein römischer Bürger aus Tarsus. Bis dahin ist das Ganze noch glaubwürdig, abgesehen von dem zweideutigen Nebeneinander der Aussage »unterwiesen zu Füßen Gamaliels« mit der tarsischen Herkunft. Gamaliel unterrichtete nämlich in Jerusalem – aber lassen wir diesen letzten Punkt vorerst auf sich beruhen. Saul verliert über seinen Vater niemals ein Wort, dabei brüstet er sich doch mit seiner römischen Staatsbürgerschaft, die er ganz bestimmt dem Vater zu verdanken hat, genauso wie er sich damit brüstet, aus Tarsus zu stammen. Dennoch muß ihn dieser Vater nach Jerusalem geschickt haben, damit er bei dem berühmtesten Rechtsgelehrten seiner Zeit studieren konnte, bei Gamaliel I., den man auch Gamaliel den Älteren nennt. Das ist ähnlich unwahrscheinlich wie das Nebeneinander von römischer Staatsbürgerschaft und Judentum, aber auch auf diesen Punkt wollen wir erst später näher eingehen.

b) Auf den ersten Blick wird diese Version von Sauls tarsischer Abstammung von niemandem bestritten, außer von Hieronymus. In seinem Katalog der christlichen Autoren der ersten fünf Jahrhunderte *De viris illustribus* schreibt er: »Der Apostel Paulus, den man früher Saul nannte, kann nicht zu den zwölf Aposteln gezählt werden. Er war vom Stamme Benjamin und stammte aus der Stadt Giscalda in Judäa. Als diese von den Römern eingenommen wurde, emigrierte er mit seinen Eltern nach Tarsus in Zilizien und wurde später von ihnen nach Jerusalem geschickt, um das Gesetz zu studieren, und er wurde von Gamaliel unterrichtet, einem sehr weisen Mann, wie Lukas berichtet« (Hieronymus, *Ausgewählte Schriften*, vgl. Bibl.).

Hieronymus widerspricht also in aller Form sowohl Lukas als auch Saul: Letzterer stamme nicht ursprünglich aus Tarsus; er soll dorthin »emigriert« sein. Hieronymus muß einen Grund gehabt haben, den beiden Aposteln auf diese Weise zu widersprechen. Unglücklicherweise ist sein Zeugnis nicht vollständig und weist an drei Punkten schwerwiegende Mängel auf; der erste ist die benjaminitische Abstammung, die im ersten Jahrhundert keinen Sinn mehr hat (s. dazu weiter unten in dieser Anmerkung); der zweite Punkt ist die »Emigration« von Sauls mysteriösen Eltern. Wenn sie nämlich zu dem Zeitpunkt, als die Stadt von den Römern eingenommen wurde, beide Bürger von Giscalda waren, dann wären sie als Gefangene angesehen worden, und es hätte ihnen sicherlich nicht freigestanden, ungehindert auszuwandern; sie wären verschleppt worden, und in diesem Fall gewiß nicht nach Tarsus, einer freien und berühmten Stadt: Stalin hat die Tataren ja auch nicht nach Monte Carlo deportieren lassen. Ganz offensichtlich versucht Hieronymus, den Widerspruch zwischen Sauls angeblich jüdischer Abstammung und seiner römischen Staatsbürgerschaft aufzulösen. Es gelingt ihm nicht; was bleibt, ist die Bestätigung, daß Saul nicht tarsischer Abstammung war.

Im neunten Jahrhundert jedoch greift Photius, der Patriarch von Konstantinopel, die Gedanken von Hieronymus wieder auf, allerdings wird der Tonfall bestimmter: »Paulus hatte über seine leiblichen Vorfahren

Giscalda als Vaterland... Nach der römischen Eroberung wurden seine Eltern, wie die meisten Einwohner, nach Tarsus in die Gefangenschaft geführt.« (*Ad Amphilocium*, CXVI, zitiert nach Ambelain, vgl. Bibl.) Photius denkt hier ganz offensichtlich an eine Deportation, ohne Zweifel war er mangelhaft informiert; Tarsus war eine freie Stadt, über die die Römer keine Macht ausüben konnten.
Die beiden Beispiele zeigen, daß diese Verknüpfung von Judentum und der doppelten Staatsbürgerschaft – der römischen und der tarsischen –, die heute von den meisten Autoren vorbehaltlos übernommen wird, schon zu einem frühen Zeitpunkt nicht glaubwürdig war. Die ersten christlichen Autoren »korrigieren« also, während man heutzutage die Texte nicht zurechtstutzt, um sie vorgefaßten Überzeugungen anzupassen; das beweisen die verschiedenen Versionen der Evangelien und die an ihnen vorgenommenen beträchtlichen Änderungen, die die Exegeten unserer Zeit ans Tageslicht gebracht haben. Die Ebionisten, jüdische Anhänger von Jesus, die sich in Syrien niedergelassen und, wie man annimmt, im zweiten Jahrhundert eine eigene Sekte gegründet hatten, verweigerten Saul aus diesem Grund sogar die Anerkennung; ihre Schriften sind natürlich verschwunden, ein Schicksal, das sie mit vielen Schriften teilen, die nicht der Überlieferung der Urkirche entsprachen; heute wissen wir von ihnen nur aufgrund der Streitschriften, die von denjenigen Autoren, die diese Überlieferung vertraten, gegen sie verfaßt worden sind: Eusebius, Origenes und vor allem Epiphanius von Salamis. Letzterer schreibt im vierten Jahrhundert in seiner *Contra Haereses*: »Außerdem schämen sie sich nicht, an dieser Stelle Paulus mit Hilfe gewisser falscher Erfindungen der Niedertracht und des Betruges an ihren falschen Aposteln zu beschuldigen. Sie sagen, daß er ein Tarse gewesen ist – was er selbst bestätigt und was er nicht leugnet. Aber sie unterstellen, daß er einen griechischen Stammvater gehabt haben soll, wobei sie sich auf den Abschnitt berufen, da er sagt: Ich bin aus Tarsus, Bürger einer Stadt, die die schlechteste nicht ist. Weiter behaupten sie, daß er ein Grieche gewesen ist, Sohn eines griechischen Vaters und einer ebensolchen Mutter, aber daß er nach Jerusalem gegangen ist, sich dort eine Weile aufgehalten hat und daß er die Tochter des Hohenpriesters hat zur Frau nehmen wollen. Er war also ein Proselyt geworden, und man hatte ihn beschnitten. Aber weil er ein Mädchen dieses Standes nicht haben konnte, ereiferte er sich und schrieb gegen die Beschneidung und den Sabbat und das Gesetz.« (*Panarion*,

I,II; 16,8, vgl. Bibl.) Bei dieser Gelegenheit sei die Bemerkung erlaubt, daß die Ebioniten nicht ganz unrecht hatten; daß Saul ein Grieche gewesen sein müsse, schlossen sie aus einer Tatsache, die sich nicht widerlegen läßt, nämlich, daß er sich an die hellenisierten Juden gewandt hat: Bis heute ist dies Anlaß für die unterschiedlichsten Erklärungsversuche. Diese – zweifellos häretische – Sekte, die sich nach dem hadrianischen Edikt im Jahre 135 konstituiert hatte, ist sehr viel eher als ihre Nachfolger in der Lage zu beurteilen, wie äußerst seltsam Sauls gleichzeitige Zugehörigkeit zum Judentum und seine tarsische Staatsbürgerschaft wirken mußten. Dies war ungefähr so abwegig und unwahrscheinlich, wie uns heute ein Benediktinermönch vorkommen müßte, der aus der Sowjetunion stammt und der Abt eines spanischen Klosters wird.
Ungeachtet der Aversionen, die ihnen die christliche Überlieferung entgegenbringt, waren die Ebioniter mindestens ebensogut wie der Rest ihrer Zeitgenossen über die sozialen und juristischen Tatsachen ihrer Zeit unterrichtet; in jedem Fall wußten sie, daß es unmöglich war, in Tarsus, dessen Status seit Anfang des ersten bis Mitte des zweiten Jahrhunderts unverändert blieb, zugleich Jude, römischer Bürger und tarsischer Bürger zu sein. In der Hauptstadt von Zilizien wurde der Rang eines römischen Bürgers nur demjenigen gewährt, der von einem gewissen Stand, also entsprechend wohlhabend war, das heißt, der eine Ahnenreihe, eine *phyla* nachweisen konnte und daher verpflichtet war, an gewissen heidnischen Kulthandlungen teilzunehmen. Man konnte nur als Heide gleichzeitig römischer und tarsischer Bürger sein. Die Ebioniter, die Sauls wahrer Abstammung nicht wirklich auf der Spur waren, zogen daraus die logische Schlußfolgerung, daß er ein Grieche und Heide gewesen sein muß.
Saul, dessen Publikum aus Nichtjuden besteht, aus Leuten also, die mit der Wirklichkeit der jüdischen Welt schlecht vertraut sind, begeht darüber hinaus einen verräterischen Fehler: Um seine angeblich jüdische Abstammung zu untermauern, behauptet er zweimal, er sei vom Stamme Benjamin (Röm 11,1 und Phil 3,5). Aber das macht keinen Sinn, denn so schreibt Hyam Maccoby in *Paul et l'invention du Christianisme* (vgl. Bibl.): »...für jeden beliebigen Juden jener Zeit war es abenteuerlich, auch nur einigermaßen glaubwürdig zu versichern, dem Stamm Benjamin anzugehören. Obzwar ein Teil des Volkes Benjamin nach der Deportation der Zehn Stämme durch Salmanassar von Assyrien in Palästina überlebte, mischten sich später die Benjaminiten mit

dem Stamm Juda durch Einheiraten in einem Maße, daß sie ihre eigenständige Identität verloren und alle zu Judäern, zu Juden wurden... Da die Unterscheidung zwischen Judäern und Benjaminitern keinerlei religiöse Bedeutung hatte, gab es keinen Grund mehr, sie aufrechtzuerhalten.« Maccoby zieht daraus den Schluß, daß dieser Anspruch auf eine benjaminitische Abstammung eine reine Finte gewesen sein muß. Alle Anzeichen deuten darauf hin, daß dies wirklich der Fall war; dieser Punkt verrät eine völlige Unkenntnis jüdischer Angelegenheiten.

Über die benjaminitische Abstammung hinaus ist Sauls jüdische Abstammung überhaupt zweifelhaft, was der Apostel selbst in den folgenden Zeilen belegt:

»Denn obwohl ich frei bin von jedermann, habe ich doch mich selbst jedermann zum Knecht gemacht, damit ich möglichst viele gewinne. Den Juden bin ich wie ein Jude geworden, damit ich die Juden gewinne. Denen, die unter dem Gesetz sind, bin ich wie einer unter dem Gesetz geworden – obwohl ich selbst nicht unter dem Gesetz bin –, damit ich die, die unter dem Gesetz sind, gewinne. Denen, die ohne Gesetz sind, bin ich wie einer ohne Gesetz geworden – obwohl ich doch nicht ohne Gesetz bin vor Gott, sondern bin in dem Gesetz Christi –, damit ich die, die ohne Gesetz sind, gewinne« (1. Kor 9,19–21).

Dies Bekenntnis ist deutlich; und wenn es schon Verdacht erregte, daß ein Jude sich eine so windige Abstammung wie die benjaminitische zulegte, dann wird auch klar, was es mit Sauls anderweitigen Beteuerungen, er sei Jude, auf sich hat; später werden wir sehen, daß sie dazu dienen sollten, ihm eine gute Position in der Gemeinde der ersten Christen zu verschaffen, die ausschließlich aus Juden zusammengesetzt war. Als Heide hätte ihm nur ein zweitrangiger Platz gebührt.

Trotzdem konnte sich Saul nicht von einem Tag zum andern als Jude ausgeben, es sei denn, er hätte sich bekehren lassen; und in diesem Fall wäre seine Position in Palästina, im Herzen der jüdischen Glaubensgemeinschaft, in der Stadt des Tempels, widersprüchlich, ja sogar unhaltbar gewesen, wenn er seiner römischen Staatsbürgerschaft nicht abgeschworen oder sie zumindest verheimlicht hätte. Wenn es auch Römer gab, die sich zum Judentum bekannten, so war das in Rom selbst, und in diesem Fall riskierte der Durchschnittsbürger das Exil, wie unter Tiberius; bei Personen von hohem Rang und Namen wurde das Bekenntnis zum Judentum zumeist als eine exzentrische Laune von Müßiggängern abgetan. Man darf schließlich nicht vergessen, daß die römische

Staatsbürgerschaft zwangsläufig mit dem Glauben an die römischen Götter einherging, andernfalls lief man Gefahr, wegen Meineides angeklagt zu werden. Saul in Palästina hat nur deshalb auf zwei Hochzeiten tanzen können, weil er, wie wir später sehen werden, aus einer hochgestellten Familie stammte.
Das Bekenntnis aus dem Korintherbrief liefert den unzweideutigen Beweis: Saul gab sich als Jude aus, obwohl er keiner war, zumindest nicht im herkömmlichen, geläufigen Sinne des Wortes. Trotzdem ließe sich nur in völliger Unkenntnis der öffentlichen religiösen Moral im Judäa jener Zeit annehmen, daß es Saul möglich gewesen sein sollte, sich als Jude auszugeben, noch dazu als Jude von Geburt, wenn nicht trotz seiner römischen Staatsbürgerschaft ein Tropfen jüdisches Blut in seinen Adern geflossen wäre, oder wenn er nicht in aller Form konvertiert wäre.
Zu Lebzeiten Jesu war Jerusalem eine kleine Stadt. Joachim Jeremias schätzt in *Jerusalem zur Zeit Jesu* (S. 30, vgl. Bibl.) die Bevölkerung auf etwa fünfundzwanzigtausend Menschen zu normalen Zeiten. Selbst wenn seine Zahl um die Hälfte zu niedrig angesetzt sein sollte, war es eine Kleinstadt, wo jeder jeden kannte. Saul muß ganz offensichtlich eine längere Zeit dort verbracht haben, wie die chronologische Rekonstruktion seiner Biographie später zeigen wird, und er konnte nicht einfach irgend etwas über seine Herkunft, zumindest nicht über seinen momentanen Status, zusammenfabulieren, wie in den Briefen an die Städte, wo man ihn nicht kannte: Rom, Korinth, Galata, Ephesus, Philippi, Kolossä, Thessalonich. Irgendwann muß er also eine jüdische Identität angenommen haben.
Auf jeden Fall ist seine Situation eine Ausnahme, denn er erhebt Anspruch auf zwei zumindest entgegengesetzte Bürgerschaften für seine Person, ähnlich wie das Tier aus der Fabel, das von sich sagt: »Ich bin ein Vogel, schaut doch meine Flügel an, ich bin eine Maus, schaut doch meine Zähne an.« Bedeutend wird diese Ausnahme dadurch, daß es sich hier um den »Erfinder« des Christentums handelt.
Bis heute hat niemand das Rätsel von Sauls doppeltem und in sich widersprüchlichen Status gelöst. Wie viel auch immer auf das Konto der Kopisten gehen mag, wie vieler Erfindungen sie sich im Laufe der Jahrhunderte schuldig gemacht haben mögen, als sie diese Texte abschrieben, die heute die christliche Überlieferung darstellen: Man kann ihnen unmöglich vorwerfen, daß sie diese Geschichte mit dem doppelten

Status in allen Teilen erfunden haben sollen. Jene Kopisten mögen ungebildet und servil gewesen sein, sie mögen es in der Kunst des Auslassens kompromittierender Passagen zur Meisterschaft gebracht haben – Meister der Erfindung waren sie gewißlich nicht, ganz besonders nicht von Tatbeständen, die zum Widerspruch geradezu herausforderten wie dieser doppelte und rätselhafte Status dessen, der das Christentum erfunden hat; und die Kirchenväter haben darüber großzügig hinweggesehen, wie man sich denken kann.
Es bleibt also nichts anderes übrig, als wieder bei Null anzufangen, die Möglichkeit eines solchen Status näher ins Auge zu fassen und jedes Element – die Bürgerschaft von Tarsus einerseits und die Zugehörigkeit zum Judentum andererseits – für sich genommen zu betrachten, um dann beide Elemente im Zusammenhang zu analysieren.
Drei Beobachtungen rücken in den Vordergrund. Der erste Punkt bezieht sich auf die römische Bürgerschaft, auf die Saul offensichtlich so stolz war. Sollte Hieronymus recht gehabt haben, dann deportierten die Römer Sauls Familie von Giscalda nach Tarsus; das heißt, sie galten als Sklaven des Imperiums, und man hatte ihnen Ketten angelegt, von denen eine verräterische Narbe am Hals zurückbleibt; wer eine solche Narbe trug, dem war die *civitas romana* strikt verwehrt aufgrund des Edikts von Augustus über die Sklaven und Freigelassenen (Sueton, *Leben der Cäsaren*, »Augustus«, 40, vgl. Bibl.). Daraus folgt, daß Saul entweder kein römischer Bürger war oder daß Hieronymus sich irrt. Sauls römische Staatsbürgerschaft ist an zahlreichen Stellen belegt, wenn man nicht die gesamte Apostelgeschichte und die Briefe als von Anfang bis Ende erfunden ansehen will. Wie wir aber später noch sehen werden, hat Hieronymus trotz allem nicht ganz unrecht, wenn er Saul eine Abstammung aus Tarsus ausdrücklich abspricht.
Zweitens scheint es mehr als zweifelhaft, daß Sauls Eltern den Knaben zum Studium nach Jerusalem geschickt haben sollen, ohne ihn dorthin zu begleiten, wie Hieronymus zu verstehen gibt, und das um so mehr als – und das ist der dritte Punkt – der Rabbiner Gamaliel der Ältere, ein berühmter Theologe, weder eine Schule für Anfänger noch eine Lehranstalt für ältere Schüler unterhielt; wie Hyam Maccoby anmerkt (Maccoby, vgl. Bibl.), nahm Gamaliel ausschließlich Studenten an, »die schon eine solide Grundausbildung genossen hatten und in der Lage waren, ihr Wissen selbständig anderen zu vermitteln«.
Aus dem Vorangegangenen folgt, daß Saul sich wohl im Besitz der rö-

mischen Staatsbürgerschaft befand, daß er sie aber mit Sicherheit nicht der Tatsache verdankte, daß seine Eltern Bürger von Tarsus waren, daß er selbst aller Wahrscheinlichkeit nach nicht aus Tarsus stammte und in seiner Jugend nicht von Gamaliel unterrichtet wurde, ein Punkt, den wir, wie bereits erwähnt, später noch einmal näher untersuchen wollen.

Weshalb behauptet Saul, er stamme aus Tarsus? Weil Tarsus, die hochangesehene zilizische Stadt, im Jahre 172 vor unserer Zeitrechnung den Titel einer freien Stadt erhalten hatte. Alle Neuankömmlinge hatten dort das Bürgerrecht; das war eine allseits bekannte Tatsache in der antiken Welt und vielleicht spielt Hieronymus darauf an: In Ermangelung von Sauls Eltern sollen es seine Vorfahren gewesen sein, die sich in Tarsus niedergelassen haben. Fehler: Der Monarch, der der Stadt das Privileg gewährt hatte, war kein anderer als Antiochius IV. Epiphanius, ein wilder Judenhasser, der das Judentum in allen Gebieten, auf die sich seine Macht erstreckte, zu unterdrücken versuchte. Noch ein Grund, weshalb Saul nicht zugleich Jude und aus einer tarsischen Familie sein konnte, zumindest nicht aus einer alten Familie.

Als Belohnung an die Bewohner von Tarsus für die Hilfe im Kampf gegen Piraten, die sich nach Zilizien, römische Provinz seit 100 v. Chr., geflüchtet hatten, erklärte Pompeius Tarsus per Dekret zu einer römischen Stadt; das bedeutete, daß die Einwohner mit festem Wohnsitz, die über einen gewissen Besitz verfügten, in den Genuß des römischen Bürgerrechts kamen.

Aber waren Juden dort wirklich vollwertige römische Bürger? In seiner *Römischen Geschichte* (vgl. Bibl.) ist Theodor Mommsen anderer Ansicht: Wegen der Steuer für den Unterhalt des Tempels waren sie der römischen Kopfsteuer enthoben, auch mußten sie keinen Militärdienst leisten, außer wenn sie deportiert wurden. Selbst wenn Saul wirklich aus Tarsus stammen sollte, so hätten weder sein Vater noch er selbst denselben Status gehabt wie ein heidnischer Patrizier.

c) Noch ein weiterer Punkt gibt dazu Anlaß, die These zu verwerfen, Saul sei pharisäischer Jude, Tarse und römischer Bürger zugleich gewesen. Das ist die Passage aus der Apostelgeschichte (Apg 13,1), die folgendermaßen lautet: »Es waren aber in Antiochia in der Gemeinde Propheten und Lehrer, nämlich Barnabas und Simeon, genannt Niger, und Luzius von Zyrene und Manaën, der mit dem Landesfürsten Herodes erzogen worden war, und Saulus.« Die Überlieferung fügt ein

Komma zwischen »der mit dem Landesfürsten Herodes erzogen worden war« und die Worte »und Saulus«. Dagegen findet sich im griechischen Text kein Satzzeichen. Wie Robert Ambelain in *La vie secrète de saint Paul* (vgl. Bibl.) zu Recht anmerkt, mußten die Verfasser der Antike ihre Sätze derart konstruieren, daß keine Doppeldeutigkeiten entstanden. Aber an dieser Stelle gibt es zwei Lesarten. Ambelain, dessen Interpretation bei einigen Altphilologen auf Widerstand stieß (mit dem Argument, daß die Deklination »Saulos« eine Inzision, einen eigenständigen Teilsatz, impliziere, der ein Komma rechtfertige), weist darauf hin, daß in einem ähnlichen Fall (MK 6,3) ohne Inzision übersetzt wird: »...der Bruder des Jakobus, des Josephus, des Judas und Simon.«
Daraus würde folgen, daß Saul gemeinsam mit Manaën (oder Menahem) und dem Tetrarchen Herodes erzogen wurde; in diesem Fall wäre die Herkunft aus Tarsus völlig ausgeschlossen, denn keiner der Herodier, die später Tetrarchen wurden, stammte aus Tarsus: weder Herodes Antipas noch Herodes Agrippa I. noch Herodes Agrippa II.
Um das Gesagte noch einmal kurz zusammenzufassen: Hieronymus schließt aus, daß Saul aus Tarsus stammt; historisch gesehen sind Sauls pharisäisches Judentum und seine römische Staatsbürgerschaft (nur dank seiner Herkunft aus Tarsus) schwerlich vereinbar; eine Einflußnahme Gamaliels auf den jungen Saul scheint ausgeschlossen; eine korrekte Lektüre der oben angegebenen Stelle aus der Apostelgeschichte läßt vermuten, daß Saul mit dem Tetrarchen Herodes zusammen erzogen worden ist. Es gibt genug Beweise, daß hier hinzuerfunden wurde; nur daß Saul römischer Bürger war, wie es die Apostelgeschichte belegt, steht fest.

d) Und dennoch, Saul spielt ein doppeltes Spiel: Einerseits erhebt er Anspruch auf die römische Staatsbürgerschaft, andererseits schwingt er den römischen Göttern gegenüber öffentlich blasphemische Reden: »...als ihr Gott noch nicht kanntet, dientet ihr denen, die in Wahrheit nicht Götter sind« (Gal 4,8), oder: »...was man da opfert, das opfert man den bösen Geistern und nicht Gott« (1. Kor 10,20). Für einen römischen Bürger könnten solche Worte das Todesurteil bedeuten, denn die relativ tolerante Haltung Roms gegenüber fremden Religionen hieß nicht, daß man die Götter des Kaiserreiches beleidigen durfte.
Aber diese Aussagen erfolgen erst spät. Sie fallen in den zweiten Abschnitt von Sauls öffentlichem Leben; sie stellen nicht seine römische

Staatsbürgerschaft in Frage; sie sind Ausdruck einer inneren Wende, die das Thema dieses Buches ist.
Und wohlgemerkt, auch wenn man eine tarsische Abstammung Sauls zurückweisen muß, wie sie von der Apostelgeschichte und den Paulusbriefen dargestellt wird und wie sie die christliche exegetische Überlieferung fortgeführt hat, so ist es dennoch durchaus möglich, daß Saul eine Bindung an Tarsus hatte. Diese berühmte Stadt, eine der größten Ziliziens und damals eine der angesehensten Städte des Orients, steht ganz eindeutig unter stark hellenistischem Einfluß, und die gesamte Ausrichtung von Sauls Predigten ist von hellenistischem Gedankengut geprägt: Indem er sich vornehmlich an die hellenisierten Juden wendet, verrät er ständig seine zutiefst hellenistische Prägung. Tarsus ist der Ort, wo Barnabas nach Saul suchen wird (Apg 11,25), aber das betrifft den erwachsenen Saul, jenen Saul – darauf verweisen die Texte und ihre Analyse – der schon Reisen unternommen hatte; jedenfalls war er schon in Jerusalem gewesen. War Tarsus trotz allem sein Geburtsort? Eine andere Passage der Apostelgeschichte gibt Anlaß zu Zweifeln, beinahe ist es schon ein Lapsus: »Ihr wißt, wie ich mich vom ersten Tag an, als ich in die Provinz Asien gekommen bin, die ganze Zeit bei euch verhalten habe« (Apg 20,18), sagte er zu den Ältesten von Ephesus. Er ist also nicht in Asien geboren. Und er bekräftigt dies, als er den Galatern einen Überblick über sein Leben gibt: »Danach kam ich in die Länder Syrien und Zilizien« (Gal 1,21).
Saul hat also, ohne aus Tarsus gebürtig zu sein, dennoch eine Verbindung zu dieser Stadt. Die Apostelgeschichte bewahrt rätselhaftes Schweigen über die Gründe, weshalb Barnabas ihn dort suchen geht. Wenn man dem Wortlaut glauben soll (Apg 9,29–30), dann haben die »Brüder« ihn selbst dorthin geschickt, weil er die hellenisierten Juden im Laufe seiner Gespräche so außer sich gebracht hatte, daß sie drohten, ihn zu töten; es wird allerdings nicht gesagt, weshalb nicht auch Petrus um sein Leben bangen mußte. Eins ist immerhin wahrscheinlich: Die ersten Jünger schicken Saul nach Tarsus, weil er diese Stadt bereits kennt und dort wohl am ehesten Unterschlupf finden wird.
Aber übergehen wir diesen Punkt nicht zu schnell: Seine Worte in Ephesus stellen ihn als Fremden in Kappadozien, Zilizien, ja in ganz Kleinasien dar.
Außerdem ist zu beachten: Wenn Zilizien als zeitweiliges Exil für Saul bestimmt wird, hat das einen besonderen Beigeschmack. Aus Zilizien

stammten die Juden, die sich den Predigten des Stephanus widersetzten (Apg 6,9). Diese Juden waren in die Intrige verstrickt, die zur Verurteilung und dann zur Steinigung des Stephanus führte, an der Saul vor seiner Bekehrung mitwirkte – was er selbst zugibt. Folglich geschah etwas Unerhörtes: Sauls »Brüder« sollen wirklich dreist genug gewesen sein, ihn in die Höhle des Löwen zu schicken! Wird Saul dort also, diesmal als Parteigänger von Stephanus, das heißt als ein Verräter, auf dieselben Juden stoßen, die Stephanus auf dem Gewissen haben? Und muß man tatsächlich annehmen, daß die »Brüder« Saul ins Messer haben laufen lassen? Was jedoch am wahrscheinlichsten ist: Zilizien war zu diesem Zeitpunkt nicht mehr gefährlich und die Juden dort nicht mehr unversöhnliche Feinde von Stephanus – oder sie waren es nie gewesen.

Saul ist, oder sagt er sei, Zeltmacher (Apg 18,3). Das allerdings ist ein Handwerk, das nur in Gebieten von Viehzüchtern oder Nomaden lohnend ist, und außerdem ist es ein Handwerk für Sklaven, Frauen und arme Leute. Andererseits gilt Saul, wie wir später noch sehen werden, als wohlhabend genug, um einen römischen Prokurator bestechen zu können. Es ist unwahrscheinlich, daß seine Lebensgrundlage das Zeltmacherhandwerk gewesen sein soll. Wenn er aber doch mit Zilizien vertraut ist, wo ja auch Nomaden leben, dann könnte es stimmen, daß Saul sich auf die Zeltmacherei verstand. Jedenfalls muß man seine römische Staatsbürgerschaft von seinen Bindungen an Tarsus trennen.

e) Wer also ist Saul? Auch wenn man von der obigen Interpretation der Passage aus der Apostelgeschichte absieht, so wird das Bild des einfachen Juden aus Tarsus, als der Saul sich ausgibt, doch von drei wichtigen Fakten gestört. Zunächst machen die höchsten römischen Funktionäre großes Aufhebens um ihn. So etwa in Korinth: Als die orthodoxen Juden, die über Sauls schismatische Reden außer sich sind, ihn festnehmen lassen wollen, da läßt Gallio – der Prokonsul der Provinz Achaia mit Amtssitz in Korinth, niemand Geringerer als der leibliche Bruder des Seneca und Berater von Nero – die Juden von Amts wegen aus der Präfektur werfen, und das zu einer Zeit, als Claudius gerade drakonische antisemitische Maßnahmen eingeleitet hat und alle Juden aus Rom vertreiben läßt. War Gallio etwa ein großherziger Mann? Nein, denn unmittelbar darauf läßt er vor versammeltem Gericht zu, daß Sosthenes zusammengeschlagen wird, der Vorsteher der Synagoge, den Paulus bekehrt hatte (Apg 18,17). Später, in Jerusalem ergreifen die Tempelleviten Saul, den sie beschuldigen, den heiligen Ort entweiht zu haben, weil er angeblich einem Nichtjuden, Trophimus aus Ephesus, Zutritt verschafft hat. (Im übrigen eine recht zweifelhafte Angelegenheit, denn den Nichtjuden war es gestattet, sich im Tempelbereich aufzuhalten, sofern sie nicht die Schranke im Hof der Heiden passierten; die wahrscheinlichere Erklärung ist wohl die, daß die Leviten es auf Saul selbst als einen Nichtjuden abgesehen hatten). Sie machen sich also daran, ihn zu steinigen, als die Angelegenheit Oberst Claudius Lysias zu Ohren kommt, Befehlshaber der Kohorten und Gouverneur der Burg Antonia neben dem Tempel; er eilt persönlich herbei, begleitet von einigen Zenturionen und ihren Leuten, also einige Zenturien, ein paar hundert Männer. Es kommt noch besser. Der Oberst gibt Saul die Erlaubnis, der Menge sein Damaskuserlebnis zu berichten, und all das ganz offen unter dem Schutz der römischen Armee (Apg 21,27–23,10). Man kann sich über die Fürsorglichkeit des Befehlshabers nur wundern, der »befürchtete, sie könnten Paulus zerreißen« und der deshalb seine Soldaten hinabgehen ließ »und Paulus ihnen entreißen und in die Burg führen« (Apg 23,10). Jesus hatte man nie solche Vergünstigungen zugestanden. Hier aber entsteht der Eindruck, als sei Oberst Lysias zugleich der Garant für Saul und seine Botschaft.

Später beschließen vierzig Juden so lange in den Hungerstreik zu treten, bis sie vom Sanhedrin Sauls Tod erzwungen hätten; Sauls Neffe erfährt davon und berichtet es seinem Onkel. Dieser, der offensichtlich in der Burg Antonia untergebracht ist, »rief einen von den Hauptleuten zu sich und sprach: Führe diesen jungen Mann zu dem Oberst, denn er hat ihm etwas zu sagen« (Apg 23,17). Hier haben wir also einen privilegierten »Gefangenen« vor uns, der einen Zenturio nach Belieben springen lassen kann und Besuch empfängt. Lysias macht sich nicht einmal die Mühe, seine Parteinahme für Saul zu verbergen; er nimmt Sauls Neffen sogar noch das Versprechen ab, er möge geheimhalten, daß das Komplott aufgedeckt ist.

Die folgenden Ereignisse sind noch weitaus ungewöhnlicher. Lysias »rief zwei Hauptleute zu sich und sprach: Rüstet zweihundert Soldaten, daß sie nach Cäsarea ziehen, und siebzig Reiter und zweihundert Schützen für die dritte Stunde der Nacht« (Apg 23,23). Hier haben wir also den Tribun, Oberst Lysias, der Saulus vierhundertsiebzig Mann zur Verfügung stellt, um sicher zu sein, daß seine Überführung pro-

blemlos vonstatten geht. Nun ist aber die römische Geschichte hinlänglich bekannt, und man weiß, daß eine vergleichbare Behandlung ausschließlich für herausragende Persönlichkeiten reserviert war, vorausgesetzt, es handelte sich um Römer. Der weitere Verlauf der Ereignisse kann solche Vorzugsbehandlung nur bestätigen. Nach seiner eiligen Reise zum Prokurator (Antonius) Felix, dem Nachfolger von Pontius Pilatus, sieht sich Saul in Cäsarea dem Hohenpriester Hananias (Hannas) und mehreren Mitgliedern des Sanhedrin gegenüber, darunter auch ein Rhetor namens Tertullus (oder Tertullius). Sie sind gekommen, um gegen Saul auszusagen. Und Felix weigert sich, in Abwesenheit des Tribuns Lysias ein Urteil zu fällen, was nichts anderes ist als eine Gnadenfrist zu Sauls Gunsten. Felix befiehlt »dem Hauptmann, Paulus gefangenzuhalten, doch in leichtem Gewahrsam« (Apg 24,23). Man kann sich nur immer wieder über diese unglaubliche Milde wundern; der Apostelgeschichte zufolge hört sich die Erklärung so an: Felix »hoffte... nebenbei, daß ihm von Paulus Geld gegeben werde« (Apg 24,26). Das ist ein Hinweis darauf, daß Saul reich war, und sogar reich genug, keinen Geringeren als den Prokurator von Judäa bestechen zu können. Immerhin ließ ihn der mächtigste Vertreter des römischen Kaiserreiches in Palästina »auch oft kommen und besprach sich mit ihm« (Apg 24,26). Das ist mehr als verwirrend.
Gleichermaßen Anlaß zur Beunruhigung bietet die Tatsache, daß nach Aussage der Apostelgeschichte dieser Stand der Dinge mehr als zwei Jahre lang aufrechterhalten wurde und sich auch nichts änderte, als ein neuer Prokurator, Festus, Felix' Nachfolge antrat. Das war im Jahre 60. Hätte man Felix noch eine kapriziöse Laune in seinem Umgang mit Saul unterstellen können, wie sie manche Mächtige an den Tag legen, wenn sie ihr Wohlwollen über einem armen Schlucker leuchten lassen, so ist ein solcher Verdacht in Festus' Fall völlig unangebracht. Er gibt Sauls Bitte statt, gerichtet zu werden, und als römischer Bürger sogar vom Kaiser persönlich. Nebenbei sei angemerkt, daß dies der formelle Beweis für Sauls römische Staatsbürgerschaft ist, wurde dieser Titel nämlich unrechtmäßig in Anspruch genommen, war die Todesstrafe durch Enthauptung sicher.
Überraschendes Detail: Herodes Agrippa II., König von Chalkis und später Ituräa, und seine Schwester Berenike verlangen auf ihrer Durchreise durch Cäsarea, Saul zu sehen. Hier erregt eine ungewöhnliche Person das königliche Interesse. So außergewöhnlich ist dieser Mann,

daß er den König Herodes Agrippa in aller Öffentlichkeit fragt: »Glaubst du, König Agrippa, den Propheten? Ich weiß, daß du glaubst« (Apg 26,27). Woraufhin der König erklärt, Saul sei unschuldig (vgl. Anm. 257). Aus dem Vorangegangenen ergibt sich zwingend, daß Saul nicht nur römischer Bürger ist, sondern darüber hinaus ein römischer Bürger von hohem Rang, der ohne Umschweife an den Kaiser appelliert und ihn zum Richter über seinen Fall macht.

f) Das zweite wichtige Beweisstück, das uns über Sauls wahre Identität Aufschluß gibt, ist die Schlußadresse des Römerbriefes. »Grüßt die aus dem Hause des Aristobul. Grüßt Herodion, meinen Stammverwandten. ... Grüßt Rufus, den Auserwählten in dem Herrn, und seine Mutter, die auch mir eine Mutter geworden ist« (Röm 16,10–13). Die Namen Aristobul und Herodion sind typisch für die herodische Dynastie. Die Grußadresse, in Korinth verfaßt, richtet sich an die Christen in Rom, und die Grüße hier sind also für Menschen bestimmt, die sich in Rom aufhalten. Es gibt auch tatsächlich einen Aristobul in Rom, das ist Aristobul III., der Sohn des Herodes von Chalkis und der Cousin von Herodes Agrippa II. und der schon erwähnten Berenike (vgl. Stammbaum auf den Seiten 486–487). Er ist ein Günstling Neros, der ihm im Jahre 54 das Königreich Kleinarmenien überläßt, im Jahre 60 einen Teil Großarmeniens und nach dem Tod seines Vaters das Königreich von Chalkis. Er ist außerdem der zweite Gatte von Salome II., der Enkeltochter von Herodes dem Großen. Wie man sieht, unterhält Saul Bekanntschaften mit Leuten von höchstem Rang. Es ist durchaus denkbar, daß die Günstlinge Neros am Hof Zeloten aus Palästina tolerierten, denn Poppäa, Neros Frau, gilt Flavius Josephus zufolge als eine »jüdische« Neophytin. Aber damals faßte man auch die Christen unter dem Sammelbegriff »Juden«. War Aristobul III. einfach ein Bekannter von Saul? Das ist wohl kaum der Fall, wenn Saul behauptet, er sei ein Verwandter des Herodion, dem »kleinen Herodes«, denn der Name ist ja wohl ein Diminuitiv zu Ehren des Vorfahren, der die Dynastie begründete.

Wer ist dieser Herodion? Es gibt drei Kandidaten für diese Person, denn die Herodier standen in enger Verbindung zu Rom und überlebten nur aufgrund der Gunst der Kaiser. Der erste Kandidat ist Herodes Agrippa I., durch seinen Vater Aristobul (einer der vielen mit diesem Vornamen in der Familie) Enkelsohn Herodes' des Großen. Er wurde im Jahre 10 v. Chr. geboren und ist 44 n. Chr. gestorben; im Jahre 36

ist er ein Günstling Caligulas, des zukünftigen Erben von Tiberius' Thron, und er begeht die Unvorsichtigkeit, seinem Schutzherren einzureden, es sei an der Zeit, die Nachfolge von Tiberius endlich anzutreten; dem Kaiser wird die Intrige hinterbracht, und in seiner Wut setzt er den frechen Araber im September 36 hinter Gitter.
Aber ach: Sechs Monate darauf stirbt Tiberius, und Herodes Agrippa I. erhält von Caligula gnädig die Tetrarchie von Batanäa und von Trachonitis in Palästina, die seinem Onkel Herodes Philippus gehörte. Diese Tetrarchie bekommt er allerdings erst im Jahre 39; zwischen 36 bis 39 hält er sich folglich in Rom auf. Er verbringt nur etwa zwei Jahre in seinem kleinen Königreich, denn im Jahre 41 ist er wieder in Rom. 41, das ist das Jahr, in dem Caligula ermordet wird. Als echter Opportunist beeilt sich Herodes Agrippa I., sich dem Nachfolger seines früheren Gönners – Claudius – anzudienen, für den er die Machtübernahme regelt. Aus diesem Grund überläßt ihm Claudius die Provinz Judäa und überträgt seine Gunst sogar auf den Bruder, Herodes von Chalkis, der nach den ihm zugefallenen Ländereien im damaligen Südlibanon benannt ist. Auch dieser Herodes, der somit das Gebiet erbt, über das sein berühmter Großvater herrschte, könnte ein möglicher Anwärter für die Person hinter »Herodion« sein, denn für Saul ist er ein mächtiger Mann, und die Beziehungen zu ihm durften nicht vernachlässigt werden; ein Haupteinwand dagegen: Zum frühestmöglichen Zeitpunkt in Sauls öffentlichem Auftreten, das heißt Mitte der dreißiger Jahre, ist Herodes Agrippa I. schon etwa fünfundvierzig Jahre alt; das ist keiner, den man mit einem solchen Diminuitiv anreden würde. Außerdem wird sich Herodes Agrippa I. als erbitterter Feind des emporstrebenden Christentums herausstellen, so ist er zum Beispiel für die Hinrichtung von Jakobus dem Kleinen verantwortlich, dem ersten Oberhaupt der jungen Kirche in Jerusalem; Saul wiederum ist, als er diesen Brief aufsetzt, damit befaßt, die christliche Lehre zu entwickeln und zu verbreiten: Kann es also überhaupt sein, daß Saul nichts über Herodes' Agrippas I. feindselige Haltung dem Christentum gegenüber weiß? Das scheint kaum wahrscheinlich, denn Saul muß die Einstellungen der Menschen recht gut gekannt haben, denen er Grüße aus Korinth schickt. Es sieht also so aus, als könne Herodes Agrippa I. nicht Herodion gewesen sein.
Der zweite Kandidat ist sein Sohn Herodes Agrippa II., der wie der Vater am Hof des Kaisers aufwuchs. Als sein Vater im Jahre 44 stirbt, ist

er erst siebzehn Jahre alt. Er bleibt in Rom, denn die Römer sorgen für die Nachkommenschaft aus den Herrschaftshäusern von Verbündeten, einerseits, um sie zu erziehen, andererseits aber auch, um Geiseln an der Hand zu haben. Herodes Agrippa II. erbt die Herrschaftsgebiete seines Vaters, mit Ausnahme von Judäa, das Claudius einem römischen Prokurator unterstellt hat. Dennoch hat Herodes Agrippa II. bei Neros Machtergreifung im Jahre 54 bei Hofe einen so guten Stand, daß der Kaiser ihm Tiberias und andere befestigte Städte zusätzlich zu seinen Gebieten überläßt. Herodes Agrippa II. ist eine zweideutige Persönlichkeit: Er versucht, Unversöhnliches zu versöhnen, Römer und Juden, die Juden und die ersten Christen, Rom und die Christen. Seine inzestuöse Beziehung zu seiner Schwester Berenike, die besonders nach dem Tode ihres Ehemannes und leiblichen Onkels Herodes von Chalkis allgemein bekannt wird, trägt ihm die Verachtung der Juden ein, die er nie richtig beherrschen wird. Denn Berenike, um die verwikkelte Situation noch komplizierter zu machen, ist gleichzeitig auch die Mätresse des Römers Titus – eine doppelte Liaison, die den Bewunderern Racines nicht unbekannt sein wird. Das heißt also, die Schwester und Geliebte von Herodes Agrippa II. ist zugleich die Mätresse eines Ungläubigen – man stelle sich den Abscheu der Juden vor!
Herodes Agrippa II. ist ein durchaus plausibler Anwärter auf den Herodion, dem Saul seine Grüße schickt. Wenn man, wie wir es später vorhaben, den Versuch macht, die verdunkelte Chronologie der Ereignisse in Sauls Leben zu rekonstruieren, ist es ohne weiteres denkbar, daß sich Saul zu Beginn der vierziger Jahre in Korinth aufhält, während Herodes Agrippa II. in Rom lebt, ein Heranwachsender, den man liebevoll mit der Koseform Herodion ruft. Ohne Zweifel muß er dem Christentum gegenüber schon damals eine gewisse Toleranz an den Tag gelegt haben. Alles deutet darauf hin, daß er das Reich seines Vaters erben wird; er ist also ein mächtiger Potentat, den man sich warmhalten sollte. Diese Hypothese wird gestützt durch die Zwischenfrage, die sich Saul bei dem Besuch von Herodes Agrippa II. und Berenike erlaubt, und woraufhin der König ihm antwortet, es fehle nicht viel, und er würde tatsächlich ein Christ. Saul kannte seine Leute schon.
Robert Ambelain schlägt in seinem schon erwähnten Werk (vgl. Bibl.) einen dritten Kandidaten vor: Er denkt an den ältesten Sohn von Aristobul III. (siehe oben) und Salome II., der Tochter von Herodes Philippus und Enkelin von Herodes dem Großen (davor war sie die Frau

von Herodes Philippus II. gewesen, eines weiteren Sohnes von Herodes dem Großen und einer anderen Frau, Kleopatra von Jerusalem). Diese Frau war die berühmteste Salome des Neuen Testaments, dieselbe, die auf Betreiben ihrer Mutter Herodias vor ihrem Schwiegervater Herodes Antipas für den Kopf des Täufers tanzt. Wie jeder abhängige König hat Aristobul III. bestimmt den ältesten Sohn als Unterpfand in Rom zurückgelassen. Es spricht dennoch etwas dagegen, daß dieser Sohn der Herodion sein soll, den Saul grüßen läßt: Falls es wirklich der Sohn von Aristobul III. gewesen wäre, dann wäre er implizit durch die Formulierung »die aus dem Haus des Aristobul« in den Gruß mit eingeschlossen gewesen, oder die Anrede wäre genauer gewesen, etwa: »Grüßt seinen Sohn Herodion.« Aber dies ist nicht der Fall; in Sauls Aufzählung erhält Herodion einen durchaus eigenständigen Platz. Der wahrscheinlichste Kandidat ist also wohl doch Herodes Agrippa II. Dennoch: Die endgültige Entscheidung, wer mit Herodion gemeint ist, hängt auch von der Chronologie ab. Man sollte im Hinterkopf behalten, daß der Römerbrief während Sauls zweiter Missionsreise verfaßt wurde, die mit der Festnahme durch Gallio spätestens im Jahre 51 ein markantes Schlußdatum erhält; zu dieser Zeit war Herodes Agrippa II. schon vierundzwanzig Jahre alt, und das ist kein Alter mehr, in dem man jemanden mit dem Diminuitiv Herodion anredet. Sieben Jahre zuvor hat er sein Erbe, das Reich seines Vaters, angetreten und heißt schon lange einfach Herodes.
Ist dieser Herodion also ein weiterer Sohn aus dem Haus der Herodier? Aber dieses Haus ist im Aussterben begriffen; wo sollte in den dreißiger und vierziger Jahren ein Sproß herkommen, der den Namen Herodes zu Ehren des Großen oder auch den Rufnamen Herodion tragen konnte, und was wichtiger ist: Woher sollte ein Sproß kommen, der für Saul interessant sein konnte, das heißt, der Thronanwärter war? Man findet nur Costobar II., den Sohn von Herodes Antipater und Enkelsohn von Herodes dem Großen, und Aristobul III.; der erstere ist als der Sohn von Antipater II. und als der Enkel des großen Herodes gewiß ein Prinz, aber er hat kein Königreich.
Herodes Agrippa II. scheint kinderlos geblieben zu sein. Bleibt also Aristobul III. Cypros III., die Schwester Costobars II., kann man von der Liste möglicher Eltern eines Thronfolgers streichen, denn ihr Ehegatte Alexas Helcis hatte auch keinen Thron. Folglich ist dieser Herodion wohl der Sohn von Aristobul III., ein Herodier über die weibliche Linie.

Wenn man sich auch gerade noch vorstellen kann, daß es in Rom einen Aristobul ohne Verbindung zu den Herodiern gab, so schränkt die Erwähnung von Aristobul und Herodion in derselben Grußliste die Möglichkeiten doch erheblich ein, denn ein solcher Zufall wäre äußerst ungewöhnlich. Aber die erwähnte Passage aus Apg 13,1, derzufolge Saul »mit dem Landesfürsten Herodes erzogen worden war«, machte jeden Zweifel zunichte und bestätigt, daß Saul dem alten herodischen Königshaus angehörte. Wir werden später sehen, daß dieser Tetrarch Herodes Sauls alter Spielkamerad, Herodes Agrippa I., war, der Vater des Königs, der in Felix' Haus nach Saul schicken läßt. Noch ein seltsamer Zufall: Dieser Tetrarch war der leibliche Vater von Drusilla, erst die Frau von Aziz, dem König von Emesa, und jetzt mit Felix verheiratet; sie war die Schwester von Berenike, der Witwe des Herodes von Chalkis. Drusilla ist folglich die Schwester des Monarchen, der Saul besuchen kommt.
Ein Familienbesuch also, wenn Herodes Agrippa II. den Prokurator Felix beehrt, und auch Saul ist ja im Familienkreis. Auf diese Weise erklärt sich die äußerst ungewöhnliche Liebenswürdigkeit des hohen römischen Beamten gegenüber Saul und auch dessen ausgedehnter Besuch im Hause des Römers.
Die große Zahl dieser Koinzidenzen macht zur Gewißheit, was auf den ersten Blick nur wie ein Bündel zufälliger Überschneidungen aussehen wollte. Saul stammt aus der Dynastie der Herodier.
So erklärt sich auch sein äußerst ungewöhnlicher Status als römischer Bürger: Das war ein Privileg, das den Herodiern als Verbündeten Roms verliehen wurde. Als römischer Bürger und zugleich Mitglied eines Herrscherhauses profitiert Saul verständlicherweise von der besonderen Gunst der römischen Besatzer, um so mehr, wenn er es mit einem angeheirateten Verwandten wie dem Prokurator Felix zu tun hat.
Eines steht jedenfalls fest: Saul ist kein Pharisäer, wie er behauptet; wir werden später sehen, daß er überhaupt nur zum Teil jüdischer Abstammung ist. Hier liegt einer der wichtigsten Aspekte von Sauls Biographie, der letztlich die gesamte Verhaltensstruktur seiner Persönlichkeit erhellt, das Damaskuserlebnis eingeschlossen. Aber ist es möglich, Sauls genaue Abstammung zu rekonstruieren?

g) Zur Erinnerung wollen wir hier eine Hypothese von Ambelain betreffs der Person Sauls zitieren. Flavius Josephus (dessen Daten wohl-

gemerkt zu einem großen Teil auf Herodes Agrippa II. zurückgehen) berichtet über den Judenaufstand des Jahres 66, der durch das hinterhältige Betragen des Prokurators Gessius Florus ausgelöst worden war. Die Anführer der Jerusalemer Juden wurden sich darüber klar, daß sie nicht in der Lage sein würden, die Revolte unter Kontrolle zu halten. Da sie sich den Angriffen der Römer am stärksten ausgesetzt fühlten, »suchten sie sich vom Verdacht der Urheberschaft freizumachen und sandten zwei Gesandtschaften, die eine zu Florus unter Leitung Simons, des Sohnes des Hananias, die andere zu Agrippa; in ihr befanden sich als angesehene Männer Saulus, Antipas und Costobar« (Josephus, *Der jüdische Krieg,* II, 17,4, vgl. Bibl.). Um diese Maßnahme der Ältesten von Jerusalem zu verstehen, muß man daran erinnern, daß Herodes Agrippa offiziell der geistige Führer der Juden war; so hatte er z. B. die Macht, die Hohenpriester zu ernennen. Auch wenn seine Tetrarchie das Gebiet Judäa nicht mit einschloß, und obwohl seine geistliche Autorität wegen der inzestuösen Verbindung zu seiner Schwester Berenike angeschlagen war, so sprachen doch zwei gewichtige Argumente zu seinen Gunsten: Erstens war er kein Starrkopf, und zweitens hörte Rom auf sein Wort. Und wer sind die drei, die man ihm schickt? Von Antipas ist nur bekannt, daß er mit Herodes Agrippa II. verwandt ist, ähnlich wie Saul und Costobar. Josephus führt aus: »Er gehörte zu den einflußreichsten Persönlichkeiten der Stadt, so daß ihm sogar die öffentlichen Gelder anvertraut worden waren« (Josephus, *Der jüdische Krieg,* IV, 3,4, vgl. Bibl.). Es wäre denkbar, ist allerdings nicht nachgewiesen, daß er zum Beispiel ein Sohn von Herodes Philippus II. gewesen ist, oder vielleicht ein später Sohn von Aristobul III. Was uns hier allerdings mehr interessiert: Josephus führt an, daß Saul und Costobar, auch er von königlichem Blut, Brüder waren (Josephus, *Der jüdische Krieg,* II, 20,1, vgl. Bibl.).
In dieser Hinsicht gibt es eine andere Passage aus den *Jüdischen Altertumern,* die in der Tat stutzig macht; man liest dort: »Ebenso hatten Costobar und Saulus je eine Rotte verbrecherischer Menschen in Dienst genommen. Diese beiden stammten aus königlichem Geschlecht und standen ihrer Verwandtschaft mit Agrippa wegen in hohem Ansehen, waren aber übermütig und gewalttätig und auf die Ausplünderung der Schwächeren erpicht« (Josephus, *Jüdische Altertümer,* XX, 9,4, vgl. Bibl.). Das allerdings, so hebt Ambelain hervor, erinnert fatal an die unerbittlichen Verfolgungen, mit denen Saul vor seiner Be-

kehrung auf dem Weg nach Damaskus den Anhängern von Jesus nachgestellt habe. Die Hypothese, es könne sich um denselben Saul handeln, ist verführerisch; der eine wie der andere verfolgte Schwächere, und sie tragen denselben Namen. Paradoxerweise ist es Ambelain selbst, der, ohne sich dessen bewußt zu sein, diese Hypothese widerlegt: »... Wir stehen im Jahre 63 unserer Zeitrechnung«, schreibt er in *La vie secrète de saint Paul* (vgl. Bibl.), »im neunten Regierungsjahr Neros, ein Datum, das sich ohne lange Diskussion mit Hilfe des Todes von Porcius Festus und der Ankunft seines Nachfolgers Albinius Luccaeus bestimmen läßt...« Im Jahre 63 ist aber Saul schon längst konvertiert, denn 51 war er in Korinth unter Gallio vor Gericht gebracht worden. Außerdem ist sich die Mehrzahl der Historiker darüber einig, daß Sauls Todesjahr zwischen 64, nach dem Brand Roms, und 67 anzusiedeln ist. Der Saul, den Josephus einem Costobar, auch dies ein herodischer Name, zuordnet, kann also nicht der unsrige sein.

h) Es bleibt also nur die Frage zu klären: Wer genau war eigentlich dieser Prinz Saul? In dem Versuch, diese Frage zu beantworten, könnte man die detaillierten Stammbäume der Herodierdynastie durchforsten, die uns Josephus überliefert. Gerade in dieser Hinsicht weisen sie aber eine schwerwiegende Unzulänglichkeit auf: Meistens listet der Geschichtsschreiber nur die ältesten Söhne auf, die den Titel erheben werden, sowie jene, die schon einen gewissen Bekanntheitsgrad erlangt hatten, vielleicht wegen einer oder mehrerer Heiraten in eine königliche Familie oder wegen sonst einer Begebenheit, die es wert war, festgehalten zu werden. So wird zum Beispiel nur ein einziger Sohn von Josef, dem Schwiegersohn Herodes' des Großen, aufgeführt, der verheiratet war und dann im Jahre 34 vor unserer Zeitrechnung hingerichtet wurde; er erwähnt ihn nur, weil dieser Sohn, Antipater, seine eigene Nichte Cypros heiraten wird, eine Tochter Herodes' des Großen und der Hasmonäerin Mariamne. Man darf aber annehmen, daß Josef noch andere Kinder hatte, denn damals wollten sich die Herrscher eine zahlreiche Nachkommenschaft sichern; ihre Namen sind nicht bekannt. Dasselbe gilt für Josef, den Bruder von Herodes dem Großen, der 38 in der Schlacht fiel, und von dem Josephus nicht die Frau, sondern nur einen gleichnamigen Sohn erwähnt, weil dieser seine Kusine Olympias heiraten wird, eine weitere Tochter Herodes' des Großen und der Samariterin Malthake.

Hinzu kommt, daß Josephus noch nicht einmal alle Nachkommen von

Herodes dem Großen und seiner Frau Pallas erwähnt, mit Ausnahme des ältesten Sohnes aus dieser Verbindung, Phasael; dasselbe gilt für die Nachkommenschaft seiner Ehefrau Phädra, nur eine Tochter Roxane wird genannt; auch bei einer weiteren Frau, Elpis, wissen wir nur von einer Tochter namens Salome, ganz zu schweigen von zwei weiteren Ehefrauen, von denen nicht einmal die Namen bekannt sind, erst recht nicht von ihren Kindern. Unter diesen Bedingungen gliche die Suche nach Sauls Stammbaum der Suche nach der Nadel im Heuhaufen in einer Neumondnacht, hätte man nicht einige der oben erwähnten Hinweise: Er wuchs zusammen mit einem Tetrarchen namens Herodes auf, der also etwa gleichaltrig sein wird, und er hat einen Verwandten, der Herodion genannt wird. Auch wenn er vom Stamm des Herodes war, der, wie man sich überzeugen konnte, ausgesprochen weitverzweigt war, so muß es doch einen besonderen Grund gegeben haben, daß er seine Kindheit oder doch zumindest einen Teil seiner Kindheit mit einem der vier Prinzen namens Herodes verbracht hat, die später auf eine Tetrarchie berufen wurden. Erinnern wir uns, eine Tetrarchie war die Verwaltung eines Territoriums unter römischer Kontrolle, das unter die Aufsicht von vier »Herrschern« oder Tetrarchen gestellt wurde.

Wir können übrigens noch drei andere Arten von Suchkriterien ins Feld führen. Zuerst einmal ist da die Unterteilung in »Clans« innerhalb der Familie der Herodier, zwischen denen Machtgier den bittersten Haß schürte. So bewiesen zum Beispiel Salome, die Schwester von Herodes dem Großen, und Antipater, dessen Sohn mit seiner ersten Frau Doris, wilden Haß gegenüber ausnahmslos allen Kindern, die der Herrscher mit seiner zweiten Frau, der Hasmonäerin Mariamne, zeugte, welche diesen Haß mit dem Leben bezahlen muß. Man kann, da wir dank Josephus diese Clans kennen, können wir bestimmte Verbindungen zulassen und andere mit Sicherheit ausschließen.

Die zweite Art von Hinweisen ergibt sich aus der Glaubwürdigkeit – bzw. der mangelnden Glaubwürdigkeit – der Umstände, die Sauls Behauptung erhellen, er habe eine gewisse Verbindung zu Tarsus, oder doch zumindest mit Kleinasien.

Das dritte und letzte Indiz ist rein chronologischer Natur. Ein eingehender Vergleich der Daten erlaubt es, Hypothesen über eine Verwandtschaft Sauls zu einem der Tetrarchen mit dem Namen Herodes zu verwerfen oder zu stützen.

Was die verwandtschaftliche Verbindung mit einem Tetrarchen anbelangt, so muß man gleich von vornherein annehmen, daß es sich hier um Brüder, Halbbrüder oder sehr eng verwandte Cousins handeln muß. Die Texte des Josephus, *Der jüdische Krieg* und die *Jüdischen Altertümer* (vgl. Bibl.) zeichnen ein recht genaues Bild der familiären Beziehungen unter den Herodiern. Es wird deutlich, daß Frauen notfalls in einem verfeindeten Clan zugelassen werden konnten; das war zum Beispiel bei Berenike der Fall, der Tochter der oben erwähnten Salome, die Aristobul heiratete, den Sohn von Herodes dem Großen und Mariamne. Dennoch rät Salome ihrer Tochter, auch nicht die kleinste Zuneigung zu dem unglücklichen Aristobul erkennen zu lassen, der dann auch tatsächlich bei einer Palastintrige umgebracht wird. Aber Toleranz, oder Sympathie, wenn es hoch kam, waren unter den Männern so gut wie nicht existent in dieser Familie, wo die Söhne gegen die Väter intrigierten. Es gab vier Tetrarchen, die den Namen Herodes trugen. Der berühmteste war Herodes Antipas, der Tetrarch von Galiläa, Sohn von Herodes dem Großen und der Samariterin Malthake, der vom Jahr 4 vor unserer Zeitrechnung bis zu seiner Verbannung im Jahr 39 regierte. Dann Herodes Philippus, der Tetrarch von Ituräa und anderen Gebieten, auch er ein Sohn des großen Herodes und von Kleopatra von Jerusalem, und auch er regierte ab dem Jahr 4 v. Chr. bis zu seinem Tod 37 n. Chr. Dann Herodes Agrippa I., ein Enkel von Herodes dem Großen durch seinen Vater Aristobul, geboren im Jahre 10 vor unserer Zeitrechnung; er war von 37 bis 41 Tetrarch von Batanäa und von Trachonitis, dann gestattete ihm Claudius, das Königreich seines Großvaters wiederherzustellen. Als letzten schließlich haben wir seinen Sohn Herodes Agrippa II., geboren im Jahre 27, der zuerst König von Chalkis wurde, bevor er im Jahr 52 die Tetrarchie von Batanäa und Trachonitis erhielt; er starb etwa um das Jahr 100.

Mit einem Blick auf den Stammbaum der Herodier (s. Seite 486 f.) läßt sich gleich zu Anfang die Hypothese ausschließen, Saul sei ein Bruder oder Halbbruder einer der ersten drei gewesen; in der Tat hatten die Söhne von Herodes dem Großen im Prinzip keine Brüder oder Halbbrüder, von denen man nichts weiß, zumindest falls ihre Mütter sich nicht wieder verheiratet hatten. Vorsichtshalber schließen wir außerdem die Hypothese aus, daß Saul ein Sohn Herodes' des Großen und einer der drei oben erwähnten Frauen – Pallas, Phädra und Elpis – oder von den letzten beiden Frauen, von denen man selbst die Namen nicht kennt, gewesen ist.

In diesem Fall bleiben nur zwei Möglichkeiten: Entweder er war ein Cousin von einem der drei Erstgenannten, oder er war ein Halbbruder von Herodes Agrippa II. Im Fall von Herodes Agrippa I. ist eine nähere Untersuchung zwecklos, denn man weiß, daß er kurz nach dem Tod seines Vaters, also im Jahre 7 v. Chr., mit sechzehn oder siebzehn Jahren nach Rom geschickt wurde; Saul dagegen hat seine Kindheit nicht in Rom verbracht. Was im übrigen Herodes Agrippa II. angeht, so hat er nicht nur ebenfalls seine Kindheit in Rom verbracht, sondern er ist außerdem im Jahre 27 geboren; wenn Saul auch nur ungefähr so alt gewesen wäre wie er, dann hätte das überhaupt nicht mit seinem Lebenslauf zusammengepaßt, der sich aus der Apostelgeschichte und den Briefen rekonstruieren läßt.
Also bleiben wieder nur zwei denkbare Fälle: Saul war der Cousin von Herodes Antipas oder von Herodes Philippus, und einer von den beiden muß also der Tetrarch gewesen sein, mit dem Saul zusammen aufgewachsen ist. Diese Hypothese bietet keine befriedigende Lösung, wenn sie auch durchaus plausibel ist; die einzigen Erblinien, die aus Saul einen Cousin von Herodes Antipas oder von Herodes Philippus machen könnten, wären die Linien von Pallas, Phädra oder Elpis, die schon erwähnt und in Bereitschaft gehalten wurden, dann die von Pheroras, der zwei Söhne hatte, deren Namen nicht bekannt sind, und eine Linie von Salome, die auch einen Sohn mit unbekanntem Namen hatte. Jeder dieser drei Knaben könnte eventuell Saul sein; einer der Kopisten des Josephus hätte durchaus mittels einer Auslassung das für einen der großen Schöpfer des Christentums so kompromittierende Detail dem seligen Vergessen überantworten können. Das würde jedoch nur unzureichend erklären, warum Saul die Erziehung eines Sohnes der Malthake oder Kleopatra von Jerusalem zuteil wurde, und auch dem tarsischen Element in der Identität Sauls würde nicht Rechnung getragen. Die Spur verläuft folglich im Sande.
Ein Faktum verdient in diesen Nachforschungen jedoch besondere Aufmerksamkeit: Archelaus, der Bruder Antipaters, erlebte eine Liebesgeschichte, oder vielmehr eine Art unwiderstehliche sexuelle Anziehung, wie sie bei den Herodiern des öfteren zu verzeichnen war; zu einem Zeitpunkt, der in der folgenden Anmerkung noch genauer zu präzisieren ist, verliebt er sich heftig in die Frau seines Halbbruders Alexander, eines der Söhne, die Herodes der Große mit der Hasmonäerin Mariamne hatte; da er jedoch zugleich von einem Sinn für Schick-

lichkeit beseelt ist, wie er unter den Herodiern wiederum weniger verbreitet war, nimmt er sie erst zur Frau, als sie frei wird, ganz anders als zum Beispiel Herodes Antipas, der seinem Halbbruder Herodes Philippus die Frau ausspannte, was bekanntermaßen jene unglückseligen Geschehnisse um Jokanaan den Täufer nach sich zog. Die Frau Alexanders ist Glaphyra, Tochter des Königs von Kappadozien (er trug ebenfalls den Namen Archelaus, was wieder einmal zeigt, wie wenig phantasievoll man im damaligen Nahen Osten in der Namensgebung war). Dieser Punkt ist von Interesse, denn zu Kappadozien, im Norden begrenzt durch Pontus und im Osten durch den Euphrat, gehörte auch Zilizien, bis Tiberius es im Jahre 17 zur römischen Provinz machte. Hier scheinen wir auf der richtigen Fährte zu sein: Glaphyra stellt ein Verbindungsglied dar zwischen der Dynastie der Herodier, zu der Saul gehörte, und dessen vermuteter tarsischer Abstammung. Es ließe sich also annehmen, daß sie Sauls Mutter war, aufgrund der Tatsache, daß sie mit Alexander verheiratet war (wohl nicht mit Archelaus, aus Gründen der zeitlichen Abfolge), aber dagegen spricht, daß Glaphyra, wäre sie mit einem Herodier verheiratet gewesen, keinen Grund gehabt hätte, nach Kappadozien zurückzukehren. Zumindest hätte sie keinen Grund dafür gehabt, bevor nicht ihr Mann Alexander auf Befehl seines Vaters hingerichtet worden war (im Jahre 7 v. Chr.). Josephus berichtet (*Jüdische Altertümer*, XVII, 11,1, vgl. Bibl.): »Um diese Zeit schickte Herodes die Tochter des Archelaus, Alexanders Witwe, zu ihrem Vater zurück und ersetzte ihr aus seinen Mitteln die Aussteuer, um keinen Streit hervorzurufen.« Archelaus, der König von Kappadozien, war in der Tat kein Herrscher, mit dem Händel zu suchen angebracht gewesen wäre. Wieder könnte man hier spekulieren, daß Glaphyra mit ihrem – bisher bloß vermuteten – Sohn Saul nach Kappadozien zurückkehrt. Aber ein weiterer Einwand spricht dagegen: Josephus nennt nur zwei Kinder aus der Verbindung Alexanders mit Glaphyra, einen nach dem Vater benannten Alexander und Tigranus, der einen kappadozischen Namen trägt. Nirgends wird ein dritter Sohn Saul erwähnt, außer die Kopisten hätten ihn getilgt. Außerdem hat Herodes der Große seine reuigen Momente und macht sich Vorwürfe, daß er gleichzeitig Alexander (und Aristobul) aufgrund von fadenscheinigen Anklagen hat hinrichten lassen; er beschließt, schon vom zartesten Kindesalter an für die Zukunft der ältesten Sprößlinge seiner Söhne Vorkehrungen zu treffen; Alexander wird daher der Tochter von Herodes' Bruder Pheroras versprochen. Ironie des Schicksals – es war derselbe Pheroras, der wegen der Erbfolge den Tod seiner Neffen herbeigeführt hatte. Der andere Bruder Tigranus wird später König von Armenien, dann nach Rom verbannt und schließlich im Jahre 36 von Tiberius hingerichtet. Eines steht fest: Glaphyra ist ohne auch nur eines ihrer Kinder nach Kappadozien zurückgekehrt.

Ihr Mutterherz muß darunter gelitten haben. Josephus beschreibt sie als sentimentale Frau, die später an Melancholie stirbt, nachdem sie ihren ersten Gatten im Traum wiedergesehen hat, eben jenen Alexander, der durch seinen eigenen Vater umkam. Es liegt nahe, daß sie mehrmals nach Jerusalem gereist ist, um ihre Kinder zu sehen. Auf einer dieser Reisen, bei mir im Jahre 4 vor unserer Zeitrechnung, erfährt sie, daß Herodes einen weiteren Sohn hat umbringen lassen, Antipater. Antipater hinterließ mehrere Söhne und eine Tochter, deren Namen Josephus seltsamerweise nicht angibt. Diese Kinder sind plötzlich verwaist, ihre Mutter, die jüngste Tochter des letzten Hasmonäers, ist tot; ihre Stiefmutter Berenike, die zweite Ehefrau des Vaters, kümmert sich nicht um sie, denn sie ist wieder mit einem Herodier verheiratet, mit Theudion, der Bruder von Doris, der ersten Frau von Herodes dem Großen. Eine der Waisen ist Saul.

Vielleicht ist er der jüngste Sohn Antipaters. Der Mutterinstinkt bewegt Glaphyra zu der Entscheidung, die Kinder mit nach Kappadozien zu nehmen. Außer diesem Herzensgrund gibt es noch einen anderen: Über seine Mutter ist Saul ein Hasmonäer; er gehört zum »Clan der Hasmonäer«, der sich schon einige Jahre zuvor zusammengeschlossen hatte, um gegen die Intrigen Salomes, der Schwester von Herodes dem Großen, anzugehen, die alle Hasmonäer haßt, ganz besonders Mariamne, die zweite Frau ihres Bruders, und alle ihre Kinder. Salome lebt noch, erst im Jahr 10 wird sie sterben. Dem Knaben droht also die Rache der königlichen Megäre, und um ihn davor zu schützen, nimmt Glaphyra ihn mit nach Asien. Man darf nicht vergessen, daß sie die Wirkung von Salomes Intrigen genau kennt, denn sie hat ihnen den Tod ihres geliebten Mannes Alexander zu verdanken; Saul ist durch sie eine Waise. Saul ist also Antipaters Sohn. Diese Hypothese wird auch dadurch gestützt, daß Saul auf diese Weise etwa gleichaltrig mit seinen Cousins wäre, den Kindern von Aristobul, unter denen es auch einen späteren Tetrarchen Herodes gibt: Herodes Agrippa I. Sie haben die Zugehörigkeit zum Hasmonäer-Clan gemeinsam, und Sauls Lebens-

lauf wird später noch deutlich machen, zu welcher Zeit er tatsächlich der Spielgefährte von Herodes Agrippa I. hätte sein können, bevor dieser nach Rom reiste.
Warum ist Saul dann nicht bei seiner Tante in Kappadozien, in Tarsus, geblieben, der strahlendsten Stadt des Landes? Weil Glaphyra ihre Karriere als Gemahlin von Prinzen noch lange nicht beendet hatte. Sie verbrachte auch nur wenige Jahre in ihrem Heimatland und heiratete dann Juba II., den König von Nubien, von dem sie sich aber schon im Jahre 2 oder 3 wieder trennte; danach kehrte sie nach Palästina zurück, um Archelaus zu heiraten. Dadurch läßt sich auch erklären, warum Saul nach Palästina zurückkehrte und sich für eine Weile in Jerusalem niederließ. Und es beleuchtet den eigenartig *heimatlosen* Zug in der Persönlichkeit von Saul. Jener Mann, dem wir in der Apostelgeschichte und in den Briefen begegnen, hat nicht nur keine Familie – für einen Juden der damaligen Zeit war das wie gesagt äußerst ungewöhnlich, selbst Jesus hatte Dutzende von Onkeln, Tanten, Geschwistern und anderen Anverwandten –, er kann noch nicht einmal eine Heimat nachweisen. Wenn Jesus spricht, dann hört man den (Wahl-)Galiläer an der poetischen und klaren Sprache, die sich deutlich von der hellenistischen Kasuistik der Jerusalemer unterscheidet; er ist aus einem Guß, auch wenn seine Gleichnisse manchmal dunkel bleiben.
Von Saul dagegen zeichnen die Apostelgeschichte und die Briefe ein seltsam unzusammenhängendes Bild. Nach seinen eigenen Worten ist er ein Jude aus Tarsus und hat die Stadt später verlassen, um »zu Füßen Gamaliels« zu lernen, aber die Sache stimmt hinten und vorne nicht. Saul hat selbst zugegeben, daß er vor seiner Bekehrung die Anhänger Jesu bekämpfte. Gamaliel hat ihn bestimmt nicht auf solche Gedanken gebracht; ganz abgesehen davon, was andere Quellen über ihn berichten, charakterisiert ihn die Apostelgeschichte selbst als strengen Mann mit einem ausgeprägten Sinn für Gerechtigkeit. Ihm ist es zu verdanken, daß der wegen häretischer Reden festgenommene Apostel Petrus wieder auf freien Fuß gesetzt wird (Apg 5,34 – 42). Saul ist also gar nicht von Gamaliel unterrichtet worden, er kennt ihn nur vom Hörensagen, den berühmten Meister, dessen Schüler zu sein ein große Ehre bedeutete: »Aus aller Welt strömte die jüdische Jugend nach Jerusalem, um zu Füßen der Meister zu lernen, deren Ruf in der damaligen jüdischen Welt überall verbreitet war…« (Jeremias, vgl. Bibl.).
Dieser Widerspruch ließ sich auflösen, da wir die zugrundeliegende

Lüge aufgedeckt haben. Dabei bleibt es aber nicht. Sauls hellenistische Prägung ist auf Schritt und Tritt zu spüren; woher hat er sie? Aus Tarsus? Er selbst behauptet, er habe diese Stadt schon im Kindesalter verlassen; seinen Hellenismus hätte er wohl auch spätestens in Jerusalem abgelegt – statt dessen ist er bis zum allerletzten Brief erkennbar. Sein Hellenismus muß ein heidnischer sein, denn Saul kann, um seine Christenverfolgungen zu rechtfertigen, weder Gamaliels Einfluß noch den der Pharisäer für sich geltend machen. Tatsächlich gibt sich Saul nämlich als Pharisäer aus, der die Christen verfolgen soll, doch diese Behauptung steht auf tönernen Füßen, das wird sich im Zusammenhang mit seiner Verhaftung durch Aretas IV. besonders deutlich zeigen. Hier muß noch einmal betont werden, daß vor Sauls Einschreiten weder Juden noch Christen sich gegenseitig als zutiefst fremd empfanden; sie dachten gar nicht daran, sich gegenseitig zu verfolgen. Sueton als Außenstehender formuliert es so (Sueton, *Leben der Cäsaren*, »Claudius«, 25, vgl. Bibl.): »Da die Juden unter ihrem Anführer Chrestos beständig Unruhe stifteten, vertrieb er sie aus Rom.« Das beweist, daß die Jünger von Jesus in den Augen der Römer einfach Juden waren, nichts sonst.

Aber Eingeweihte wissen, daß »die ersten Jünger unter der Führung von Jakobus (dem Jüngeren) und Petrus die ›Kirche von Jerusalem‹ gründeten ... Man nannte sie die Nazarener, und ihre Glaubenslehre wich nirgends von der der Pharisäer ab, außer daß sie an die Auferstehung Jesu glaubten und weiterhin annahmen, daß er der angekündigte Messias sei ... Die Nazarener gehörten nach ihrem eigenen Verständnis keiner neuen Religion an; sie waren Juden ... Von dem Augenblick an, als sie erfuhren, daß Paulus predigte, Jesus habe eine neue Religion gegründet, begegneten sie ihm äußerst mißtrauisch ... Nach einem Versuch, sich mit Paulus zu einigen, ... brachen die Nazarener endgültig mit ihm und lehnten ihn ab.« (Maccoby, vgl. Bibl.)

Der Beweis dafür, daß Sauls Geschichte zu großen Teilen verfälscht ist und daß die Kirche von Jerusalem ihn nicht akzeptierte, findet sich in der Apostelgeschichte. Als Saul im Jahre 41 an Pfingsten nach Jerusalem kommt, wird er geradezu heimlich empfangen. Die Neophyten machen ihm seine Behauptungen zum Vorwurf, Jesus sei dem Gesetz Moses abtrünnig geworden, er habe die Beschneidung abgeschafft und die Tora außer Kraft gesetzt. Man rät ihm, den Mund zu halten, damit nicht noch ein Unglück geschieht. Aber Juden aus Asien erkennen ihn, wiegeln die Menge auf und sorgen für seine Verhaftung. Juden aus

Asien? Wahrscheinlich waren sie aus Zilizien, Männer, die wußten, wen sie vor sich hatten. Saul wird Felix übergeben. Die Nazarener rühren keinen Finger; sie haben Saul davor gewarnt, nach Jerusalem zu gehen; der Konflikt mit Pertus und Jakobus war vorprogrammiert; aber er hat sich nichts sagen lassen. Fast könnte man vermuten, daß Jakobus, der Presbyter von Jerusalem, und Petrus ihn festnehmen lassen. In seinem Buch *Saint Paul et Rome* (vgl. Bibl.) spricht Hugedé über die Absurdität von Sauls Verhalten, ganz als habe er absichtlich provozieren wollen. Er wollte der Kirche von Jerusalem die Stirn bieten, und wenn sie ihn auch nicht der Rache des Volkes ausgeliefert hat, so ließ sie ihn doch fallen. Das beweist, daß Saul die Juden-»Christen« herausgefordert hat; vor ihm gab es keine Christen, sondern jüdische Anhänger des Juden Jesus, erst nach ihm sind Christentum und Judentum unversöhnliche Gegner.
Die vorangegangene Zusammenfassung zeigt das Ausmaß und die Gründe all dieser Lügen. Worum geht es aber wirklich? Salopp ausgedrückt: Was treibt Saul um? Er gehört keiner Welt so richtig an; über seinen Vater Antipater ist er ein Herodier, über seine Mutter ist er der letzte aus dem Geschlecht der Hasmonäer, der Nachkommen der ruhmreichen Makkabäer, deren letztes Oberhaupt, Sauls Großvater mütterlicherseits, von Mark Anton im Jahre 37 v. Chr. hingerichtet worden war. Als jüngster Sohn eines verhaßten Zweiges der Herodier hat er überhaupt keine Aussichten auf ein eigenes Reich, und wäre es nur ein lächerliches Fürstentum im Osten. Als Hasmonäer gibt es ebensowenig ein Fleckchen Erde zu erhoffen. Väterlicherseits ist er Idumäer, also ein Araber, kann aber wegen seiner Mutter im Prinzip immer noch als Jude gelten, hätten die Hasmonäer nicht schon lange jegliches Ansehen bei den pharisäischen Juden verloren, da sie die Sitten der Sadduzäer übernommen haben. Er wäre einer dieser nutzlosen Prinzlein geworden, die sich in den Palästen herumtreiben und zwischen den plumpen Vertraulichkeiten der Höflinge und der Verachtung von Gläubigern hin- und hergerissen werden, hätte nicht Glaphyra zwischen zwei Ehen ihre frustrierte Mutterliebe ausgelebt und ihn gerettet. Sie nimmt ihn mit nach Kappadozien, an den Königshof ihres Vaters.
Josephus erwähnt diese zärtliche Güte der verwitweten Prinzessin nirgends. Aber Josephus spricht auch nie über die Jünger von Jesus. Er lebte von 37 bis 97, aber man könnte meinen, er habe nie von Jesus, Pe-

trus, Stephanus oder Jakobus gehört. In dieser Hinsicht gleicht er allen römischen Chronisten des ersten Jahrhunderts: Abenteuer Christentum? Nie gehört! Man kann sich nicht genug wundern über die völlige Ahnungslosigkeit oder zumindest Gleichgültigkeit der römischen Geschichtsschreiber in Hinblick auf das Abenteuer Christentum. Ein Gutteil der Geschichte des Orients wurde davon bestimmt, und die Christen haben sich jahrhundertelang bei dem Gedanken geschmeichelt gefühlt, daß die Kreuzigung den Lauf der Sonne verändert habe. Vier Worte bei Sueton, fünf Zeilen bei Tacitus, der das Christentum als »unheilvollen Aberglauben« bezeichnet (Tacitus, *Annalen*, 15,44, vgl. Bibl.) – viel ist das gerade nicht.

Aber Tacitus (55 – 120 n. Chr.) schrieb zu einer Zeit, in der das Christentum doch schon ein Thema gewesen sein dürfte, oder doch zumindest eine Bemerkung wert. Nichts. Daraus muß man wohl den Schluß ziehen, daß das Christentum Mitte des ersten Jahrhunderts weit entfernt davon war, die Welt in Flammen zu setzen; der Mittelmeerraum dämmerte vor sich hin – während in Asien der Buddhismus seinen Siegeszug antrat, schien das Christentum die Heiden lange Zeit nicht über Gebühr zu beunruhigen. Erst im vierten Jahrhundert, unter Julian, dem Apostaten, begann der Polytheismus zu wanken, und das Argument, der Monotheismus könne der Vielfältigkeit des Göttlichen nicht gerecht werden, war nicht länger zu halten.

Über den Juden Josephus ist genug geschrieben worden; wie alle Renegaten neigte er zu Zweideutigkeiten und zur Unterlassungslüge, will heißen, er hat sich hier und dort das Fabulieren erlaubt, zum Beispiel bei seinem phantasievollen Bericht, wie er die Belagerung Jerusalems überlebte. Josephus hätte man allerdings ein wenig mehr Interesse an der neuen von Jesus gegründeten Glaubensrichtung der Juden zugetraut; für die Männer, die diesen Glauben vertraten; und für Saul, den hauptsächlichen Erfinder des Christentums. Aber es hat den Anschein, Josephus habe noch nie von ihm gehört. Es sei denn – mit dieser Möglichkeit muß man immer rechnen –, die späteren Kopisten seiner beiden Werke hätten sorgfältig alle Verweise, die sie für unangebracht hielten, ausgemerzt. Der Tag, an dem der Vatikan seine Bibliotheken öffnen wird, hält bestimmt einige Überraschungen bereit.

Daß Josephus Saul nicht kennt, ist um so erstaunlicher, als der Geschichtsschreiber des langen und breiten in *Der jüdische Krieg* und in den *Jüdischen Altertümern* (vgl. Bibl.) alle Begebenheiten aufzählt, die

mehr oder weniger unmittelbar die Herodier betreffen, und das, zumal ein Großteil seiner Informationen von Herodes Agrippa II. stammte. Ist es denkbar, daß der Tetrarch nie von Saul gehört hatte, selbst wenn dieser nicht sein Cousin gewesen sein sollte? Warum hat er Saul dann so viel Interesse entgegengebracht, als er unter der Protektion von Felix stand, wie oben ausgeführt? Kann er sich wirklich nicht an diesen Saul erinnern, der ihn mit solcher Ungezwungenheit auf seine heimliche Sympathie für die Jünger von Jesus anspricht? Ist dieser völlige Blackout wirklich glaubhaft, wenn Saul sich mit derart subversiven Machenschaften im Mittelmeerraum herumtreibt, daß er es mit dem leiblichen Bruder Senecas und dem Vertrauten Neros zu tun bekommt?
Im Fall Josephus ist das recht unwahrscheinlich, auch wenn es bei den Vollblutrömern Sueton und Tacitus im Notfall noch verständlich wäre, daß in ihren Augen die Stellungskämpfe der orientalischen Sekten für den Lauf des Kaiserreiches keine große Bedeutung hatten. Aber weder Josephus noch sein Informant Herodes Agrippa II. können zu diesem Zeitpunkt die ersten Zuckungen des Christentums noch ihren Hauptverursacher verkannt haben. Daraus folgt, daß es ernsthafte Gründe dafür gegeben haben muß, warum an den Texten von Josephus manipuliert wurde, und meine These ist, daß jegliche Referenz auf Saul, die nicht ins Konzept der im Entstehen begriffenen Kirche paßte, eliminiert werden sollte.
Die Texte der Überlieferung sind suspekt, die Texte der Geschichtsschreibung sind ebenfalls suspekt, man ist also gezwungen, auf die analytische Rekonstruktion zurückzugreifen, auf die Psychologie, auf die Interpretation der eklatanten Widersprüche in den Bibeltexten und auf Erklärungen für die seltsamen Auslassungen in den historischen Texten. Aber es ist wohl leicht verständlich, weshalb eine Richtung der modernen Exegese, insbesondere in Holland (Bruno Bauer), des Kampfes müde geworden ist und postuliert, Saulus/Paulus sei eine Fiktion.

2. Die Chronologie. Historiker und Exegeten sind sich einig: Es fällt schwer, nach der Apostelgeschichte und den Briefen eine logische Chronologie für Saul zu rekonstruieren. Diese Tatsache ist an sich schon verräterisch: In bezug auf seine Jugendzeit verwischt Saul alle Spuren und würfelt nach Belieben genaue Details und ungefähre An-

spielungen zusammen. Die christlichen Apologeten aus dem zwanzigsten wie dem ersten Jahrhundert haben sich daran die Zähne ausgebissen. In seine »orthodoxen« Studie *Saint Paul et Rome* (vgl. Bibl.) läßt Norbert Hugedé Saul zwischen den Jahren 1 und 6 unserer Zeitrechnung das Licht der Welt erblicken (selbstverständlich in Tarsus); die Steinigung des Stephanus, eines der Schlüsseldaten in Sauls Lebenslauf, ordnet er 33/34 ein. Nehmen wir einmal an, er hat recht. In diesem Falle wäre Saul zum Zeitpunkt der Steinigung zwischen 33/34 vierunddreißig bis vierzig Jahre alt gewesen. Leider steht diese Version in formalem Widerspruch zur Apostelgeschichte, die bei der Einführung seiner Person (Apg 7,58) schreibt, »... und die Zeugen legten ihre Kleider ab zu Füßen eines jungen Mannes, der hieß Saulus«. Im ersten Jahrhundert galt man noch vor Vollendung des zwanzigsten Lebensjahres als ausgewachsener Mann, wenn nicht schon nach der Bar-Mizwa, die mit dreizehn Jahren stattfand. Einige Verse danach (Apg 8,1) heißt es: »Saulus aber hatte Gefallen an seinem Tode.« Das ist ein wenig verwirrend, denn man muß sich fragen, wer dieser Saul gewesen sein könnte, daß seine Meinung ins Gewicht fiel. Die Verwirrung steigt, wenn es kurz darauf heißt: »Saulus aber suchte die Gemeinde zu zerstören, ging von Haus zu Haus, schleppte Männer und Frauen fort und warf sie ins Gefängnis« (Apg 8,3). Hier haben wir einen sehr rätselhaften »jungen Mann« vor uns, der über eine so große Polizeigewalt verfügt, daß er die Christen verfolgen kann – und das in Jerusalem, einer Stadt, die direkt den Römern unterstellt ist!
Wie wir später noch sehen werden, sind die Paulusbriefe auch nicht kohärenter als die Apostelgeschichte, die an vielen Stellen Widersprüche aufweist; angesichts der Tatsache, daß sie mindestens dreißig Jahre nach Paulus' Tod mit klar erkennbaren Propagandaabsichten redigiert worden ist, ist das auch gar nicht weiter erstaunlich, von späteren Anmerkungen ganz zu schweigen.
Zwei offizielle Daten können in Sauls Chronologie als Ankerpunkt dienen. Das erste ist die große Hungersnot während der Regierungszeit von Tiberius, im Jahre 46 oder 47, während der die Kirche von Antiochia der Jerusalemer Schwestergemeinde unter Sauls und Barnabas' Leitung Hilfsgüter schickte. (Apg 11,30 und 12,25). Das zweite Datum ist Sauls Verhaftung in Korinth unter Junius Gallio, dem Bruder Senecas; eine in Delphi gefundene Inschrift belegt, daß Gallio sein Amt in Korinth am 1. Juli 51 angetreten hat. Die Verhaftung wurde da-

mit begründet, daß er, ohne dazu berechtigt zu sein, eine Religion ausübte und Bekehrungen vornahm; es ist also davon auszugehen, daß Saul im Laufe seiner zweiten Missionsreise im Jahre 50 in Korinth eintrifft; in der Zwischenzeit hat er zwei Reisen unternommen und ist zum Christentum konvertiert, nach ersten Schätzungen dürfte das etwa zehn Jahre in Anspruch genommen haben.

Der Galaterbrief gibt weitere chronologische Hinweise: »...da besprach ich mich nicht erst mit Fleisch und Blut, ging auch nicht hinauf nach Jerusalem zu denen, die vor mir Apostel waren, sondern zog nach Arabien und ging wieder zurück nach Damaskus. Danach, drei Jahre später, kam ich hinauf nach Jerusalem, um Kephas kennenzulernen, und blieb fünfzehn Tage bei ihm. Von den anderen Aposteln aber sah ich keinen außer Jakobus, des Herrn Bruder. Was ich euch aber schreibe – siehe, Gott weiß, ich lüge nicht! Danach kam ich in die Länder Syrien und Zilizien. Ich war aber unbekannt von Angesicht den christlichen Gemeinden in Judäa. Sie hatten nur gehört: Der uns früher verfolgte, der predigt jetzt den Glauben, den er früher zu zerstören suchte, und priesen Gott über mir. Danach, vierzehn Jahre später, zog ich abermals nach Jerusalem mit Barnabas und nahm auch Titus mit mir.« (Gal 1,16–2,1) Dieser Bericht ist logischerweise später anzusetzen als das Damaskuserlebnis, das nach der Steinigung von Stephanus lag, das heißt im Prinzip später als 33/34. Es liegt eine Zeitspanne von siebzehn Jahren zwischen der Bekehrung und dem Galaterbrief. Demnach wäre dieser also 50 oder 51, vielleicht 52 verfaßt; das sind Schätzungen, die nicht sehr von der traditionellen Chronologie abweichen, vor allem wenn man die Monate mit einrechnet, die zwischen der Bekehrung in Damaskus und der Ankunft in Arabien liegen. Auch die Apostelgeschichte bestätigt das, wenn dort steht, Saul sei nach seiner Freilassung durch Gallio und vor dem Ende seiner zweiten Reise »noch eine Zeitlang« in Korinth geblieben (Apg 18,18).

Aus Obigem folgt, daß Saul zu der Zeit, als man Stephanus steinigte, bereits ein gemachter Mann war, denn ein Halbwüchsiger hätte wohl nicht die Macht gehabt, die Jerusalemer Christen zu verfolgen, noch hätte er nach dem Damaskuserlebnis einigermaßen wirkungsvoll eine Missionierung in Angriff nehmen können. Weitere Anhaltspunkte: Er war der Spielgefährte von Herodes Agrippa I., bevor dieser nach Rom reiste. Dieser Prinz ist im Jahre 10 vor unserer Zeitrechnung geboren (er starb im Jahre 44); Antipater, Sauls Vater, wurde im Jahre 4 hinge-

richtet, während seiner zweiten Ehe mit Berenike; Sauls Geburt konnte nicht nach diesem Datum liegen, weil Josephus zufolge die Mutter von Antipaters Kindern die Tochter des Antigonus ist; Saul ist also ein Kind aus erster Ehe, und wahrscheinlich ist seine Geburt folglich zwischen den Jahren 11 bis 9 vor unserer Zeitrechnung anzusetzen.
Ein weiterer Grund für die Annahme, daß Saul einige Jahre älter ist, besteht übrigens darin, daß Glaphyras Ehemann Alexander im Jahre 7 v. Chr. umgebracht wurde, und Glaphyra ihren verwaisten Neffen ins Exil mitnahm. Der kleine Saul war damals zwischen drei und vier Jahren alt. Man stelle sich vor, wie groß die Schwierigkeiten gewesen sein müßten, hätte sie einen Säugling auf eine solche Reise mitgenommen; aber mit einem Drei- oder Vierjährigen sieht es schon anders aus.
Wenn man Josephus glauben darf, der in diesem Punkt allerdings sehr kurz angebunden ist, so ist Glaphyra nicht lange im Exil geblieben, auch hat sie sich bald wieder verheiratet. Sie heiratete Juba, der seit 25 v. Chr. König von Numidien und Mauretanien war, das entspricht in etwa dem heutigen Algerien und Marokko. Es muß sich um Juba II. handeln, auch Varro Africanus genannt. Er war kein junger Mann mehr, denn er lebte schon im Jahre 46 v. Chr., damals hatte Caesar ihn in Gefangenschaft nach Rom gebracht, um seinen Triumphzug zu schmücken. Im Jahre 29 machte ihm Augustus ein doppeltes Geschenk: Er ernannte ihn zum König von Mauretanien und gab ihm Kleopatra Selene zur Frau, die das Kind aus einer der berühmtesten Liebesaffären der Welt war: Ihr Vater war Antonius und ihre Mutter Kleopatra von Ägypten. Es scheint sehr unwahrscheinlich, daß Glaphyra den kleinen Saul mit nach Nordafrika genommen hat; der Knabe ist wohl in Kleinasien geblieben und war der Obhut einer Amme aus der Dienerschaft am Hofe von Archelaus IV. anvertraut; er lebte sicherlich in Tarsus, der schönsten Stadt Kleinasiens, und gewiß hielt er sich gelegentlich in Ephesus oder Pergamon auf. Hier lernte Saul sein Griechisch, das sein Denken so tief prägte.
Das genaue Hochzeitsdatum von Glaphyra und Juba ist nicht bekannt; es muß aber zwischen den Jahren 6 vor und 6 nach unserer Zeitrechnung gelegen haben, denn die junge Witwe mußte vor einer erneuten Heirat mindestens ein Jahr bei ihrem Vater verbringen; ihre Ehe mit Juba war außerdem nur von kurzer Dauer, denn in dritter Ehe heiratete sie Archelaus, einen weiteren Sohn von Herodes dem Großen, also einen Bruder von Herodes Antipas, dem Tetrarchen des Evangeliums.

Da Archelaus im Jahre 6 nach Gallien verbannt wurde, und da sie ihm offensichtlich nicht ins Exil folgte und außerdem starb, während sie noch mit Archelaus verheiratet war, folgt daraus, daß sie im Jahre 5 oder 6 starb. Man weiß nicht, wann sie sich von Juba scheiden ließ und nach Kappadozien zu ihrem Vater zurückkehrte (laut Josephus), bevor sie erneut nach Palästina reiste, um dort Archelaus zu heiraten; die Ehe muß aber mindestens ein oder zwei Jahre gehalten haben, und mit dem Trauerjahr kommen wir auf das Jahr 4 unserer Zeitrechnung, genau das Jahr, in dem Saul zur Waise wird.

Einige Anhaltspunkte über Sauls Jugend haben wir also schon:

– er wird zwischen den Jahren 11 und 9 vor unserer Zeitrechnung als Sohn des Antipater, des Sohnes von Herodes dem Großen, geboren. Seine Mutter, deren Name nicht bekannt ist, ist die letzte Hasmonäerin.
– Im Jahre 4 v. Chr. wird Antipater hingerichtet und Saul bleibt als Waise zurück; er wird von seiner Tante Glaphyra adoptiert, die seit dem Jahr 7 v. Chr. die Witwe von Alexander ist, der wie sein Halbbruder Antipater hingerichtet wurde; sie nimmt Saul mit nach Kleinasien.
– Im Jahre 3 v. Chr. bleibt Saul allein in Kleinasien zurück, denn Glaphyra reist nach Nordafrika, um Juba II. zu heiraten.
– Um das Jahr 1 v. Chr. kehrt Glaphyra, die sich von Juba wieder getrennt hat, nach Kappadozien zurück. Sie bricht bald erneut nach Palästina auf, um Archelaus, einen Sohn Herodes' des Großen, zu heiraten. Saul, der damals etwa zwölf Jahre alt ist, kehrt nach Palästina zurück.

Dieser Versuch, Sauls Jugend nach biographischen und historischen Kriterien zu rekonstruieren, eröffnet die Möglichkeit, widersprüchliche Züge dieser Persönlichkeit zu klären, wie sie uns die Briefe und die Apostelgeschichte vorstellen: daß er Jude (Halbjude) und zugleich römischer Bürger ist; daß er Halbjude ist und doch die Christen verfolgt; schließlich, daß er Halbjude ist und daß die Beamten des Kaiserreiches ihn dennoch so außergewöhnlich zuvorkommend behandeln. Außerdem lassen sich mit Hilfe dieser Rekonstruktion einige dunkle Stellen der Apostelgeschichte und der Paulusbriefe erklären, über die teilweise schon jahrhundertelang diskutiert wird: sein Aufenthalt in Tarsus, seine sehr zweifelhafte tarsische Herkunft, die schon Hieronymus bezweifelt, seine unerklärliche Abstammung, die deutlichen Anspielungen auf seine verwandtschaftlichen Beziehungen zum herodischen Geschlecht, die chronologischen Widersprüche in der Apostelgeschichte, die ihn zur Zeit der Steinigung des Stephanus als Heranwachsenden beschreibt, und schließlich ein psychologischer Gesichtspunkt, auf den wir unten noch näher eingehen wollen: der unstete und rebellische Charakter Sauls.

3. Berenike, Tochter der Salome (der Schwester von Herodes dem Großen), hatte in erster Ehe Aristobul geheiratet, den Sohn Herodes' des Großen, war also folglich die Nichte ihres Gatten; eine Ehe unter Blutsverwandten, wie sie in der Herodierdynastie häufig vorkam. Nach dem Tod von Aristobul, der 7 v. Chr. hingerichtet wurde, nahm sie Antipater (ebenfalls einen Sohn des Herodes, doch aus anderer Ehe) zum Mann, nachdem dieser seine erste Frau, die Mutter Sauls, verloren hatte. Siehe dazu auch den Stammbaum S.486f.

4. Die Verbindung mit Berenike. Das ist ein Punkt, auf den die Anm. 1 nicht näher eingegangen ist, um das Verständnis der Verwandtschaftsbeziehungen unter den Herodiern nicht zu erschweren, die auch so schon recht verwickelt sind; es ist ein Punkt, der jedoch die Hypothese stützt, Saul habe einen Teil seiner Kinderjahre gemeinsam mit Herodes Agrippa I. verbracht: Berenike wurde, wie in Anm. 3 ausgeführt, etwa 7 v. Chr. die Frau Antipaters, eines Halbbruders ihres verstorbenen Gatten Aristobul. Auf diese Weise bekamen Antipaters Kinder die Mutter ihres Cousins als Stiefmutter. Diese Berenike ist keinesfalls zu verwechseln mit einer Tochter von Agrippa I. und Cypros, die gleichzeitig eine Affäre mit ihrem Bruder Agrippa II. und einem Römer namens Titus hatte; sie war die Berenike, der Racine in seiner nach ihr benannten Tragödie Unsterblichkeit verlieh. Saul war der Onkel dieser zweiten Berenike.

5. Die Gefangenschaft Antipaters: Antipater wurde beschuldigt, er habe in Rom gegen seinen Vater Herodes den Großen intrigiert (dem er vorwarf, Alexander und Aristobul ungerechterweise hingerichtet zu haben), und Pheroras, den Bruder des großen Herodes, vergiftet; auch verdächtigte man ihn, einen Giftmord an Herodes selbst zu planen, der wegen seiner unablässigen Intrigen allseits verhaßt war, schließlich

wurde Antipater also auf den Befehl seines Vaters und mit der Zustimmung von Varus, dem Statthalter von Syrien und Rom, ins Gefängnis geworfen. Das war gegen Ende des Jahres 5 v. Chr., vielleicht auch Anfang 4, wenige Monate bevor Herodes der Große starb. Ein Großteil des XVII. Buches der *Jüdischen Altertümer* von Flavius Josephus (vgl. Bibl.) ist den Verbrechen Antipaters gewidmet, eines Shakespeareschen Charakters, wie er im Buche stehen wird, und eines Mannes von krankhafter Boshaftigkeit.

6. Hyrkania: Ort in den Bergen, ca. fünfzehn km südöstlich von Jerusalem, und etwa achtzehn km südwestlich von Jericho. Es liegt nahe, daß hier aber auch mit einem Wortspiel auf die Bewohner der persischen Landschaft Hyrkania hingewiesen wird. Entsprechend der Lehre Zarathustras, nach der die heiligen Elemente Erde und Feuer durch die Körper Verstorbener nicht verunreinigt werden durften, wurden dort die Toten den Hunden zum Fraß vorgeworfen. (Anm. d. Ü.)

7. Die Namen von Antipaters Kindern. Wie wir oben gesehen haben, werden die Namen der Kinder, die Antipater mit seiner ersten Frau zeugte, der Tochter des letzten Hasmonäers Antigonus, seltsamerweise von Josephus nicht angegeben. Auch den Namen der Mutter läßt er aus. Die Namen hier sind fiktiv, außer Rufus, den Saul in Röm 16,13 erwähnt; dort heißt es in einer etwas zweideutigen Formulierung, sie hätten dieselbe Mutter, allerdings könnte es sich hier gleichermaßen um eine Adoptivmutter im Glauben Christi wie um eine leibliche Mutter handeln. Dennoch fragt man sich für den ersteren Fall, weshalb Saul sie nicht einfach »Schwester« nennt, was er sich mit seinen damals sechzig Jahren gut hätte erlauben können. Wenn es sich dagegen um die richtige Mutter Sauls handeln sollte, dann muß sie über achtzig Jahre alt gewesen sein, ein äußerst ungewöhnliches, wenn nicht unwahrscheinliches Alter für jene Zeit. Aufgrund der ungewöhnlichen Formulierung fragt man sich, ob es nicht statt »Grüßt Rufus, den Auserwählten in dem Herrn, und seine Mutter, die auch mir eine Mutter geworden ist« heißen muß: »Grüßt Rufus, den Auserwählten in dem Herrn, und seine Mutter, die auch meine Mutter ist.« Es läßt sich nicht ausschließen, daß die Kopisten mit einem kleinen »Tintenklecks« einen Hinweis auf Sauls Verwandtschaftsverhältnisse getilgt haben, den sie wohl als indiskret empfanden.

8. Sauls Epilepsie: Diese Hypothese geht sowohl auf einen Hinweis des Apostels selbst zurück als auch auf logische Interpretation. In seinen Briefen schreibt Saul über sich selbst (2. Kor 12,2–9) »Ich kenne einen Menschen in Christus; vor vierzehn Jahren – ist er im Leib gewesen? Ich weiß es nicht; Gott allein weiß es –, da wurde derselbe entrückt bis in den dritten Himmel. Und ich kenne denselben Menschen – ob er im Leib oder außer dem Leib gewesen ist, weiß ich nicht; Gott weiß es –, der wurde entrückt in das Paradies und hörte unaussprechliche Worte, die kein Mensch sagen kann. Für denselben will ich mich rühmen, für mich selbst aber will ich mich nicht rühmen, außer meiner Schwachheit. Und wenn ich mich rühmen wollte, wäre ich nicht töricht; denn ich würde die Wahrheit sagen. Ich enthalte mich aber dessen, damit nicht jemand mich höher achte, als er an mir sieht oder von mir hört. Und damit ich mich wegen der hohen Offenbarungen nicht überhebe, ist mir gegeben ein Pfahl ins Fleisch, nämlich des Satans Engel, der mich mit Fäusten schlagen soll, damit ich mich nicht überhebe. Seinetwegen habe ich dreimal zum Herrn gefleht, daß er von mir weiche. Und er hat zu mir gesagt: Laß dir an meiner Gnade genügen; denn meine Kraft ist in den Schwachen mächtig.«
Diese seltsame Mischung aus Pathos und Kauderwelsch (Saul behauptet zwar, er könne nicht die Wahrheit sagen, denn sie sei allzu schmeichelhaft für ihn, gleichzeitig läßt er aber enge Beziehungen zum Schöpfer durchblicken), deutet auf eine Exzentrizität hin, die auch dem Verfasser des Thomasevangeliums zugesprochen wird. Sie läßt darauf schließen, daß Saul an einer Krankheit litt, die vom ersten Augenblick an mysteriös ist, denn sie wird als »Pfahl im Fleisch« definiert. Dieser »Pfahl« bliebe auch weiterhin rätselhaft, hätte Saul ihn im Zuge seiner weitschweifigen Rhetorik nicht mit seinen Unterhaltungen mit Gott in Zusammenhang gebracht. Er hat Gott angefleht, ihn davon zu befreien, aber im Laufe dieses nicht zu beschreibenden Gespräches unter vier Augen verweigert ihm Gott seine Bitte mit der Begründung, Sauls Stärke liege in dieser Schwäche.
Daraus ergibt sich zweierlei: Die Krankheit ist chronisch, und es ist eine Krankheit, die den Geist des Apostels betrifft, denn nach den Aussagen des Textes (nebenbei bemerkt, recht unbescheidene Aussagen), ist sie Teil von Sauls »Kraft«. Sicher handelt es sich hier nicht um Hämorrhoiden oder beispielsweise Furunkel. Ein weiterer Hinweis auf diese Krankheit liefert in den Augen der modernen Psychiatrie die wie-

derholte Wendung »im Leib oder außer dem Leib gewesen«. Zum gesuchten Krankheitsbild gehören Ohnmachtsanfälle, während derer Saul himmlische Visionen hat.

Hier haben wir den roten Faden in den von Saul selbst gelieferten Hinweisen. An diesem Punkt der Analyse würde ein moderner Diagnostiker wohl eher für Hysterie anstelle von Epilepsie plädieren, zumindest nach der gängigen Auffassung. Der berühmte Sturz vom Pferd auf dem Weg nach Damaskus könnte diese Entscheidung eher stützen: im fünften und vierten vorchristlichen Jahrhundert beschreiben die griechischen Ärzte die Epilepsie als »Fallsucht«. Es gibt allerdings zwei Elemente, die dazu Anlaß geben, diese Diagnose zu modifizieren. Zum ersten besteht große Ähnlichkeit zwischen den Symptomen der »großen Hysterie«, wie sie Charcot 1883 beschreibt, und der Epilepsie. Das *Dictionnaire de psychologie* von Norbert Sillamy (vgl. Bibl.) lehrt, daß bei der großen Hysterie »die Krise von einer epileptoiden Phase eingeleitet wird, während derer der Kranke das Bewußtsein verliert und fällt (ohne sich zu verletzen); sein Körper ist in einem tonischen Zustand (beständige Muskelkontraktion), dann wird er von spastischen Zukkungen geschüttelt (klonische Phase); die Phase der Entspannung wird von einem schnaufenden Atemholen begleitet, die an Schnarchen erinnert (Stertor). Hierauf erfolgt eine Phase von unkontrollierten Bewegungen oder Clownsphase…«, gekennzeichnet von unkontrollierten und grotesken Schreien und Bewegungen, anschließend folgt eine Phase von Körperhaltungen, die Leidenschaft ausdrücken, während derer der Kranke angenehme oder unangenehme, auch erotische oder gewalttätige Empfindungen nachspielt; in der Schlußphase schließlich erlangt der Kranke langsam wieder das Bewußtsein. »Insgesamt dauert ein Anfall durchschnittlich etwa fünfzehn Minuten…« Die klinische Pathologie vor zwanzig Jahrhunderten dürfte wohl kaum in der Lage gewesen sein, zwischen echter Epilepsie und einem epileptoiden hysterischen Anfall zu unterscheiden, dessen Beschreibung gerade zu lesen war.

Saul lenkt die Hinweise selbst in diese Richtung: Nach dem Anfall auf dem Weg nach Damaskus (eine genauere und umfassende Analyse dieses Zwischenfalls werden wir ein wenig später durchführen) kann Saul drei Tage lang »nicht sehen« (Apg 9,9). Daß diese Blindheit nur so kurz dauerte, ist problematisch; auf den ersten Blick paßt sie besser zu der klassischen Beschreibung der Hysterie als zur Epilepsie, denn es gibt mehrere Arten von Epilepsie. Bei näherem Hinsehen bedingen aber zwei fundamentale klinische Symptome die Rückkehr zur Epilepsie-These. Das erste Symptom ist die Bewußtseinsänderung ohne vegetative oder motorische Begleiterscheinungen, die charakteristisch für die allgemeine Epilepsie sind; »man nennt sie *Absenzen*«, schreibt Sillamy. Das zweite Symptom besteht bei einer partiellen Epilepsie aus der Lähmung einer sensorischen und motorischen Zone oder einer Koordinierungszone durch Hemianopsien, das bedeutet, daß die rechten Hälften des Sehvermögens beider Augen verloren gehen. Das ist ein Phänomen, das gut zu der von Saul beschriebenen »Blindheit« nach dem Damaskuserlebnis paßt.

Wie man sieht, ist die Grenze zwischen der epileptoiden Hysterie und der Epilepsie, insbesondere zur partiellen Epilepsie, fließend. Rein spekulativ nehme ich an, daß die in der Apostelgeschichte und den Briefen angedeuteten Symptome aufgrund der beschriebenen Sehstörungen auf eine partielle Epilepsie deuten. Es muß aber deutlich gesagt werden, daß diese Wahl das Zusammentreffen eines epileptoiden hysterischen Anfalls mit einer partiellen Epilepsie nicht ausschließt. Zum einen, weil die Ursachen der sekundären Epilepsie, wie es richtig heißt, unbekannt sind; wie der hysterische Anfall rührt sie von einer funktionellen Gehirnstörung her, die man aber nicht genau begründen kann; zweitens, weil die partielle Epilepsie psychologische Begleiterscheinungen aufweist, die denen einer Hysterie ähneln, so zum Beispiel die »mentale Viskosität«, das ist die mentale Fixierung an Objekte und die Unfähigkeit, sich von ihnen zu trennen. Wahrscheinlich hat die Hysterie ähnliche Ursachen wie die Epilepsie. der einzige Unterschied liegt wohl darin, daß sie nicht mit so eindeutigen zerebralen Symptomen auftritt. Anders ausgedrückt: Sauls epileptische Disposition schließt eine hysterische Komponente seines Verhaltens nicht aus.

Die These, Saul sei ein Epileptiker gewesen, hatte man bis vor kurzem mit der Begründung zurückgewiesen, dadurch sei nichts erklärt. Dabei scheint sie im Gegenteil eine gute Erklärung für viele Charakterzüge Sauls zu bieten, vor allem für seine Reizbarkeit, die ihn mit Petrus und Jakobus aneinandergeraten läßt, und für seine Religiosität, die ein allseits bekanntes Merkmal des Epileptikers ist. Es handelt sich hier also nicht um eine für das Leben des Apostels bedeutungslose Krankheit, sondern im Gegenteil um eine fundamentale Komponente in der Biographie des Erfinders des Christentums.

9. Der spätere Kaiser Augustus erhielt bei seiner Adoption durch C. J. Cäsar den Namen Octavian, nannte sich selbst jedoch seinem Adoptivvater zu Ehren stets Cäsar; der Beiname Augustus wurde ihm erst später vom Senat verliehen. (Anm. d. Ü.)

10. Die Heirat Glaphyras mit Juba: Sie wird von Josephus bestätigt (Josephus, *Jüdische Altertümer,* XVII, 1,2, vgl. Bibl.). Josephus macht trotzdem einen Fehler, wenn er behauptet, Glaphyra kehre als Jubas Witwe nach Kappadozien zurück; tatsächlich hat Glaphyra Juba nur zwischen dem Jahre 7 v. Chr., dem Jahr, in dem ihr erster Ehemann Alexander hingerichtet worden war, und dem Jahr 6 heiraten können. Das war das Datum, an dem ihr dritter Ehegatte Antigonus Archelaus verbannt wurde; weil sie vor seiner Verbannung starb, aber vor ihrem Tod eine Zeitlang mit ihm verheiratet war, läßt sich daraus schließen, daß sie Juba II. frühestens zwischen dem Jahr 6 v. Chr. und spätestens dem Jahr 3 oder 4 geheiratet hatte. Andererseits weist eine Anmerkung Loebs in der amerikanischen Ausgabe der *Jüdischen Altertümer* darauf hin, daß den numismatischen Beweisen und der Aussage des Strabon zufolge Juba II. noch lebte, denn er starb frühestens im Jahre 23. Glaphyra ist also nicht als Witwe nach Kappadozien zurückgekehrt, sondern sie hat sich von ihm getrennt.

11. Eine Zeltmacherlehre paßt nicht zu den Lebensumständen in Palästina, wo es keine Nomaden und auch keine Viehzucht gab; sie muß also in Zilizien erfolgt sein, wo beide Voraussetzungen gegeben waren. Im Falle von Saul kann es sich nur um eine zeitweilige Tätigkeit gehandelt haben, denn (so berichten die Apostelgeschichte und die Briefe, s. oben) nachdem Saul nach Palästina zurückgekehrt war, gab es für ihn keine Gelegenheit mehr, sein Handwerk auszuüben; außerdem war er für einen römischen Beamten schon ziemlich reich geworden. Felix, wie wir oben gesehen haben, hoffte, von ihm Geld zu erhalten, und zwar eine beträchtliche Summe; das paßt auch nicht im entferntesten zu einem Saul, der Zeltmacher gewesen sein soll, ein bescheidenes und wenig einträgliches Geschäft, das man meistens den Frauen überließ.

12. Saul, Mitglied der Jerusalemer Ädilats: Hier handelt es sich um eine Spekulation meinerseits. Sie bietet sich an, da die verfügbaren Texte, also die Apostelgeschichte und die Briefe, keinerlei Hinweis geben, wie

Saul, zumindest bis zum Jahre 33/34, dem mutmaßlichen Todesdatum des Stephanus, gelebt hat. Noch weniger erfahren wir darüber, wie Saul zu einem Reichtum gelangen konnte, der schließlich die Begehrlichkeit eines hohen römischen Beamten wecken konnte. Es ist ja bekannt, daß das Neue Testament nicht gerade reich an derartigen »handfesten« Hinweisen ist. Aber dennoch mußte Saul die Vierzig erreicht haben und dabei immerhin zu einem angesehenen Bürger Jerusalems geworden sein, zu einem Mann, der über genug Macht verfügte, um eine Strafexpedition auf fremdem Territorium durchzuführen. Die Möglichkeit, solche Kommandounternehmen durchzuführen, war ein Privileg, das auf Verbindungen zu höchsten Stellen schließen läßt. Für die ersten Jerusalemer Jahre habe ich aus ihm einen Beamten des römischen Ädilats gemacht, das dann Quirinius in das Katasteramt umfunktionierte, denn üblicherweise nahmen die verarmten herodischen Prinzen eine Stelle in der Verwaltung Palästinas an. So auch ein gewisser Antipas, ein Herodier, denn er war mit Agrippa II. verwandt und wurde während der Belagerung Jerusalems mit einer Delegation zu eben diesem geschickt; wie oben erwähnt, galt er als einflußreiche Persönlichkeit, der auch öffentliche Gelder anvertraut wurden. Man darf annehmen, daß dies auch auf Saul und Costobar zutraf, ebenfalls Herodier, die an der Gesandtschaft unter Antipas' Leitung teilnahmen.

In Jerusalem gab es keine tausend Wege, zu Geld zu kommen, falls man nicht gerade geerbt hatte. Ein Weg war der Handel, der andere öffentliche Ämter. Angesichts des gewaltigen Aufhebens, das Saul um seine römische Staatsbürgerschaft macht, habe ich mich für letztere Möglichkeit entschieden, zumal seine spätere Tätigkeit als Christenverfolger sich sehr schlecht mit dem Kaufmannsstand verträgt. Als Jude *in partibus,* Herodier und römischer Bürger war Saul in der Tat der ideale Kandidat für eine Verwaltung, die dank Herodes dem Großen sukzessive unter römischen Einfluß geriet.

Ein weiteres Argument, das für Sauls Eingliederung in den Verwaltungsapparat von Jerusalem spricht, ist das Ansehen, daß er bei den höchsten Würdenträgern der Stadt genießt. Wie wir gesehen haben, begegnen ihm die Römer mit ungewöhnlicher Achtung, was sich mit der Tatsache erklären läßt, daß er erstens herodischer Abstammung war und außerdem römischer Bürger. Aber auch als er die Jünger von Jesus verfolgte, konnte er zum Hohenpriester, dem geistigen Oberhaupt, gehen und ihn um Empfehlungsschreiben an die Synagogen von

Damaskus bitten, »damit er Anhänger des neuen Weges, Männer und Frauen, wenn er sie dort fände, gefesselt nach Jerusalem führe« (Apg 9,1–2). Das kann kein noch so strenggläubiger Durchschnittsjude sein, sondern es muß sich um einen Mann handeln, der wirkliche, von der Autorität der Römer gestützte Exekutivgewalt besaß. Der Vorgang ist ungefähr derselbe, wie wenn ein hoher Polizeioffizier vom Staatsanwalt einen Haftbefehl verlangt.

13. Das Gymnasium von Jerusalem, ohne Zweifel gebaut von Herodes dem Großen.

14. Sauls äußeres Erscheinungsbild. In den Paulusakten, die laut Tertullian kurz vor seiner Zeit, also um das Jahr 160, von einem Presbyter aus Asien zu Ehren von Paulus verfaßt worden sind, findet sich eine Beschreibung seines Äußeren. »Und er [Onesiphoros, ein Mann, der Saul auf der Straße nach Lystra entgegengereist war] sah Paulus herankommen, einen Mann von kleinem Wuchs, mit wenigen Haaren und krummen Beinen; er war kräftig, seine Brauen waren zusammengewachsen und seine Nase eher schief; er voller Anmut...« (*Die andere Bibel*, hrsg. v. Alfred Pfabigan, vgl. Bibl.). Der Kommentar am Schluß widerspricht ganz offensichtlich der Beschreibung des Äußeren, aber schließlich ist es denkbar, daß Saul ungeachtet seiner Erscheinung ein gewisses Charisma besaß. Der Mann war in seinem Leben genügend Menschen begegnet, und so konnte etwa ein Jahrhundert nach seinem Tod sein Erscheinungsbild noch überliefert sein. Jedenfalls ist es das Bild, das die späteren Jahrhunderte von ihm bewahren werden, wenn man nach dem Bild in der Katakombe der Praetextat in Rom urteilen kann, das etwa aus der Mitte des dritten Jahrhunderts datiert, also noch bevor die *Principes Apostolorum*, die Johannes Chrysostomus im vierten Jahrhundert zugeschrieben werden, eines der bezeichnendsten körperlichen Merkmale von Saul unterdrücken: seine geringe Größe. Diese Schriften beschreiben ihn als »drei Ellen groß«, etwa ein Meter fünfzig. Für unsere Zeiten wäre das anomal kleinwüchsig, aber diese Größe ist schon weniger auffällig, wenn man sie im Verhältnis zur damaligen Durchschnittsgröße betrachtet. Im ersten Jahrhundert schätzt man sie auf etwa einsfünfundsechzig.

15. und 16. Diese historischen Gegebenheiten werden von Josephus festgehalten. Sie beweisen, daß schon im ersten Jahrzehnt des ersten Jahrhunderts, als Quirinius im Jahre 6 zum Statthalter von Syrien ernannt wurde (einige Monate später war es Coponius), die Zelotenaufstände in Palästina wüteten.

17. Dieser Gamaliel, den Lukas in der Apostelgeschichte erwähnt und der nach seiner Darstellung vom ganzen jüdischen Volk geachtet wurde, war ein Schriftgelehrter – das heißt zuerst Priester, dann Rechtsgelehrter –, der in den ersten zwei oder drei Jahrzehnten des Jahrhunderts in Jerusalem wirkte. Ein Rechtsgelehrter gehörte einer höheren Schicht an, und sein Titel ebnete ihm den Weg zu Ämtern in der Lehre, der Rechtsprechung und Verwaltung, wie auch Jeremias ausführt (Jermemias, vgl. Bibl.). Gamaliel war ein Pharisäer hillelitischer Ausrichtung, gewiß toleranter als die Shammaiten, die sich auf einen anderen Schriftgelehrten, Shammai, einen Zeitgenossen Gamaliels, beriefen, der für die strikte Befolgung des Gesetzes eintrat, das er selbst lehrte. Dieser Punkt ist wichtig, denn er ist ein Hinweis darauf, daß Gamaliel seine Tochter nicht mit einem Römer verheiraten konnte, der im Prinzip dazu verpflichtet war, den römischen Göttern zu dienen. Man muß also die These der Ebioniter zurückweisen, der zufolge Saul sich aufgrund seiner Liebe zu Gamaliels Tochter zum Judentum bekehrte; er habe sich, so die Ebioniter, der Beschneidung unterzogen, wie es das jüdische Gesetz vorschreibt, sei dann aus einem rätselhaften Grund abgelehnt worden und habe sich aus Trotz zum Antisemiten entwickelt. Einige Historiker haben diese These zwar aufgegriffen, aber sie ist aus mehreren Gründen nicht haltbar. Der erste und einleuchtendste Grund ist, daß Saul die jüdischen Gebräuche und die Stellung Gamaliels wohl gut genug kannte, um zu wissen, daß es aussichtslos war, sich auf der Tochter des berühmtesten Gelehrten der jüdischen Welt Hoffnungen zu machen. Zweitens ist es äußerst unwahrscheinlich, daß Saul die Tochter von Gamaliel überhaupt je gesehen hat, denn die ledigen Töchter im heiratsfähigen Alter bekam ein Mann, der kein Mitglied der Familie war, nicht zu Gesicht. Der dritte Grund liegt in einer Bekehrung Sauls aus Liebe; nicht nur, daß der Talmud eine solche Bekehrung grundsätzlich ablehnt und den Proselytenstatus jedem verweigert, der wegen einer Frau konvertiert: Auch sonst spricht alles, was wir bisher über Sauls Charakter wissen, dagegen. Er

wurde sein Leben lang von einer heftigen Religiosität vorangetrieben, die zwar widersprüchlich, aber dafür um so brennender war; in der ersten Hälfte seines Lebens, bis zum Damaskuserlebnis, ist er ein leidenschaftlicher Christenhasser, in der zweiten Hälfte ebenso leidenschaftlich prochristlich. Wenn Saul also wirklich je daran gedacht haben sollte, in Gamaliels Familie einzuheiraten, war seine Hoffnung schnell zunichte. Bis zum Jahr 90 durften Proselyten nicht sofort nach ihrer Bekehrung legitime Juden heiraten (es scheint sogar, daß dieses Verbot über zwei Generationen galt). Als frischgebackener Proselyt konnte Saul also keinesfalls die Tochter des Repräsentanten des orthodoxen Pharisäertums heiraten. (Jeremias, vgl. Bibl.) Paradoxerweise sieht es im Falle der Tochter eines Hohenpriesters ganz anders aus (vgl. Anm. 23).

18. Auch »die milder gestimmten pharisäischen Kreise« befürworteten, so Jeremias (S. 353, vgl. Bibl.), »grundsätzlich die Ausscheidung illegitimer Priesternachkommen aus dem Priesterstande, scheuten sie sich doch nicht, die hasmonäischen Hohenpriester Johannes Hyrkanus und Alexander Jannäus, die nach ihrer Behauptung illegitime Priesterkinder waren, zur Niederlegung ihres Amtes aufzufordern«.

19. Marcel Simon merkt an (*La civilisation de l'Antiquité et le Christianisme,* S. 59, vgl. Bibl.), daß die Haltung des Judentums gegenüber dem Proselytismus zweideutig war. Sie läßt sich auf die beiden folgenden Positionen reduzieren: »Wer einen Heiden zur Erkenntnis Gottes führt, der handelt, als schenke er ihm das Leben.« Und: »Der Proselytismus ist genauso schädlich für Israel wie die Lepra für die Epidermis.« Es scheint also, als hätte es keinen verbindlichen Standpunkt zur Bekehrung von Heiden gegeben. Wir müssen uns fragen, ob nicht die erste der oben genannten Positionen in der Diaspora überwog, da es für die exilierten Juden nur vorteilhaft war, wenn ihre Zahl anwuchs. W. D. Davies zeigt (*Jewish and Pauline Studies,* vgl. Bibl.), daß die große Zahl der Proselyten bis zu einem gewissen Grade dazu beiträgt, den Stellenwert der Diaspora zu erklären.

20. Marcus Ambivulus (Schreibweise des Josephus) oder Ambivius war der Prokurator von Judäa in den Jahren 9 bis 12, Annius Rufus von 12 bis 15, Valerius Gratus von 15 bis 25 oder 26, als Pontius Pilatus sein Nachfolger wurde.

21. Die Ausbildung der jüdischen Knaben begann im Kindesalter, wenn sie sieben oder acht Jahre alt waren, und zog sich über einige Jahre hin. Jeremias (vgl. Bibl.) schreibt: »Nachdem er den gesamten Stoff in religiöser Gesetzeskunde und dem Strafrecht beherrschte, wurde er »Gelehrter ohne Weihe« (*tálmid hakam).* Aber erst, wenn er das vorgeschriebene Alter von vierzig Jahren für die Weihe erreicht hatte... konnte er mit Hilfe einer Weihe als vollwertiges Mitglied in die Gemeinschaft der Schriftgelehrten aufgenommen werden, als ›geweihter Gelehrter‹.« Es handelt sich hier in zweierlei Hinsicht um eine wichtige Information. Der erste Punkt bezieht sich auf die Kenntnis des Gesetzes und den Status als Schriftgelehrter, den manche Autoren, darunter auch Jeremias, Saul zuerkennen; beides wird dagegen von einigen Exegeten verneint. Maccoby (vgl. Bibl.) lehnt die Hypothese kategorisch ab, laut derer Saul die Ausbildung eines Schriftgelehrten genossen haben soll, erst recht eines Gamaliel; er führt Beispiele für Sauls völlig abwegige Handhabe des *kal-w'chójmer* an, den sein von vorneherein spezifisch hellenistisches Denken verzerrte, dem die talmudische Tradition fremd war. Es ist unmöglich, daß Saul nach jahrelanger talmudischer Praxis – und nachdem er zum Schriftgelehrten geweiht worden war –, solche Fehler beging. Bornkamm (vgl. Bibl.) zeigt, allerdings aus dem christlichen Blickwinkel, daß sich Saul in manchen Vorstellungen denen der Gnostik annähert, zum Beispiel mit der Idee einer »Weisheit, die vor Jahrhunderten für die Vollkommenen vorherbestimmt war« (s. auch Kor 2,1–5). Bornkamms Meinung nach ist das ein Gedanke, der mit der jüdischen Überlieferung unvereinbar ist, denn er macht sowohl das Gesetz als auch dessen Auslegung hinfällig. Wenn, so Bornkamm weiter, Sauls Glaube »durchaus Gemeinsamkeiten aufweist mit der alttestamentarischen jüdischen Auffassung«, so läßt sich dennoch nicht bestreiten, daß Saul sich systematisch von der jüdischen Lehre entfernt, und daß man sich bei einem angeblichen Schriftgelehrten über eine so durchgehende Abweichung nur wundern kann (ein anderes Beispiel: die Idee der göttlichen Gerechtigkeit offenbart sich ohne das Gesetz in Jesus Christus – Röm 3, 21ff.). In seinem grundlegenden Buch *Der Apostel Paul und die sokratische Tradition* (vgl. Bibl.) stellt Betz die These auf, daß Saul bewußt von den griechischen Kynikern beeinflußt war. Hanson schwächt diesen Gedanken ab (*The Paradox of the Cross in the Thought of St. Paul,* vgl. Bibl.): Er merkt an, daß der Apostel griechisch schrieb, und daß es ganz natür-

lich war, wenn er an griechisches Denken anknüpfte, wie er es zum Beispiel bei Philon von Alexandria gefunden hatte; aber in diesem Fall ließe sich zu Recht fragen, weshalb Saul sowohl seine Form als auch seine Bezüge von den Kynikern übernimmt. Außer Zweifel steht jedenfalls, daß sowohl der Inhalt als auch die Form der Schriften des Apostels der rabbinischen Überlieferung zutiefst fremd sind. Die These, Saul sei ein geweihter jüdischer Schriftgelehrter gewesen und habe nach vierzig Jahren radikal seine intellektuelle Ausrichtung und seine Kultur gewechselt, ist folglich ebenso gewagt, als wolle man behaupten, ein Rabbiner dieses Alters könne sich zum Islam bekehren und ein Ajatollah werden. Wieder einmal ist es offenkundig, daß sich die christliche Tradition irrt, wenn sie Saul als einen Schriftgelehrten hinstellt, genauso wie Saul es mit der Wahrheit nicht so genau nimmt, wenn er behauptet, er sei von Gamaliel unterrichtet worden.
Die Hinweise von Jeremias zu der Kaste der Schriftgelehrten sind aus psychologischer und chronologischer Sicht gleichermaßen von Bedeutung. Wenn Saul wirklich zum Schriftgelehrten geweiht worden wäre, dann hätte er mindestens vierzig Jahre alt sein müssen, wir befänden uns also im Jahre 29 oder 30. Wenn man annimmt, daß die Hinrichtung des Stephanus etwa gegen 34 stattgefunden hat und daß Saul daran maßgeblich beteiligt war, dann folgt daraus, daß er etwa fünfundzwanzig Jahre Auslegung des Gesetzes hinter sich hat. Das allerdings würde seine Hundertachtzig-Grad-Wendung auf dem Weg nach Damaskus vollends unverständlich machen (die ohnehin schon schwere Bedenken hervorruft, wie wir später sehen werden). Während man unter gewissen Umständen – die allerdings den von der Apostelgeschichte und der Briefen angegebenen Umständen nicht unbedingt entsprechen – noch verstehen kann, daß ein Laie sich auf Treu und Glauben einer Sekte in die Arme wirft, wird es schon sehr schwierig, an einen Schriftgelehrten zu glauben, der ein Vierteljahrhundert seiner Tätigkeit annulliert und nicht nur prochristlich, sondern auch noch antijüdisch wird (was bei den ersten Jüngern von Jesus überhaupt nicht der Fall war, vgl. Anm. 1).

22. Die Sadduzäer waren eine eigenständige religiöse Sekte mit einer Glaubenslehre, die sich von der der Pharisäer abhob; zugleich bildeten sie den Kern des jüdischen Laienvolkes, und außerdem waren sie reich. Aus ihren Reihen stammten die Hohenpriester; man bedenke, daß die

Priesterwürde erblich war. Ursprünglich war der Eintritt in die Kaste der Sadduzäer strengen Regeln unterworfen. Aber seit dem ersten Jahrhundert begannen Macht und Ansehen der Sekte zu schwinden; die Gründe dafür waren vielfältig, unter anderem spielte auch die römische Besatzung eine Rolle (Judäa war im Jahre 6 römische Provinz geworden); gleichermaßen konnte die Gegnerpartei der Pharisäer dank der Unverfrorenheit, mit der die Römer die Sadduzäer absetzten, an Stärke gewinnen. Um ihre schwindende Macht zu erhalten, verstrickten sich die Sadduzäer, Hohepriester eingeschlossen, in immer erbittertere Machtkämpfe.

23. Das war der Grund für die Unruhen, die der obengenannte Judas der Gaulaniter, auch Judas der Galiläer, auslöste. (Josephus, *Der jüdische Krieg*, II, 117 f. und VII, 453; *Jüdische Altertümer* XVIII; 4–10, vgl. Bibl.)

24. Die Parteigänger von Judas dem Gaulaniter folgten der pharisäischen Glaubensrichtung. Dennoch entwickelte Judas eine eigene Lehre daraus, die man die »Vierte Philosophie« nannte und aus der die Zeloten entstanden.

25. Josephus (*Jüdische Altertümer*, XX, 5,2, vgl. Bibl.) liefert genauere Einzelheiten und die Gründe, weshalb die Hohenpriester Schlägerbanden zusammengestellt hatten. Seit dem zweiten Drittel des ersten Jahrhunderts scheinen in Jerusalem immer wieder Unruhen aufgeflackert zu sein, während derer die Juden sich untereinander, mit den Römern oder mit den Syrern anlegten. Auch Saul muß seine Schläger gehabt haben; die Apostelgeschichte berichtet: »Saulus aber suchte die Gemeinde zu zerstören, ging von Haus zu Haus, schleppte Männer und Frauen fort und warf sie ins Gefängnis.« Oder: »Saulus aber schnaubte noch mit Drohen und Morden gegen die Jünger des Herrn und ging zum Hohenpriester und bat ihn um Briefe nach Damaskus an die Synagogen, damit er Anhänger des neuen Weges, Männer und Frauen, wenn er sie dort fände, gefesselt nach Jerusalem führe.« (Apg 8,3 und 9,1–2). Es leuchtet ein, daß er seine Vorhaben nicht allein ausführen konnte, außerdem standen ihm, wie die Apostelgeschichte bestätigt, beim Hohenpriester alle Türen offen.

26. Simon bar Camith war Hoherpriester von 17 bis 18 n. Chr. (s. a. Anm. 27).

27. Sauls Ehe ist ein Punkt, über den sich die paulinische Literatur besonders gründlich ausschweigt. Selbstverständlich spielten Ehefrauen damals keine große Rolle, vor allem nicht in einer polygamen Gesellschaft wie der jüdischen. Aber Sauls Ehe ist für den Historiker dennoch von einigem Interesse, denn sie lenkt die Aufmerksamkeit auf die Reden des Gründers des Christentums über Sexualität. Der Mann, der schreibt: »...denn ihre Frauen haben den natürlichen Verkehr vertauscht mit dem widernatürlichen« (Röm 1,26), ist nicht unberührt und schon gar nicht das, was im heutigen Sprachgebrauch unter das Stichwort »Platoniker« fallen würde. Er hat den geschlechtlichen Verkehr gekannt und wiederholt betrieben, wohl auch in der Variante, die er hier erwähnt, denn die menschliche Sexualität ist nicht wie die der Tiere; sie ist eine Sprache und ein Teil der Einbildungskraft. Die Wendung »natürlicher Verkehr« ist daher vollkommen unsinnig, und man täte dem ersten aller Theologen Unrecht, der in allen Finessen der hellenistischen Rhetorik beschlagen war, wenn man denkt, daß er diese Sprache nicht beherrschte. Wenn er darüber spricht, was Jesus übrigens nicht getan hat, zumindest nicht in so direkten Formulierungen, dann ist er entweder ein Heuchler, oder er versucht, sein früheres Leben zu leugnen. In beiden Fällen steht seine Ehrlichkeit auf dem Spiel.
Gewisse Autoren würden gern zugeben, daß Saul ohne weiteres verheiratet gewesen sein kann; nicht verheiratet zu sein war damals in Jerusalem bekanntermaßen verdächtig, besonders für jemanden, der sich in die jüdische Gemeinde einfügen wollte. Ganz normale Enthaltsamkeit gab Anlaß zu Spekulationen und das Zölibat aus religiösen Gründen ist ausgeschlossen: Vor dem sogenannten Damaskuserlebnis gibt es für Saul keinen Grund, ein Zölibat einzuhalten. Es ist sehr wahrscheinlich, wenn nicht sogar absolut sicher, daß Saul verheiratet war. Na und? werden die Hüter des traditionellen Apostelbildes erwidern.
Sauls Heirat gewinnt dadurch Bedeutung, daß er zwar nicht die Tochter Gamaliels, aber doch die Tochter eines Hohenpriesters zur Frau nahm. Darauf finden wir nurmehr einen Hinweis: Der *Panarion* des Epiphanius von Salamis (vgl. Bibl.) ist die einzige Quelle, über die wir von den Indiskretionen der ersten Christen wissen, die Saul feindlich

gesinnt waren. Aber welcher *Panarion?* Es existieren elf verschiedene Versionen, von denen keine einzige vollständig erhalten ist, bemerkt der amerikanische Exeget Frank Williams von der Universität Texas in El Paso in der Einleitung seiner Übersetzung von 1987. Epiphanius, ein Palästinenser, der in Besanduc unweit von Gaza geboren wurde, ist berühmt für seine Widerlegung aller Häresien seiner Zeit. Alle Argumente, die sich der im Entstehen begriffenen Überlieferung widersetzen, will er ausmerzen; aus diesem Grund berichtet er über die Denunziationen von Sauls Gegnern, den Ebioniten. Ein solch aufschlußreiches Dokument beinhaltet natürlich unbequeme Information; im Jahre 1910 beklagt sich der deutsche Epigraphiker Karl Holl, den Williams zitiert, über die »Nachlässigkeiten« und die »willkürlichen Korrekturen«, die die letzten Kopisten hinzugefügt hätten. Nach einer vergleichenden Analyse beschlossen die deutschen Epigraphiker mit der 1858 von Abbé Migne auf der Grundlage eines lateinischen Textes aus dem sechzehnten Jahrhundert erstellten Fassung zu arbeiten. In dieser Fassung ist zu lesen, daß Saul, »sobald er nach Jerusalem gekommen war und sich dort eingerichtet hatte, die Tochter des Hohenpriesters heiratete. Bei dieser Gelegenheit wurde er zum Proselyten und ließ sich beschneiden. Aber weil er sich später wieder scheiden ließ, schrieb er voller Zorn gegen die Beschneidung, den Sabbat und das Gesetz.« (Migne, *Patrologie grecque,* vgl. Bibl.). Epiphanius hätte diese Tatsachen natürlich heftigst abgestritten, als sei Saul vom Tage seiner Geburt an Christ gewesen; dabei widerspricht er sogar dem Bericht der Apostelgeschichte über das wilde Betragen des zukünftigen Apostels. Saul hat also nicht nur geheiratet, er nahm auch die Tochter eines Hohenpriesters zur Frau; welcher Hohepriester aber war das? Zu der Zeit, als Saul im heiratsfähigen Alter war, kommen fünf in Frage:

Hannas, vom Jahre	6 bis 15 im Amt;
Ismael ben Phiabi	von 15 bis 16 (ca.);
Eleasar, Hannas' Sohn	von 16 bis 17 (ca.);
Simon, der Sohn Camiths	von 17 bis 18;
und Josef Kaiphas, der Schwiegersohn von Hannas	von 18 bis 37 (ca.).

Drei dieser Hohenpriester gehören zur Familie von Hannas (die im übrigen noch drei weitere Vertreter dieses Amts stellen würde: Jonathan, Theophil und Matthias). Mir scheint, als müßte man diese drei, also

Hannas, Eleasar und Kaiphas, als mögliche Schwiegerväter Sauls ausschließen, denn ihre Familie war mächtig, ohne Zweifel die mächtigste Familie der Sadduzäer – schließlich zwang sie sogar Pilatus, eine Zustimmung zur Verurteilung von Jesus zu geben – und hatte bestimmt kein Interesse daran, Saul, der kein Sadduzäer von Geburt war, in die Familie aufzunehmen; da gab es gewiß Verbündete, die mächtiger und auch reicher waren. Ismael ben Phiabi ist ein möglicher Kandidat, aber aus folgendem Grund ist auch er problematisch: Josephus erwähnt ihn zweimal, im Abstand von etwa fünfundvierzig Jahren. Dem Chronisten unterlaufen in der Tat eine Reihe Fehler in seinem Tatsachenbericht, Fehler, die die modernen Historiker ausgemerzt haben. Zuerst einmal scheint es ausgeschlossen, daß es in einem Zeitraum von fünfundvierzig Jahren zwei Hohepriester mit exakt demselben Namen gegeben haben soll, besonders, wenn man bedenkt, daß ein Hoherpriester mit Namen Phiabi zwei Söhne namens Ismael gehabt haben soll, denn von diesem Phiabi heißt es, daß er selbst ein Hoherpriester gewesen sei. Kurz, es handelt sich um ein- und dieselbe Person. Er wird als ein frommer Mann beschrieben, den die Juden im Jahre 62 zum Fürsprecher der Priester bei Nero machen (in einer Streitsache: eine Mauer des Tempels versperrte die Aussicht eines der Eßzimmer von Herodes Agrippa), und scheint also nicht zu der Sorte Mann gehört zu haben, der einen Abenteurer, wie Saul damals einer war, in seine Familie aufgenommen hätte. Bleibt also nur Simon, der Sohn des Camith. Diese Rekonstruktion steht unter Vorbehalt, angesichts der bis jetzt bekannten Tatsachen über die Hohenpriester zur Zeit des Zweiten Tempels. Die Yoma von Babylon nennt über dreihundert, die von Jerusalem zwischen achtzig und fünfundachtzig; beide Ziffern übersteigen bei weitem die Listen, die wir kennen.

28. Es handelt sich um jenen Herodes, der im Jahre 19 König von Chalkis wurde, und um seinen Bruder Aristobul, der denselben Namen trug wie sein Vater und Jotape, die Tochter des Königs von Emesa, heiratete (vgl. Stammbaum der Herodier S. 486 f.).

29. S. Josephus, *Jüdische Altertümer,* XVII, 14, vgl. Bibl.). Hierbei ist zu unterstreichen, wie ungewöhnlich es ist, daß Josephus niemals den Namen von Antipaters Sohn nennt, obwohl er sonst ausnahmslos alle Namen der Nachfahren von Herodes dem Großen auflistet.

30. S. Josephus *Jüdische Altertümer,* XVIII, 2,2, vgl. Bibl.).

31. Hier darf daran erinnert werden, daß der Terminus Messias, hebräisch für »Gesalbter« (*chrestos* auf griechisch), in seiner wörtlichen und historischen Bedeutung ein strikt jüdischer Begriff ist; er bezeichnet eine Person, die König und Hoherpriester zugleich war.

32. Dositheus war zweifellos eine der ungewöhnlichsten und am wenigsten bekannten Persönlichkeiten des ersten Jahrhunderts. Origines berichtet, daß er sich selbst als Taheb bezeichnet, das heißt als den Messias der Samariter; er stammte wohl tatsächlich aus Samaria. Manche späteren christlichen Texte, wie zum Beispiel der Pseudo-Tertullian (s. *Dictionnaire encyclopédique du Christianisme ancien,* vgl. Bibl.) bezeichnen ihn als einen jüdischen Häretiker, der die Inspiration der Propheten ableugnete, andere, wie die Pseudo-Clementianer, bringen ihn mit Jokanaan, Johannes dem Täufer, in Verbindung, was einen Widerspruch darstellt. Diese letzte These ist von R. McL. Wilson näher untersucht worden (*Simon, Dositheus and the Dead Sea Scrolls,* vgl. Bibl.). Er hat bewiesen, daß Dositheus als Essener gelten muß; das paßt zu seiner Beziehung zu Johannes dem Täufer, auch zu der »enkratitischen« Färbung seiner Lehre (s. *Dictionnaire,* vgl. Bibl.); diese Färbung, die sich unter anderem an der großen Bedeutung ablesen läßt, die er der Enthaltsamkeit und der Keuschheit beimißt, ist dieselbe wie in der essenischen Lehre. Versucht man den Einfluß von Dositheus zu analysieren, dann darf man die Erwartung eines Messias zu jener Zeit nicht vom Charisma der Person trennen wollen. Wahrscheinlich stützten sie sich gegenseitig, denn Dositheus hatte offensichtlich einen großen Einfluß; er gründete eine Sekte, die noch im zehnten Jahrhundert aktiv war, und seine Schriften zirkulierten offensichtlich bis jenseits der Grenzen von Samaria. Den Pseudo-Clementianern war er der Meister von Simon dem Magier, der ihn zusammen mit einer seiner Schülerinnen, Helena, verließ, um seine eigene Sekte zu gründen.
»Der Talmud«, schreibt Jean Daniélou in *Les symboles chrétiens primitifs,* »sagt, daß er [Dositheus] in Kokba blieb«, ein Ort, den Daniélou nach einer Hypothese von Lurie (Daniélou, S. 123 f., vgl. Bibl.) »fünfzehn Kilometer südwestlich« von Damaskus ansiedelt. Daniélou äußert sogar an zwei Stellen die Vermutung, daß Sauls Konversion sich

in Kokba zugetragen haben muß und daß die Essener daran beteiligt waren. Das ist eine unerwartete Variante der traditionellen Version über die Erleuchtung auf dem Weg nach Damaskus, denn Kokba liegt tatsächlich auf dem Weg dorthin.
In *Geographia historica Palestinae antiquae* (vgl. Bibl.) erwähnt Ladislaus Szczepanski zwei andere Ortschaften, die Cochaba, eine andere Form für Kokba heißen; die eine liegt in Galiläa, die andere in der Dekapolis, in der Nähe von Skythopolis, an der Grenze zu Samaria. Ich habe mich für das syrische Kokba als Dositheus' Wohnsitz entschieden, denn Daniélou nennt eine äußerst wichtige Tatsache zu seinen Gunsten: Es war ein ehemaliges Zentrum der Sadokiter, das heißt, der Essener, was nahtlos an die These anschließt, Dositheus sei ein Schüler der Essener gewesen.
Hier muß ich deutlich machen, daß ich es bei unserem heutigen Wissensstand unhaltbar finde, Dositheus für einen Essener im strikten Sinne zu erklären, das heißt für einen, der den Regeln der Gemeinschaft unterworfen war, Kippenberg (*Garizim und Synagoge*, vgl. Bibl.) berichtet, daß sich Dositheus als Reinkarnation von Moses ausgab; schon für einen gewöhnlichen Juden war das eine gotteslästerliche Anmaßung, aber die Essener, die es mit Anspielungen auf das Alte Testament sehr genau nahmen, hätten es niemals geduldet. Allein der Gedanke daran ist für einen Juden aus Palästina dermaßen abwegig, daß ich hier doch die These noch einmal aufgreifen möchte, die ich bereits in Zusammenhang mit meinem Roman *Ein Mensch namens Jesus* entwickelt habe: Dositheus war nicht nur kein Essener, der die Regeln strikt befolgte, er war außerdem auch kein Jude aus Palästina, vielleicht sogar überhaupt kein reiner Jude. Er kam aus Ephesus, wie es seine Anspielungen auf die heidnischen Kulte der Luna Astarte vermuten lassen; die Zahl seiner Jünger, neunundzwanzig, entsprach der Anzahl der Tage eines Mondumlaufs. Mir scheint, daß er vom Astarte-Kult stark geprägt gewesen sein muß, da er Elemente daraus so treu übernommen hat, und daraus schließe ich, daß er in einer Gegend oder einer Stadt aufgewachsen sein muß, wo dieser Kult noch lebendig war, wie beispielsweise in Ephesus.
Wie auch immer, das Kapitel Dositheus muß unvollständig bleiben, solange wir nicht andere Schriften über ihn entdecken.

33. Wir befinden uns also im Jahre 27. Nach meiner Chronologie ist Saul etwa achtunddreißig Jahre alt, seine Macht als öffentlicher Beamter, der mit der Aufrechterhaltung der öffentlichen Ordnung betraut ist, festigt sich, als er zuerst gegen den Zelotenaufstand, der in Galiläa angefangen hat, und später gegen die messianische Agitation essenischer Prägung angeht. Der Hinweis der Apostelgeschichte, Saul »suchte die Gemeinde zu zerstören« (Apg 8,3), läßt in der Tat darauf schließen, daß Saul über eine gewisse Macht verfügte, ohne die er die Verhaftungen und – aus Andeutungen zu schließen – die Gesetzeswillkür gar nicht hätte durchsetzen können. Zum Zeitpunkt von Stephanus' Steinigung – also sechs bis sieben Jahre später, um 33 oder 34 – besaß er das Vertrauen eines Teils der jüdischen Behörden von Jerusalem, sicher auch das schweigende Einverständnis von Pilatus, er stand also in einem alten und erprobten Vertrauensverhältnis zu ihnen. Außerdem hatte er wohl immer einen der Schlägertrupps des Sanhedrin zur Verfügung, die Josephus erwähnt. Meine Hypothese ist, daß Saul sich über das Ausmaß der religiösen Unruhen in Palästina kundig gemacht haben muß und daß er auch verstanden hat, daß es unmöglich sein würde, sie im Zaum zu halten. Daher rührt seine Entscheidung, selbst mit gutem Beispiel voranzugehen. 27 ist aller Wahrscheinlichkeit nach das Jahr, in dem das öffentliche Wirken von Jesus seinen Anfang nimmt, zeitgleich mit den Predigten des Täufers und der Dositheaner.

34. Josephus berichtet von dieser Affäre (*Jüdische Altertümer*, XVIII, 2,2, vgl. Bibl.). Dieser »Schnitzer« ist ebenso wie der folgende, der den Tempelschatz zum Bau eines Aquädukts heranziehen wollte, von besonderem Interesse: Beide Fälle sind der Ausdruck für eine extreme Gleichgültigkeit, beinahe Verachtung, des Prokurators gegenüber den Juden, vielleicht ein Echo auf den plötzlichen Umschwung von Tiberius in der Judenfrage, der die Juden aus Rom vertreiben ließ, was Claudius im Jahre 49 rückgängig machte. Diese Punkte werfen ein besonderes Licht auf die ungewöhnliche Sorge des Prokurators um Jesus, die auch in den *Sources* (vgl. Bibl.) zu *Ein Mensch namens Jesus* eine Rolle spielt.

35. Satirische Komödie des Plautus.

36. Innerer Tempelteil, in dem das Götterbild aufgestellt war.

37. Dieses Kapitel schließt an den ersten Abschnitt des zweiten Teils von *Ein Mensch namens Jesus* an, die »Jahre in der Öffentlichkeit«, in dem Jokanaan Jesus indirekt als Messias begrüßt und eine Priesterdelegation abweist, die aus Jerusalem gekommen ist, um ihn zu befragen.

38. Daß sich der Himmel zum Zeitpunkt von Jesu Kreuzigung verdunkelt haben soll, gab Anlaß zu zahlreichen Nachforschungen, die in den *Sources* (vgl. Bibl.) zu *Ein Mensch namens Jesus* zusammengefaßt wurden. Dieses Detail ist sicherlich von Interesse; könnte man es einer Sonnenfinsternis zuordnen, dann ließe sich das genaue Datum der Kreuzigung bestimmen. Heutzutage verwirft man Newtons Hypothese, daß dies der 24. April des Jahres 34 gewesen sein muß; im Jahr 1990 veröffentlichte Clive Ruggles von den Departments of Archeology and Computing Studies der University of Leicester in Großbritannien einen Essay in *Nature* (Band 345, 21. Juni 1990, vgl. Bibl.), in dem er den Stand der Forschung und Theorie detailliert referiert; er merkt an, daß die Jahre 30 und 33 in Frage kämen, die auch in der oben zitierten Anmerkung genannt werden; die Daten, die am wahrscheinlichsten sind, wären der 7. April für das Jahr 30 und der 3. April für 33. Ruggles verweist auf die Unstimmigkeiten der Evangelien in der Frage, ob die Kreuzigung am Abend vor dem Paschafest oder am Tag des Festes selbst stattgefunden hat, ein unklarer Punkt; Ruggles merkt außerdem an, daß zur Zeit Jesu das Paschafest nach der Tagundnachtgleiche im Frühjahr begangen wurde, so daß die Juden alle zwei oder drei Jahre einen Schaltmonat einlegten, um dem Sonnenkalender gerecht zu werden und um allzu große Abweichungen für den Zeitpunkt des Paschafestes zu vermeiden. Dennoch konnte, wenn das Wetter allzu schlecht und der Mond in seinem ersten Viertel nach Neumond nicht sichtbar war, der Hohepriester einen besonderen Schaltmonat ausrufen.
Unter Berücksichtigung dieser Informationen hat der Astrologe B. E. Schaefer neue Berechnungen auf der Grundlage einfacher Algorithmen angestellt, wobei er gleichzeitig davon ausging, daß der 15. Nisan sowohl ein Dienstag als auch ein Freitag sein konnte. Dabei kam er wieder auf die beiden oben erwähnten Daten.
Dennoch hat Schaefer das Datum des 3. April 33 genauer unter die Lupe genommen; dabei stützte er sich auf die Petrusakten (*Apo-*

krypha, hrsg. v. Erich Klostermann, vgl. Bibl.), denen zufolge am Tage der Kreuzigung eine Mondfinsternis herrschte und der Mond rot leuchtete. In jenem Jahr hatte es auch wirklich eine Mondfinsternis gegeben, und war der Mond tatsächlich rot gewesen. Aber, so Schaefer, es handelte sich um eine partielle Mondfinsternis, und als der Mond über Jerusalem aufging (der Zeitpunkt läßt sich auf einige Minuten genau berechnen), war die Mondfinsternis nicht mehr wahrnehmbar, denn nur noch ein Prozent der Mondscheibe war verdeckt.
Daraus folgt, daß die Finsternis, die für die Nachmittagsstunden des Tages der Kreuzigung angegeben ist, nicht einer Mondfinsternis zugeschrieben werden kann (immer angenommen, die Kreuzigung habe am 3. April 33 stattgefunden); weiter folgt daraus, daß das Detail des roten Mondes von einem Beobachter beigesteuert wurde, der sich nicht in Jerusalem befand, sondern mit Sicherheit irgendwo im nördlichen Mittelmeerraum; es ist also erst später in die Petrusakten eingefügt worden.
Ruggles schließt, daß mathematische oder astronomische Berechnungen keine Hilfestellung für eine Entscheidung zwischen den beiden erwähnten Daten sind. Meiner Meinung nach gibt es ein anderes Element, das die Wahl beeinflussen könnte, und das ist der Zeitpunkt von Stephanus' Steinigung. Es ist anzunehmen, daß sich die christliche Gemeinschaft bis zum Zeitpunkt dieses Martyriums hinreichend vergrößert hatte, so daß sie eine Glaubenslehre entwickelt hatte, die weit genug strukturiert war, um die Berufung zum Märtyrer aufkommen zu lassen. Oben haben wir gesehen (vgl. Anm. 2), daß das Datum von Stephanus' Martyrium im allgemeinen zwischen 33 und 34 angesiedelt wird. Hätte aber die Kreuzigung erst 33 stattgefunden, dann wäre Stephanus höchstens ein Jahr später hingerichtet worden. Diese Zeitspanne scheint mir recht kurz. Wenn man aber am Jahr 30 festhält, wird alles wahrscheinlicher.
In diesem Zusammenhang muß nicht noch einmal daran erinnert werden, daß meines Wissens bislang keine Arbeit das seltsame Schweigen kommentiert, das die Apostelgeschichte und die Briefe über Sauls Haltung während des Prozesses und der Kreuzigung wahren. Es gibt aber gute Gründe zu der Annahme, daß Saul, der sich während dieser Ereignisse in Jerusalem aufhielt, die Verurteilung des Mannes befürwortete, dessen Apostel er später werden würde, eine Kehrtwendung, die man ohne zu übertreiben als außergewöhnlich einstufen mag. Zu dem Zeit-

punkt, als Stephanus gesteinigt wird, also drei bis vier Jahre nach der Kreuzigung, hatte Saul die Macht, bei der Entscheidung über eine Hinrichtung aus religiösen Gründen mitwirken zu können. Die Apostelgeschichte bestätigt dies: »Saulus aber hatte Gefallen an seinem Tode« (Apg 8,1). Dieser Satz darf nicht als die Zustimmung irgendeines Mannes aus der Menge aufgefaßt werden, sondern er war die effektive Zustimmung einer Person, die rechtsgültig entscheiden konnte; dazu paßt auch der dritte Vers desselben Buches: »Saulus aber suchte die Gemeinde zu zerstören...« Erstens war Jesus Oberhaupt dieser Gemeinde, zweitens verfügte Saul wahrscheinlich über juristische Entscheidungsgewalt, und drittens haßte er wohl aus tiefster Seele diesen Jesus als den ersten Anstifter zu den Aufständen, die die öffentliche Ordnung in Palästina gefährdeten, und daher kann man schließen, daß Saul wohl dem Todesurteil von Jesus zugestimmt hat. Bis zu welchem Grad er verantwortlich gemacht werden kann, ist bei unserem heutigen Wissensstand nicht zu entscheiden. Man geht allerdings auch nicht zu weit in der Annahme, daß Saul bei dem Prozeß gegen Jesus zumindest zugegen war.
Es ist leicht zu erkennen, daß Lukas nicht über die Jahre vor Sauls Bekehrung spricht; auch der Apostel selbst, von einigen wenigen kurzen Andeutungen abgesehen (wie etwa seiner angeblichen tarsischen Herkunft oder auch seiner ebenso erfundenen Erziehung durch Gamaliel), verliert kein Sterbenswörtchen darüber, was er zu der Zeit des Wirkens und des Prozesses von Jesus getrieben hat. Trotz allem ist es schwerlich denkbar, daß Saul an der Entscheidung, Jesus zu verhaften, direkten Anteil hatte. (Als Neophyt konnte er an den Entscheidungen des Sanhedrin keinen Anteil nehmen, und auch zu ihren Versammlungen war er nicht zugelassen.) Das hätten ihm die Jünger, Damaskuserlebnis hin oder her, wohl auch niemals verziehen.

39. Vgl. Anm. 81 der *Sources* (vgl. Bibl.) zum besonderen Gebrauch des griechischen Begriffes *othonia* im Johannesevangelium.

40. Nach den Evangelien ist Maria von Magdala auch noch nach der Kreuzigung in Jerusalem geblieben, denn zumindest hat sie Jesus kurz darauf in Getsemani wiedergesehen. Alles spricht dafür, daß sie bei ihrem Bruder Lazarus und ihrer Schwester Marta geblieben ist. Dennoch muß man die Unerschrockenheit ihres Bleibens würdigen, denn alle

engen Jünger und Begleiter von Jesus waren, vorsichtig ausgedrückt, der Rache der Leute des Tempels ausgesetzt. Magdala wäre gewiß ein sichererer Aufenthaltsort für Maria und Lazarus gewesen.

41. Vgl. *Les Sources* (S. 25, vgl. Bibl.) über Markus' Version der Erweckung des Lazarus gemäß einem Brief, der Clemens von Alexandria zugeschrieben wird.

42. Manche der Jünger, unter ihnen Johannes und Petrus, die, durch Maria von Magdala alarmiert, das leere Grab nach der Kreuzigung inspizieren, bleiben in Jerusalem. Sie haben sich wohl im Hause von Maria versammelt, der Wohlhabendsten aus der Gruppe derer, die Jesus gefolgt waren. Sie war außerdem die einzige, bei der sie Unterschlupf finden konnten, zumindest in Jerusalem.

43. Die Evangelien lassen darauf schließen, daß mehrere der Jünger, wenn nicht alle, die Wochen und Monaten nach der Kreuzigung nicht in Jerusalem waren. Es gibt beträchtliche Widersprüche zwischen den Evangelien, was die Umstände angeht, unter denen Jesus seinen Jüngern wieder erscheint, wie viele es waren und wo er ihnen erschienen ist; es ist unmöglich, ein klares Bild zu erhalten. Eine Synthese der verschiedenen Versionen führt zu der Annahme, daß Jesus erst einigen der Jünger auf der Straße nach Emmaus erscheint, später anderen in Galiläa. Für eine ausführlichere Analyse vgl. Anm. 86 der *Sources* (vgl. Bibl.). Im Jahre 40 jedenfalls waren Petrus, Jakobus der Kleine, Johannes und ohne Zweifel auch Jakobus in Jerusalem.

44. Es scheint mehr als wahrscheinlich, daß der hartnäckige Christenverfolger Saul das Haus von Maria von Magdala aufgesucht hat, denn sie war eine der »auffallendsten« Personen aus dem Kreis der Anhänger Jesu. Zum einen wird ihn die Neugierde auf eine sehr reiche Person getrieben haben, die unter dem Verdacht stand, an dem Komplott zur Rettung von Jesus vor dem Kreuzestod beteiligt gewesen zu sein; zum zweiten hat er sie wohl einschüchtern wollen.

45. Aus den obengenannten Beweggründen hätte Saul (der in der Apostelgeschichte als ein Mann beschrieben wird, der ohne Zögern die Jesusjünger auch auf fremdem Boden verfolgt, wo er seine Macht verlo-

ren hat), auch nach Galiläa und insbesondere nach Kafarnaum reisen können, das schon damals als Brutstätte dessen bekannt war, was für den Tempel »Nazareneraufstand« hieß. Er hätte die Jünger wohl dort gesucht, und weil Kafarnaum eine kleine Stadt war, waren die Jünger von Jesus dort wohlbekannt und es machte ihm keine Mühe, sie zu finden. Dennoch würde ich aus psychologischen Gründen behaupten wollen, daß er sie gesehen und vielleicht gehört hat, aber daß er sie nicht angegriffen hat, denn das wäre ihm auf fremdem Boden vielleicht teuer zu stehen gekommen; Galiläa stand unter der Oberhoheit des Herodes Antipas, und Saul hatte dort überhaupt keine Macht. In meinen Augen muß Saul von den Jüngern fasziniert gewesen sein, und diese Faszination hat den Weg bereitet für sein Zusammentreffen mit den Jüngern des Dositheus in Kokba.

46. Die Hypothese, daß Pilatus bestechlich war, taucht weder in *Ein Mensch namens Jesus* noch in den *Sources* (vgl. Bibl.) auf. Sie beruht auf einem Abschnitt in der Apostelgeschichte, dem ich damals keine Beachtung geschenkt hatte. Dort heißt es, der Prokurator Felix, dem der Tribun Lysias Saul auf den Verrat der Juden hin überstellt, habe »nebenbei« gehofft, »daß ihm von Paulus Geld gegeben werde« (Apg 24,26) – zweifellos, damit er ihn freiließ. Das beweist, daß auch die Prokuratoren bestechlich waren. Dann ließe sich durchaus vermuten, daß auch Pilatus von den sehr reichen Leuten bestochen worden sein kann, die den Evangelien zufolge während des Prozesses für Jesus Partei ergriffen: außer Maria von Magdala, die ich schon erwähnt habe, gab es noch Johanna, die Frau eines Höflings von Herodes Antipas, Joseph von Arimathäa und Nikodemus.

47. Die Bezeichnung »Nazarener« für die Jünger von Jesus, die sich zugleich als Juden und als Christen verstanden (vgl. Anm. 67), ist nachgewiesen, unter anderem durch den ausdrücklichen Bannfluch gegen die »Nazarener und die Minim«, aus einem Gebet, das im Jahre 85 durch Rabbi Gamaliel II. autorisiert wurde. Die Verwünschung richtet sich gegen die christlichen Juden, die als Häretiker galten (C. K. Barrett, *The New Testament Background: Selected Documents*, London, 1984; in G. A. Wells, *The Historical Evidence for Jesus*, vgl. Bibl.). Epiphanius von Salamis bestätigt gegen Ende des vierten Jahrhunderts, daß es die Nazarener immer noch gab, und identifiziert sie mit den

Ebioniten. Für ihn sind sie Juden, die zugleich das Alte und das Neue Testament anerkennen und die daran glauben, daß Jesus der auferstandene Sohn Gottes ist; sie sind außerdem, es sei daran erinnert, erbitterte Gegner des heiligen Paulus. Derselbe Autor kommentiert in diesem Zusammenhang die Etymologie des Wortes »Nazarener«, das zuerst als Beiname für Jesus im Gebrauch war und später auf seine Jünger übertragen wurde. In seinen Augen bezieht sich das Wort auf den Herkunftsort von Jesus (obwohl feststeht, daß Jesus in Bethlehem geboren wurde und in Kafarnaum lebte), eine Meinung, die wohl in der damals entstandenen Tradition verankert war. Das Wort »Nazarener« – bei ihm »Nazoräer« – dürfe also nicht mit »Nasiräer« verwechselt werden, einem Begriff, der außergewöhnlich strenggläubige Juden bezeichnet, die für drei Jahre ein Gelübde besonderer Frömmigkeit abgelegt haben. Davon zu unterscheiden sei, so Epiphanius, auch »Nazaräer«, seinen Angaben zufolge eine Sekte »vor der Zeit Jesu, die Jesus gar nicht kannten«. Die kritische Ausgabe des *Panarion*, die ich verwendet habe, widerspricht Epiphanius (*Panarion*, S. 116, vgl. Bibl.). Das apokryphe Evangelium des Philippus führt aus, daß »Nazaräer« – nicht »Nazoräer« – soviel bedeutet wie »Wahrheit« (LXII; 7–17) und daß »der Nazaräer enthüllt, was verborgen ist« (LVI; 12–13). Diese Definition bezieht sich wirklich auf Jesus, aber es ist zu beachten, daß ein gnostisches Konzept dahintersteht. Jedenfalls geht die Unterscheidung von Epiphanius »Nazaräer« und »Nazoräer« mit der Akzeptanz der Bedeutungsvariante »aus Nazareth« verloren.

48. In der Rede, die Lukas Gamaliel, dem berühmten Schriftgelehrten, in den Mund legt (Apg 5, 35–39), spielt er auf zwei aufständische Bewegungen an: die von Judas dem Galiläer und die von Theudas. Diesen falschen Propheten gab es wirklich, Josephus bestätigt das (*Jüdische Altertümer*, XX, 5,1, vgl. Bibl.). Zufälligerweise kann Gamaliel zur besagten Zeit noch gar nichts von ihm gewußt haben: Theudas wurde im Jahre 47 enthauptet, als Cuspius Fadus Prokurator von Judäa war, das heißt rund vierzehn Jahre nach der Steinigung des Stephanus, die laut Apostelgeschichte zu der Zeit von Gamaliels Plädoyer noch gar nicht stattgefunden hatte. Da Lukas die Apostelgeschichte zwanzig bis dreißig Jahre nach den Ereignissen, über die er berichtet, verfaßt hat, nimmt er es mit der zeitlichen Abfolge oder den Einzelheiten nicht so genau. Er hat die Geschichte von Theudas ganz offensichtlich »aufs Geratewohl« hinzugefügt.

49. Wenn die Erfindungen von Lukas auch mit Vorsicht zu genießen sind, so habe ich die Rede, die er Gamaliel in den Mund legt, doch in den Hauptzügen übernommen, denn diese wirkt durchaus authentisch. Die Juden hegten damals tatsächlich zwiespältige Gefühle den ersten Christen gegenüber, die sie respektierten, solange sie die Tora einhielten und nicht gegen den Tempel und den hohen Klerus vorgingen. Viele Historiker bestätigen das (zum Beispiel Marcel Simon, vgl. Bibl.). Zumindest sei an dieser Stelle noch einmal auf den schreienden Widerspruch zwischen der Rede, die Lukas Gamaliel in den Mund legt, und der Tatsache hingewiesen, daß Saul behauptet, er sei ein Schüler dieses Mannes gewesen; Wie kann ein gegenüber den ersten Christen so toleranter Mann wie Gamaliel der Lehrer des fanatischen Christenhassers Saul gewesen sein? Hier haben wir meiner Ansicht nach einen weiteren Beweis dafür, daß die Behauptung des Apostels, er sei »zu Füßen Gamaliels« erzogen worden, eine reine Erfindung ist.

50. Es ist wohl eindeutig, daß Lukas am Prozeß von Stephanus, bei dem er Parallelen zum Prozeß von Jesus sehen will, nicht teilgenommen hat. Sogar das Datum der Ermordung des Stephanus macht stutzig: Es ist der 26. Dezember, der Tag nach der Geburt des Herrn, was zur Folge hat, daß sich Stephanus ausgerechnet am Tag nach dessen Geburtstag mit Jesus im Himmel vereint: Ein günstigeres Vorzeichen kann es gar nicht geben. Außerdem ist das Plädoyer, das Lukas Stephanus in den Mund legt und in dem die Rhetorik wilde Blüten treibt, ganz besonders wenig überzeugend. Aus Mangel an ausführlicheren Hinweisen habe ich es dennoch aufgenommen, allerdings in einer verkürzten Fassung. Ich möchte dennoch nicht ausschließen, daß der Proto-Märtyrer Stephanus die sprachlichen Grenzen überschritten hat, die die Jünger und die ersten Christen respektierten, und daß er seinen Tod seinem wüsten Schimpfen zu verdanken hat.

51. Das ganze achtzehnte Kapitel versucht, einen Knotenpunkt in der Geschichte Sauls psychologisch zu rekonstruieren: seine endgültige Anerkennung der unwiderstehlichen Dynamik des Christentums und der Bedrohung, die es binnem kurzem für sein Glück und seine Sicherheit bedeuten würde. Trotzdem enthalten weder die Apostelgeschichte noch die Briefe auch nur den kleinsten Hinweis auf Sauls geistige Ver-

fassung vor und während der ungewöhnlichen Kehrtwendung, bei der sich der Verfolger seinen eigenen Opfern anschließt. Wir haben aus rein biblischen Hinweisen erfahren, daß Saul reich und mächtig war; aber innerhalb weniger Tage kompromittiert er sich, und, mehr noch, er gibt seine Familie, seine Macht und künftigen Reichtum auf und geht das Risiko ein, selbst gesteinigt zu werden. Ein solcher Sinneswandel überrascht um so mehr, als er vom Hauptbetroffenen selbst geflissentlich verschleiert wird, der doch sonst weit weniger wichtige Erlebnisse bis ins kleinste berichtet.

Auch haben wir im Vorwort zu diesen Anmerkungen gesehen, daß die Geschichte von der Verzückung auf dem Weg nach Damaskus nichts anderes ist als eben dies: eine Geschichte. Saul selbst spricht davon in unterschiedlichen Fassungen, obgleich er sehr wohl einen Sinn fürs Erzählen hat. Für Renan liegt die Erklärung darin, daß Sauls Erinnerung getrübt war. Merkwürdig: Ein Mann wechselt ganz radikal die Seiten, nachdem ihm eine übernatürliche Vision drei Tage lang das Augenlicht raubte, und dann sollte er sich daran nicht einmal mehr erinnern können? Wollte man das behaupten, so müßte man Saul für einen Trottel und Traumtänzer halten, den Visionen heimsuchen, an die er sich nicht mehr erinnern kann; wir haben zwar sehr gute Gründe zu glauben, daß dieser Mensch manche Fehler hatte, aber diesen gewiß nicht.

Auch historisch gesehen ist der Vorfall auf dem Weg nach Damaskus recht verdächtig. Der Apostelgeschichte zufolge soll Saul, mit Empfehlungsschreiben des Hohenpriesters ausgestattet, nach Damaskus gereist sein, um Christen zu verhaften, die sich dort aufhielten, und sie in Ketten nach Jerusalem zu bringen (Apg 9,1–9). Ein unbedachtes Abenteuer, zu dem Kaiphas gewiß nicht seine Zustimmung gegeben hätte. Syrien wurde von Vitellius regiert und Damaskus von dem Eparchen (und nicht dem Ethnarchen, wie Saul im 2. Kor 11,32 behauptet) des Nabatäerkönigs Aretas IV. Und der Hohepriester des Tempels von Jerusalem hatte dort nicht nur ebensowenig Rechte wie irgendein anderer Judäer, nein, er hatte nicht einmal Einfluß auf die Synagogen von Damaskus, für die er Saul Empfehlungsschreiben mitgegeben haben soll. Hier handelt es sich wieder einmal um pure Erfindung. Ihr Ziel scheint mir zu sein, Sauls sonderbarer Expedition nach Damaskus einige Glaubwürdigkeit zu verleihen. Und wenn wir einmal annehmen, daß Saul das Oberhaupt der Christenverfolgung gewesen ist, dann hätte er genug innerhalb der Grenzen Palästinas zu tun, in Galiläa zum

Beispiel, ohne gleich nach Damaskus zu müssen, und, was noch schwerer wiegt, dort angeblich illegale Verhaftungen vornehmen zu wollen. Was Saul selbst anging, so hatte er keinerlei Befugnisse, dort Verhaftungen zu betreiben, und Entführungen erst recht nicht. Aber die Vorstellung wäre absurd, Saul hätte im unmittelbaren Einflußbereich der städtischen Organe eine ganze Gruppe von Christen in Damaskus kidnappen und in Ketten abführen können, und es ist ebenso absurd zu glauben, daß er an einen solchen Streich auch nur gedacht haben könnte.

Was noch wichtiger ist: Die Umstände erweisen sich dabei als so unpassend wie nur irgend möglich. In der Gegend herrschten Spannungen zwischen dem Tetrarchen Herodes und dem König Aretas IV., der eigentlich sein Schwiegervater war. Tatsächlich hatte Herodes Antipas die Tochter des Aretas geheiratet, aber er hatte sie verstoßen, um seine eigene Schwägerin Herodias zu heiraten, die Frau seines Halbbruders Philippus, was ihm neben den Verwünschungen des Täufers die handfesten Rachepläne des Arabers Aretas einbrachte, dessen Tochter er nach langer Ehe verstoßen hatte, wie Flavius Josephus genau berichtet (*Jüdische Altertümer*, XVIII, 5,1 ff., vgl. Bibl.). Seine Tochter unterstützte diese Rachepläne, und um es Herodes Antipas heimzahlen zu können, bemühte Aretas eine schlecht geregelte Grenzangelegenheit in der Gegend von Moabitis, in Idumäa. Aretas erklärte Herodes den Krieg und brachte dessen Armee eine schwere Niederlage bei. Als Tiberius erfuhr, Aretas habe einem seiner Günstlinge den Krieg erklärt und ihn geschlagen, befahl er Lucius Vitellius, dem Konsul von Syrien, Aretas zu ergreifen und in Ketten nach Rom zu bringen; Vitellius zog ins Feld, aber in der Zwischenzeit starb Tiberius (am 15. März 37 und Vitellius stellte die Kriegshandlungen ein (*Jüdische Altertümer*, XVIII, 4,2, vgl. Bibl.).

All diese Ereignisse spielten sich etwa zwischen 30 und 37 ab. In diese Zeit fällt die Steinigung des Stephanus, und auch die Expedition Sauls nach Damaskus – seine Bekehrung also –, die, zumindest nach der Apostelgeschichte, unmittelbar auf die Steinigung folgte. Das würde bedeuten, daß damals die Grenze nach Coele-Syrien bewacht war, eine Gegend von Damaskus, die der Eparch des Aretas regierte.

Aber in der damaligen Zeit gab es keine sechsunddreißig Wege nach Damaskus: Es gab nur den einen von Kafarnaum am Südufer des Meromsees (auch: See von Houleh) entlang, über Chorazim oder Coro-

zain. Das heißt, daß diese Straße, Königsweg genannt, aus dem vom Tetrarchen Herodes Antipas beherrschten Galiläa kam, und man darf annehmen, daß der Eparch von Coele-Syrien sie überwachen ließ.
Daraus folgt zweierlei: Die Christen in Damaskus während eines Krieges zu verhaften wäre noch ungeschickter gewesen als in Friedenszeiten; und auch in seiner Eigenschaft als Herodier wäre Saul schlecht beraten gewesen, in ein solches Wespennest zu stechen, da Aretas die Herodier nicht gerade ins Herz geschlossen hatte. Außerdem war Aretas, wie man sieht, ein nachtragender Charakter, und sein Eparch hätte es wohl kaum geduldet, daß mitten in einer solchen Krisenzeit ein Abgesandter des Tempels Christen kidnappt, die seinem Schutz unterstellt sind.
Diese Analysen werden durch die Tatsache erhärtet, daß Saul bei seiner Rückkehr nach Damaskus, diesmal bereits selbst als Christ, von dem nämlichen Aretas IV. ins Gefängnis geworfen wird, aus dem Saul dann in einem Korb entflieht (Korb = griech. *tarsos* – eine Geschichte, die ein unerwartetes Licht auf Sauls Beinamen, »der Tarse« wirft, der nun auch soviel bedeuten könnte wie »Saul aus dem Korbe«). Der Brief, der darüber berichtet (2. Kor 11,32–33) gibt keinen Grund dafür an, und der Zwischenfall bleibt sonderbar: In der Tat war Coele-Syrien eine Zuflucht für Christen, die Schwierigkeiten mit den orthodoxen Juden hatten. Warum sollte Saul dort in seiner Eigenschaft als Christ verhaftet worden sein? Es gibt dafür nur eine Erklärung: Er muß öffentlich dazu aufgerufen haben, zum Beispiel die nichtchristlichen Juden anzugreifen oder sogar Petrus selbst zu verhaften, wie eine wenig bekannte Überlieferung in der frühchristlichen Literatur berichtet. Auf jeden Fall beweist dies, wie streng Aretas über die Ordnung in seinem Land wachte.
Sicher gab es eine Gruppe der Parteigänger von Stephanus in Damaskus, und vielleicht unterstützte sie die überzeugtesten Nazarener und Stephanus-Anhänger, die in Judäa geblieben waren, indem sie ihnen beispielsweise Geld und guten Rat zukommen ließen. Aber diese logistische Hilfe, die ganz Palästina der Länge nach hätte durchqueren müssen, wäre gewiß zu schwach gewesen, um einen so aggressiven Schritt zu rechtfertigen, wie ihn Saul als Grund für seine Damaskusreise vorschützt.
Die Legende vom Weg nach Damaskus ist übrigens auch vom exegetischen Standpunkt aus suspekt, und zwar ebenso in der Apostelge-

schichte wie in den Briefen. In der ersteren ist sie widersprüchlich. In Apg 22,9 sagt Saul: »Die aber mit mir waren, sahen zwar das Licht, aber die Stimme dessen, der mit mir redete, hörten sie nicht«, und er betont, daß er es war, den das große Licht »umleuchtete«. In 26,13 hat aber das Licht sowohl Saul als auch alle, die mit ihm waren, umleuchtet. In 22,7–10 redet Jesus nur kurz und in einer nicht näher bestimmten Sprache: »Saul, Saul, was verfolgst du mich?« Und dann: »Steh auf und geh nach Damaskus. Dort wird man dir alles sagen, was dir zu tun aufgetragen ist.« In 26,14–18 heißt es, daß Jesus sehr viel länger und auf hebräisch sprach: »Saul, Saul, was verfolgst du mich? Es wird dir schwer sein, wider den Stachel zu löcken!«, und weiter: »Ich bin Jesus, den du verfolgst; steh nun auf und stell dich auf deine Füße. Denn dazu bin ich dir erschienen, um dich zu erwählen zum Diener und zum Zeugen für das, was du von mir gesehen hast und was ich dir noch zeigen will. Und ich will dich erretten von deinem Volk und von den Heiden, zu denen ich dich sende, um ihnen die Augen aufzutun, daß sie sich bekehren von der Finsternis zum Licht und von der Gewalt des Satans zu Gott. So werden sie Vergebung der Sünden empfangen und das Erbteil samt denen, die geheiligt sind durch den Glauben an mich.«
Abgesehen von der Länge unterscheiden sich die beiden Reden durch Form und Tonfall. In der zweiten wird nicht mehr davon gesprochen, nach Damaskus zu gehen; Jesus erwählt Saul zum Diener und verkündet ihm bemerkenswerterweise, er werde ihn von seinem Volk erretten, also von den Juden und außerdem von den Gojim. Außerdem spricht er über die Vergebung. Offenbar schmückt Lukas eine Geschichte aus, von der er erfahren hat und die sich folgendermaßen zusammenfassen ließe: Auf dem Weg nach Damaskus verlor Saul das Bewußtsein und hörte nach seinen eigenen Worten, und nur nach seinen eigenen Worten, die Stimme Jesu.
Aber wenn Saul selbst die Verzückungen beschreibt, von denen er ergriffen wurde (wir dürfen annehmen, auf dem berühmten Weg nach Damaskus), dann sagt er (2. Kor 12,4): »... der wurde entrückt ins Paradies und hörte dort unaussprechliche Worte, die kein Mensch sagen kann.« Dieses Verbot überschritt er nie, und er hat diese Worte nicht wiederholt. Das zeigt, daß die Reden von Jesus, wie sie Lukas in der Apostelgeschichte wiedergibt, pure Erfindung sind. Ja, nichts gibt Anlaß zu der Annahme, daß Saul während dieser »Verzückung« den Befehl erhielt, Jesus zu dienen.

Saul äußert sich kaum deutlicher über die Umstände, unter denen er Jesus gesehen haben will. Er spricht nur zweimal darüber: wenn er sagt, Jesus sei gesehen worden – »zuletzt von allen ist er auch von mir als einer unzeitigen Geburt gesehen worden.« (1. Kor 15,8), und wenn er in recht zweideutigen Ausdrücken davon spricht, daß Jesus recht getan habe, ihn von seiner »Mutter Leib an« auszusondern, und ihn »durch seine Gnade« berufen hat, seinen Sohn an ihm zu offenbaren, damit er ihn unter den Heiden verkünden solle (Gal 1,15–16). An diesen rhetorischen Ausschmückungen fällt vor allem auf, daß sie nicht mit der Beschreibung des Lukas in der Apostelgeschichte übereinstimmen, in der Jesus Saul auch aufträgt, die Juden zu unterweisen.
Aus all diesen historischen, logischen und exegetischen Gründen habe ich also die Geschichte vom Weg nach Damaskus, wie sie in der Apostelgeschichte und der Überlieferung enthalten ist, verworfen. Ich wiederhole: Man kann einen epileptischen Anfall in Coele-Syrien nicht ausschließen, aber viel mehr als ein Vorwand wäre das nicht. Saul hat nach reiflicher Überlegung die Seiten gewechselt. Vielleicht hat er den Argwohn des Hohenpriesters mit der Ankündigung beschwichtigt, er werde in Jerusalem Nazarener verfolgen, um Zeit zu gewinnen, seine Familie in Sicherheit zu bringen, aber fest steht, daß seine Bekehrung ganz nach einer Flucht aussieht.
Wenn er nach Damaskus reist, so um sich der Nazarenergemeinde anzuschließen, die den Lehren vor Dositheus folgt und durch die Anhänger des Stephanus Verstärkung bekommen hat. Anstatt dann nach Jerusalem zurückzukehren und den Juden gegenüberzutreten, reist Saul anschließend auf unbestimmte Zeit nach Arabien, erreicht dort offensichtlich aber nichts Nennenswertes.
Das große Rätsel dieser Kehrtwendung ist ihr Motiv. Viele Autoren, unter ihnen übrigens auch die moderne christliche Lehre, behaupten, daß Saul als hellenistischer Jude in der Tora nicht dieselbe Erfüllung gefunden hätte wie die anderen Juden mit pharisäischer Abstammung und Bildung und daß ihn dies empfänglicher für die christliche Botschaft gemacht habe. Es ließe sich eine lange Bibliographie von Autoren zusammenstellen, die diese Meinung auf verschiedenste Weise unterstützen (Sanday/Headlam, Lietzmann, Jülicher, Lagrange, Bornkamm, Hanson). Ich meinerseits halte es eher mit der Meinung Guigneberts (*The Christ*, vgl. Bibl.), demzufolge die Bekehrung Sauls nur eine »Übertreibung« ist, ganz wie die des heiligen Augustinus. Die Be-

kehrung besteht vor allem in einem ungestillten Machthunger, was ja auch die harten Auseinandersetzungen Sauls mit den anderen Aposteln beweisen, denen er während seines gesamten Wirkens die Leitung der Christengemeinde entreißen will.
Einzig in diesen zähen Versuchen läßt sich der wesentliche Antrieb für Sauls Handlungen erraten: Ehrgeiz. Die Apostelgeschichte und seine Briefe zeigen das auf die deutlichste Weise: Er kannte die Lehre von Jesus nicht und hatte auch nicht über sie nachgedacht, aber er bediente sich des Symbols Jesu, um eine neue Religion zu erfinden, die er dem Modell der älteren Religionen nachbildete. Trotzdem stritt er jenen die Kompetenz ab, die Jesus während seines ganzen Wirkens gefolgt waren und sich an jedes seiner Worte erinnerten, auch an die Betonung, mit dem es gesagt worden war. Diesen permanenten Staatsstreich wagte Saul, um nach Rom, dem Zentrum der Macht zu gelangen, das er mit Hilfe einer neuen Religion zu unterwerfen hoffte.
In dieser Verwandlung, dieser *metanoïa,* wie sie Guignebert nennt, liegt der Schlüssel zu Sauls Geschichte. Ohne die Geschichte des Damaskuserlebnisses zu begreifen, und zwar genauso methaphorisch, wie sie gemeint ist, scheint es mir unmöglich, die Ursprünge der Kirche zu verstehen.

52. Nach dieser Hypothese, der zufolge wir uns jetzt im Jahre 34 befänden, wäre Kaiphas dann tatsächlich nur noch für etwa zwei Jahre im Amt gewesen, denn schon um das Paschafest des Jahres 36 herum überläßt er seinen Sitz Jonatan, dem Sohn des Hannas, seinem eigenen Schwiegersohn also, nachdem er dort theoretisch neunzehn Jahre lang geherrscht hat.

53. Hier sei unter anderem das völlige Fehlen von Informationen über die Folgen von Sauls Kehrtwendung in der Apostelgeschichte und in den Briefen angemerkt. Denn der Seitenwechsel eines Verfolgers, der immerhin für die Steinigung des Stephanus gestimmt und im Auftrag einiger »Hardliner« des Klerus massenweise Christen verhaftet hatte, muß ziemlich gewichtige Folgen gehabt haben, die Saul gewiß in seinen Plan miteinbezogen hatte. Zunächst würde es für ihn höchst gefährlich sein, nach Jerusalem zurückzukehren, es sei denn in aller Heimlichkeit. Zweitens mußte er seine Frau und seine Kinder verlassen, die er, wie ich bereits betont habe, später mit keinem Wort er-

wähnte. Und drittens konnte ihm seine Vermögenslage Schwierigkeiten machen, da wir ja aus der Apostelgeschichte gesehen haben, daß Saul ein reicher Mann war. Das Geld eines Abtrünnigen konnte vom Tempel konfisziert werden, aber hier traf es sich, daß Saul römischer Bürger war und daß es dem Tempel unmöglich gewesen wäre, das Vermögen eines römischen Bürgers zu konfiszieren. Wie auch immer es um ihn stand, Saul konnte auf die Hilfe der römischen »Banker« rechnen, die in Palästina ansässig waren, und ihm entweder, wie in Kapitel XX vorgeschlagen, Bargeld auszahlen lassen oder Kreditbriefe für andere Städte des Reiches ausstellen konnten.

54. Der in Anmerkung 51 zitierte Königsweg führte über Damaskus hinaus nach Palmyra, Dura-Europos und Bezabde nach Osten, und dort zweigten die Straßen nach Antiochia und Samosat im Norden ab.

55. Die Dekapolis war eine Allianz von zehn Städten, die die Römer alle, mit einer Ausnahme, am Ostufer des Jordan und des Sees Gennesaret gebaut hatten. Es handelte sich um Damaskus, Philadelphia, Raphana und Skythopolis (nahe dem heutigen Beisan oder Bet-Shean, das am Westufer liegt), und weiter Gadara, Hippos, Dion, Pella, Gerasa und Kanatha. Diese Allianz war nach dem Feldzug des Pompeius um 63 vor unserer Zeitrechnung entstanden, um den Überfällen der Wüstenräuber widerstehen zu können. Ein Straßennetz verband die Städte, die ein kosmopolitisches Zentrum darstellten und daher dem Einfluß des Judaismus weitgehend entzogen waren. Man sprach dort griechisch und erbaute eine Menge Tempel, die den Gottheiten des griechisch-römischen Pantheons geweiht waren.

56. Lukas erzählt diese Ereignisse zwanzig oder dreißig Jahre später, nachdem sie eine gewisse Berühmtheit erlangt haben und Saul, nun zu Paulus geworden, eine beherrschende Persönlichkeit der frühen Kirche darstellt. Gleich zu Beginn rückt Lukas Sauls Kehrtwendung in den Bereich des Mythos. In der Apostelgeschichte (9,3–31) erfolgt Sauls Bekehrung unter dem Einfluß zweier aufeinanderfolgender Wunder, nämlich der Erscheinung Jesu auf dem Weg nach Damaskus und der Heilung von Sauls Blindheit durch Hananias; danach geht Saul in die Synagogen und bekennt dort offen, Jesus sei der Sohn Gottes. Das ruft keine andere Reaktion hervor als die Feindschaft der Ju-

den, die es verstört, zu sehen, wie sich der ehemalige Verfolger den Verfolgten anschließt. Es fällt kein Wort über die Reaktion der Jünger. Dabei ließe sich doch fragen, ob sie den grausamen Tod des Stephanus so leicht vergeben haben und Saul in Vorahnung seiner künftigen Kanonisierung jede Form von »Aufnahmegespräch« erlassen haben. Auch kein Wort über Sauls Reuebekenntnis, das er früher oder später vor der Gemeinde von Damaskus (oder noch wahrscheinlicher der von Kokba) würde ablegen müssen. Da die sogenannte Erscheinung von Damaskus kein Ereignis war, das eine ideologische Wende von hundertachtzig Grad hervorgerufen haben kann (vgl. Anm. 8, 45 und 51), es sei denn, man wollte den Apostel als einen Besessenen hinstellen, und da die ersten Jünger einen gewissen Selbsterhaltungstrieb gehabt haben müssen, ebenso wie ein Minimum an Kritikvermögen, so ist anzunehmen, daß sich die Dinge in Wahrheit ein wenig anders zugetragen haben. Saul dürfte bei seiner Ankunft in Damaskus sehr wohl mit der Gemeinde oder doch wenigstens einem ausgewählten Tribunal konfrontiert worden sein, das wegen der Abwerbung eines wichtigen Mitgliedes der Tempelpolizei zusammengetreten war. Ihr Mißtrauen mußte Saul erst überwinden.

57. Von den instinktiven Vorbehalten abgesehen, die sie angesichts eines so gnadenlosen Verfolgers wie Saul gewiß nicht völlig unterdrükken konnten, mußten die ersten Jünger sich auch verstandesmäßig vor einem so ungewöhnlichen Überläufer in acht nehmen: Saul hätte auch ein Spion des Tempels sein können.

58. Die Apostelgeschichte und die Briefe beschreiben die Reisen der Jünger zwischen den verschiedenen Zentren der ersten Christengemeinde (so reisen Philippus – Apg 8,5 –, dann Petrus und Johannes – Apg 8,14 – nach Samaria). Daher schien es mir einleuchtend, daß sie sich in Kokba, einem wichtigen Zentrum, getroffen haben. Noch einleuchtender ist die Anwesenheit von Lazarus, von dem einige Texte durchblicken lassen, er habe ebenso wie Dositheus der Essenergemeinde in Kokba angehört (s. *Les Sources*, S. 24f. und Anm. 50, vgl. Bibl.).

59. Wenn die Geschichte von der Offenbarung auf dem Weg nach Damaskus irgendeinen Ursprung hat, dann ist dieser vielleicht bei Saul

selbst zu suchen. Saul hätte sie zu passender Gelegenheit erzählen können, d. h. bei dem Verhör, das er in Kokba durchstehen mußte. Aber Saul hätte auch auf dem Weg dorthin einen Epilepsieanfall erleiden können, bei dem ihn ein gewisser Hananias gerettet haben könnte.

60. Simon der Magier wirkte in Samaria, wie die Apostelgeschichte 8,9 berichtet, und er gab vor, die Kraft Jahwes zu besitzen, »die die große genannt wird«. Vor seinem Eintritt in die Christengemeinde, die mit seiner Taufe durch Philippus begann, und später, nachdem er ausgestoßen worden war, lehrte Simon eine dualistische Theologie, also eine gnostische, wie sie Irenaeos beschreibt; er modifizierte sie, indem er ihr aus dem Christentum entlehnte Elemente hinzufügte. Hippolyt von Rom beschreibt in seiner *Widerlegung aller Häresien* (vgl. Bibl.) (die auch Dositheus einschließt) die liturgischen Rituale der Simoniten und berichtet, daß sich Simon mit »Herr«, *kyrios,* ansprechen und auch seine Gefährtin Helena, eine ehemalige Prostituierte, »Herrin«, *kyria,* nennen ließ. In ihrem Anspruch auf göttliche Kraft, die natürlich synkretistischer Natur war, ließen sie sich vor Statuen des Zeus und der Athene verehren. Irenaeos, Hippolyt und Epiphanius rechnen sie zu den bedeutenden Ketzern, und die Ebioniten, selbst Häretiker, haben versucht, Simon den Magier mit dem Apostel Paulus zu identifizieren, eine Verwechslung, die offensichtlich durch die Abneigung der Ebioniten gegen Saul hervorgerufen wurde und natürlich historisch nicht haltbar ist.
Der ganze 2. Petrusbrief, der sogenannte pseudoepigraphische – denn er wurde nicht von dem Apostel selbst verfaßt, sondern unter seinem Namen von seinen Schülern – dient der Zurechtweisung jener, die dem Irrtum anheimfielen, indem sie dem »Weg Bil'am ben Be'or« oder, in der deutschen Übersetzung, dem »Weg Bileams, des Sohnes Beors« folgten. Daniélou zeigt (S. 124–127, vgl. Bibl.), daß es sich hierbei um eine Anspielung auf die Offenbarung 2,14–16 handelt, wo die Stimme Gottes dem Engel der Gemeinde aus Pergamon vorwirft, zu den seinen auch die Anhänger der »Lehre Bileams« zu zählen, der laut Daniélou (der die Werke Schoeps zitiert) niemand anderes ist als Simon der Magier selbst. Da der 2. Petrusbrief um 125 und die Apokalypse kurz vor dem Fall Jerusalems (nach J. A. T. Robinson im Jahre 68) geschrieben wurde, so folgt daraus, daß die simonitische Häresie zumindest in den Jahren vor dem Fall Jerusalems im ersten Viertel des zweiten Jahrhun-

derts genügend Einfluß ausübte, um die christlichen Prediger zu beunruhigen. Abgesehen von ihrem heidenchristlichen Synkretismus war sie, wir erinnern uns, vor allem eine gnostische Lehre, die für die ersten Theoretiker des Christentums außerordentlich gefährlich war, weil sie die wachsende Macht der Gnostik stärkte.

61. Diese Reden von Dositheus sind streng gnostischer Prägung. Dositheus, erinnern wir uns, war Essener und stand den Jüngern des Täufers nahe. Obwohl man ihn später wegen seiner Gnostik zu den Häretikern rechnete, ist seine Anwesenheit in Kokba alles andere als paradox, denn schließlich war dieser Ort das Zentrum seiner Anhängerschaft, und dort wurde Saul im Christentum unterwiesen.

62. Mt 18,18.

63. Mt 18,19–20.

64. Joh 20,21–23.

65. Die drei vorangegangenen Stellen belegen, was ich hier Johannes in den Mund lege. Tatsächlich handelt es sich um einen zentralen Punkt zum Verständnis der Werke Sauls und der Geburt der Kirche: Jesus hat keinem bestimmten Menschen und auf keinen Fall Petrus die Leitung der ersten Christengemeinde übertragen, und sie war mindestens bis zur Ankunft Sauls ohne Oberhaupt, wie das folgende Zitat belegt: »...und (das Volk) pries Gott, der solche Macht den Menschen gegeben hat« (Mt 9,8). Bultmann schreibt über diese Stelle: »Der Plural ›den Menschen‹ zeigt deutlich die Überzeugung, daß die Macht Jesu, die Sünden zu vergeben, auf die Gemeinde übergegangen ist« (*Geschichte der synoptischen Tradition* vgl. Bibl.). Natürlich stehen die vier vorangegangenen Zitate in formalem Widerspruch zu dem Jesus zugeschriebenen Satz, der in der christlichen Überlieferung eine enorme Bedeutung erlangt hat: »Du bist Petrus, und auf diesen Felsen will ich meine Gemeinde bauen« (Mt 16,18). Bultmann hat diesen Gründungsspruch lange untersucht und schließt, es scheine ihm »freilich als ganz unmöglich, Mt 16,18–19 als ein echtes Jesuswort zu betrachten«. (Bultmann, *Geschichte,* S. 149f., vgl. Bibl.) Für ihn handelt es sich um eine spätere Einfügung, nachdem Petrus aus Jerusalem ver-

trieben worden war, also nach den Verfolgungen durch Agrippa; meiner Meinung nach erklärt sie sich aus dem Willen der Apostel, eine gewisse Einheitlichkeit der christlichen Lehre zu gewährleisten, die bereits in mehrere Richtungen aufgespalten war – den nicht autonomen christlichen Judaismus, das paulinische Christentum, das sich radikal vom Judaismus zu lösen versuchte, und die Gnostik, die sich bereits durch die Entstehung verschiedener Sekten bemerkbar macht.
Hier scheint es angebracht, an die Zeilen des Thomasevangeliums zu erinnern, wo die Jünger zu Jesus sagen, sie wüßten, daß er sie verlassen werde, und ihn fragen, wer ihr Oberhaupt sein werde. Daraufhin antwortet Jesus ihnen: »Wo immer ihr seid, geht zu Jakobus dem Tugendsamen.« (Th 12) In den *Sources* (vgl. Bibl.) habe ich es für unentscheidbar gehalten, ob es sich um Jakobus Zebedäus, den Bruder des Johannes, oder um Jakobus, den Sohn des Alphäus, handelt. Eine zweite Analyse zeigt, daß es sich wohl eher um Jakobus, Sohn des Alphäus, handeln muß, der tatsächlich erster Presbyter der Jerusalemer Gemeinde wurde und von Josephus in den *Jüdischen Altertümern* (vgl. Bibl.) irrtümlich als »Bruder von Jesus, genannt Christus« bezeichnet wird. Ich habe in den *Sources* (vgl. Bibl.) gezeigt, daß Jakobus, der Sohn des Alphäus, nicht der Bruder von Jesus sein konnte, da er bereits der von Levi Matthäus war, und jenen als den Bruder von Jesus zu bezeichnen, hieße auch aus diesem, einem Zöllner, den Bruder von Jesus zu machen.
Daraus geht hervor, daß die Mehrzahl der kanonischen Quellen dazu veranlaßt, die Idee formell zu verwerfen, Jesus habe die Absicht gehabt, eine Kirche zu gründen. Emile Morin vertritt diesen Standpunkt ausführlich in *Non-lieu pour Jesus* (vgl. Bibl.). Dadurch bin ich gezwungen, das Gründungswerk von Saul in offener Opposition mit den Absichten Jesu zu sehen, die sogar von den kanonischen Evangelien überliefert werden.

Zweiter Teil

66. Es handelt sich hier um Antiochia Epidaphnes, das heutige Antakya in der Türkei, am linken Ufer des Orontes, eine Stadt, die ihre Unabhängigkeit auch noch beibehielt, als Syrien im Jahre 64 vor unserer Zeitrechnung unter römische Kontrolle geriet. Es handelte sich um

eine herrliche Stadt, die die Römer noch verschönerten und die durch ihren berauschenden Glanz, wenn nicht gar durch kulturelle Überlegenheit, durch Widerspruchsgeist und eine besondere Lockerheit der Sitten auffiel. Trotz ihrer Freizügigkeit war sie Ausgangspunkt von Sauls Missionsreisen und bildete nach dem Fall Jerusalems die heimliche Hauptstadt des Christentums.

67. Entgegen dem Eindruck, den uns die christliche Tradition vermittelt, hat sich das Christentum nicht unmittelbar nach der Kreuzigung vom Judentum gelöst. Dabei handelt es sich um eine Fälschung durch den Antijudaismus späterer Versionen (Ende des ersten/Beginn des zweiten Jahrhunderts; s. *Les Sources*, vgl. Bibl.) der Evangelien, insbesondere unter dem wachsenden paulinischen Einfluß, der entschieden auf einen Bruch zwischen Judentum und Christentum hinarbeitete. »...Diejenigen, die die Auferstehung des gekreuzigten Messias verkündeten, hatten weder emotional noch rational die Absicht sich vom Judentum zu entfernen«, schreibt Marcel Simon in *La civilisation de l'Antiquité et le Christianisme* (vgl. Bibl.). »Sie befolgten weiterhin peinlich genau das Gesetz... Die neu entstandene Kirche war zu jenem Zeitpunkt noch nicht mehr als eine jüdische Sekte unter vielen anderen.« Und weiter: »Dem judaistisch-christlichen Zweig der Kirche, der außer dem Glauben an Jesus, den Messias, auch die uneingeschränkte Treue zum mosaischen Gesetz forderte, gelang es, sich durch mehrere Jahrhunderte hindurch zu halten. Aber er sah sich immer mehr vom ekklesiastischen Christentum zurückgedrängt.« Jedenfalls steht außer Zweifel, daß die Verurteilung Jesu durch den Sanhedrin bei den orthodoxen Juden Mißtrauen gegenüber einer Sekte schürte, die sich auf einen Mann berief, welcher den schändlichen Tod am Kreuz gestorben war. Da sie schon unter dem wachsenden Einfluß des Hellenismus standen, konnten die Verantwortlichen der Diaspora-Gemeinden, wie etwa meine Romanfigur des Rabbiners Theophoros aus Antiochia, einer neuen Sekte nur mit großer Skepsis begegnen, denn sie bedeutete eine weitere Bresche im Gebäude des hergebrachten Judaismus.

68. Telesphor war ein heilkräftiger Jüngling, der traditionelle Begleiter des Asklepios oder Äskulap, des griechisch-römischen Gottes der Medizin, und seine Töchter hießen tatsächlich Hygeia und Panakea. Dieser Gott war von Rom über Agrigent und Antiochia nach Alexandria gekommen, wo man ihm einen Tempel errichtet hatte.

69. Bei der schon weiter oben ausgeführten These, Saul habe seine Unterweisung im Christentum in Kokba empfangen, steht die Anwesenheit des Dositheus bei der Belehrung Sauls außer Zweifel, denn jener war, wie wir gesehen haben, bereits mit dem Täufer verbunden, er hatte die Gemeinde in Kokba gegründet und war zu jener Zeit noch am Leben. Man kann sich fragen, ob die Gnostik, die viele Autoren in zahlreichen Briefstellen erkennen wollen (die Häufung der bei Saul grundsätzlichen Begriffe wie *gnosis, sophia, Kyrios, Soter)*, nicht auf den Einfluß von Dositheus zurückgeht, der Essener, Hellenist und Gnostiker zugleich war.

70. Die Zugehörigkeit des Lazarus zur Essenerbewegung erklärt sich aus jener im Markusevangelium gefundenen Passage, die von der Pseudoauferstehung des Bruders der Maria von Magdala (*Les Sources*, vgl. Bibl.) erzählt, und besonders dort, wo Jesus das Leinenhemd erwähnt, die typische Kleidung des essenischen Rituals.

71. Die »Ordensregel von Qumran« schreibt peinlich genau vor, welchen Bestimmungen die Essener bei der Befriedigung ihrer natürlichen Bedürfnisse unterworfen sind, und enthält auch das Verbot, diese am Sabbat zu befriedigen.

72. Hier handelt es sich um einen Hauptpunkt der essenischen Eschatologie; man findet ihn ausschließlich in den Briefen wieder und in deren genauen Ausführungen über das unmittelbare Bevorstehen der Parusie, der Ankunft des Messias. Dieses Zusammentreffen, wie in Anm. 51 und 61 geschildert, ist ein weiterer Grund, der für einen essenischen Einfluß auf Saul spricht, zweifellos auch durch die Vermittlung von Dositheus.

73. Mt 11,2–3. Hier handelt es sich um einen verwirrenden Satz, denn er zeigt, daß Johannes noch kurz vor seinem Tode offen an der messianischen Sendung von Jesus zweifelte. Sicher hatte er dafür um so mehr Grund, daran zu zweifeln, als sich Dositheus als »Stern« bezeichnete.

74. Dieser Punkt erscheint an zwei Stellen der kanonischen Evangelien: zunächst, wenn ihn die Jünger alle verlassen (Mk 14,50), und spä-

ter, wenn sie ihre Enttäuschung nach der Kreuzigung äußern: »Wir aber hofften, er sei es, der Israel erlösen werde« (Lk 24,21), was zum einen ihre Erwartung eines weltlichen Messias und zum anderen ihren verlorenen Glauben an Jesus bezeugt.

75. Hier handelt es sich tatsächlich um einen der sonderbarsten Aspekte im Gesamtverhalten der Jünger. Nach Matthäus (28,16–17) treffen sie Jesus nach der Kreuzigung auf einem Berg von Galiläa wieder; Lukas zufolge (24,50) begleitet er sie bis Betanien und geht dann seiner Wege, während sie nach Jerusalem zurückkehren. Nach Johannes (21,1) treffen sie ihn an einem Ufer des Sees Gennesaret. Es handelt sich dabei um ihre letzte Begegnung mit Jesus in seiner irdischen Erscheinung (nur eine später an das Markusevangelium angehängte Passage beschreibt die Himmelfahrt). Wie kommt es, daß keiner der Jünger auch nur den Wunsch bezeugte, ihm zu folgen?
Es gibt nur eine einzige Erklärung, die an dieser Stelle des Berichtes nicht genannt wird: Jesus muß den Jüngern nämlich eigens befohlen haben, ihm nicht zu folgen.

76. Unter den bereits sehr zahlreichen Unstimmigkeiten zwischen den kanonischen Evangelien muß man auch die Unstimmigkeiten über den oder die Orte in der vorhergehenden Anmerkung rechnen, an denen Jesus den Jüngern nach der Kreuzigung erschienen ist und die sich ungewöhnlicherweise sogar in den synoptischen Evangelien finden. Diese Unstimmigkeiten geben zu dem Gedanken Anlaß, Jesus habe seine Jünger einige Wochen sporadisch von Judäa nach Galiläa begleitet, bevor er sie definitiv verließ. Wie auch immer der Fall liegen mag – die Vielzahl dieser Orte kann nur die Sonderbarkeit im Verhalten der Jünger unterstreichen.

77. Das beweist die Apostelgeschichte (8,12): Simon wurde in seinem Herkunftsland Samaria von Philippus getauft, als dieser zu einer der ersten missionarischen Tätigkeiten der Jünger unterwegs war. Lukas sagt, daß er sich Philippus anschloß.

78. Es ist möglich, daß Philippus durch die Enttäuschung über die so unbefriedigende Bekehrung Simons nun Saul mit Mißtrauen begegnete, da dessen Person ja auch anderweitig zweifelhaft war, hatte er

doch noch kurz zuvor die Christen verfolgt und an der Steinigung von Stephanus teilgenommen, was in den Augen der Jünger ein Kapitalverbrechen war. Diese Feindschaft der ersten Jünger gegen Saul sollte sich auch in der Folge nicht legen (vgl. Anm. 240).

79. Bis auf den heutigen Tag besitzen wir kein Dokument darüber, wie Saul mit den Lehren Jesu vertraut gemacht wurde, und natürlich auch nicht darüber, wie diese Unterweisungen aussahen und welche Lehrer er hatte. In diesem Romankapitel wird behauptet, daß der Zeitraum relativ kurz war: einige wenige Wochen. Man möchte sogar glauben, daß diese Unterweisung recht notdürftig war. Wie G. A. Wells in *The historical evidence for Jesus* (vgl. Bibl.) zeigt, wird in den Briefen das Leben Jesu überhaupt nicht erwähnt, weder sein vermutlicher Geburtsort und sein Geburtsdatum noch seine Verurteilung durch einen römischen Beamten oder Jerusalem als Ort der Kreuzigung; die Briefe sprechen weder von dem Täufer noch von Judas oder der Verleugnung durch Petrus, den Saul sonst ungeniert einen Heuchler nennt und von dem er berichtet, er bedrohe Sauls Position als Oberhaupt der Gemeinde von Antiochia (Gal 2,11–14). Sie sagen nicht einmal, daß Jesus hingerichtet wurde. Der ganze Gehalt der Evangelien, sowohl der kanonischen als auch der apokryphen, sei auf einmalige Weise »ausgedünnt« (wie auch die Wunder, vgl. Anm. 90). Jesus, so Wells, werde in den Predigten Sauls auf Abstraktionsniveau verlagert. Man finde dort nicht einmal einen Hinweis darauf, daß Jesus eine Ethik lehrte; vorherrschend sei Sauls eigene Ethiklehre, als würde er sich im Namen Jesu an dessen Platz setzen. Daraus entsteht paradoxerweise der Eindruck, die christliche Ausbildung des »Erfinders« des Christentums sei ähnlich oberflächlich und notdürftig gewesen wie seine jüdische Erziehung. Als Araber scheint Saul keinen anderen Glauben gehabt zu haben als den, den er sich mit Hilfe seiner hellenistischen Rhetorik selbst geschmiedet hatte; er selbst war sein erster Anhänger und der erste Christ im modernen Wortsinne.

80. Man darf sich darüber wundern, daß weder die Apostelgeschichte noch die Briefe in irgendeiner Weise die Reaktion erwähnen, die Sauls Bekehrung doch zweifellos in Jerusalem herausgefordert haben muß. Die Legende von dem »großen Licht« auf dem Weg nach Damaskus, die wahrscheinlich seit Kokba verbreitet wurde, könnte die Leute des

Tempels zu der Erklärung angeregt haben, es handele sich um geistige Umnachtung während eines epileptischen Anfalls, was um so glaubwürdiger war, als die Epilepsie Sauls in Jerusalem doch einigermaßen bekannt gewesen sein dürfte.

81. Es wird manchmal dazu tendiert, die Größe des wirtschaftlichen Austausches zu unterschätzen, der im ersten Jahrhundert zwischen Afrika, Asien, dem Kaiserreich und den Provinzen stattfand.

82. Es handelt sich hierbei um die Verwendung einer Magnetnadel, wie sie das *Luen Heng* schon 83 beschreibt und die gewiß bereits seit einigen Jahrzehnten bekannt war. Wie zahlreiche andere chinesische Erfindungen erreichte auch diese den Westen erst einige Jahrhunderte später. (Die erste Beschreibung zum Gebrauch einer Magnetnadel findet sich in Europa 1187).

83. Hier handelt es sich um die erste Version eines Kardan, die der Chinese Fang Feng im zweiten Jahrhundert vor unserer Zeitrechnung erfand.

84. Es gibt nur Vermutungen über eine Beziehung zwischen dem Philosophen und Dramatiker Seneca (4 v. Chr. – 65 n. Chr.) und Saul. Aber sie sind alt genug, um schon vor dem vierten Jahrhundert einige reichlich ungeschickte Pseudoepigraphen zum Verfassen eines Briefwechsels zwischen Saul und Seneca anzuregen. Hieronymus nimmt sie für bare Münze und rechnet daher Seneca zu den christlichen Autoren. Diese Vermutungen stützen sich heute auf einige bereits erwähnte Fakten. Da ist zunächst die höchst bemerkenswerte Zuvorkommenheit von Gallio, dem Prokonsul von Achaia mit Sitz in Korinth, als Saul dort wegen einer Denunziation durch korinthische Juden verhaftet wurde. Junius Gallio war tatsächlich Senecas älterer Bruder, wie dieser von dem Rhetor Lucius Junius Gallio adoptiert. Gallio war ein erfolgreicher Beamter, da er sich zunächst der Gunst des Claudius und dann der Gunst Neros erfreute, dem er als Herold auf der Bühne diente, wie Tacitus berichtet (*Annalen* XV, 73–XVI, 17, vgl. Bibl.). Aber Gallio entzieht Saul dem Zorn der Juden, läßt diese aus dem Gerichtssaal vertreiben und befiehlt, was noch sonderbarer ist und seine Sympathie für Saul bezeugt, Sosthenes zu verhaften und zu hängen, der doch einer

der von Saul Bekehrten war. Man kann sich natürlich nach der Ursache dieser Milde fragen, die weit über das hinausging, was ein römischer Bürger sonst von einem Prokonsul erwarten durfte, denn alles in allem konnte auch ein römischer Bürger verhaftet werden, wenn er ein Verbrechen begangen hatte (und in diesem speziellen Fall dürfte Saul sehr wohl des Aufruhrs schuldig gewesen sein, zunächst wegen des Verrats an zwei römischen Bürgern und dann wegen Volksaufwiegelung). Beziehungen zu Seneca, dem Lehrer und Berater des Kaisers, könnten diese Milde mit Sicherheit erklären, aber womit ließe sich die Beziehung selbst erklären? Seneca war gewiß kein Sympathisant der Juden, wie Horaz machte er sich über den Sabbat lustig. Aber gleich den Stoikern, denen er nahesteht, und wie die erste seiner neun Tragödien *Hercules furens* beweist (ebenso die letzte, *Hercules oetaeus),* glaubt Seneca, daß Herkules, den der höchste olympische Gott mit einer Sterblichen gezeugt hat – ganz wie bei Jesus –, das Ideal der Humanität darstellt. Außerdem hat Herkules, genau wie Jesus, über den Tod triumphiert, indem er in den Hades hinabstieg und wieder aus diesem zurückkehrte, und auch er hat die Unsterblichkeit erlangt, nachdem er durch seine zwölf Arbeiten das Gute auf der Erde wieder zu seinem Recht verhalf. Selbst sein Tod durch Verrat, den Verrat seiner Frau Deianera oder des des Kentauren Chiron, je nach Lesart, stellt eine Parallele mit dem Tod Jesu dar. Und wirklich bilden seit den Ursprüngen der Kirche die Helden des griechisch-römischen Götterhimmels, besonders Herakles-Herkules, Asklepios-Äskulap und Dionysos-Bacchus ein Hindernis für die Ausbreitung des Christentums, da diese Götter die Rivalen von Jesus waren. Und Saul läßt sich in seiner Version der Kreuzigung von ihnen anregen; es ist also durchaus einleuchtend, daß Seneca eine gewisse Anziehungskraft auf ihn ausübte. Seneca seinerseits dürfte gewiß weniger Interesse an Saul gehabt haben, aber dennoch läßt sich nicht übersehen, daß Saul immerhin in einer Gegend römischer Bürger war, in der das Privileg dieses Titels noch etwas galt; dann war er Hellenist und also sehr wahrscheinlich mit den Finessen des Griechischen vertraut, dazu Herodier und reich. Er dürfte also in den Augen des Römers ein recht bemerkenswertes Bild abgegeben haben. Und Sauls Bewunderung dürfte schließlich den Ausschlag für die Achtung Senecas gegeben haben. Wo könnten sie sich getroffen haben? Im Kaiserreich wurde viel gereist, und ich muß mich dabei auf die Möglichkeit einer Begegnung in Damaskus beschränken.

85. Das Syrische gehört linguistisch zur Gruppe der ostaramäischen Sprachen.

86. Die Behauptung, Saul sei Jesus persönlich und allein begegnet, stützt sich auf folgende Tatsachen: In 1. Kor 9,1 erklärt Saul: »Habe ich nicht unsern Herrn Jesus gesehen?«, und im selben Brief (15,5–8) beteuert er: »... und daß er (Jesus) gesehen worden ist von Kephas, danach von den Zwölfen. Danach ist er gesehen worden von mehr als fünfhundert Brüdern auf einmal, von denen die meisten noch heute leben, einige aber sind entschlafen. Danach ist er gesehen worden von Jakobus, danach von allen Aposteln. Zuletzt von allen ist er auch von mir als einer unzeitigen Geburt gesehen worden.« Und noch andere Stellen als diese beiden plädieren für mehrere aufeinanderfolgende »Erscheinungen« Jesu vor seinen Jüngern; sie alle zeigen, daß Saul entweder lügt – und zwar ungewöhnlich dreist, verglichen mit seinen anderen Erfindungen, Übertreibungen und Verdrehungen der Wahrheit –, oder aber, daß er Jesus wirklich gesehen hat. Es kann sich dabei offensichtlich nicht um die Erleuchtung bei dem Pseudozwischenfall auf dem Weg nach Damaskus handeln, denn Saul faßt in diesem selbst zusammen, er sei von einem Licht umgeben worden und habe eine Stimme gehört, eben die von Jesus, aber er sagt nicht, er habe Jesus selbst gesehen. Aber hier gebraucht er »sehen« im Sinne von »begegnen«, so wie die Jünger Jesus in Emmaus gesehen haben und dann am Ufer des Sees Gennesaret: in Fleisch und Blut.
In diesem Punkt zu lügen, wäre möglich, aber auch gefährlich gewesen. Saul konnte leicht behaupten, er sei in Tarsus geboren, denn die anderen Vorkämpfer der ersten Christengemeinde waren nicht in der Lage, das zu überprüfen und haben sich sicher auch nicht darum gekümmert. Er konnte auch vorgeben, von Gamaliel unterwiesen worden zu sein; es genügte, an einigen Vorlesungen dieses Meisters teilgenommen zu haben, damit sich etwaige Zweifel legten, und außerdem hatte auch das keine wirkliche Bedeutung. Saul konnte sogar behaupten, eine Stimme auf dem Weg nach Damaskus gehört zu haben; er war der einzige, der sie gehört hatte, man konnte höchstens seine Glaubwürdigkeit in Zweifel ziehen, und die Jünger hüteten sich wahrscheinlich, allzu heftig ein übernatürliches Phänomen zu bestreiten, das viel mehr die Macht Jesu bezeugte als die ungewöhnliche Tugend Sauls. Aber sobald Saul sagte, er habe Jesus gesehen, und es wiederholte, dann war

das eine gefährliche Lüge, sollte sie Petrus zu Ohren kommen oder Andreas, Johannes, Jakobus, Zebedäus, Jakobus dem Sohn des Alphäus oder Philippus – kurz, allen Jüngern auf Missionsreise. Sie hätten ihn über diese eventuelle Lüge ausfragen können: »Du hast ihn gesehen? In Fleisch und Blut? Und wo? Wann?« Saul, der ohnehin schon Schwierigkeiten mit den meisten Jüngern hatte, hätte riskiert, als Lügner entlarvt zu werden und so seinen Gegnern in die Hände zu arbeiten.

Um behaupten zu können, er habe Jesus gesehen, brauchte Saul demnach ein stichhaltiges Argument, das bei seinen Gegner erst gar keinen Zweifel aufkommen ließ. Diese müssen gewußt haben, daß Saul hier die Wahrheit sprach, auch wenn er sonst zum Erfinden neigte.

Man muß hinsichtlich dieser Begegnung mit Jesus auf die ungewöhnliche Verschwiegenheit Sauls verweisen; er sagt weder wo, noch wann, noch wie er Jesus getroffen und was der ihm gesagt hat. Alles, was wir wissen, ist, daß er Jesus *nach* allen anderen gesehen hat, und selbstverständlich auch nach seiner Bekehrung in Damaskus.

Noch irreführender ist die »Unergiebigkeit« dieser Begegnung aus apostolischer Sicht. Weit davon entfernt, in Glaubenseifer entbrannt zu sein, zieht Saul in die arabische Wüste und bleibt dort nach Mutmaßung der meisten Exegeten (vielleicht überzogenen Mutmaßungen) drei Jahre, um dann zurückzukommen, ohne eine einzige Bekehrung vorgenommen zu haben. All das macht den Eindruck, als ob die Begegnung mit Jesus Saul bis zur völligen Ziellosigkeit verwirrt habe. Meine These ist, daß Saul sich zunächst aus Opportunismus der neuen Religion anschloß, aber, nachdem er Jesus zufällig getroffen hatte, von diesem überwältigt war, und daß sich dort der Bruch vollzog, den die Legende mit dem Zwischenfall auf dem Weg nach Damaskus symbolhaft umschreibt. Saul trifft einen bewundernswerten Menschen, von dem er begreift, daß dessen Größe nicht aus einer wundersamen Göttlichkeit hervorgeht, sondern im Gegenteil gerade aus seiner Menschlichkeit. Jesus ist der Beweis für die transzendentale Macht des Glaubens, und als Saul diese Wahrheit bewußt wird, reagiert er genau umgekehrt wie die anderen Jünger. Diese schlichten und mit natürlicher Frömmigkeit begabten Menschen waren zunächst von den rätselhaften und symbolträchtigen Reden Jesu verwirrt (s. *Les Sources,* vgl. Bibl.) und ließen sich dann vom Glauben an die Auferstehung überwältigen, dem Schlußstein für ihre göttliche Verklärung Jesu. Aber für Saul, den ehrgeizigen und berechnenden Hellenisten, der von seiner Eroberungsstrategie besessen war, bewirkt die unvergleichliche Überlegenheit Jesu zusammen mit eben seiner Menschlichkeit eine völlige Lähmung seiner Willenskraft. Daher steht er, wenn schon nicht drei Jahre lang, so doch gewiß für viele Monate unter dem Schock dieser Begegnung. Unfähig, das Phänomen Jesus zu verarbeiten, kann er auch keinerlei missionarische Reden halten – daher der Fehlschlag seiner eigentlich allerersten Missionsreise nach Arabien. Erst nach seiner Rückkehr nach Damaskus und später nach Jerusalem festigt er sich wieder und errichtet das theologische System, das er unter anderem auch dem der Gemeinde in Jerusalem entgegenstellt.

87. Mk 12,35–37.

88. Mk 10,17–18, und Mt 19,16–17.

89. Eine der verwirrendsten Besonderheiten der Briefe ist es, daß Saul dort kein einziges Wunder von Jesus erwähnt. Man kann sich mit Recht fragen, ob er überhaupt Kenntnis von ihnen hatte; das würde bedeuten, daß seine Unterweisung in den Taten und Werken Jesu noch notdürftiger war, als es bisher schien (vgl. Anm. 79). Aber andererseits behauptet Saul selbst mit verblüffender Großspurigkeit, die von seiner Naivität zeugt: »Denn ich tue euch kund, liebe Brüder, daß das Evangelium, das von mir gepredigt ist, nicht von menschlicher Art ist. Denn ich habe es nicht von einem Menschen empfangen oder gelernt, sondern durch eine Offenbarung Jesu Christi.« (Gal 1,11–12). Damit impliziert er zunächst einmal, daß er ein inspirierter Prophet ist und nicht nur ein Apostel; dann, daß er nicht auf die Evangelien der direkten Zeugen von Jesus angewiesen ist; und schließlich, daß Jesus selbst ihn unterwiesen hat. Die letzte Behauptung ruft gewisse Zweifel hervor; tatsächlich weicht die Lehre Sauls von einem streng exegetischen Gesichtspunkt aus in vielen grundsätzlichen Punkten von den Schilderungen der direkten Zeugen Jesu ab. Außerdem setzt sie aus historischer Sicht mindestens eines, wenn nicht mehrere sehr ausführliche Gespräche Sauls mit Jesus voraus, und zwar lange nach der Kreuzigung, jedenfalls aber nach der Steinigung des Stephanus. Aber das stimmt überhaupt nicht mit dem kurzen (und wie wir gesehen haben zweifelhaften) Bericht von der Verzückung auf dem Weg nach Damaskus

überein, die Lukas an einer Stelle erwähnt und Saul an zwei, allerdings nicht übereinstimmenden Stellen (vgl. Anm. 51, 79 und 86). Sauls »offizielle« Behauptung, von Jesus direkt und persönlich unterwiesen worden zu sein, bestätigt natürlich die These eines verspäteten Zusammentreffens von Jesus und Saul, wahrscheinlich in Syrien, aber sie unterstreicht auch Sauls Tendenz zu Übertreibungen aus Eitelkeit und bekräftigt den Schluß, Saul habe nur eine oberflächliche Kenntnis von den Werken Jesu gehabt.

90. Saul nimmt hier auf den auffälligen Umschwung in der Haltung der Jünger vor und nach der Kreuzigung Bezug: von der Verleugnung des Petrus (Mt 26,69–75 – Mk 14,66–72 – Lk 22,55–62 – Joh 18,25–27) zur formellen Anerkennung der messianischen Sendung und der Göttlichkeit Jesu, nachdem er ihnen nach der Kreuzigung wiederholt erschienen war und gesagt hatte: »O ihr Toren, zu trägen Herzens, all dem zu glauben, was die Propheten geredet haben.« (Lk 24,25).

91. In *La vie quotidienne à Rome à l'apogée de l'Empire* (vgl. Bibl.) berichtet Jérôme Carcopino, daß die Häuser Roms »mindestens so oft brannten wie die Istanbuls unter den Sultanen... Daher die Zahl der Brände und die Schnelligkeit ihrer Ausbreitung.«

92. Viele antike Quellen berichten, daß der Regierungsantritt Caligulas von den jüdischen Gemeinden in der römischen Welt mit Begeisterung aufgenommen wurde, da sie sich von dem offiziellen Antisemitismus des Tiberius befreit glaubten, um dann, acht Monate später, von neuem bitter enttäuscht zu werden. Caligula war verärgert von ihren Händeln mit den Griechen in Alexandria (unter dem Vorwand, das Bürgerrecht dieser Stadt anzustreben), und mehr noch von dem beleidigenden Empfang, den sie Herodes Agrippa, dem verschwenderischen und hoch verschuldeten Günstling Roms, bereitet hatten, und so bekundete Caligula noch größere Abneigung gegen die Juden als Tiberius. (Josephus, *Jüdische Altertümer,* XVIII, vgl. Bibl.).

93. Carcopino (vgl. Bibl.) schätzt die Bevölkerung Roms unter Augustus auf etwa eine Million. Perrot (vgl. Bibl.) und Penna (*Il »Mysterion« Paolino,* vgl. Bibl.) gehen von mehr als fünfzigtausend Juden aus

94. »In der Diaspora«, schreibt Ch. Perrot (vgl. Bibl.), »hießen die Häuser, die zur Zusammenkunft am Sabbat dienten, *proseuchia* oder »Bethaus« und nicht Synagogen wie in Palästina oder Syrien, so zum Beispiel in Antiochia. In Rom benutzte man das latinisierte griechische Wort *proseuchia.«* Die verschiedenen jüdischen Gemeinden in Rom, Hebräer, Freigelassene, Judao-Hellenisten usw. wurden nicht wie in Jerusalem von einem Rat geleitet, dessen Struktur im übrigen wohl recht locker war, oder von einem Archontenrat oder *paruschim.* Es steht fest, daß es in Rom schon lange vor der Ankunft des Paulus, des Petrus oder der anderen Apostel eine judao-christliche Gemeinde gab, deren Gründer unbekannt geblieben ist (vgl. Anm. 95).

95. Hier handelt es sich um einen erfundenen Namen. Er benennt den- oder diejenigen, die zuerst, noch vor Petrus und Paulus, den Keim des Christentums nach Rom brachten – höchstwahrscheinlich nach der Zerstreuung der Judenchristen durch die Steinigung des Stephanus, also etwa nach dem Jahre 34 als sich das Schisma zwischen den streng orthodoxen »hebräischen« Juden und den Judenchristen bereits ankündigte. Das Bewußtsein dieses Schismas konnte diese Protochristen nur in einen gewissen Proselytismus treiben, der den Proselytismus Sauls vorbereitete (Saul war also *stricto sensu nicht* der Erfinder der Abspaltung des Judenchristentums vom alttestamentarischen Judentum). Ein weiterer Hinweis auf das Bestehen einer jüdisch-christlichen Gemeinde in Rom noch vor der Ankunft von Petrus und Paulus findet sich gleichzeitig in der Apostelgeschichte und bei Sueton. In der Apostelgeschichte sieht man Saul in Korinth in Gesellschaft zweier Judenchristen, Aquila und Priszilla oder Priska (Apg 18,1–2). Die beiden befinden sich seit achtzehn Monaten in Korinth, während die Juden Saul vor das Gericht des Prokonsuls Gallio zerren. Da dies sich im Jahre 51 zutrug, ist anzunehmen, daß Aquila und Priszilla gegen Ende des Jahres 49 oder Anfang 50 unter Kaiser Claudius in Korinth eingetroffen sein müssen. Tatsächlich berichtet Sueton (*Leben der Cäsaren,* »Claudius«, 25, vgl. Bibl.) über diesen Kaiser: »Da die Juden unter ihrem Anführer Chrestos beständig Unruhe stifteten, vertrieb er sie aus Rom.« Das Edikt des Claudius wurde also 49 beschlossen, was übrigens später auch von dem christlichen Autor Orosius bestätigt wird (im achten Regierungsjahr des Claudius, also 48 – 49). Christiane Saulnier findet in *Il les chassa de Rome* (vgl. Bibl.) eine weitere Bestätigung dieses Da-

tums: Genau im Jahre 49 nämlich erweiterte Claudius das Pomerium, die religiöse Grenze Roms, bis hinter den Aventin, einen völlig übervölkerten Hügel. Die alten Nekropolen konnten aber unmöglich in das Pomerium eingeschlossen werden. Hier sei daran erinnert, daß diese Nekropolen multikonfessionell waren, wie man wohl heutzutage sagen würde. Die Erweiterung des Pomeriums war also gleichbedeutend mit deren Außerkraftsetzung als Begräbnisstätten. Man kann sich leicht denken, daß die jüdischen Gemeinden, die hinsichtlich der Bestattung ihrer Toten besonders empfindlich waren, gegen diese Profanisierung aufbegehrten. Damit widersetzten sie sich einer kaiserlichen Anordnung und wurden daher verbannt.
Diese Deutung ist um so wahrscheinlicher, als die Synagogen, wie Saulnier zeigt, in den einfachen Vorstädten lagen, also *extra pomerium,* und damit außerhalb des geweihten Stadtbezirkes, denn sie waren an die Katakomben gebunden.
Man wundert sich zu Recht, daß sich die Juden, bereits dreimal aus Rom vertrieben, unter Tiberius, unter Caligula und dann unter Claudius, fast genauso zahlreich wieder in der Hauptstadt einfanden. Hier schließe ich mich der bereits zitierten Meinung Perrots an, die Verbannung habe nur Juden aus dem unmittelbaren Umfeld einer Synagoge betroffen und nicht die gesamte Bevölkerung. So traf die Verbannung durch Tiberius im Jahre 19 nur viertausend Juden, während Rom gewiß sehr viel mehr jüdische Einwohner zählte. Diese Fakten sind zum Verständnis der weiteren Erzählung wichtig, denn vor dem Jahr 40 dürften die ersten Judenchristen vor allem aus dem Lager der römischen Juden hervorgegangen sein.

96. Die vorhergehende Anmerkung erklärt auch, daß die Judenchristen zu dem Zeitpunkt der Erzählung, an dem diese Unterhaltung wiedergegeben wird, also im Jahre 39, schon unter der Feindschaft der »hebräischen« Juden oder Alttestamentarier zu leiden hatten, einer Feindschaft, die zu Sauls Verhaftung führt, sobald er offen zum Angriff gegen die Alttestamentarier übergeht. In Rom brauchten die Judenchristen also auch die freie Verfügung über eigene Proseycha.

97. Tatsächlich ist es Augustus, der im Jahre 7 (Sueton, *Leben der Cäsaren,* »Augustus«, 32, vgl. Bibl.) die Neugründung von Bruderschaften oder Thiasen verbietet.

98. Man weiß nicht, wohin Saul bei seiner Fahrt nach »Arabien« reiste. Arabien ist ein recht ungenauer Ausdruck, da er ein Gebiet bezeichnet, das sich jenseits der Grenzen des römischen Kaiserreiches von Palmyra im Norden bis zum heutigen Aden im Süden erstreckte und bis zur Meerenge von Hormus im Westen. Es gab dort mindestens zwei Gebiete mit jüdischer Bevölkerung, das größere im Hejaz, von Mada'in Salih bis Yathrib, das andere im Himyar, am Ufer des Roten Meeres, auf der Höhe von Sana und Aden (s. *Atlas du monde juif*, vgl. Bibl.). Saul behauptet, drei Jahre dort gewesen zu sein (vgl. Anm. 86, 103 und 111), eine lange Zeit, wenn man den Widerspruch zwischen seinem begeisterten Neophytentum und der Ergebnislosigkeit seiner Mission bedenkt. Erinnern wir uns, daß die Apostelgeschichte Sauls Aufenthalt in Arabien nicht ein einziges Mal erwähnt.

99. Seine Rückkehr nach Damaskus, wahrscheinlich nach Kokba, wo sich ja die christliche Gemeinde essenischer Prägung aufhielt, wie in Anm. 32 beschrieben, die erste, mit der Saul nach seiner Bekehrung Kontakt hatte, diese Rückkehr schildert Saul selbst (Gal 1,17): »(Ich)... zog nach Arabien und kehrte wieder zurück nach Damaskus.« Hier sei zunächst von dem Widerspruch abgesehen, der sich zwischen dieser Stelle und einer anderen aus demselben Brief an die Galater ergibt, wo Saul erklärt, er sei drei Jahre später nach Jerusalem gereist. (Vgl. die nähere Analyse dieses Widerspruches in Anm. 111).

100. In der Tat blieben die arabischen Völker seit dem ersten Jahrhundert bis in unsere Tage unzugänglich für die Evangelisierung.

101. Es ist bemerkenswert, daß weder die Apostelgeschichte noch die Briefe auch nur mit einem Wort die Schwierigkeit erwähnen, die es doch für Saul bedeutet haben muß, in ebendie Stadt zurückzukehren, in der er nichts als ein Renegat war, der die Rolle des Christenverfolgers gegen die Rolle des Neophyten vertauscht hatte. Es ist sehr unwahrscheinlich, daß sich Petrus, den Saul doch ganz ausdrücklich in Jerusalem besucht haben will, ausgerechnet in dieser Stadt aufgehalten haben soll, die doch für ihn unbedingt eine Gefahr darstellen mußte, da er dort ja bereits zusammen mit Johannes verhaftet worden und nur mit Mühe dem Tode entkommen war (Apg 4,1–22); eher ist es wahrscheinlich, daß er sich in einer benachbarten Ortschaft aufhielt, zum Beispiel Betanien.

102. Noch einmal sei hier das völlige Fehlen jedes Hinweises auf die familiäre Situation von Petrus sowohl in der Apostelgeschichte als auch in den Briefen erwähnt. Doch wissen wir aus den Evangelien, daß er verheiratet war, denn er besaß eine Schwiegermutter und gewiß auch Kinder.

103. Man kann sich nur wundern, daß die mögliche Rolle der von Lukas erwähnten Siebzig (Lk 10,1–2 und 17–18) bei der Ausbreitung der Lehre von Jesus so völlig übergangen wird.

104. Im Gegensatz zu ihrem hagiographischen Tonfall kann die Apostelgeschichte nur sehr schwer die Feindschaft verbergen, die Saul den übrigen Aposteln und vor allem Petrus und Jakobus entgegenbrachte. Daher ist es nicht besonders abwegig, wie im Roman nahegelegt, zu denken, daß die ursprüngliche Gruppe der Mitstreiter Jesu recht erfreut war, Saul loszuwerden, denn man darf sich ebenfalls vorstellen, daß sie ihm niemals seine Verantwortlichkeit für die Steinigung des Stephanus vergessen haben.

105. Wenn man ein wenig mit Sauls Charakter vertraut geworden ist, mit seiner Aufschneiderei – gern erwähnt er seine ererbte römische Staatsbürgerschaft und behauptet, er habe seine Unterweisung direkt von Jesus erhalten –, dann erscheint es kaum zweifelhaft, daß Saul früher oder später nach seinem ersten Besuch in Damaskus auch seine Begegnung mit Jesus erwähnt hat, um sich als »Apostel der zwölften Stunde« zu legitimieren.

106. Myriamphore oder *myriagogos:* ein Schiff, das zehntausend Amphoren Ladekapazität hatte. Es handelt sich hierbei um mächtige antike Lastschiffe ohne Ruder, die mit einem gewaltigen rechteckigen Segel ausgestattet waren (Lallemand, *Journal de bord de Markos Sestios*, vgl. Bibl.). Sie dürften gut zweihundertsechzig Tonnen gewogen haben.

107. Ostwind, auch phönizischer Wind genannt.

108. Die zehnte Welle wurde von den antiken Seeleuten für die gefährlichste gehalten.

109. In diesem Falle: Kapitän.

110. In meiner Erzählung hat Saul ja eine Schwester, Doris, die in Cäsarea, der Stadt ihrer gemeinsamen Kindheit, geblieben war. Es scheint mir undenkbar, daß Saul, wie sehr ihn auch sein neues Leben in Anspruch genommen haben mag, nicht daran gedacht haben soll, diese Schwester zu besuchen, seine einzige nahe Verwandte in einer ansonsten so seltsam verstümmelten Biographie.

111. An diesem Punkt der Erzählung scheint es mir notwendig, dem Leser einen zweiten chronologischen Ordnungsversuch von Sauls Leben zwischen seiner Konversation und seiner zweiten Missionsreise anzubieten.
Solch ein Unternehmen birgt beträchtliche, ja sogar unüberwindliche Schwierigkeiten, wenn man sich auf Sauls eigene Äußerungen konzentriert, die allerdings die einzigen sind, über die wir verfügen. Generationen von Exegeten haben sich erfolglos daran versucht. Mir schien eine Rekonstruktion nur unter der ausdrücklichen Vorbedingung möglich, der nachweislichen Absicht Sauls oder seiner Kopisten Rechnung zu tragen, Spuren zu verwischen, ganz wie ein Ermittler versucht, hinter den offensichtlichen Lügen in Zeugenaussagen die Tatsachen zu entdecken.
Ein aufschlußreiches Beispiel für solche Lügen ist das folgende: Saul versichert (Gal 2,1), er habe Jerusalem nach seinem ersten Besuch bei der Rückkehr aus Arabien ganze vierzehn Jahre nicht wiedergesehen. Wenn man annehmen will, Sauls Konversion habe im Jahr nach der Steinigung des Stephanus stattgefunden, also zwischen 34 und 35 (Stephanus wurde zwischen 33 und 34 hingerichtet), und nimmt man weiter an, Saul habe drei Jahre in Arabien zugebracht, d. h. nach sehr vager Schätzung von 37 oder 39 bis 40 oder 42, dann muß man unter Heranziehung der oben erwähnten Zeitspanne davon ausgehen, daß er erst 54 oder 56 nach Jerusalem zurückkehrte. Aber aus der Apostelgeschichte (Apg 11,28–30) erfahren wir, daß Saul nach Jerusalem geschickt wurde, um dort die zum Getreidekauf bestimmten Spenden abzuliefern, da eine Hungersnot die Stadt heimgesucht hatte, und zwar unter dem Kaiser Claudius, im Jahre 46, wie die *Encyclopaedia Britannica* vermutet.
Wenn man diese Überlegung umkehrt, wenn man also das Datum 46

als Grundlage nimmt und weiterhin davon ausgeht, Saul habe während der vorhergehenden vierzehn Jahre Jerusalem nicht betreten, und er habe weiterhin drei Jahre in Arabien verbracht, dann müßte man annehmen, seine Konversion habe im Jahre 30 stattgefunden, also im Jahr der Kreuzigung und damit zwei oder vier Jahre vor der Steinigung des Stephanus, was völlig ausgeschlossen ist, will man nicht die ganze Apostelgeschichte mitsamt den Briefen als frei erfunden betrachten.
Aber das ist nicht die einzige chronologische Absonderlichkeit in der Geschichte Sauls, und nun versteht man auch die wilden Spekulationen, zu denen sich die Exegeten hinreißen ließen, die entweder der kirchlichen Tradition treu bleiben wollten oder aber versuchten, die Daten rein nach der historischen Logik zu entwirren. Dieser Punkt hat mich entscheidend dazu veranlaßt, seit der ersten Lektüre der Apostelgeschichte und der Briefe von einem wohlüberlegten Täuschungsmanöver Sauls auszugehen, wie schon der heilige Hieronymus an anderer Stelle vermutet.
Nur zwei Datumsangaben, Sauls zweiten Lebensabschnitt betreffend, sind in den Berichten der Apostelgeschichte und der Briefe sinnvollerweise als bewiesen anzusehen: die eine ist das bereits erwähnte Jahr 46, die andere ist das Jahr 51, in dem er während seiner zweiten Missionsreise in Korinth verhaftet wurde. Das Jahr 46 fällt mitten in die erste Missionsreise, die unterbrochen wird, da die Christen in Antiochia – dem syrischen Antiochia, versteht sich, wo Saul und Barnabas gerade zu Gast sind – die beiden mit ihren Spenden losschicken, um den von der Hungersnot bedrohten Brüdern in Jerusalem zu helfen (Apg 11,29 bis 30). Das Jahr 51 fällt in die zweite Missionsreise, und Saul wohnt in Korinth bei Aquila und Priszilla, nachdem er dort, wie wir oben gesehen haben, Ende 49/Anfang 50 angekommen war. Saul hat die beiden bei seiner Ankunft in Korinth kennengelernt (Apg 18,2) als er gerade aus Athen kam.
Angenommen, Saul habe sich 46 bereits seit einem Jahr in Antiochia aufgehalten (wohin ihn Barnabas geführt hatte), und weiter angenommen, davor habe er sich in Tarsus aufgehalten, und schließlich, daß sich zwischen seiner Abreise aus Jerusalem und seiner Ankunft in Antiochia keine weiteren Spuren eines Ortswechsels finden lassen als Sauls Aufenthalte in Syrien und Zilizien, dann läßt sich auf der Grundlage der vorhergehenden Analysen folgende Chronologie aufstellen:
– Im Jahre 34 begibt sich Saul einige oder mehrere Monate nach der

Steinigung des Stephanus nach Kokba in der Nähe von Damaskus und versucht in diesem unter dem Einfluß des Esseners Dositheus stehenden Zentrum zum erstenmal, sich der Christengemeinde anzuschließen. Im selben Jahr trifft er Jesus, wahrscheinlich in Edessa.

- Von 34 bis 37 befindet sich Saul nach eigenen Aussagen in »Arabien«. 37 kehrt er nach »Damaskus«, also zweifellos nach Kokba zurück und von dort nach Jerusalem. Wie auch immer... Nach Sauls eigener Aussage (Gal 1,18) bleibt er drei Jahre in Damaskus, also von 37 bis 40. Doch dieser Aufenthalt ist aus anderweitig ausgeführten Gründen zweifelhaft. Nach diesem ersten provisorischen Zeitschema wäre Saul erst drei Jahre später, also im Jahre 40, nach Zilizien aufgebrochen.
- Dann wäre er bis 45 in Zilizien geblieben, da Barnabas erst 45 nach Zilizien kam, um ihn nach Antiochia in Syrien zu bringen, wo er dann bis zu seinem kurzen Aufenthalt in Jerusalem und zum Aufbruch zu seiner ersten Missionsreise geblieben wäre.
- Diese dürfte nicht länger als ein Jahr gedauert haben, etwa von 46 bis 47/48, und hätte ihn von Salamis nach Paphos, von Paphos wieder einmal nach Antiochia in Pisidien, dann nach Ikonion, Lystra, Derbe und schließlich nach Antiochia in Syrien geführt.
- Die zweite Reise hätte Saul dann nach Syrien, Zilizien, Galatien, Bithynien, nach Philippi und nach Korinth geführt, wo dann seine Verhaftung erfolgte. Dann nach Ephesus, nach Cäsarea, nach Jerusalem und schließlich nach Antiochia in Syrien. Diese Reise hätte demnach von 48 bis ungefähr 51 oder 52 gedauert (vgl. Karte).

Dieses Schema ist, abgesehen von den drei Jahren, die Saul von 37 bis 40 in Damaskus verbracht haben will, einigermaßen geschlossen. Wenn es sich bei dem fraglichen Aufenthalt wirklich um Damaskus oder, wie oben ausgeführt, um Kokba handelte, dann scheint Saul dort keinerlei Tätigkeit nachgegangen zu sein, die einen so langen Aufenthalt gerechtfertigt hätte, zumal er theoretisch noch ganz erfüllt von der ersten Begeisterung seines Neophytentums gewesen sein muß. Er bekehrt dort niemanden. Die Angelegenheit mit seiner Verhaftung durch die Bevollmächtigten des Königs Aretas, die logisch einzuordnen den Exegeten so schwerfällt, zeigt doch schließlich, daß Saul niemals so lange in Damaskus hätte bleiben können, ohne ernstlich in Gefahr zu geraten. Dort verfolgte ihn der

Haß der Juden. Psychologisch und vom chronologischen Ablauf her scheint es viel einleuchtender, daß sich Saul nach seinem ergebnislosen Aufenthalt in Arabien voll Eifer und Unbedacht daran begeben hat, Proselyten zu gewinnen, was die alttestamentarischen Juden aufbrachte und Sauls Verhaftung durch die Polizei des Aretas ermöglicht haben könnte. Weiter oben (vgl. Anm. 1 und 51) haben wir gesehen, daß Aretas erst nach dem Tode des Tiberius (15. März 37) und also nach der Einstellung der gegen ihn gerichteten Militäroperation des Vitellius die Kontrolle über Damaskus erlangt haben kann, also frühestens in der zweiten Hälfte des Jahres 37 oder zu Beginn des Jahres 38. Also kehrt Saul höchstwahrscheinlich 38 als kleinlauter Ausreißer nach Jerusalem zurück, wo er nach seinen eigenen Worten nur fünfzehn Tage blieb (Gal. 1,18) und niemanden sieht außer Petrus und Jakobus, den sogenannten »Bruder Jesu« (also Jakobus, den Sohn des Alphäus, von dem wir bereits weiter oben gesehen haben, daß er als Bruder des Zöllners Levi Matthäus niemals der Bruder von Jesus hätte sein können). Danach bricht Saul nach Zilizien und Syrien auf.
Daher ließe sich folgende Chronologie aufstellen:
34: Reise nach Kokba;
34–37: Aufenthalt in »Arabien«;
37–38: Aufenthalt in Damaskus und die Geschichte von der Flucht; Aufenthalt in Jerusalem;
37/38–45: Reisen nach Zilizien und Syrien;
45: Reise nach Antiochia in Syrien mit Barnabas und einjähriger Aufenthalt dort;
46: Reisen von Salamis nach Antiochia in Syrien; Besuch in Jerusalem während der Hungersnot;
etwa 47–48: erste Missionsreise;
48–51 oder 52: zweite Missionsreise.

112. Entspricht im Götterhimmel der kontinentalen Kelten dem Jupiter und dem Dagda der Inselkelten (Vladimir Grigorieff, *Mythologies du monde entier*, vgl. Bibl.).

113. Die Haltung des Rabbiners Eugenius ist hier eher zufallsbestimmt.
Aber es waren ganz grundsätzliche Fragen, die die Rabbiner des ersten

Jahrhunderts über den Proselytismus in Streit geraten ließ. Während einige glaubten, einen Heiden zur Erkenntnis Gottes zu führen bedeute, »ihn zum Leben zu erwecken«, so war der Proselytismus in den Augen der anderen »für Israel ebenso schädlich wie die Lepra für die Epidermis«. (Marcel Simon, vgl. Bibl.).

114. Hier sollte man erwähnen, wie lakonisch die christliche Überlieferung die Taten vieler Apostel nach der Kreuzigung behandelt, so etwa die des Thaddäus, von dem die Apokryphen behaupten, er sei einer der Siebzig gewesen, während die Überlieferung sich darüber sonderbarerweise ausschweigt. Dieser letzte Punkt könnte bedeuten, daß er zu den »überzähligen« Aposteln gehörte (s. *Les Sources,* vgl. Bibl.). Wie der Fall liegt, scheint es mir sinnvoll, in diesem unbekannten Apostel, von dem die Legende behauptet, er habe in Edessa gepredigt, einen der Vorkämpfer des Protochristentums in Kleinasien noch vor Sauls Ankunft zu sehen. Tatsächlich ist es nachgewiesen, daß es rund um das östliche Mittelmeer noch vor der Ankunft der »großen« Apostel nazarenische Gemeinden gegeben hat (vgl. Anm. 67 und 95). Selbst wenn man zugibt, daß es sich dabei um eine Art Ansteckungsphänomen gehandelt haben könnte, so ist doch nicht ausgeschlossen, daß Prediger wie Thaddäus und andere der Siebzig zur Entstehung der Gemeinden beigetragen haben könnten.

115. Sowohl die Apostelgeschichte wie die Paulusbriefe umgehen bezeichnenderweise die grundlegende Schwierigkeit der Anhänger Jesu mit der Tora: Wenn Jesus die Tora repräsentierte, dann mußte er sich im engen Rahmen des herkömmlichen Judentums bewegen, und seine Lehre konnte und durfte daran nicht das geringste ändern. Wenn er aber die Tora verwarf, wie zum Beispiel durch seine Weigerung, das Sabbatgebot streng einzuhalten, dann würden alle, die sich auf ihn beriefen, automatisch zu Ketzern und müßten bekämpft werden. Auch wenn Saul diese Schwierigkeit nicht selbst in Angriff nimmt, so spricht er doch in Zusammenhang mit dem Verhältnis des Christentums zur Tora mehrere Male mit der ihm eigenen Logik darüber (vgl. Anm. 9).

116. Es ist anzunehmen, daß Saul eine Zeitlang unter dem Einfluß einer toragetreuen Auffassung des Christentums stand, wie es Petrus und der Rat von Jerusalem vertraten – einer Auffassung, die er dann als

erster verwerfen würde. In *Jewish and Pauline Studies* (S. 183, vgl. Bibl.) zitiert W. D. Davies die Meinung von H. D. Betz, den er für den glänzendsten Interpreten der Briefe hält und demzufolge es schwierig ist (oder sogar unmöglich, wie andere Exegeten meinen, so Smith, Lütgert, Schmithals, Eckert, Munck und Meyer), Gal 6,13 zu erklären: Daß nämlich diejenigen, die den Galatern die Beschneidung auferlegen wollen, selbst die Tora nicht beachten. Tatsächlich haben wir hier einen von Sauls erstaunlichsten Sophismen: Er will das Gebot der Tora, das ihm die meisten Probleme verursacht, mit dem Vorwand aus der Welt schaffen, daß die Tora es nicht erwähne oder doch nicht zwingend vorschreibe, und das noch dazu den Galatern gegenüber, also gegenüber Fremden.

117. Hier handelt es sich um eines der entscheidenden Probleme, mit denen sich Saul bei seiner Grundsteinlegung des Christentums konfrontiert sieht: nämlich die Notwendigkeit, eine schändliche Strafe in ein transzendentes Symbol zu verwandeln. Saul beschreibt dies Paradox folgendermaßen: »Denn das Wort vom Kreuz ist eine Torheit denen, die verloren werden« (1. Kor 1,18). Dieser Punkt wurde von vielen Autoren untersucht, und Prof. Anthony Tyrell Hanson verfaßte darüber eine allgemeine, richtungweisende Kritik in *The Paradox of the Cross in the Thought of St. Paul* (vgl. Bibl.). Saul hat als erster, und noch dazu in einer Epoche, in der es weder Opferriten noch Priester noch Kultstätten gab, aus dem Paradox des Kreuzes die Idee des Priestertums als spirituelles Opfer entwickelt. Doch dieser Punkt würde uns weit aus dem Bereich der eigentlichen Geschichtsschreibung herausführen.

118. Weiter oben (vgl. Anm. 84) haben wir gesehen, daß der uns überlieferte Briefwechsel zwischen Saul und Seneca eine Fälschung ist; das schließt allerdings nicht aus, daß es dennoch einen Briefwechsel zwischen den beiden gegeben hat. Einer der vielen Punkte, die diese These unterstützen, besteht in den häufigen Verweisen in den Paulusbriefen auf Ideen der Stoiker und vor allem von Seneca. Hanson (vgl. Bibl.) gibt dafür folgendes Beispiel. »Denn ich denke, Gott hat uns Apostel als die Allergeringsten hingestellt, wie zum Tode Verurteilte. Denn wir sind ein Schauspiel geworden der Welt und den Engeln und den Menschen« (1. Kor 4,9). Aber in bezug auf das Wort »Schauspiel«, *thea-*

tron, erwähnt Hanson, daß »viele Kommentatoren die stoische Lehre zitieren, die sicher am reinsten von Seneca formuliert wurde und nach der der Weise im Widerstreit mit der Macht des Faktischen ein gefälliges Schauspiel für die Götter ist«. Dasselbe sagt Epiktet: Menschen und Götter ergötzen sich an dem Schauspiel des wahren Philosophen in den Fängen des Unglücks. Der Gedanke eines Gottes, dem es gefällt, seinen Diener leiden zu sehen, ist ein Paradox, das in der Tat den Ideen der Stoiker und Zyniker näher steht als der christlichen Apologetik. Und doch entfaltet Saul diesen Gedanken, wenn er sich mit einem zum Tode Verurteilten vergleicht, der seinem Schöpfer als gefälliges Schauspiel dient und damit die Idee eines mitleidigen Gottes verwirft. Diese offensichtliche Abhängigkeit Sauls von Seneca hat mich in dem Eindruck bestärkt, daß es tatsächlich, und ganz wie die Legende es behauptet, einen Briefkontakt zwischen dem Apostel und dem Philosophen gegeben hat, und so habe ich mir dessen Inhalt vorzustellen versucht.

119. Tatsächlich war der griechische Halbgott Herakles der Heros der Stoiker und Zyniker, da er zum einen die Laster bloßstellte und bekämpfte, die die Menschheit bedrohten und die Gegenstand seiner zwölf Arbeiten waren, und zum anderen, weil er den Tod verachtete. Daher widmet ihm Seneca im übrigen auch zwei Tragödien (vgl. Anm. 184).

120. Ich habe bereits in den *Sources* (vgl. Bibl.) ausführlich über die strukturelle Verwandtschaft der Mythen des Osiris, Herakles, Tammuz, Adonis und eben Jesus gesprochen. Was nun Saul betrifft, so bekunden die Briefe unablässig, daß seine Konzeption von Jesus weit hellenistischer ist, als sich das mit der bloßen Theorie, Saul sei ein hellenistischer Jude gewesen, erklären ließe. Übrigens ist auch Hyam Maccoby (vgl. Bibl.) dieser Auffassung: »Wegen seiner heidnischen Abstammung hat Saul in der Geschichte des Todes und der Auferstehung Jesu Beziehungen erblickt, die der Vorstellungswelt der Nazarener ferngelegen hätten… Die Bedeutung, die der Tod der Gottheit in den Mysterienkulten besaß, sollte in ihm wieder auferstehen…«

121. Zitat nach Mt 24,29–31.

122. Zitat nach Mt 24,34.

123. Diese Teilung der Agape mit den, wenn auch bekehrten, Heiden sollte einer der Hauptpunkte des Zerwürfnisses zwischen Saul und dem Rat in Jerusalem werden (vgl. Anm. 143).

124. Wir verfügen über kein Zeugnis betreffs der Stellung der vom Heidentum bekehrten Nazarener innerhalb der jüdischen Gemeinde. Da sie weder beschnitten waren noch vom Rabbiner unterwiesen, konnten sie höchstens den recht zweifelhaften Status von Semi-Proselyten haben; da sie andererseits nicht förmlich von der jüdischen Gemeinde abgespalten waren oder gar eine eigene Gemeinde bildeten, da sie weder über einen Ritus noch über Priester oder Kulträume verfügten, so dürften sie sich zu einer Art irdischem Fegefeuer verurteilt gesehen haben, in dem sie es vielleicht schon bedauerten, sich den Nazarenern angeschlossen zu haben. Saul dürfte sich über ihre unangenehme Lage schonungslos Rechenschaft abgelegt haben, er, dessen wachsende Autorität sich ja gerade auf die große Zahl der bekehrten Heiden gründete. Aber da er unter dem drohenden Einfluß des Jerusalemer Rates stand, hatte er nicht mehr die Macht, sie gänzlich vom Judentum loszusprechen, das er ja auch selbst nicht aufgegeben hatte.

125. Der Name dieser Figur ist erfunden. Aber er dient hier als Beispiel für die zahllosen Patrizier in Tarsus und anderswo, die sich in einer zweifelhaften Lage befanden, bis Saul offen und radikal gegen den Rat in Jerusalem Stellung bezog.

126. Die weiter oben (vgl. Anm. 111) ausgeführte Chronologie, in jedem Fall aber die vielen Jahre, die Saul seiner apostolischen Tätigkeit in Syrien, in Zilizien und dem übrigen Kleinasien geopfert hat, was die Brief (Gal 1,21) und die Apostelgeschichte (Apg 9,30) beweisen, sie alle bieten Grund genug anzunehmen, Saul habe diese Städte wirklich besucht, und vor allem Antiochia in Pisidien, eine der wichtigsten Städte, und natürlich auch Antiochia in Syrien. Diese erste Rundreise des Apostels, die den drei traditionell anerkannten, klassischen Missionsreisen vorausgeht (deren Zahl im übrigen mindestens auf vier erweitert werden müßte), dürfte mittlerweile außer Zweifel stehen und wird im übrigen auch fast von allen Exegeten bestätigt: Man kann sich

schwer vorstellen, Saul hätte sich dem von Hananias erneuerten Gebot, die Lehre Jesu zu predigen, entziehen können (Apg 9,15 und 22,12ff; 1. Kor 9,1 und 15,9), auch wenn die Apostelgeschichte und die Briefe, ganz wie es sich gehört, Sauls Berufung zur Mission einer persönlichen Offenbarung durch Jesus zuschreiben, denn dabei handelt es sich, wie dies Buch zeigt, um ein Propagandaargument. Aber dennoch: Seit seiner Konversion gilt Saul als Missionar und sieht sich selbst so. Wie auch immer, um noch den letzten Zweifel auszuräumen, bezeugt die Geschichte von Sauls Flucht aus Damaskus in einem Korb ganz unwiderlegbar, daß Saul seiner missionarischen Tätigkeit seit seiner Konversion in Kokba, also sicher seit 34, nachging. Und daher erwähnt Bornkamm (S. 49, vgl. Bibl.) Sauls offensichtliche Niederlage auf der Reise nach »Arabien«.
Die Chronologie, die in Anm. 111 dargelegt wurde, setzt auch voraus, daß Saul von 37/38–45 in Tarsus und Syrien nicht tatenlos gewesen sein kann, daß er auch während dieser Zeit missionarischer Tätigkeit nachgegangen ist. Es handelt sich hier um einen wesentlichen Punkt, da die Ankunft von Barnabas um das Jahr 45 ein rätselhaftes Phänomen darstellt, das die folgende Anmerkung näher untersuchen wird.

127. Der Weg des Barnabas, der Saul 45 in Tarsus aufsuchte, um ihn nach Antiochia in Syrien zu bringen, ist eine der fragwürdigsten Begebenheiten in der Geschichte von Sauls Beziehung zum Rat in Jerusalem; aber er ist auch einer jener Punkte, den die meisten Exegeten vernachlässigt haben oder der zumindest ihrem Scharfsinn entgangen ist.
Der Apostelgeschichte zufolge trug sich die Angelegenheit folgendermaßen zu (Apg 11,19–25): Die Zahl der Bekehrten in der Diaspora von Phönizien, Zypern und Antiochia muß schließlich die Aufmerksamkeit der Jerusalemer Nazarenergemeinde (d. h. des Rates) auf sich ziehen. Dieser schickt Barnabas nach Antiochia, wo er die Neophyten ermahnt, in ihrem Glauben auszuharren. Dann reist er zu Saul nach Tarsus, um ihn nach Antiochia zu bringen.
Inzwischen wissen wir, daß die Apostelgeschichte versucht, die Konflikte zwischen Saul und dem Rat in Jerusalem, vor allem mit Petrus und Jakobus, zu verwischen. Und bei dem Versuch, die Tatsachen zu verstecken, erwähnt sie mit keinem Wort eine der heftigsten Auseinandersetzungen, die in Antiochia stattfand und dazu führte, das Saul Pe-

trus als einen »falschen Bruder« (Gal 2,4) oder indirekt als Falschspieler (Gal 2,14) bezeichnete, und daß er ganz förmlich die Tora verwarf, der Petrus noch immer anhing (Gal 2,16–21). Die Version der Apostelgeschichte über die Ankunft des Barnabas ist damit hinfällig. Und zwar aus drei besonderen Gründen:

– Erstens ist Barnabas Zypriot; hätte man ihn unbedingt in eine entstehende Nazarenergemeinde schicken wollen, so doch zunächst nach Zypern und nicht nach Antiochia.
– Zweitens scheint der Rat in Jerusalem, zumindest nach der Apostelgeschichte, der Auffassung gewesen zu sein, die Nazarenergemeinden in Zypern, Phönizien und Antiochia seien von allein und spontan gewachsen. Das ist unwahrscheinlich, da das Hin und Her zwischen den einzelnen Gemeinden den Rat darüber hätte informieren müssen, daß diese Gemeinden durch Missionare gegründet worden waren. Wenn man auch heute nicht weiß, wer Zypern und Phönizien missionierte, so dürfte doch der Rat in Jerusalem dies gewußt haben, auf jeden Fall dürfte es ihm nicht unbekannt gewesen sein, daß sich Saul nach Antiochia begeben und dort gepredigt hat. Barnabas dort hinzuschicken, der dann, als habe er eine Goldmine entdeckt, Saul zu Hilfe ruft, um sie zu plündern, das ist eine dieser apologetischen Finten von Lukas, die keinen, auch nicht den traditionalistischsten Exegeten täuschen können. Die Gemeinde in Antiochia wurde von Saul selbst gegründet!
– Der dritte Grund, die Version der Apostelgeschichte zu verwerfen, ist, daß Saul selbst Barnabas als einen Komplizen der verlogenen Unternehmung des Jerusalemer Rates behandelt und dort besonders als Komplizen von Petrus (»So daß selbst Barnabas verführt wurde, mit ihnen zu heucheln« (Gal 2,13).

Lukas versucht also, Sauls Bedeutung für die Evangelisierung des Nahen Ostens, jedenfalls für die Gemeindegründung in Antiochia, zu schmälern, wenn nicht zu leugnen. Er versucht, das ist erwiesen, den Streit zwischen Saul und dem Rat in Jerusalem zugunsten des letzteren zu vertuschen. Er bemüht sich, Barnabas als unschuldig hinzustellen.

Der wirkliche Grund für die Entsendung des Barnabas ist die Unruhe des Jerusalemer Rates hinsichtlich der Erfolge Sauls und der großen Gefahren, die dessen Feindschaft gegen die Tora heraufbeschwört, und insbesondere gegen die Beschneidung und das Verbot, gemeinschaftliche Mahlzeit mit den Heiden zu halten. Saul ist im Begriff, einen Verbund christlicher Gemeinden zu schaffen, die nicht nur unter seiner Führung stehen, sondern zugleich mit dem Judentum brechen. Der Rat beschließt also, ihn mit einem Aufpasser zu versehen. Sie schicken ihm Barnabas, um die »Veruntreuung« des Christentums zu beenden. Barnabas hat zweifellos zwei Aufträge: Erstens soll er Saul nach Antiochia zurückbringen, um der christlichen Gemeinde zu zeigen, daß er unter der Kontrolle des Jerusalemer Rates steht. Und zweitens soll Barnabas Saul von den jerusalemnahen jüdischen Gemeinden fernhalten und Missionsreisen für ihn organisieren, die ihn einzig und allein mit Heiden in Kontakt bringen. Saul, der ja nicht nur die Bekehrung der Heiden anstrebt, fügt sich dieser Strategie nur teilweise. Tatsächlich ist er noch nicht mächtig genug, um mit dem Rat zu brechen, aber er enthält sich nicht, Petrus sein Handeln vorzuwerfen, ihn Lügner und falschen Bruder zu nennen und sich Barnabas kurzerhand vom Hals zu schaffen.

128. Diese Übertreibung würde ich Saul zuschreiben. Aber gewiß waren die Anhänger der Nazarener, die nach der Hinrichtung von Stephanus aus Jerusalem flohen und sich im östlichen Mittelmeerraum ausbreiteten (Apg 11,19–20), nicht sehr zahlreich, da ja nicht alle Nazarener aus Jerusalem flohen, und sicher auch, weil zumindest Petrus und Jakobus in der Stadt blieben. Jedenfalls waren sie sicher keine Apostel im ökumenischen Wortsinn, da sie, wie Lukas in der oben zitierten Passage ausführt, »niemandem als allein den Juden« das Wort verkündeten. Sie nahmen also keine Bekehrungen unter den Heiden vor, und so fällt wiederum Saul das Verdienst zu, eine aufstrebende Gemeinde in Antiochia gegründet zu haben.

129. Dies sind erfundene Namen für die Vorsteher, die Saul in der von ihm gegründeten Christengemeinde eingesetzt hatte, wie auch in allen anderen Städten seiner ersten Reise.

130. Simon der Schwarze, oder Simon Niger, den die Apostelgeschichte als einen der drei Gelehrten und Propheten benennt, mit denen Barnabas Saul in Antiochia konfrontiert (Apg 13,1). Die anderen beiden sollen Luzius von Zyrene und Manaën (oder Menachem) gewe-

sen sein, doch ist diese »Genauigkeit« bei Lukas sehr rätselhaft, da sich keine Referenzen finden lassen. Man darf getrost an dem Wert dieser »Genauigkeit« zweifeln, wenn man bedenkt, daß diese drei Personen nie wieder auftauchen, obwohl sie als bedeutend eingeführt werden.

131. Es scheint, als sei Lukas bei diesem »Manaën, der mit dem Landesfürsten Herodes (und Saul) erzogen worden war« ein ziemlich schwerer Irrtum unterlaufen, den übrigens schon die beiden Autoren Ginsberg und Klausner anmerkten und der in der von mir benutzten kommentierten Fassung der *Jüdischen Altertümer* (vgl. Bibl.) in talmudischer Tradition zitiert wird (VIII, 15–18). Tatsächlich gab es einen Manaën (oder in anderer Schreibweise Menahem), der nun aber nicht den Tetrarchen Herodes in seiner Jugend gekannt hatte, sondern Herodes den Großen, und den Josephus nennt. Er war ein Essener, der dem jungen Herodes vorhersagte, er würde König werden. Dieser konnte sich naturgemäß nicht mehr in Antiochia einstellen, da er zu dieser Zeit längst unter der Erde lag. Es gab allerdings einen anderen Manaën, den Sohn von Judas dem Galiläer (*Der jüdische Krieg,* II, 17,8, vgl. Bibl.), einen Rechtsgelehrten, der den Juden unter der Verwaltungsherrschaft des Quirinius, also noch zu Lebzeiten von Herodes dem Großen, vorwarf, »daß sie nicht nur Gott, sondern auch den Römern untertan sein wollten«. Auf den ersten Blick könnte man versucht sein zu glauben, der Sohn des Judas, der Rechtsgelehrte, der einen solchen Vorwurf gegen die Juden erhob, hätte sich den Zeloten angeschlossen, die Jesus – wie übrigens auch alle anderen Galiläer – ihre spontane Unterstützung anboten bei einem Aufstand gegen das »kollaborierende« Judäa, und von diesen sei er dann zu den Nazarenern übergewechselt. Jedenfalls machen die nähere Analyse und weitere historische Hinweise es zwingend, die Hypothese zu verwerfen, es sei dieser Manaën gewesen, der an dem Treffen des Rates von Antiochia teilgenommen habe. Zunächst konnte er als Pharisäer, als der Sohn eines Pharisäers, noch dazu eines Schreibers, unmöglich mit einem Sohn des Alleinherrschers Herodes des Großen erzogen werden, und schon gar nicht mit dem Sohn eines Herrschers, der der Wegbereiter der kaiserlichen Macht in Palästina war. Das wäre ein redhibitorischer Widerspruch, und außerdem ist es kaum verständlich, wie die rabbinische Tradition ihn mit jenem anderen Manaën verwechseln konnte, der, wie wir gesehen haben, ein Essener war. Weiter war jener Manaën, der einen Auf-

stand gegen die Römer auslöste und später auf traurigste Weise von seinen eigenen Anhängern in Masada ermordet wurde, ein eher grausamer und brutaler Zeitgenosse, berichtet uns Josephus, und daher kann man sich ihn nur schwer bei einem Treffen christlicher Missionare in Antiochia vorstellen.
Hier drängt sich die Schlußfolgerung auf, daß die Erwähnung eines Manaën, der zusammen mit dem Tetrarchen Herodes und Saul erzogen worden sei, nur eine weitere von jenen Ungenauigkeiten ist, die das ganze Neue Testament durchsetzen. Aber selbst unter Berücksichtigung der Tatsache, daß er dreißig oder vierzig Jahre später schrieb, kann Lukas diesen Hinweis nicht völlig erfunden haben, da es immer noch genug Zeitzeugen gab, die ihm hätten widersprechen können; und darüber hinaus hätte er schon aus chronologischen Gründen niemals Herodes den Großen, den König Palästinas, der im Jahre 4 vor unserer Zeitrechnung starb, mit seinem Sohn Herodes dem Tetrarchen verwechseln können. Also hat er wahrscheinlich von einem Manaën (ein recht häufiger Name) reden hören, der mit einem »Landesfürsten Herodes« und mit Saul erzogen wurde, und genau da liegt sein Fehler, der die oben erwähnte Verwechslung der beiden anderen Manaën bedingt: Außer Herodes Antipas, der traditionellerweise als Tetrarch oder Landesfürst apostrophiert wird, gab es noch einen anderen Herodes, der in Judäa herrschte: Herodes Agrippa I., sein Halbbruder, von dem ich ja vermute, daß er auch Sauls Halbbruder war, und zwar sein nächster. Dieser Manaën könnte der Sohn eines Höflings von Herodes dem Großen gewesen, und tatsächlich mit dessen Enkel zusammen erzogen worden sein, als eine Art Dankesgeste, oder auch um den Vater unter Kontrolle zu halten.

132. Diese Stelle nimmt auf Gal 1,22 Bezug: »Ich war aber unbekannt von Angesicht den christlichen Gemeinden in Judäa.« Dieser Satz zeigt, daß Sauls Widerstand gegen den Rat in Jerusalem nur dem wachsenden Widerstand der Judenchristen – und zwar nur in den Ostprovinzen – gegen die allgemeine Aufnahme bekehrter Heiden in die christliche Gemeinde galt. Offensichtlich existiert das Problem in Judäa nicht, und der ständige Streit, den Saul im Ausland auszufechten hat, ist demnach in Judäa unbekannt.

133. Das Problem des Zutritts zu den einzigen Kultstätten, die existierten, nämlich zu den Synagogen (und zu ihrer römischen Entsprechung, den Proseycha), war von einer Bedeutung, die die Geschichte übergangen hat, die aber trotzdem äußerst wichtig war, wie die Begebenheit in Jerusalem zeigt, wo Saul fast gelyncht worden wäre, weil er angeblich Trophimus aus Ephesus, einen bekehrten Juden, in den Tempel gebracht haben soll (Apg 21,27–31).

134. Lukas zufolge, dessen sorgsam gesäuberte Berichte versuchen, den Streit zu vertuschen, gibt es bereits einen Ältestenrat im syrischen Antiochia, als Barnabas Saul »dorthin führt«. Obendrein weht während der Feier der »Liturgie« der Heilige Geist über die Versammlung und verlangt, Saul und Barnabas sollten als Prediger in die Fremde gesandt werden. Lassen wir einmal außer acht, daß es damals noch gar keine christliche Liturgie ab: Die ganze Geschichte sieht nach einer perfekten hagiographischen Erfindung aus. Tatsächlich scheint der Heilige Geist nicht zu wissen, daß sich Barnabas wenige Monate später in tiefem Zwist mit Saul befinden wird; in Wirklichkeit ist Barnabas der Abgesandte des Rates in Jerusalem, der die judaistische Richtung im aufstrebenden Christentum vertritt. Folgende Lesart dieser Episode scheint mir wahrscheinlicher: Barnabas bringt Saul, wie wir ja bereits gesehen haben (vgl. Anm. 127), nach Antiochia, wo dieser viele Bekehrungen vorgenommen hat, um ihn dort mit einem neuen von Jerusalem berufenen Rat zu konfrontieren, der sich aus Manaën, Simon Niger und Luzius von Zyrene zusammensetzt. Zweifellos hofft Barnabas, der Umstand, daß Manaën ein Jugendgefährte Sauls gewesen war, werde diesen zu einem Sinneswandel bewegen. Dieser Neo-Rat, den Saul gleich zurückweisen wird (und wirklich hört man daraufhin nichts mehr von seinen Archonten), sagt zu Saul sinngemäß: »Es gibt da unüberwindliche Schwierigkeiten zwischen nazarenischen Juden und bekehrten Heiden. Deine Art und Weise, sie als gleich und gleich zu behandeln, ist ein Skandal. Also geh und bekehre mit Barnabas' Hilfe die Heiden, geh in die heidnischen Städte und bekehre keine Juden mehr.« Saul, der bereits während seiner vorangegangenen Reise einen eigenen Rat von Antiochia eingesetzt hatte, wahrscheinlich aus den weniger widerspenstigen Heiden, stellt sich auf diesem Ohr taub und bestreitet die Autorität von Manaën, Simon Niger und Luzius von Zyrene. Die Geschichte von Sauls drei Missionsreisen bestätigt übrigens in allen

Teilen, daß es wirklich einen Streit zwischen ihm und den judaistisch bewegten nazarenischen Juden gab, die vom Rat in Jerusalem unterstützt wurden.

135. Ambelain zufolge (vgl. Bibl.) wurde die Beschneidung nach der *Lex Scantinia* (149 v. Chr.) bestraft. Hadrian verbietet sie ganz allgemein, den Juden ebensogut wie den anderen. Sein Nachfolger Antonius »macht ausdrücklich für die Juden, und nur für sie, eine Ausnahme, wohlgemerkt für geborene Juden; die Beschneidung eines Nichtjuden hatte extrem harte Bestrafung zur Folge« (Marcel Simon, vgl. Bibl.).

136. Offensichtlich waren die christianisierten, aber unbeschnittenen Heiden bestenfalls »Christen zweiter Klasse« in den Augen des Jerusalemer Rates. Diese Meinung vertritt auch Bornkamm (vgl. Bibl.), der sogar so weit geht, zu glauben, die Heiden seien in den Augen der jüdisch-christlichen Jerusalemiten eine Art Häretiker und gefährlicher Schwärmer gewesen.

137. Die folgenden Ereignisse zeigen, daß sich Saul niemals den Versuchen der Judenchristen beugte, ihn und die Heiden in den Schoß des einzig wahren jüdischen Gesetzes zurückzuführen. Daher ist es mehr als wahrscheinlich, daß Saul bei seiner Rückkehr nach Antiochia über den Tadel des von Jerusalem eingesetzten Rates verärgert war und die Vorwürfe sowohl prinzipiell als auch inhaltlich zurückwies.

138. Wenn Lukas mehr als dreißig Jahre später für den Zeitraum 46–47 von einer christlichen »Liturgie« spricht (Apg 13,2), dann ist das noch kein Beweis, daß sie damals tatsächlich bereits in Kraft getreten war. Wir wissen nur, daß es Saul war, der den ersten Ritus einführte, den der Eucharistie (vgl. Anm. 198 und 273); und er hat ihn sicher nicht von vornherein angeordnet, sondern erst, als sich die Notwendigkeit ergab, den ersten Christen eine besondere rituelle Grundlage zu verschaffen.

139. Lukas, der gebürtige Hellene aus Syrien, ein Arzt vielleicht, trat der ersten Christengemeinde in Antiochia zweifellos um das Jahr 40 bei, sechs oder sieben Jahre nach der Steinigung des Stephanus; und gewiß war es auch Antiochia – oder vielleicht Troas –, wo er Saul be-

gegnete. Wir befinden uns also ungefähr im Jahre 50. Dann begleitete der Evangelist Saul nach Mazedonien (Apg 16,11–12). Er dürfte Saul in Philippi verlassen haben, wo er sich bis zum Ende von Sauls dritter Missionsreise aufhielt (etwa 58); er dürfte ihn dann in Troas wiedergetroffen haben, wo sich Saul gerade darauf vorbereitete, nach Jerusalem zurückzukehren (Apg 20,5 und 21,17). Jedenfalls war Lukas sicher zur selben Zeit wie Saul in Jerusalem, und er begleitete Saul auch von Cäsarea nach Rom (Apg 27,1 und 28,16). Aller Wahrscheinlichkeit nach hat Lukas nicht an allen Ereignissen im Leben Sauls teilgenommen, von denen er berichtet; vieles wirkt »arrangiert«, auch scheint manches bewußt weggelassen. Sauls Beziehung zu Lukas scheint nicht besonders eng gewesen zu sein, oder doch wenigstens nicht so eng wie die zu Titus, Silvanus oder Timotheus, aber sie nahm offenbar auch keinen derart feindseligen Charakter an, wie die zu Petrus oder Jakobus. Gemäß der Überlieferung lebte Lukas ehelos, er schrieb sein Evangelium auf griechisch und starb im Alter von vierundachtzig Jahren in Böotien. Demnach wäre er Ende des ersten Jahrhunderts gestorben (vgl. Anm. 278).

140. Apg 11,28–30. Diese Hungersnot breitete sich, wie weiter oben angedeutet (vgl. Anm. 111), um das Jahr 46 aus. Diese Hungersnot scheint uns darüber Aufschluß zu geben, daß die christliche Gemeinde in Jerusalem sehr klein war, da sie so schlecht darauf vorbereitet war.

141. Hier handelt es sich um Sauls zweite Reise nach Jerusalem (vgl. Anm. 111).

142. 1. Mose 17,11–14.

143. Saul reagiert auf diesen Zwischenfall lakonisch; in Gal 2,12 schreibt er: »Denn bevor einige von Jakobus kamen, aß er mit den Heiden; als sie aber kamen, zog er sich zurück und sonderte sich ab.« Man weiß nicht, wer diese sonderbaren Abgesandten von Jakobus sind, aber es ist einleuchtend, daß sie nicht ohne einen schriftlichen Auftrag von Jakobus nach Antiochia gekommen waren, der doch offensichtlich im Jerusalemer Rat der hitzigste Vertreter einer strengen Befolgung der Gebote war. Natürlich erwähnt die Apostelgeschichte diesen Vorfall nicht, und doch war er Anlaß für einen von Sauls schärfsten Ausfällen.

144. Die Heftigkeit dieser Szene, deren Glaubwürdigkeit Gal 2,11–12 beweist, wird bekräftigt durch die doch erstaunlich scharfen Wendungen »heucheln« (Gal 2,13) und »nicht richtig handeln nach der Wahrheit des Evangeliums« (Gal 2,14), bedenkt man, daß hier ein Apostel von einem anderen Apostel spricht, und sie wirken um so schärfer, als Saul ihnen eine zusätzliche Tragweite verleiht, indem er sie in einem apostolischen Sendschreiben verwendet, das zunächst nur an die Galater adressiert war, aber möglicherweise an andere Gemeinden weitergereicht wurde. Hier offenbart sich Sauls Charakter in seiner ganzen Härte, die unter den Aposteln völlig einmalig ist – vor allem seine unbedingte Entschlossenheit, alle Hindernisse zu zerschlagen, die sich seinem Vorhaben, das Kaiserreich zu erobern, in den Weg stellen könnten, selbst wenn es sich bei diesen Hindernissen um ehrwürdige Mitstreiter Jesu handelt, die auf das Vorrecht des Alters pochen. In dieser Episode wird der unwiderstehliche Einfluß faßbar, den Saul auf das Schicksal der Kirche ausgeübt hat, und man begreift seine Stellung als tatsächlichen Kirchengründer und »Erfinder« des Christentums. Petrus wird es nie mehr wagen – die späteren Ereignisse beweisen es –, sich Sauls Interpretation des Christentums zu widersetzen. Nun gibt es nur noch Jakobus den Jüngeren oder Sohn des Alphäus, der noch eine gewisse Zeit Nachhutgefechte führen wird. In diesem Sinne kann man behaupten, daß der Streit in Antiochia, den die Abgesandten von Jakobus, dem Jerusalemer Presbyter und Pseudo-Bruder von Jesus, unbedachterweise entfesselt haben, den Untergang des Judenchristentums ausgelöst hat, dessen Zweig von nun an zum Absterben verurteilt sein wird.

145. Man darf annehmen, daß Saul sich von der verlogenen Gegenwart des Barnabas befreien wollte, nachdem er diesen scharf verurteilt hatte, weil er sich in seinen Augen von den Abgesandten des Jerusalemer Rates zum Heucheln verführen ließ; außerdem war bewiesen, daß Barnabas selbst ein Abgesandter ebendieses Rates war und also eine Art Aufpasser und Spion. Daher täuscht sich Lukas entweder oder er versucht, die Abweisung des Barnabas durch Saul zu vertuschen, wenn er behauptet (Apg 13,4) Saul sei nach Antiochia, also nach dem Zwischenfall mit Petrus, von dem Lukas kein Wort erwähnt, mit Barnabas zusammen nach Zypern aufgebrochen. Auch Bornkamm (vgl. Bibl.) ist übrigens dieser Meinung, wenn er schreibt: »Die Rolle des Apostel-

freundes, die Barnabas in der Apostelgeschichte und dem Galaterbrief spielt... widerspricht der Konstruktion bei Lukas.« Für Bornkamm war Barnabas niemals ein Freund und Begleiter Sauls und hat ihn auch nicht nach Jerusalem begleitet; daraus folgt – folgere ich –, daß er ihn auch gewiß nicht nach dem Zwischenfall in Antiochia nach Zypern begleitet hat. Bei dieser Gelegenheit entlarvt Bornkamm auch die ständigen »Konstruktionen«, also Erfindungen bei Lukas. Dennoch darf man nicht übersehen, daß Barnabas, wiewohl in Jerusalem wohnhaft, doch ursprünglich aus Zypern stammte und Saul daher nützlich sein konnte. Außerdem vergaß ihm Saul gewiß nicht die positive Rolle, die Barnabas gespielt hatte, als Saul nach seiner Rückkehr aus Syrien vor den Aposteln auftrat, also nach dem sogenannten Damaskuserlebnis (Apg 9,27). Schließlich ist Barnabas nur ein Komparse, und weder seine Unterwürfigkeit gegenüber dem Jerusalemer Rat noch sein offensichtlicher Kleinmut können Sauls Entscheidungen in irgendeiner Weise beeinflussen. Aus all diesen Gründen vermag man, wie ich, wieder zu der Eingangsüberlegung zurückkehren, Saul habe Barnabas eine Gnadenfrist eingeräumt und sei tatsächlich mit ihm nach Zypern aufgebrochen. Jedenfalls ist klar, daß Saul ihm nicht im mindesten die gleiche Bedeutung einräumt wie Titus, den er unbedingt auch in Jerusalem dabeihaben will, obgleich er unbeschnitten ist, und dem er in zahlreichen Passagen der Briefe offene Zuneigung entgegenbringt.

146. Bei diesem erneuten imaginären Briefwechsel zwischen Saul und Seneca schien es mir angebracht, in Erinnerung zu bringen, wo die Schnittstelle zwischen Sauls Hellenismus und dem christlichen Glauben lag, zu dessen Begründung er so entscheidend beitrug: Sie liegt im Sinn für das Mysterium, das Unerkennbare, der ihn für viele Exegeten in die Nähe der Gnostik gebracht hat (Bultmann, *Theologie*, vgl. Bibl.).

147. Zweimastiges Lastschiff, speziell für den Getreidetransport geeignet.

148. Als er zum Rat in Jerusalem geschickt wird, findet Saul ihn in zwei Gruppen aufgespalten: einerseits die Apostel, die er die »Säulen der Urgemeinde« nennt, Jakobus, Petrus und Johannes, und andererseits eine streng gesetzestreue Gruppe unter der Führung bekehrter Pharisäer (Apg 15,5), für die jeder bekehrte Heide, wie sich in meinem Ro-

man zeigt, beschnitten und dem mosaischen Gesetz unterworfen werden muß, so wie alle anderen Juden auch. Um einen gefährlichen Streit zu vermeiden, lenkt Jakobus ein, daß man den Heiden nicht ausnahmslos die Beschneidung auferlegen könne, aber implizit hält er für die bekehrten Juden die Gültigkeit des mosaischen Gesetzes aufrecht; damit Saul keine zersetzenden Situationen mehr heraufbeschwören kann, indem er die bekehrten Juden von diesem Gesetz befreit (wie bereits geschehen), weist Jakobus ihm die Bekehrung der Heiden als Betätigungsfeld zu. So jedenfalls beschreibt die Apostelgeschichte die Situation. Aber wie beispielsweise Bornkamm (vgl. Bibl.) beobachtet, »hat der Bericht der Apostelgeschichte nicht den Wert einer tatsächlichen Quelle«. Sie wurde später »im Sinne einer Idealkonzeption der Kirche und der Kirchengeschichte umgearbeitet«, so wie sie dem Erzähler, also Lukas, vorschwebte. Es fehlt dort offensichtlich eine wichtige Nuance: Der Rat in Jerusalem hat Saul nicht damit beauftragt, die Heiden zu bekehren, er hat ihm verboten, Juden zu bekehren.
Aber unzählige Passagen in den Briefen – die meistzitierte dürfte wohl Röm 9,11 sein – beweisen, daß Saul niemals auf die Bekehrung von Juden verzichtet hat, ja, nicht einmal darauf, sie vom Gesetz loszusprechen. Er hat das Gesetz sogar hart angegriffen (Gal 2,21): »...wenn die Gerechtigkeit durch das Gesetz kommt, so ist Christus umsonst gestorben.« Solche Ausfälle brachten ihm unter anderem die tödliche Feindschaft der gesetzestreuen Juden ein, der orthodoxen wie der bekehrten, und diesen Widerstand setzte er dem Apostolischen Rat entgegen.

149. Unterstand in Form eines Gänsehalses am Heck antiker Schiffe, um bei Rückenwind navigieren zu können.

150. Wenn die Missionsreisen Sauls vor allem auf die Eroberung der römischen Welt zielten, so bedeutet das nicht, daß Saul nicht auch eine vollkommene Bekehrung des auserwählten Volkes angestrebt hätte, wie zwei Stellen aus dem Römerbrief beweisen: »...meines Herzens Wunsch ist... daß sie gerettet werden« (Röm 10,1), und: »Ich will euch, liebe Brüder, dieses Geheimnis nicht verhehlen... und so wird ganz Israel gerettet werden« (Röm 11,25–26) – Wünsche, die gewiß zu der besonderen Intoleranz gegen das Judentum beigetragen haben.

151. Diese Geschichte, die Lukas auf sehr naive Weise so erzählt, als hätte Saul übernatürliche Kräfte (Apg 13,6–12), um den Übertritt des Prokonsuls Sergius Paulus zum Christentum zu rechtfertigen, dürfte nicht die einzige dieser Art in Sauls Laufbahn gewesen sein, noch in der der anderen Apostel. Der Orient war in der Tat überreichlich mit Magiern eingedeckt, von denen eine große Zahl aus Persien kam, weshalb Lukas ihnen Namen gibt wie Elymas, also aus Elam, auch Susiane, gebürtig. Gewiß handelt es sich um einen Magier und Astrologen. Es ist höchst zweifelhaft, ob sich der Prokonsul durch den bloßen Anblick von Sauls vermeintlichen Wundern hätte bekehren lassen; sehr viel wahrscheinlicher handelt es sich um einen jener Patrizier, die das Exotische an den Religionen des Ostens verführte.

152. Hierauf spielt Saul im 2. Kor 12,7 an, wenn er vom Stachel in seinem Fleisch spricht. Die durchlittenen Strapazen und eine Reihe von Anfällen könnten tatsächlich Sauls Gesundheitszustand sehr verschlimmert haben.

153. Charles Perrot (*La Diaspora juive de Rome*, vgl. Bibl.) spricht unter Berufung auf eine syrische Chronik des vierten Jahrhunderts, den *Barhebraeus*, von einer Zählung, die unter Kaiser Claudius (41–54) veranstaltet wurde und die die Zahl von 6944000 Juden allein im römischen Reich nennt. Perrot bezweifelt aber die Glaubwürdigkeit dieser Schätzung. *L'Atlas du monde juif* (vgl. Bibl.) vermutet, daß »die Zahl der Juden im ersten Jahrhundert die Acht-Millionen-Grenze sicher überstieg (und das bei einer Weltbevölkerung um die hundertsiebzig Millionen)«. Aber die Zahl ist gewiß nicht übertrieben, wenn man bedenkt, daß es allein schon im damaligen Judäa zwei Millionen Juden gab. Saul wird gewußt haben, daß er sich, wenn er einen Teil der Juden in der Diaspora, vielleicht sogar genausoviel oder noch mehr als die Heiden, bekehren würde, an der Spitze einer so gewaltigen »Armee« befände, daß die Eroberung Roms nur noch eine Frage der Zeit wäre.

154. Der Apostelgeschichte zufolge machte Saul während dieser Reise seinen ersten Besuch in Ikonion. Es ist aber sehr unwahrscheinlich, daß er eine so wichtige Station bei seiner ersten Kleinasienreise ausgelassen haben sollte (vgl. Anm. 126). Onesiphoros ist eine Figur der

apokryphen Paulusakten, in denen sich auch die einzige, allerdings recht knappe Beschreibung von Sauls Äußerem findet.

155. Die Geschichte mit Thekla ist in die oben zitierten Paulusakten eingeflossen. Ich habe sie übernommen, weil sie als ein überzeugendes Beispiel für die Probleme dienen mag, die die Bekehrung von nur einem Partner in einer Beziehung wahrscheinlich aufwarf, und für die Feindschaft, die Sauls Proselytismus bei Heiden wie gesetzestreuen Juden hervorrufen konnte. Die romanhafte Geschichte von Saul und Thekla, die der apokryphe Text erzählt, hat die Phantasie oft und über Gebühr beansprucht. Sie war offenbar zwiespältig. Aber es ist interessant, den Zwiespalt hier aufzuzeigen: Thekla hat es nur in diesem Text gegeben, die Kirche hat ihn verworfen. Andererseits ist sie eine der berühmtesten Heiligen der griechischen und lateinischen Kirche, die ihr Fest am 24. September bzw. am 23. feiern... In Seleukeia, in Isaurien, wurde sogar eine Basilika zu Ehren dieser erfundenen Proto-Märtyrerin errichtet.

156. Titus, der unbeschnittene Grieche und treue Freund, den die Apostelgeschichte seltsamerweise vergessen hat und nie erwähnt, lernt hier, wie Timotheus, das Handwerk des Missionsreisenden; er organisiert die Stationen von Sauls Reise und eilt ihm als Herold voraus.

157. Die Apostelgeschichte berichtet tatsächlich nur sehr Allgemeines über das Schicksal der Bekehrten, die Saul hinter sich zurückließ; von ihrer Gemeinde ausgeschlossen, mit der sie nun verfeindet waren, befanden sie sich gewiß in einer recht unangenehmen, wenn nicht gar bedrohlichen Lage.

158. Ein sonderbarer Punkt in der Apostelgeschichte ist unter anderem die unterschiedlich heftige Feindseligkeit der gesetzestreuen Juden von einem Aufenthalt Sauls zum nächsten in ein und derselben Stadt. So kehrt Saul z. B. offenbar ohne Schwierigkeiten nach Lystra zurück, nachdem er dort zuvor fast sein Leben gelassen hätte.

159. Dieser Punkt wird von der Apostelgeschichte genauer ausgeführt (Apg 16,2). Gewiß hat Saul diese Entscheidung gefällt, um den jungen Mann gegen den Vorwurf der Unbeschnittenheit zu schützen, den die

gesetzestreuen Juden sicher ohne Zögern gegen ihn erhoben hätten. Aber man fragt sich dann, warum er nicht dieselbe Maßnahme auch bei Titus angewendet hat und warum ausgerechnet Timotheus von dieser »Vorkehrung« profitiert. Man darf sich auch fragen, warum Saul, der kein Fachmann für diesen Eingriff war, sich entschied, ihn selbst vorzunehmen, wo er doch von geübteren Händen sicherer hätte ausgeführt werden können.

160. Wenn man in dieser Sache dem Text der Apostelgeschichte folgt, die hier wieder einmal ganz besonders glätten will, dann läßt die Botschaft des Jerusalemer Rates, oder auch Apostolischen Rates, Saul gewonnenes Spiel: Die bekehrten Heiden sollen endlich von den drükkendsten Zwängen des Gesetzes entbunden werden. Bei genauerer Lektüre entdeckt man aber zwei außergewöhnliche Tatsachen: Erstens wird das Dekret der Menge von seinen Überbringern direkt vorgelesen, obgleich die Höflichkeit und auch nur ein Minimum an Sinn für Hierarchie es erfordert hätten, das Dekret zunächst Saul auszuhändigen – dem eigentlichen Oberhaupt dieser Gemeinde, die er vergrößert, wenn nicht sogar gegründet hat –, der auch dieses Dekret den Gläubigen hätte verkünden sollen; und zweitens trennt sich Saul nach einem heftigen Streit von Barnabas und dessen Vetter Jokanaan (bzw. Markos). Was ist der Grund dieses Streites?
Man mag hier wieder einmal zu Recht die Genauigkeit der Berichterstattung durch Lukas anzweifeln, und genau das haben zahlreiche Exegeten getan. Ich habe zwei von ihnen ausgewählt, Bultmann (*Theologie*, vgl. Bibl.) und Bornkamm (vgl. Bibl.). Für Bultmann war das Zugeständnis, das dieses Dekret den Heiden machte, nur eine Halbheit: »Offenbar hielt man die christianisierten Heiden nicht für vollkommen gleichberechtigt [mit den Judenchristen].« Daher die wütende Reaktion, die ich Saul zuschreibe: Das Dekret des Jerusalemer Rates war nicht an ihn adressiert, sondern an den »anderen« Rat von Antiochia, jenen Rat, dessen Vertreter gesetzestreu waren. Kurz, die Gesandten aus Jerusalem hatten ihm einen diplomatischen Tiefschlag verpaßt. Bornkamm erinnert daran, daß Saul »zu kasuistischen Erörterungen, zu Konzessionen und Kompromissen nicht bereit« war, und weiter: »Man versteht von diesen Zusammenhängen aus, daß Lukas, wenn er überhaupt noch etwas von dem antiochenischen Konflikt wußte, ihn in seiner Darstellung der Geschichte der Kirche und des Paulus überging.

Auch sonst hat man sich im Verlauf der weiteren Kirchengeschichte wiederholt alle erdenkliche Mühe gegeben, den peinlichen Streit der Apostel zu verharmlosen und als eine bald überstandene Episode darzustellen. Bis in die neueste Forschung hinein wirkt diese Meinung nach, und mit einer nicht selten sentimentalen Phantasie wird der Friedensschluß zwischen Paulus, Petrus, Barnabas und der übrigen Judenchristen ausgemalt« (S. 67, vgl. Bibl.).
Barnabas, der, wie Bultmann annimmt, zweifellos einer der Gründer der Gemeinde von Antiochia ist und daher glaubt, bei allem, was sie betrifft, ein Wort mitreden zu dürfen, widerspricht nun heftig Sauls ablehnender Haltung gegen den Rat von Antiochia, der sich aus Manaën (Menahem), Simon Niger und Luzius von Zyrene zusammensetzt. Schließlich hat er nicht Sauls Vision – der einer christlichen Gemeinde, vollkommen frei vom Gesetz.

161. Tatsächlich hat man allen Grund anzunehmen, das Dekret sei von dem gesetzestreuen Rat in Antiochia angefordert worden.

162. Die folgenden Ereignisse und Reden Sauls beweisen tatsächlich, daß er sich niemals damit einverstanden erklärt hat, die bekehrten Heiden als Christen zweiter Klasse anzusehen.

163. Die Rede, die ich hier Silvanus in den Mund lege, hat sich Saul wenigstens einmal zum einen oder anderen Zeitpunkt auf seinen Missionsreisen von jemandem anhören müssen, der seine Geschichte kannte, den seine Kehrtwendung beunruhigte und der ein paar psychologische Grundkenntnisse besaß, was zu jener Zeit keine Seltenheit war. Die Texte der Evangelien lassen solchen Überlegungen natürlich kaum Raum, aber sicherlich gab es mehr als einen Zeitgenossen Sauls, der nach dessen wahren Motiven fragte.

164. Die Apostelgeschichte (13,8) behauptet, der Prokonsul habe vorgehabt, zum Christentum zu konvertieren, und Elymas habe sich bemüht, ihn davon abzubringen. Die Stelle ist verdächtig, da ein Prokonsul, mithin ein Diener der Götter des Kaiserreiches, sich gewiß nicht so offen zu dem Vorhaben bekannt hätte, einer ausländischen Sekte beizutreten, daß ein ebenfalls ausländischer Zauberer hätte versuchen können, ihn davon abzubringen. Viel wahrscheinlicher ist, daß Lukas

die Milde des Prokonsuls gegen den römischen Bürger Saul, wie sie ja auch andere römische Beamte bekundet haben, in Bekehrungsabsichten umgedeutet hat.

165. Tatsächlich kann man sich fragen, was aus Sauls Botschaft wurde, wenn dieser in Gebiete kam, in denen man schlecht Griechisch sprach.

166. Die wahren Gründe, warum sich Lukas, ein syrischer Heide aus Antiochia, Saul auf dessen zweiter Missionsreise anschloß, bleiben im dunkeln. Lukas war seit seiner römischen Gefangenschaft Schriftsteller, und Saul spricht in mehreren Briefen von ihm als Mitarbeiter. Offenbar waren die beiden Männer freundschaftlich verbunden, aber wenn Lukas ein Mitarbeiter im vollen Wortsinn war, dann ist schwer zu verstehen, warum er während Sauls dritter Missionsreise offensichtlich in Philippi blieb oder warum er Saul von Troas nach Jerusalem begleitete und nach der zweijährigen Gefangenschaft in Cäserea von dort nach Rom. Saul beschreibt ihn (2. Tim. 4,11) als einen treuen Freund bis zuletzt. Ganz offensichtlich sah Saul sein Ende nicht voraus, und obgleich es völlig gesichert ist, daß Lukas zusammen mit Saul in Rom eintraf (»Als wir nun nach Rom hineinkamen«, schreibt er in Apg 28,16), bricht die Apostelgeschichte ganz unvermittelt ab, und Lukas berichtet kein Wort über den Prozeß, der seinem Gefährten in der Kaiserstadt drohte. Man kann daher entweder vermuten, der Schluß der Apostelgeschichte sei verlorengegangen oder aber Lukas habe Rom verlassen (vgl. Anm. 278).
Im ganzen erscheint Lukas als ein kluger und toleranter Mensch, der sich aus dem Streit zwischen Saul und dem Jerusalemer Rat weitgehend herausgehalten hat und der wenigstens in der Apostelgeschichte versuchte, den Spuren der römischen Historiker in ihrer Genauigkeit und Objektivität zu folgen; diese Haltung gibt er allerdings auf, wenn es darum geht, die Kirche der ersten Jahrzehnte zu beschreiben; dort kann man seinem Zeugnis nicht länger trauen, denn der Historiker in ihm hat die Feder an den Propagandisten übergeben.

167. Die Apostelgeschichte erklärt diese Entscheidung, so schnell wie möglich nach Mazedonien zu reisen, damit, daß Saul eines Nachts ein Mazedonier erschienen sein soll, der ihn zu Hilfe rief. Es ist viel wahrscheinlicher, daß Saul den unwiderstehlichen Wunsch verspürte, wei-

ter nach Westen zu reisen, um sich so Rom zu nähern, das ja sein Endziel war.

168. Eine Liburne war ein kleines Segelschiff mit einer Ruderreihe, das für seine Schnelligkeit und Wendigkeit bekannt war und besonders von den illyrischen Piraten benutzt wurde.

169. Der Name, den ich dieser Vorstadtwahrsagerin gegeben habe, kann tatsächlich zwei Bedeutungen haben; *margaino* bedeutet »verrückt sein«. Diese drollige Geschichte, der Lukas einen bedeutenden Platz einräumt (Apg. 16,16–19), zeigt deutlich den Einfluß, den der Aberglaube damals ausübte.

170. Die Apostelgeschichte überliefert von dieser Episode eine phantastische und übrigens auch widersprüchliche Version, in der alle Häftlinge dank des Erdbebens ihre Ketten verlieren, was natürlich unmöglich ist, und in der des weiteren der Kerkermeister Saul zu Füßen fällt und auf der Stelle konvertiert, um dann alle Gefangenen zu sich einzuladen und ihnen eine Mahlzeit zu servieren; im folgenden wird gesagt, daß Saul sich weigerte, das Gefängnis zu verlassen, da sich die Polizeischergen nicht bei ihm entschuldigt hätten. Die Wirklichkeit war zweifellos viel prosaischer: Sauls Einkerkerung fiel mit einem der in jener Gegend recht häufigen Erdbeben zusammen, das nicht das geringste mit Sauls Befreiung zu tun hatte. Lukas sagt es selbst: Saul und Silas wurden freigelassen, weil sie Römer waren. Aber schließlich tat zu jener Zeit ein wenig Phantasie den Erzählungen keinen Abbruch.

171. Dies Zitat stammt aus Röm 10,7, aber das Thema kehrt bei Saul immer wieder.

172. Diese späte Enthüllung setzt Anm. 51 fort: Saul hatte keinerlei Möglichkeit, den Nazarenern Jerusalems beizutreten; er wäre von ihnen zurückgewiesen worden, wie ihn auch die orthodoxe jüdische Gemeinde ausgeschlossen hatte. Die Bekehrung mußte weit weg von Jerusalem stattfinden, und Saul hatte wohl auch als Tempelpolizist Kenntnis von einer nazarenischen Vereinigung in Kokba.

173. Auch diese Anmerkung bezieht sich auf Anm. 51: Wenn Bultmann sich über das Rätsel um Sauls Bekehrung Gedanken macht und unvermittelt behauptet, Saul habe sich mit seiner Bekehrung »dem Urteil Gottes unterworfen«, eine höchst untersuchenswerte These, dann gibt er doch auch zu, seine Bekehrung sei »keine Bekehrung aus Reue gewesen, ebensowenig natürlich wie eine Bekehrung durch eine Befreiungsvision« (*Theologie*, vgl. Bibl.).

174. S. *Les Sources* (vgl. Bibl.) über Jesus' Weigerung, als Messias angesehen zu werden.

175. Dies ist ein Zitat von Mt 15,28, das am eindeutigsten zeigt, daß Saul die Absichten Jesu verriet, als er dessen Lehre zu den Heiden brachte.

176. Die Aufnahme dieser Szene hat folgenden Grund: Es schien mir unwahrscheinlich, daß Saul während seiner ganzen Missionsreisen nicht ein einziges friedliches und objektives Gespräch geführt haben sollte, bei dem ihn sein Gesprächspartner mit der Kritik konfrontiert haben sollte, die hier Pedanius ausspricht. Mir schien, daß sein ehemaliger Sekretär am besten geeignet sei, diese Kritikpunkte vorzutragen.

177. Die Monere war eine Galere mit einer Reihe Ruderer, sie hatte fünfzig Ruder und konnte bei günstigem Wind Segel setzen. Es handelte sich um einen schnellen Schiffstyp, der im Prinzip nur wichtigen Persönlichkeiten vorbehalten war.

178. Man hat sich gewundert, daß Saul immer und überall nur gewalttätige Reaktionen auf jüdischer Seite auslöste. Ich halte es für wahrscheinlich, daß die Juden in Athen, die natürlich hellenistischer geprägt waren als die asiatischen Juden, diesem Prediger eines neuen Gottes, wie sie meinten, einen ganz gleichgültigen Empfang bereiteten.

179. Alkmene, eine Sterbliche, war Gemahlin des Amphitryon und Mutter des Herakles.

180. Die Apostelgeschichte (Apg 17,16–32) berichtet von Sauls Scheitern bei der Predigt in Athen, wo man aufgrund des vorherrschenden

Skeptizismus eher geneigt war zu philosophieren, als sich den Verführungen des Glaubens hinzugeben. Dennoch fand Saul dort genug Zuhörer, um einen Aufruhr auszulösen, und man schleppte ihn vor den Areopag, nachdem man ihn als »Saatdieb«, also als Krähe, als Schwätzer verurteilt hatte.

181. Im Gegensatz zu den Thesen gewisser Autoren stammt das Wort Areopag nicht von dem Namen des Gottes Ares, der auf diesem Hügel gar kein Heiligtum besaß, sondern von *arai*, dem griechischen Wort für »Verwünschungen«, gleichbedeutend mit *semnai*, den »Rachegöttinnen«, und ihnen war tatsächlich ein Heiligtum dort geweiht.

182. Es ist kaum zu bezweifeln, daß Sauls Reden über die Parusie und die letzten Dinge, die sie begleiten würden, nicht gerade dazu angetan war, die Athener zu beruhigen, die den Überbringern schlechter Nachrichten wenig Wohlwollen entgegenbrachten. Ja, die Reden Sauls glichen ganz denen von Sokrates, dem man vorgeworfen hatte, neue Götter in der Stadt einzuführen. Und dann war der Gedanke einer Auferstehung des Fleisches für die Griechen völlig undenkbar, daher auch ihre Verwechslung des Wortes für »Auferstehung«, *anastasis*, und einer vermeintlichen neuen Göttin namens Anastasia anstelle von Jesus. Man könnte aber auch annehmen, die Athener hätten die Beschreibung vom Ende der Welt und den Verwüstungen, die ihm vorausgehen würden, *anastasia*, verwechselt mit der Beschreibung jener Anastasia. Schließlich sei noch daran erinnert, daß die Agora, auf der Saul seine Reden hielt, als Teil des Tempelbezirkes galt, und damit als ein Ort, wo man besser keine Lästerungen von sich gab.

183. Tatsächlich errichteten die Griechen und die Römer Altäre für unbekannte Götter, die sie durch Vernachlässigung zu beleidigen fürchteten.

184. Das folgende Zitat wird laut Bultmann dem stoischen Dichter Aratus zugeschrieben. Saul zieht bei seiner Verteidigung offenbar alle Register.

185. Die Bekehrung des Dionysius, genannt der Areopagit (in der Apostelgeschichte erwähnt: 17,34) hat im Laufe der Jahrhunderte eine

Form angenommen, die teilweise aus einer Legende des zweiten Jahrhunderts zu stammen scheint, derzufolge er der erste Bischof von Athen war, was sich jedoch nie beweisen ließ. Hinzu kamen aber vor allem wesentlich weniger einsichtige Verwechslungen. So hat man ihn mit *St. Denis* verwechselt, was aus ihm zugleich den ersten Bischof von Athen und den ersten Bischof von Paris macht. Im achten Jahrhundert behauptet sich eine auf Gregor von Tours zurückgehende Interpretation, nach der Clemens von Rom ihn im Jahre 90 nach Frankreich sandte. Doch diese Irrtümer beleuchten nur die Unkenntnis der griechisch-römischen Welt: Wenn Dionysius Mitglied des Areopag war, der athenischen Archontenversammlung, dann muß er mindestens vierzig Jahre alt gewesen sein, als Saul vor dieser Versammlung gebracht wurde (also im Jahre 49 oder 50); vierzig Jahre später wäre er achtzig gewesen, ein für jene Zeit bemerkenswert hohes Alter. Hartnäckige Hagiographen behaupten sogar, er sei bei seiner Enthauptung über hundert Jahre alt gewesen und habe danach noch eine gewaltige Strecke mit dem Kopf in seinen Händen zurückgelegt! Anfang des sechsten Jahrhunderts werden ihm von Severin stilistisch »dunkle und aufgeblasene« Texte *(Encyclopaedia Britannica)*, wahrscheinlich aus Syrien stammend, zugeschrieben, die ihn als Monophysiten ausweisen, also als Anhänger der Lehre, derzufolge Jesus nur eine einzige Natur besessen hat.

Trotzdem war Dionysius wahrscheinlich tatsächlich zu Zeiten Sauls Patriarch von Antiochia. Viele Autoren sprechen sich gegen diese Zuordnung aus – dabei gewannen die zehn Briefe des Areopagiten doch gerade deshalb großen Einfluß in der byzantinischen Kirche, weil sie einem Schüler des Paulus zugeschrieben wurden. Erst in der Renaissance begann man die Angelegenheit näher zu untersuchen, und so verschwand Dionysius der Areopagit als Autor weitgehend zugunsten eines Pseudo-Dionysius. Von dem wahren Areopagiten wissen wir immer noch nichts, nicht einmal, unter welchen Bedingungen seine Bekehrung erfolgte. Wenn ein Archont, also eine Persönlichkeit, die mit der genauen Befolgung der Stadtgesetze und des Götterkultes befaßt war, sich tatsächlich dem Christentum anschloß, dann muß dies in aller Heimlichkeit geschehen sein, und zwar wohl wegen gewisser Ähnlichkeiten zwischen dem Christentum und dem Stoizismus.

186. Sauls Ausführungen über die unmittelbar bevorstehende Rückkehr von Jesus und das Ende der Welt wurde von den Tessalonichern wirklich völlig wörtlich aufgefaßt, und sie stellten jede Beschäftigung ein, um den Weltuntergang abzuwarten. Gegenstand von Sauls zweitem Brief an die Tessalonicher ist es, Befürchtungen zu beruhigen, die er selbst geweckt hatte.

187. Man weiß nicht, wer der oder die Gründer der ersten Christengemeinde in Rom waren. Entgegen der Legende war es gewiß nicht Petrus, von dem es übrigens zweifelhaft ist, ob er überhaupt je in Rom war. Nach Meinung der Historiker (z. B. Bornkamm, S. 118, vgl. Bibl., und Simon, vgl. Bibl.) wurde diese Gemeinde zweifellos von Nazarenern gegründet, die nach der Steinigung des Stephanus ins Exil gegangen waren, also nach 33/34, und dieser Gemeinde traten dann hauptsächlich Heiden bei. Dafür zeugen nach Bornkamm Röm 1,6 und 15,9ff. Die erfundene Figur Eugenius, hier als Apostel eingeführt, dürfte einer der siebzig (oder, nach anderen Zählungen, zweiundsiebzig) Apostel gewesen sein, die Jesus einsetzte, um seine Lehre zu verbreiten, und die erstaunlicherweise von fast der gesamten christlichen Exegetik hartnäckig übergangen werden (s. *Les Sources*, vgl. Bibl.).

188. Die Einführung des Titels »Exilarch« stammt aus dem Alten Testament. Sie bezeichnet die Führer des jüdischen Volkes in der Babylonischen Gefangenschaft. Dieser Titel war erblich, er blieb den Nachkommen von Bostanai vorbehalten und existierte ungefähr bis zum dreizehnten Jahrhundert.

189. Saul äußert sich niemals über die Tatsache, daß er selbst relativ wenig Gläubige tauft, und er schreibt seltsamerweise: »Ich danke Gott, daß ich niemanden unter euch getauft habe außer Krispus und Gajus« (1. Kor 1,14). In Wahrheit taufte er aber durchaus auch noch andere.

190. 1. Kor 4,15. Normalerweise *ad usum Delphini* gereinigt, ist Sauls Sprache in der wörtlichen Transkription erstaunlich ungehobelt.

191. Sauls Sexualfeindlichkeit ist selten so deutlich wie in diesem Wort des 1. Kor 7,1, die im offenen Widerspruch zu dem alttestamentari-

schen Gebot steht: »Seid fruchtbar und mehret euch.« Man darf behaupten, daß das Verbot nicht allein der »Hurerei«, sondern jeglichen Sexualverkehrs, und sei es in der Ehe, durch Saul in die hellenische Kirche Eingang fand. Es scheint mir mehr über Sauls Persönlichkeit auszusagen als über die Lehre von Jesus.

192. Es mag nachdenklich stimmen, daß Saul auf Grund von Predigten, die nur einen minimalen Anteil an christlicher Ethik aufweisen, Bekehrungen gelangen.
Wie der Theologe Michael Goulder von der Universität Birmingham beobachtet, »fehlte Saul offenbar jede klare Theologie, auch wenn er im Namen des Kreuzes predigte«. (»The Two Roots of the Christian Myth«, in *The Myth of God Incarnate,* vgl. Bibl.) Und Goulder merkt an, daß sich Sauls Lehre in diesem Punkt der Gnostik annähert, die weder Passion noch Auferstehung enthält.

193. Es schien mir bei der Einführung des »Pseudo-Eugenius« sinnvoll, noch einmal daran zu erinnern, daß zur gleichen Zeit Simon der Magier bemerkenswerten Erfolg in den Christengemeinden des östlichen Mittelmeeres zeitigte.

194. Der höchste lakonische Bericht, den Lukas von Sauls Verhaftung und seiner außergewöhnlichen Behandlung durch den Prokonsul Gallio gibt (Agp 18,12–17) enthüllt dennoch eine Menge über die besondere Persönlichkeit des Apostels. Man sieht, daß Gallios Protektion keineswegs mit seiner Sympathie für die Christen begründet werden kann, da er zuläßt, daß der Christ Sosthenes vor seinen Augen beinahe gelyncht wird, ohne daß er einschreitet: Gallios Wohlwollen, d. h. seine Tatenlosigkeit, gilt einzig und allein Saul. Dieser ist zwar ein römischer Bürger, was eine gewisse Ausnahmebehandlung rechtfertigt. Trotzdem hätte sich ein römischer Bürger, der fremde Götter predigt, eine harte Reaktion der römischen Justiz zugezogen. Nichts dergleichen passiert. Auch die Freundschaft Senecas, der Gallios Bruder und Berater des Kaisers war, spricht gewiß für Saul, aber es handelt sich dabei doch vorwiegend um eine Brieffreundschaft, die Saul zwar eine positive Voreingenommenheit des Prokonsuls einbringen konnte, aber nicht einfach vollkommene Passivität in einer Aufwiegelungsaffäre. In Wahrheit dürfte das Christentum für Gallio wie auch für andere römi-

sche Beamte eine innerjüdische Angelegenheit gewesen sein, die für das Kaiserreich keinerlei Bedeutung hatte. Für Rom war Saul ein herodischer Prinz, ein Nennjude und zugleich ausnahmsweise römischer Bürger. Gewisserweise gehörte er damit, sofern er keine schweren Verbrechen beging, zu »den Reserven des Reiches«. Sein Ansehen bei den bekehrten Juden könnte der römischen Politik eines Tages nützlich werden.

195. 2. Thess 2,2.

196. 2. Thess 3,10.

Dritter Teil

197. Eine willkürliche Vermutung: Im Grunde weiß man nicht, ob Petrus jemals Proselytismus betrieben hat, wie das folgende seiner Worte vermuten lassen: »...an die auserwählten Fremdlinge, die verstreut wohnen in Pontus, Galatien, Kappadozien, der Provinz Asien und Bithynien« (1. Petr 1,1). Erstens glauben viele Exegeten, der erste Petrusbrief, aus dem diese Anrede stammt, sei erst nach dem Tode des Apostels verfaßt worden, da er auf die religiösen Verfolgungen in Asien Bezug nimmt, die unter Nero nicht stattfanden; dann erwähnt dieser Brief Gegenden, die zu den von Saul evangelisierten Gebieten gehörten; und drittens gibt es keine weiteren Texte, die eine Tätigkeit von Petrus in diesen Gebieten bestätigen würden.

198. Die erste Erwähnung, daß der Samstag als Tag des Herrn durch den römischen »Sonntag« ersetzt wurde, findet sich im 1. Kor 16,2, aber dort wird der Sonntag, der erste Tag der römischen Woche, nur als Tag der Almosensammlung bezeichnet. Bis dahin versammelten sich die Christen wie andere Juden am Sabbat, so scheint es, denn genauere Angaben fehlen. Danach wäre die Ablösung des Sabbats durch den Sonntag zum Gedenken an den Tag der Auferstehung Jesu erst im zweiten Jahrhundert allgemein verbreitet gewesen. *Le Dictionnaire encyclopédique du Christianisme ancien* Band I (vgl. Bibl.) hält die These, diese Ablösung sei eine Gegenreaktion auf den Judaismus, für äußerst brüchig; es scheint aber, als habe sich die Wahl eines anderen

Kulttages nach der Trennung der christlichen Gemeinde vom Judentum als notwendig erwiesen.

199. Die Überlieferung nennt die Etappe in Tarsus nicht, da sie sich, wie man gesehen hat, auf unvollständige Materialien stützt; dennoch lag es nahe, nach Antiochia in dieser Stadt Station zu machen; jedenfalls war sie ein unumgänglicher Anlaufhafen für die Schiffe aus Antiochia.

200. Wir besitzen keine näheren Angaben zu den Reisen von Aquila und Priszilla, außer denen, die sie mit Saul gemeinsam unternommen haben, und daher kennen wir auch nicht den Grund für ihre Abreise aus Korinth nach Ephesus. Man könnte sich eine Begründung vorstellen, die mit ihrer Aposteltätigkeit zusammenhängt, aber man muß auch bedauern, daß die Angaben der Apostelgeschichte und der Briefe über diese Abreise so knapp gehalten sind.

201. Hier handelt es sich um einen Hinweis auf den griechisch-persischen Synkretismus, der zur Geburt der Gnostik beitrug. Die Idee eines gewaltigen Gottes, der noch über dem gesamten Götterhimmel herrscht, ist typisch für die Gnostik.

202. Neben Simon dem Magier machte auch noch Apollonius Jesus den Rang streitig, denn auch er wurde Messias genannt (s. *Les Sources*, vgl. Bibl.).

203. Paradoxerweise vermutet Saul, daß gerade diejenigen, die heiraten, »in äußerste Bedrängnis kommen« (1. Kor 7,28). Wenn er auch den Gatten rät, »ihre Frauen [zu] lieben wie ihren eigenen Leib« (Eph 5,28), so sagt er doch an anderer Stelle: »Eine Frau lerne in der Stille mit aller Unterordnung. Einer Frau gestatte ich nicht, daß sie lehre...«, und weiter: »...die Frau aber hat sich zur Übertretung verführen lassen.« (1. Tim 2,11,12 u. 14). Derartige Erklärungen spiegeln trotz ihrer Widersprüchlichkeit einen heftigen Frauenhaß wider.

204. Die geheiligte Prostitution fand sich in vielen Tempelbezirken, verbunden mit den Riten, die sich an dieses oder jenes Aphrodite-Standbild knüpften, an eine Statue der Cybele, der Artemis, des Bacchus.

205. »Was wollt ihr? Soll ich mit dem Stock zu euch kommen...?« fragt Saul im 1. Kor 4,21, bevor er eines der großen Themen seines Briefes angeht: die Sexualität. Sie ist der Gegenstand des gesamten fünften Kapitels, wird – dann in bezug auf Huren, Götzenbilder, Ehebruch, Begierden und Sodomiten im sechsten Kapitel erneut aufgegriffen und belegt dort die Verse 12 bis 20. In bezug auf die eheliche Liebe kommt Saul dann noch einmal im siebenten Kapitel darauf zurück. Saul benutzt siebenmal in diesen drei Kapiteln den Ausdruck »Hure«, »Hurerei« oder »huren«, bevor er in cincr berühmt gewordenen Wendung aus der Frau ein kopfloses (akephales) Wesen macht, »der Mann aber ist das Haupt der Frau« (11,3); und dann behauptet er: »Der Mann ist nicht geschaffen um der Frau willen, sondern die Frau um des Mannes willen« (11,9). In diesem Brief findet sich auch Sauls Ratschlag, eine Frau, die sich nicht verschleiern wolle, solle sich den Schädel rasieren. In den Worten Jesu sucht man vergebens nach dem Keim solcher Anschauungen.

206. Dieser den Juden zugeschriebene Kritikpunkt wird weder von der Apostelgeschichte noch von den Briefen aufgegriffen, aber man darf sicher sein, daß sich Saul unzählige Male mit ihm konfrontiert sah. Der Ausdruck »Christ« bezeichnet einzig und allein einen Menschen, der die Salbung empfangen hat, sei er nun jüdischer Hoherpriester oder König von Frankreich.

207. Angesichts dessen, was die vorhergehende Anmerkung erwähnt, und angesichts der Tatsache, daß Saul das Gesetz – und damit die Fundamente des Judentums – in mehr oder weniger verbindlicher Weise ablehnte, ist es kaum verwunderlich, daß man ihn aus allen Synagogen hinauswarf und er sich die Feindschaft aller jüdischen Gemeinden zuzog. Viel sonderbarer ist die Hartnäckigkeit, mit der er immer wieder in diesen Kultstätten das Wort ergreift.

208. Hier handelt es sich um die im 2. Kor 1,8 und 10 erwähnte rätselhafte »Bedrängnis« und »Todesnot«. Einige Autoren glauben an einen Malariaanfall; man kann das nicht völlig ausschließen, zumal wir nicht wissen, ob diese Krankheit damals dieselben Erscheinungsformen hatte sie heute, denn die Krankheiten verändern sich, und so wissen wir zum Beispiel vom spezifischen Krankheitsbild der Pest, die im Al-

tertum so viele Epidemien auslöste, heute nichts mehr. Dennoch ist fraglich, ob Saul mit der Malaria im Leibe noch die physische Kraft zu den bekannten Strapazen weiterer Reisen gehabt hätte: Die Anfälle wären weit häufiger und zerstörerischer gewesen, als er behauptet. Ein schwerer Anfall von Ruhr scheint eher möglich, weshalb ich diese Hypothese gewählt habe.

209. In der Apostelgeschichte 19,2 f. berichtet Lukas, daß Saul die Epheser gefragt habe, ob sie im Augenblick der Taufe den Heiligen Geist gespürt hätten, und sie antworteten ihm: »Wir haben noch nie gehört, daß es einen Heiligen Geist gibt.« Dieser kurze Bericht zeigt deutlich, unter was für primitiven Bedingungen vermutlich recht viele Bekehrungen stattgefunden haben.

210. vgl. Röm 11,7.

211. vgl. Gal 2,21.

212. Dieser Fall von »Besessenheit«, über den Lukas in Apg 19,14–16 berichtet, ist ganz offensichtlich ein Fall von Drogenmißbrauch, vermutlich durch den Phalluspilz, dessen Genuß in viele religiöse Riten eingebunden war, vor allem in Ephesus, wo die geheiligte Prostitution auf diese traditionelle Droge zurückgriff. Bei dieser Gelegenheit erwähnt Lukas (Apg 19,13) auch die »umherziehenden Beschwörer«, die er als Juden bezeichnet, die aber sicher auch aus ganz anderen Religionen kamen, Zauberer und Scharlatane, die mit Hypnose, Suggestion und Pülverchen arbeiteten, mit verschiedenen Giften und Dro gen, und alle behaupteten, sie handelten im Auftrag höherer Mächte. Ich vermute, Saul hütete sich wohlweislich davor, mit ihnen in Konkurrenz zu treten. Und wirklich nennt er in den Briefen kaum je übernatürliche Phänomene.

213. Vom römischen Kaiser eingesetzte Beamte für kultische Angelegenheiten.

214. Sekretär der Volksversammlung.

215. In 1. Kor 15,32 versichert Saul den Korinthern, er habe »in Ephesus mit wilden Tieren gekämpft«, ein Satz, der immer wieder erstaunt. Tatsächlich konnte der Ausdruck damals bedeuten, daß man den wilden Tieren in der Arena zum Fraß vorgeworfen wurde, wovon allerdings Lukas nichts erwähnt, der doch wohl von einem Todesurteil berichtet hätte, das sonst nirgends belegt ist und, davon abgesehen, auch ganz unmöglich gewesen wäre, da Saul ja römischer Bürger war: Kein römischer Bürger durfte den wilden Tieren vorgeworfen werden. Offensichtlich handelt es sich hier wieder einmal um eine jener Wahrheitsbeugungen, die ja bei Saul nichts Ungewöhnliches sind, die hier aber fast wie ein Witz wirken. Viel wahrscheinlicher ist, daß die Juden in Ephesus die Hunde auf ihren Widersacher gehetzt oder vielleicht sogar einen halbgezähmten Bären auf ihn angesetzt haben, wie man ihn bis heute in den Gassen türkischer Städte finden kann.

216. Die Exegese behauptet auf Grund der ersten und vor allem des zweiten Korintherbriefes (die, hauptsächlich zur Selbstrechtfertigung verfaßt, auch »Tränenbriefe« genannt werden), daß die Gemeinde in Korinth von Agitatoren unterwandert wurde, die Sauls Autorität abstritten. Diese Agitatoren wären dann vier verschiedene Gruppen entsprungen: erstens dem orthodoxen hellenistischen Judentum in Jerusalem, also Jakobus und Petrus; zweitens einer rätselhaften »Christuspartei«; drittens den gnostischen Christen, und viertens einer Partei, die auf Grund eines Mißverständnisses von Anhängern des Apollos gebildet wurde, eines brillanten Predigers, von dem die Korinther glaubten, er sei ein Konkurrent Sauls, was nicht der Wahrheit entsprach. Die einzige dieser Parteien, die Sauls Autorität irgendwie in Frage stellen konnte, war die der christianisierten Juden in Jerusalem, und sie dürfte Saul auch wirklich große Sorgen gemacht haben, denn der Apostel schreibt: »Ich hoffe aber, ihr werdet erkennen, daß wir nicht untüchtig sind« (2. Kor 13,6).

217. Über Sauls zweite Reise herrscht unter den Exegeten keine Einigkeit. Nach den Forschungen der *Encyclopaedia Britannica* (Stichwort »Biblical Literature«) geriet die Mission des Timotheus in Korinth zum Fehlschlag; Saul kehrte trotzdem in die Hauptstadt der Achaia zurück, um selbst zu versuchen, die Situation wieder unter Kontrolle zu bekommen, mußte aber nach einem heftigen Streit mit einem Mitglied

der Korinther Gemeinde fliehen. Eine der in der vorhergehenden Anmerkung genannten Parteien hatte also demnach die Macht übernommen, welche, wissen wir nicht. Dennoch...

218. ...lassen die Heftigkeit des Streites und die deutlichen Anspielungen in 2. Kor 1,8 u. 10 auf eine weitere »Todesnot« schließen, daß die jerusalemhörige Richtung die Leitung der Gemeinde in Korinth übernommen hatte; nur sie konnte sich Saul in dieser Weise widersetzen, denn weder die »Richtung« des Apollos, die ja – wie wir gesehen haben – nur aus einem Mißverständnis hervorgegangen war, noch die Gnostiker hatten wirklich einen Grund, Saul physisch zu eleminieren. Die bald darauf folgenden Ereignisse in Jerusalem stützen diese Hypothese (vgl. Anm. 230).

219. Hier sei daran erinnert, daß der zweite Korintherbrief höchstwahrscheinlich in Wirklichkeit der dritte ist. Was wir unter der Bezeichnung »Zweiter Korintherbrief« kennen, ist vermutlich aus Bruchstücken des zweiten und dritten Briefes zusammengesetzt worden.

220. Sauls Verhältnis zur Gnostik war bezeichnend. Tatsächlich übernahm Saul einige Versatzstücke der Gnosis, die sich am besten in seine eigene Lehre einfügen ließen, um gegen den gnostischen Einfluß anzukämpfen (zur Gnostik bei Saul s. Bultmann, *Theologie*, vgl. Bibl.). Andererseits sollte diese gnostische Färbung von Sauls Schriften zur Ablehnung der paulinischen Lehre im zweiten und vierten Jahrhundert beitragen, zumal diese Passagen auch von den Markioniten benutzt wurden, Häretikern, die sich der Gnostik annäherten, indem sie die Fleischwerdung abstritten und behaupteten, der Gott Jesu sei ein anderer als der des Alten Testamentes. Auch sei hier an die Feindschaft der jüdisch-christlichen Kreise in der Frühkirche erinnert, die es Saul, posthum, mit gleicher Münze heimzahlten (s. dazu den Artikel zu Paulus in *Dictionnaire encyclopédique du Christianisme ancien*, vgl. Bibl.).

221. Der Ausdruck »Menschensohn« fehlt in den Briefen tatsächlich. Zu seiner gnostischen Färbung s. *Les Sources* (vgl. Bibl.).

222. Hier handelt es sich um eines der Spezifika der gnostischen Jesusinterpretation.

223. Die gnostischen Abweichungen, die noch von dem breiten Strom der Patagorik unterstützt wurden, mußten Saul alarmieren, zumal seine Lehre, wie wir zum Beispiel in Korinth gesehen haben, ohnehin nur schwer Fuß fassen konnte in den ersten christlichen Kerngemeinden, die zu allem Überfluß noch jung und schlecht unterrichtet waren.

224. Thessalonich bereitete Saul geringeres Kopfzerbrechen als Korinth, obgleich diese Stadt kaum weniger wohlhabend war. Aber vielleicht lag das an dem ganz eigenen Tonfall von Sauls Reden, wenn man nach den Briefen schließen darf. Das »Geheimnis der Bosheit« (2. Thess 2,7) wirkt unter Satans Einfluß in der Welt, wird aber zum Beispiel von der römischen Macht in Schach gehalten; und wenn die Thessalonicherbriefe – und sei es auch nur entfernt – etwas von Sauls Predigten widerspiegeln (tatsächlich sind diese Briefe sehr umstritten), dann waren die tröstenden Worte über das Fortleben der Seele beim Tod einiger Mitbürger ganz gewiß sehr viel hilfreicher als die um so viel unnachgiebigeren Betrachtungen und Vorhaltungen der anderen Briefe, wie etwa des ersten und zweiten Korintherbriefs.

225. In Röm 15,24 schreibt Saul der römischen Gemeinde, er werde auf der Durchreise nach Spanien zu ihnen kommen. Es fällt allerdings schwer zu glauben, Rom wäre für Saul nur eine Etappe auf der Reise nach Spanien gewesen. Dann hätte Saul den Gemeinden in Ephesus oder Korinth ja sehr viel mehr Aufmerksamkeit geschenkt als der Gemeinde der Hauptstadt – er, der Römer, der von der Protektion römischer Beamter profitiert und außerdem mehr und mehr mit der Ablehnung des Rates in Jerusalem zu kämpfen hat. Auch wenn man Sauls eigene Erklärung mit einbezieht, ist diese Hypothese völlig absurd; wie Norbert Hugedé in *Saint Paul et Rome* (vgl. Bibl.) ausführt, denkt Saul ganz im Gegenteil seit seiner zweiten Missionsreise an nichts anderes mehr, als seine Botschaft nach Rom zu tragen. Offensichtlich ist auch Bornkamm (vgl. Bibl.) dieser Meinung, wenn er vermutet, Saul habe seine Reise nach Rom seit langem geplant. Das Spanienprojekt ist also erfunden, denn wäre es das nicht, dann hätte Saul zumindest einen Brief an die Gemeinden in Beteta, Cartagena oder Tarragona, ge-

schickt. Warum also diese Lüge? Vermutlich aus dem gleichen Grund, weshalb er in allen Briefen die wahre Ursache seines »apostolischen Eifers« verschweigt. Er läßt sich nicht in die Karten schauen.

226. Wir haben keinen Hinweis, was Saul von der Gründung der Gemeinde in Rom wußte. Aber auf jeden Fall war sie noch jung, denn sie konnte frühestens um das Jahr 34/35, also nach der Steinigung des Stephanus gegründet worden sein, kaum mehr als eine Rumpfgemeinde, eine Sekte ohne Theologie, ohne Ritus und sogar ohne eigene Identität, angelehnt an die sehr viel ältere jüdische Gemeinde. Der Volksglaube, unterstützt von der kirchlichen Überlieferung, stellt sich gern vor, wie die Gemeinde heimlich die Messe feiert und in den Evangelien liest. Aber damals gab es noch keine eucharistischen Sakramente, die Evangelien wurden erst mehr als fünfzig oder sechzig Jahre später verfaßt, und bis zu ihrer endgültigen Verbreitung vergingen nochmals dreißig oder vierzig Jahre; damit wären wir bereits im Jahre 120. Man darf sich also viel eher eine protochristliche Gemeinde vorstellen, die sich um einen recht vagen Erlöserglauben geschart hat. Bultmann zufolge (s. o.) bildete sie keinerlei Einheit.

227. Die Zitate stammen aus dem Römerbrief 2,1; 2,29; 4,10; 14,13 u. 14 (Anm. d. Übers.).

228. Der Römerbrief wird gern als »Sauls Testament« bezeichnet. (Allerdings bleibt das eine Hypothese, da durch nichts bewiesen ist, daß Saul während seiner langen Gefangenschaft in Cäsarea nicht noch andere Briefe geschrieben hat.) Wirklich ist der Brief an die Römer der tiefgründigste und gedanklich reichste von allen; er hat wohl am meisten zur Entwicklung der späteren christlichen Theologie beigetragen, wie auch Karl Barth, Dibelius, O'Neill und andere angemerkt haben.

229. Saul mußte sich zu Recht um die Almosensammlung für die ärmeren Gemeinden, wie zum Beispiel für Jerusalem, sorgen. Er hatte guten Grund zu fürchten, der Rat in Jerusalem werde Spenden ablehnen, die von Gemeinden kamen, welche sich auch aus nichtbeschnittenen Heiden zusammensetzten.

230. Gerade als er in Kenchreä das Schiff besteigen will, erfährt Saul von dem Komplott der Korinther Juden (Apg 20,3). Handelt es sich um alttestamentarische Juden aus Korinth oder um bekehrte Juden, die dem Jerusalemer Rat hörig sind? Lukas gibt uns keine Auskunft darüber. Aber immerhin läßt sich eine Interessengemeinschaft beider Gemeinden nicht ausschließen. Der vorangegangene Mordversuch an Saul (vgl. Anm. 218) läßt vermuten, daß es wieder einmal die Abgesandten des Jerusalemer Rates waren, die sich Saul vom Hals schaffen wollten.

231. Die ersten Hinweise darauf, daß Saul den eucharistischen Ritus eingesetzt habe, liefert die Apostelgeschichte (vgl. z. B. Apg 20,7–11).

232. Man kann leicht erraten, warum Lukas diesen Zwischenfall erwähnt, wie man ihn heutzutage hundertfach in den »Vermischten Meldungen« der Zeitungen wiederfinden kann: Offenbar will er Sauls übernatürliche Kräfte unter Beweis stellen.

233. Die Gnostik war in der Tat eine Mischung aus hellenistischen und orientalischen Strömungen, wie Bultmann zeigt (*Theologie*, vgl. Bibl.). Damit widerspricht er der früheren, ab und zu wieder aufgegriffenen Interpretation von Harnack. Die Gnostik war eine mystische Bewegung, die sich auf eine dualistische Weltsicht und den Erlösungsgedanken gründete. So infiltrierte sie das Judentum und dann die aus dem Essenertum hervorgegangenen Sekten, wie etwa die Anhänger des Täufers, und schließlich das Christentum.

234. Lukas gibt ihm diesen Namen (Apg 21,8) und bezeichnet ihn als einen der Sieben.

235. Apg 21,9. Phlippus war also verheiratet und blieb damit der alttestamentarischen Linie des Jerusalemer Rates treu.

236. Apg 21,11. Lukas läßt den Mann namens Agabus sagen, schuld seien »die Juden«. Aber die kommenden Ereignisse beweisen, daß der Jerusalemer Rat an diesem neuerlichen Mordversuch gewiß nicht unschuldig war.

237. Die Hartnäckigkeit, mit der sich Saul wieder und wieder in Gefahr begab, hat die Exegeten stets von neuem beschäftigt. In seinem damaligen Stadium hatte sein Werk durch eine unbeabsichtigte Unterbrechung nichts zu gewinnen. Also glaubte Saul nicht, daß ihn seine Feinde besiegen könnten. Sehr wahrscheinlich nahm er an, seine römische Staatsbürgerschaft werde ihn wieder einmal retten, falls etwas schiefginge.

238. Daß Saul die Gastfreundschaft dieses »alten Jüngers mit Namen Mnason aus Zypern« (Apg 21,16), also eines Überläufers annimmt, ist eines der irrtierendsten Details in Lukas' Bericht. Mnason ist der einzig bekannte Fall in der ganzen neutestamentarischen Literatur, in dem jemand den christlichen Glauben wieder ablegt. Warum aber nimmt Saul seine Gastfreundschaft in Anspruch? Weil Mnason wieder Heide geworden ist und sich Saul daher bei ihm sicherer fühlt? Eine Erklärung steht noch aus.

239. Selbst in der geglätteten Version von Lukas behält Sauls Auftritt vor dem Jerusalemer Rat seine Schärfe. Das Geld, das Saul mitbringt, wird mit keinem Wort erwähnt. Aber der Rat eröffnet das Spiel gleich damit, daß er Saul die Gerüchte vorträgt, die über ihn in Umlauf sind: Das ist der beste Beweis, daß eines der Hauptthemen des Berichtes von Lukas auf Tatsachen beruht, nämlich, daß sich die Nazarener in Jerusalem als Juden und nur als Juden verstanden und daß der Jerusalemer Rat Sauls Unternehmungen weder je verstanden noch gar gutgeheißen hat (Apg 21,21).

240. Ganz offensichtlich ließ der Rat über Saul die unausgesprochenen Drohungen schweben, falls er sich nicht anpasse, werde er durch Boten an alle von ihm gegründeten oder aufgebauten Gemeinden seines Amtes enthoben oder sogar dem Sanhedrin zum Fraße vorgeworfen. Alleingelassen, blieb Saul keine andere Wahl, als den reuigen Sünder zu spielen.

241. Die Forderung des Jerusalemer Rates ist aus zwei Gründen verblüffend: Seine drei Führer, Petrus, Philippus und Johannes, fordern von Saul, er solle die Kosten für die Weihung seiner beiden Begleiter bezahlen, mit denen er im Tempel auftreten würde. Aber ihre Kund-

schafter in den orientalischen und griechischen Gemeinden haben sie längst darüber informiert, daß Saul die Tora ganz förmlich verworfen hat; was der Rat also von Saul fordert, ist ein feierliches *mea culpa,* ein Vorspiel zu seiner Verhaftung. Der Rat will Saul unglaubwürdig machen, bevor er ihn aufs Schafott schickt.

242. Ja, eine Falle, denn man muß wohl anmerken, daß weder ein Mitglied des Jerusalemer Rates noch einer der Vier, die Saul mit sich in den Tempel genommen hatte, zu seinen Gunsten ausgesagt haben.

243. Diese vier Juden, offensichtlich vom Rat bestimmt, hätten nur in Erscheinung treten müssen, um die Anklage zu annullieren; sie taten es nicht.

244. Man forderte wirklich Sauls Tod (Apg 21,31).

245. Erstaunlich, welches Gewicht Lukas darauf legt, zu erklären, daß Saul durch Geburtsrecht römischer Bürger ist, während der römische Beamte, der ihn verhaftet, seine Bürgerschaft erkaufen mußte. Diese Gewichtung scheint der Aufforderung gleichzukommen, über den wahren Ursprung von Sauls Bürgerrecht nachzudenken.

246. Diese Behauptung von Lukas (Apg 23,5) kann man nur als Beleidigung von seiten Sauls verstehen; er, ein ehemaliger Jude, ein Mitarbeiter des Sanhedrin und Schwiegersohn eines Hohenpriesters, konnte doch nicht verkennen, daß sein Gegenüber ein Hoherpriester war.

247. Jetzt hatte Saul wirklich die Macht, den Hohenpriester öffentlich herauszufordern.

248. Dieses Einschreiten von Sauls Neffen – genauer, dem Sohn seiner Schwester, wie wir erfahren – ist wirklich der einzige Hinweis auf Sauls familiäre Bindungen. Dieser Neffe ist gewiß nicht zu unterschätzen, da er freien Zugang zur Feste Antonia hatte und verlangen konnte, gleich mit dem Gefangenen zu sprechen. Falls das noch notwendig ist, so haben wir hier einen weiteren Beweis für den sozialen Rang von Sauls Familie.

249. Ein weiterer Grund für die Annahme, Lukas habe seinen Bericht mit Hinweisen auf die wahre Identität Sauls durchsetzt: die genaue Beschreibung der Fürsorglichkeit, mit der der Tribun Lysias Saul beschützt – vierhundertsiebzig Bewaffnete als Eskorte für Saul, dazu noch Reittiere, bloß damit der Apostel heil und sicher zum Prokurator Felix kommt (Apg 23,23–24)!

250. Weder diese Eskorte von Lysias noch der ungewöhnliche Empfang, den der Prokurator Saul bereitet, können allein mit Sauls römischer Staatsbürgerschaft erklärt werden. Vielmehr war Saul der Onkel von Drusilla.

251. Daß der Prokurator von Judäa die Feindschaft der Jerusalemer Juden in Kauf nimmt (die gewiß nicht zu vernachlässigen war, da die Juden sich zum Beispiel in Rom beschweren konnten, wie Pilatus am eigenen Leib erfahren mußte), verweist deutlich auf Felix' Sympathien und ihre Ursachen.

252. In seiner gespielten Einfalt gibt Lukas vor, es sei ganz normal für einen römischen Prokurator, seine Frau jemandem vorzustellen, der doch trotz allem nur ein mutmaßlicher Übeltäter ist. Lukas denkt sich den Vorwand aus, Felix und Drusilla hätten etwas über Jesus erfahren wollen. Dieser Vorwand ist nicht glaubhaft: Felix hatte viele andere Berichterstatter, die ihm schon vorher von Jesus hätten erzählen können, wenn er sich denn wirklich für Jesus interessiert haben sollte. In Wahrheit handelte es sich um ein Familientreffen.

253. Unter den »Haftbedingungen« die Lukas beschreibt, vor allem unter der Regierung des Festus, Felix' Nachfolger, der Saul im Prokuratorenpalast wohnen ließ, hätte der Apostel zig Gelegenheiten gehabt, übers Meer zu fliehen. Aber das hätte ihn der Möglichkeit beraubt, erhobenen Hauptes nach Rom zu gelangen.

254. Das bestätigt auch Lukas (Apg 24,26) und beweist dadurch, daß Saul als reicher Mann galt.

255. Daß Festus, Felix' Nachfolger, seine Protektion trotz der Feindschaft der Juden aufrechterhält, die er doch nicht weniger zu fürchten

hatte als Felix, beweist einmal mehr das Aufhebens, das Rom um Saul macht, ganz im Gegensatz zum Schicksal Jesu.

256. Das war das Privileg aller römischen Bürger. Es zeigt sich, daß Sauls römisches Bürgerrecht nicht einen Augenblick bezweifelt wird. Wenn es nicht, wie die Überlieferung uns glauben machen will, von seiner tarsischen Abstammung herrührt, dann muß ein römischer Beamter früher oder später während Sauls Irrfahrten ihn nach einem Beweis für die Rechtmäßigkeit dieses begehrten Titels gefragt haben. Aber zumindest, was die überlieferten Texte betrifft, scheint das nie geschehen zu sein: Man glaubte Saul aufs Wort. Daher mußte sein Bürgerrecht anderweitig, unabhängig von seiner eigenen Aussage, verbürgt sein, und das konnte nur durch seine Abstammung geschehen. Denn in allen römischen Ostprovinzen war das Ansehen von Herodes dem Großen, dem Freund des Julius Caesar, wohlbekannt, als Saul seine Apostelkarriere begann, und alle Römer wußten, daß sich seine Erben noch immer die Provinzen seines Reiches teilten, wie sie sich in Rom in die Gunst der Cäsaren teilten. Die bevorzugte Behandlung, die zwei aufeinanderfolgende Prokuratoren Saul angedeihen ließen, ist der förmliche Beweis, daß niemand von beiden auch nur einen Augenblick an Sauls Bürgerrecht gezweifelt hat, und zwar deshalb, weil beide seine Herkunft kannten oder selbst mit den Herodiern verschwägert waren.

257. Bemerkenswerterweise widmet Lukas anderthalb der achtundzwanzig Kapitel der Apostelgeschichte (25,23–27 und 26,1–32) der Begegnung Sauls mit Agrippa, bekannter unter dem Namen Agrippa II., König von Chalkis, und seiner Schwester Berenike. Das ist eine ungemein lange Passage, wenn man bedenkt, wie unwichtig sie für Sauls eigentliche Aposteltätigkeit ist. Abgesehen von dem Erstaunen über die Art, wie Lukas von dieser Begegnung berichtet, gewinnt man den Eindruck, der Erzähler wolle den Leser implizit auf die Spur der historischen Wahrheit bringen. Diese Wahrheit ist verblüffend. Sie bringt zwei Mitglieder einer Familie zusammen: den Neffen, vorübergehend König, und seinen Onkel, den Botschafter des Gottessohnes. Erst aus diesem Blickwinkel gewinnt die Begegnung ihre volle Bedeutung. Lukas verstärkt den oben geschilderten Eindruck, er wolle den Leser mit einem Augenzwinkern auf die rechte Spur bringen, wenn er berichtet, Agrippa II. und seine Schwester Berenike (mit der er gerüchteweise in

inzestuöser Beziehung lebte, da diese Berenike, dieselbe wie bei Racine, mit ihrem Bruder unter einem Dach wohnte) seien ganz zufällig in Cäsarea vorbeigekommen, und Festus habe ihnen von Sauls Lage berichtet. Aber das scheint nur ein Vorwand zu sein. Erstens wissen wir genug über die römische Geschichte und die Römer, um den Gedanken verwerfen zu können, ein römischer Prokurator würde seine Gäste über Rechtsangelegenheiten unterrichten, die sie nicht betrafen. So gesehen wäre die Angelegenheit nicht weniger verwunderlich, als wenn ein französischer Polizeipräfekt einen ausländischen Minister auf der Durchreise über den Fall eines französischen Unruhestifters unterrichtete. Auch betrifft der Fall Sauls in keiner Weise das Hoheitsgebiet von Agrippa II., der König eines fremden Landes, nämlich von Chalkis war (etwa das heutige Libyen). Der Bericht des Lukas ist unglaubwürdig. In Wahrheit versucht Lukas auf möglichst unauffällige Weise die Begegnung zwischen Saul und seinen Neffen einzuflechten. Davon abgesehen legt er dem Prokurator Dinge in den Mund, von denen er schlicht nichts wissen kann, denn Lukas war selbstverständlich bei dem Gespräch zwischen dem Prokurator und seinen vornehmen Gästen nicht zugegen. Trotzdem widmet er, der doch sonst so lakonisch kurz berichtet, dieser Rede ganze neun Bibelverse (Apg 25,13–21).
Der Bericht birgt noch weitere Überraschungen: Agrippa II., der mit Verlaub doch gewiß noch andere Sorgen hatte, will den Gefangenen sehen. Hat Agrippa also ein besonderes Interesse an jüdischen Angelegenheiten? Aber nein: Josephus berichtet in den *Jüdischen Altertümern* (vgl. Bibl.) von Agrippas Geringschätzung gegenüber den Juden. Desungeachtet soll Festus Lukas zufolge eine Gegenüberstellung in Gegenwart des Tribunen und der Honoratioren von Cäsarea organisiert haben, der Agrippa II. gewissermaßen als Präsident vorsaß. Aber wenn man die römische Rechtsprechung kennt, und die unumschränkte Autorität, die ein Prokonsul wohl gehabt hat, dann zeigt sich, daß der Bericht erfunden sein muß. Und wenn dann Agrippa II. Saul das Wort erteilt und dieser »die Hand ausstreckt und sich verantwortet« (Apg 26,1), dann macht das ganz den Eindruck, als wolle nun Agrippa im Namen des Kaisers richten, und das alles, ich wiederhole es, in einer fremden Provinz! Das ist schlichtweg undenkbar, es sei denn, der Prokurator Festus wäre verrückt geworden. Sauls Verteidigung strotzt vor ähnlichen Ungereimtheiten und widerspricht allem,

was wir über den Apostel wissen. Da sagt er unter anderem: »Mein Leben von Jugend auf, wie ich es von Anfang an unter meinem Volk und in Jerusalem zugebracht habe, ist allen Juden bekannt« (26,4). Zunächst bezeichnet sich Saul selbst in den Briefen als gebürtigen Tarsen, in Tarsus will er auch seine Jugend zugebracht haben; und später, zu der Zeit, in der wir uns nun befinden, sagt er an anderer Stelle von sich selbst: »Ich war aber unbekannt von Angesicht den christlichen Gemeinden in Judäa« (Gal 1,22). Wenn ihn nicht einmal die Christen kannten, dann ist es noch viel weniger wahrscheinlich, daß ihn die Juden kannten. Also ist diese Rede pure Erfindung. Was Lukas hier offenbar einführen will, ist ein *mea culpa* Sauls, der sich als ehemaliger Christenverfolger zu erkennen gibt, den ein Licht »heller als der Glanz der Sonne« auf dem Weg nach Damaskus blendete. Zu bemerken wäre hier ganz nebenbei die bezeichnende Differenz zur Botschaft Jesu: Aus der Aussage der Apostelgeschichte folgt, der Messias habe den Juden und Heiden das Licht gebracht, und dabei sagt Jesus doch ganz deutlich, er sei nur für die verlorenen Schafe aus der Herde Israels gekommen.

Auch das Ende des Berichts ist nicht viel glaubwürdiger: Saul versichert, daß sich der König »auf diese Dinge« verstehe (Apg 26,26), nachdem Festus zu ihm gesagt hat: »Paulus, du bist von Sinnen«, und er treibt seine Frechheit so weit, daß er Agrippa II. zuruft: »Glaubst du, König Agrippa, den Propheten? Ich weiß, daß du glaubst.« Nicht nur, daß wir nicht im mindesten einen Anhaltspunkt für eine Bekehrung Agrippas II. zum Christentum haben (er starb im Jahre 100, von einer Bekehrung hätte man erfahren), nein, auch wenn wir von einer klammheimlichen Bekehrung ausgehen, dann wäre doch das mindeste gewesen, daß er die inzestuöse Beziehung zu seiner Schwester Berenike aufgegeben hätte. Jedenfalls darf man annehmen, daß ihn seine Täufer mit einigem Nachdruck dazu angehalten hätten. Jokanaan selbst hatte keine Hemmungen, Herodes Antipas vorzuwerfen, er habe seine Frau Herodias seinem Bruder Philippus weggenommen.

Daraus geht hervor, daß der ganze Bericht von Lukas nicht stichhaltig ist. Es handelt sich um einen schillernden Text, der erst zwanzig oder dreißig Jahre später entstand, um Eindruck zu schinden und den Lesern zu suggerieren, der kleine Saul habe dem König die Stirn geboten, aber auch, um einen Denkanstoß zu geben, daß Saul vielleicht eine wichtigere Persönlichkeit war, als man auf den ersten Blick meinen könnte.

258. Agrippa und Berenike sind in der Tat Bruder und Schwester von Drusilla, der Frau von Felix, des vorherigen Prokurators. Das Familientreffen mit ihr ist nur eine Fortsetzung des vorhergegangenen.

259. Das ist nicht der Gedankengang, den Lukas Festus andichtet. Gemäß der Apostelgeschichte hat Festus gesagt, wenn Saul nicht an den Kaiser appelliert hätte, so wäre er freigesprochen worden; leider steht das völlig im Widerspruch zu Lukas' eigenen Worten in der Apostelgeschichte 25,26: Dort nämlich hat Festus Sauls Gesuch noch gar nicht an Nero übermittelt, also hätte Saul vor Festus und Agrippa II. noch genug Zeit gehabt, zu widerrufen, und Cäsarea als freier Mann zu verlassen. Außerdem sind die Worte, die Lukas Festus in den Mund legt, recht zweifelhaft, denn Lukas selbst bemerkt, daß Festus es vermeiden wollte, die jüdische Gemeinde zu brüskieren, indem er Saul dieselbe Gunst erweist wie sein Vorgänger. Demnach hätte er also Saul niemals freigelassen.

260. In der Tat ist es wahrscheinlich, daß Festus den Judenhaß Agrippas kannte und andererseits wußte, in welche Gefahr sich ein römischer Bürger begab, wenn er eine fremde Religion predigte, und daß er deshalb versuchte, Saul zur Vernunft zu bringen.

261. Apg 27,3. Man kann mit Fug und Recht sagen, daß die Römer Saul ungewöhnliche Privilegien zukommen ließen. Aus Sidon hat Saul einst fliehen müssen, aber nun bringt der dortige Zenturio dem »Gefangenen« ein ganz außerordentliches Vertrauen entgegen.

262. Die Worte, die ich Saul hier als Warnung vor »judaistischen« Umtrieben des Jerusalemer Rates in den Mund lege, liefern den Schlüssel zu all seinen Bemühungen: In völliger Verkennung der Absichten Jesu ist es Saul, und nur Saul, der beschlossen hat, die Botschaft Jesu an die Menschheit weiterzuleiten.

263. Apg 27,26. Bei Lukas wird Saul der Gedanke, eine Notstrandung herbeizuführen, von einer Vision eingegeben. Aber Saul fuhr lange genug zur See, um zu wissen, daß dies das einzige Mittel war, um zu überleben.

264. Das fest mit dem Heck verbundene Steuerruder tauchte im Westen erst im dreizehnten Jahrhundert auf. Bis dahin benutzte man ein frei bewegliches Ruder.

265. 33 Meter.

266. Die Geschichte mit der Schlange (Apg 28,3) soll die öffentliche Anerkennung von Sauls übernatürlicher Sendung zeigen.

267. Diese Information stammt von Paul Dreyfus (*Saint Paul,* vgl. Bibl.). Die überlieferte Quelle dazu habe ich allerdings nicht eruieren können. Vielleicht war dieser Martinus zugleich jener Martinian, der zusammen mit Processus einer der Kerkermeister des Petrus war und der durch seine Konversion nach dem Martyrium des Apostels seinen Kollegen zum Proselytismus führte; in diesem Falle hätte er natürlich nicht den Siebzig angehören können.

268. Eine weit von Jerusalem entfernte Gemeinde, die keine regelmäßige Verbindung zu den Aposteln unterhielt, ja vielleicht seit ihrer Gründung keinen Kontakt mehr zu ihnen hatte. Offenbar kannten die kleinen Christengruppen Italiens damals noch überhaupt nicht den Gedanken einer »Kirche«, wie das zweite und vor allem das dritte Jahrhundert ihn kennt, durch den Ritus und die Lesung vieler Evangelien geordnet.

269. Hier handelt es sich um eine Paraphrase des Exegeten F. J. Ortkemper (*Wir verkünden Christus als den Gekreuzigten,* vgl. Bibl.) vom 1. Korintherbrief: »Das Kreuz bezeichnet Christi Beziehung zur Welt«, sagt dieser Exeget, »denn es ist nicht nur ein äußerliches Symbol des Glaubens und des christlichen Lebens, sondern es bezeichnet ein bestimmtes Verständnis der Welt und unserer selbst.« In seiner Studie über das Kreuzeszeichen (*Les symboles chrétiens primitifs,* vgl. Bibl.) weist Jean Daniélou nach, daß »das Kreuzeszeichen ursprünglich nicht als Symbol für die Passion Christi auftauchte, sondern als Zeichen für seine Göttlichkeit«. Tatsächlich wurde es zunächst wie ein T dargestellt, das griechische »Tau«, das Gott symbolisiert.

270. In der Tat wurden die italienischen Gemeinden nicht von Petrus gegründet.

271. Lukas schildert Sauls Lebensumstände in Rom wie einen Hausarrest, aber nicht wie eine Kerkerhaft. Es »wurde Saul erlaubt, für sich allein zu wohnen« (Apg 28,16), aber da Saul kein Haus in Rom besaß – schließlich kam er ja gerade erst an und kannte niemanden in der dortigen Christengemeinde – wies man ihm offenbar ein Haus auf Kosten der Stadt an. Da wir bereits gesehen haben, welch einen privilegierten Status Saul einnahm, scheint dieser Schluß gerechtfertigt. Saul hatte alle Freiheiten, dort zu empfangen, wen er wollte, selbst Gäste in großer Zahl, denn immerhin ließ er die Oberhäupter von elf römischen Proseycha oder Synagogen zu sich kommen.

272. Abgesehen von ihrer religiösen Konnotation sah man die Prostitution in Rom als Schutz des häuslichen Friedens an.

273. Da Saul bereits einen Entwurf für einen eucharistischen Ritus geliefert hat (1. Kor 11,23–29), darf man annehmen, daß er gleich bei seinen ersten Kontakten mit der römischen Gemeinde darauf zurückgriff, um dort einen Ritus einzuführen, der der Gemeinde einen gewissen Zusammenhalt geben könne.

274. Jean Daniélou merkt an, daß das Kreuzeszeichen zunächst bei der Taufe benutzt wurde. Offenbar wurde es dann üblich, ein rotes »Tau« auf die Stirne zu zeichnen, aber man weiß nicht, ob dieser Brauch schon im ersten Jahrhundert existierte. Aber man kann annehmen, daß Saul die Herstellung von kleinen Kreuzeszeichen anregte, um die beliebten Amulette der Römer zu ersetzen. Diese Symbole trugen freilich nicht das Bild des Gekreuzigten.

275. Logischerweise wollte Saul gleich zu Beginn der Partie wissen, was die Juden in Rom über ihn dächten. Aber trotzdem ist es sonderbar, daß die Oberhäupter der jüdischen Gemeinden in Rom der Einladung eines Mannes gefolgt sein sollen, den sie gar nicht kannten, wie Lukas es beschreibt: »Wir haben deinetwegen weder Briefe aus Judäa empfangen noch ist ein Bruder gekommen, der über dich etwas Schlechtes berichtet oder gesagt hätte« (Apg 28,21). Daher hat Lukas

wahrscheinlich ein oder zwei Informationen unterschlagen, die den Besuch der Judenführer bei Saul etwas wahrscheinlicher machen könnten.

276. Die geringe Verbreitung der christlichen Gemeinde und die Entfernung zu Jerusalem rechtfertigen die Antwort der Rabbiner. Sollten sie wirklich etwas von der Existenz einer nazarenischen Sekte gewußt haben, so wußten sie doch wohl kaum viel mehr über die Lehre Jesu als die römischen Nazarener selbst, und noch hatte die Juden kein Zusammenstoß mit den Christen dazu gezwungen, sich näher mit dem Kult dieses Jesus zu befassen, den sie vermutlich für einen Propheten hielten. »Kaum aber betritt der heilige Paulus die Szene, öffnet sich der Graben zwischen beiden Religionen und wird sich von nun an unentwegt verbreitern« (Marcel Simon, S. 122, vgl. Bibl.).

277. Sauls Rede mußte überraschte Nachfragen der Rabbiner provozieren. Die Erklärungen Sauls konnten nur eine Anklage wegen Häresie zur Folge haben.

278. Die Apostelgeschichte bricht zwei Verse nach dem Gespräch Sauls mit den Oberhäuptern der Proseycha ab. Wie weiter oben ausgeführt, könnte es sein, daß der Rest der Apostelgeschichte verlorenging. Wahrscheinlicher ist es, daß Lukas dort abbricht, wo Saul das Zentrum der Welt erreicht hat, die *oikoumenê:* Das Wort Jesu hatte also einen Zielpunkt erreicht. Vielleicht kehrt Lukas nach Kleinasien zurück: Manche Quellen berichten, er sei mit vierundachtzig Jahren in Bithynien oder Böotien gestorben. Die Apostelgeschichte schließt mit einer lakonischen Bemerkung über die zwei Jahre, die Saul in Rom »ohne Fesseln« und im eigenen Hause verbrachte, was vermuten läßt, daß man ihn freigelassen hatte (vgl. Anm 282). Diese lakonische Kürze scheint zu bestätigen, daß Lukas nicht mehr Zeuge von Sauls Tätigkeit wurde und folglich abgereist war. Da Saul im Frühling des Jahres 60 nach Rom kam *(Encyclopaedia Britannica)* und seine »Untersuchungshaft« offenbar recht lange dauerte, Lukas aber den Brand Roms nicht erwähnt, so darf man annehmen, Lukas sei nach Ende dieser Haftzeit, also im Jahre 62, abgereist.

279. Mit dieser Formulierung beginnt Saul seinen Brief an Philemon: Paradoxerweise ist er kein Gefangener der Römer mehr, sondern der Gefangene Jesu. Tatsächlich wird sein Leben zu diesem Zeitpunkt unwiderruflich von Jesus beherrscht. Einige Autoren (z. B. J. F. Collange in *Epître de saint Paul à Philémon,* vgl. Bibl.) meinen, die Geschichte von der Aufnahme des Onesimus habe sich nicht in Rom abgespielt, sondern in Ephesus. Diese These scheint mir aus folgenden Gründen nicht haltbar zu sein: Erstens bezeichnet sich Saul gleich zu Anfang als »Gefangener«, und nichts spricht dafür, daß Saul in Ephesus gefangen war. Lukas zumindest erwähnt kein Wort davon, und der einzige Hinweis, aus dem sich eine Einkerkerung Sauls in Ephesus ableiten ließe, findet sich im Philipperbrief 1,13, einem wohl von Saul selbst verfaßten Brief, dessen Herkunft aber unbekannt ist. Der These, dieser Brief an die Philipper sei in Ephesus verfaßt worden, stehen zwei andere Vermutungen gegenüber, die seine Abfassung nach Cäsarea verlegen wollen, oder nach Rom.
Zweitens nennt Saul gegen Ende des Briefes an Philemon die Namen von einigen seiner Mitarbeiter, darunter den von Aristarch, einem Mazedonier aus Thessalonich, der Saul von Cäsarea nach Rom begleitet hat. Weiter nennt er Lukas, der, wie wir gesehen haben, nichts von einer Inhaftierung in Ephesus berichtet hat. Auch Lukas hält sich zur gleichen Zeit in Rom auf. Die These, der Brief sei in Ephesus verfaßt worden, ist damit nicht länger zu halten.
Und falls Saul in Ephesus gefangen gewesen wäre, so bliebe unklar, wie Onesimus von seiner Gefangenschaft hätte erfahren sollen, und mehr noch, wie er hätte zu ihm kommen können. Demnach ist bewiesen, daß der Brief an Philemon in Rom verfaßt wurde. Einige leugnen sogar, daß Onesimus ein entlaufener Sklave war, und ein Dieb dazu. Der offene Widerspruch dieser Spekulationen zum Gehalt des Briefes und die zu ihrer Verteidigung aufgebotene Kasuistik beweisen nichts als die Verwirrung mancher Autoren angesichts des ungewöhnlichen Verhaltens von Saul gegen den jungen Onesimus.

280. Von der Angelegenheit mit Onesimus wissen wir aus dem Brief an Philemon und aus einer kurzen Notiz im Kolosserbrief 4,9. Trotzdem herrscht Uneinigkeit über den Hergang: Onesimus, der junge Sklave des Philemon, eines reichen Christen aus Kolossä, entläuft seinem Herrn und läßt, so scheint es, eine beträchtliche Geldsumme mitgehen.

Er kommt nach Rom und begibt sich zu Saul, der ihn trotz schwerwiegender Gegenargumente aufnimmt: Der Sklave ist ein Dieb, obendrein noch davongelaufen, und hat damit sein Leben verwirkt. Und wenn ausgerechnet Saul einem flüchtigen Dieb Unterschlupf gewährt, dann riskiert er ernstliche Schwierigkeiten mit der römischen Justiz, was er sich eigentlich kaum leisten konnte. Der Brief an Philemon enthält eine flehentliche Bitte an den Kolosser, er möge seinem Sklaven vergeben und ihn wieder aufnehmen.
Die Sache ist aus vier Gründen einzigartig. Erstens ist da Sauls Großzügigkeit gegenüber einem Dieb, der Geld gestohlen hat, das, wie ich annehme, für eine christliche Gemeinde bestimmt war. Zweitens fällt die Bedeutung der Reise auf, und die Begründung von Onesimus, Saul besuchen zu wollen. Drittens riskiert Saul selbst eine ganze Menge. Und viertens drückt sich Saul folgendermaßen aus: »So bitte ich dich für meinen Sohn Onesimus, den ich gezeugt habe in der Gefangenschaft... [der] mir sehr nützlich ist. Den sende ich dir wieder zurück... ein geliebter Bruder, besonders für mich... sowohl im leiblichen Leben wie auch in dem Herrn« (Phm 10–17). Der junge Dieb muß auf Saul eine beträchtliche Faszination ausgeübt haben, wenn dieser in so übertriebenen Formulierungen schwelgt. Und Saul fügt hinzu: »Ich wollte ihn gern bei mir behalten.« Das alles legt den Gedanken nahe, Saul sei dem »spitzbübischen Charme« des Sklaven erlegen. Sauls Alter (er muß bereits um die dreiundsiebzig gewesen sein) und seine strenge Ablehnung der Homosexualität erlauben uns nicht, in den Beziehungen des Apostels zu Onesimus etwas anderes als eine keusche Altersliebe zu sehen. Es handelt sich hier um ein Beispiel für sublimierte Liebe, die aber dennoch eine wenig bekannte Seite an Sauls Persönlichkeit hervortreten läßt.
Nach der Überlieferung wurde Onesimus später Bischof von Ephesus und verfaßte eine vergleichende Abhandlung über die Briefe Sauls.

281. Die Besucher Sauls sind mit Ausnahme von Seneca der langen Dankes- und Grußliste am Ende des Römerbriefes entnommen. Die Zeile »Grüßt Rufus... und seine Mutter, die auch mir eine Mutter geworden ist« muß wohl folgendermaßen gelesen werden: Diese »Mutter« könnte die Schwiegermutter von Rufus sein, die durch die Blutsverwandtschaft von Saul und Rufus auch Sauls Mutter geworden ist.

282. Diese Befreiung Sauls wird von Lukas im letzten Vers der Apostelgeschichte erwähnt, und Saul selbst spricht davon im Brief an Philemon: »Zugleich bereite mir die Herberge, denn ich hoffe, daß ich durch eure Gebete eine Gnade für euch erwirkt habe« (Phm 22). Obwohl Saul noch in Gefangenschaft ist, hat er also angenehme Neuigkeiten zu überbringen.

283. Die Saug- und Druckpumpen wurden wohl im zweiten Jahrhundert vor unserer Zeitrechnung erfunden, um die offenbar mit Tieren betriebenen Löschwagen damit auszustatten; aber es ist klar, daß ihr Einsatz bei einem Großbrand, wie dem in Rom, vollkommen lächerlich war.

284. Die modernen Historiker verwerfen einhellig die Legende, nach der Nero selbst den Brand in Rom gelegt haben soll. Erstens befand sich Nero an der Küste, über fünfzig Kilometer von Rom entfernt in Antium, seinem Geburtsort, dem heutigen Anzio; wenn er, wie oft erzählt wird, den Brand hätte »bewundern« wollen, wäre ihm das von einer seiner vielen Villen aus möglich gewesen, die er rund um die Stadt besaß. Weiter verlor er selbst vieles, an dem er sehr hing, so zum Beispiel die eben erst fertiggestellte Domus Transitoria, die er mit Kunstwerken vollgestopft hatte. Die kaiserliche Residenz auf dem Palatin ging zuerst in Flammen auf. Zu dieser Frage gibt die hervorragende und präzise Arbeit von Catherine Salles, *Néron et l'incendie de Rome* (vgl. Bibl.) Auskunft.

285. Als er auf den Palatin stieg, um zu sehen, was von seinem Palast übriggeblieben war, wurde Nero beschuldigt, er sei dort hinaufgestiegen, um die Ruinen Trojas zu besingen. Aber in Wahrheit war seine erste Reaktion, aus Ostia und den benachbarten Municipien das Nötigste herbeizuschaffen, »und der Getreidepreis fiel bis auf drei Sesterzen den Scheffel« (Tacitus, *Annalen,* XV; 39, vgl. Bibl.).

286. Es gibt keine historischen Anhaltspunkte über Sauls Tod. Einige Historiker behaupten immer noch, Saul habe nach seiner Freilassung, also nach etwa vier Jahren in Rom, seine Missionstätigkeit wiederaufgenommen und sei durch Spanien, Griechenland, Mazedonien, das Kaiserreich, Kleinasien und Kreta gereist, bevor man ihn

erneut verhaftete, nach Rom zurückbrachte und diesmal wirklich zum Tode verurteilte. Aber wenn man Clemens von Rom glauben soll, dann wurde Paulus während der neronischen Christenverfolgungen zusammen mit Petrus hingerichtet. Da Nero 68 starb und Saul bis 64 in Rom blieb, muß der Apostel in vier Jahren das Mittelmeer von den Säulen des Herkules bis Pontus durchfahren haben, was schon einiges heißen will, wenn man bedenkt, daß Seereisen einigermaßen gefahrlos nur von März bis Oktober möglich waren und oft sehr lange dauerten. Außerdem wäre es sonderbar, daß wir kein einziges Dokument über Sauls Reise nach Spanien besitzen sollten. Aber vor allem gründen sich diese Spekulationen auf die sogenannten Hirtenbriefe (Titus, Timotheus, Hebräer), von denen bewiesen ist, daß sie nicht authentisch sind, wie die *Encyclopaedia Britannica* anmerkt. Tatsächlich datieren sie gegen Ende des ersten Jahrhunderts. Wenn wir also alles zusammennehmen, was wir mit einiger Sicherheit wissen, dann tauchte Saulus/Paulus etwa vier Jahre nach seiner Ankunft in Rom unter, also etwa 64, im Jahre des großen Brandes. Man weiß von Tacitus und Cassius Dio, daß dieser Brand vom Volk als ein Zeichen für den »Zorn der Götter« gedeutet wurde und man Nero als Brandstifter verdächtigte. Man trachtete also danach, sich mit den Göttern auszusöhnen und »suchte nach Anlässen, bei denen die Pax deorum verletzt worden war«, führt Catherine Salles aus (vgl. Bibl.). Dann suchte man nach Schuldigen. Einige Autoren haben auf die Mitschuld der pisonischen Verschwörung für den Ausbruch des Brandes hingewiesen. Aber Piso versuchte Nero am 19. April 65, am Tag der Spiele für die Göttin Ceres, zu ermorden, also ein Jahr nach dem Brand.
Gewiß war Nero verhaßt, der Aristokratie mehr noch als dem Volk. Paradoxerweise sind seine Ankläger, z. B. die Konsularbeamten, die später an der pisonischen Verschwörung teilnehmen werden, gleichzeitig die Zeugen für die empörendsten Gerüchte: Sie hätten Sklaven des Kaiserhauses gesehen, die Fackeln und brennendes Werg in den verschiedensten Vierteln Roms auswarfen. (Sueton, *Leben der Cäsaren,* Nero, 38, und später Cassius Dio, *Römische Geschichte,* LXII, 16–17; vgl. Bibl.). Sie hofften, dieses Zeugnis werde Nero belasten, aber wir haben gesehen, daß Nero gewiß nicht seine eigenen vielgeliebten Paläste angezündet hätte. Bleiben also seine Sklaven, die den Brand ausgeweitet haben könnten.

In der Tat gab es christliche Sklaven im Kaiserhaus, darunter auch die des Narzissus, desselben, den der Römerbrief erwähnt. Poppäa, die Geliebte und spätere Frau Neros, die er 65 mit einem Fußtritt töten wird, war zum Judentum übergetreten, wenn man das aus ihrer Protektion für die Juden schließen darf. Aber man sollte nicht vergessen, daß das Wort »Jude« ungenau war: Mindestens bis 64 konnte es nicht nur für orthodoxe, alttestamentarische Juden stehen, sondern ebensogut für Christen, die als eine jüdische Sekte galten. Daher ist es möglich, daß diese Sklaven einen zufällig ausgebrochenen Brand ausweiteten, um dem Reich der Gottlosen ein Ende zu machen.
Dieser Verdacht wird durch zwei Passagen aus den Briefen bestätigt: »...so wird das Werk eines jeden offenbar werden... denn mit dem Feuer wird er [der Tag des Gerichts] sich offenbaren« (1. Kor 3,13); und dann: »Denn es ist gerecht bei Gott, mit Bedrängnis zu vergelten denen, die euch bedrängen, euch aber, die ihr Bedrängnis leidet, Ruhe zu geben mit uns, wenn der Herr Jesus sich offenbaren wird vom Himmel her mit Engeln seiner Macht in Feuerflammen, Vergeltung zu üben an denen, die Gott nicht kennen und nicht gehorsam sind dem Evangelium unseres Herrn Jesus« (2. Thess 1,6–8). Diese warnenden und rachsüchtigen Reden hat Saul sicher nicht nur den Korinthern und Tessalonichern vorbehalten, sondern er hat sie bestimmt bei seiner Schilderung der letzten Dinge vor der Offenbarung wiederholt, wenn er in Rom predigte, und das immerhin zwei Jahre lang, seine Gefangenschaft nicht mit eingerechnet. Gewiß haben ihm dabei nicht nur Christen zugehört. Nach dem Brand wurde er bei der Polizei denunziert. Nero nahm das zum Vorwand, um an den Christen ein Exempel zu statuieren.
Tacitus spricht von einer »gewaltigen Menge«, aber Catherine Salles merkt an, daß sein Bericht bezweifelt werden muß; sie selbst nennt eine Zahl zwischen drei- und vierhundert Opfern. Trotzdem sind das eine ganze Menge, und die grausame und theatralische Art, in der Nero sie zu Tode folterte, hat sein Ansehen nicht gerade gehoben.
Aber Saul starb tatsächlich in Rom. Zweifellos im Sommer 64. Als römischer Bürger wurde er enthauptet. »Gegen Ende des zweiten Jahrhunderts sah der Presybter Gaius das *tropaion* (die Trophäe) des Märtyrers Paulus auf der Römerstraße nach Ostia« (nach dem *Dictionnaire encyclopédique du Christianisme ancien,* vgl. Bibl.). Eine lächer-

liche Rache des Kaiserreiches: Der Henker zerschlug vor den Mauern der Hauptstadt nur noch ein fast leeres Gefäß. Saul war nahezu fünfundsiebzig. Sein Werk war vollendet, wie Lukas sehr richtig gesehen hat, oder, anders gesagt, es hatte begonnen.

Bibliographie

Zahlreiche Bücher, die ich für diese Veröffentlichung zu Rate gezogen habe, sind bereits in der Bibliographie zu meinem Werk *Les Sources* (s. u.) aufgeführt; darüber hinaus benutzte ich die folgenden Titel (ohne freilich jede ihrer Thesen zu übernehmen).

Abbott, Rev. T. K., BD. D. Litt., *Critical and Exegetical Commentary of the Epistles to the Ephesians and to the Colossians,* T. & T. Clark, Edinburgh, 1985.

Ambelain, Robert, *La vie secrète de saint Paul,* Robert Laffont, Paris, 1972.

Die andere Bibel, hrsg. v. Alfred Pfabigan, Eichborn, Frankfurt a. M. 1991.

Apokrypha, hrsg. v. Erich Klostermann, de Gruyter, Berlin, 1933.

Atlas du monde romain, Atlas du monde grec und *Altas du monde juif,* Editions du Fanal, Paris, 1984.

Beker, J. Christiaan, *Paul the Apostle,* Fortress Press, Philadelphia, 1980.

Betz, Hans Dieter, *Der Apostel Paul und die sokratische Tradition,* Mohr, Tübingen, 1972.

La Bible, Übersetzung von André Chouraqui, Desclée de Brouwer, Paris, 1985, für die deutsche Ausgabe: *Die Bibel* nach der Übersetzung Martin Luthers, Deutsche Bibelgesellschaft, Stuttgart, 1990.

Bodeus, R., *Vingt remarques sur les persécutions des Chrétiens dans l'Empire romain aux deuxs premiers siècles de notre ère,* Humanités Chrétiennes, 1980.

Bornkamm, Günther, *Paulus,* Kohlhammer, Stuttgart, 1969.

Bultmann, Rudolf, *Geschichte der synoptischen Tradition,* Vandenhoeck & Ruprecht, Göttingen, 1966.

Bultmann, Rudolf, *Theologie des Neuen Testaments,* Mohr, Tübingen, 1980.

Caird, G. B., *Paul's Letters from Prison,* Oxford University Press, 1976.

Carcopino, Jérôme, *La vie quotidienne à Rome à l'apogée de l'Empire,* Hachette, Paris, 1939.
Cassius Dio, *Römische Geschichte,* 4 Bde., Artemis, München/Zürich, 1985/86.
Collange, J. F., *L'Epître de saint Paul à Philémon,* Labor et Fides, Genf, 1987.
Daniélou, Jean, *Les symboles chrétiens primitifs,* Editions du Seuil, Paris, 1961.
Davies, William David, *Jewish and Pauline studies,* Fortress Press, Philadelphia, 1984.
Dictionnaire encyclopédique du Christianisme ancien, 2 Bde., Editions du Cerf, Paris, 1990.
Dreyfus, Paul, *Saint Paul,* Centurion, 1990.
Frischauer, Paul, *La sexualité dans l'Antiquité,* Editions Stock, Paris, 1969.
Gibbon, Edward, *Verfall und Untergang des Römischen Reiches,* Eichborn, Frankfurt a. M., 1987.
Goulder, Michael, *The Myth of God Incarnate,* ohne bibl. Angabe.
Gram, Lennart, »Epileptic Seizures and Syndromes«, in: *The Lancet,* 21. Juli 1990.
Grigorieff, Vladimir, *Mythologies du monde entier,* Marābout, Brüssel, 1987.
Guignebert, Charles, *The Christ,* University Books, New York, 1968.
Habermas, Garry und Flew, Anthony, *Did Jesus Rise from the Dead?,* Harper & Row, San Francisco, 1987.
Hanson, Anthony Tyrrell, *The Paradox of the Cross in the Thought of St. Paul,* Jsot Press, Sheffield, 1987.
Herrmann, Léon, »Quels Chrétiens ont incendié Rome?«, in: *Revue belge de philologie et d'histoire,* 1949.
Hiernoymus, *Ausgewählte historische, homiletische und dogmatische Schriften,* Kösel, Kempten/München, 1914.
Hippolyt von Rom, *Widerlegung aller Häresien,* Kösel & Pustet, München, o. J.
Hugedé, Norbert, *Saint Paul et Rome,* Desclée de Brouwer, Paris, 1986.
Jeremias, Joachim, *Jerusalem zur Zeit Jesu,* Vandenhoeck & Ruprecht, Göttingen, 1962.
Josephus, Flavius, *Jüdische Altertümer,* Melzer, Darmstadt, 1967.

Josephus, Flavius, *Der jüdische Krieg/De bello judaico*, 4 Bde., Wiss. Buchgesellschaft, Darmstadt, 1959–69.

Kippenberg, Hans Gerhard, *Garizim und Synagoge.* Untersuchungen zur samaritanischen Religion der aramäischen Periode, de Gruyter, Berlin/New York, 1971.

Lallemand, F., *Journal de bord de Markos Sestios,* Éditions de Paris, 1955.

Lüdemann, Gerd, *Paulus, der Heidenapostel,* 2 Bde., Vandenhoeck & Ruprecht, Göttingen, 1980 u. 1983.

Maccoby, Hyam, *Paul et l'invention du Christianisme,* Lieu commun/ Histoire, 1987.

Messadié, Gerald, *Les Sources,* Robert Laffont, Paris, 1989.

Migne, *Patrologie greque*, ohne bibl. Angabe.

Mommsen, Theodor, *Römische Geschichte,* 7 Bde., dtv, München, 1986.

Morin, Émile, *Non-lieu pour Jésus,* Flammarion, Paris, 1989.

Ortkemper, F. J., »Wir verkünden Jesus als den Gekreuzigten«, *Bibel und Kirche* 23, 1968/1.

The Panarion of Epiphanius of Salamis, E. J. Brill, Leiden, New York, København, Köln, 1987.

Penna, Romano, *Il »Mysterion« Paolino – Traiettaria e costituzione,* Paideia Editrice, Brescia, o. J.

Perrot, Charles, »Les communautés juives à Rome«, in: *Le Monde de la Bible,* 51, Nov./Dez. 1987.

Perrot, Charles, *La Diaspora juive de Rome,* ohne bibl. Angabe.

Ruggles, Clive, »The Moon and the Crucifixion«, in: *Nature,* Bd. 345, 21. Juni 1990.

Salles, Catherine, »Neron et l'incendie de Rome«, in: *L'Histoire,* Nr. 133, Mai 1990.

Saulnier, Christiane, »Il les chassa de Rome«, in: *Le Monde de la Bible,* 51, Nov./Dez. 1987.

Schweitzer, Albert, *Geschichte der Paulinischen Forschung von der Reformation bis zur Gegenwart,* Mohr, Tübingen, 1933.

Segundo, Juan Luis, *Le christianisme de Paul,* Editions du Cerf, Paris, 1988.

Sillamy, Norbert, *Dictionnaire de psychologie,* ohne bibl. Angabe.

Simon, Marcel, *La civilisation de l'Antiquité et le Christianisme,* Editions Arthaud, Paris, 1970.

Sissa, Guilia und Detienne, Marcel, *La vie quotidienne des dieux grecs,* Hachette, Paris, 1989.
Sueton, *Leben der Cäsaren,* Artemis, Zürich/München, 1955.
Szczepanski, Ladislaus, *Geographia historica Palestinae antiquae,* ohne bibl. Angabe.
Tacitus, *Annalen,* Goldmann, München, 1985.
Wells, G. A., *The Historical Evidence for Jesus,* Prometheus Books, N. Y., 1982.
Wickert, O., »Der Philemonbrief – Privatbrief oder apostolisches Schreiben?«, in: *Zeitschrift für die Neutestamentliche Wissenschaft,* 52, 1961.
Wilson, Simon, *Dositheus and the Dead Sea Scrolls,* ohne bibl. Angabe.

(Anmerkung des Lektorats: Für diese Ausgabe wurden die entsprechenden deutschen Titel aufgeführt, sofern erschienen.)

Inhalt

Erster Teil: Ein Prinz ohne Krone

Zweiter Teil: Das Lachen der Hunde

Dritter Teil: Das Feuer

Die Quellen